ARSÈNE LUPIN

Contents

KB058557

【 일러두기 】

1. 번역에 사용한 저본은 다음과 같다.
  • 『모리스 르블랑(Maurice Leblanc)』 I -IV, 르 마스크(Le Mask) 출판사, 1998~1999년
  • 「이 여자는 내꺼야(Cette femme est à moi)」, 1930년 타자원고
  • 「아르센 뤼팽, 4막극(Arsène Lupin, 4 actes)」, 피에르 라피트(Pierre Lafitte) 출판사, 1931년
  • 「아르센 뤼팽과 함께한 15분(Un quart d'heure avec Arsène Lupin)」, 1932년 타자원고
  • 『아르센 뤼팽의 마지막 사랑(Le Dernier Amour d'Arsène Lupin)』, 1937년 타자원고
  • 『아르센 뤼팽의 수십억 달러(Les Milliards d'Arsène Lupin)』, 아셰트(Hachette) 출판사 1941년 판본과
    거기서 누락된 에피소드의 1939년 『로토』 연재원고 편집본
  • 「아르센 뤼팽의 귀환(Le Retour d'Arsène Lupin)」, 로베르 라퐁(Robert Laffont) 출판사의 1986년 판본
    '아르센 뤼팽 전집' 제1권 수록
  • 「아르센 뤼팽의 외투(Le Paredessus d'Arsène Lupin)」, 마누치우스(MANUCIUS) 출판사, 2016년
  • 「부서진 다리(The Bridge that Broke)」, 인디펜던틀리 퍼블리쉬드(Independently published) 출판사,
    2017년
2. 고유명사의 한글 표기는 국립국어원 외래어표기법을 따르는 것을 원칙으로 하되, 몇몇 예외를 두었다.
3. 모든 주석은 옮긴이의 것이다.

결정판
아르센 뤼팽
전집

9

Arsène Lupin gentleman-cambrioleur reviendra quand les meubles seront authentiques.

괴도신사 아르센 뤼팽,
"진품이 제대로 갖춰지면
다시 방문하겠음."

결정판
아르센 뤼팽 전집

모리스 르블랑 지음 | 성귀수 옮김

9

두 개의 미소를 가진 여인
아르센 뤼팽과 함께한 15분
강력반 형사 빅토르

arte

ARSÈNE LUPIN

두 개의 미소를 가진 여인

La Femme aux Deux Sourires

1932년

작품 정보

프롤로그에 암시된 것처럼, 『두 개의 미소를 가진 여인(La Femme aux Deux Sourires)』은 비교적 단순한 사건을 소재로 하면서도 그 전개 방식과 인물들의 움직임에서 매우 참신하고 아기자기한 재미를 느끼게 해 준다.

제목 자체가 수수께끼인 이 작품을 한마디로 정의하자면, '착각과 오해가 한바탕 소동을 부리는 요지경극(劇)'이라 해도 좋을 것이다. 아르센 뤼팽의 익살과 여유, 밉살맞을 정도로 사랑스러운 재치가 다른 어느 에피소드보다 두드러지는 작품으로 꼽힌다. 사건의 해결을 전혀 상상치 못할 매듭에서 풀어내는 모리스 르블랑의 짓궂은(?) 버릇은, 이제이 능청맞은 작가가 아예 작정하고 독자 뒤통수 때리기에 재미 붙인 것은 아닐까 싶을 만큼 대담하고 또한 허탈하다. 모험의 치열함과 격렬함에서는 다소 미진하다는 평이 있긴 하지만, 늘 우리 무릎을 치게 만드는 뤼팽만의 매력에 민감한 뤼피니앵들에게는 결코 빠뜨릴 수 없는 매력적인 작품이라 하겠다.

  1932년 여름 바캉스 시즌에 맞춰 『르 주르날』에 연재된 뒤(7. 6~8.
20), 1933년 4월 라피트 사에서 단행본으로 출간되었다.

1
프롤로그: 기이한 상처

문제의 사건은 그 난공불락의 진실을 파헤치는 데 필요한 어떤 사소한 일화도 누락시키지 않고, 모든 저변 상황들과 온갖 우여곡절을 단 몇 장의 종이 위에 요약해 넣을 수가 있을 정도이다.

한마디로 세상 더없이 자연스러운 분위기 속에서 일어난 일이었다. 이따금 대단한 사건을 앞두고 운명적으로 느껴지기 마련인 어떤 찜찜한 불안감마저도 없었다. 파란을 예고하는 심상치 않은 기운 같은 것은 전혀 존재하지 않았다. 수수께끼 같은 결과로 보자면 엄청 비장한 듯하지만, 실제로 그 일을 어리둥절하게 바라보았던 사람들 중에 필요 이상의 초조함을 사전에 느낀 이는 하나도 없었다.

사정은 이러했다. 드 주벨 부부는 오베르뉴의 볼니크 성채로 모여든 손님들과 더불어—성채는 붉은 기와들로 뒤덮이고 망루들을 겸비한 드넓은 장원이다—경탄할 만한 가수 엘리자베트 오르냉(여배우로 활동한 르블랑의 여동생 조르제트 르블랑이 모델이다—옮긴이)이 비시에서 공연한 음악회에 참석했다. 그리고 다음 날인 8월 13일, 남편인 은행가 오르냉에 대한 이혼 요청을 하기 전부터 개인적으로 아는 사이였던 마담 드 주벨의 초청을 받아들인 엘리자베트는 비시에서 불과 10여 킬로미터밖에 떨어져 있지 않은 성채로 점심식사를 하러 왔다.

오찬 분위기는 지극히 흥겨웠다. 성주 부부는 세련되고 우아한 매너를 한껏 발휘해서 초대된 손님들 개개인이 골고루 배려를 받을 수 있게끔 했다. 모두 여덟 명에 달하는 그날의 손님들은 무척이나 활기차고 재치가 번득이는 부류였다. 세 쌍의 젊은 커플과 퇴역 장군 한 명, 40대 나이의 장 데를르몽(Jean d'Erlemont) 후작이 성채에 초대를 받은 손님들이었는데, 특히 후작은 여느 여인도 무심히 지나치기 어려울 만큼 매력적인 풍채를 지닌 신사였다.

그들 열 명은 하나같이 엘리자베트 오르냉을 초점으로 해서 온갖 칭송과 재담이 뒤섞인 호들갑을 떨었다. 마치 그녀의 얼굴에 웃음을 짓게 만들고, 눈도장을 찍기 위해서만 누구나 입을 여는 듯한 분위기였다. 하지만 정작 그녀는 굳이 분위기를 돋우려고도, 뭔가 튀려고도 하지 않았다. 재기발랄하지도 않고 톡 쏘는 맛도 없이 그저 간혹 가다 몇 마디 무난하면서 사리에 어긋나지 않을 얘기들만 내미는 것이었다. 하긴 무슨 상관이랴? 보기만 해도 예쁜 미모의 소유자인걸. 아리따운 모습 하나만으로도 모든 것을 만회하고도 남음이 있었다. 설사 무척 심오한 얘기를 늘어놓는다 해도, 오히려 눈부신 아름다움에 가려 빛을 잃었을 것이다. 누구든 그녀를 마주 대하고 있으면, 그 벽옥 같은 눈동자와 육감적인 입술, 화사한 피부, 그리고 단아한 얼굴형 이외의 다른 어떤 것도 생각할 수가 없었다. 심지어 무대 위에서조차 가극 예술인으로서의 실제 실력이나 열정적인 목소리보다도, 겉으로 드러나는 미모가 단번에 관객을 휘어잡는 그녀였다.

차림새는 대단히 수수한 편이었는데, 솔직히 그보다 좀 더 멋을 부렸다 해도 워낙에 기본이 출중한 몸매와 우아한 동작, 그 눈부신 어깨 때문에 정신이 없을 보는 이의 눈에는 별로 각별하게 느껴지지도 않았을 것이다. 한편 블라우스 위로는 루비와 에메랄드, 다이아몬드 등 온갖 보석류가 불규칙하게 엉켜 찬연한 빛을 뿜어대는 목걸이가 줄줄이 늘어져 있었다. 누가 그것에 대해 듣기 좋은 얘기라도 건네면 그녀는 살짝 웃으며 대꾸했다.

"무대용일 뿐이에요. 솔직히 말해 전부 모조보석이지요."

"세상에, 나는 또……."

상대가 믿어지지 않는다는 표정이면 여자는 덧붙였다.

"나도 그랬어요. 모두가 대개 그런 줄 안답니다."

점심식사가 끝난 뒤 데를르몽 후작은 용케 수완을 발휘하여 여자를 한쪽으로 데려가 단둘이 마주할 기회를 마련했다. 그녀는 어딘지 몽롱한 표정으로 남자의 얘기에 귀를 기울였다.

그러는 동안, 다른 손님들은 이 난데없는 밀담에 적잖이 신경이 쓰인 듯한 여주인 주위로 모여들었다.

여주인이 중얼거렸다.

"쳇, 시간 낭비하고 있는 거예요. 엘리자베트와는 오랜 세월 아는 사이인데, 웬만한 남자한테 마음 줄 여자가 아니지요. 그야말로 아름다운 하나의 석상이라고나 할까. 도무지 연애에는 관심이 없다니까. 어디 한번 잘해보시라지, 재주도 넘고 연극도 해보라고. 그래봤자 하등 소용이 없을 테니까."

마침내 손님 모두가 성곽 그늘이 그럴듯하게 드리워진 테라스로 나가 앉았다. 저만치 발치에는 녹색의 잔디밭과 노르스름한 모래가 가지런한 산책로, 그리고 깔끔히 재단된 주목나무 화단을 거느린 호젓한 정

두 개의 미소를 가진 여인

원이 햇살 아래 펼쳐져 있었다. 아울러 저 <u>끄</u>트머리쯤에는 망루며 누대 (樓臺), 예배당 등 옛 성곽의 잔해물들이 월계수와 회양목, 호랑가시나무 덤불 사이로 굽이굽이 오솔길이 뻗어 올라간 구릉에 층층이 자리 잡았다.

제법 장대하고 힘 있는 풍경이었으며, 그 모든 걸 넘어 깎아지른 듯한 낭떠러지가 곤두박질치고 있음을 알고 나면 더더욱 강렬한 인상으로 다가오는 광경이었다. 즉, 시선이 가 닿는 곳 너머로는 영지를 돌아가며 아찔한 골짜기가 50여 미터 깊이로 펼쳐졌고, 그 깊숙한 곳에서는 요란한 격류가 포효하고 있었다.

엘리자베트 오르냉은 감탄을 연발했다.

"그림 정말 멋지네요! 마치 무대 장식으로 펼쳐놓은 세트를 보는 듯해요! 배경그림이 흔들리는 가운데, 나무들이 수놓아진 태피스트리가 늘어서 있고. 이런 곳에서 연기를 한다면 얼마나 멋질까!"

마담 드 주벨이 은근히 부추겼다.

"그럼 노래 한 곡조 뽑아보지 그래요, 엘리자베트?"

"이런 광활한 공간이라면 목소리가 저절로 잦아들고 말 거예요."

여자의 대꾸에 이번에는 장 데를르몽이 끼어들었다.

"당신 목소리는 그렇지 않을 겁니다. 오히려 대단히 멋질 거예요! 어디 한 장면 그럴듯하게 보여줘봐요!"

여자는 멋쩍은 웃음을 머금고, 슬슬 보채기 시작하는 사람들 사이에서 이런저런 핑계를 대며 몸을 사렸다.

"아니에요. 안 돼요. 제가 공연한 말을 한 모양이에요. 정말 형편없을 거라고요. 이거 빈약한 밑천 다 드러나게 생겼네!"

하지만 점점 누그러지는 태도임엔 분명했다. 후작은 때를 놓칠세라 여자의 손을 잡아끌며 말했다.

결정판 아르센 뤼팽 전집

"어서요. 이 몸이 길을 안내하리다. 정말 재미있을 거예요!"

몇 차례 더 사양을 거듭하던 여자가 어느 한순간 결심이 섰는지 말했다.

"좋아요. 그럼 저기 폐허 앞까지만 같이 가주세요."

여자는 무대 위에서 늘 그렇듯이 안정되면서도 리듬감 넘치는 걸음걸이로 곧장 정원을 가로질러 나아갔다. 잔디밭을 다 건너 성채 맞은편 공터로 이어진 다섯 개의 돌계단을 거침없이 딛고 올라갔다. 그 이상의 보다 좁은 계단에는 난간을 따라 제라늄 화분과 오래된 돌 화병들이 번갈아 놓여 있었다. 좌측으로는 식나무 오솔길이 이어졌다. 여자는 후작을 대동한 채 커튼처럼 늘어선 관목숲 뒤쪽으로 돌아들어 모습을 감추었다.

잠시 후, 다시 모습을 나타낸 여자는 이번에는 혼자서 가파른 나머지 계단을 올랐고, 장 데를르몽은 호젓한 정원을 도로 가로질러 오기 시작했다. 마침내 여자는 좀 더 높이 돋우어진 공터에 모습을 드러냈는데, 허물어진 예배당의 고딕 아치 세 개가 그럴듯하게 드리워지고, 저만치 송악으로 뒤덮인 담벼락이 가로막은 게 그야말로 근사한 무대 같은 분위기였다.

꼿꼿이 멈춰 선 그녀의 모습은 마치 하나의 동산을 자기만의 발판으로 삼아 디딘 채, 초인적인 크기로 확대되는 느낌이었다. 그렇게 버티고 서서 양팔마저 활짝 펼쳐 노래를 부르기 시작하자, 화강암과 녹음으로 둥그렇게 펼쳐진 드넓은 영지의 외곽과 그를 굽어보는 푸른 하늘 모두가 그 목소리와 몸짓만으로도 가득 채워지는 것 같았다.

드 주벨 부부와 초대된 손님들은 너 나 할 것 없이 긴장된 표정으로 귀를 기울였으며, 평생 잊지 못할 추억이 형성되는 순간에나 느낄 법한 기분에 사로잡혔다. 그뿐만 아니라, 성채에서 기거하는 고용인들이나 영지의 외곽에 접한 농장 일꾼들, 그리고 인근 부락의 주민 10여 명까지 가세해 문이면 문, 덤불숲이면 덤불숲 곳곳에 옹기종기 모여들어 값진 시간을 함께 체험하고 있었다.

엘리자베트가 부르고 있는 노래는 그리 잘 알려진 곡이 아니었다. 그것은 진지하고 장엄하면서 때론 비장하기까지 한, 그러면서도 어디까지나 희망과 활력의 박동을 물씬 풍기는 곡조에 실려 널리널리 울려 퍼졌다. 그러다가 갑자기 그 일이 벌어졌다.

단, 이쯤에서 한 가지 기억해둘 것은 당시 그 상황은 완벽히 안전한 상태에서 벌어지고 있었다는 사실이다. 다시 말해 그 장면이 계속 진행되지 못하고, 중간에서 끊어질 어떠한 이유도 찾아볼 수 없는 상황이었다. 정말이지 느닷없이 덜컥 발생한 사건이었다. 거기 모인 사람들이 각자 느낀 바는 제각각일지 몰라도, 분명히 목격한 걸로 확신하는 내용만큼은 하나같이 똑같을 수밖에 없을 터였다. 한마디로 전혀 예측할 수도, 짐작할 수도 없었던 사건이 마치 폭탄이 터지듯 순식간에 터져나왔다는 사실이었다(실제로 나중 목격자들의 진술에는 그와 같은 과격한 표현이 공통적으로 확인된 바 있다).

그렇다, 정말이지 갑작스러운 재앙이라 할 수밖에 없었다! 마법에 홀린 듯한 여자의 목소리가 느닷없이 뚝 끊기는 것부터가 이상했다. 제한된 공간 안에 살아 있는 조각상처럼 우뚝 서서 노래를 부르던 여인의 몸이 폐허 더미 위에서 한순간 비틀하는가 싶더니 이렇다 할 비명 소리 하나, 움찔하거나 질겁하는 동작 하나 없이 그대로 거꾸러지는 것이었다. 그 누구도 어떤 몸싸움이나 고통이 있으리라고는 전혀 생각할 수 없었기 때문에 죽어가는, 혹은 즉사했을지도 모를 여인의 곁으로 득달같이 달려갈 수 있는 상황이 아니었다.

마침내 사람들이 높다란 둔덕 위로 다다랐을 때, 엘리자베트 오르냉은 창백한 얼굴로 죽은 듯이 누워 있었다. 뇌출혈이라도 일어난 걸까? 갑작스러운 심장마비? 목과 맨어깨를 타고 시뻘건 피가 철철 흘러내리는 걸로 봐선 그건 아닌 듯한데…….

모두의 눈앞에 선혈이 낭자한 가운데, 누군가 기겁을 하며 외친 외마디가 한 가지 이해 못할 사태에 사람들의 주목을 집중하게 해주었다.

"목걸이가 사라졌어!"

당시에는 누구나 열을 올리며 주목했던 수사 과정의 세세한 대목을 지금 이 자리에서 되짚어본다는 것은 무척 지루한 일이 될 것이다. 그나마 아무 소득도 없었으며 너무나도 졸속으로 끝이 난 수사였다. 수사를 진행했던 사법관과 경찰관들은 처음부터 그들의 어떤 노력도 수포로 돌릴 만한 막다른 길목에 직면해야만 했다. 아무것도 할 수 있는 게 없다는 느낌뿐이었다. 절도살인사건이긴 한데…… 그게 전부였다.

일단 살인이 일어난 것만은 틀림없는 사실이었다. 물론 그것에 사용된 흉기나 총알, 혹은 살인용의자가 발견된 것은 아니다. 그럼에도 불구하고, 살인이 일어났다는 데 이의를 제기할 생각은 그 누구도 하지 못했다. 모두 합해 마흔두 명에 이르는 참석자들 중 다섯 명이 어디선가 번쩍하는 섬광을 목격했다고 증언했다. 하지만 그 다섯 명 모두 섬광이 비친 장소나 방향에 대해서는 엇갈린 증언을 하고 있었다. 반면 나머지 서른일곱 명은 아무것도 보지 못했다고 했다. 심지어 세 명은 뭔가 둔탁한 폭발음을 들었다고 증언한 데 반해, 나머지 서른아홉 명은 아무 소리도 듣지 못했다고 했다.

어찌 됐든 간에 피해자의 신체에 상처가 난 것으로 봐서 살인이 일어난 것만은 의문의 여지가 없었다. 아주 끔찍한 상처였는데, 왼쪽 어깨 꼭대기, 목 바로 아래 부위에 무지막지한 총알로 인해 생겼을 법한 상처였다. 총알이라고? 만약 그랬다면 폐허 더미 속 어딘가에 웅크리고 있었을 살인자가 최소한 가수보다 높은 위치에서 겨눴을 것이고, 총알이 피해자의 살 속 깊숙이 박혀 심각한 신체 내 파열을 초래했어야 할 터였다. 그러나 실상은 달랐다.

피가 분출된 상처는 차라리 일종의 자상처럼 찢어진 상태여서 예리한 둔기나 도끼, 최소한 망치 같은 걸로 심하게 강타당한 꼴을 하고 있는 것이었다. 문제는 과연 그런 흉기를 근거리에서 휘두른 장본인이 누구였는가에 있었다. 어떻게 그런 과격한 행위가 아무의 눈에도 목격되지 않을 수 있단 말인가?

또 다른 문제는 대체 목걸이가 어디로 사라졌는가 하는 것이었다. 살인과 절도가 동시에 행해졌다면, 그 두 가지를 전광석화처럼 해치운 자는 과연 누구일까? 건물 맨 위층 창가에 모여든 몇몇 하인들이 틀림없이 가수가 똑바로 서서 노래를 부르던 모습과 곧이어 맥없이 쓰러지는 모습, 결국 땅 위에 축 늘어져 시체로 변해가던 광경 모두를 낱낱이 지켜보았건만, 가해자가 전혀 눈에 띄지 않았다는 것은 그야말로 귀신이 곡할 노릇이 아닌가! 그 모든 사람들이 웬 낯선 자 한 명이 왔다 갔다 하다가, 덤불숲으로 쏜살같이 숨어들거나 죽어라고 도망치는 광경 따위를 보았을 법하지 않겠는가? 어차피 사건 현장 뒤편으로는 폐허로 이루어진 무대 장식이 깎아지른 절벽지대 깊숙이 자리하고 있어 기어오르거나 내려가는 것 모두 불가능한 형편이니 말이다.

그렇다면 혹시 송악 아래 납죽 엎드려 있거나 어떤 구멍 속에라도 파고든 것은 아닐까? 실제로 그 점을 감안하여 2주 동안 샅샅이 뒤지고 다녀보았다. 심지어 파리에서 매우 의욕적이고 끈기 만점인 데다, 이 방면에서 몇 차례 대단한 공적을 거두기도 했던 고르주레라는 젊은 형사를 불러들이기도 했다. 하지만 공연한 수고였을 뿐 이렇다 할 성과는 역시 없었다. 결국 절대 포기하지 않겠다고 호언장담한 고르주레의 불만에도 불구하고 사건은 그대로 종결되고 말았다.

한편 이 비극으로 혼비백산한 드 주벨 부부는 다시는 돌아오지 않겠다는 의지를 천명하고서 볼니크를 떠났다. 성채는 안에 속한 모든 가구를 고스란히 포함한 채 매각 처분되었다.

여섯 달이 지나도 성을 매입한 사람이 누구인지는 전혀 알려지지 않았다. 거래를 담당한 공증인 오디가 선생이 고객으로부터 철저한 비밀 계약을 추진하도록 부탁받았던 것이다.

모든 하인들, 농장 일꾼들, 정원사들도 일제히 성을 떠났다. 다만 아치형 마차 출입로를 굽어보는 거창한 망루에만 나이 지긋한 한 남자가 아내와 더불어 머물렀는데, 이름은 르바르동으로 전직 헌병이었다. 현직에서 퇴역하면서 그는 이 성채와 관련해 신임할 수 있는 사람에게만 부여되는 직무를 맡기로 한 것이다.

마을 사람들은 너도 나도 이 사람의 입을 열게 만들려고 애썼지만, 그들의 호기심은 번번이 무시를 당하기 일쑤였다. 전직 헌병이자 지금은 성채 관리를 맡고 있는 사내의 근무 태도는 철저하기 이를 데 없었다. 기껏해야 마을 사람들 눈에 띄는 건, 1년에 한 번 정도, 그것도 시기를 각기 달리해서 몇 차례 어떤 신사가 저녁 무렵 자동차를 타고 와서 잠시 눈을 붙인 다음 이튿날 캄캄한 밤중에 떠난다는 사실 하나뿐이었다. 아마도 성의 새로운 주인은 르바르동과 처리할 일이 있어서 들르는 모양이었다. 물론 그것도 확실한 것은 아니다. 아무튼 내막이야 아무도 모르는 일이니까.

어언 11년이라는 세월이 흘렀고, 전직 헌병 르바르동은 세상을 떠났다.

그리고 이제는 미망인 혼자만 정문 망루에 혼자 기거했다. 과묵하기로는 남편과 마찬가지인 미망인 역시 성안에서 일어나는 일에 관해 일절 함구했다. 그나저나 무슨 일이 그 안에서 벌어지기는 한 걸까?

　아무튼 그렇게 4년이라는 세월이 더 흘렀다.

2
금발의 클라라

　여기는 생라자르 역. 플랫폼 접근을 차단하는 철책과 역사 홀로 통하는 출입구 사이에서 방금 도착했거나 이제 곧 출발하려는 여행객 물결이 이리저리 나뉘고 쏠려 이 문, 저 문, 통로마다 정신없는 혼잡을 이루고 있었다. 요지부동의 화살표를 갖춘 원반 신호기들이 제각각 정차지점을 표시했고, 검표원은 차표를 검사하면서 일일이 구멍을 뚫어주었다.

　이와 같은 분주한 분위기와는 어딘지 동떨어져, 마치 군중의 소란에는 철저히 무관심해 보이는 두 명의 남자가 사람들 사이를 어슬렁대며 걷고 있었다. 한 명은 퉁퉁하고 힘깨나 쓰는 타입에 거친 인상이 호감과는 별로 상관없는 사내였고, 나머지 한 명은 다소 옹색한 인상에 가날파 보이는 남자였다. 둘 다 중산모자를 쓴 데다 콧수염이 한복판을 가르고 지나간 얼굴이었다.

　둘은 원반 신호기가 아무런 표시도 하고 있지 않은 출입구 옆에 멈춰섰다. 그곳엔 네 명의 역무원이 대기 중이었다. 둘 중 비쩍 마른 친구가 다가가 공손한 태도로 물었다.

"15시 47분 열차는 언제 도착하나요?"

역무원은 한심하다는 투로 툭 대꾸했다.

"15시 47분에 도착하오."

퉁퉁한 사내가 동료의 어리석은 짓이 딱하다는 듯 어깨를 한 차례 으쓱한 뒤, 이번에는 자기가 나서서 물었다.

"그 열차가 분명 리지외에서 오는 거 맞죠?"

대답이 돌아왔다.

"그렇습니다, 368호 열차지요. 앞으로 10분 후면 도착할 겁니다."

"혹시 연착되는 건 아니겠죠?"

"연착 아닙니다."

그제야 두 사내는 자리를 피해 저만치 기둥 하나에 서로 기대섰다.

그런 상태로 3분이 흘렀고, 곧이어 4분, 5분이 흘러갔다.

둘 중 퉁퉁한 친구가 내뱉었다.

"정말 골치 아픈걸! 도대체 파리 경시청에서 우리한테 누굴 보낼 건지 도통 모르겠단 말이야."

"그가 꼭 필요하긴 하나요?"

"그걸 말이라고 하나? 그자가 발부받아 가져오는 구인영장이 없으면, 문제의 여자 승객은 물 건너간 꼴밖에 더 되겠어?"

"그나저나 그가 우리를 찾을 수 있을까요? 혹시 우릴 알지도 못하는 건 아닐까요?"

"멍청한 소리! 플라망 자네야 그가 알 턱이 없겠지. 하지만 나 고르주레, 이 형사반장 고르주레는 말이야. 볼니크 성채 사건이 발생했을 때부터 줄곧 맹활약을 해온 몸이시라고. 나를 모를 리는 없지!"

플라망이라 불린 사내는 기분이 상했는지 씩씩대면서 중얼거렸다.

"볼니크 성채 사건이라면 되게 오래됐는걸. 무려 15년 전 얘기 아냐."

"그럼 '생토노레'가 도난사건은 어떤가? 함정을 파서 '꺽다리' 폴을 생포했던 일은 아예 십자군 원정 시절 얘기라도 되나? 불과 두 달도 채 지나지 않은 사건이라고!"

"그래요, 그래. 붙잡기는 했지요. 하지만 그 꺽다리 폴이 여전히 나돌 아다니는 것 또한 사실이지요."

"그렇다 해도 당시 내 솜씨는 정말 기발했어. 그러니까 아직도 날 기용하는 거라고. 자, 이것 좀 봐. 복무명령서에 엄연히 나를 지목하고 있지 않은가!"

사내는 지갑에서 종이 한 장을 꺼내 펼쳤고, 둘이 함께 읽어 내려갔다.

파리 경시청   6월 4일
복무명령서
(긴급)

꺽다리 폴의 정부이자, '금발의 클라라'로 알려진 여인이 15시 47분 리지외발 368호 열차에서 목격되었음. 고르주레 형사반장을 즉시 급파할 것. 열차가 도착하기 전, 구인영장은 따로 인편을 통해 생라자르 역에서 그에게 전달될 것임.

여자의 인상착의는 다음과 같음.

웨이브 진 금발을 양 갈래로 늘어뜨렸고, 눈동자는 푸른색. 20~25세 정도. 예쁜 얼굴에 옷차림은 수수한 편. 전체적으로 우아한 자태임.

"보다시피 내 이름이 분명히 적혀 있네. 꺽다리 폴을 다뤄왔던 사람으로서, 그놈 여자친구도 나한테 맡기는 게 당연한 셈이지."

"그 여자를 아십니까?"

"잘은 몰라. 하지만 일전에 껑다리 폴과 함께 방에 몰아넣어 잡았을 때, 문을 부수고 잠시 마주한 적이 있었지. 다만 그땐 내게 운이 좀 없었어. 놈을 묶는 동안 여자가 창문으로 도망쳐버렸거든. 그래서 여자를 쫓아가는데, 이번에는 껑다리 폴이 줄행랑을 쳤지 뭔가!"

"반장님 혼자였나요?"

"아니, 셋이었어. 하지만 껑다리 폴이 둘을 그 자리에서 패대기쳐버리더군."

"와, 대단한 놈일세!"

"그래도 내가 붙잡긴 했다는 말씀이야!"

"제가 만약 반장님이었다면 놓치진 않았을 텐데요."

"자네가 내 자리에 있었다면 아마 늘씬하게 얻어맞기나 했을 것이네, 다른 두 명과 마찬가지로 말이야. 더군다나 자넨 멍청하기로 소문난 친구 아닌가!"

사실 이런 식의 독단적인 말투는 형사반장 고르주레가 늘 입에 달고 다니다시피 하는 거였다. 그에게 부하 형사들이란 모조리 못난 얼간이었고, 자기만 언제나 옳으면서 어떤 싸움이든 일단 엮인 다음에는 반드시 마지막에 끽소리 못하게 만들어야 직성이 풀리는 타입이었던 것이다.

플라망이 다소 기가 꺾인 듯 말했다.

"아무튼 운도 참 좋으셨어요. 볼니크 사건으로 시작하신 경력이 이제는 껑다리 폴과 클라라에 이르고 있다니! 그래도 아쉬운 게 있다면 뭔지 아십니까?"

"뭔데?"

"다름 아닌, 아르센 뤼팽을 체포하는 일!"

결정판 아르센 뤼팽 전집

대번에 고르주레의 투덜대는 대꾸가 뒤를 이었다.

"그 친구는 내가 그만 간발의 차이로 두 번이나 놓쳐버렸지. 하지만 세 번째는 한번 해볼 만할 걸세. 하여튼 볼니크 사건에 대해서는 항상 예의 주시하고 있다네. 격다리 폴에 대해서도 마찬가지고. 금발의 클라라 문제는……."

순간 그는 부하 형사의 팔을 덥석 붙들며 내뱉었다.

"옳거니, 이제야 기차가 오는군!"

"하지만 아직 영장은 전달받지 못했어요."

고르주레는 사방을 재빨리 둘러보았다. 다가오는 듯한 사람은 하나도 없었다. 하필 이럴 때 기차가 당도할 게 뭔가!

어쨌든 저만치 선로 끝에서 기차의 육중한 차체가 가슴팍을 들이밀며 모습을 나타내고 있었다. 점점 속도가 줄면서 플랫폼을 따라 길게 들어서던 열차가 드디어 멈춰 섰다. 문들이 일제히 열리고, 승객들이 무더기로 쏟아져 나왔다.

개찰구를 지나칠 즈음에는 역무원의 통제하에 그 봇물 같던 승객들 모두가 조붓한 물줄기처럼 가지런히 늘어서기 시작했다. 고르주레는 플라망이 서두르지 않도록 적당히 제지했다. 굳이 호들갑을 떨 필요가 있을까? 어차피 나오는 구멍은 하나이니 사람들은 한 명 한 명 차례대로 지나칠 수밖에 없다. 이런 상황에 인상착의가 또렷이 규명된 아녀자 한 명을 어찌 잡아내지 못하겠는가?

아니나 다를까, 마침내 여자가 모습을 드러냈고 두 형사는 즉각 확신이 들었다. 복무명령서에 묘사된 바로 그 여자가 틀림없었다. 의심할 여지없이 금발의 클라라로 불리는 여자였다.

고르주레가 중얼거렸다.

"맞아, 분명해. 아, 망할 년, 이번엔 빠져나가지 못할걸!"

과연 예쁘장한 얼굴이었다. 반쯤 미소를 지은 듯, 반쯤 어리둥절해하는 듯한 표정에 곱슬곱슬한 금발을 양 갈래로 늘어뜨렸고, 푸른 눈동자는 멀리서도 금방 눈에 띌 정도였다. 게다가 항상 웃을 준비가 된 것 같은 입술이 살짝살짝 움직일 때마다 그사이로 백옥의 치아가 반짝였다.

옷은 회색의 수수한 빛깔에 흰색 리넨 천으로 깃을 단 드레스였는데, 그 바람에 어린 기숙사생 분위기가 물씬 풍겼다. 전체적인 자태는 마치 남의 눈에 띄지 않으려 일부러 조신하게 구는 것처럼 다소곳하기 그지없었다. 적당한 크기의 여행용 가방 하나와 손가방을 들고 있었는데, 둘 다 극히 평범하면서도 무척 깔끔해 보였다.

"차표는요, 마드무아젤?"

"차표요?"

순간 무슨 큰일이라도 난 듯했다. 이놈의 차표를 대체 어디에 쑤셔 박았을까? 호주머니? 손가방? 아니면 여행용 가방에? 가뜩이나 소심한 데다 뒤에 기다리면서 그 꼴을 재미있다는 듯이 바라보는 사람들 때문에 더욱 당황한 여자는 얼른 가방부터 내려놓고 손가방을 열어 한참 덤벙대다가 결국 옷소매 장식 천에 핀으로 꽂아놓은 차표를 찾아냈다.

그러고는 이중으로 울타리가 쳐진 통로를 벗어나 횡하니 지나쳐갔다.

고르주레가 으르렁댔다.

"제기랄! 재수 없게 하필 영장도 없을 때 나타날 게 뭐야! 단번에 붙잡는 건데!"

"그래도 일단 붙잡고 봐요."

"멍청한 소리! 미행을 해보는 거야. 괜히 허튼 짓일랑 하지 말고, 알겠나? 꽁무니를 바짝 붙어."

사실 고르주레는 한 차례 보기 좋게 자신을 따돌린 바 있는 젊은 여자의 '꽁무니를 바짝 붙기'에는 지나칠 정도로 신중했다. 여자에게 눈곱만큼의 경계심도 불러일으켜선 안 된다는 생각에 그는 충분한 거리를 두고서 여자의 뒤를 따랐다. 금발의 클라라는 왠지 모르게―진짜 그러는 건지, 일부러 그러는 건지―머뭇거리는 기색이 역력했다. 흡사 역사의 널찍한 홀 안으로는 난생처음 발길을 들여놓는 사람처럼 어리벙벙해 보였다. 심지어 누구한테 길을 물으려는 엄두도 내지 못하면서 발길 닿는 대로 주춤주춤 헤매는 인상이었다. 언뜻 고르주레의 입에서 나직한 중얼거림이 새어나왔다.

"흠, 역시 독한 년이야!"

"네? 왜요?"

"아무리 저렇게 얼뜬 척해봐야 난 안 넘어가! 저 여자가 저러는 건 길을 몰라서가 아니라, 누군가 미행하고 있을지 몰라 경계를 하기 때문이라고."

그제야 플라망도 고개를 끄덕였다.

"그러고 보니 누군가에게 쫓기는 듯한 태도로군요. 그것만 빼곤 정말 나긋나긋하고 곱살한데 말이죠."

"헛물켜지 말게, 플라망! 닳고닳은 여자일 뿐이야. 게다가 껑다리 폴이 홀딱 빠져 있는 여자라고. 저길 봐, 여자가 계단으로 가고 있어. 우리도 서두르세."

여자는 계단을 내려가 바깥 광장 앞으로 나서자마자 택시를 불러 세웠다.

그에 따라 고르주레의 발걸음도 빨라졌다. 여자가 손가방에서 어떤 봉투를 꺼내 운전기사에게 주소를 불러주는 모습이 고스란히 그의 사정권 안에 포착됐다. 나지막한 음성으로 이렇게 말하고 있었다.

"볼테르 제방 63번지로 가주세요."

여자는 곧장 차에 올라탔고, 고르주레도 얼른 차를 불렀다. 그런데 하필 그때, 지겹도록 기다리던 경시청 심부름꾼이 불쑥 다가드는 것이었다.

"르노, 당신이었소? 그래, 영장은 가져왔소?"

"여기 있습니다."

남자는 영장을 내밀면서 따로 추가된 몇몇 지시사항들을 한꺼번에 쏟아냈다.

결국 모든 게 갖춰졌을 땐, 클라라가 탄 택시는 저만치 멀어져 광장 모퉁이를 돌아나가고 있었다.

한 3~4분은 더 늦어진 셈이었다. 하지만 별 대수이겠는가! 행선지 주소를 알고 있는데!

마침내 올라탄 택시의 기사에게 고르주레가 내뱉었다.

"기사 양반, 볼테르 제방 63번지로 가주십시오."

그런데 아까 두 형사 나리가 역사 기둥에 기대서서 368호 열차를 기다리고 있을 때부터 줄곧 그들 주변을 어슬렁거리던 자가 있었다. 나이는 꽤 지긋한 편이고 구릿빛으로 그을린 깡마른 얼굴에 수염이 덥수룩한 데다, 올리브색이 감도는 너덜너덜 기운 외투를 질질 끄는 차림새였다. 그는 두 형사의 주의를 전혀 끌지 않는 상태에서 고르주레가 운전기사에게 주소를 말해준 바로 그 순간, 그들의 옆을 슬그머니 지나쳤었다.

그리고 이번에는 자기가 택시에 올라타 짧게 지시했다.

"기사 양반, 볼테르 제방 63번지입니다."

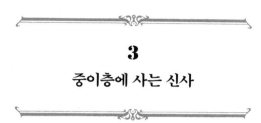

3
중이층에 사는 신사

볼테르 제방 63번지에는 센 강변을 따라 회색빛 건물 전면에 키 큰 창문들이 질서 있게 배열된 사저용(私邸用) 호텔이 들어서 있었다. 단, 1층 거의 전부와 중이층 4분의 3 정도까지는 골동품 상점과 서점에 할애된 공간이었다. 대신 2층과 3층은 100년도 더 넘게 가문 대대로 이 부동산을 대물림해오고 있는 에를르몽가(家)의 후작이 호화로운 아파트로 사용하고 있었다. 예전에 훨씬 더 부자였던 그는 최근 일부 투자가 잘못되는 바람에 하인들과 그 밖의 고용 인원을 다소 줄여야만 했다.

그가 건물 중이층에서 방 네 개짜리 아담한 숙소를 따로 떼어내, 어떤 호사가든 상당액의 수수료만 내놓는다면 누구를 막론하고 세를 놓기로 한 것도 다 그런 맥락에서였다. 마침 한 달여 전부터 라울 씨라는 인물이 세입자로 들어앉아 있었는데, 이 사람은 거의 밤에 들어와 자는 법 없이 오후에 한두 시간가량 드나드는 게 고작이었다.

그가 머무는 장소는 관리인 숙소 바로 위이자, 후작의 개인비서가 사용하는 방 바로 밑이었다. 어두컴컴한 현관으로 들어서면 곧바로 거실로 이어졌고, 오른쪽으로 돌면 방 하나, 왼쪽으로는 목욕탕이 구비되어 있었다.

그날 오후에는 거실이 텅 비어 있었다. 별로 많지 않은 가구들은 아마 되는대로 끌어모은 것들 같았다. 뭐 하나 정돈된 느낌이 아니었고, 아늑한 분위기는 찾아볼 수가 없었다. 마치 일시적으로 찾아들었다가 변덕이 나면 언제든 훌쩍 치우고 떠나버릴 수 있을 일종의 야영 캠프 같은 느낌이랄까?

센 강의 기막힌 경치를 내다보는 두 개의 창문 사이에 큼직한 안락의자 하나가 두툼한 솜을 넣은 등받이를 출입문 쪽으로 향한 채 놓여 있었다.

그 안락의자 오른편에는 앙증맞은 외발원탁이 리쾨르 캐비닛처럼 보이는 상자를 받치고 있었다.

벽에 단단히 고정된, 조붓한 케이스를 갖춘 괘종시계가 오후 4시를 타종했다. 그 뒤 2분이라는 시간이 흘러갔다. 이번에는 천장 쪽에서 마치 극장의 막이 오르는 신호처럼 세 차례 두들기는 소리가 규칙적인 간격을 두고 들려왔다. 그런 다음 또다시 세 차례가 더 들렸다. 그러더니 갑자기 상자 쪽 어딘가로부터 이번엔 흡사 전화벨 소리 같은 종소리가 다급하면서도 나지막이 울리는 것이었다.

그리고 적막.

잠시 후, 모든 것이 다시 시작되었다. 발 구르는 소리 세 번. 답답하게 들려오는 전화벨 소리. 단, 이번에는 금세 끊어지지 않고 리쾨르 캐비닛처럼 생긴 상자에서 계속 솟구쳐 올라왔다.

바로 그때였다.

"빌어먹을! 빌어먹을! 에잇, 빌어먹을!"

방금 잠에서 깬 듯한 거친 목소리가 거실 전체에 울려 퍼졌다.

이윽고 넉넉한 안락의자 등받이 오른쪽으로 팔 한 짝이 천천히 뻗어 나왔고, 외발원탁 위 상자 쪽으로 건너가더니 상자 뚜껑을 열어 그 안에 내장되어 있던 전화 수화기를 능숙하게 집어 들었다.

수화기는 곧장 등받이 반대편으로 옮겨갔고, 그제야 안락의자에 가려 보이지 않는 신사의 보다 낭랑한 음성이 으르렁거리며 밖으로 비어져 나왔다.

"그래, 날세, 라울. 도대체 잠 좀 자게 내버려두지 못하겠는가, 쿠르빌? 이제 와 보니 자네 사무실과 내가 있는 곳을 이런 식으로 연결하겠다는 것부터가 정말 머저리 같은 발상이었네! 자, 별다른 얘기는 아니겠지? 빌어먹을, 난 그럼 잘 테야!"

수화기를 툭 내려놓자마자, 금세 다시금 발 구르는 소리와 전화벨 소리가 연달아 들려왔다. 남자는 하는 수 없이 잠을 포기했고, 그렇게 중이층의 라울 씨와 데를르몽 후작의 개인비서 쿠르빌 선생과의 소리 죽인 전화통화는 재개되었다.

"그래, 어서 주절대보게. 후작이 집에 있다고?"

"네, 그리고 발텍스 선생이 방금 떠났습니다."

"발텍스! 발텍스가 오늘도? 맙소사! 기필코 우리와 같은 목표를 추구하겠다니, 정말 그 인간 갈수록 꼴사나워지게 생겼어! 게다가 우린 아직 깜깜한데 놈은 이미 꿰차고 있는 게 분명하단 말이거든. 혹시 문틈으로라도 뭔가 엿들은 건 없나?"

"없습니다."

"자넨 뭐 하나 엿듣는 법이 없군. 그러면서 왜 귀찮게 깨운 거야? 빌어먹을 잠이나 자게 나 좀 내버려두게! 이따 5시나 되어야 멋진 올가와 함께 차 마시러 갈 약속이 있단 말일세."

그는 또다시 수화기를 내려놓았다. 하지만 전화통화 때문에 완전히 잠이 깼는지 안락의자에 여전히 파묻혀 있으면서도 이번에는 담배에 불을 붙여 무는 것이었다.

푸르스름한 연기가 동글동글 원을 그리며 등받이 너머로 떠올랐다. 괘종시계는 4시 10분을 가리키고 있었다.

느닷없이 현관 쪽 출입문으로부터 초인종 소리가 요란하게 들려왔다. 그와 동시에 두 개의 창문 사이 판자 하나가 분명 초인종에 의해 작동되는 장치 속에서 스르르 미끄러졌다.

놀랍게도 거기엔 자그마한 장방형 틀이 드러나면서 마치 영화의 스크린과도 같은 환한 유리면 안에 금발의 곱슬 머리를 양 갈래로 늘어뜨린 어느 매혹적인 여인의 얼굴이 떠올랐다.

라울 씨는 퍼뜩 일어나며 속삭였다.

"어라, 제법 귀여운 아가씨인걸!"

그는 잠시 여자의 얼굴을 들여다보았다. 도무지 모르는 얼굴이었다. 한 번도 본 적이 없었다.

그는 용수철장치를 조작해 판자를 원위치시켰다. 그런 다음 벽거울 앞에 다가가 자신의 모습을 바라보기 시작했다. 나이는 대략 서른다섯 살, 날렵한 용모에 우아한 분위기, 나무랄 데 없는 차림새의 멋진 신사가 마주 보고 있었다. 이런 신사라면 어떤 아리따운 아가씨의 느닷없는 방문도 능란하게 소화해낼 수 있을 게 틀림없었다.

남자는 부리나케 현관 쪽으로 내달렸다.

방문객은 여행가방 하나를 층계참 양탄자 위에 내려놓고, 한 손에는 봉투를 쥔 채 기다리고 있었다.

"무얼 도와드릴까요, 마담?"

"마드무아젤입니다."

여자의 나직한 음성이 돌아왔다.

남자는 곧장 말을 고쳤다.

"무얼 도와드릴까요, 마드무아젤?"

"여기 데를르몽 후작이 계신가요?"

라울 씨는 여자가 층을 잘못 찾았다는 걸 대번에 직감했다. 젊은 아가씨가 두세 걸음 현관으로 들어서는 동안, 남자는 여행가방을 잽싸게 집어 들고는 아무렇지도 않게 대답했다.

"네, 바로 접니다만."

여자는 문득 거실 문턱에서 멈춰 섰고 당혹스러운 얼굴로 중얼거렸다.

"어머나! 듣기로는 후작께선 연배가 상당하신 걸로 알고 있는데……."

"아하, 제 아버지 말씀을 하시는군요."

라울 씨는 간단하게 내뱉었다.

"하지만 아들은 없는 걸로 아는데……."

"허허, 그것도 안 되나요? 그렇다면 이렇게 합시다. 내가 그의 아들이 아니라고 치죠. 하긴 뭐 별로 중요한 문제도 아니니까. 아무튼 데를르몽 후작과 개인적으로 아는 사이는 아니지만, 그와 더불어 무척이나 잘 지내는 사람임엔 틀림없습니다."

그러면서 능숙한 솜씨로 여자의 몸을 안으로 끌어들였고, 등 뒤로 문을 닫았다.

여자가 대뜸 저항했다.

"므슈, 아무래도 이만 나가야겠습니다. 층을 잘못 찾은 것 같아요."

"잠깐만. 일단 숨부터 돌리십시오. 워낙에 층계가 벼랑처럼 가파르다 보니……."

남자의 얼버무리듯 만류하는 태도가 워낙 경쾌하고 허물이 없어서인지, 여자는 거실을 나서려 하면서도 입가에는 언뜻 웃음을 머금지 않을 수 없었다.

바로 그 순간, 층계참 쪽에서 다시금 초인종이 울리더니 그와 동시에 두 창문 사이의 판자가 열리면서 아까와 똑같이 반짝이는 화면이 등장했다. 이번에는 투박스러운 콧수염이 가로지른 무뚝뚝한 얼굴이 들이밀고 있었다.

라울 씨는 버럭 소리를 지르며 화면을 꺼버렸다.

"이런, 경찰 아냐! 저치가 여긴 대체 무엇하러 온 거지?"

여자는 방금 나타난 얼굴에 한껏 당황한 듯 안절부절못했다.

"제발, 부탁이에요! 날 좀 나가게 해주세요!"

"저자는 고르주레 형사반장입니다. 아주 저열한 자식에다 파렴치한 이지요. 녀석의 상판대기를 직접 본 적도 있어요. 놈이 당신을 보아선 안 됩니다. 절대로 그렇게 놔둘 순 없어요."

"그가 나를 목격하건 안 하건 상관없어요. 난 그냥 여기서 나가고 싶단 말이에요."

"절대 안 됩니다. 당신을 위험한 지경에 빠뜨릴 순 없어요."

"위험할 것도 없어요."

"아니에요, 그렇지 않습니다. 자자, 어서 내 침실로 건너가십시오. 싫다고요? 정 그렇다면 이렇게라도 해야……."

남자는 갑자기 재미있는 아이디어가 떠올랐는지 대차게 웃음을 터뜨렸고, 여자에게 정중히 손을 내미는가 싶더니 넉넉한 안락의자에 강제로 앉혔다.

"꼼짝하지 마십시오. 여기 이러고 있는 한 어디서도 볼 수가 없답니다. 3분만 잠자코 기다리면 자유의 몸이 되는 겁니다. 내 침실이 피난처로 싫다면 이 안락의자쯤이야 받아들일 수 있겠죠?"

여자는 억지로라도 따를 수밖에 없었다. 그만큼 유쾌하다 못해 어린 애 같기도 한 사내의 태도 속에는 왠지 무시할 수 없는 결단과 권위가 느껴졌다.

여자의 다소곳해진 태도에 대한 만족감의 표시로 라울 씨는 제자리에서 가볍게 깡총거리기까지 했다. 바야흐로 그럴듯한 양상 속에서 슬슬 모험의 발동이 걸리고 있다는 뜻일까? 그는 득달같이 달려가 문을 열어젖혔다.

고르주레 형사는 플라망을 대동한 채 불쑥 뛰어들더니 대번에 칼칼한 목소리로 외쳤다.

"분명 여기에 여자가 있어! 관리인이 지나치는 걸 보았고, 곧이어 초인종 소리도 들었다고 했단 말이야!"

라울 씨는 부드럽게 상대의 진로를 가로막으면서 한껏 예의를 갖춰 물었다.

"실례지만, 무슨 영문인지?"

"나는 사법경찰관 고르주레 형사반장이오."

"고르주레! 그 유명한 고르주레라고? 아르센 뤼팽을 거의 체포할 뻔했다는 그 형사반장?"

라울 씨가 버럭 소리치자, 형사반장은 대뜸 거드름을 피우기 시작했다.

"언젠가는 완벽하게 체포할 예정이지요. 하지만 오늘은 다른 일 때문에 온 것이오. 다른 사냥거리라고나 할까. 아무튼 어떤 여자 한 명이 올라오지 않았소?"

"금발 말입니까? 아주 예쁘장하고?"

"예쁘장한가? 글쎄, 뭐······."

"'글쎄'가 아니지요. 내가 얘기하는 여자는 분명 절세미인인 데다 무

두 개의 미소를 가진 여인

지하게 매혹적인 미소를 지녔소. 아주 상큼한 인상이었지."

"그래, 이곳에 있습니까?"

"있다가 나갔습니다. 여기 초인종을 누르고는 나더러 볼테르 대로 63번지에 사는 므슈 프로생 아니냐고 물은 지 3분도 채 안 되었지요. 나는 곧 주소를 잘못 알았으며, 볼테르 대로로 가려면 어떻게 해야 하는 지 친절하게 가르쳐주었습니다. 물론 여자는 즉시 떠났고요."

"제기랄, 운수 잡쳤구먼!"

고르주레는 투덜대면서 주위를 휘둘러보았고, 등 돌린 안락의자 쪽으로도 무심코 시선을 던지는가 하면 여기저기 문 쪽도 두리번거렸다.

"문을 열어 보일까요?"

라울 씨가 은근히 떠보았다.

"괜찮소. 곧 찾게 되겠죠."

"아무렴요, 고르주레 형사라면 여부가 있겠습니까!"

"동감이오."

고르주레가 순진하게 대꾸했다.

그는 모자를 눌러쓰면서 덧붙였다.

"또 그따위 수작이나 부리는 게 아니기만 바랄 뿐이지. 좌우간 보통 왈패 계집이 아니라니깐!"

"왈패 계집이라뇨? 그 금발 머리 아가씨가 말입니까?"

"그럼 누구겠소? 아까도 수배 중인 그 여자가 탄 열차가 생라자르 역에 도착하면서 거의 잡아챌 뻔했는데. 이번이 벌써 두 번째 꽁무니를 빼는 거란 말이오."

"하지만 내가 보기엔 극히 얌전하고 서글서글한 것 같던데요."

고르주레는 손사래를 치면서 자기도 모르게 울컥 내뱉었다.

"허어, 분명히 말하지만 그처럼 대단한 계집도 없다니까! 그 여자가 누군지 아시오? 한마디로 꺽다리 폴의 정부요!"

"네? 아니, 그 유명한 강도 말입니까? 도둑에다 분명 살인까지 저질렀을 그…… 꺽다리 폴. 당신이 거의 체포할 뻔했다던 그 위인 말이에요?"

"조만간 잡아들일 거요! 족제비 같은 금발의 클라라인지 뭔지 하는 요녀와 함께 말이오!"

"맙소사, 그럴 리가! 아까 그 귀여운 금발 미녀가 설마 지난 6주 동안 신문에서 그렇게 떠들어대며 추적하던 클라라라니!"

"바로 그 여자요. 이제 이 일이 얼마나 중요한 체포작전인지 알겠죠? 자, 가세나, 플라망! 므슈, 다시 한번 주소 확인 좀 하겠소. 볼테르 대로 63번지 므슈 프로생이라고 했소?"

"그렇습니다. 정확히 그렇게 물었어요."

라울 씨는 무척 정중한 태도로 손님들을 문밖까지 배웅했다.

그리고 계단 난간 너머 몸을 기울여 저만치 내려가는 형사들 등에 대고 소리쳤다.

"아무튼 행운을 빕니다! 그리고 이왕이면 뤼팽 선생도 붙잡아주시오! 초록은 동색이라고, 그놈도 마찬가지 양아치이니까!"

거실로 돌아오자, 여자는 다소 불안한 표정에 창백한 얼굴을 하고 자리에서 일어나 있었다.

"어디 편찮으시오?"

"아니, 아니에요. 그냥 역에서 날 기다리던 자들이 있을 줄은! 나를 찾고 있었던 거예요!"

"그럼 당신이 정말 그 유명한 꺽다리 폴의 정부인 금발의 클라라란 말이오?"

여자는 어깨를 한 번 으쓱하고는 대답했다.

"나는 꺽다리 폴이 누군지조차 모릅니다."

"신문을 안 보십니까?"

"거의 그런 편이죠."

"금발의 클라라라는 이름도 몰라요?"

"처음 듣는 이름이에요. 내 이름은 앙토닌입니다."

"그렇다면 걱정할 것도 없겠군요?"

"그런 셈이죠. 하지만 사람들이 나를 잡으려 하잖아요. 나를 잡으려
고 혈안이 돼서……."

여자는 문득 말을 멈추더니 공연히 흥분한 것이 겸연쩍은지 히죽 웃
고는 마무리했다.

"하긴 시골에서 방금 올라오는 길이라 별일 아닌 것에도 그만 정신이
다 없어진답니다. 그럼 이만 실례하겠어요."

"아니, 뭐 그리 바쁠 필요 있습니까? 잠시만 시간을 내주십시오. 당
신과 할 얘기가 좀 많습니다! 어쩌면 그리 화사하게 웃으십니까! 정말
아찔한 미소로군요. 입술 끝도 살짝 올라가고."

"어머, 더 들을 말씀 없습니다. 안녕히 계세요."

"잠깐, 방금 나 때문에 무사하게 넘어가놓고……."

"당신 때문에 내가 무사하다뇨?"

"아닙니까? 내가 아니었다면 감옥에다 중죄재판에다 결국에는 교수
형까지! 그 정도면 잠깐의 시간은 내줄 만도 하죠. 이곳 데를르몽 후작
의 저택에 들어온 지 얼마 지났죠?"

"글쎄요, 한 반 시간 정도?"

"그 정도면 지나는 길에 내가 보살폈다고 치고, 그저 친구로서 차라
도 한 잔 같이 나눌 수도……."

"차를요? 여기서요? 오, 므슈, 잘못 알고 발을 들인 여자한테 좀 심
하시군요. 사양하겠습니다."

결정판 아르센 뤼팽 전집

그러면서 빤히 바라보는 여자의 눈빛을 마주하자 라울 씨는 제법 머쓱해졌고, 더 이상 강요할 수가 없었다.

"당신이 원했든 원치 않았든, 어쩌다 보니 우리가 이렇게 함께 있게 된 건 사실입니다. 그러니 나도 내키는 만큼은 도우렵니다. 자고로 후일이 따를 수밖에 없는 만남이 있는 법이에요. 그것도 아주 많은 후일 말입니다."

층계참까지만 배웅하고, 라울 씨는 계단을 마저 올라가는 여자를 물끄러미 쳐다보았다. 여자는 올라가다 말고 뒤를 슬쩍 돌아보며 다소곳한 손인사를 보냈다. 남자는 속으로 중얼거렸다.

'정말 아름다운 여자야. 아, 저 상큼한 미소를 좀 보라고! 그나저나 후작의 집엔 뭐하러 온 걸까? 뭐하며 사는 여자지? 도대체 무슨 비밀이 있는 거야? 그녀가 껑다리 폴의 정부라니! 글쎄, 어쩌다가 껑다리 폴과 잘못 엮어서 좋지 않은 일에 끼어들었을 순 있겠지. 하지만 놈의 정부라니. 그런 허튼 얘길 꾸며대는 건 이 세상에 경찰 말고는 없을 거야!'

그러다 문득 고르주레가 볼테르 대로 63번지에서 허탕을 친 뒤 곧장 이리로 다시 달려온다면 여자와 마주치게 될지도 모른다는 데 생각이 미쳤다. 그것만은 무슨 일이 있어도 막아야 했다.

라울 씨는 부랴부랴 집 안으로 들어섰다. 그때 또다시 어떤 생각과 동시에 이마를 탁 치더니 중얼거렸다.

"이런 우라질! 깜박했군."

그는 바깥에 설치된 시내용 전화기로 달려갔다.

"방돔 00-00번요! 여보세요? 이봐요, 마드무아젤! 좀 서둘러주쇼! 여보세요? 베를리츠 양장점 말입니다. 왕비님이 거기 계시지 않소? (무척 짜증스러운 어조였다.) 왕비마마께서 거기 계시죠? 아, 옷을 입어보고 계시다고요? 알겠습니다, 므슈 라울한테서 전화 왔다고 전해주십시오."

그러고는 곧장 강한 어조로 덧붙였다.

"허튼소리 말고! 당장 마마께 전해요! 그러지 않으면 마마께서 몹시 진노할 것이오!"

라울 씨는 신경질적으로 전화기를 토닥이며 기다렸다. 마침내 저쪽에서 누군가 전화를 건네받았고, 라울 씨는 거침없이 말을 이었다.

"올가, 당신이오? 나요, 라울! 뭐? 뭐라고? 지금 가봉하다 말고 전화 받는 중이라고? 반쯤 벗은 거나 마찬가지야? 허허, 그거 잘됐군! 지나가다 누가 힐끗 들여다보면 그 친구 운수 대통한 거겠어, 올가! 당신의 맨어깨야말로 유럽 최고 아니오! 오, 올가, 제발 그 발음 좀 굴리지 마시오! 하고 싶은 마-ㄹㄹㄹ이 뭐냐고? 이것 봐, 나도 굴리게 되잖아! 아무튼 오늘 차 마시러는 못 갈 것 같소. 아니, 걱정 마-ㄹㄹㄹ고. 여자 때문이 아니라니까. 이-ㄹㄹㄹ 때문에 그런 거야. 왜 이리 또 거-ㄹㄹㄹ고 넘어지시나. 이봐요, 귀여운 내 새끼. 대신 오느-ㄹㄹㄹ 저녁…… 데리러 오라고? 좋았어! 내 사랑 오-ㄹㄹㄹ가……."

덜컥 전화를 끊고 나서 라울 씨는 반쯤 열린 현관문 뒤로 부리나케 달려가 밖을 살피기 시작했다.

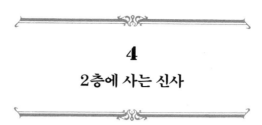

4
2층에 사는 신사

　별로 읽지는 않으면서 멋진 장정이 마음에 들어 뒤죽박죽 끌어모은 책들로 어지러운 서재 책상 앞에 앉아 데를르몽 후작은 서류들을 정리하고 있었다.

　볼니크 성채의 끔찍한 사건이 벌어진 이래, 그는 15년이라는 세월 이상으로 더 나이가 들어 보였다. 머리는 백발이었고, 얼굴 가득 깊은 주름이 새겨 있었다. 왕년에 어느 여자든 그 앞에서만큼은 박하게 나오지 못했던 미남자 데를르몽이 더는 아니었다. 아직 허리도 꼿꼿하고 풍채도 그럴싸했지만 예전처럼 쾌락의 욕구로 생기발랄하던 표정은 온데간데없고, 진지하다 못해 가끔 수심에 가득 찬 얼굴이었다. 그것을 두고 그가 자주 드나드는 살롱이나 동호회 사람들은 돈이 딸려 저러려니 했다. 워낙에 속내를 얘기하는 타입이 아니기에 사람들은 장 데를르몽이라는 사람에 대해 그 이상 알기 어려웠다.

　별안간 초인종 소리가 그의 귓전을 때렸다. 그는 가만히 귀만 열어놓고 기다렸다. 잠시 후, 문을 노크한 뒤 하인이 들어와 웬 젊은 여자가 찾아왔다고 알렸다.

"미안하지만 시간이 없다고 하게."

하인은 나갔다가 금세 돌아왔다.

"후작님, 아가씨가 자꾸 고집을 하네요. 자기가 리지외에 사는 테레즈라는 여자 딸이라면서 전할 편지를 가지고 왔답니다."

후작은 멈칫했다. 입으로 계속 중얼거리면서 그는 뭔가 기억을 끄집어내려고 애썼다.

"테레즈…… 테레즈라……."

그러더니 마침내 짧게 내뱉었다.

"안으로 모시게."

자리에서 일어난 후작은 안으로 들어서는 젊은 여자 쪽으로 성큼 다가서면서 두 팔을 한껏 벌려 따뜻하게 손님맞이를 했다.

"어서 오시오, 마드무아젤. 당신 어머님은 물론 잊지 않고 있다오. 그나저나 정말 빼다 박았군요! 머리 색깔도 똑같고, 다소 수줍어하는 인상도 마찬가지야. 특히 누구나 좋아하던 저 미소! 그래, 어머님이 보내셨다고요?"

"어머니는 5년 전에 돌아가셨답니다. 그쪽 앞으로 편지 한 장을 남기셨는데, 내가 꼭 전달해주겠다고 약속을 드렸어요. 도움이 필요할 경우에 말이죠."

여자의 말투는 매우 침착했고, 해맑은 얼굴도 약간의 슬픈 빛으로 착 가라앉았다. 어머니가 주소를 적어준 봉투를 내밀자 남자는 얼른 개봉을 했고, 속의 글씨에 힐끗 시선이 멈추면서 움찔하더니 저만치 물러나 혼자 읽기 시작했다.

당신이 내 딸을 위해 무언가를 할 수만 있다면 그렇게 해주도록 하세요……. 그 애로선 당신이 그냥 친구로 지냈었다고 믿겠지만, 어쨌든 그 애도 알 만한 추억을 생각해서 말이죠. 단, 부탁인데 제발 사실을 바로 알게 하진 마세요. 앙토닌은 내가 그랬던 것처럼 자존심이 무척 강한 애랍니다. 생활비를 버는 수단에 한해서만 도움을 요청할 거예요. 고마움을 전하며……. 테레즈.

후작은 한동안 잠자코 있었다. 머릿속에서는 프랑스 한복판의 온천 도시에서 그토록 흥겹게 시작되었던 감미로운 연애사건이 몽실몽실 떠올랐다. 당시 테레즈는 가정교사의 자격으로 어떤 영국인 가족을 수행하고 있었다. 장 데를르몽에게 그때 그 일은 시작과 동시에 끝이 난 일종의 변덕스러운 장난질에 불과했다. 워낙 무사태평하고 이기적인 성격이었던 젊은 귀족은 자신한테 몸과 마음을 다해 순정을 바쳐오는 여자를 진지한 관심으로 대한 것이 전혀 아니었다. 따라서 간직하고 있는 기억이라 해봐야 고작 몇 시간의 희미한 추억거리가 전부였다. 하지만 테레즈에게는 그 일이 보다 심각하고, 평생을 떠나지 않을 만큼 대단한 사건이었단 말인가? 아무 말도 없이 갑작스레 단행된 이별이 정녕 고통의 씨앗을 남긴 거란 말인가? 하나의 떨어져 나온 생명, 바로 이 아이를 말이다.

지금까지 전혀 모르고 있었다. 아이 엄마가 그동안 편지 한 장 적어 보내지 않은 것이다. 그러다가 이제 와서야 가장 당혹스러운 상황 속에서 과거로부터의 편지 한 장이 불쑥 튀어나오다니. 무척 황당해하며 후작은 젊은 여자에게 다가가 물었다.

"혹시 몇 살이오, 앙토닌?"

"스물셋입니다."

그는 가까스로 마음을 추스렸다. 과연 시기상으로 일치했던 것이다. 우물거리는 목소리로 그는 자기도 모르게 중얼거렸다.

"스물세 살이라……."

다시 어색한 침묵에 빠지는 것도 싫을뿐더러, 딸의 의혹을 부추기지 말아달라는 테레즈의 부탁도 생각난 후작은 얼른 이렇게 말했다.

"나는 당신 어머니의 친구였답니다, 앙토닌. 아울러……."

"그때 일에 대해서는 얘기 말아주세요. 부탁입니다."

"당신 어머님이 그때 일을 좋지 않게 기억하셨던 모양이구려?"

"어머니는 아무 얘기도 하지 않으셨어요."

"그러죠. 단, 한 가지만 묻겠소. 어머님께서는 힘들게 살았나요?"

여자는 단호한 음성으로 대꾸했다.

"아뇨, 아주 행복하셨어요. 제겐 늘 즐거움만 주셨고요. 하지만 오늘 이렇게 찾아온 건, 나를 맡아오던 사람들과 더 이상 맞지가 않았기 때문이에요."

"이봐요, 아가씨. 내게 모든 걸 털어놔보세요. 오늘에 와서 무엇보다 중요한 일은 당신의 장래 문제일 겁니다. 뭐든 바라는 것이 있으면 말해보세요."

"아무한테도 신세 지지 않는 거예요."

"누구한테도 의존하지 않겠다?"

"사람 말을 따르는 것 자체가 싫다는 건 아닙니다."

"할 줄 아는 게 뭡니까?"

"못하는 거 빼고 다 합니다."

"흠, 많다면 많고 적다면 적다는 얘기로군. 내 비서로 일해보는 건 어떻소?"

"지금도 비서는 있지 않나요?"

"그렇긴 하지만 왠지 미덥지가 않아서. 자꾸 문 뒤에서 엿듣고 내 서류를 뒤지는 일이 다반사거든. 당신이 그를 대신해주었으면 하는데."

"다른 사람 일자리를 빼앗고 싶진 않습니다."

"저런, 이러다간 일이 꽤 어렵겠는걸!"

데를르몽 후작은 지그시 웃으며 말했다.

둘은 서로 다가앉아 한참 동안 이런저런 얘기를 나누었다. 남자는 다정다감하면서 진지하게 얘기에 몰두하는 반면, 여자는 다소 늘어지고 데면데면한 태도였다. 게다가 이따금 극히 삼가는 기색을 보이는 바람에 남자 쪽에선 영문 모르게 덜컥덜컥 당황하곤 했다. 마침내 여자 쪽에서 굳이 보채지 않을 것이며, 남자 쪽에서도 상대를 좀 더 파악하여 생각을 정리할 수 있게 시간적 여유를 갖기로 서로 합의를 보았다. 마침 후작은 이튿날 자동차를 타고 사업차 여행을 떠나서 한 20여 일 정도 외국에 머물 예정이었다. 여자는 일단 그 자동차 여행에 후작을 동반하기로 했다.

여자는 쪽지에다 이제부터 파리에 정착하기로 한 민박집 주소를 적어주었고, 다음 날 아침 남자가 데리러 가기로 약속했다.

건넌방으로 나와 남자는 여자의 손에다 입을 맞추었다. 그 순간, 쿠르빌이 현장을 지나쳤다. 하필 후작이 툭 던진 말은 이런 것이었다.

"또 봐요, 아가씨. 나를 또 보러 와주겠죠?"

여자는 가방을 들고 계단을 내려갔다. 경쾌한 몸놀림이 무척이나 행복해 보였고, 마치 노래라도 금방 튀어나올 듯했다.

그 이후에 일어난 일은 지극히 순식간에, 전혀 예기치 못하게 벌어진 일이라 여자는 무척 당혹스러운 인상만 중구난방으로 감지했을 뿐이다. 바로 마지막 계단을 밟을 즈음,─층계가 제법 어두컴컴한 편이었다─중이층 문 앞에서 사람이 떠드는 소리가 들렸고, 그중 몇 마디가 귀로 흘러든 것이다.

"당신, 나를 우롱한 거야. 볼테르 대로 63번지라는 건 있지도 않았어."

"그럴 리가요, 형사 나리! 볼테르 대로가 없단 말입니까?"

"게다가 내가 여기 왔었을 때만 해도 이 호주머니 속에 얌전히 있던 중요한 서류 하나가 대체 어떻게 된 건지도 알고 싶소."

"아, 영장 말씀인가요? 마드무아젤 클라라를 겨냥한 것 말이죠?"

순간 고르주레 형사의 목소리를 알아본 여자는 그만 큰 실수를 범하고 말았다. 조용히 2층으로 돌아가면 좋았을 것을, 덮어놓고 날카로운 비명부터 내지르며 계단을 달려 내려간 것이다. 형사반장은 난데없는 비명 소리에 후닥닥 뒤를 돌아보았고, 도망치는 여자를 발견하자마자 냅다 덮치려 했다.

하지만 억센 두 손에 팔목이 붙들리면서, 고르주레는 현관 안쪽으로 질질 끌려 들어오고 말았다. 갑작스레 적으로 돌변한 상대보다 자신의 근육질 넘치는 체격에 자신이 있었던 형사반장은 당장 몸부림을 쳐대며 뿌리치려 했다. 그러나 뿌리치긴커녕 더없이 무기력하게 꼼짝달싹 못하게 된 자신의 처지를 깨닫고는 보통 놀라는 게 아니었다. 그래도 버럭 화를 내며 악을 썼다.

"당신, 이거 놓지 못하겠소?"

라울 씨는 또박또박 잘라 말했다.

"나를 따라와야 한다니까. 당신이 찾고 있는 영장이 바로 내 집 안에 있단 말이오."

"까짓 영장이야 될 대로 되라지!"

"오, 난 아니오! 내 생각은 달라요. 난 반드시 그걸 당신에게 돌려줘야겠어. 당신이 요구했으니 난 그 요구를 들어줘야 직성이 풀리겠다고."

"아, 이런 제기랄! 그사이에 계집년이 내뺀다니까!"

　　　　　결정판 아르센 뤼팽 전집

"동료 형사와 함께 오지 않았소?"

"길가에 지키고는 있지만 워낙에 멍청한 친구란 말이오!"

결국 눈 깜짝할 사이에 형사반장은 현관 안에 감금된 꼴이 되고 말았다. 길길이 날뛰면서 온갖 욕설을 게워내는 게 당연했다. 그는 사정없이 문을 두드리고, 자물쇠에 우격다짐을 가해보기도 했다. 하지만 문은 꿈쩍하지 않았고, 자물쇠 역시 특수하게 제작된 것이라서 열쇠가 끝없이 헛돌기만 할 뿐 좀처럼 반응을 보일 기미가 없었다.

"자, 여기 당신이 찾는 영장입니다, 형사반장 나리."

라울의 데면데면한 말투에 고르주레는 당장 멱살잡이라도 할 태세였다.

"이제 보니 당신 보통 뻔뻔한 친구가 아니야! 이 영장은 분명 여기 처음 왔을 때 내 외투 호주머니에 있었다고!"

"그러다 떨어졌겠죠. 나도 바닥에서 주웠는걸요."

여전히 태평스러운 어조였다.

"허튼소리! 어쨌든 당신의 그 볼테르 대로인가 뭔가 하는 헛소리 때문에 내가 골탕을 먹은 건 사실 아니오? 그 바람에 계집은 줄행랑을 쳤을 테고."

"뭐 거의 그렇다고 볼 수도 있겠죠."

"뭐, 뭐라고?"

"그때 분명 여자가 이 방에 있었거든요."

"지금 무슨 소리 하는 거요?"

"지금 당신한테 등을 돌리고 있는 저 안락의자에 앉아 있었지요."

고르주레는 팔짱을 낀 채 중얼거렸다.

"맞아, 그랬군! 정말 그랬어! 바로 저 안락의자가 문제였어. 당신이 감히? 좋아, 그래. 당신 미쳤어? 누가 감히 당신더러……."

라울 씨의 그윽한 음성이 얼른 대꾸했다.

"나의 이 토실토실한 양심이 그러라고 하더군요. 이보세요, 형사 양반. 당신도 비교적 선량한 편에 속한 사내일 겁니다. 아마 집에는 아내와 자식들도 거느리고 있겠죠. 그런데도 그 어여쁜 금발 아가씨가 감옥에 처박히도록 순순히 내어줄 수 있단 말이오? 이것 보세요! 당신이 만약 나였다면 분명히 똑같이 행동했을 겁니다. 여자를 내놓으라고 닦달하는 나를 볼테르 대로로 내몰았을 거란 말이오. 솔직히 그렇지 않소?"

고르주레는 숨이 턱턱 막히는 모양이었다.

"아, 여자가 있었어! 껑다리 폴의 정부가 여기 있었다고! 당신, 아주 고약한 짓을 저지른 거야! 요 얄량한 친구 같으니!"

"그것도 껑다리 폴의 정부가 여기 있었다는 걸 당신이 증명해 보일 경우에 한한 얘기지. 문제는 당신이 그걸 해낼 수 있느냐 아니겠소?"

"하지만 당신이 방금 실토하기를……."

"그야 이렇게 단둘이 마주 보면서 하는 얘기고. 그게 아닐 땐 어림 반 푼 없는 말씀!"

"내가 형사반장으로서 증언을 하면……."

"이봐요, 이봐. 설마 자신이 초등학생보다 못하게 우롱을 당했노라고 사방팔방 떠들어대겠단 얘기는 아니겠죠?"

고르주레는 제정신이 아니었다. 감히 형사반장 앞에서 도전을 불사하는 이 맹랑한 녀석은 도대체 누구란 말인가? 당장 이름과 신분증을 확인하고픈 마음이 불쑥 치솟았다. 그러면서도 한편으로는 이 묘한 인물의 알 수 없는 술수에 휘말려 이러지도 저러지도 못할 것 같은 예감에 휩싸이는 것이었다. 결국 이렇게 내뱉는 게 고작이었다.

"그나저나 당신은 껑다리 폴의 정부와 친한 사이요?"

"내가요? 겨우 3분 동안 보았을 뿐인데요."

　　　　　결정판 아르센 뤼팽 전집

"그랬더니?"

"그랬더니 아주 마음에 드는 여자더군요."

"그것만으로 이럴 이유가 된다고 생각하는 거요?"

"여부가 있겠소. 나로 말할 것 같으면 내가 마음에 들어 하는 사람이 곤경에 처하는 걸 눈 뜨고는 못 보거든!"

고르주레는 불끈 쥔 주먹을 쳐들고 라울 씨 쪽으로 은근히 흔들어댔는데, 바로 그 순간 라울 씨는 전혀 아랑곳하지 않고 잽싸게 현관문으로 다가가 세상 그 무엇보다 손쉬운 장치를 다루듯 자물쇠를 훌러덩 해체했다.

형사반장은 모자를 푹 눌러쓰고 활짝 열어젖혀진 문을 통해 밖으로 나갔다. 잔뜩 움츠린 상체와 일그러진 표정이 마치 때를 기다리면서 진정 복수의 기회를 노릴 줄 아는 자의 모습이라고 해야 할 것 같았다.

아무튼 그로부터 5분 후, 창문 밖으로 고르주레와 그의 부하가 천천히 멀어져 가는 모습을 지켜보면서 금발의 어여쁜 아가씨가 일단 위험에서 벗어났음을 확인한 다음, 라울 씨는 천장을 슬그머니 두드렸다. 그는 곧장 문 앞에 대령한 데를르몽 후작의 비서 쿠르빌 선생을 안으로 들이자마자 다짜고짜 덥석 붙들며 캐물었다.

"저 위에서 예쁘장한 금발 여자를 보았는가?"

"네, 므슈. 후작이 안으로 들였습니다."

"그래, 이번에는 엿들었겠지?"

"네."

"뭐라던가?"

"아무 소리도 안 들리던데요?"

"아이고, 멍청이!"

라울이 쿠르빌에 대해 자주 쓰는 용어는 고르주레가 플라망을 두고 내뱉는 그것과 동일했다. 다만 그 어조 면에서는 라울 쪽에 보다 다정한 맛이 있었고, 한결 호의가 담겨 있긴 했다. 쿠르빌은 의젓한 신사로 각진 백발의 턱수염에 흰색 나비넥타이가 언제나 검은 프록코트에 그럴듯하게 어울렸으며, 일견 시골 법관이나 장례식 상주 같은 분위기를 풍기는 인물이었다. 그는 항상 완벽에 가까운 발음과 늘 적절한 용어를 약간은 과장된 억양에 실어 자기 의사를 표명하기 일쑤였다.

"후작님과 그 젊은 여성분은 아무리 예민한 청각으로도 감지하기 어려울 정도의 나직한 목소리로 얘기를 나누었습니다."

라울은 대뜸 말을 끊었다.

"이보게, 친구. 자네의 그 웅변을 듣다 보면 정말이지 지긋지긋한 성당지기가 연상돼. 그렇게 주절주절 늘어놓지 말고 딱 부러지게 대답만 하란 말일세!"

쿠르빌은 주인의 아무리 매정한 구박도 그저 애정의 표시로만 받아들이는 사람처럼 꾸벅 허리를 숙일 뿐이었다.

하는 수 없이 라울은 자기도 한껏 태깔을 부려가며 장황하게 말을 늘어놓았다.

"이보게, 므슈 쿠르빌. 나로 말하자면 남을 위해 도움 준 사연을 일일이 거론하는 타입이 아니지만, 이것만은 짚고 넘어가야 할 것 같네. 자네라는 사람을 잘 모르는 처지에서 단지 그 그럴싸한 백발 턱수염의 의젓한 풍모에 깊은 인상을 받는 바람에, 나는 처음부터 자네와 자네의 연로하신 모친을 가난에서 구제했고, 이제는 내 곁에서 지극히 편한 생활을 누리게 해주고 있는 거라네."

"므슈, 그에 대한 저의 감사한 마음은 한량이 없습니다."

"닥쳐, 이 사람아! 자네한테서 그런 말 들으려는 게 아니야. 나도 나대로 연설 좀 해보려는 걸세! 잠자코 듣고나 있으라고! 그 이후 몇 가지

결정판 아르센 뤼팽 전집

자잘한 건수로 직접 내게 고용되어 일을 해온 자네는, 솔직히 말해 그때마다 아주 각별한 미숙함과 그 유명한 무지함을 꼬박꼬박 드러내며 지금까지 연명해왔다고 할 수 있네. 그렇지만 나는 전혀 불평하지 않을 작정이야. 자네의 그 새하얀 턱수염과 완벽한 신사의 상판대기에 대한 내 찬사의 마음은 하나도 상처받지 않았다는 말일세. 단, 그럼에도 불구하고 분명히 해둘 문제가 있어. 즉, 지난 몇 주간 데를르몽 후작을 모든 위협적인 음모로부터 보호하기 위해서, 다시 말하자면 이런저런 비밀 서랍들을 효과적으로 뒤지고, 미심쩍은 서류들을 솎아내 챙기거나 은밀한 대화 내용을 엿들으라고 집어넣은 자네의 지금 그 자리를 통해서 여태껏 자네가 거둔 성과가 과연 무엇이냐 하는 점일세. 한마디로 꽝이올시다지! 게다가 이제는 후작이 자넬 못 미더워하는 지경까지 와 있어. 그뿐만 아니라, 급기야는 우리끼리의 전용 전화시설을 이용할 때마다 자넨 항상 예외 없이 내가 단잠에 취할 때만을 골라서, 그것도 상상을 초월할 만큼 하찮은 잡소리만 늘어놓는단 말일세. 이와 같은 상황이라면 도저히……."

"그런 상황이라면 도저히 저를 내쫓지 않을 수 없을 겁니다."

쿠르빌은 알아서 기듯이 중얼거렸다.

"아니, 그 대신 앞으로 자네에게 맡겼던 모든 일들을 내가 직접 챙길 것이야. 왜냐하면 지금까지 보아온 중에서 최고로 매혹적인 금발의 아가씨 한 명이 난데없이 이번 일에 끼어들었거든!"

"그런데 말입니다, 므슈. 올가 왕비마마가 있다는 말씀을 여쭤도 되겠는지요?"

"보로스티리(Borostyrie. 다뉴브 강에 인접한 가상의 소왕국—옮긴이)의 왕비마마 따위는 앞으로 개의치 않겠어. 이제부터는 금발의 클라라라고 불리는 앙토닌만이 내겐 중요해. 이젠 모든 게 전격적으로 진행되어야 한다고. 발텍스 선생이 무슨 음모를 꾸미는지, 후작의 비밀이 어디 있는지, 왜 하필 오늘에 와서야 껑다리 폴의 정부라는 여자가 느닷없이 나타난 건지를 하루빨리 파악해야만 해."

"정부라뇨?"

"알려고 하지 말게, 다치네."

"그럼 저는 뭘 알아야 하는 겁니까?"

"자네가 내 곁에서 담당하는 정확한 역할의 진상부터 제대로 알아야 겠지."

쿠르빌은 기어 들어가는 목소리로 중얼거렸다.

"왠지 모르는 편이 더 나을 듯하네요."

라울은 진지한 어조로 말했다.

"진실을 두려워해선 안 되네. 자네, 내가 누군지 아는가?"

"모릅니다."

"괴도 아르센 뤼팽일세."

쿠르빌은 아무 대꾸도 하지 않았다. 라울 씨가 그 같은 사실을 자신에게 공개하지 않았으면 좋았을걸 하면서도, 다른 한편으론 제아무리 가슴 철렁한 사실을 까발린다 한들, 그대를 향한 감사의 정과 존경하는 마음은 누그러뜨리지 못할 거라는 태도였다.

그렇든 말든 라울은 계속해서 얘기를 이어갔다.

"그러니 자네가 알아두어야 할 것은, 여느 때와 마찬가지로 이번에 나는 소위 에를르몽(Erlemont) 사건 속으로 무턱대고 뛰어들었다는 사실일세. 물론 내가 어디로 가는 건지 전혀 모르고, 어떤 사태가 이어져 왔는지 도통 아는 바가 없어. 그저 그 어떤 단서든 하나만 제대로 걸리기를 바라면서, 나머지는 내 운명의 별과 타고난 직감에 모든 걸 맡긴 채 뛰어들었다는 얘기지. 하긴 이번 경우에는 내 기존의 정보통에 의해 파악해둔 사실이 있긴 해. 즉, 데를르몽 선생이라는 작자는 자신의 성채와 시골의 영지들을 하나하나 팔아가면서 서가를 장식한 몇몇 최고 가치의 희귀서들도 함께 팔아치웠는데, 결국에는 일부 귀족사회를 엄청난 충격으로 몰아넣으면서 파산 상태에 봉착하게 되었다는 것일세. 실은 내가 따로 조사한 바에 의하면, 에를르몽 선생의 외조부 되시는 양반은 지독한 여행광인 데다 왕년의 용맹한 스페인 정복자였고, 인도에선 태수 자리에 있으면서 엄청난 영지를 소유했던 위인이기도 한데, 마침내 어마어마한 부호로 프랑스에 돌아오게 되었다는 거야. 막상 와서는 얼마 안 지나 세상을 떴고, 그 모든 재산을 현재 후작의 모친 되는 딸에게 모조리 물려주었다지. 그런데 그 모든 재산이 다 어떻게 된 걸까? 집안에 딸린 하인들 규모가 극히 적정 수준이었음에도 불구하고, 혹자는 장 데를르몽 본인이 그 모든 걸 죄다 탕진해버렸다고 할지도 모르지. 하지만 우연히 입수된 한 장의 문서 덕택에 나는 그와는 전혀 다른 설명을 접하게 되었다네. 겉으로 봐선 세월이 꽤 된 듯한 편지인데, 그나마 4분의 3 정도는 찢겨나간 상태지. 내용 중 별로 중요하지 않은 것들은 제쳐두고 후작 본인의 서명과 더불어 이런 대목이 눈에 띄더군.

내가 당신에게 위임한 임무가 아직은 달성될 기미를 보이지 않고 있소. 내 외조부의 유산이 여전히 오리무중이란 말이오. 따라서 우리의 합의사항 두 가지를 다시 한번 상기시키는 바이오. 즉, 절대적인 보안 유지에 철저할 것이며, 최대 100만 프랑에 달하는 총 10퍼센트를 당신 몫으로 돌리겠다는 것…… 그런데도 어찌 이리 지지부진한지! 나는 어디까지나 신속한 결과를 바라고 당신 사무소에 요청을 했던 거라오. 그런데 왠지 시간만 자꾸 흘러가는 것 같소이다……

찢겨나가고 남은 종이에는 날짜도 주소도 없다네. 사무소라면 무슨 흥신소 같은 곳을 지칭하는 것 같은데, 대체 어디란 말이지? 아무튼 나는 그걸 찾아내느라 아까운 시간만 낭비할 게 아니라 훨씬 효율적인 방법을 고안해냈다네. 즉, 편지를 쓴 후작과 직접 협력관계에 들어가서 자네를 현지에 파견해놓는다는 발상 말이야."

쿠르빌은 용기를 내어 넌지시 떠보았다.

"그렇다면 말입니다, 므슈. 이왕에 협력관계에 들어가겠다고 하셨으니, 사안을 놓고 직접 후작을 설득해서 그 10퍼센트 이윤 배분을 조건으로 본인이 직접 일을 맡겠다고 나서심이 어떠할지요?"

라울의 서릿발 돋은 시선이 쿠르빌의 얼굴에 꽂혔다.

"멍청한 소리! 일개 흥신소에 사례금 조로 100만 프랑을 제의할 정도면 실제로는 2000만 내지 3000만 프랑은 너끈한 규모의 일임에 틀림없어! 그 정도는 돼야 이 몸이 나서지."

"하지만 협력을 하시겠다는 건?"

"물론 모조리 다 먹는 걸 전제로 한 것이라네."

"그럼 후작은?"

"10퍼센트를 손에 쥐게 되겠지. 자식도 없는 홀아비 신세로서는 그것만 해도 횡재나 다름없어. 아무튼 내가 손수 작업을 진행해야겠다는 말일세. 결론은, 자네가 언제 나를 후작의 집에 들여 넣을 수 있겠느냐는 거야!"

쿠르빌은 당황한 듯 머뭇거리더니 주춤주춤 중얼거렸다.

"그건 정말 심각한 문제인데요. 혹시 저로서도 후작에 대한 개인적인 입장이 있으리라고 생각하시진 않나요?"

"배신하란 얘기지. 내가 허락하겠네. 이 친구야, 그럼 뭘 바라는 건가? 어차피 운명적으로 자넨 비서로서의 자네 의무와 내 은혜를 입은 자로서의 감사한 마음 사이에 처할 수밖에 없어. 후작이냐 아르센 뤼팽이냐, 둘 중 하나를 선택해야만 해."

쿠르빌은 눈을 질끈 감고 대답했다.

"오늘 저녁, 후작은 시내로 저녁을 들러 나갑니다. 새벽 1시나 되어야 돌아오시죠."

"하인들은?"

"저처럼 모두 위층에 거주합니다."

"자네 열쇠를 이리 내놓게."

또다시 양심의 갈등이 일었다. 그때까지만 해도 쿠르빌은 후작의 안전을 지키기 위해 그나마 노력을 경주할 수 있을 거라고 생각했던 모양이다. 하지만 이제 열쇠까지 넘겨주고, 도둑질을 결정적으로 용이하게 해주며, 결과적으로 끔찍한 사기행각에 적극 참여해야 한다니. 쿠르빌의 섬세한 영혼은 도저히 망설이지 않을 수 없었다.

라울은 손을 쓱 내밀고 기다렸다. 마침내 쿠르빌의 손에서 열쇠가 넘어왔다.

쿠르빌의 양심을 괴롭히면서 악마적인 즐거움에 살짝 취한 라울이 말했다.

"고마우이. 밤 10시에 자넨 방에 콕 처박혀 있게나. 그러다 하인들 사이에 이상한 기운이 느껴지면 득달같이 달려 내려와 내게 알리게. 물론 그럴 가능성은 거의 없을 테지만 말이야. 자, 그럼 내일 보세나."

쿠르빌이 나가자, 라울은 위풍당당한 올가와 함께 저녁을 들기 위해 외출 채비에 들어갔다. 그러나 잠시 후, 쏟아지는 졸음에 그대로 쓰러져버렸고 밤 10시 반이 되어서야 눈을 뜨고 말았다. 그는 펄쩍 뛰어 일어나 전화기로 달려들었고, 곧바로 트로카데로팔라스로 전화를 넣었다.

"여보세요, 여보세요. 트로카데로팔라스 호텔 맞습니까? 왕비마마의 객실 좀 부탁합니다. 여보세요, 여보세요. 전화 받는 분 누구십니까? 속기사라고요? 아, 쥘리 자넨가? 오, 어떻게 지내, 자기? 그건 그렇고, 왕비께서 나 기다리시지? 그래, 전화 좀 대줘…… 아, 이거 왜 또 이러시나, 성가시게! 내가 당신을 왕비 곁에 넣어둔 건 잔소리나 해대라고 그런 게 아니야. 빨리, 전화 왔다고나 전해줘. (잠시 침묵이 흘렀고 라울이 다시 입을 열었다.) 여보세요, 여보세요. 올가, 당신이오? 생각 좀 해봐요, 여기 약속이 좀 늘어지는 바람에…… 아무튼 일이 잘 마무리되어서 다행이라오. 오, 내 사랑, 그건 아니야. 내 잘못이 아니라고. 어떻소, 이번 금요이-ㄹㄹㄹ에 점심식사? 내가 데리러 가리다. 나한테 화난 거 아니지? 무엇보다 당신이 우선이라는 거 자-ㄹㄹㄹ 알 거요. 아, 내 사랑 오-ㄹㄹㄹ가!"

5
불법침입

야간작업에 들어갈 때 아르센 뤼팽은 결코 시커멓거나 어두운 색조
의 특수복장 따위로 갈아입는 짓은 하지 않는다. 그의 말을 들어보자.

"난 그저 있는 그대로 하고 가지. 호주머니에 손을 찔러 넣고 아무 무
기도 없이 말이야. 마치 담배나 사러 가는 것처럼 편한 마음인 데다, 무
슨 자선사업을 베푸는 것처럼 양심 또한 평화롭기 그지없다네."

기껏해야 상대를 사전에 무기력하게 만든다든지, 아무 소리 내지 않
고 현장에 잠입해 들어가거나, 물건을 넘어뜨리지 않고 어둠 속을 걸어
다녀야 하는 일들이 종종 생길 뿐이었다. 그날 밤에 그가 한 일이 바로
그런 종류였으며 아주 성공적으로 해치웠다. 모든 게 착착 진행되었다.
컨디션도 그만이었고, 정신적으로나 육체적으로 최상이어서 어떤 상황
에서든 깔끔하게 헤쳐나갈 만반의 태세가 되어 있었다.

그는 마른 과자를 몇 개 집어먹었고, 물을 한 잔 쭉 들이켠 다음 층계
로 들어섰다.

시각은 밤 11시 15분. 빛이라곤 바늘 끝만큼도 없었다. 물론 소리도 없었다. 한 명도 없는 세입자와 마주칠 리도 당연히 없었고, 저 위층에 곯아떨어진 하인들과 맞닥뜨릴 일도 없었다. 게다가 쿠르빌이 감시를 하고 있지 않은가! 이 정도로 안전한 조건하에서 일을 벌이다 보면 얼마나 유쾌한지! 문 하나 부술 필요 없고, 자물쇠 하나 망가뜨릴 이유 없다. 열쇠가 있으니까. 방향을 찾으려고 수선 떨 걱정도 없다. 이렇게 도면까지 갖추고 있으니 말이다.

마치 제 집처럼 그는 후작의 거처로 들어섰고, 능숙하게 복도를 걸어 서재로 들어가 전깃불을 켰다. 일을 제대로 해내려면 뭐니 뭐니 해도 조명이 짱짱해야 하거늘.

뤼팽은 제일 먼저 두 개의 창문 사이에 위치한 큼직한 거울 속에서 방금 방으로 입장한 듯한 자신의 이미지와 마주쳤다. 자신을 향해 꾸벅 인사를 하고는 제법 기품 있는 척 유난을 떨어보았다. 마치 자기 혼자만을 위한 난데없는 일인극에 흠뻑 몰입이라도 한 듯 보였다.

그는 가만히 앉아 주변을 유심히 살폈다. 공연히 서가나 뒤집어엎고 서랍들이나 미친 듯이 들쑤시는 등, 풋내기 신참처럼 법석을 떠느라 시간만 낭비해서는 안 되는 법. 아무렴, 우선 생각을 집중하고, 눈으로 모든 부분을 샅샅이 훑는가 하면, 적절한 비율을 계산하여 그에 걸맞은 능력을 배당해서 전체적인 작업 규모를 조절해야만 하느니. 그래야 이 가구가 보통 이런 윤곽을 가질 수 없고, 저 안락의자가 저런 겉모습을 취할 리 없다는 점을 족집게처럼 짚어낼 수 있을 터! 은닉처가 쿠르빌의 어정쩡한 시선을 피할 수는 있겠지만, 뤼팽 앞에서 비밀은 더 이상 무의미했다.

통찰의 시간이 10여 분 흐른 뒤, 그는 곧장 책상 쪽으로 다가가 무릎을 꿇은 뒤 반들반들 윤이 나는 목재를 세심히 더듬고 구리로 된 몰딩을 어루만졌다. 그런 다음 다시 일어서서 무슨 마술사 같은 동작을 몇 차례 취하며 서랍 하나를 열어 내용물부터 완전히 빼내더니, 이쪽저쪽을 누르고 밀면서 입으로는 계속 중얼중얼, 그것도 모자라 혀 차는 소리까지 냈다.

그러더니 어느 한순간, 철커덕 하는 작동 소리와 더불어 제2의 서랍이 안쪽에서 툭 튀어나오는 것이었다!

그는 머리를 굴리면서 또다시 맛깔스레 혀를 찼다.

"맙소사, 하여튼 내가 나서야 한다니까! 그 멍청이 같은 흰 수염 선생이 40일 동안 전혀 감도 잡지 못한 것을 나는 불과 40여 초 만에 깨끗이 해치우다니 말이야. 과연 사람은 잘나고 볼 일이라니까!"

하지만 아직은 자신의 발견이 어떤 의미가 있는지, 진정 이렇다 할 성과를 낳을 수 있는지부터 확인해야만 했다. 요컨대 지금 그가 찾는 것은 앙토닌이 후작에게 가져다준 편지 한 장이었다. 그는 문제의 편지가 은닉처에 없다는 사실을 단번에 간파해버렸다.

대신 먼저 눈에 띄는 것은 큼직한 누런 봉투 속에서 쏟아져 나온 1000프랑짜리 지폐 10여 장이었다. 하지만 이건 신성불가침! 자고로 이웃이면서 집주인이자, 더군다나 프랑스를 대표하는 오랜 귀족 나리의 점잖은 호주머니는 터는 법이 아니지! 그는 입을 비죽이며 봉투를 밀쳐냈다.

나머지는 간단히 조사를 해본 결과, 편지 나부랭이와 사진 몇 장이 전부라는 게 드러났다. 그것도 하나같이 여자로부터의 편지와 사진들이었다. 뭔가 달콤한 추억의 징표들이겠지. 왕년에 한가락 했던 사내대장부의 유물이라고나 할까. 그 자신에게는 온통 열락과 애욕의 시절을 떠올리게 만드는 과거의 흔적을 차마 불태워버리지는 못했을 터였다.

가만있자, 편지들이라? 일단 쓱 훑어볼 필요는 있었다. 혹여 흥미로운 내용이라도 숨어 있는지 확인은 해봐야 할 게 아닌가! 그러나 양도 양이지만 괜히 신경만 쓰이고, 어쩌면 아무 소용없는 짓일 수도 있다. 무엇보다 스스로가 정통 연애도사임을 자부하는 처지에서 여인네의 고백과 은밀한 속사정을 거칠게 파헤치는 무례함은 왠지 범하고 싶지가 않았다.

하지만 사진까지 보지 않고 넘어갈 용기를 과연 가질 수 있을까? 수백여 장은 족히 되는 듯싶었다. 하루 혹은 1년 동안 이어진 연애사건들, 정욕과 애정의 증거들. 어쩌면 이리도 하나같이 어여쁘고 우아하며 사랑스럽고 교태가 넘치는지. 뭔가를 약속하는 저 눈빛들, 나를 온전히 맡깁니다 하는 저 태도들, 때로는 슬픔을, 때로는 번민을 함께 떠올려야 했을 이 숱한 미소들. 사진에는 제각각 이름들과 날짜, 그럴듯한 헌사들과 모종의 에피소드를 암시한 문구들이 적혀 있었다. 지체 높으신 부인네들과 연예인들, 파리 양장점의 젊은 재봉사들, 모두가 저 아득한 어둠 속에서 새록새록 솟아나왔다. 이 한 남자의 빛바랜 추억 속에선 그 하나하나가 이토록 가깝게 자리하거늘, 그들 개개인은 서로 전혀 모르는 타인들일 것이다.

라울은 그 모두를 일일이 살펴보지는 않았다. 그보다는 서랍 제일 깊숙이 종이로 포개어 특별히 간수해둔 좀 더 커다란 크기의 사진 한 장이 유독 관심을 끌었기 때문이다. 그는 얼른 손을 뻗어 종이를 펼쳐보았다.

라울의 눈동자가 단번에 휘둥그레졌다. 과연 최고의 미녀가 그곳에 있었던 것이다! 여성의 미모 중에서도 아주 드물게 개성적인 표정과 특별한 인상을 느끼게 해주는, 그야말로 범상치 않은 아름다움의 전형이 그곳에 있었다. 환히 드러난 맨어깨는 화려하기 그지없었고, 머리를 가다듬은 모양새나 자태로 볼 때, 분명 대중 앞에 나설 줄 알고 어쩌면 무대에 오르는 일이 익숙한 여성이라는 생각이 들었다.

"배우일 거야, 틀림없어."

라울은 대번에 결론을 내렸다.

그의 시선은 사진에서 영 떨어질 줄 몰랐다. 혹시 이름이나 어떤 문구가 적혀 있길 바라면서 사진을 뒤집어보았다. 순간 그는 움찔 기겁을 했다. 뒷면을 비스듬히 가로지르며 활달하게 휘갈긴 사인과 그 밑에 곁들인 문구를 보고 과연 놀라지 않을 수 있을까?

엘리자베트 오르냉

죽는 날까지 당신에게

엘리자베트 오르냉이 누구인가! 당대의 예술계와 사교계 소식에 워낙 통달한 터라, 라울은 이 위대한 여가수의 이름을 모를 수가 없었다. 설사 15년 전에 벌어진 사건의 세세한 면면을 모조리 떠올리진 못한다 해도, 그 아리따운 여인이 노천의 정원 한복판에서 열창을 하다가 수수께끼 같은 상처를 입고 비명횡사했다는 사실만큼은 또렷이 기억하고 있었다.

그렇다면 엘리자베트 오르냉도 이 남자의 정부들 중 한 명이었다는 얘긴데. 게다가 다른 사진들과 구별해 세심하게 보관한 것을 보면 후작의 인생에서 이 여인이 차지하는 비중을 능히 짐작할 만했다.

문득 겉을 싸고 있던 종이 사이에 뭔가가 눈에 띄어 살펴보니 개봉된 채로 있는 봉투였다. 그 내용물이 또 한 차례 사람을 놀라게 하면서 정신이 번쩍 들게 했다. 세 가지가 있었는데, 첫째는 머리카락 한 움큼, 그리고 후작에게 보내는 첫사랑의 고백과 처음 만날 약속을 열 줄의 글로 전한 편지 한 장, 마지막으로 무엇보다 흥미로운 건 다음과 같은 새로운 이름을 달고 찍은 같은 여자의 또 다른 사진 한 장.

엘리자베트 발텍스

이번 사진은 보다 어린 아가씨의 모습이었는데, 발텍스는 엘리자베트가 은행가인 오르냉과 결혼하기 전 처녀 때의 성임에 틀림없었다. 날짜를 보자 더욱이 의심의 여지가 없었다.

라울은 생각했다.

'그러니까 지금의 발텍스라는 작자를 서른 살 정도로 본다면, 분명 엘리자베트 오르냉의 사촌이나 조카, 하여간 친척일 테고, 결국 그 발텍스가 데를르몽 후작과 일련의 관계를 맺어 그로부터 돈을 뜯어내고 있다는 얘기인데. 물론 후작은 감히 그것을 거부할 엄두를 내지 못하는 것이고. 그런데 과연 그자의 역할을 돈 잘 꾸는 망나니 정도로 봐주어야 할까? 혹시 다른 동기가 있는 것은 아닐까? 내가 더듬더듬 찾아가는 목표를 그는 좀 더 원활한 수단을 동원해 추구하고 있지는 않을까? 정말 수수께끼야! 하지만 이 수수께끼도 반드시 내가 해결해내야지. 이미 괜찮은 패를 손에 쥐고 있으니까!'

그는 다시 조사를 재개했고, 나머지 사진들을 마저 훑기 시작했다. 그러다 문득 어떤 사태에 직면해 모든 걸 중단할 수밖에 없었다. 갑자기 어디선가 심상치 않은 소리가 들려온 것이다!

그는 바짝 귀를 기울였다. 지금까지 스쳐 지나던 소음들과는 판이하게 다른 종류였고, 가만히 들어보니 층계 쪽 출입구로부터 들리는 삐걱대는 소리 같았다. 누군가 문에 열쇠를 꽂고 있었다. 이어서 열쇠 돌아가는 소리가 들리고, 문이 천천히 열렸다. 서재에 인접한 복도를 누군가 스치는 발걸음으로 다가오고 있었다.

분명 서재를 향한 발걸음이었다.

라울은 단 5초 만에 서랍을 원위치시키고 전깃불을 껐다. 그리고 옻칠이 된 네 쪽짜리 칸막이 병풍 뒤로 잽싸게 몸을 숨겼다.

사실 이 같은 긴장 상황은 그에게 하나의 즐거움이기도 했다. 무엇보다 위험을 무릅쓰는 서늘한 쾌감 자체가 스릴 넘쳤고, 그다음으론 뭔가 새로운 흥미 요소, 즉 이롭게 활용할 만한 무언가를 발견할 수도 있다는 기대감이 짭짤한 것이다. 요컨대 어떤 낯선 자가 후작의 집에 잠입했을 때, 라울이 그 은밀한 의도를 제일 처음 적나라하게 읽어낼 수 있다면 대단한 횡재가 아니겠는가!

문의 손잡이에 어떤 신중한 손길이 얹혀졌다. 문짝이 슬그머니 밀리면서 아무런 소리도 발생하지 않았지만, 라울은 그 감지되지 않는 움직임까지 예리하게 잡아냈다. 희미한 전등불 한 줄기가 어둠을 비집고 들어왔다.

병풍의 작은 틈새를 통해 라울은 다가오는 윤곽을 더듬어 살폈다. 확신이라기보단 어떤 느낌상, 상대가 딱 달라붙는 치마 차림의 야윈 여자라는 생각이 들었다. 모자는 쓰지 않았다.

이런 느낌은 걸음걸이나 어림잡은 신체 윤곽선 덕택에 점점 확신으로 굳어갔다. 여자는 잠깐 멈춰 서는가 싶더니 좌우를 두리번거리며 방향을 살피는 기색이었다. 그녀는 곧장 책상 쪽으로 걸어가 그 위를 불빛으로 한 차례 더듬더니 뭔가를 감지한 듯 등불을 내려놓았다.

라울은 계속해서 머리를 굴렸다.

'음, 은닉처를 알고 있는 게 분명해. 행동하는 게 벌써 뭘 아는 사람 같잖아.'

실제로—그동안 얼굴은 계속 어둠 속에 묻혀 있었다—여자는 책상을 빙 돌아서 허리를 숙인 채 중요 서랍을 들어냈고, 정확한 절차를 밟아 그 내부의 또 다른 서랍을 찾아냈다. 그다음부터는 라울과 정확히 똑같은 행태를 보였다. 우선 은행권 지폐 따위는 거들떠보지도 않았고, 곧장 사진들 조사에 들어갔다. 마치 방에 들어온 목적이 그것들을 조사해서 뭔가 나머지 것들과는 다른 특별한 한 장을 찾아내려는 것처럼 보였다.

뒤지는 동작이 매우 신속했다. 쓸데없는 호기심 따위에는 전혀 자극받지 않는 것 같았다. 가녀린 손으로 계속해서 사진을 들추었는데, 라울의 눈에 그 손의 백옥 같은 피부와 섬세한 곡선이 고스란히 붙잡혔다.

마침내 찾던 것을 발견한 모양이었다! 이쪽에서 판단하기에 사진 크기는 한 중간 정도, 그러니까 13×18 사이즈에 해당했다. 한참을 들여다보던 여자는 사진을 뒤집어 뒷면을 슬쩍 읽어보더니 깊은 한숨을 내쉬었다.

어쩌나 자신만의 생각에 몰두해 있는지 라울은 슬그머니 그 틈을 이용해보기로 작정했다. 아무 소리도 듣지 못하고, 아무것도 보지 않는 여자의 수그린 모습을 주시하면서 그는 천천히 전등 스위치 쪽으로 다가가 갑작스레 불을 켰다. 그와 동시에 외마디 비명을 지르며 도망치려는 여자에게 달려들었다.

"도망치지 마, 예쁜 아가씨! 다치게 하진 않을 테니까!"

그는 얼른 여자를 휘어잡고 꼼짝 못하게 팔을 붙든 다음, 궁금한 그 얼굴을 홱 돌려세웠다.

"앙토닌!"

아까 오후에 실수로 집에 들이닥쳤던 얼굴을 알아보고는 남자의 입에서 외마디 탄식이 새어나왔다.

정말이지 의외의 상황이었다. 순박하면서 청순한 눈빛 하나로 단번에 남자의 가슴을 정복해버린 바로 그 시골 처녀 앙토닌이 아닌가! 그녀 역시 무척이나 놀란 듯 잔뜩 긴장된 얼굴로 남자를 바라보고 있었다. 이처럼 전혀 예기치 못한 파국 앞에서 어이가 없다는 듯 남자는 슬슬 비아냥대기 시작했다.

"허어, 그러고 보니 아까 당신이 후작을 찾아왔던 이유가 바로 이런 거였군요. 처음엔 정찰도 할 겸 슬쩍 와서 훑어보고는 날이 어두워지자……."

여자는 무슨 뜻인지 얼른 이해하지 못하는 듯했으나 이내 중얼거렸다.

"난 훔치지 않았어요. 돈에는 손도 대지 않았다고요."

"그건 나 역시 마찬가지요. 그렇다고 우리 둘 다 성모마리아께 기도나 드리자고 이곳에 온 건 아니지요."

남자는 여자의 팔뚝을 더욱 단단히 그러쥐었고, 여자는 신음을 토해내며 뿌리치려고 애썼다.

"아, 도대체 당신은 누구시죠? 난 당신이란 사람을 모릅니다."

남자는 너털웃음을 터뜨렸다.

"허허허! 이거 이러면 섭섭하죠. 어떻게 이럴 수가! 오늘 중이층 내 거처에서 마주친 다음 내게 누구인지 묻지 않았던가요? 이토록 기억력이 허술해서야! 그러면서도 나는 어여쁜 앙토닌, 당신에게 이 몸이 썩 괜찮은 인상을 남겼을 거라 생각했는데!"

그러자 여자는 앙칼진 목소리로 대꾸했다.

"내 이름은 앙토닌이 아닙니다."

"저런, 그렇다면 나 역시 라울이 아니라오. 우리 같은 직업을 갖다 보면 대개 이름이 한 10여 개는 따라다니기 마련이지."

"직업이라뇨? 어떤 직업인데요?"

"도둑질!"

여자는 대번에 발끈했다.

"아니에요! 천만에요! 내가 도둑이라니!"

"맙소사! 당신이 돈보다 사진을 집적댄 건 어디까지나 그것이 당신에겐 훨씬 더 가치가 있기 때문일 거요. 따라서 그걸 손에 넣기 위해 호텔 전문 털이범처럼 몰래 스며 들어올 수밖에 없었을 테고. 자자, 호주머니 속에 슬쩍 넣은 그 기막힌 사진, 어디 나도 한번 구경해봅시다."

남자가 강제로 완력을 동원하려 하자, 여자는 강력한 팔 힘이 조여오는 와중에도 몸부림을 치며 반항했다. 만약 여자가 발작적인 몸부림 끝에 빠져나오지 않았다면, 남자의 품 안에 그대로 껴안긴 꼴이 되고 말았을 것이다.

"제기랄! 순 겉으로만 새침데기인 척했잖아! 하긴 껑다리 폴의 정부에게서 누가 그토록 순박한 걸 기대하겠어?"

이 말에 여자는 당혹스러워하면서 더듬거렸다.

"네? 지금 뭐라고 했죠? 껑다리 폴이라니, 그게 대체 누구죠? 당최 무슨 얘기를 하고 싶은 건지 모르겠군요."

남자는 아예 반말투로 대꾸했다.

"천만에, 잘 알고 있을 텐데. 당신은 그자를 아주 잘 알고 있어, 어여쁜 클라라."

여자는 점점 더 어리둥절한 표정으로 더듬거렸다.

"클라라…… 클라라…… 그게 누구죠?"

"금발의 클라라. 기억이 안 나는가?"

"금발의 클라라?"

"아까 고르주레가 자칫 당신을 붙잡을 뻔했을 때만 해도 그다지 놀라지 않더니만. 자자, 앙토닌이든 클라라든 정신 차리고! 오늘 오후에만 두 번씩이나 내가 당신을 경찰의 손아귀로부터 구해주었다면, 그건 곧 내가 당신의 적이 아니라는 뜻이지. 자, 어여쁜 금발 아가씨, 한번 웃어봐요. 당신 미소는 정말 환상적이라고!"

어느새 연약한 경련이 여자의 전신을 덮치면서 지금까지의 앙칼진 기력을 빼내고 있었다. 동시에 창백한 두 볼 위로 하염없는 눈물이 흘러내렸고, 더 이상 남자와 실랑이를 벌일 힘도 없어졌다. 라울은 다시금 여자의 손을 제대로 부여잡고 도저히 거부할 수 없는 부드러운 손길로 어루만져주었다.

"진정해요, 앙토닌. 그래, 앙토닌이라는 이름이 더 마음에 드는군. 당신이 껑다리 폴에게 클라라였다면, 내 앞에서는 앙토닌이라는 이름의 시골 처녀로서 처음 만났던 대로 있어주길 바라. 나는 그러는 편이 훨씬 마음에 들어! 자자, 울지 말아요. 모든 게 다 잘될 거야! 껑다리 폴이라는 작자가 당신을 학대하는 것 맞지? 그러고도 당신을 찾고 있을 거야. 그래서 두려운 거지? 두려워하지 말아요, 앙토닌. 내가 있잖아. 당신은 단지 모든 걸 내게 얘기해주기만 하면 돼."

여자는 온몸을 후들거리며 중얼거렸다.

"얘기할 건 아무것도 없어요. 아무것도 말할 수 없다고요⋯⋯."

"얘기하라니까."

"안 돼요. 난 당신을 알지도 못해요."

"그렇긴 하지만 아마 나를 신뢰하고 있을 거야. 솔직히 말해봐."

"아마도. 하지만 왠지는 모르겠어요. 어쩌면⋯⋯."

"어쩌면 내가 당신을 보호해줄 수 있을 것 같다는 얘기지? 선한 일을 해줄 것 같아? 그러자면 당신이 먼저 날 도와야 해. 도대체 그 껑다리 폴이라는 친구는 어떻게 알게 된 거지? 그리고 왜 이곳에 온 거고? 사진은 왜 뒤진 거야?"

여자의 음성이 한껏 낮아졌다.

"아, 제발 부탁이에요. 더 이상 묻지 말아줘요. 조만간 다 말할게요."

"지금 당장 얘기해줘야만 해. 하루만 늦어도 망하고, 한 시간만 늦어도 너무 큰 손해야."

남자는 여자가 경계심을 세울 수 없도록 계속해서 나른한 애무에 진력했다. 하지만 그의 입술이 여자의 손등부터 시작해 점점 긴 팔로 거슬러 올라가자, 여자가 너무도 맥없이 하소연을 하는 바람에 더는 애무를 계속할 수가 없었고, 반말투도 버리지 않으면 안 되었다.

"좋아, 그럼 약속해주시오."

"당신을 또 보겠다는 약속요? 네, 그럴게요."

"아울러 당신을 온전히 내게 맡기는 거요?"

"알겠어요."

"그나저나 당장 내가 뭘 도울 일은?"

여자는 덜컥 토하듯 말했다.

"네, 있어요. 나와 함께 있어주세요."

"뭐 두려운 거라도 있나요?"

그러고 보니 몹시 떨고 있었는데, 갑자기 소리까지 죽여가며 이러는 것이었다.

"오늘 밤, 여길 들어오면서 누군가 집을 감시하고 있다는 느낌이 들었어요."

"경찰인가요?"

"아뇨."

"그럼 누가?"

"꺽다리 폴이라는 사람…… 또 그 사람의 친구들이…….."

이름을 부르는 것만으로도 공포에 질린 기색이었다.

"확실합니까?"

"그렇다기보다는 왠지 그를 알아본 것 같아서요. 꽤 먼 거리였지

만…… 제방 흉벽(胸壁)에 기대서서…… 그 사람의 주요 공범도 보였
어요. 흔히들 아랍인이라고 부르는 작자죠."

"껑다리 폴을 본 지는 얼마나 됐습니까?"

"몇 주 됐어요."

"그렇다면 오늘 당신이 이곳에 오리라는 건 알 수가 없었겠군요?"

"그렇죠."

"거기서 구체적으로 뭘 하고 있던가요?"

"역시 집 주변을 어슬렁거리고 있었어요."

"다시 말해 후작 주변을 염탐하고 있었단 얘기로군요? 당신과 같은
이유로 말입니까?"

"그건 모르겠어요. 내 앞에서 후작에 대한 치명적인 원한에 사무쳐
있다는 얘길 한 적이 있긴 해요."

"이유가 뭐랍니까?"

"그건 모르겠어요."

"그자의 부하들에 대해서도 아는 게 있나요?"

"아랍인이라는 사람만 조금."

"그자는 어딜 가면 볼 수 있습니까?"

"몰라요. 혹시 몽마르트르의 술집에 가면…… 언젠가 들릴 듯 말 듯
그 술집 이름을 중얼거리는 걸 들은 적이 있거든요."

"뭐라고 했는지 기억하나요?"

"네, 에크레비스라고……."

남자는 그 이상 질문을 하지 않았다. 그날은 여자가 더 이상 대답하
지 않을 거라는 걸 직감적으로 느꼈던 것이다.

6
최초의 격돌

"이제 그만 나갑시다. 그리고 무슨 일이 있어도 결코 두려워하지 마십시오. 내가 모든 걸 책임지겠습니다."

남자는 모든 게 원래 상태로 되어 있는지 점검했다. 그런 다음 전깃불을 껐고, 앙토닌의 손을 붙잡은 채 어둠 속을 더듬어 출입문을 빠져나와 살며시 문을 닫은 후 계단을 내려갔다.

사실 그는 서둘러 밖으로 나오고 싶었다. 여자가 잘못 본 게 아니기를 바라면서, 못살게 군다는 놈들과 한시라도 빨리 부닥쳐 깨끗이 쓸어버리고 싶은 욕망에 그만큼 몸이 달아 있었다. 문득 여자의 자그마한 손이 너무 차갑게 느껴져 자신의 양손으로 따뜻하게 감싸쥐었다.

"만약 당신이 나라는 사람을 알게 된다면 내 곁에 있는 한 위험이란 존재하지 않는다는 사실 또한 알게 될 겁니다. 그냥 가만히 있어요. 손에 온기가 감돌고 나면 당신이 얼마나 안전하고 용기를 가져도 되는지 깨달을 수 있을 겁니다."

결정판 아르센 뤼팽 전집

두 사람은 서로 손을 부여잡은 채 꼼짝 않고 가만히 있었다. 몇 분이 지난 뒤 다소 안정을 되찾은 여자가 말했다.

"이제 가요."

남자는 관리인 숙소 문을 두드려 대문을 열게 했고, 여자와 함께 밖으로 나섰다.

안개 자욱한 밤이었다. 희미한 빛이 어둠 속에 녹아들어 있었다. 이런 시간엔 행인들도 거의 없기 마련이다. 그러나 워낙에 민첩한 라울의 시선은, 두 실루엣이 차도를 가로질러 또 다른 두 명이 대기 중인 자동차를 은폐물 삼아 미끄러지듯 인도로 올라서는 광경을 포착했다. 라울은 즉시 그 반대 방향으로 여자를 이끌어가려 했다. 그러나 곧이어 생각을 고쳐먹었다. 지금이야말로 더없이 좋은 기회라는 판단이 든 것이다. 과연 네 명의 사내가 재빨리 서로 떨어지더니 둥그렇게 포위망을 형성하려는 움직임을 보였다.

또다시 겁에 질린 앙토닌이 말했다.

"저들이에요."

"껑다리 폴은 저기 저 껑충한 친구겠군?"

"네, 그래요."

"잘됐군. 한번 부닥쳐봐야겠어."

"두렵지 않으세요?"

"전혀요. 당신이 비명만 지르지 않는다면."

마침 제방 위에는 인적이 하나도 없었다. 라울의 표현대로 '껑충한' 사내는 바로 그 점을 노리고 있었다. 그는 친구들 중 한 명과 더불어 갑자기 방향을 바꿔 달려왔다. 나머지 두 명은 계속해서 흙벽을 따라 배회했다. 한편 자동차는 보이지 않는 운전자의 조작하에 당장이라도 출발할 준비를 하는 듯 부르릉거리고 있었다.

느닷없이 휘파람 소리가 솟구쳤다.

정말이지 눈 깜짝할 사이에 벌어진 일이었다. 세 명의 사내가 젊은 여자에게로 달려들어 억지로 자동차까지 끌고 가려는 것이었다. 동시에 껑다리 폴이라 불리는 사내는 라울의 앞을 턱 가로막고 권총을 코앞에 들이댔다.

그러나 미처 총알이 발사되기 전, 라울은 손등으로 상대의 손목을 후려쳐 무기를 떨어뜨리고는 빈정대는 투로 내뱉었다.

"멍청한 놈, 겨누는 건 나중이고 일단 당겨야지!"

그는 내처 나머지 세 놈을 따라붙었다. 그중 한 명이 언뜻 뒤를 돌아보는 순간, 강력한 발차기 한 방이 턱에 명중하는가 싶더니 비틀비틀 나무토막처럼 쓰러졌다.

사태가 그쯤 되자 다른 두 놈은 뒤도 안 돌아보고 꽁무니를 뺐고, 부리나케 자동차에 오르자마자 그대로 달아나버렸다. 한편 구사일생으로 풀려난 앙토닌은 반대 방향으로 내달리기 시작했고, 껑다리 폴이 곧장 그녀 뒤를 쫓아 뛰었다. 물론 얼마 못 가서 라울이 불쑥 앞을 가로막았다.

"이쪽 방향은 통행금지일세! 그러니 저 금발 아가씨는 그냥 보내줘. 이젠 잊어야 할 옛이야기에 불과하다고, 껑다리 폴!"

그러나 껑다리 폴은 몸을 이리저리 틀면서 상대의 좌우측 빈 공간을 어떻게든 파고들어 추적을 계속할 심산인 듯 보였다. 이쪽저쪽 어지간히 빈틈을 보이지 않는 라울과 정면대결을 피하려 하면서도 그는 집요하게 기회를 엿보았다.

"지나갈까요, 못 지나갈까요? 하하, 어때, 애들 놀이도 간만에 재미있지 않아? 껑충한 껑다리 녀석은 지나가려 하는데, 그보다 작은 땅딸보 꼬마는 자꾸 안 된다고 하네! 물론 그러는 사이 아가씨는 훌쩍 달아

결정판 아르센 뤼팽 전집

나버리고 말이야. 옳거니, 이제는 괜찮겠군. 일단 여자한테 위험은 물 건너갔으니. 자, 지금부터는 슬슬 진짜 싸움을 시작해보실까! 어때, 준비됐겠지, 껵다리 폴?"

후닥닥하는가 싶더니 라울은 이미 상대의 두 팔을 휘감아 그 상태로 옴짝달싹 못하게 만들었다.

"으랏차차! 아하, 어떤가? 이만하면 웬만큼 단단한 수갑 부럽지 않지? 그러고 보니 껵다리 폴, 그대는 패거리들의 일인자가 못 되는 게 아닌가 싶군. 아니면 다른 놈들은 모두 고만고만한 송아지들에 불과하든지! 그러니까 손가락 하나 까딱하자 죄다 알아서 꺼져버리지. 아무튼 네놈의 상판대기부터 밝은 데서 제대로 좀 봐야겠어."

상대는 도무지 힘을 쓸 수 없게 된 스스로의 처지에 어리둥절하면서도 끝까지 발버둥을 쳤다. 하지만 마치 쇠로 만든 수갑처럼 옥죄는 악력으로부터 조금도 벗어날 수가 없었고, 가만히 서 있기가 어려울 만큼 고통스럽기만 했다.

라울은 계속해서 농담하듯 비아냥거렸다.

"자자, 어디 그 잘난 낯짝을 이 아저씨한테 좀 내밀어 보라고. 저런, 인상은 펴야지, 그래야 내가 아는 놈인지 확인이 되지. 여전히 불만이시란 건가? 순순히 내가 움직이는 대로 따르기가 싫으셔?"

그는 무거운 짐을 옮기듯 포로의 몸뚱어리를 슬금슬금 돌려세웠다. 그러다 보니 껵다리 폴이 원하든 원치 않든 가로등 불빛이 환한 구역으로 나아가게 되었다.

그런 식으로 결국 완전한 빛 속에 들어섰을 때였다. 갑자기 라울의 입에서 외마디 비명이 튀어나왔다.

"발텍스!"

이어서 그는 대찬 웃음과 함께 뇌까렸다.

"우하하하하! 발텍스야! 발텍스였다고! 설마 이 얼굴일 줄이야! 정녕 발텍스가 껑다리 폴의 정체란 말이야? 껑다리 폴이 발텍스야? 늘 깔끔한 저고리에 중산모를 쓰고 다니는 발텍스가 후줄근한 바지에 챙 모자를 쓴 껑다리 폴이라 이거야? 맙소사, 이거 정말 재미있는걸! 후작과 돈독한 사이이면서 동시에 동네 양아치들 왕초 노릇을 해온 거야?"

껑다리 폴은 씩씩대며 지지 않으려 했다.

"나 역시 네놈을 알겠어. 중이층에 사는 놈이지?"

"그럼, 그럼. 므슈 라울이라 불러주게. 지금껏 우리 둘 다 같은 일에 매달려온 거야. 하지만 자넨 운이 없는 것 같아! 이제부터 금발의 클라라를 내가 접수하는 건 굳이 따질 필요도 없을 테고 말이야."

클라라라는 이름이 나오자, 껑다리 폴은 길길이 날뛰었다.

"그 여자한텐 손대지 마!"

"손대지 마? 이봐, 친구. 나를 좀 똑바로 보게. 자넨 나보다 머리 하나는 더 클 뿐 아니라 웬만한 복싱 테크닉과 칼부림 솜씨도 거의 달인 수준일지 모르지만, 지금의 자네는 내 손아귀에 붙들린 채 옴짝달싹 못 하는 처지 아닌가? 자, 어디 좀 더 발버둥을 쳐보라고, 이 멀대 같이 키만 큰 친구야! 정말이지 안쓰러워 못 볼 정도잖아!"

마침내 라울이 놓아주자, 상대는 들릴 듯 말 듯 이죽거렸다.

"이놈, 어디 두고 보자."

"뭐하러 두고 봐? 나 여기 있어. 볼 테면 지금 보지 그러나."

"여자를 건드리기만 해봐."

"오호, 그건 이미 끝난 얘긴데. 그녀와 나는 이미 다정한 사이라고!"

껑다리 폴은 거품을 물며 씩씩거렸다.

"거짓말! 그건 사실이 아니야!"

"게다가 이제 겨우 시작인걸! 미리 얘기해두지, 개봉박두! 다음 호를 기대하시라!"

두 남자는 서로를 매서운 눈초리로 가늠하면서 당장이라도 맞붙을 태세였다. 그러나 껑다리 폴 쪽에서 아마도 보다 나은 기회를 기약하는 게 낫다는 판단이 든 모양이었다. 그저 몇 마디 욕설만 내뱉고는 으름장을 놓으며 발길을 돌리는 것이었다.

"반드시 손봐주겠어."

뤼팽도 곧바로 응수했다.

"그래봐야 또 슬그머니 꼬리 내릴 거면서. 아무튼 또 보세, 겁쟁이!"

라울은 껑다리 폴이 멀어져 가는 모습을 유심히 지켜보았다. 가만히 보니 약간 다리를 절고 있었다. 저 껑다리 폴이라는 작자가 사기를 치고 있음에 틀림없었다. 원래 발텍스는 다리를 절지 않았던 것이다.

라울은 속으로 중얼거렸다.

'아무래도 저 녀석을 경계하긴 해야겠어. 저런 놈들일수록 뭔가 안 좋은 뒤끝을 노리기 마련이거든. 고르주레와 발텍스…… 제기랄, 정신 바짝 차려야겠어!'

잠시 후, 집으로 돌아온 라울은 대문 앞에 쭈그리고 있는 웬 남자를 보고는 흠칫 놀랐다. 다름 아닌 아까 턱주가리에 발차기를 선사해주었던 녀석이 신음 소리를 내며 웅크리고 있었다. 아마도 뒤늦게 정신이 돌아와 이리저리 비틀거리다가 쉬는 모양이었다.

라울은 우선 그자의 모습부터 자세히 살폈다. 구릿빛으로 그을린 얼굴에 살짝 곱슬곱슬한 머리카락을 챙 모자 바깥으로 길게 늘어뜨린 행색이었다. 그는 가까이 다가가 말을 건넸다.

"말 좀 나눌까, 친구? 보아하니 자네가 껑다리 폴과 함께 몰려다닌다는 그 아랍인인 것 같은데? 어때, 1000프랑 벌고 싶은 생각 없는가?"

아랍인은 아직 아래턱 뼈가 얼얼한지 일그러진 표정으로 간신히 대답했다.

"껀다리 폴을 배신하라는 뜻이라면 일 없소."

"오호, 아무렴 그래야겠지. 자넨 정말 충직한 친구로군. 하지만 이건
그자 문제가 아니야. 금발의 클라라 얘기지. 그 여자가 어디에 사는지
아는가?"

"모르오. 그뿐만 아니라, 껀다리 폴에 대해서도 모르고."

"그럼 아까는 후작의 저택 앞에서 왜 매복을 하고 있었던 거지?"

"여자가 전에도 거길 온 적이 있었소."

"그걸 어떻게 알았지?"

"내가 알아낸 거요. 고르주레 형사를 미행했었는데, 생라자르 역에서
기차가 도착하길 기다리며 체포작전을 펼치더군. 그 여자가 파리에서
타고 오는 기차였소. 시골 처녀처럼 변장을 하고서 말이오. 고르주레는
여자가 택시 운전기사에게 주소를 대는 걸 엿듣고는 자기도 또 다른 택
시를 타서 바로 그 주소를 대더군. 그걸 내가 엿듣고는 곧장 이리로 와
본 거요. 물론 당장 껀다리 폴에게도 모든 사실을 고했지. 그 뒤로 저녁
내내 근처에서 망을 보고 있었소."

"껀다리 폴이 여자가 다시 나타나리라 예상하고 있었단 얘긴가?"

"아마도 그랬겠지. 워낙에 자기 머릿속 얘기는 내게 안 해주니까. 그
와는 매일 같은 시각에 술집에서 만나는데, 그가 내게 이런저런 지시를
내리면 내가 나머지 똘마니들한테 그걸 전한다오. 그럼 즉각 실행에 들
어가는 거지."

"조금만 더 털어놓으면 1000프랑을 더 주도록 하지."

"난 아무것도 모르오."

"거짓말. 그 껀다리 폴이라는 자의 진짜 이름이 발텍스이고, 이중생
활을 하고 있다는 것도 자넨 알고 있어. 그러니 후작의 집에서 다시 놈

과 맞닥뜨릴 게 분명하고, 그러면 나는 경찰에 신고할 수도 있을 거야."

"그 역시 당신과 한 번 더 마주치길 원할 거요. 당신 사는 곳이 건물 중이층이고, 여자가 전에 한 번 찾아갔었다는 것도 다 알고 있소. 참으로 위험한 장난하는 거요, 당신들."

"난 하나 거리낄 것 없는데!"

"그럼 다행이고. 꺽다리 폴은 원한에 사무쳐 있소. 그런 데다 그 여자한테 홀딱 빠져 있지. 아마 조심하는 게 좋을 거요. 후작도 마찬가지고. 꺽다리 폴이 그쪽으로 아주 고약한 생각을 가지고 있으니……."

"고약한 생각이라니?"

"얘긴 충분히 했소."

"좋아. 여기 1000프랑짜리 지폐 두 장일세. 그리고 이 20프랑으로는 택시나 잡아타고 가도록."

그날 라울은 잠이 드는 데 무척 오래 걸렸다. 낮에 있었던 일들을 하나하나 머릿속에 떠올리는가 하면, 금발 미녀의 매혹적인 자태를 두고두고 음미하는 것이었다. 현재 뒤얽혀 있는 모든 수수께끼 같은 일들 중에 그 여자의 문제가 가장 어렵고도 흥미진진하게 느껴졌다. 앙토닌? 아니면 클라라? 이 둘 중 누가 이토록 짧은 만남만으로도 사람을 호리는 매력의 진짜 소유자란 말인가? 그녀는 더없이 소탈하면서도 수수께끼 같은 미소를 가졌으며, 가장 순박하면서도 또한 무척이나 육감적인 눈빛을 지녔고, 아주 솔직담백한 태도와 더불어 뭔가 사람을 불안하게 만드는 행태를 보이고 있다. 우수에 젖은 모습과 쾌활하기 그지없는 모습이 보는 이로 하여금 그때마다 똑같이 마음을 술렁이게 한다. 눈물과 웃음 모두 때로는 맑고 신선하다가도 때로는 흐리고 우중충한 저 깊은 근원으로부터 솟구쳐나오는 듯하다.

다음 날 아침, 날이 밝자마자 라울은 후작의 비서 쿠르빌에게 전화를 걸었다.

"후작은?"

"오늘 아침 일찍 떠났습니다. 므슈. 하인이 자동차를 대기시켜 여행 가방 두 개를 가득 채워 나르더군요."

"그래, 얼마 동안 집을 비운다던가?"

"한 며칠 정도라고 했습니다. 아마 제 생각에는 금발 여자와 함께 가는 것 같았습니다."

"자네한테 행선지 주소는 남겼겠지?"

"아뇨, 므슈. 늘 그렇듯 이번에도 입도 뻥끗 안 하면서 내가 전혀 눈치채지 못하게 행선지를 결정한 것 같습니다. 무엇보다 자기가 직접 운전을 하는 데다, 둘째……."

"아이, 이런 멍청한 친구 봤나! 사정이 그렇다면 나 역시 이 중이층 숙소를 떠나야 마땅하지. 지금 이 직통전화는 물론 그 밖에 무엇이든 문제가 될 만한 것들은 자네가 알아서 처리해주게. 그러고 나서 조용히 사라지는 거야. 잘 있게. 한 3~4일 정도는 완전 잠수할 테니 그리 알고. 할 일이 태산이야. 아차, 한 가지만 더! 고르주레를 조심하게! 그자가 이 집을 감시할지도 몰라. 항상 경계하도록. 아주 난폭한 놈이자 허영덩어리이지만, 고집이 남다르고 가끔 예리한 구석도 있는 놈일세."

7
성채 경매

볼니크의 성채는 원래 소규모 망루들이나 다갈색의 넉넉한 기와지붕들 등에서 시골 귀족풍의 운치를 고스란히 간직한 고성이었다. 그러나 이제는 몇몇 덧문들이 처참할 지경으로 못 쓰게 된 채 창틀에 삐거덕거리며 매달려 있었고, 기왓장은 군데군데 이가 빠졌으며, 대부분의 정원 산책로는 쐐기풀과 가시덤불이 침범했다. 육중한 자태를 뽐내던 폐허도 화강암 담벼락마다 사정없이 뒤덮은 송악에 가려 자취를 알아보기 어려웠다. 그 밖에도 반쯤 허물어진 누대와 망루들은 그 형태조차 완전히 변모해 있었다.

특히 엘리자베트 오르냉이 노래를 불렀던 예배당 공터는 녹색의 물결이 범람해 어디가 어디인지 흔적조차 가늠하기 어려웠다.

좀 더 바깥쪽으로 눈을 돌리면, 앞뜰로 통하는 입구의 망루 외벽, 육중한 대문 좌우측에 성채 경매를 알리는 큼직한 안내판과 더불어 본관 숙소와 부속 건물, 농장과 그에 딸린 목초지의 세부 설명이 제시되어 있었다.

안내판이 부착된 지는 벌써 석 달째였고, 지역신문에도 심심찮게 광고가 실렸으며, 성채 대문은 잠재적 구매자들의 수시 방문을 위해 일정 시간 활짝 개방되었다. 한편 르바르동 미망인은 정원을 본때 있게 복원하기 위한 개간작업과 폐허로 이르는 오솔길의 잡초 제거를 위해 현지 일꾼 한 명을 따로 고용하기도 했다. 몇몇 호기심 많은 사람들은 특별히 그날의 비극을 떠올리며 성채를 기웃거렸다 가기도 했다. 그럴 때마다 르바르동 미망인은 물론 오디가 선생의 아들이자 후임으로 일하는 젊은 공증인도, 옛날 이 성채의 처리 문제와 관련해 부과된 침묵의 계약을 결코 깨뜨리는 법이 없었다. 도대체 그 당시 성채를 사들였다가 지금 팔려고 내놓은 장본인이 누구란 말인가? 방문객은 전혀 알 수가 없었다.

그날 아침―그러니까 데를르몽이 파리를 떠나고 나서 세 번째 맞이하는 아침―2층 창문들 가운데 한 곳의 덧문이 갑자기 활짝 열리면서 금발의 앙토닌이 불쑥 얼굴을 내밀었다. 회색빛 의상과 함께 마치 후광처럼 어깨까지 챙이 드리워진 넉넉한 밀짚모자를 쓰고, 6월의 햇살 아래 푸른 나무들과 깨끗한 잔디밭, 그리고 벽옥 같은 하늘을 바라보며 해맑은 미소를 짓고 있는, 생기발랄한 앙토닌 말이다!

"대부, 대부!"

저만치 아래, 측백나무의 시원한 그늘 속 벌레 먹은 벤치에 앉아 파이프를 피우는 데를르몽 후작을 보자마자 여자가 낭랑한 목소리로 외쳐 불렀다.

"아, 벌써 일어났구나! 이제 고작 아침 10시밖에 안 됐는데."

후작도 유쾌하게 대꾸했다.

"여기선 잠을 너무 잘 자요! 그나저나 내가 옷장 구석에서 찾아낸 이 낡은 밀짚모자 좀 보세요. 아저씨!"

여자는 층계를 몇 계단씩 성큼성큼 건너뛰어 내려와 곧장 테라스를 가로질러 후작이 앉아 있는 곳으로 달려왔다.

"대부,─근데 정말 계속 대부라 부르길 바라세요?─아무튼 전 너무도 행복하답니다! 여긴 정말 아름다워요! 대부도 저한테 정말이지 너무 잘해주시고요! 한마디로 지금 제가 무슨 동화 속 주인공 같아요."

"넌 충분히 그럴 자격이 있단다, 앙토닌. 네가 살아온 인생에 대해선 나한테 별로 얘기 안 했지만 말이다. 그래, 얘기한 게 없지. 넌 워낙에 너 자신에 대해 뭘 말하는 걸 싫어하지 않니?"

순간 해맑던 앙토닌의 얼굴 한 켠에 서늘한 그림자가 스쳐 지나갔다. 그녀가 말했다.

"재미도 없는 얘기인걸요. 중요한 건 바로 현재예요. 제발 이 현재가 지속될 수만 있다면!"

"안 될 것도 없지 않겠니?"

"왜요, 이 성도 오늘 오후 내로 경매에 부쳐질 것이고 내일 저녁이면 우리는 다시 파리로 가 있을 테니까 그렇죠. 정말 아쉬워요! 여기선 공기도 참 좋은데! 눈에 보이는 것이나 가슴으로 느끼는 것이나 나무랄 데 없는 즐거움으로 가득 차 있는데 말이에요!"

후작은 침묵을 지키고 있었다. 여자가 남자의 손을 살포시 잡으며 다정한 목소리로 말했다.

"정말 이 성채를 팔아야 하는 거죠?"

"그렇단다. 난들 어찌하겠니? 섣부른 생각 하나로 내 친구 주벨에게서 성을 사들인 이후 모두 열 번밖에 와본 적이 없단다. 그것도 부랴부랴 하루만 묵고는 곧바로 떠났었지. 그런데 이제 돈이 급하니 결심을 하지 않을 수 없게 된 거다. 무슨 기적이 일어나지 않는 한 어쩔 수가 없어요."

그러고는 지그시 웃으며 덧붙였다.

"하긴 네가 이 지방이 마음에 든다니 말인데, 딴에는 너만이라도 이곳에 살 방법이 있을 것 같긴 하다만."

여자는 무슨 말인지 언뜻 알아듣지 못한 채 눈동자를 반짝였고, 후작은 너털웃음을 터뜨렸다.

"허허허, 이런! 집안 대대로 대물림해 공증인 일을 맡고 있는 오디가 선생이 그저께부터 왠지 이곳을 뻔질나게 드나드는 것 같더구나. 아, 물론 그 사람 그다지 매력적이지 못하다는 건 나도 안다. 하지만 어쩐지 그 친구, 우리 대녀한테 잔뜩 몸 달아 하고 있는 것 같아!"

여자의 얼굴이 발갛게 달아올랐다.

"놀리지 말아요, 대부. 전 오디가 선생은 안중에도 없다고요. 제가 이성이 좋은 이유는 오로지 대부와 함께 있기 때문이에요."

"오, 정말이냐?"

"두말하면 잔소리죠!"

후작은 자못 감격스러운 모양이었다. 실은 자기 친딸인지 훤히 아는 이 아가씨 덕분에 그는 늙은 홀아비로 살면서 굳을 대로 굳어진 가슴이 처음으로 뭉클해짐을 느꼈다. 그녀의 내면 깊은 데서 우러나는 곱디고운 심성과 순박한 매력에 온통 뒤흔들리는 기분이었다. 게다가 그녀가 두르고 있는 수수께끼 같은 분위기, 과거사에 대해서만큼은 한없이 소심해지곤 하는 그 비밀스러운 일면에 대해서도 애정 어린 관심이 자꾸만 이끌리는 것이었다. 어떤 때는 분명 화통한 천성에서 비롯된 듯 활달하기 그지없고 방만하기까지 한 태도를 보이다가도, 자기가 '대부'라 부르며 그토록 따르는 사람이 약간만 적극적인 관심을 보이려고 하면 갑작스레 정색을 하고, 당혹스러울 만큼 삼가거나 심지어 은근한 적의까지 드러내곤 하는 그녀였다.

한 가지 기이한 점은 이 성에 도착한 이래, 후작 역시 젊은 아가씨가 느끼기엔 대중없이 쾌활하다가도 졸지에 과묵해지는 등, 모순된 행동거지로 꽤나 당혹스러운 인상을 주고 있다는 사실이었다.

하긴 제아무리 서로 간의 애정과 공감대가 살아 숨 쉰다 해도, 이렇듯 서로의 비밀을 전혀 파악하지 못하는 두 존재 사이에 걸쳐진 모든 장애를 극복하기에는 함께한 시간이 너무도 짧은 게 사실이었다. 장 데를르몽은 여자를 이해하려고 틈만 나면 노력했다. 한번은 그녀를 뚫어지게 바라보면서 말했다.

"어쩌면 이리도 제 엄마를 닮았을까! 너한테서도 마찬가지로 얼굴 자체를 변화시키는 미소가 눈에 띄는구나."

하지만 여자는 후작이 자기 엄마에 관해 얘기하는 게 그다지 탐탁지 않았고, 그래서 늘 엉뚱한 질문을 하는 것으로 그에 대한 대꾸를 대신했다. 그러다 보니 어느새 후작의 입에서 엘리자베트 오르냉이 사망했던 성채의 비극에 관해 짤막짤막한 설명이 튀어나오게 되었고, 그때마다 여자의 속마음은 후끈후끈 달아오르곤 했다.

두 사람은 르바르동 미망인이 차린 점심식사를 함께했다.

오후 2시가 되자 공증인 오디가 선생이 커피도 한 잔 마실 겸, 필요에 따라 외부에 활짝 개방하는 살롱에서 이따 오후 4시에 있을 경매 준비가 제대로 되어가고 있나 살펴보기도 할 겸 방문했다. 그는 소심한 성격에 멋 내어 말하기 좋아하는, 다소 어색한 행색의 창백한 젊은이로 워낙에 시문학에 미쳐 있어 대화 중간 자신이 특별히 지어낸 12음절 시구를 불쑥불쑥 내밀면서도 꼭 이런 단서를 덧붙이는 버릇이 있었다.

"시인이 말한 바와 같이……."

그뿐만 아니라, 그와 동시에 자신의 시구가 어떤 반응을 불러일으키는지 살피기 위해 여자 쪽을 흘끔거리곤 했다.

아무튼 한도 끝도 없이 되풀이되는 이 같은 보잘것없는 수작을 장시간 참다 못한 앙토닌은 그만 두 남자만 남겨두고 바깥 정원으로 나와버렸다.

경매 예정 시각이 다가옴에 따라 한쪽 익랑채를 돌아들어 삼삼오오 모여든 사람들로 인해 텅 빈 정원이 내다보이는 앞뜰은 제법 북적거렸다. 대부분이 부농들이었고, 이웃 소도시의 부르주아나 지역의 일부 귀족 나리들도 간간이 눈에 띄었다. 오디가 선생은 단순한 호기심에서 모인 사람들이 대다수이고, 그중 대여섯 정도가 잠재적인 구매자들이라고 내다봤다.

앙토닌은 느긋하게 돌아다니면서 그토록 오랜 세월 관광객들의 발길로부터 철저히 차단된 폐허를 이런 기회에 한 번 구경해보지 언제 또 해보겠냐는 사람들을 몇 명 만났다. 실은 그녀 역시 눈앞에 펼쳐지는 장엄한 광경에 이끌려 저도 모르게 이곳저곳을 거니는 사람들과 크게 다르지 않았다. 그러다가 자그마한 종소리를 신호로 사람들이 모조리 성채 쪽으로 휩쓸려 들어간 다음부터는, 그녀 혼자 남아 아직 어지러이 뒤엉킨 잡초 제거가 미처 이루어지지 않은 길을 계속해서 걸어갔다.

자기도 모르는 사이에 그녀는 모든 오솔길로부터 멀찌감치 벗어나 15년 전 살인이 발생했던 바로 그 동산을 에워싼 공터에 다다르고 말았다. 후작한테서 당시 비극이 일어났던 모든 상황을 들어 알고는 있었지만, 지금은 가시덤불과 고사리, 송악 가지들로 엉망진창 뒤덮인 그곳에서 문제의 정확한 현장이 어디인지는 도저히 분간할 수가 없었다.

힘겹게 그곳을 빠져나와 이젠 좀 한산한 장소에 이르자마자 앙토닌은 갑자기 날카로운 비명을 내지르며 걸음을 멈추었다. 저만치 열 발짝 정도 앞에 마찬가지로 기겁을 하며 멈춰 선 사내의 윤곽이 이쪽을 향하고 있었는데, 나흘 전 보았던 그 떡 벌어진 어깨와 우락부락한 얼굴, 당당한 체격이 곧장 누군가를 연상시켰다.

바로 고르주레 형사반장이었다!

후작의 저택 층계에서 얼추 보았을 뿐이지만, 그녀의 기억력은 착각을 일으킬 리 없었다. 분명 그 남자였다. 거친 목소리에 신랄한 억양으로 자기가 역에서 여자를 기다렸으며, 반드시 잡아들이겠노라고 호언장담하던 바로 그 경찰관이 지금 눈앞 저만치에 떡하니 버티고 서 있는 것이다.

안 그래도 험상궂은 인상이 야수 같은 표정으로 더욱 일그러져 있었다. 잠시 후, 고르주레는 그 투박한 입술에 심술 사나운 미소까지 얹어 으르렁댔다.

"이것 봐라, 횡재했네! 언젠가 세 번씩이나 나를 농락했던 바로 그 금발의 애송이 처녀 아니신가? 대체 여기서 뭘 하고 계시는가, 귀여운 아가씨? 당신도 성채 경매에 관심이 있는 모양이지?"

사내는 한 발 앞으로 내디뎠다. 질겁한 앙토닌은 당장이라도 줄행랑을 치고 싶었지만 그럴 기운도 없거니와, 보나마나 어디로든 가로막을 게 뻔한데 어떻게 엄두를 낼 수가 있겠는가?

사내는 막무가내로 또 한 발 다가왔고, 계속 비아냥거렸다.

"도망갈 방법은 없어요. 완전히 꽉 막혔거든. 고르주레한테는 더 없는 복수의 기회가 온 거지, 안 그래? 요컨대 이 고르주레께서는 성에서 벌어진 음산한 사건을 오랜 세월 주목하면서, 성이 팔려나가는 날 기필코 다시 찾아와 발칵 뒤집어엎겠다고 별러왔거든. 그런데 바야흐로 오늘 저 껑다리 폴의 정부 되시는 분과 딱 맞닥뜨리게 되었다는 말씀이지! 만약 신의 섭리라는 게 있다면 그것이 지독하게도 내 편을 들어주고 있다는 것, 그대도 이젠 인정하겠지?"

또다시 한 발짝. 이쯤 되면 앙토닌은 거의 혼절하지 않으려고 버티는 거나 다름없었다.

"그런데 왠지 우리 중 누군가 잔뜩 겁을 먹고 있는 것 같아. 그래, 분명 얼굴을 찡그리고 있어! 하긴 상황이 대단히 험하긴 하지. 험해도 보통 험한 게 아닐 거야. 금발의 클라라와 꺽다리 폴의 내연관계가 성에서의 사건과 어떻게 연루되어 있는지, 그 속에서 특히 꺽다리 폴이 맡은 역할이 무엇인지를 이 고르주레 앞에 소상히 해명해야만 하게 생겼으니 말이야. 이 모든 게 정말이지 흥미진진한 얘기 아니겠어? 오, 그렇다고 고르주레의 입장에 필요 이상으로 신경을 쓰라는 말은 아니라오."

세 걸음을 더 다가섰다. 고르주레는 지갑에서 꼬깃꼬깃 접힌 구인영장을 꺼내 잔인한 비웃음을 던지면서 펼쳐 보였다.

"이 알량한 서류를 내가 굳이 읽어드려야 할까? 그럴 필요까진 없겠지? 그냥 얌전하게 자동차 있는 데까지 나를 따라와 비시에서 파리행 열차에 오르는 게 낫겠지? 나야 뭐 이 정도 수확으로 만족하고, 성채 경매 현장관람은 포기하기로 하지. 어라? 또 왜 이러는 거야?"

사내는 별안간 말을 잇지 못했다. 그의 심기를 어지럽힐 만한 무슨 일인가가 일어나고 있었다. 금발 미녀의 얼굴 한 켠에서 지금까지의 겁에 질린 표정이 서서히 지워짐과 동시에,—정말이지 이해할 수 없는 현상이었다—극히 희미한 미소가 은근히 피어나고 있었던 것이다. 그뿐만이 아니었다. 눈앞에서 빤히 바라보는 천하의 고르주레를 어떻게 저리 외면하고, 감히 다른 곳으로 눈길을 돌릴 수 있단 말인가? 가만히 보니 더 이상 덫에 걸려 허우적대는 가엾은 사냥감의 태도가 아니었다. 저 눈빛, 저 표정. 도대체 어디를 향한 시선이며, 누구를 위한 미소란 말인가?

고르주레는 후닥닥 뒤를 돌아보았다.

"이런 우라질! 저 작자 저기서 뭐하는 거야?"

사실 고르주레는 예배당의 잔해를 떠받치고 있는 기둥 모퉁이로부터 팔 한 짝이 슬그머니 비어져 나와 이쪽으로 권총을 쳐드는 것만을 간신히 분간했을 따름이다. 그럼에도 불구하고 여자가 저처럼 편안한 기색을 드러내는 걸로 볼 때, 저 팔과 손의 주인은 지금껏 악착같이 여자의 보호에 매달려온 라울 씨일 거라는 사실에 추호의 의혹도 들지 않았다. 볼니크의 성채에 금발의 클라라가 와 있다면, 당연히 거기엔 라울 선생도 출몰할 터. 저렇게 자기 모습을 감춘 채로 권총만 슬그머니 내밀어 사람을 가지고 노는 장난스러운 행위야말로 라울, 그자의 장기가 아니던가!

일단 거기까지 생각이 미치자, 고르주레는 조금도 머뭇거리지 않았다. 그만큼 강단도 있거니와, 위험 앞에서 마냥 위축되는 타입도 아니었기 때문이다. 설사 여자가 줄행랑을 치려 한다면―실제로도 그랬다―이번만큼은 이곳 정원이든 인근 지역 전체든, 끝까지 추적해서 붙잡아버릴 각오가 단단히 되어 있었다. 결국 그는 방향을 정하고서 버럭 고함을 지르며 달려들었다.

"네 이놈, 당장 나오지 못할까!"

순간 권총을 쥐고 있던 손이 쓱 사라졌다. 고르주레가 기둥 모퉁이를 돌아들었을 때는, 그 뒤로 이쪽 아치에서 저쪽 아치까지 쭈글쭈글 드리워진 송악의 장막밖에는 눈에 들어오지 않았다. 그래도 형사반장은 분명 있던 적이 연기처럼 사라졌을 리 없다는 생각에 추격 속도를 늦추지 않았다. 그런데 이번에는 그 장막처럼 드리워진 송악으로부터 권총 대신 무쇠 같은 주먹을 내세운 팔 한 짝이 덜컥 튀어나와 달려드는 고르주레의 턱주가리를 정통으로 명중시키는 게 아닌가!

한 치의 오차 없이 정확히 가격된 강펀치는 그 몫을 깔끔하게 다했다. 고르주레는 전에 아랍인이 발차기를 당했을 때처럼 순식간에 균형을 잃고 허물어졌다. 완전히 녹다운, 그대로 기절한 상태였다.

한편 앙토닌은 숨이 턱까지 차서 테라스로 돌아왔다. 가슴이 하도 떨려서 방문객들이 차례차례 자리를 차지하고 앉은 성안으로 들어가기 전에 잠시 어디든 걸터앉아야만 했다. 그래도 자신을 보호해준 미지의 인물에 대한 신뢰가 워낙 큰 힘이 되어서인지 심신을 원래 상태로 회복하는 데 그리 오래 걸리지는 않았다. 그녀는 라울이 설사 경찰을 해치지는 않는다 해도 단단히 혼꾸멍내줄 것으로 믿어 의심치 않았다. 그나저나 어떻게 하필 그 순간에 맞춰 그곳에 나타날 수가 있단 말인가? 또다시 여자를 위해 싸워줄 만반의 태세를 갖추고 말이다!

저만치 폐허 쪽으로, 특히 그중에서도 격돌이 벌어졌을 만한 곳에 시선을 고정시킨 채 그녀는 한동안 숨을 죽이고 바라보았다. 아무런 소리도 들리지 않았고, 그 어떤 사람 그림자나 심상치 않은 기미도 눈에 띄지 않았다.

비록 지금은 다소 안심이 된다 해도, 언제 반격해올지 모를 고르주레의 손아귀로부터 확실히 벗어나기 위해, 그녀는 이렇게 가만히 있지 말고 성의 다른 출구를 통해 달아나야겠다고 마음먹었다. 그러나 마침 안에서 떠들썩하게 준비 중인 경매행사가 그녀의 흥미를 끌어당기면서 모든 걱정을 잠시 접어두게 만들었다.

대형 살롱이 현관과 대기실을 향해 활짝 열려 있었다. 공증인은 몇몇 예상 구매자들을 착석하게 했고, 사람들은 그들 주변으로 삼삼오오 모여 섰다. 탁자 위에는 세 개의 가느다란 의식용 초가 가지런히 세워져 있었다.

오디가 선생은 제법 엄숙한 태도로 힘 있게 이야기했다. 이따금 그는 데를르몽 후작과 긴밀한 대화를 나누곤 했는데, 그 바람에 사람들은 성채의 실소유자가 누구인지 어렴풋이 가늠하기 시작했다. 개시 시각 조금 전, 오디가 선생은 일단의 개요 설명이 필요하다는 것을 느꼈다. 그는 성곽의 현 상태, 그 역사적 중요성, 외관상의 아름다움, 그리고 취득 시 사업적인 이윤 등을 줄줄이 제시했다.

그런 다음 비로소 경매 방식을 차근차근 환기해주었다. 세 개의 초는 각각 1분 지나면 불이 꺼지게 되어 있었다. 따라서 마지막 촛불이 꺼지기 전까지는 마음 놓고 발언을 할 수 있으나, 너무 오래 지체하면 낭패를 보는 것이었다.

드디어 4시를 알리는 종소리가 울렸다.

오디가 선생은 성냥갑을 꺼내 들고 성냥을 하나 집어 불을 붙였다. 그러고 나서 천천히 첫 번째 초로 다가가 점화를 했다. 마치 멋진 실크 해트 속에서 조만간 10여 마리의 토끼들을 꺼내려고 하는 마술사와도 같은 동작이었다.

첫 번째 초가 타들어가기 시작했다.

갑자기 장내가 쥐 죽은 듯 조용해졌다. 저마다 표정이 잔뜩 굳었고, 특히 자리에 앉은 여자들의 얼굴은 아주 묘하거나 너무 무관심하거나 아니면 다소 난감해하거나 아예 의기소침해하거나 천차만별 제각각이었다.

그러는 사이 마침내 초가 다 타버렸다. 곧장 공증인의 안내 발언이 나왔다.

"신사숙녀 여러분, 이제 두 개의 초가 남았습니다."

두 번째 성냥불이 그어졌고, 두 번째 초에 불이 붙여졌으며, 두 번째로 촛불이 꺼졌다.

오디가 선생의 목소리가 어두워졌다.

"이제 마지막 촛불입니다. 오해가 없으시길 바랍니다. 방금 두 개의 초가 다 타버렸습니다. 이제 세 번째 초만 남은 셈입니다. 분명히 말씀 드리지만, 값은 80만 프랑부터 제시하고 있습니다. 그 이하는 인정되지 못합니다."

세 번째 초에 불이 붙여졌다.

마침내 소심한 목소리 하나가 흘러나왔다.

"82만 5000이오."

그러자 또 다른 목소리가 받아쳤다.

"85만이오."

이번에는 공증인이 나서서 수신호를 보내오는 어느 귀부인을 대신해 외쳤다.

"87만 5000입니다!"

"90만이오!"

또 다른 호사가가 질세라 되받아쳤다.

그러고 나자 다시 잠잠해졌다.

공증인은 약간 당황한 듯 다급하게 반복했다.

"90만 프랑입니까? 90만 프랑 나왔습니다. 더 아무도 없습니까? 여러분, 엄청난 액수가 나왔습니다."

또다시 잠잠.

그사이 촛불은 서서히 숨을 잃어가고 있었다. 이제 거의 다 녹아내린 초에서 마지막 불꽃이 가녀리게 떨고 있었다.

그때였다. 방 저쪽 구석, 현관 쪽으로부터 하나의 목소리가 솟구쳤다.

"95만!"

사람들의 눈이 번쩍 뜨였다. 웬 말쑥한 신사 하나가 입가에는 그윽한 미소를 띤 채, 느긋하면서 호감 어린 걸음걸이로 뚜벅뚜벅 앞으로 걸어 나오는 것이었다.

결정판 아르센 뤼팽 전집

"95만 프랑이오."

그렇게 말하는 신사를 제일 먼저 알아본 건 앙토닌이었다.

다름 아닌 라울 씨였다!

8
이상한 협력자

아무리 냉정한 척은 하고 있었지만, 공증인은 다소 놀라지 않을 수 없었다. 기존의 상승폭을 단번에 두 배로 올려 부르는 경우는 흔히 있는 일이 아닌 것이다.

그는 자기도 모르게 중얼거렸다.

"95만 프랑입니다. 더 아무도 없습니까? 95만 프랑이에요! 낙찰되었습니다!"

모든 사람이 이 낯선 남자 주위로 우르르 몰려들었다. 오디가 선생도 재차 확인을 청하고, 성명과 신상정보 등을 요구하기 위해 주춤주춤 다가왔다. 하지만 그는 라울의 눈빛 하나만으로도 이 신사가 결코 호락호락한 인물이 아니라는 것을 단박에 깨달았다. 자고로 세상사엔 덮어놓고 따라야 하는 관례와 예법이 있는 법이다. 이런 유의 일은 공개적으로 이러쿵저러쿵 논의될 종류가 아니다.

결국 공증인은 생각을 고쳐먹고 부랴부랴 사람들부터 밖으로 내몰왔다. 각별한 방식으로 제기된 건수를 마무리하기 위해서 살롱 전체공간을 할애해야겠다는 판단이었다. 그가 다시 돌아왔을 땐, 이미 라울이 탁자 앞 의자에 느긋하게 앉아 만년필로 수표에 서명을 하고 있었다.

좀 떨어진 곳에서 데를르몽 후작과 앙토닌이 그 모습을 소리 없이 지켜보았다.

여전히 의연하고 태연자약한 태도로 라울은 자리에서 벌떡 일어서더니 언제나 최종 결정권을 손에 쥐며 살아온 사람 특유의 거침없는 태도로 공증인에게 말을 건넸다.

"오디가 선생, 조만간 당신 사무실로 직접 방문하겠소. 거기에서라야 내가 의탁할 금액을 여유를 갖고 천천히 확인해볼 수 있을 테니까 말이오. 그 밖에 달리 내게 요구할 정보가 있습니까?"

상대의 거침없는 행동 방식에 어안이 벙벙한 공증인이 더듬거렸다.

"우선 성함부터."

"여기 내 명함이오. 돈 루이스 페레나. 프랑스 출신 포르투갈인입니다. 그리고 이건 내 신분증을 포함한 그 밖의 신상 명세서류요. 계산은 일단 반액을 리스본에 있는 포르투갈 은행 내 계좌명의 수표로 지불하겠소. 나머지 반액은 므슈 데를르몽과의 대화가 마무리된 직후 그가 정해주는 시기에 맞춰 마저 지불될 것이오."

"대화라고 하셨습니까?"

어리둥절한 후작이 되물었다.

"그렇습니다, 므슈. 몇 가지 흥미로운 사실들을 말씀드릴 게 있어서요."

한편 공증인은 점점 갈피를 잡을 수 없었고, 자칫 불쑥 나서서 이의를 제기할 태세였다. 도대체 계산이 충분히 이루어진다고 누가 보장하겠는가? 수표가 지불되는 데 필요한 기간 동안, 예금잔고가 바닥나지 않으리라는 보장이 어디에 있는가? 하지만 그는 입을 다물었다. 왠지 사람을 주눅들게 만드는 이런 남자, 척 보아도 그다지 참하지만은 않을 것 같고, 꼬치꼬치 계산에 얽매이기만 하는 관리에게는 어쩌면 다분히 거칠고 위험스러울 것도 같은 이런 남자 앞에서 무슨 말을 어떻게 해야 할지 당최 감이 잘 오지 않는 것이었다.

그는 일단 생각할 시간을 갖는 게 현명하다고 판단하며 말했다.

"그럼 언제 저의 사무실을 찾아주십시오."

공증인이 서류가방을 집어 들고 총총히 자리를 피하자, 그와 몇 마디 나눌 생각이었던 장 데를르몽은 테라스까지 얼른 그를 배웅했다. 눈에 띄게 당혹스러운 표정으로 라울의 얘기를 귀담아 듣던 앙토닌도 얼떨결에 그 뒤를 따라나서려 했다. 하지만 라울 씨가 느닷없이 문을 닫더니 여자를 밀쳐내는 것이었다. 기겁을 한 여자는 현관 쪽으로 난 반대편 출입구로 내달렸고, 라울은 또다시 여자의 허리를 휘감으며 진로를 막았다.

그는 본때 있게 웃으며 말했다.

"저런, 오늘따라 꽤 거칠게 나오시는군. 우리가 서로 모르는 사이라는 얘긴가? 방금 전에 고르주레가 나가떨어지고, 언제인가 밤에는 꺽다리 폴도 나뒹굴고 말았는데, 그 모든 일들이 우리 아가씨에게는 그저 하찮은 에피소드에 불과하단 뜻인가?"

내친김에 목덜미에 입을 맞추려고 했지만 여자가 앙탈을 부리는 바람에 웃옷 옷깃을 스치는 걸로 그치고 말았다.

"이거 놔줘요. 놔달라고요. 정말 너무해⋯⋯."

앙토닌은 힘겹게 더듬대면서 문 쪽으로 다가가기 위해 마구 몸부림을 쳐댔다. 라울은 욱하는 기분으로 여자의 목을 감아 안아 고개까지 바짝 젖힌 다음 이리저리 회피하는 입술을 찾아 느닷없이 쇄도했다.

"어머나, 세상에! 사람을 부를 거예요! 이럴 수가!"

라울은 얼른 몸을 떼고 뒤로 한 걸음 물러났다. 현관 타일 바닥에서 후작의 발소리가 들려온 것이다. 라울은 호기 있게 비아냥댔다.

"당신, 운도 참 좋아! 이토록 깐깐하게 나올 줄 알았더라면, 제기랄! 전에 후작의 서재에서는 훨씬 말랑말랑하더니. 아무튼 또 보게 될 것이오, 어여쁜 아가씨."

하지만 그토록 문을 열려고 발버둥치던 여자도 왠지 출입구에서 한 걸음 떨어져 뒤로 물러서는 것이었다. 결국 문을 열고 들어서던 장 데 를르몽은 잔뜩 흥분해서 어쩔 줄 모르고 멀뚱하니 선 대녀와 정통으로 맞닥뜨린 꼴이 되었다.

"무슨 일이니?"

"아, 아무것도 아니에요. 그냥 드릴 말씀이 있어서……."

여자의 목소리는 잔뜩 기어 들어갔다.

"무슨 얘기?"

"아니…… 뭐 별로 중요한 건 아니고요. 제가 착각했나 봐요. 걱정 마세요, 대부."

후작이 라울을 돌아보았다. 여유 있는 미소로 상황을 지켜보던 라울은 캐묻는 듯한 후작의 시선에 이렇게 대답해주었다.

"내가 보기에 마드무아젤이 하려던 얘기는 나 역시 해소하고 싶었던 어떤 오해와 관련된 문제 같습니다만."

"무슨 말씀인지 모르겠군요."

"얘긴 이렇습니다. 아까 내 진짜 이름을 공개했습니다. 돈 루이스 페 레나라고요. 하지만 몇 가지 개인적인 사정상 라울이라는 가명을 통해 현재 파리에 머물고 있는 실정이랍니다. 다시 말해서 바로 그 이름으로 지금 볼테르 제방의 당신 저택 중이층에 세를 들어 살고 있는 셈이죠.

그런데 어느 날 마드무아젤이 당신 집인 줄 잘못 알고 내 숙소의 벨을 누른 겁니다. 나는 곧장 착오가 있었음을 깨우쳐줬고, 또한 내 가명을 알려줬습니다. 그러니 어떻겠습니까? 오늘 놀라는 게 당연하죠."

놀라는 건 장 데를르몽의 경우도 마찬가지였다. 이상야릇한 태도와 함께 아주 깔끔하게 다듬어진 예법도 겸비한 이 기묘한 인물은 과연 무얼 바라고 이러는 것일까?

"도대체 당신은 누구신지요? 아까 저와 나눌 얘기가 있다고 하신 것 같은데. 무슨 얘기인가요?"

"무슨 얘기냐고요? 아, 그건 일종의 사업 얘깁니다만."

여자에게 시선을 주지 않는 척하고 있었던 라울이 더듬대듯 중얼거렸다.

"나는 사업하는 사람이 아닌데요."

장 데를르몽은 퉁명스레 내뱉었다.

"오, 나도 마찬가지입니다. 다만 다른 사람의 사업에는 관여를 하고 있죠."

라울이 지지 않고 잘라 말하자 분위기가 심각해졌다. 뭐하자는 건가, 슬슬 공갈이라도 늘어놓겠다는 건가? 적으로서 노골적인 위협을 하겠다는 포석인가? 데를르몽은 은근슬쩍 손으로 권총 주머니를 더듬으면서 대녀의 눈치를 살폈다. 여자는 불안한 긴장감을 내보인 채 귀를 기울이며 사태를 주시하고 있었다.

"간단히 얘기합시다. 원하는 게 뭡니까?"

"옛날에 당신이 갈취당한 유산을 회복하자는 것입니다."

"유산이라뇨?"

"당신 외조부님이 물려주신 유산 말입니다. 감쪽같이 증발해버려 당신이 쓸데없이 너절한 흥신소를 통해 조사를 추진하고 있는 바로 그 유산!"

후작은 난데없이 웃음을 터뜨리며 말했다.

"아하, 그러고 보니 흥신소 일을 하는 분이신 모양이군!"

"아닙니다. 그저 같은 세상을 살아가는 사람에게 도움 주는 일을 좋아하는 일개 호사가일 따름입니다. 워낙 그런 일에 얽힌 수수께끼 게임을 좋아하는지라. 말하자면 수수께끼를 해결하고 비밀을 밝혀내 진상을 알아내는 등 일종의 지적인 열정에 쉽게 몰두하는 타입이죠. 사실 지금까지 이 몸이 살아오면서 이루어낸 모든 놀랄 만한 업적들을 당신에게 곧이곧대로 늘어놓을 수는 없을 겁니다. 수백 년 된 난제들을 어떻게 해결했는지, 역사적인 보물들을 무슨 수로 발견해냈는지, 그리고 얼마나 막막한 어둠 속을 환히 밝혀놓았는지 말입니다."

후작은 호쾌한 목소리로 냅다 외쳤다.

"브라보! 물론 수수료는 어느 정도 챙기시겠죠?"

"전혀 없습니다."

"아니, 그럼 무료로 일을 한단 말입니까?"

"내가 즐거워서 하는 일이니까요."

라울도 호탕하게 웃으면서 내뱉었다. 일전에 쿠르빌 앞에서 늘어놓았던 계획과는 천지차이라 아니할 수 없는 태도였다. 자신으로서는 2000만~3000만 프랑이라는 돈을 탐내지 않겠다는 얘기이고, 후작으로서는 10퍼센트의 비용조차 들일 필요가 없다는 얘기 아닌가! 상대의 면전에서 의연한 모습을 보이고, 특히 젊은 아가씨에게 좋은 인상을 심어줘야 할 필요성이, 정녕 돈을 요구하기보다는 이렇듯 정당한 대가조차 깨끗이 포기하게 만들었다는 얘기인가!

그는 데를르몽을 어리둥절하게 만들 정도로 자신의 멋진 모습이 한껏 각인되었다는 뿌듯한 기분으로 고개를 곧추세운 채 이리저리 어슬렁거렸다.

상대의 배포에 완전히 기가 죽은 듯 어안이 벙벙한 얼굴로 후작은 다소곳이 말했다.

"그럼 도움이 될 만한 정보를 가지고 계신가요?"

라울은 유쾌한 어조로 대꾸했다.

"오히려 쓸 만한 정보를 구하기 위해 여기 온 것입니다. 내 목표는 간단합니다. 당신의 일을 돕겠다는 겁니다. 당신이 알아두어야 할 것은, 내가 뛰어든 모든 과업에 있어서 항상 암중모색의 기간이 있어왔다는 사실입니다. 다만 그 기간은 애당초 도움을 받는 입장에서 모든 정보를 내게 시원스레 털어놓을수록 짧아지는데도 불구하고, 지금까지 그래준 사람이 드물었다는 점입니다. 거의 언제나 쓸데없는 조바심이나 공연한 비밀에 집착하느라 나만 골탕먹고, 온갖 것을 처음부터 나 혼자 힘으로 헤쳐나가야만 했지요. 그렇게 해서 낭비한 시간이라니! 하지만 당신이 나로 하여금 헛된 수고를 덜 수 있도록 도와준다든가, 이를테면 그 수수께끼 같은 유산의 정체가 무엇인지 말을 해준다면, 그래서 화끈하게 털어놓고 고충을 하소연해준다면 당신으로서도 커다란 이득이 될 겁니다!"

"그것이 당신이 알고 싶은 전부인가요?"

"오, 맙소사, 천만의 말씀입니다!"

라울은 펄쩍 뛰었다.

"그럼 또 뭐가 있죠?"

"혹시 당신이 볼니크의 소유자가 아직 아니었을 시기에 이 성에서 벌어진 비극에 대해 마드무아젤이 듣는 데서 이야기해도 되겠는지요?"

후작은 움찔하는 듯하더니 나지막이 대답했다.

"물론이오. 엘리자베트 오르냉의 죽음에 관해서라면 내 입으로 이미 죄다 얘기해주었습니다."

"하지만 사법당국에도 공개하지 않은 기묘한 비밀만큼은 얘기 안 하셨을걸요?"

"비밀이라뇨?"

"당신이 엘리자베트 오르냉의 애인이었다는 사실 말입니다."

라울은 장 데를르몽에게 입장을 추스를 여유도 주지 않고 내처 몰아붙였다.

"지금 이 얘기를 하는 건 그 문제야말로 다른 무엇보다 풀리지 않는 수수께끼이고, 내 관심을 끄는 일이기 때문입니다. 한 여인이 죽임을 당하고 보석을 도난당했습니다. 즉각 그에 대한 조사가 단행되었죠. 다른 모든 목격자와 마찬가지로 당신에게도 취조가 이루어졌습니다. 그때 당신은 죽은 여자와 당신 사이의 관계에 대해서는 얘기하지 않았습니다! 왜 그랬을까요? 그리고 또 무슨 이유로 이 성채를 매입한 걸까요? 별도로 무슨 조사라도 해본 겁니까? 그 당시 신문에서 내가 읽은 사실들 말고 더 아는 건 없나요? 볼니크의 비극과 당신이 도둑맞은 유산 사이에 모종의 관계라도 있는 겁니까? 두 개의 사건이 같은 근원과 같은 전개 양상, 그리고 같은 인물들을 주인공으로 벌어지기라도 한 겁니까? 이상이 내가 앞으로 전진해 나아가기 위해 반드시 정확한 답을 필요로 하는 의문점들입니다."

기나긴 침묵이 뒤를 이었다. 머뭇대는 후작의 태도가 이내 아무 말도 하지 않으리라는 의지로 굳어지는 듯하자, 라울은 어깨를 가볍게 으쓱하며 말했다.

"유감이로군요! 당신이 이렇게 발뺌하는 걸 보니 정말이지 안타깝습니다! 당신은 사건이 결코 종결된 것이 아니라는 사실을 전혀 이해하지 못하고 있어요. 당시 그 일에 연루되었거나 이후라도 개인적인 관심 때문에 그로부터 이득을 얻어내려고 기를 쓰는 사람들의 머릿속에서 사건은 여전히 진행 중이란 말이오! 사정이 이러한데도 생각이 그다지도 없단 말입니까?"

그는 내친김에 후작한테 바짝 다가앉아 또박또박 말을 끊어가며 다그쳤다.

"당신의 과거사 주변을 맴돌면서 그처럼 이득을 노리는 시도들 중에 내가 아는 것만도 모두 네 가지요. 우선 나부터 그런 경우에 속하지. 내가 볼테르 제방의 당신 저택 중이층을 파고들고, 그것도 모자라 남의 손에 들어갈까 봐 얼른 성을 사들인 것 모두, 나 자신의 주도로 뭔가 조사를 펼치기 위함이었소. 그다음으로 금발의 클라라가 있소. 저 유명한 강도, 꺽다리 폴의 왕년 애인인 그녀는 어느 날 밤 당신의 서재로 잠입해 책상의 비밀서랍을 열고 사진을 뒤진 적이 있습니다."

라울은 거기서 일단 숨을 골랐다. 여자 쪽을 되도록 보지 않으면서 오로지 후작에게 모든 주의를 기울이느라 여간 신경 쓰이는 게 아니었다. 장 데를르몽의 불안정한 심경 변화를 최대한 활용하기 위해 그는 두 눈을 쏘아보면서 목소리를 무겁게 깔았다.

"자, 이제 세 번째로 넘어갈까요? 실은 그 무엇보다 위험한 경우라 할 수 있는데…… 다름 아닌 발텍스의 경우입니다!"

후작은 소스라치듯 놀라는 기색이 역력했다.

"바, 발텍스라니? 무슨 말을 하는 거요?"

"그렇소, 발텍스! 사촌인지 조카인지는 모르지만, 하여튼 엘리자베트 오르냉의 친척 말이오."

데를르몽은 즉각 반론을 폈다.

"말도 안 돼! 그럴 리가 있나! 발텍스는 노름꾼인 데다 일개 탕아에 불과합니다. 정신 상태가 다소 미덥지 않은 구석은 있다지만, 글쎄요,

위험인물까지야. 아무튼 다음으로 넘어갑시다."

라울은 여전히 후작을 마주 보며 얘기를 이어나갔다.

"발텍스에게는 또 다른 이름이 있습니다. 일종의 별명이라고 할 수 있는데, 오히려 범죄세계에선 본명보다 별명으로 더 유명하지요."

"범죄세계라니?"

"발텍스는 경찰에 의해 수배 중인 친구입니다."

"말도 안 돼!"

"발텍스는 다름 아닌 껑다리 폴입니다!"

과연 후작은 극도의 당혹감에 휩싸였고 숨까지 헐떡이며 길길이 날뛰었다.

"껑다리 폴이라면, 그 깡패 두목 말인가? 이봐요, 그럴 리가. 발텍스는 껑다리 폴이 아닙니다. 어떻게 그런 망발을. 아니에요, 아니야, 발텍스는 껑다리 폴이 아니에요!"

라울은 한 치의 흔들림 없이 되뇌었다.

"발텍스는 다른 누구도 아닌 바로 껑다리 폴입니다. 방금 말씀드린 바 있는 그날 밤에 나는 제방 위에 동료들과 진을 치고서 옛 애인을 염탐하고 있던 그와 마주쳤소. 클라라가 당신 집을 나서자마자 무턱대고 달려들어 납치하려 하더군요. 당연히 놈과 격돌했는데, 그때 그 얼굴을 똑똑히 보았습니다. 근 한 달 동안 당신 주변을 어슬렁거리며 수작을 부리던 바로 그 발텍스였습니다. 자, 이렇게 해서 지금까지 세 가지 경우를 설명했고, 이제 네 번째로 넘어갑시다. 다름 아닌 경찰입니다! 사실 그쪽은 공식적으로는 사건에서 손을 뗀 것처럼 되어 있지만, 딱 하나 고집불통인 데다 앙심까지 품은 한 형사만큼은 아직 악착같이 매달려 있는 형편입니다. 옛날 이곳 성채를 수사할 때는 파리 검찰청의 미미한 보조 역할에 머물렀던 자인데, 지금은 고르주레 형사반장이라면 모르는 이가 없을 정도죠."

그렇게 말하면서 라울은 또다시 여자 쪽으로 슬그머니 시선을 던져보았다. 앙토닌은 마침 역광을 받고 있었기에 표정을 제대로 분간할 수가 없었지만, 그 감정 상태를 추측해보건대 자신의 수수께끼 같은 역할이 긴밀하게 연루되어 돌아가는 지금 이 이야기에 자못 난감한 기색일게 틀림없었다.

라울의 계속되는 폭로에 완전히 혼비백산한 후작은 고개를 끄덕이며 말했다.

"그 고르주레라는 사람 기억납니다. 그 당시 나한테 질문은 단 하나도 하지 않았지만 말입니다. 나는 엘리자베트 오르냉과 나 사이의 관계를 그가 알고 있었으리라곤 생각지 않습니다."

라울은 확고한 어조로 짚어주었다.

"그야 그렇습니다만, 그 역시 경매 광고를 보고 이곳으로 와 있는 상황입니다."

"정말입니까?"

"폐허 근처에서 이미 만나보고 오는 길이죠."

"그럼 경매에도 그가 참석했나요?"

"그건 아닙니다."

"무슨 말씀인지?"

"폐허에 아직 그대로 있을 겁니다."

"이보세요!"

"실은 거기 붙들어두는 게 낫겠다 싶었거든요. 그래서 입에는 재갈을 물리고 눈은 머플러로 가리고 수족은 노끈으로 묶어두었답니다."

"나는 그런 행위에 일절 관여하고 싶지 않소!"

후작이 기겁을 하자, 라울은 배시시 웃었다.

결정판 아르센 뤼팽 전집

"당신더러 무얼 거들라는 뜻은 아닙니다. 그 행위의 모든 책임은 오로지 나, 이 사람한테만 있는 겁니다. 다만 순전히 당신 입장을 존중하는 차원에서 사실을 알려드리는 것뿐이에요. 내 판단에 우리 공동의 안전과 순조로운 일의 진행에 필요한 행위가 있다면, 그런 것들을 거침없이 해치우는 게 바로 나의 의무랍니다."

그제야 장 데를르몽은 자신은 결코 원하지 않았으나, 참으로 기이한 상대의 의지와 또한 상황의 추이에 의해 어쩔 수 없이 맞이하게 된 이 협력관계의 전모를 이해하게 되었다. 이제 와서 어떻게 거기서 발을 뺄 수가 있겠는가?

라울은 계속해서 말을 이었다.

"바로 이상이 현재 우리가 처한 상황입니다. 보시다시피 다소 심각한 편이며, 특히 발텍스라는 인물 때문에 언제든 더더욱 심각해질 수 있는 상황이지요. 덕분에 이제는 내가 전면에 나서서 개입하지 않으면 안 되겠다는 겁니다. 만약 이대로 껑다리 폴이 왕년의 여자친구를 위협하고 당신에 대해 노골적인 공세를 취할 결심을 굳힌다면, 나로서는 행동 개시에 들어가서 내일 저녁까지 경찰에 그를 넘기는 방안을 모색해야 합니다. 자, 그러면 어떤 일이 일어날까요? 경찰이 껑다리 폴과 발텍스가 동일인물이라는 사실을 밝혀낼까요? 또한 그가 엘리자베트 오르냉과 당신의 관계를 폭로해 15년 만에 당신을 궁지에 몰아넣게 되는 건 아닐까요? 이 모든 게 지금으로선 미지수입니다. 바로 그렇기 때문에 내가 나서서 지난 모든 일에 대한 정보를 알고 싶어 하는 겁니다."

라울은 잠시 뜸을 들였다. 하지만 이번에는 후작의 망설임도 그리 오래가지 않았다.

"난 아무것도 모릅니다. 난 아무것도 말씀드릴 수 없어요."

라울이 벌떡 일어섰다.

"좋소. 나 혼자 처리해나가도록 하지요. 뭐 그리 오래 걸리진 않을 겁니다. 물론 다소 애로도 따르고, 극히 난처한 일들도 생기겠죠. 모든 게 다 당신이 원해서 그리되는 겁니다. 그나저나 여기서는 언제 떠나실 예정입니까?"

"내일 아침 8시에 자동차로 떠날 겁니다."

"좋아요. 내가 보기에 고르주레는 아침 10시에나 지금 처한 지경에서 벗어나 비시에서 출발하는 열차에 오를 겁니다. 그러니 당장은 걱정할 필요 없을 겁니다. 단, 마드무아젤과 당신의 행방에 관한 어떤 정보도 고르주레의 귀에 들어가지 않도록 성채 관리인 입을 단속해놓기만 하세요. 그래, 파리에 계속 머무실 생각입니까?"

"하룻밤만 묵을 예정입니다. 그리고 3주 정도 떠나 있을 겁니다."

"3주라고요? 그렇다면 지금으로부터 스물하고도 닷새 후인 7월 3일 수요일 오후 4시 정각에 이 성채 앞 테라스의 벤치에서 다시 재회하기로 약속을 하십시다. 어떻습니까?"

"좋습니다. 그때까지 나도 곰곰이 생각을 해보지요."

데를르몽이 나직이 대답했다.

"무얼 생각한다는 겁니까?"

"당신이 공개한 얘기와 제안 내용에 관해서 말입니다."

라울은 갑자기 웃음을 터뜨렸다.

"허허. 그러면 너무 늦을 텐데요."

"너무 늦다뇨?"

"맙소사! 나라고 데를르몽 건에 대해서만 물 쓰듯 시간을 쓸 입장은 못 됩니다. 25일 이후에는 모든 것이 정리되어 있을 거예요."

"정리되다니, 뭐가 어떻게요?"

"장 데를르몽 사건 전체 말이오. 7월 3일 오후 4시 정각, 그때 그 비극의 진상과 그에 연루된 모든 수수께끼의 진실을 당신 앞에 제시하겠소. 아울러 당신 외조부의 유산 일체 역시 당신 앞에 좌르륵 펼쳐놓으리다. 그 후, 물론 그때도 본인이 원한다면, 내가 방금 서명한 수표만 변제해주는 조건으로 마드무아젤이 이 성채를 차지하고 그 안에서 행복하게 살아갈 수 있게 될 겁니다. 아무래도 이 성을 마음에 들어 하는 것 같으니까 말이에요."

데를르몽은 적잖이 놀란 표정으로 더듬거렸다.

"아니, 그, 그럼, 진정으로 그 정도까지 자신 있습니까?"

"나를 막아설 유일한 장애물은 딱 하나 있습니다."

"그게 뭡니까?"

"내가 더 이상 이 세상 사람이 아니라는 것!"

그 말을 끝으로 라울은 모자를 집어 들고 시원한 동작으로 앙토닌과 후작을 향해 인사를 날린 다음, 제자리에서 빙그르르 회전해 더 이상 한마디 말 없이 밖으로 걸어나갔다. 허리로부터 상체를 좌우로 흔들거리는 그 걸음걸이는 분명 스스로에게 지극히 만족했을 경우에 한해 튀어나오는 익숙한 동작임에 틀림없어 보였다.

곧이어 현관 타일 바닥에 부딪치는 그의 구둣발 소리가 들렸고, 잠시 후 정문 망루 문의 육중한 소리가 들려왔다.

그제야 후작은 얼떨떨한 정신을 추스르며 수심에 가득 찬 어조로 중얼거렸다.

"아니야, 아니라고. 저런 낯선 자를 지나치게 믿어서는 안 돼. 솔직히 그에게 특별히 털어놓을 얘기도 없었지만, 사실 저런 인물과는 굳이 함께 일을 해서는 안 된다는 생각이 더 중요했어."

앙토닌이 아무런 반응을 보이지 않자, 이번에는 그쪽으로 넌지시 말을 건넸다.

"어떠니, 너도 나와 같은 생각이지?"

여자는 당혹감을 감추지 못하며 대꾸했다.

"모르겠어요, 대부. 아무 생각도 없네요."

"무슨 소리! 저 사람은 떠돌이 협객이야! 이름을 두 개나 가지고 다니고, 어디서 튀어나온 자인지도 몰라! 추구하는 진짜 목적이 뭔지도 알 수 없어. 그런데도 내 사업에 관여한다며 으름장이고, 경찰도 마음대로 비웃었지. 또 꺽다리 폴도 선뜻 넘기겠다 하고 말이야."

그는 라울이 떠벌린 일들을 하나하나 되짚느라 1~2분가량 생각에 잠기더니 마침내 결론을 내렸다.

"하여튼 거친 인물이야. 물론 운도 꽤 있겠지. 비범한 인물임엔 틀림없어."

"비범한 인물이라……."

여자의 나직한 음성이 뒤따라 새어나왔다.

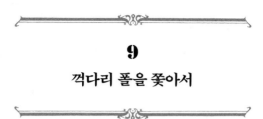

9
껑다리 폴을 쫓아서

라울과 오디가 선생의 면담은 간단했다. 공증인은 참으로 쓸데없는 질문들을 늘어놓았고, 라울은 간명하고 단호한 대답을 툭툭 던지는 것으로 일관했다. 자신의 깔끔하고 똑 부러진 일처리 솜씨에 스스로 만족한 공증인은 되도록 빠른 시일 내에 필요한 모든 수속을 밟아놓겠다고 약속했다.

라울은 보란 듯 마을을 떠났고, 손수 자동차를 몰아 비시에 도착해 방을 잡고 저녁을 들었다. 그리고 밤 11시가 되자 다시 볼니크로 돌아왔다. 주변 일대는 사전에 미리 조사를 마친 상태였다. 자기만 아는 외벽 어딘가에 사람이 드나들 만한 틈새가 있다는 것도 그때 확인해둔 터였다. 그는 벽을 통과해 안으로 들어섰고, 곧장 폐허 방향으로 걸어가 송악에 뒤덮인 고르주레 형사를 다시 끌어냈다. 재갈과 노끈은 그대로였다. 그는 형사의 귀에 입을 갖다 대고 속삭였다.

"당신더러 기운 좀 나라고 늘어지게 낮잠 잘 시간을 마련해준 친구가

왔소. 기분이 꽤 괜찮은 것 같으니 내가 당신을 위해 가져온 맛나는 것들을 좀 들어보시오. 햄하고 치즈, 그리고 적포도주를 가져왔소."

그는 찬찬히 재갈을 풀어주었다. 그러자마자 분노로 목이 멘 상대의 목구멍에서 온갖 욕설이 마구잡이로 솟구치기 시작했다. 라울은 깍듯하게 고개를 숙이며 대꾸했다.

"보아하니 배는 고프지 않은 것 같으니 나도 억지로 강요할 수는 없겠구려. 므슈 고르주레, 공연히 성가시게 해서 미안합니다."

그는 다시 재갈을 물렸고, 결박한 끈을 세심하게 점검한 뒤 횡하니 자리를 떠버렸다.

정원은 고요했고 테라스는 한산했으며 모든 불빛은 꺼져 있었다. 아까 오후에 라울은 헛간 지붕 아래 있는 사다리를 점찍어놓았다. 그는 냉큼 사다리를 집어 들었다. 장 데를르몽이 자는 방 위치 역시 꽤찬 상태라 라울은 사다리를 기대자마자 기어오르기 시작했다. 밤공기가 훈훈해서인지 닫힌 덧문 뒤로는 창문이 활짝 열려 있었다. 그는 덧문 걸쇠를 힘 안 들이고 벗긴 뒤 안으로 들어섰다.

우선 후작의 호흡이 고른가부터 살핀 뒤, 손전등 불을 켜고 의자 위에 가지런히 개어놓은 옷가지를 살폈다.

재킷 호주머니 속에서 지갑을 찾아냈다. 그 안에는 앙토닌의 어머니가 후작에게 보냈던 편지가 들어 있었다. 라울이 한밤중 이곳을 찾아든 이유가 바로 거기 있었다. 그는 숨죽여 편지를 읽어 내려갔다.

잠시 후, 그는 속으로 중얼거렸다.

'음, 생각했던 대로군. 그 매혹적인 여성이 옛날에는 저 바람둥이 후작의 숱한 정부들 중 하나였어. 앙토닌은 그들 사이에 생긴 자식이고 말이야. 그럼 그렇지, 역시 내 육감은 예전 그대로라니까!'

그는 물건들을 제자리에 정돈하고 창문을 통해 밖으로 빠져나왔다.

결정판 아르센 뤼팽 전집

그로부터 우측으로 좀 더 떨어진 곳의 창문 세 개는 앙토닌의 방이었다. 라울은 그곳으로도 사다리를 기대 올라가보았다. 거기도 역시 덧문은 닫혔고, 안의 창문은 열려 있었다. 그는 창턱을 넘어 들어가 손전등으로 침대 쪽을 비추었다. 벽을 향해 돌아누운 앙토닌의 헝클어진 금발 머리가 보였다.

라울은 1분은 꼼짝 않고 기다렸고, 또 1분, 그리고 또 1분이 그냥 흘러가도록 기다렸다. 도대체 왜 꼼짝도 하지 않는 걸까? 여자가 무방비 상태로 널브러져 있는 침대 쪽에는 왜 한 발짝도 다가가지 않는 걸까? 언젠가 밤에 후작의 서재에서 맞부딪쳤을 때, 한없이 약해져 있는 앙토닌을 라울은 느꼈다. 몽롱한 정신으로 사내가 쥐어주는 손길을, 거침없이 팔을 애무하던 그 손길을 순순히 받아들였던 그녀였다. 하물며 이런 좋은 기회를 왜 냉큼 거머쥐려 하지 않는 걸까? 아까 오후에는 비록 이해할 수 없는 태도를 보였다지만, 지금 앙토닌으로선 도저히 저항할 방도가 없다는 것을 모른단 말인가?

이러지도 저러지도 못하는 라울의 태도는 더 이상 오래가지 않았다. 그는 창문을 통해 도로 내려와 마침내 성곽을 벗어나면서 생각했다.

'빌어먹을! 때로는 가장 약삭빠른 놈도 얼간이 바보가 되어버릴 때가 있단 말이야! 그저 마음만 먹으면 되었던 것을. 그런데 그놈의 마음이라는 게 쉽사리 요리가 잘 안 된단 말이거든."

그는 다시금 비시로 향하는 길에 올라 결국 그곳에서 휴식을 취했고, 아침이 밝자마자 뿌듯한 기분에 취해 파리행 국도로 차를 몰았다. 따지고 보면 데를르몽 후작과 그 딸 사이에서 자신의 위치를 확실히 자리매김한 데다, 앙토닌은 이미 수중에 넣은 것이나 마찬가지며, 성채도 거의 다 입수한 상태이다. 사건에 능동적으로 몰두한 지 불과 며칠밖에 되지 않은 지금, 사태가 돌아가는 게 장난이 아니지 않은가! 물론 그렇다고 해서 데를르몽의 여식과 결혼하는 것을 통해 봉사의 대가를 대신 받겠다고까지 주장하는 건 아니었다.

"아니야, 그건 아니라고. 어디까지나 정도가 있어야지. 나도 욕심 하나쯤 자제할 줄 알아. 명예도 나한테는 그저 그래. 내가 목표로 하는 건 그런 게 아니야. 그나저나 내가 목표로 하는 게 뭘까? 후작의 상속재산? 성채? 성공의 쾌감? 쳇, 죄다 허튼소리! 진짜 목표는 앙토닌이라고. 그게 전부야."

그러면서 목소리를 반쯤 낮추어 계속 중얼거렸다.

"아, 내가 대체 무슨 멍텅구리 같은 짓을 하고 있는 건가! 수백만 프랑이든 재산의 몇 퍼센트든, 하나도 중요하지 않아. 통 큰 거물 행세를 해서 미녀를 정신없이 호리겠다는 일념으로 모든 걸 물에 던져버린 셈이야. 하여튼 이 고지식한 녀석아! 좋다, 어디 해보자! 돈키호테야! 이 엉터리 배우야!"

아무튼 라울은 그 여자를 생각할 때마다 자기도 깜짝깜짝 놀랄 정도로 온몸이 달아올랐다. 그가 머릿속에 떠올리는 여자의 모습은 볼니크 성에서 라울조차 자꾸 시선을 피할 수밖에 없었던 불안해 보이고 애매모호한 분위기의 앙토닌이 아니었다. 더군다나 어떤 숙명의 법칙에 이끌리듯 후작의 서재에 잠입해 떳떳치 못한 어둠의 작업에 여념이 없던 음험하고 번민에 찬 앙토닌은 더더욱 아니었다. 그의 뇌리에 각인된 여자의 모습은 처음 보았을 때, 즉 중이층 비밀장치의 화면에 떠오른 귀엽고도 매혹적인 앙토닌이었다. 얼떨결에 잘못 찾아든 방문이었지만, 그 짧은 순간 앙토닌은 삶의 행복과 희망에 들뜬 천진하면서 아리따운 아가씨에 지나지 않았다. 비록 매섭고 혹독한 운명 속에서 덧없이 스쳐 지나간 순간이었지만, 정말이지 감미롭고도 상큼한 흥분에 흠뻑 취할 수 있었던 순간이기도 했다.

"다만—사실 이건 요즘 들어 라울의 머릿속에 끊임없이 되풀이되어 출몰해온 난감한 문제였다—그 몇몇 수수께끼 같은 행동들의 이유만이라도 알 수 있다면! 어떤 비밀스러운 계획이 있기에 후작의 신임을 얻으려고 그 앞에서 알짱댄 것일까? 혹시 그가 자기 아버지라는 걸 눈치챈 건 아닐까? 어머니의 복수를 하려는 걸까? 아니면 재산을 노리는 것일까?"

지난 추억과 더불어 이해하기 어려우면서도 감미로운 여자 생각에 완전히 사로잡힌 채, 라울은 평소와는 달리 한없이 맥없고 나른한 기차 여행에 몸을 맡겼다. 점심도 도중에서 아무렇게나 때우고 오후 3시가 되어서야 파리에 도착했다. 그 길로 지시한 준비사항들을 어느 정도 해놓았는지 쿠르빌을 보러 갈 참이었다. 그런데 계단을 중간 정도 차분히 올라가다 말고 그는 갑자기 껑충껑충 몇 계단을 아예 훌쩍 건너뛰어 마치 미친 사람처럼 문을 박차고 들어갔다. 그리고 정돈 중인 쿠르빌을 거칠게 밀쳐내고는 시내용 전화기에 득달같이 달려드는 것이었다.

"맙소사, 우리의 위풍당당 올가와 점심식사하기로 한 걸 깜빡하고 있었네! 여보세요, 마드무아젤! 여보세요! 트로카데로팔라스 부탁합니다. 왕비마마의 처소 대달라고요⋯⋯ 여보세요! 거기 전화 받는 사람 누굽니까? 안마사요? 아, 샤를로트 당신인가? 그래, 어떻게 지내? 일자리는 여전히 만족이고? 무슨 소리야? 내일 왕이 납신다고? 올가 기분이 꽤나 복잡하겠군! 어서 전화 좀 받으라고 해! 빨리, 빨리!"

안달이 나는 걸 가까스로 다스리며 기다리던 라울은 갑자기 기름진 음성으로 돌변해 뇌까렸다.

"아이고, 드디어 통화가 되네, 우리 올가! 어떻게든 당신한테 닿으려고 벌써 두 시간째 고생이 이만저만 아니외다. 정말 한심하지? 뭐! 무슨 소리야? 내가 사기꾼이라고? 이봐요, 올가. 너무 화내지 말아요. 파리에서 80킬로미터 못 미쳐 자동차가 고장난 건 내 잘못이 아니란 말이야. 당신도 잘 알겠지만, 그런 상황에선…… 오, 자기, 어떻게 된 거야? 지금 안마를 받고 계시나? 아, 올가, 내가 가 있어야 하는 건데!"

순간 전화선 반대편으로부터 딸깍 하는 소리가 들려왔다. 골이 잔뜩 난 위풍당당 올가가 전화를 끊어버린 것이다.

"옳거니! 노발대발이로군. 나 또한 슬슬 왕비마마가 지겨워지기 시작하고 있었는데, 잘됐지 뭐!"

라울이 빈정대자 쿠르빌이 약간 비난조로 중얼거렸다.

"그래도 보로스티리의 왕비 되는 분이십니다! '지겹다'니요!"

"실은 왕비보다 더 나은 여자가 생겼거든, 쿠르빌! 저번 날 그 아가씨가 누군지, 자네 아는가? 모른다고? 저런, 역시 자넨 똑똑해지려면 멀었네! 바로 데를르몽 후작의 사생아야. 하긴 후작도 보통 멋쟁이가 아니더군! 우린 이틀을 함께 시골에서 보내고 오는 길이라네. 내가 무지 마음에 드는 모양이더라고. 자기 딸을 내게 주겠다는 거야, 글쎄. 자네가 내 들러리 좀 서줘야겠어. 아차, 그리고 그가 자넬 차버리겠다더군!"

"네?"

"음, 어쩌면 내쫓아버릴지도 모르겠다는 거야. 그러니 차라리 자네가 선수를 치는 게 나을 것 같네. 여동생이 아프다는 말 한마디만 남기고 떠나란 말일세."

"전 여동생이 없는데요."

"바로 그거야! 그러니 어차피 없는 여동생한테 화 될 것도 없겠지. 일단 그러고 나서 옷가지를 챙겨 줄행랑치는 거라고!"

"어디로 말입니까?"

"다리 밑으로 가야겠지. 우리의 오퇴이유 별장 차고 위에 있는 방이 싫다면 말이야. 어때, 괜찮지? 좋아, 그럼 어서 가! 서둘러야 해. 아참, 그 전에 우리 장인어른 집부터 말끔히 정돈을 해놓아야겠지? 그렇지 않으면 감방에 확 처넣어버릴 테니까!"

쿠르빌은 기겁을 하며 꽁무니를 뺐다. 라울은 조금이라도 수상쩍은 부분이 없나 살피느라 그 후에도 오랜 시간 남아 종이쪽지들을 태워버리는 등 뒷마무리를 한 다음 오후 4시 반이 되어서야 자동차에 올랐다. 리옹 역에서 그는 비시발 특급열차를 조회했고, 역무원이 가르쳐주는 대로 플랫폼 출입구에 버티고 섰다.

아니나 다를까, 기차에서 내려 출구로 빠져나오려는 인파 속에서 그는 고르주레의 단단한 체구를 알아보았다. 형사는 역무원에게 신분증을 내보이며 통과했다. 그때였다, 문득 웬 손 하나가 그의 어깻죽지에 턱 하고 얹혀졌다. 곧이어 생글생글한 표정으로 환영인사를 해오는 얼굴이 있었는데, 싱글벙글한 입술에선 이런 말이 튀어나왔다.

"재미 좋으신가, 형사 나리?"

사실 고르주레는 쉽사리 당황하는 타입은 아니었다. 지금까지 경찰에 몸담아오면서 별의별 사건들, 황당한 족속들을 나름대로 숱하게 겪어온 몸이었다. 그러나 이번만큼은 뭐라 느낌을 표현할 수 없을 만큼 당혹스러운 게 사실이었다. 심지어 그 모습을 바라보는 라울 쪽에서 의외일 정도였다.

"아니, 왜 그런가, 친구? 어디 아픈 건 아니겠지? 난 또 자넬 마중 나오면 꽤 기뻐할 줄 알았는데! 아무튼 나의 애정과 관심의 징표라고 생각해주게나."

고르주레는 상대의 팔뚝을 와락 붙들고는 한쪽으로 끌고 갔다. 그는 분노로 목소리까지 바르르 떨면서 내뱉었다.

"이런 뻔뻔한 놈! 설마 내가 머플러로 눈이 가려졌다고 해서 간밤에 네놈을 못 알아봤을 것 같아? 이 우라질 깡패 녀석! 좌우간 이제 나와 함께 경시청으로 가주셔야겠어! 얘기는 거기서 하자고."

점점 커지는 그의 목소리 때문에 지나는 행인들이 무슨 일인가 걸음을 멈추었다.

라울은 천연덕스레 말을 받았다.

"정 그러고 싶다면 할 수 없지. 하지만 이거 하나만 잘 생각해봐, 친구. 내가 내 발로 이곳에 나와 자네를 영접하는 걸 보면 그럴 만한 중대한 이유가 있을 거라는 것 말이네. 누구든 늑대의 아가리에 괜히 좋아서 뛰어드는 바보는 세상에 없지. 더구나 보통 늑대인가!"

상대의 논리는 고르주레도 무심코 지나치기 힘들었다. 일단 한 템포 참는 수밖에 없었다.

"그래, 대체 무얼 원하는가? 어서 말해보라고."

"어떤 작자에 관한 얘기이네."

"어떤 작자?"

"자네가 무척이나 혐오하고, 자네의 앙숙이며, 언젠가 잡았다 놓쳤던 경험이 있는 작자에 관한 얘기지. 그자를 완벽히 체포한다는 것이 자네의 강박관념처럼 되어 있고, 또한 성공했을 시엔 경력상 최고의 영예가 주어질 정도라네. 어때, 굳이 이름을 내 입으로 말해야 할까?"

고르주레는 다소 창백한 얼굴로 중얼거렸다.

"껑다리 폴인가?"

"껑다리 폴일세."

라울은 확고한 어조로 대꾸했다.

"그래서?"

"뭐가 그래서야?"

"아니, 그럼 껑다리 폴에 관해 얘기를 해주려고 역까지 나를 마중 나오셨다 이 말인가?"

"그렇다네."

"그자에 관해 그럴듯한 정보라도 있단 얘긴가?"

"정보 이상이지. 아예 선물이라고나 할까."

"선물이라니?"

"놈의 체포!"

고르주레는 아무 말도 하지 않았다. 하지만 벌름거리는 콧구멍이나 파르르 떨리는 눈꺼풀 등 흥분이 고조되고 있음을 암시하는 미세한 징표들은 라울의 눈을 벗어날 수가 없었다. 형사반장은 은근히 떠보기 시작했다.

"한 일주일쯤 걸리나? 아니면 보름 정도?"

"당장 오늘 저녁!"

콧구멍과 눈꺼풀에 다시금 경련이 일었다.

"그에 대한 대가는 얼마 정도?"

"3프랑 50상팀!"

"허튼소리 그만하고. 대체 원하는 게 뭔데?"

"자네가 나와 클라라를 가만히 내버려두는 것!"

"좋아!"

"맹세하는 건가?"

고르주레는 거짓 웃음을 내보이며 말했다.

"맹세하네."

"아울러 자네를 제외하고 다섯 명의 인원을 지원해주게."

"맙소사! 놈들 숫자도 꽤 되는 모양이지?"

"아마도."

"다섯 명 든든한 친구들 대동하고 돌아오겠네."

"자네, 아랍인이라고 혹시 아나?"

"두말하면 잔소리지! 지독한 녀석일세."

"껑다리 폴의 오른팔이야."

"계속해보게!"

"놈들은 술 한잔 걸치러 매일 저녁 모인다는군."

"어디서?"

"몽마르트르에 있는 에크레비스 술집."

"아는 곳이네."

"나도 마찬가지야. 지하실로 내려가서 비밀통로로 빠져나가게 되어 있지."

"그래, 맞아."

라울은 정확하게 행동지침을 짚어나갔다.

"그곳에서 6시 45분에 집결하는 걸세. 자네 일행은 한꺼번에 권총을 들이대고 그 지하 술집을 덮치게. 난 미리 그곳에 잠입해 있을 것이네. 한 가지! 영국인 경마기수처럼 생긴 선량한 남자를 쏘지 않도록 조심하게. 그게 나일세. 그리고 형사 두 명은 비밀통로 바깥쪽에 배치시키는 거야. 혹시 도망쳐 나가는 놈들을 거두어야 하니까. 알겠나?"

고르주레는 상대를 한참 동안 바라보았다. 아예 함께 그 술집으로 가면 안 되고, 왜 여기서 일단 헤어지려는 것일까? 혹시 무슨 술책이라도 부리는 걸까? 나 몰라라 하고 내빼려는 수작?

고르주레로서는 껑다리 폴에 버금갈 정도로 지금 눈앞의 이 사내가 밉고 가증스러웠다. 그토록 쉽사리 자신을 농락하는 데다, 간밤에는 황량한 폐허 더미 한가운데에서 실컷 욕을 보이지 않았던가! 하지만 다른 한편으론 정말 구미가 당기는 선물이 아닐 수 없었다. 껑다리 폴을 손아귀에 넣을 수 있다니! 그 공로로 인한 떠들썩한 반향은 얼마나 대단할 것인지!

'젠장! 뭐 이 녀석은 다음 기회에 손보기로 하지. 금발의 클라라와 함께 말이야.'

그렇게 머리를 굴리면서 고르주레는 큰 소리로 외쳤다.

"좋았어! 6시 45분, 놈들을 급습하기로 하세!"

10
에크레비스 술집

에크레비스 술집은 다분히 수상쩍은 인간들이 자주 드나드는 곳이었다. 낙오한 그림쟁이나 기자들, 실직했지만 딱히 일자리를 원치도 않는 근로자들, 얄궂은 복장을 한 창백한 젊은이들, 깃털 장식 모자와 화려한 빛깔의 블라우스를 걸친 여자들로 언제나 북적댔다. 하지만 그들 대부분은 얌전히 술만 마시는 분위기였다. 만약 그것 말고 좀 더 다채롭고 특별한 분위기를 원한다면, 안으로 들어가는 대신 바깥의 막다른 골목을 택해 뒷방으로 발길을 옮겨야 했다. 맨 먼저 푹 꺼진 안락의자에 몸을 파묻은 어느 뚱뚱보 남자, 즉 이 술집의 주인이 손님 하나하나가 들어서는 모습들을 유심히 살펴보는 곳으로 말이다.

누구나 그곳까지 찾아드는 사람들은 이 안락의자 앞에서 잠시 멈춰 서서 주인과 몇 마디 얘기를 나눠야 했다. 그러고 나서야 작은 쪽문으로 안내받을 수 있었다. 그 뒤로는 기다란 복도가 이어졌고, 쇠못들이 가득 박힌 또 다른 문이 나타났다. 바로 그 문을 열면 숨가쁜 음악 소리와 더불어 매캐한 담배 연기, 그리고 곰팡내 풍기는 공기가 훅 불어닥친다.

열다섯 개에 이르는 계단, 아니 차라리 사다리라 해야 할 정도의 벽에 박힌 나무 판때기들이 궁륭을 떠받친 지하공간으로 깎아지른 듯 이어졌고, 그 안에는 때마침 네다섯 커플들이 어느 늙은 장님의 안쓰러운 바이올린 연주에 몸을 실어 신나게 맴돌고 있었다.

저 구석에는 함석으로 된 카운터 뒤에 남편보다 한층 더 뚱뚱한 주인 마나님이 색색가지 유리 액세서리로 잔뜩 치장한 채 버티고 있었다.

10여 개의 테이블은 손님들로 가득 차 있었다. 그중 하나에 두 남자가 담배를 뻐끔거리고 있었는데, 바로 아랍인과 껑다리 폴이었다. 아랍인은 올리브색이 감도는 퀴퀴한 외투와 때에 전 펠트 모자를 썼고, 껑다리 폴은 챙 모자와 깃 없는 셔츠 차림에다 밤색 머플러를 목에 감았다. 특히 그는 잿빛의 지저분한 얼룩과 함께 얼굴을 다소 늙어 보이게 하는 분장을 겸한 상태였다.

"거 행색 한번 고약하네! 완전히 죽 쑨 꼴이야."

아랍인의 짓궂은 농담에 껑다리 폴이 귀찮은 듯 대꾸했다.

"나 좀 가만히 놔둬."

"아냐, 진짜로 자네한테는 제격이라니까! 아무튼 그런 겁에 질린 태도는 버리게. 그렇게 바짝 쫄 필요 전혀 없다니까!"

"모르는 소리! 보통 문제가 있는 게 아니야."

"뭐가 그렇게 문젠데?"

"잔뜩 쫓기고 있는 기분이라고."

"누구한테 말인가? 자넨 같은 침대에서 사흘 이상을 자본 적이 없네. 자넨 자기 그림자조차 의심해가면서 믿음직한 동료들로 잔뜩 둘러싸여 있다고. 주변을 한번 곁눈질해보게나. 이곳에 있는 한 20여 명 중에 최소한 10여 명은 자네 한 사람을 위해 불속에라도 뛰어들 태세야."

"모두 내가 먹여 살리기 때문이지."

"그래서 뭐가 어떤데? 왕처럼 떠받들고 있지 않은가?"

그때 또 다른 손님들이 쌍쌍이, 혹은 혼자서 찾아들었다. 그들은 자리를 잡아 앉거나 막바로 춤을 추었다. 아랍인과 껑다리 폴은 의심을 잔뜩 품은 눈초리로 그들을 훑었다. 잠시 후, 아랍인은 시중드는 여자를 한 명 불러 나직한 목소리로 물었다.

"맞은편에 저 영국놈 같이 생긴 녀석은 누구야?"

"주인님이 경마기사라고 하던데요."

"가끔 들르는 놈인가?"

"저도 신참이라 잘 모르겠어요."

장님 악사는 이제 탱고를 긁어대기 시작했고, 얼굴에 떡칠을 한 여자가 그에 맞춰 콘트랄토의 갈라진 음성으로 노래를 불렀다. 그중 몇몇 소절에서는 장내가 울적한 침묵으로 반응을 보이기도 했다.

"정말 자네의 마음을 짓누르는 게 뭔지 아나?"

아랍인이 은근슬쩍 떠보았다.

"바로 클라라일세. 그 여자가 도망친 충격에서 자넨 전혀 회복되지 않았어."

껑다리 폴은 느닷없이 상대의 손을 으스러지도록 움켜쥐며 말했다.

"입 닥쳐! 그 여자 도망친 거 생각하는 게 아니야. 실은 그 여자가 홀딱 빠져 있는 빌어먹을 녀석 때문이라고."

"라울이라는 자 말인가?"

"아, 놈을 요절낼 수만 있다면 무슨 짓이든 할 텐데!"

"놈을 요절내려면 먼저 놈이 어디 있는지 찾아내야 할 텐데, 내가 지난 나흘 동안 죽어라고 뒤져봤지만 코빼기도 보이지 않더라고!"

결정판 아르센 뤼팽 전집

"아무튼 놈은 끝장을 봐야만 해. 그렇지 않으면……."

"그렇지 않으면, 자네가 끝장이라도 난다는 건가? 결국 두렵다는 얘기로군."

꺽다리 폴은 펄쩍 뛰었다.

"두렵다고? 자네 돌았군. 나는 단지 그자와 나 사이에 결판을 내야만 한다는 걸 느끼고 있을 뿐이야. 둘 중 하나는 얌전히 뻗어 있어야 얘기가 돼."

"당연히 그자가 뻗는 게 좋겠지?"

"말해 무엇하나!"

아랍인은 어깨를 으쓱하며 중얼거렸다.

"딱한 친구 같으니. 여자 하나 때문에…… 자넨 항상 그놈의 아랫도리 하나 간수 못해서 그 난리야."

"클라라는 그런 문제와는 달라. 그녀는 내 인생 자체란 말이야. 난 그녀 없이는 살 수가 없어."

"하지만 그 여자는 자넬 전혀 사랑한 적이 없어."

"그건 그래. 그녀가 나 말고 다른 남자를 좋아한다는 생각만 하면! 자네, 그날 오후에 그 여자가 분명 라울의 집에서 나왔다고 했겠지?"

"글쎄, 그렇다니까. 관리인한테 실컷 수다를 떨게 하니까 술술 나오더군. 그저 지폐 한 장만 건네주면 뭐든 필요한 정보는 얼마든지 얻어낼 수가 있지."

꺽다리 폴은 주먹을 불끈 쥔 채 울화통이 치미는 말을 억지로 입안으로만 굴리고 있었다. 아랍인은 눈치 없게도 계속해서 주절댔다.

"그뿐만 아니라, 그다음에는 후작의 처소로 올라갔다더군. 한참 후에 다시 내려올 때는 중이층에서 약간의 소란이 일었다지. 다름 아닌 고르주레가 지키고 있었나 본데, 여자는 잽싸게 줄행랑을 쳤다는 거야. 바로 그날 밤, 다시 돌아와 라울과 함께 후작의 처소를 털었고 말이야."

껑다리 폴은 문득 깊은 생각에 잠긴 표정으로 중얼거렸다.

"두 사람이 거긴 무얼 찾겠다고 들어간 걸까? 아마 여자는 내가 가지고 있다가 잃어버린 열쇠로 들어갔을 텐데, 대체 뭘 찾으려던 거지? 둘이서 후작에 대해 무슨 꿍꿍이속을 가지고 있느냔 말이야! 한번은 자기 어머니가 지금의 그 늙은이와 옛날에 아는 사이라고 얘기했었어. 죽기 전에 그에 관한 어떤 얘기를 들려줬었다고 했지. 그래, 내가 어떤 얘기냐고 했더니 전혀 대답을 안 하더라고. 워낙에 만만치 않은 계집이거든! 아무튼 나도 그녀에 대해 거의 아무것도 모르고 있다니까. 그렇다고 그 여자가 거짓말하는 걸 좋아하는 건 아니야. 아무렴, 그건 아니지. 이름대로 아주 해맑은 여자임엔 분명해(클라라(Clara)라는 이름은 프랑스어로 '깨끗하다', '맑다' 등의 뜻을 가진 형용사 클레르(Clair)와 같은 어원을 갖는다—옮긴이). 하지만 그와 동시에 속은 또 음흉한 면도 있단 말이거든."

그 말을 듣고 아랍인은 또다시 빈정댔다.

"여보게, 제발 정신 차리게나. 정말 애틋해서 못 봐주겠어. 그나저나 자네, 오늘 밤 새로 개장하는 카지노에 간다고 하지 않았던가?"

"그래. 카지노 블루지."

"그럼 거기서 또 다른 계집을 주우면 되잖아? 그렇게 하는 게 자네 자신을 구하는 길이야."

어느새 지하실은 사람들로 가득 차 있었다. 이제는 열다섯 쌍 정도가 한꺼번에 빙글빙글 돌며 춤을 추고, 매캐한 담배 연기 속에서 노래를 불러댔다. 장님 악사와 얼굴에 떡칠을 한 여자가 그중 가장 악을 쓰며 시끄럽게 굴었다. 아가씨들은 자기도 모르게 맨어깨를 다 드러냈다가도 복장 단정을 외치는 여주인의 성화에 곧장 옷매무새를 가다듬곤 했다.

"지금 몇 시지?"

껑다리 폴이 불현듯 물었다.

"6시 40분 조금 지났네"

조금 더 있다가 껑다리 폴이 다시 말했다.

"경마기수와 벌써 두 번이나 눈이 마주쳤어."

그러자 아랍인이 농으로 받았다.

"아마도 경시청에서 파견 나온 놈인가 보지. 한 잔 권해보지 그러나?"

마침내 둘은 입을 다물었다. 바이올린 소리도 어느덧 잠잠해졌고, 이내 뚝 끊겼다. 갑작스러운 적막이 지배하는 가운데, 얼굴에 떡칠을 한 여가수는 사람들이 다소곳이 기다리는 무거운 곡조의 탱고를 마저 끝마치려 하고 있었다. 그녀는 한 차례 걸지게 노래를 뽑더니 또 다른 곡을 마저 부르기 시작했다. 그런데 어느 한순간, 날카로운 호각 소리가 천장 쪽에서 내리꽂히는가 싶더니 사람들이 일거에 카운터 앞으로 우르르 밀려나는 것이었다.

거의 동시에 지하실 문짝이 우당탕 꽝음과 더불어 열렸다. 두 명이 차례로 모습을 드러냈고, 이어서 고르주레가 권총을 겨눈 채 벽력같은 고함을 내지르며 들이닥쳤다.

"모두들 손 들어! 누구라도 꼼짝만 해봐!"

그러면서 일단 공포 분위기 조성용으로 한 방 당겼다. 그제야 계단을 다 내려선 세 명의 부하 형사들도 모조리 권총을 빼 들고 외쳤다.

"손 들어!"

난데없이 들이닥친 형사들 앞에서 40여 명 정도는 고분고분 따랐다. 하지만 도망칠 작정인 사람들은 막무가내로 한꺼번에 카운터 쪽으로 몰렸고, 그 틈에서 영국인 경마기사는 대뜸 서둘렀음에도 불구하고 껑다리 폴이 있는 곳까지 미처 헤쳐나갈 수가 없었다. 여주인이 버텨보았지만 카운터는 그만 사람들에 떠밀려 뒤집어지고 말았다. 사실상 비밀 출입구를 은폐하고 있던 카운터가 제거되자 곧장 휑한 통로가 나타났고, 사람들이 하나둘 허겁지겁 빠져나가기 시작했다. 하지만 줄줄이 빠져나가던 도망자들의 흐름이 어느 한순간 덜컥 막혔다. 극도로 광분한 두 놈이 서로 먼저 나가겠다며 실랑이를 벌이고 있었던 것이다. 영국인 경마기사는 얼른 의자 위에 올라가 살펴보았고, 소란의 장본인이 다름 아닌 아랍인과 껑다리 폴이라는 사실을 알아챘다.

그야말로 서로 인정사정 볼 것 없는 몸부림이었다. 둘 중 어느 누구도 다가드는 형사들의 제물이 되고 싶지 않은 것이었다. 두 발의 총탄이 허공을 향해 발사되었다. 그러자 오금이 저렸는지 아랍인이 두 무릎을 털썩 꿇었고, 반면 껑다리 폴은 시커먼 구멍 속으로 뛰어들어 형사들이 달려오기 직전에 문을 닫아버렸다.

고르주레는 후닥닥 달려들면서 통쾌한 웃음을 터뜨렸다. 일당 중 다섯 명이 막힌 통로 앞에서 이러지도 저러지도 못하고 있었던 것이다.

"그럼 한번 근사하군!"

형사반장의 말에 영국인 경마기사 덧붙였다.

"껑다리 폴이 바깥에서 걸려야 말이지."

고르주레는 이 영국인을 유심히 뜯어보다가 겨우 라울의 얼굴을 알아보고는 자신 있는 어조로 내뱉었다.

"그건 해결된 거나 다름없소! 내가 플라망을 배치시켜놨거든. 여간 단단한 친구가 아니지!"

"그래도 한번 가보시지요, 형사 나리. 그러는 게 나을 거요."

고르주레는 부랴부랴 지시를 서둘렀다. 우선 붙잡힌 일당부터 결박한 뒤 나머지 사람들은 권총으로 험상궂게 위협해 구석으로 몰아넣었다.

라울은 형사를 덥석 붙들고 말했다.

"잠깐만. 저기 있는 아랍인과 내가 단둘이 얘기를 나눌 수 있도록 조치해주시오. 지금이야말로 뭔가를 끌어내기에 적절한 때입니다. 빨리요."

고르주레는 그의 뜻을 받아주고 곧장 바깥 상황을 확인하러 나갔다.

라울은 아랍인 가까이 웅크리고 나지막한 목소리로 속삭였다.

"어때, 나를 알아보겠나? 나, 라울일세. 볼테르 제방에서 자네한테 지폐 두 장을 건네준 바로 그 사람. 어떤가, 두 장 정도 더 필요하지 않아?"

아랍인은 어영부영 우물거렸다.

"난 배신은 질색이오. 하지만⋯⋯."

"그래, 나도 알아. 껑다리 폴이 자네 앞길을 가로막아가면서 저 혼자 줄행랑을 쳐버렸지. 하지만 나가는 구멍에서 붙잡히고 말 텐데, 뭐가 대수란 말인가?"

아랍인은 펄쩍 뛰면서 까칠한 목소리로 내뱉었다.

"그래봤자요! 또 다른 출구가 있단 말이오! 막다른 길로 다시 올라가는 사다리가 있어요!"

라울은 신경질적으로 소리쳤다.

"우라질! 고르주레를 철석같이 믿었더니만!"

"그럼 거기도 경찰이오?"

"아니. 하지만 경우에 따라서는 같이 움직이기도 하는 사이지. 그래, 내가 뭐 도와줄 일은 없나?"

"지금 당장은 소용없소. 있던 지폐도 몽땅 몰수해갈 텐데. 하지만 내가 뭐 잘못했다는 증거가 없으니 곧 풀려날 거요. 그때 가서 국유치(局留置) 우편으로 돈을 보내주시오. 79번 국 A. R. B. E.로 말이오."

"그럼 나를 믿겠다는 건가?"

"그럴 수밖에 없으니까."

"옳은 말이로군. 그래, 얼마를 원하나?"

"5000."

"제기랄! 욕심 한번 대단하군."

"한 푼도 덜하면 안 돼요."

"좋아. 자네가 제공할 정보가 괜찮으면 그 금액을 보내주지. 아울러 경찰 앞에서는 금발의 클라라에 관해 완전 함구한다는 조건으로 말이야. 자, 껑다리 폴을 잡을 수 있긴 한 건가?"

"그럼요. 그 친구한테는 안된 일이지만, 먼저 나를 물먹였으니…… 오늘 밤 10시쯤에 카지노 블루에 가 있을 겁니다. 새로 생긴 데라던데……."

"혼자 가 있나?"

"그렇소."

"거긴 왜 간다고 하던가?"

"그 친구 허구한 날 금발 아가씨만 밝힌다고요. 당신 여자 같은 타입 말이오, 안 그렇소? 단, 거기에서는 대규모 고급 연회가 베풀어질 예정이랍디다. 요컨대 가봤자 껑다리 폴의 행색은 온데간데없을 거란 얘기요."

"그럼 발텍스가 되어 있겠군?"

"그렇죠, 발텍스."

라울은 그 밖에도 몇몇 질문을 더 했지만 아랍인은 이미 할 말을 다한 듯 보였고, 더 이상 입 놀리기를 거부했다.

더구나 고르주레가 무척 당황한 얼굴로 통로 출구로부터 되돌아왔다. 라울은 얼른 그를 끌고 한쪽으로 가서 비아냥댔다.

"잡쳤지? 뭐 별수 있겠어? 자네 경찰들이란 항상 끝까지 알아보지도

결정판 아르센 뤼팽 전집

않고 꼭 멍텅구리처럼 걸음을 내딛는단 말이야! 이제 와서 뭐 어쩌겠어, 너무 상심 말게나."

"아랍인이 말은 하던가?"

"아니. 하지만 상관없어. 내가 자네의 실책을 어떻게든 만회해줄 테니까. 오늘 밤 10시, 카지노 블루 출입구에서 보도록 하세. 사람들이 자넬 알아보지 못하도록 사교계 인사처럼 차리고 오게나."

고르주레는 어안이 벙벙한 표정이었고, 라울은 여유를 주지 않고 다그쳤다.

"글쎄, 내 말 들어. 정장에 실크해트 차림 말일세. 그리고 그 볼과 콧등에다 분도 좀 바르고 오는 거야, 알았지? 자네 그 볼때기는 정말 새빨갛단 말일세! 콧등은 또 항상 주정뱅이 딸기코이고 말이야! 자, 그럼 이따가 보세나, 친구."

라울은 이웃 길목에 주차해둔 자기 차를 타고 파리 시가지를 가로질러, 그즈음 그가 거주하며 모든 작전의 본거지로 삼고 있던 오퇴이유의 자택으로 돌아왔다. 인적이 드문 널찍한 거리를 면한 곳, 상당히 비좁은 정원 저 구석에 그저 평범한 스타일로 이루어져서, 사람들 눈에 띌 그 무엇도 없는 별장이 다소곳이 들어서 있었다. 협소한 2층 건물 전면에는 각각 방이 하나씩 자리 잡은 구조였다.

뒤쪽 방은 마당에 면해 있는데, 폐기된 차고가 위치한 그곳은 다른 쪽 거리에서 직접 드나들 수 있었다. 사실 라울이 거주하는 모든 장소와 시설에는 그 정도 보안구조는 필수나 다름없었다. 아래층은 최대한 단출하게 가구가 들어선 널찍한 식당이 별도의 두 개 방으로 이루어져 있었다. 2층으로 올라가면 목욕실까지 갖춰진 무척 호화롭고 아늑한 침실이 자리 잡았다. 충직한 하인 한 명과 늙은 가정부는 텅 빈 차고 바로 윗방에 머물렀다. 라울은 집에서 100미터 떨어진 곳에 차를 간수했다.

저녁 8시, 그는 식탁에 앉았다. 깍듯하게 대령해 있던 쿠르빌로부터 후작이 저녁 6시에 도착했으며, 젊은 아가씨는 나타나지 않았노라는 보고가 들어왔다. 라울은 초조한 어조로 중얼거렸다.

"그렇다면 지금쯤 파리 어느 곳에 혼자 무방비 상태로 헤매고 있다는 얘긴데. 자칫 그러다 재수 없으면 발텍스의 손아귀로 흘러들 수도 있어. 이번에야말로 반드시 성공을 거둬야 할 때야. 나랑 같이 저녁을 들게나, 쿠르빌. 그리고 나서 함께 뮤직홀에 좀 가줘야겠어. 자넨 허우대가 멀쩡해서 옷만 잘 입으면 그토록 말끔하게 어울릴 수가 없다고."

라울의 분장은 중간중간 토막잠으로 끊기느라 꽤 오래 걸렸다. 그는 어쩐지 연회의 열기가 대단할 거라 짐작했다.

마침내 쿠르빌이 만반의 준비를 갖추고 나타나자, 라울이 버럭 외쳤다.

"브라보, 자네 무슨 황태자 같은걸!"

과연 나무랄 데 없이 당당한 가슴팍 위로 멋들어진 백발 수염이 보란 듯 펼쳐졌고, 그 아래 알맞게 볼록한 뱃살이 제법 관록 있는 풍채를 연출하고 있었다.

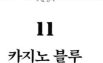

11
카지노 블루

샹젤리제의 유명한 카페콩세르 부지에 새로 세워진 카지노 블루 개장식은 실로 사교계의 큰 행사였다. 모두 2000장에 달하는 초대장이 발송되었는데, 하나같이 이름만 대면 알 만한 사교계 인사나 예술가들, 그리고 평판이 그런대로 괜찮은 화류계 여성들이 그 대상이었다.

차갑도록 푸른 달빛이 가도의 훤칠한 가로수들을 거쳐 온통 플래카드와 표지판 등으로 북적대는 열주식 현관 앞을 비추고 있었다. 관리인들의 안내로 차례차례 사람들이 입장한 실내가 슬슬 북적대기 시작한 밤 10시쯤, 초대장을 쥔 라울도 모습을 드러냈다.

쿠르빌에게는 미리 이런 지시를 내려놓은 상태였다.

"날 알은척해선 안 되네. 나한테 접근하지도 마. 다만 내 주위를 맴돌기만 하라고! 고르주레한테도 마찬가지야. 녀석은 우리 적이나 다름없어. 나로선 페스트처럼 생각하고 경계해야 할 놈이지. 놈은 언제든 한꺼번에 라울과 꺽다리 폴을 해치울 수만 있다면 절대로 그 기회를 마다 할 녀석이 아니야. 그러니 놈한테서 눈과 귀를 떼면 안 돼. 아마 형사들 몇 명쯤 데리고 올 텐데, 서로 쑥덕대는 걸 보면 알 거야. 그때를 놓치지 말고 대화 내용을 잡아내야 하네. 말로는 드러나지 않을 눈치까지도 말이야."

쿠르빌은 점잖게 고개를 끄덕이고는 도발적으로 각이 진 백발 수염을 적이 도사린 방향을 향해 슬쩍 과시했다. 그는 진지한 어조로 대꾸했다.

"알겠습니다. 하지만 만약 불시에 놈들이 주인님을 덮치려 들면 어떡하죠?"

"자네의 그 두 팔을 활짝 펼치고, 그 잘난 수염을 잔뜩 과시하면서 내 퇴로를 엄호하기만 하면 돼."

"저마저 제치고 나서려 하면요?"

"그럴 리는 없어. 자네의 수염 앞에서 함부로 굴 순 없을 테니까."

"하지만……."

"정 여의치 않으면 그 자리에서 목숨이라도 내던져! 자자, 저기 고르주레가 나타났네. 이제 날 내버려두고, 눈에 띄지 않게 저자한테나 접근해봐."

과연 라울이 정해준 대로 고르주레는 소위 사교계 인사처럼 꾸며 입긴 했는데, 그 꼴이 여간 괴상한 게 아니었다. 번쩍거리는 의상도 의상이려니와 겨드랑이가 너무 꼭 끼어 바스락대는 옷감 소리가 들렸고, 뒤틀린 실크해트는 한번 쓴 채로 아예 벗을 엄두를 내지 못할 정도였으며, 얼굴에는 분가루가 덕지덕지 얹혀 있는 꼴이었다. 어깨에는 눈에 확 띄는 색깔의 낡은 트렌치코트를 맵시 있게 접어 보란 듯 걸치고 있었다. 라울은 조심스레 그쪽으로 접근했다.

"맙소사! 이거 도저히 몰라보겠는걸. 진짜 신사가 납셨어. 정말 감쪽

같은 분장술이야."

아무 말 없이 잔뜩 골난 표정을 하는 걸로 미루어봐서 고르주레는 분명 이런 생각을 곱씹는 모양이었다.

'이 자식, 또 날 가지고 노는군.'

"부하들은?"

"네 명 데려왔네."

실은 일곱을 데려온 고르주레가 시침 떼고 대답했다.

"자네와 마찬가지로 변장은 했겠지?"

그렇게 떠보면서 사방을 휘 둘러보는 라울의 눈에는, 기껏 애를 썼지만 결국 귀족 나리로 변장한 경찰관들 티가 팍팍 드러나 모두의 시선을 끌어당길 만한 여섯, 일곱 명의 장정들이 고스란히 들어왔다. 그때부터 라울은 형사반장의 앞을 떡하니 가로막아 도저히 부하들에게 이렇다 할 신호를 보낼 수 없도록 했다.

뒤늦게 도착하는 인파가 끊임없이 안으로 밀려들었다. 잠시 후, 라울이 중얼거렸다.

"저기 있군."

"어디?"

고르주레가 호들갑을 떨었다.

"출입구 가까이 두 여자 뒤로. 흰색 비단 목도리를 두르고 실크해트를 쓴 키 큰 녀석."

얼른 뒤돌아본 고르주레가 속삭였다.

"저자는 아니잖아. 꺽다리 폴이 아니야."

"꺽다리 폴이야! 말끔하게 새 단장만 했을 뿐이지."

그제야 형사는 보다 뚫어지게 바라보았다.

"어, 정말, 어쩌면…… 우라질 녀석!"

"어떤가, 저 정도면 꽤 훌륭한 풍채지? 저런 모습은 지금 처음 보는 걸 거야."

"그래, 정말 그런 것 같군. 이런 도박장에서는 처음이지. 전혀 몰랐어. 대체 저 녀석, 진짜 이름이 뭐지?"

"기분이 내키면 제 입으로 직접 얘기해줄 것이네. 단, 절대로 불필요한 소동은 피하게. 너무 서두르지 말란 말이야. 놈이 여기서 벗어나면 그때 체포하면 돼. 그래야 놈이 이곳에 온 이유도 알 수가 있으니까."

고르주레는 자기 부하들에게로 다가가 담소를 나누는 척하면서 은근슬쩍 껑다리 폴이 누구인지 지적해준 뒤 다시 라울에게 돌아왔다. 둘은 서로 아무 말도 나누지 않은 채 안으로 입장했다. 껑다리 폴은 좌측으로 들어갔고, 고르주레와 라울은 오른쪽으로 들어갔다.

널찍한 원형홀에는 온갖 명도의 푸른 조명 불빛 스무 개가 서로 얽히면서 어지러이 흔들리고 있었다. 각 테이블마다 정원의 두 배가 넘는 인원들이 바글거렸다. 여기저기 노래 흥얼거리는 사람들 천지였고, 언제라도 득달같이 달려들 준비가 된 샴페인 담당원들은 사람들이 내미는 잔마다 가득가득 부어주었다.

한 가지 참신한 볼거리라면 중앙에 따로 마련된 공간에서 춤을 추도록 되어 있다는 점이었다. 게다가 춤이 끝날 때마다 저만치 끄트머리에 마련된 조촐한 무대에서 카페콩세르의 주옥같은 레퍼토리가 한 곡씩 불려졌다. 춤과 노래는 신속하게 번갈아 진행되었고, 모든 것이 분주한 리듬에 맞춰 숨 가쁘게 돌아갔다. 그냥 앉아서 구경만 하는 사람들도 노래의 후렴만큼은 너도나도 합창으로 따라 불렀다.

고르주레와 라울은 다소 동떨어진 공간에 자리 잡고 서서, 프로그램 안내서로 얼굴을 반쯤 가린 채 발텍스에게 한시도 시선을 떼지 않았다. 스무 보쯤 떨어져 있는 그는 일부러 어깻죽지를 한껏 수그려 자신의 큰 키를 되도록 두드러져 보이지 않게끔 애쓰고 있었다. 그 뒤쪽으로는 고르주레의 부하들이 계속해서 상관의 주시하에 그 주변을 어슬렁거렸다.

힌두 곡예사의 단골 묘기가 끝나자 곧이어 격렬한 탱고 리듬이 장내를 휘감았고, 우아한 왈츠에 이어 어느새 코믹 넘버가 흘러나왔다. 그러고 나면 다시 곡예가 이어졌고, 노래자랑, 철봉 묘기가 계속됐다. 게다가 각 무대의 사이사이마다 춤판은 시도 때도 없이 펼쳐졌다. 사람들은 떠들썩한 소리에 취하고, 연출된 흥겨움에 들떠 점점 소란스러워져 갔다. 구경하는 군중과 공연하는 광대들 사이에는 환호와 박수의 줄다리기가 끊이질 않았다.

그런 와중에 무대 위로 요란하게 채색된 큼지막한 포스터 하나가 옮겨져왔다. 얼굴을 베일로 가린 무희의 세련된 실루엣이 담긴 포스터인데, 스무 개에 달하는 조명이 동시에 이런 문구를 비추고 있었다.

얼굴을 가린 무희

순간 오케스트라의 요란한 팡파레가 울려 퍼졌다. 그러자 무대 뒤로부터 어깨와 가슴에서 천을 어긋나게 교차시킨 의상에 금박이 촘촘히 박힌 푸른색 풍성한 치마를 입은 무희가 불쑥 뛰쳐나오는 것이었다. 움직일 때마다 늘씬한 맨다리가 언뜻언뜻 드러났다.

여자는 한동안 지극히 멋진 자태로 움직이지 않고 서 있었다. 올이 매우 섬세한 황금빛 천이 머리와 얼굴 일부를 살짝 덮고 있었다. 물론 그 틈으로는 경탄할 만큼 가냘픈 금발 머리가 살며시 비어져 나와 있었고.

"맙소사!"

갑자기 라울이 악다문 어금니 사이로 내뱉었다.

"뭔데 그러나?"

어느새 그의 곁에 와 있던 고르주레가 물었다.

"아니, 아무것도 아닐세."

그러면서도 라울은 계속 강렬한 호기심으로 그 금발 머리, 아리따운 실루엣에 시선을 꽂고 있었다.

여자는 아주 천천히 춤을 추기 시작했는데, 전혀 몸의 떨림을 눈치채지 못할 만큼 안정된 자세를 유지한 채 거의 눈에 띄지 않는 움직임 속에서 몸을 옮겨가고 있었다. 맨발 끝으로 곧추서서 무대 위를 두 바퀴나 맴돌았다.

"거기가 아니고, 저기 저 껑다리 폴의 낯짝이나 좀 봐!"

고르주레가 다급하게 중얼거렸다.

라울은 움찔했다. 녀석의 얼굴 전체가 잔뜩 긴장한 채 고통스레 일그러져 있었다. 심지어 좀 더 잘 바라보기 위해 웅크리고 있던 허리까지 쭉 펴는 것이었다. 그의 시선은 베일을 쓴 무희의 일거수일투족에 미친 듯이 몰두해 있었다.

고르주레가 음흉한 웃음을 흘렸다.

"흐흠, 그러니까 저 금발 머리가 놈을 저런 지경으로 만들고 있다는 건가? 아마 자신의 클라라가 생각이라도 나는 모양이지. 만약에, 만약에 그게 아니라면……."

그는 문득 뇌리를 스친 생각을 차마 드러낼 수가 없었다. 결국 몇 마디 입가로 새어나온 말들은 다음과 같았다.

"만약에 말이야…… 그래, 맞아. 혹시 저 무희가 진짜 그의 여자일지도 몰라. 말하자면 자네의 여자이기도 한 셈이지. 이거 점점 재미있게 돼가는걸!"

"자네, 돌았군!"

라울은 가차 없이 윽박질렀다.

하지만 그 역시 처음부터 같은 생각이 자꾸 치미는 것은 사실이었다. 우선 그가 보기에도 머리 빛깔과 웨이브 진 머릿결의 경쾌한 느낌이 동일인물로밖에는 느껴지지 않았다. 게다가 발텍스의 저 흥분한 상태, 여자의 황금빛 베일을 벗겨 진짜 얼굴을 확인하고파 안달인 모습이 무척 당혹스럽게 다가왔다. 분명 그는 알고 있으리라! 발텍스에게 클라라의 춤 솜씨는 낯익은 것이며, 다른 무대, 다른 나라에서 여자가 춤을 추는 모습도 분명 봤을 것이다. 그래서 저 천진난만한 매력과 꿈에 젖은 듯한 환상적인 분위기를 금세 알아차린 것이리라!

'그래, 그 여자야. 그 여자가 분명해.'

라울도 속으로는 그렇게 중얼거리고 있었다.

하지만 과연 가능한 일일까? 일개 시골 처녀이자, 데를르몽 후작의 사생아인 그녀가 저런 기교와 재주를 언제 어떻게 통달할 수가 있었을까? 더군다나 볼니크에서 돌아와 집으로 들어가기에도 바빴을 그녀가 무슨 여유가 있어서 의상을 갈아입고 이곳에 올 수가 있었겠는가?

그러나 제아무리 불가능하다는 논지들을 스스로에게 들이대려 해도, 그때마다 완전히 반대되는 또 다른 근거가 머릿속에 떠올라 그것들을 무력화시키는 것이었다. 어지러운 머릿속에서 그럴듯하게 연속되는 사실들이 비교적 논리적인 모양새를 갖추어가는 데는 어쩔 도리가 없었다. 그럴 리가 없다, 어떻게 그녀일 수가 있겠는가 하다가도, 그녀일지 모른다는 가능성을 무작정 부정해도 괜찮을까 하는 생각이 고개를 들었다.

한편 무대 위에서는 여자가 관객의 열띤 호응 속에서 점점 더 생기를 얻고 있었다. 그녀는 제자리에서 정확한 자세를 유지한 채 몇 바퀴

든 빙그르르 돌았고, 갑자기 뚝 멈추고는 느닷없이 오케스트라의 절도 있는 리듬으로 복귀했다. 그러고는 두 다리를 활짝 펼치며 도약을 했는데, 모든 이의 열광을 일시에 불러일으킨 건 바로 그 동작과 아름답게 가꾸어진 늘씬한 다리였다. 가장 유연한 사람의 두 팔보다 더 자유롭고 유연하면서 펄펄 살아 숨 쉬는 탱탱한 저 다리!

고르주레가 한마디 했다.

"껑다리 폴이 은근슬쩍 무대 뒤로 잠입하려는 눈치야. 가만히 보니 누구나 마음만 먹으면 드나들게 생겼는걸."

실제로 무대를 향한 양쪽 빈 공간의 경사면을 타고 사람들이 제멋대로 다가들었고, 관리자가 제아무리 차단하려 해도 노골적인 관객의 성화만큼은 막을 길이 없어 보였다.

껑다리 폴의 수작을 지켜보던 라울이 대꾸했다.

"그렇군. 무대 뒤로 들어가 여자한테 접근하려는 수작이야. 그렇다면 자네 부하들더러 인접한 거리로 통한 연예인 전용 출구로 집결하라고 해야겠네. 만약의 사태가 터지는 대로 곧장 진입할 준비를 하고 말이야."

고르주레도 동감이었는지 두말없이 곧장 조치를 취하러 갔다. 그로부터 3분쯤 지나 형사반장이 부하들을 끌어모으려고 동분서주하는 사이, 라울은 슬그머니 홀을 벗어났다. 밖으로 나온 그는 경찰들보다 한발 앞서 카지노 건물을 돌아 쿠르빌과 합류했고, 그가 수행한 임무 현황을 보고받았다.

"고르주레가 부하들에게 내리는 지시를 방금 엿듣고 왔습니다. 주인님과 함께 얼굴을 가린 무희도 잡아들인다는 것이었습니다."

역시 라울이 우려했던 대로였다. 물론 그는 무희가 앙토닌인지 아닌지는 모르는 입장이다. 하지만 고르주레로서는 확인해본다 한들 잃을 것이 없으며, 진짜 앙토닌으로 드러난다면 호박이 넝쿨째 굴러드는 격인 데다, 꺽다리 폴도 거의 손아귀에 넣은 것이나 다름없는 국면이 된다.

라울은 즉각 달리기 시작했다. 솔직히 보통 걱정인 게 아니었다. 아까 꺽다리 폴의 위험스럽게 굳은 인상으로 미루어볼 때, 만약 앙토닌을 눈앞에 대한다면 어떤 거친 행동을 보일지 알 수가 없었던 것이다.

라울과 쿠르빌은 함께 자그마한 입구를 통과해 들어갔다. 관리인이 막아서려 했지만 초대장을 코앞에 불쑥 들이밀면서 "경찰이오!"라며 지나쳐갔다.

연예인 대기실에 이르려면 계단 하나와 복도를 지나야 했다. 언뜻 대기실 중 한 곳의 문이 반짝 열리더니 무희가 걸어나왔다. 무대가 사람들 갈채로 정신이 없는 동안 자신은 두 번째 순서를 위해 큼직한 숄을 가지러 온 모양이었다. 그녀는 문을 열쇠로 잠근 뒤, 무대 뒤로 쇄도해 들어오는 검은 정장 차림들 사이를 요리조리 비집으며 거슬러 나왔다. 그녀가 다시 무대 위로 올라서자 환호성이 폭발했다. 일제히 일어서서 갈채를 보내는 관중 속을 라울은 유심히 살폈다.

느닷없이 아주 가까운 곳에서 꺽다리 폴의 모습이 눈에 들어왔다. 두 주먹을 불끈 쥐고 이마에는 핏줄까지 불거진 꼴이, 방금 지나친 여자를 놓쳐 당황한 게 분명했다. 바로 그 순간, 라울은 비로소 무희가 앙토닌 임을 확신했다. 정말이지 이제는 그 가엾은 여자를 위협하고 있는 모든 위험이 실감으로 다가왔다.

라울은 고르주레를 찾아 두리번거렸다. 도대체 이 멍텅구리는 또 뭘 하고 있는 것인가? 전쟁터가 바로 이곳이라는 걸 모른단 말인가? 이 비좁은 공간 안에서 이제 곧 그와 그의 부하들이 반드시 참여해야만 하는 어떤 사태가 터지리라는 사실을 모른단 말인가?

라울은 하는 수 없이 단독으로 싸움을 개시할 결심을 했다. 그래서 적의 맹목적인 위협을 자신에게로 끌어들이는 것이다. 라울은 뚜벅뚜벅 다가가 상대의 어깨를 점잖게 두드렸다. 홱 돌아본 발텍스의 눈앞에 자신이 가장 증오하면서 동시에 가장 두렵기도 한 라울이라는 존재의 조소 어린 얼굴이 떡하니 나타났다.

"다, 당신이…… 그 여자 때문에 온 거요? 아니, 함께 온 건가?"

보아하니 속으로는 무지하게 참고 있는 듯했다. 두 사내가 서 있는 곳은 빽빽한 인파를 이만치 벗어난 뒤쪽이었지만, 그들 주위로도 무대 기술자나 의상 담당자들이나마 구경하려고 왔다 갔다 분주한 사람들이 제법 있었다. 조금만 큰 소리로 떠들어도 다들 알아들을 터였다.

라울은 아까와 똑같이 나직한 어조로 빈정댔다.

"아, 그거야 여부가 있나! 그녀를 수행해서 같이 오게 되었지. 나더러 자신을 좀 보호해달라고 요청하더군. 아무래도 여자 뒤를 졸졸 따라다니는 놈들이 있는 것 같아. 나로선 그저 즐겁게 한판 놀아볼 따름이지."

"즐겁게 한판 놀다니?"

상대가 이를 갈듯 내뱉었다.

"그야 내가 무슨 일이든 손을 대기만 하면 알아서 척척 이루어지기 때문이라네. 그저 습관이 그래."

발텍스는 온몸을 부르르 떨었다.

"그럼 이번에도 뭘 제대로 해내셨겠네?"

"여부가 있나!"

"거짓말! 내가 두 눈 뜨고 살아 있는 한 그럴 리는 없어. 한데 지금 이렇게 내가 멀쩡히 살아 있거든! 자, 봐! 이렇게 말이야!"

"오호, 그건 나 역시 마찬가지인데! 게다가 난 지하 술집에서도 두 눈 부릅뜨고 앉아 있었어."

"뭐! 뭐가 어쨌다고?"

"경마기수, 그게 바로 나였어."

"이, 이런 가증스러운 놈!"

"그때 네놈의 아지트를 박살 내려고 경찰을 데려온 게 바로 나였지."

상대는 억지로 웃음을 지어 보이며 말했다.

"흥, 그래봤자 불발로 끝났지!"

"그땐 그랬지. 하지만 오늘 밤은 독 안에 든 쥐야."

발텍스는 별안간 라울에게 바짝 붙어서 두 눈을 뚫어지게 노려보았다.

"지금 무슨 헛소리를 지껄이는 건가?"

"고르주레가 와 있네. 부하들과 함께 말이야."

"거짓말!"

"여기 있다니까. 네놈더러 도망치라고 미리 귀띔해주는 거야. 자, 어서! 튀어! 아직 시간은 있어."

발텍스는 마치 쫓기는 짐승 같은 태도로 주변을 황망하게 두리번거렸다. 분명 도망치겠다는 생각을 하고 있는 게 틀림없었고, 라울은 라울대로 일단 앙토닌의 구원이 그만큼 쉬워질 수 있다는 생각에 내심 안도의 한숨을 내쉬었다. 발텍스가 사라지고 나면, 이제 남은 건 경찰로부터 여자를 빼돌리는 일뿐이다.

"자자, 어서 꺼져! 이대로 앉아 당하는 건 정말 바보짓이야. 튀라니까!"

하지만 너무 늦고 말았다. 그 순간, 무희가 무대 밖으로 훌쩍 튀어나온 것이었다. 그리고 동시에 계단에서 솟아오르듯 나타난 고르주레와 다섯 명의 형사들이 일제히 연예인 대기실 쪽으로 밀물처럼 들이닥쳤다. 그야말로 적을 섬멸하려고 쇄도하는 기세였다.

발텍스는 험상궂은 표정으로 머뭇거렸다. 그는 멋도 모르고 다가오다가 순간 겁에 질린 듯 걸음을 멈추는 무희를 가만히 바라보았다. 그리고 이제 대여섯 걸음밖에 떨어져 있지 않은 고르주레를 쏘아보았다. 어떻게 해야 하나? 그때 갑자기 라울이 발텍스에게 달려들었다. 하지만 상대는 간발의 차이로 몸을 뺌과 동시에 호주머니로 손이 가는가 싶더니 난데없이 권총을 뽑아 들고 무희 쪽을 겨누는 것이었다!

혼비백산과 우왕좌왕의 혼란 속에서 방아쇠 소리가 언뜻 들렸다. 라울은 전광석화처럼 몸을 날려 상대의 뻗친 팔을 걷어치웠다. 그 바람에 총알은 분명 공중으로 벗어나 실내 장식 어느 곳에 비껴 맞았을 법한데도 웬일인지 무희는 그대로 쓰러져버렸다.

전체적으로 상황이 벌어진 건 불과 10여 초도 안 되었다. 일련의 어지러운 몸싸움이 있었고, 그 가운데 고르주레가 꺽다리 폴을 덮쳐 바짝 동여매는 모습이 보였다. 그는 부하들을 향해 고래고래 소리쳤다.

"플라망은 이리 오고, 나머지는 라울과 무희를 맡아!"

바로 그때였다. 배가 볼록하고 하얀 턱수염이 난, 웬 땅딸한 신사가 불쑥 나타나더니 노발대발 사지를 내뻗으며 기를 쓰고 형사들의 진로를 막아섰다. 뒤이어 이번에는 무척 세련된 풍모의 신사가 혼란을 틈타 허리를 꾸벅 숙여 황금빛 베일의 무희를 끌어안더니 어깨 위로 가뿐하게 들쳐 업었다. 물론 후자는 라울이었다. 쿠르빌의 못 말리는 무모함 덕분에 일단 방어막이 쳐진 상태였고, 더군다나 몰려든 구경꾼들로 인해 신속한 추격이 용이치 않을 것을 라울은 확인했다. 그는 여체를 소중한 짐처럼 짊어지고 홀 쪽으로 나갔다. 그나마 가능한 퇴로는 그쪽 방향이라고 본 것이다.

판단은 틀리지 않았다. 아직 그곳 사람들은 무대 뒤에서 벌어진 사태에 대해 깜깜했다. 어느 익살맞은 흑인 재즈 연주가가 요란스러운 탱고

결정판 아르센 뤼팽 전집

넘버를 시작하자, 사람들은 웃고 노래하며 다시금 춤에 휩쓸려 들어갔다. 심지어 오른쪽 경사로에 운집한 검은 정장들 틈에서 라울이 한 여인의 몸을 천장을 향해 치켜들고 나타나자, 사람들은 베일 쓴 무희를 알아보고는 이 또한 신사복 차림으로 변장한 어떤 곡예사가 장난 삼아 마련한 특별 코너라고 생각했다. 사람들은 순순히 라울의 앞길을 열어 주었고, 그 뒤로는 다시 빽빽하게 모여드는 바람에 누구라도 보통 애를 쓸 각오가 없인 추격할 엄두가 나지 않을 분위기였다. 반면 라울이 걸어가는 길목에는 의자나 테이블이 신속히 치워졌다.

그러는 와중에도 저 무대 쪽에서는 계속해서 고함 소리가 들려왔다.

"놈을 붙잡으시오! 놈을 붙잡아!"

하지만 오히려 폭소만 더더욱 커질 뿐이었다. 난데없는 고함 소리 덕분에 사람들은 진짜 재미난 장난이 연출되고 있다고 믿어버렸다. 흑인 재즈 연주가는 악기와 목소리를 광적으로 혹사해가며 분위기를 돋우었다. 아무도 라울의 앞길을 막는 사람은 없었다. 그는 입가에 여유 있는 미소까지 띠고, 하나도 힘들이지 않으면서 한껏 고개를 젖혀 열광하는 군중의 환호와 갈채를 한 몸에 받으며 이 뜻하지 않은 연극을 계속해나갔다. 물론 넓은 홀의 출입구까지만.

마침내 라울은 문짝을 밀어 열고 밖으로 나왔다. 구경꾼들은 이제 저 탁월한 곡예사가 건물을 빙 돌아 다시금 무대 위로 멋지게 등장하리라 예상했다. 이 뜻밖의 공연을 즐거운 표정으로 지켜보던 관리인들과 일부 경찰관들은 조금도 문제 될 것이 없었다. 일단 밖으로 벗어난 라울은 경건한 척 받쳐 들고 있던 여체를 다시금 어깨에 덥석 들쳐 업고는, 가로수 그늘과 군데군데 흩뿌려진 듯한 불빛들을 헤치며 인접 가도 위를 이제는 거의 달리기 수준으로 내달렸다.

카지노로부터 50보는 족히 벗어났는데도 불구하고 아직까지 고함 소리가 들려왔다.

"잡아라! 저놈 잡아!"

하지만 라울은 더 이상 서두르지 않았다. 자신의 자동차가 근처 기다랗게 열 지어 주차된 차량들 틈에서 얌전히 주인을 기다리고 있었던 것이다. 다른 차 운전기사들은 졸고 있거나 삼삼오오 모여 잡담을 나누고 있었다. 그들도 소란을 감지했지만 무슨 영문인지 몰라 약간 동요하면서 서로들 궁금해할 뿐, 이렇다 할 행동에 나서지는 않았다.

여전히 실신했거나, 최소한 입을 다물고 축 늘어진 무희를 자동차 안에 내려놓고 나서 라울은 떠날 차비를 했고 다행히 시동도 신속하게 걸렸다.

'만약 진짜 내가 운이 좋다면 길도 막히지 말아야 할 거야. 그러면 완전히 작전 성공이지!'

라울은 속으로 중얼거렸다.

그는 항상 운을 고려해야 직성이 풀리는 타입이었다. 그건 뭐랄까, 라울의 행동원칙 중 하나라 해도 좋았다. 그것이 이번에도 어김없이 발휘되어 소정의 결실을 맺은 셈이다. 뒤늦게 사태를 깨달은 경찰들이 스무 걸음 정도 거리까지 다가왔지만, 워낙에 차도가 한산한 터라 차가 출발하자마자 금세 저만치 따돌릴 수 있었다.

운에 기대는 것 말고 또 다른 행동원칙이 있다면 바로 그 운을 지나치게 시험해선 안 된다는 것이다. 따라서 대단한 속력이었지만 운전대만큼은 신중하게 다뤘다. 라울이 탄 자동차는 눈 깜짝할 사이에 콩코르드 광장을 지나 센 강을 건너 질주를 계속했다. 추격이 불가능하다는 판단이 선 다음에야 서서히 속도를 늦추었다.

'이얏호! 드디어 해냈어!'

속으로 외친 라울은 숨 가쁜 행동에 뛰어든 이래 처음으로 문득 이런 생각이 들었다.

'이 여자, 만약 앙토닌이 아니면 어떡하지?'

후딱 달아오른 확신으로 행동에 뛰어들었건만, 갑자기 믿음이 흔들리는 것을 느꼈다. 아니다, 그럴 리가 없다. 이 여자가 그녀일 리는 없어. 별생각 없이 받아들인 사실을 부정하는 증거들이 너무도 많은 데 반해, 그 어떤 긍정적인 단서들도 밀려드는 의혹을 견뎌내기 힘들어하지 않는가! 껑다리 폴이란 놈은 원래 흥분만 하면 진실이라곤 눈곱만치도 개의치 않는 정신 나간 놈이 아니던가!

라울은 느닷없는 웃음을 발작적으로 터뜨렸다. 과연 한 여인의 수수께끼 같은 매력에 정신이 혹한 나머지 순진한 바보가 되었더란 말인가! 진짜 초등학생이 따로 없다. 다만 모험심에 들뜬 초등학생일 뿐이겠지. 하긴 앙토닌이든 다른 누구이든 무슨 대수이겠는가! 어쨌든 한 여성을 구해냈고, 그 여성은 지극히 열정적이고 아름다운 여인임에 틀림없을 테니, 이런 상황에서 과연 남자를 거부할 수 있을까?

라울은 다시금 속력을 냈다. 결과를 확인하고픈 생각에 마음이 급해진 것이다. 도대체 무슨 이유로 이 여자는 얄궂은 베일로 얼굴을 가린 것인가? 혹시 신성하리만치 나무랄 데 없는 몸매가 얼굴의 일그러진 형상이나 어떤 끔찍한 오점 때문에 훼손될까 두렵기라도 한 것인가? 그게 아니라 만약 얼굴도 미색이라면, 과연 어떤 괴이한 이유가, 무슨 두려움이, 변덕이, 치정에 얽힌 사연이 있기에 자신의 아름다움을 대중 앞에 차마 공개할 수가 없단 말인가?

라울은 또다시 센 강을 건너 맞은편 제방 길로 차를 몰았다. 어느새 오퇴이유였다. 그는 외곽 거리들, 이어서 펼쳐지는 널찍한 가도쯤에서 차를 멈췄다.

포로는 여전히 꼼짝하지 않았다.

라울은 몸을 기울여 말을 건네보았다.

"몸을 좀 일으킬 수 있습니까? 내 말 들려요?"

묵묵부답.

우선 정원 철책문부터 열고 초인종을 눌러놓은 뒤 라울은 무희를 양팔로 끌어안았다. 여체를 이토록 가깝게 안고 있자니, 그 입술과 그로부터 새어나오는 숨결이 고스란히 느껴지는 것이 여간 황홀한 게 아니었다.

"아, 대체 그대는 누구인가? 앙토닌인가? 아니면 다른 낯선 여자인가?"

그는 욕정과 호기심으로 부르르 몸을 떨며 중얼거렸다.

곧바로 하인이 대령했다.

"자동차를 차고에 끌어다 놓게. 그리고 당분간 나를 방해하지 말도록."

마치 세상에서 가장 가벼운 짐을 안은 것처럼 가뿐하게 2층 자기 방으로 뛰어 올라간 라울은 디방 위에 여체를 누이고 나서 그 앞에 무릎을 꿇고 앉아 황금빛 베일을 거두어냈다.

순간 기쁨의 탄성이 그의 입에서 튀어나왔다.

"앙토닌!"

2~3분이 순식간에 흘러갔다. 그는 여자에게 각성제를 들이마시게 한 뒤 차가운 물로 이마와 관자놀이를 적셔주었다. 그제야 여자는 두 눈을 살며시 뜨더니 한참 동안 눈앞의 사내를 바라보았다. 서서히 정신이 돌아오고 있는 것이었다.

"앙토닌! 이봐요, 앙토닌!"

라울은 흥분에 겨워 몇 번이고 같은 이름만 되뇌었다.

여자는 눈물을 글썽이면서 살짝 웃어주었는데, 뭔가 쓰라림을 담고 있으면서도 한없이 다정다감한 미소였다.

　남자는 여자의 입술을 더듬어 찾았다. 과연 볼니크의 살롱에서처럼 매몰차게 밀쳐낼 것인가? 아니면 얌전히 받아들일 것인가?

　여자는 거부하지 않았다.

12
두 개의 미소

두 남녀는 하인이 침실 외발원탁 위에 마련해준 아침식사를 방금 다 들었다. 꽃들이 만개한 쥐똥나무로부터 향기가 몽실몽실 올라오는 정원 쪽 창문이 시원하게 열려 있었다. 좌우 양쪽에 각각 심어진 마로니에 사이로 가로수길이 뻗어 있었고, 그 위로는 햇살 가득한 푸른 하늘이 찬연하게 펼쳐졌다. 라울은 연신 입을 놀리는 중이었다.

승리감으로 한껏 부풀어 오른 기쁨,—고르주레에게 승리했고, 꺽다리 폴에게 이겼으며, 아리따운 클라라의 마음까지 휘어잡았으니!—그 터질 듯한 기쁜 마음이 코믹한 장광설과 엉뚱한 시정(詩情), 괴상망측하면서도 매혹적이고, 순박하면서도 시니컬하게 느껴지는 온갖 말재주를 동반한 채, 끝 간 데 없이 밖으로 뿜어져 나오는 것이었다.

"더 얘기해줘요. 더요, 더 얘기해요."

여자도 싱싱한 활기에 아리송한 우수가 한데 뒤섞인 눈망울로 라울을 바라보며 더더욱 호들갑을 부추겼다.

마침내 남자의 얘기가 막바지에 이르자, 여자가 보챘다.

"말해줘요. 죄다 얘기해주세요. 내가 이미 알고 있는 것도 다시 다요. 그렇지, 볼니크의 폐허 터에서 고르주레와 있었던 무용담도 좋고, 그곳 살롱에서 있었던 경매 얘기나 후작과의 대화도 좋아요."

"오, 그땐 앙토닌 당신도 현장에 있었으면서."

"상관없어요! 당신이 한 행동, 당신이 한 모든 말들은 언제 어느 때 다시 대해도 나를 열광시키는걸요. 게다가 잘 이해가 되지 않는 대목도 군데군데 있고요. 예컨대 밤에 내 침실로 올라온 적이 있지 않은가요?"

"그대 침실로 올라갔었지."

"가까이 다가오지는 않았고요?"

"천만에, 그러진 않았어! 당신이 두려웠으니까. 볼니크 성에서 쌀쌀맞게 군 것 좀 생각해보라고."

"아무튼 그 전에는 후작의 처소에 들어갔죠?"

"당신 대부께서 주무시는 곳으로 들어갔었지. 당신이 그에게 건네준 모친의 편지를 확인하고 싶었어. 그 결과, 당신이 그의 친딸임을 알게 된 거고."

여자는 생각에 잠긴 얼굴로 대꾸했다.

"그 사실은 파리에 있는 그의 서재 책상에서 엄마의 사진을 봤을 때부터 이미 알고 있었어요. 왜, 기억나시죠? 하지만 별로 중요한 일은 아니에요. 자, 어서 당신 얘기나 좀 해줘요. 다시 다 해줘요. 자세히!"

라울은 그간의 모험담을 다시금 되풀이해 풀어내기 시작했다. 요리조리 설명을 곁들이는가 하면, 일부 대목에서는 다른 사람 흉내까지 섞기도 했다. 때로는 우스꽝스럽고 어색하기 그지없는 오디가 선생이 되었다가도, 금세 초조해하고 아연실색한 표정의 데를르몽 후작으로 돌변했다. 그뿐만 아니라, 우아하고 곱디고운 앙토닌을 흉내 내기도 하는 것이었다.

여자는 손사래를 쳤다.

"아니에요. 그건 내가 아니에요. 내가 언제 그랬다고."

"그저께라든가 내가 사는 곳에 들이닥쳤을 때는 당신 그랬어. 정말 그런 얼굴이었다니까. 그러다가 또 이러기도 했고. 이봐, 이렇게 말이야!"

여자는 까르르 웃으면서도 끝내 인정하려 들지 않았다.

"천만에요. 제대로 보지도 않은 거예요. 난 원래 이런걸요."

라울은 쾌재의 탄성을 내질렀다.

"아, 물론 오늘 아침 당신 모습이 어떤지야 내가 잘 알지. 그 반짝이는 눈동자와 빛나는 치아. 더 이상 그날 같은 시골 처녀도 아니고, 차마 보기는 싫었지만 어떤 모습일지 짐작은 가던 성채에서의 그 아가씨도 더는 아니지. 당신은 분명 달라졌어. 그러면서도 당신의 그 조심스러워하면서 순박한 태도는 여전하지. 어젯밤에도 당신의 눈부신 금발과 무용복 입은 우아한 실루엣만큼은 단박에 알아보았거든."

여자는 띠처럼 두른 웃옷과 반짝이가 붙은 푸른 치마 등 어제 입었던 복장 그대로였다. 그 모습이 너무도 사랑스러워서 남자는 여자를 와락 끌어안았다.

"그래, 당신인 줄 알아보았어. 그토록 매혹적인 이미지를 만들어낼 줄 아는 사람은 오로지 당신밖에 없으니까. 그래도 당신의 그 베일 너머가 얼마나 궁금했는지! 결국 그걸 걷어내면서도 가슴은 무섭게 두방망이질하는 거야! 아, 그런데 역시나 당신이더군! 바로 당신이었어! 내일도, 모레도, 앞으로 언제까지나 내 곁에 있는 여인은 바로 당신일 거야!"

그때였다. 문에서 가볍게 노크 소리가 들렸다.

"들어오시오."

하인이었다. 신문들과 편지들을 가져온 것이다. 편지들은 사전에 쿠르빌에 의해 개봉되어 종류별로 분류까지 마친 상태였다.

"음, 좋았어! 사람들이 카지노 블루와 고르주레와 껑다리 폴에 관해 뭐라고 떠들어대고 있는지 살펴봐야겠군. 아참, 에크레비스 술집에 관한 건도 있겠군. 정말이지 하루가 온통 역사적인 날이었어!"

하인이 나가자, 라울은 곧장 신문부터 들춰보았다.

"맙소사! 우리 얘기가 1면 톱으로 뽑혀나왔네."

그런데 사건을 보도하는 세부 기사들 제목을 훑어가면서 갑자기 안색이 침울해지고, 쾌활하던 태도가 수그러드는 것이었다. 라울이 으르렁댔다.

"아, 바보 같은 놈들! 이 고르주레라는 친구, 정말 멍청이 아닌가!"

그는 나지막한 음성으로 기사를 읽어 내려갔다.

몽마르트르의 술집에 대한 급습작전에서 한 차례 경찰을 따돌린 바 있는 껑다리 폴은 마침내 카지노 블루 개장식장에서 체포되기에 이르렀다. 그러나 고르주레 형사반장과 일선 형사들의 부주의로 인해 다시금 탈출에 성공하고 말았다.

여자도 그만 아연실색해 외마디 소리를 내질렀다.

"어머나, 세상에! 무서워요!"

"무섭다니? 왜? 조만간 다시 붙잡힐 텐데. 그땐 내가 책임질 거야."

사실 그 탈출 소식은 라울의 마음도 적잖이 괴롭고 초조하게 만들었다. 처음부터 모든 것을 다시 시작해야만 하게 생긴 것이다. 위험한 악당놈이 또다시 자유의 몸이 되었다는 얘기는 곧 앙토닌이 다시금 쫓기는 신세가 되고, 호시탐탐 기회만 노리는 놈한테 언제든 해코지를 당할 수 있다는 뜻이나 마찬가지였다.

라울은 마저 기사를 훑어보았다. 거기엔 아랍인과 그 일당들의 체포에 관한 언급도 있었는데, 그 전과에 대해서만큼은 경찰이 온통 일어나 유난을 떨고 있었다. 한편 얼굴을 가린 무희에 대한 살인미수사건과 연적으로 추정되는 한 구경꾼에 의한 그 여자의 납치사건도 언급되어 있었다. 단, 문제의 납치범에 관해서는 라울을 연상할 만한 그 어떤 단서도 제시되어 있지 않았다.

베일을 쓴 무희에 관해서는 누구도 맨얼굴을 본 사람이 없다고 했다. 카지노 지배인은 그 여자를 베를린의 한 소개소만 믿고 채용했는데, 지난겨울 그 도시에서 여자가 '가면 없이' 춤을 춰 대단한 성공을 거두었다는 것이다.

다음은 신문에 실린 카지노 지배인의 인터뷰 기사 한 대목이다.

"그런데 한 2주쯤 전에 어디로부터인지 모를 곳에서 그 여자가 전화를 해왔습니다. 약속한 날에 나타나기 할 테지만, 개인적인 이유 때문에 부득이 얼굴을 가린 상태로 공연을 해야겠다는 겁니다. 나는 그러는 것도 한 가지 별난 재미일 수 있겠다 싶어서 그러자고 했지요. 당장은 이유나 뭐 그런 것들을 캐묻지 않기로 하고 말이죠. 그런데 정한 날에도 저녁 8시가 되어서야 온몸을 가린 채 나타나더니 그대로 대기실에 처박히는 거였습니다."

"이게 전부 사실인가?"

라울의 질문에 클라라가 대답했다.

"네."

"그래, 언제부터 춤을 추기 시작했지?"

"춤은 항상 춰왔어요. 누구한테 보여주려고가 아니라 그저 나 혼자 재미로요. 어머니가 돌아가신 후, 전직 무용가한테 따로 교습을 받고 여행도 참 많이 다녔어요."

"클라라, 당신은 정말 어떤 인생을 살아온 거요?"

"묻지 말아요. 늘 혼자였으니 치근대는 남자들도 당연히 많았겠죠. 그에 대해 항상 새침해왔던 것도 아니고요."

"껑다리 폴은 어디에서 알게 된 거지?"

"발텍스 말인가요? 베를린요. 사랑한 적은 한 번도 없었지만, 그의 영향은 어느 정도 받으며 사는 처지였어요. 그를 아주 신뢰하지 않았다고도 볼 수 없고요. 그런데 어느 날 밤, 그가 내 침실 자물쇠를 부수고 난입해 들어오더군요. 세상에 그렇게 힘센 사람은 처음 봤어요."

"비겁한 놈! 그래, 얼마나 관계가 지속된 거요?"

"몇 달간요. 그러다 파리에서 어떤 사건에 그가 연루되고 말았지요. 사람들이 방을 포위했을 때 나도 함께 있었는데, 그때 비로소 그가 껑다리 폴이라는 사실을 알게 된 거예요. 나는 당장 기겁을 하고는 난투극이 벌어지는 동안 도망쳐버렸죠."

"그러고는 시골로 숨었고?"

잠시 머뭇머뭇하던 여자가 대답했다.

"네. 심신을 추스르고 공부도 하고 싶었어요. 하지만 뜻대로 잘 안 되더라고요. 우선 먹고살 일이 막막했거든요. 카지노에 가서 일하겠다고 알린 것도 그즈음이었어요."

"그런데 왜 후작의 집에는 찾아간 거지?"

"마지막으로 한 번 더 이 구차한 생활에서 벗어나고 싶었어요. 보호를 구해보려고 찾아간 거죠."

"그래서 볼니크까지 동반여행을 한 거고?"

"네. 그런데 어제저녁, 파리에 혼자 우두커니 있다가 그저 아무 생각 없이 극장에 들르게 된 거랍니다. 갑자기 춤출 때의 즐거움이 생각나고, 마침 계약을 파기하고 싶지 않다는 욕심도 들더라고요. 일주일간의 계약이었는데, 더는 원하지도 않았어요. 너무도 두려웠거든요. 알다시피 두려워할 만하잖아요."

"전혀 그렇지 않은걸! 그때도 내가 곁에 있었고, 지금도 이렇게 곁에 있으니까."

여자는 남자의 품에 바짝 매달렸다. 남자가 중얼거렸다.

"아무튼 재미있는 아가씨야, 당신! 천방지축, 도무지 알 수가 없단 말이거든!"

두 남녀는 그날은 물론 이후로도 연이어 이틀 동안 집에서 한 발짝도 움직이지 않았다. 그들은 신문 지상을 통해 사건에 관해 떠도는 모든 얘기들을 속속들이 읽었다. 경찰 쪽에서도 역시 얻어낸 성과가 전혀 없었는지 대부분 황당무계한 정보들 천지였다. 단 하나, 현실과 상응하는 내용이라면, 베일을 쓴 무희가 아마도 껑다리 폴과 관련해 전에 여러 번 얘기가 오르내리던 금발의 클라라가 아니겠느냐는 가설이었다. 그밖에 발텍스라는 이름에 대해서는 전혀 언급이 없었다. 고르주레와 그 부하들은 자기들이 상대하는 자의 진짜 정체에 대해 여전히 깜깜한 처지임이 분명했다. 요컨대 아랍인으로부터도 전혀 정보를 끌어내지 못한 것이다.

날이 갈수록 라울과 여자 사이의 애정관계는 돈독해져만 갔다. 남자는 여자가 끊임없이 내미는 질문들에 꼬박꼬박 대답을 해주었고, 그 지칠 줄 모르는 호기심을 만족시켜주기 위해 갖은 애를 썼다. 반면 여자는 자신에 대한 얘기가 나올 때마다, 마치 더없이 안성맞춤인 피난처라도 되듯 그 비밀스러운 내면으로 자꾸만 도망쳐 문을 닫아걸려는 기색이었다. 스스로의 과거, 어머니, 개인적인 관심사, 내밀한 정신세계, 후작에 대한 생각, 그의 곁에서 하는 역할 등 자신과 관련된 모든 문제에 대해서는 고통스러울 정도의 완고한 침묵으로 일관했으며, 은근슬쩍 얘기를 돌린다거나 울컥 털어놓으려 하다가도 금세 멈추고 마는 태도를 고수하는 것이었다.

"싫어요, 라울! 제발 부탁이에요! 내게 아무것도 묻지 말아요. 내 인생이나 생각 모두가 하나도 흥미롭지 못하답니다. 그냥 지금 있는 그대로의 나를 사랑해주세요."

"하지만 당신이 누구인지 그걸 모르겠단 말이야."

"그렇다면 그냥 겉으로 드러나는 내 모습만을 사랑해주세요."

여자가 이런 말을 했던 날, 남자는 그녀를 거울 앞으로 데려가 장난스레 말했다.

"오늘 그대를 보니 기가 막히게 아름다운 머리채에 한없이 순수한 눈망울, 나를 황홀하게 만들어주는 미소를 갖추고 있구려. 뭔가 불안하게 만드는 표정도 살짝 가미된 듯하고, ─언짢게 생각진 않겠지?─혹시 속에 품은 생각이 드러나서 그런 건 아닐까? 당신의 상큼한 얼굴과는 여간 배치되는 게 아니지. 그런데 내일은 아마 또 다른 당신 모습을 대하게 될 거야. 머리카락도 같고 눈동자도 똑같지만, 완전히 다른 미소와 아주 순박하고 건강해 보이는 표정을 갖춘 모습으로 말이지. 그런 식으로 당신 모습은 이랬다저랬다 해. 이렇게 보면 시골의 풋풋한 아가씨였다가, 저렇게 보면 운명의 장난에 휘둘린 비련의 여주인공이었다가."

"맞아요. 내 안에는 두 명의 여자가 있답니다."

여자의 말을 남자는 아무렇지도 않게 되받았다.

"그렇지. 두 여자가 서로 싸우고 있어. 그러다 이따금 한쪽이 다른 한

쪽을 철저히 따돌리지. 결코 같은 미소를 공유할 수 없는 두 여자의 존재라…… 왜냐하면 당신이 가진 두 가지 이미지를 구별해주는 게 바로 그 서로 다른 미소이거든. 하나가 입술 끝이 살짝 올라가면서 순박하고 어린 티가 나는 미소라면, 다른 하나는 보다 음울하면서 어딘지 환멸을 담은 미소라고나 할까."

"둘 중 어느 것이 마음에 드나요, 라울?"

"어젯밤 이후로는 후자 쪽이 나은걸. 그것이 좀 더 신비스럽고 애매모호하게 느껴지니까."

여자가 갑자기 말이 없자, 남자는 일부러 쾌활하게 상대를 불렀다.

"앙토닌? 이봐요, 앙토닌? 아니면 두 개의 미소를 가진 여인이라고 불러드릴까?"

둘은 함께 활짝 열린 창가로 다가갔다. 여자가 말했다.

"라울, 부탁 좀 할 게 있어요."

"미리 대답해두지. 무조건 오케이야!"

"나를 더 이상 앙토닌이라 부르지 마세요."

남자는 화들짝 놀랐다.

"더 이상 당신을 앙토닌이라 부르지 말라고? 왜?"

"그건 순진한 시골 처녀였을 때의 이름이니까요. 삶 앞에서 천진하고 용감했을 때 말이에요. 이제는 그 이름을 잃은 대신 클라라라는 이름이 있어요. 금발의 클라라요."

"그건 알지만……."

"나를 클라라라고 불러주세요. 예전의 내 모습으로 돌아가기 전까지는요."

남자는 느닷없이 웃음을 터뜨렸다.

"어허허! 예전의 당신? 오, 내 사랑, 그거라면 나는 관두겠소! 당신이 그 시골 숫처녀에 머물렀다면 아마 지금 여기 있지도 않겠지! 나를 사랑할 리도 없을 거야!"

"라울, 당신을 사랑하지 않을 거라니 말도 안 돼요!"

"그럼 이제 내가 질문 하나 좀 해봅시다. 당신, 내가 누구인지는 아는 건가?"

"당신이야 지금 내 눈앞에 보이는 당신이죠."

여자의 대답에는 열정이 담겨 있었다.

"정말 그렇게 확신해? 하지만 나는 아닌걸. 그동안 너무도 많은 개성을 지녀왔고, 숱한 역할을 거쳐왔지. 죄다 기억하기도 어려워. 그러니 당신은 말이야, 나의 클라라—이렇게 불러달라고 했으니 어쩔 수 없군—내 앞에서는 조금도 부끄러워할 필요 없어요. 왜냐하면 당신이 과거에 뭘 하며 살았든, 내가 더하면 더했지 덜하지는 않을 테니까."

"라울!"

"글쎄, 그렇다니까. 나처럼 파란만장한 협객의 삶이란…… 항상 멋지고 근사한 것만은 아니라오. 혹시 아르센 뤼팽이라고 들어본 적은 있나?"

여자는 움찔 소스라쳤다.

"뭐라고요? 방금 뭐라고 했죠?"

"아무것도, 아무것도 아니오. 내가 즐겨 차용하는 일종의 비교 대상이라고나 할까. 그래, 당신이 옳아요. 우리가 서로 잘못 살았다고 따진들 무슨 소용이 있겠어? 클라라와 앙토닌, 둘 다 순수하고 매력 있기가 막상막하지만, 내가 좀 더 사랑하는 건 클라라 당신이야. 게다가 나 역시 나쁜 놈일지언정 동시에 선량한 인간이 되지 말라는 법은 없어. 물론 사랑에 빠진 남자가 되지 말라는 법도 없지. 그리 충실한 편은 못 될지 몰라도, 제법 매력적이고 사려 깊은 장점투성이의 애인 말이야."

라울은 여자에게 계속해서 입맞춤을 퍼부으며 그때마다 감미로운 미소와 더불어 이런 말들을 속삭였다.

"클라라…… 아름다운 클라라…… 우수 어린 클라라…… 알쏭달쏭한 클라라……."

여자는 고개를 설레설레 저으며 답했다.

"네, 당신은 나를 사랑하긴 해요. 하지만 그런 지는 얼마 안 됐죠. 당신은 한결같지가 않아요. 아, 당신 때문에 앞으로 고통받을 걸 생각하면!"

"하지만 당신은 정말 행복할 거요! 그리고 나도 당신이 생각하듯 못 미덥게 굴지 않을 테고. 내가 언제 당신을 기만한 적이 있던가?"

라울이 호쾌한 투로 말하자, 이번에는 여자 쪽에서 웃음을 터뜨렸다.

일주일 내내 대중과 언론의 관심은 온통 카지노 블루에만 집중되어 있었다. 그러다가 수사가 완전히 무효한 데다, 가설들마다 터무니없는 것으로 판명되면서부터 더 이상 화제에 오를 여지가 없게 되었다. 고르주레는 모든 인터뷰를 사양했으며, 기자들 역시 그 어떤 실마리도 캐낼 수 없었다.

이제 다소 걱정이 덜어진 클라라는 어느 오후가 저물 무렵, 모처럼 외출해 외곽지역의 상점에서 쇼핑을 하거나 불로뉴 숲을 산책하는 것으로 한가로이 시간을 보냈다. 라울 역시 그 시간대를 이용해 약속들을 챙겼고, 그 어느 때도 사람들의 주의를 끌지 않기 위해 여자를 동반하지 않았다.

가끔씩은 63번지가 바라보이는 볼테르 제방을 지나가면서, 혹시나 꺽다리 폴이 그쪽 어딘가 어슬렁거리지 않는지, 경찰이 무슨 덫이라도 쳐놓지는 않았는지 유심히 살피곤 했다.

아무런 의심 갈 만한 징후가 발견되지 않자, 그는 쿠르빌에게 제방

흙벽 위에 펼쳐놓은 고서점 책자들을 뒤적이면서 계속 감시하라는 지시를 내렸다. 그런데 어느 날,—따져보니 클라라를 데려온 지 정확히 보름째 되는 날이었다—공교롭게도 그 자신이 다시 현장을 찾아갔을 때, 멀찌감치 63번지에서 막 빠져나오는 클라라가 시야에 포착되는 것이었다. 여자는 부랴부랴 택시를 잡아타고는 반대 방향으로 사라져 갔다.

라울은 굳이 뒤를 밟으려 하지 않았다. 단지 쿠르빌을 손짓으로 부른 다음, 건물 관리인에게 접근해 몇 가지 정보를 얻어오라고 시켰다. 불과 몇 분 만에 돌아온 쿠르빌의 얘기가 후작은 아직 돌아오지 않았으며, 금발의 여인은 벌써 두 번째 똑같은 시각에 맞춰 관리인 숙소 앞을 지나갔다는 것이다. 그때마다 후작의 집 초인종을 울린 건 물론이다. 그러나 하인들의 인기척조차 없자, 여자는 금세 발길을 돌렸다고 한다.

'그것참 재미있어. 나한테는 전혀 언질이 없었는데. 도대체 무얼 하러 저길 드나든 걸까?'

그런 생각을 굴리면서 그는 오퇴이유의 별장으로 돌아왔다.

그로부터 15분 후, 이번에는 클라라가 아주 상쾌한 기분에 생기발랄한 기색으로 귀가했다.

라울이 그녀에게 물었다.

"불로뉴 숲에 산책 나갔었나?"

"네. 공기를 쐬니 아주 기분이 좋아졌어요. 걷기가 참 좋더라고요."

"파리 시내에는 안 갔고?"

"천만에요. 왜 그런 질문을 하는 거죠?"

그러더니 아무렇지도 않게 이러는 것이었다.

"아마 상상 속에서 나를 본 모양이로군요!"

"흔히 말하듯 '실물 그대로' 본걸!"

"그럴 리가요!"

"내 명예를 걸고 단언하건대 분명 보았어. 이래 봬도 난 눈이 좋아."

여자는 남자를 가만히 바라보았다. 그러고 보니 제법 진지하다 못해 심각할 정도의 표정으로 말하고 있었고, 목소리에는 약간의 비난조까지 묻어나 있었다.

"어디서 나를 봤는데요, 라울?"

"볼테르 제방의 집에서 나오는 걸 봤지. 택시를 타고 횡하니 어디론가 사라지더군."

여자의 얼굴에 다소 거북스러운 미소가 스쳤다.

"정말 확실해요?"

"물론이야. 게다가 관리인한테 물어보니 당신이 모두 세 차례나 왔었다더군."

여자는 얼굴이 벌겋게 물들면서 어떤 태도를 보여야 할지 난감한 모양이었다. 라울은 계속 몰아붙였다.

"아무리 생각해도 엉뚱한 방문이잖아! 무엇보다 왜 내게는 비밀로 하고 다녔느냐가 문제야."

여자가 아무 대꾸도 없자, 그는 곁으로 다가앉아 부드럽게 손을 붙잡고 말했다.

"또 그 알쏭달쏭한 태도, 클라라! 정말 실수하는 거야, 당신. 그렇게 사람에 대한 불신을 고집하다 보면 우리 사이가 어떤 지경이 될지 한번 생각해봐요."

"오, 당신을 불신하는 건 아니에요, 라울!"

"그야 그렇겠지. 하지만 당신 태도가 그런 식이라고. 당신이 그러는 사이 위험은 점점 가중되고 있단 말이야. 그러니 한번 시원하게 털어놔 봐요, 내 사랑. 아무리 그래봤자 당신이 내게 숨기고 있는 비밀을 언젠가는 내 힘으로 고스란히 밝혀내리라는 걸 모르는 거요? 결국 그러다 보면 이미 때가 늦어버릴지 누가 알아? 자, 말 좀 해봐."

여자는 금방이라도 입을 열 것처럼 보였다. 표정부터가 순간적으로 풀어지고, 슬픔과 혼란의 기미가 눈빛을 후리는 게 자기가 이제 곧 내뱉을 말에 대해 지레 겁을 먹고 있는 모양이었다. 하지만 클라라는 결국 용기를 내지 못했고, 두 손에 얼굴을 파묻은 채 난데없는 눈물을 쏟아내는 것이었다.

"나를 용서해주세요. 제발 내가 얘기를 하든 안 하든 하등 중요할 것이 없다고 생각해주세요. 그래봤자 지금 현재나 미래에 어떤 변화도 가져오지 않아요. 당신한테는 정말 하찮을 일일지 몰라도 나한테는 너무도 중요하단 말이에요. 당신도 알지만, 여자들이란 원래 다 어린아이들이에요. 저 혼자서 이런저런 망상에 사로잡히곤 하죠. 아마 내가 잘못하는 것일지도 몰라요. 하지만 어쩔 수 없어요. 나를 용서해주세요."

잠자코 듣고 있던 남자는 초조한 몸짓으로 잘라 말했다.

"좋아. 단, 내 분명히 얘기하건대 앞으로 당신 절대 그곳에 가지 마. 그렇지 않으면 언젠가는 그 주변에서 꺽다리 폴이나 경찰과 맞닥뜨리게 될 거야. 그걸 원하는 건 아니잖아?"

여자도 마찬가지로 안달하며 답했다.

"그럼 당신도 가지 말아요. 당신도 마찬가지로 그럴 위험이 다분하다고요."

남자는 선뜻 약속했다. 그러자 여자도 그곳에 발길을 들이지 않는 것은 물론, 앞으로 보름이 지날 때까지 별장 밖으로는 한 발짝도 내밀지 않겠다고 다짐했다.

13
함정

볼테르 제방의 저택이 감시의 대상이 되고 있다는 라울의 지적은 틀리지 않았다. 하지만 그 감시가 규칙적이고 한결같은 양상으로 이루어지지는 않았는데, 만약 그 반대였다면 라울이 우려하는 심각한 사태가 벌어지고도 남았을 터였다. 경찰의 입장에서 본다면, 수사반원들에게 너무 많은 재량권을 부여해 제방 일대에 드문드문 진을 치는 데 그친 고르주레의 판단이 심히 잘못된 셈이었다. 결국 금발 미녀의 느닷없는 방문이나 쿠르빌의 부주의한 순찰도 그 덕에 전혀 간파당하지 않고 이루어질 수 있었으니 말이다. 거기다가 쿠르빌을 통해 라울의 돈을 받고, 발텍스로부터도 그 부하의 손을 통해 돈을 받아 챙긴 그곳 관리인은 아주 모호하고 모순투성이의 엉터리 정보만을 제공함으로써 고르주레를 바보로 만들어놓은 실정이었다.

반면 발텍스가 펼치는 감시활동은 보다 치밀했다. 예컨대 한 3~4일 전부터 챙 넓은 펠트 모자 아래로 회색빛 머리카락을 치렁치렁 늘어뜨리고 등이 잔뜩 굽은, 웬 사이비 그림쟁이 같은 남자가 화구상자와 이젤, 접의자 등을 갖춘 채, 아침 10시 정도부터 건물 맞은편 약 50여 미터 떨어진 보도 위에 자리를 잡고 앉아, 센 강변과 루브르의 윤곽을 묘사한답시고 요란한 물감 덩어리를 캔버스 위에 처바르고 있었던 것이다. 그는 다름 아닌 꺽다리 폴이었다. 즉, 발텍스 말이다. 그런데도 경찰들은 그림쟁이의 행색이 엉뚱하기 그지없고 그림이 제법 신기하다고 여겼을 뿐, 그를 조금이라도 주의 깊게 감시하고 추궁할 생각은 전혀 하지 못했다.

하지만 꺽다리 폴도 오후 5시 반경에는 자리를 떴고, 결국 그보다 조금 뒤늦게 나타났던 금발 아가씨와는 맞닥뜨릴 기회를 갖지 못했던 것이다.

그가 그러한 사실을 깨달은 건 라울이 그곳을 다녀간 다음 날이었다. 그는 시계를 슬쩍 들여다본 뒤 마지막 붓질을 하고 있었는데, 문득 가까이 속삭이는 소리를 들었다.

"움직이지 마세요. 접니다, 소스텐."

사실 그림쟁이 주위로는 오다가다 멈춰서 구경하는 행인들이 서너 명쯤은 늘 머물러 있는 상황이었다.

소스텐은 낚시꾼 같은 행색의 뚱뚱한 부르주아로, 자기가 무슨 그림 감정가라도 되듯 캔버스에 잔뜩 몸을 기울인 채 발텍스에게만 들리도록 속삭였다.

"오후 신문 읽어보았죠?"

"아니."

"아랍인이 또다시 신문을 받은 모양입니다. 두목 말이 맞았어요. 카지노 블루에 대한 정보를 흘린 건 바로 그자였습니다. 물론 그 이상 불기는 거부하고, 본격적으로 반기를 들지는 않았지만요. 발텍스라는 이름도, 라울이라는 이름도, 또 계집 얘기도 전혀 입 밖으로 뱉어내지 않았다는군요. 그러니 일단 그 정도면 괜찮게 돌아가는 편입니다."

소스텐은 몸을 일으켜 새로운 각도로 그림을 들여다보는 척, 센 강을 비스듬히 바라보는 척 몇 차례 바람을 잡더니 코안경을 때때로 이리저리 움직거리면서 다시금 몸을 기울였다.

"후작이 내일 오후 스위스에서 돌아옵니다. 어제 계집이 관리인한테 와서 집안 하인들 모두에게 전하라고 일러준 얘기예요. 결국 그동안에도 후작과 계집 사이에는 서신 교환이 있었다는 뜻이죠. 그나저나 대체 여자가 있는 곳이 어디일까요? 도무지 알 수가 없습니다. 쿠르빌에 관해서는 아직도 몇몇 가구들을 옮기느라 이곳에 출몰하고 있다는 분명한 증거가 있습니다만. 요컨대 라울 선생과 손잡고 일하는 그가 관리인 말로는 이 근방을 심심찮게 배회하고 있다는 겁니다."

사이비 그림쟁이는 귀만 열어둔 채 마치 비율을 측정하듯 붓을 집어 들고 팔을 쭉 뻗었다. 공범은 그것이 신호임을 간파해 곧장 팔이 뻗친 방향으로 시선을 던졌다. 남루한 차림의 웬 노인이 제방 위 고서점 진열대에서 책장을 뒤적이고 있는 모습이 시야에 들어왔다. 무심코 돌아선 그 늙은이의 각지게 잘 다듬은 새하얀 턱수염이 눈에 확 띄었고, 그것만으로도 정체가 백일하에 드러났다.

소스텐이 중얼거렸다.

"음, 본 적 있는 얼굴이로군요. 쿠르빌입니다. 놈은 제가 맡도록 하죠. 그럼 어제 만났던 선술집에서 오늘 밤에 보는 걸로 알겠습니다."

자리를 뜸과 동시에 그는 쿠르빌과의 거리를 은연중에 좁혀 들어갔다. 한편 쿠르빌은 누구든 미행할 것에 대비한 듯 이리저리 족적을 어지럽히는 거동을 보이며 걸었는데, 사람들 얼굴을 주의 깊게 살피는 데엔 그다지 치중하지 않는 바람에 껑다리 폴이든 그의 공범이든 전혀 눈치채지 못한 상황이었다. 결국 그는 자기도 모르는 사이에 낚시꾼 행색의 어느 부르주아를 꽁무니에 달고 오퇴이유를 향해 발걸음을 옮기는 꼴이 되고 말았다.

꺽다리 폴은 한 시간가량을 그 자리에서 더 기다렸다. 그날 저녁에는 클라라가 나타나지 않았다. 대신 저만치 고르주레의 모습이 보이자, 그는 부랴부랴 화구 일체를 주워 담아 황급히 자리를 떠버렸다.

같은 날 밤, 꺽다리 폴의 일당은 에크레비스 술집을 대신해 새로 아지트로 정한 몽파르나스의 프티비스트로라는 선술집에 모여들었다.

물론 소스텐도 그 자리에 있었다.

"잡혔습니다. 오퇴이유, 모로코 가도 27번지에 있는 별장입니다. 쿠르빌이 그곳 철책문에서 초인종을 울리는 걸 봤어요. 문이 저절로 열리더군요. 그리고 저녁 8시 15분 전, 이번엔 계집이 안으로 들어가는 겁니다. 마찬가지로 초인종을 울리자 문이 저절로 열렸고요."

"그자는? 그자는 못 봤나?"

"못 봤어요. 하지만 그 안에 있는 건 틀림없습니다."

꺽다리 폴은 잠시 생각에 잠기더니 결론을 내렸다.

"아무리 그래도 일단 행동에 들어가기 전에 내가 직접 파악을 해두어야겠어. 내일 아침 10시쯤 차를 가지고 오게. 만약 그 모든 게 사실이라면 이번만은 절대 클라라가 피할 수 없을 거야. 아, 맹랑한 계집 같으니!"

다음 날 아침, 그 당시 꺽다리 폴이 묵던 호텔 앞에 택시 한 대가 멈춰 섰다. 운전석에는 배불뚝이에다 통통한 혈색이 발그레한 소스텐이 밀짚모자를 쓴 채 느긋하게 앉아 있었다.

꺽다리 폴은 차에 타자마자 외쳤다.

"출발!"

운전 솜씨는 좋은 편이었다. 둘이 탄 자동차는 신속하게 오퇴이유에 가 닿았고, 최근 분양이 시작된 옛 공원 터와 부지들 사이로 노란빛 가로수들이 심어진 널찍한 모로코 가도에 다다랐다. 라울이 사는 별장은 그곳의 부동산 중 기존에 남아 있는 건물이었다.

자동차는 문제의 건물을 좀 더 지나쳐 멈춰 섰다. 꺽다리 폴은 택시 안에 잔뜩 웅크리고 몸을 숨긴 채, 자동차 후문거울을 통해 한 30여 보 뒤에 있는 별장의 철책문과 2층의 활짝 열린 창문 두 개를 유심히 살폈다. 그러는 동안 운전석의 소스텐은 신문을 펼쳐서 읽고 있었다.

이따금 둘 사이에 몇 마디 말이 오갔는데, 꺽다리 폴은 몹시 초조한 모양이었다.

"젠장할! 별장에 아무도 없는 것 아냐? 한 시간 동안 어째 사람 그림자 하나 보이질 않는 거냐고!"

뚱뚱보는 농담조로 말을 받았다.

"그럴 수밖에요. 연인들이 침대에서 부지런히 일어나는 거 봤나요."

20분이 더 흘러갔다. 그리고 얼마 안 지나 11시 반을 알리는 시계 종소리가 들려왔다.

얼굴을 유리창에 갖다 댄 꺽다리 폴이 웅얼거렸다.

"음, 계집이로군. 그놈의 가증스러운 자식도 나타났어!"

창문 하나에 라울과 클라라가 함께 모습을 드러냈다. 그들은 앙증맞은 발코니 난간에 팔을 괴고 나란히 서 있었다. 서로의 상체가 바짝 붙어 있었고, 얼굴에는 행복에 겨운 해맑은 미소가 피어났다. 클라라의 금발 머리조차 더욱 눈부시게 빛나는 듯했다.

"그만 뜨자! 이제 확인할 만큼 확인했어. 몹쓸 년 같으니라고! 아주 제 무덤을 파는군, 무덤을 파!"

증오심으로 얼굴이 잔뜩 일그러진 꺽다리 폴이 내뱉듯 말했다.

결정판 아르센 뤼팽 전집

자동차는 곧장 오퇴이유의 다소 번잡한 동네로 달리기 시작했다.

그런데 어느 한순간, 껑다리 폴이 또다시 버럭 외쳤다.

"정지! 나를 따라오게."

그는 난데없이 보도로 뛰어내렸고, 둘은 손님이 별로 없는 카페에 들어섰다.

"베르무트 두 잔하고 필기할 것 좀 가져다주시오!"

앉자마자 주문한 그는 한동안 입술을 잔뜩 찡그리고 험상궂은 표정으로 생각에 잠겨 있었다. 그러더니 한꺼번에 생각들을 쏟아내느라 나직한 목소리로 빠르게 중얼거렸다.

"그래, 그거야. 맞았어. 바로 그거라고. 여자는 이제 함정에 걸려들고 말 거야. 이미 얘긴 끝났어. 여자가 그 자식을 좋아하니까 반드시 걸려들게 되어 있다고. 일단 내 손아귀에 떨어지고 나면 자기도 어쩔 수 없겠지. 그렇지 않으면 저만 손해니까!"

잠시 침묵이 흐른 뒤 그가 물었다.

"놈의 필체가 없다는 게 문제인데. 혹시 자네, 가지고 있는 것 없나?"

"없는데요. 잠깐! 중이층 책상에서 슬쩍한 건데, 쿠르빌의 편지는 있습니다."

껑다리 폴의 얼굴이 갑자기 환해졌다.

"이리 내놓게."

그는 편지의 필체를 유심히 살폈다. 그리고 대문자를 흉내 내며 글자 하나하나를 베껴 적었다. 한동안 그러더니 새 종이를 펼쳐 그 위에다 몇 줄 빠르게 끼적인 뒤 쿠르빌의 서명을 대신 휘갈겼다.

봉투에다가는 아까와 같은 필체로 주소를 기입했다.

마드무아젤 클라라

"번지수가 뭐라고 했지? 27번지, 맞지? 좋았어! 이제부터 내가 하는 얘기 잘 듣고 명심해야만 하네. 나는 지금 나가야겠어. 이대로 죽치고 있다간 무슨 멍청한 짓을 저지를지 몰라. 그러니 자네 혼자 점심을 들 라고. 그런 다음 다시 감시를 재개하는 거야. 라울과 클라라는 따로따 로 외출을 할 것이네. 아마 라울이 먼저 나오고, 클라라가 나중일 거야. 그녀는 산책하러 나서는 거니까. 자, 그럼 라울이 나오고 나서 한 시간 이나 한 시간 반쯤 지나 자네가 별장 앞에 차를 대고 초인종을 울리게. 문을 열어주면 자넨 무척 다급한 태도를 가장하면서 이 편지를 계집한 테 얼른 건네주는 거야. 먼저 한번 읽어보라고."

소스텐은 잠자코 편지를 읽어 내려간 뒤 고개를 설레설레 저었다.

"장소를 잘못 선택했습니다. 볼테르 제방에서 만나다니요. 터무니없 는 발상입니다. 여자는 결코 오지 않을 거예요."

"아니, 올 것이네. 의심할 생각을 전혀 하지 못할 테니까. 내가 자기 를 함정에 빠뜨리려고 그 장소를 선택했다는 걸 무슨 수로 짐작해?"

"좋습니다. 하지만 고르주레는 어떡하죠? 고르주레의 눈에 그 여자 는 물론 두목도 포착될 텐데요?"

"음, 그건 자네 말이 옳아. 자, 그럼 이걸 우체국에 가져가서 기송(氣 送)으로 붙이게."

그러고는 이렇게 적었다.

방금 경찰에 제보된 내용에 의하면,
껑다리 폴과 그 일당이 몽파르나스의 프티비스트로에서 매일 회동한 다고 한다.

껑다리 폴이 설명을 추가했다.

"이러면 고르주레가 그곳에 안 가보고는 못 배기지. 즉각 조사에 착수하는 대로 정보가 틀림없는 사실이라는 걸 알 수 있을 테고, 그 뒤로는 거기에 죽치고서 하염없이 우리를 기다릴 거야. 그럼 우린 그만큼 어디든 자유롭게 나다닐 수 있게 되지. 대신 친구들에게는 미리 기별을 해두어야겠지."

"만약 라울이 별장에서 한 발짝도 나오지 않거나, 나와도 너무 늦으면 어떡하죠?"

"그럼 하는 수 없지. 내일 다시 시작하는 수밖에."

둘은 그렇게 헤어졌다. 점심을 마친 소스텐은 지시받은 대로 자기가 맡은 감시구역으로 돌아갔다.

한편 라울과 클라라는 무려 네 시간 이상이나 별장 앞에 조촐하게 펼쳐진 정원 안에서만 머물렀다. 날씨는 무척 후텁지근했는데, 둘은 늙은 딱총나무 가지 아래에서 햇볕을 피하며 오순도순 평화롭게 이야기를 나누었다.

막 자리를 뜨려는 찰나 라울이 말했다.

"오늘은 왠지 우리 금발 아가씨가 기분이 울적해 보이네. 뭔가 어두운 생각을 하는 건가? 불길한 예감이라도 들어?"

"당신을 알고 난 이후부터는 예감 같은 건 믿고 싶지 않아요. 단지 우리가 떨어져 있을 때면 괜히 슬퍼질 뿐이에요."

"단지 몇 시간뿐인걸."

"그것도 너무 길어요. 그리고 당신의 생활도 참 수수께끼고요."

"왜, 내가 죄다 얘기해줬으면 좋겠어? 내가 얼마나 착한 행동을 하며 사는지 듣고 싶은 거지? 오, 하지만 정작 험한 얘기만 듣고 있어야 할 거야!"

여자의 대답은 잠시 후에 이루어졌다.

"알겠어요. 차라리 모르는 편이 더 낫겠네요."

남자는 활짝 웃으며 말했다.

"정말 옳으신 말씀! 나 역시 내가 하는 짓을 나 자신도 몰랐으면 한다오! 하지만 워낙에 타고난 명석함 때문에 나는 눈을 감고 있을 때조차 모든 걸 훤히 꿰뚫어 보는 걸 어쩌겠소. 자, 그럼 조금 이따 봐요, 내 사랑. 꼼짝 않겠다던 약속, 잊지 말고!"

"당신도 잊지 말아요. 제방 쪽으로는 위험하게 드나들지 않겠다는 약속 말이에요."

그러면서 클라라는 나직이 덧붙였다.

"사실 그 생각이 계속 마음에 걸려요. 당신이 위험할까 봐."

"난 전혀 위험하지 않아."

"그렇지 않아요. 이 별장을 벗어난 당신을 상상할 때면 늘 악당들에 둘러싸여 있거나, 이를 가는 경찰들에게 쫓기는 당신 모습이 떠오른단 말이에요."

라울은 짓궂게도 그 말을 받아 농담을 늘어놓았다.

"나를 물려고 덤비는 똥개들도 있을 테고, 내 머리 위에 떨어지려고 기다리는 기왓장도 조심해야 하고, 나를 태워 죽이려는 불길도 어딘가 도사리고 있을 테고."

"바로 그거예요! 바로 그거!"

여자 쪽에서도 갑자기 장난기가 돌아 맞장구를 쳤다.

클라라는 라울을 힘껏 포옹한 뒤 철책문까지 배웅했다.

"빨리 와야 해요, 나의 라울! 이 세상에 딱 하나 중요한 건 당신이 내 곁에 있어줘야 한다는 거예요."

그녀는 계속 정원에 자리 잡고 앉아 책을 읽거나 자수에 몰두하려고

결정판 아르센 뤼팽 전집

애를 쓰는가 하면, 일단 집 안으로 들어선 다음에는 아무 생각 없이 편히 쉬고 되도록 빨리 잠을 자려고 했다. 하지만 고통스러운 근심은 여전했고, 도무지 어디에도 마음 붙일 수가 없었다.

이따금 작은 거울을 통해 자신의 모습을 들여다보기도 했다. 얼마나 변했는지! 여기저기 쇠락의 징후들! 눈가에는 어느덧 푸르죽죽한 기운이 감돌고 입술은 축 늘어지고 미소는 보기에도 딱해…….

그러나 클라라는 단지 이런 생각으로 덮어버렸다.

'상관없어. 이런 나를 그가 사랑해주는걸.'

몇 분이라는 시간이 끝날 것 같지 않게 흐르고 있었다.

5시 반 종소리가 울렸다.

문득 들려온 자동차 멈추는 소리에 여자는 후다닥 창가로 달려갔다. 웬 자동차 한 대가 철책문 앞에 세워져 있었다. 뚱뚱한 운전기사가 차에서 내려 초인종을 울렸다.

하인이 정원을 가로질러 갔다가 편지를 받아 들고 돌아오면서 봉투를 이리저리 살펴보는 모습이 내다보였다.

하인은 2층으로 올라와 노크를 한 뒤 편지를 건넸다.

마드무아젤 클라라
모로코 가도 27번지

여자는 봉투를 열고 내용을 읽었다. 갑자기 그녀의 목구멍에서 숨 가쁜 비명이 터져나왔고, 곧이어 더듬대는 소리가 새어나왔다.

"갈 거야. 내가 갈 거라고."

하인이 차분하게 짚어주었다.

"주인님께서 하신 당부를 잊지 마셔야 합니다."

그는 얼른 편지를 낚아채 직접 내용을 확인해보았다.

마드무아젤, 주인님께서 부상당한 채 층계참에서 발견되었습니다. 지금은 중이층 서재에 누워 계십니다. 상태는 좋아지고 있습니다만, 주인님께서 마드무아젤을 보고 싶어 하시는군요. 그럼 이만.

쿠르빌

쿠르빌의 필체를 잘 아는 하인마저도 혹할 만큼 잘 위조된 글씨들이었다. 그만하면 더 이상 클라라를 만류할 상황이 아니었다. 하긴 설사 만류한다 해도 어찌 그게 가능하겠는가?

클라라는 부리나케 옷을 둘러 걸치다시피 한 뒤 정원을 가로질러 달려갔다. 철책문 앞에 당도하자마자 양순한 표정의 소스텐을 마주 보며 뭔가 질문을 던졌고, 대답이 돌아오기도 전에 여자는 훌쩍 차 안에 몸을 실었다.

14
대결

뭔가 계략이 숨어 있고, 함정이 마련되어 있으리라는 생각은 단 한순 간도 클라라의 뇌리에 떠오르지 않았다. 지금 라울은 부상당했고, 어쩌 면 죽었을지도 모른다. 이 끔찍한 현실 이외의 그 무엇도 중요치 않 았다. 만약 그 당시 그녀의 혼란스러운 머릿속에 생각이라는 것이 있었 다면, 그건 오로지 일어났을 법한 여러 사건들을 이리저리 끼워 맞춰 보는 것일 뿐이었다. 요컨대 63번지 건물에 라울이 들어섰다가 고르주 레나 꺽다리 폴과 맞닥뜨렸고, 격투가 벌어졌으며, 마침내 부상을 당해 중이층으로 옮겨지지 않았을까. 그저 눈앞에 떠오르는 거라곤 죄다 무 시무시한 참극들과 재앙들이며, 애인이 당했을 부상은 선혈이 철철 흐 르는 치명적인 상처의 모습으로 점점 선명하게 다가오기만 하는 것이 었다.

그나마 부상당했다는 건 다행스러운 가정이었는데, 여자는 그것마저 도 미덥지가 않았다. 이를테면 죽음의 그림자가 그녀의 머릿속을 떠나지 않았으며, 쿠르빌의 어투조차 만약 싸움의 결과가 그리 심각하지 않았다면 다른 식으로 전개되었을 것 같다는 느낌이었다. 그래, 라울이 죽은 거야. 오래전부터 여러 상황이 빚어지면서 차츰 준비되어온 파국처럼, 덜컥 맞닥뜨리게 된 이 죽음 앞에서 그녀는 의혹을 품을 엄두가 나지 않았다. 운명은 그녀와 라울 사이를 가깝게 접근시키면서 이미 이 죽음을 불가피한 것으로 요구해왔을 터였다. 클라라로부터 사랑을 받고, 클라라를 사랑하는 남자는 이렇게 숙명적인 죽음을 맞이할 수밖에 없는 것 아닐까!

시체 곁으로 다가갔을 때 자신한테 초래될 사태에 대해서도 물론 전혀 머리를 굴릴 수가 없었다. 라울과 고르주레 사이에 충돌이 벌어졌건, 라울과 껑다리 폴 사이에 격돌이 일어났건, 그 어느 경우에나 경찰이 볼테르 제방의 중이층을 접수한 상태이리라는 데엔 의심의 여지가 없었다. 결국 경찰은 금발의 클라라를 보자마자, 지금까지 그토록 잡으려 했으나 허사였던 먹잇감을 가만 놔줄 리가 없을 것이다. 하지만 지금 그녀에겐 이처럼 뻔한 결말이 거의 눈에 보이지도 않았고, 보인다 해도 대수로울 것이 없었다. 라울이 더 이상 이 세상 사람이 아닌데, 붙잡혀서 감옥에 갇힌다 한들 뭐가 문제이겠는가?

그나마 더 이상의 혼란스러운 생각조차 제대로 이어갈 기력이 없었다. 저 깊은 내면 속으로부터 출몰하는 지리멸렬한 문장들이나 단속적인 이미지들이 이제는 일말의 논리성도 저버린 채 제멋대로 머릿속을 휘젓고 다닐 뿐이었다. 게다가 센 강변의 경치, 건물과 거리, 보도 위를 걸어가는 사람들 등 눈앞에 전개되는 모든 풍경이 한데 어우러지면서 너무도 태연하게만 느껴져 여자는 이따금 운전기사를 향해 날카로운 고함을 질러대지 않을 수 없었다.

"빨리요! 좀 빨리 달립시다! 전혀 굴러가는 것 같지가 않아요."

그러자 소스텐의 서글서글한 얼굴이 돌아다보았는데, 마치 이렇게 얘기하는 듯했다.

'안심하십시오, 귀여운 마나님. 곧 도착합니다요.'

실제로 다 와가고 있었다.

마침내 차에서 훌쩍 뛰어내린 여자는 요금을 지불하려 했으나 웬일 인지 운전기사가 받으려 하지 않았다. 그래도 별생각 없이 좌석에 냅다 지폐를 던지고 나서 여자는 1층 현관 쪽으로 내달렸다. 안마당에 있는 관리인이 보이지 않는 것은 그렇다 치고, 부리나케 계단을 뛰어오르는 동안 너무도 조용한 분위기와 아무와도 마주치지 않는 상황이 슬슬 당 혹스럽게 느껴지기 시작했다.

층계참에도 역시 사람 하나 보이지 않았고, 무슨 소리 또한 들리지 않았다.

이젠 다분히 놀랄 만도 했으나, 그렇다고 다급한 발길을 막을 정도는 아니었다. 여자는 욱하는 격정에 몸을 맡기며 자신의 불행한 운명을 향 해 돌진했는데, 그 속에는 스스로를 끝장내리라는 짓궂은 희망이랄까, 라울의 죽음에 자신의 죽음을 뒤섞고 싶다는 무의식적인 욕망까지 엿 보였다.

문은 반쯤 열려 있었다.

그다음부터는 무슨 일이 벌어지는지 그녀는 정확히 인식할 수가 없 었다. 그저 손 하나가 얼굴을 휘어 감는가 싶더니 두루뭉술하게 뭉친 머플러로 재갈을 물리려는지 입을 더듬어왔고, 또 다른 손은 어깨를 거 칠게 부여잡으며 어찌나 세게 낚아채는지 그만 균형을 잃으면서 얼굴 이 바닥을 향하도록 나자빠졌다는 것밖에는.

그제야 분위기가 진정되면서 발텍스는 문의 빗장을 등 뒤로 닫아걸 었고, 널브러진 여자에게 허리를 숙여 들여다보았다.

기절하지 않았던 여자는 신속하게 냉정을 되찾고, 자신을 끌어들인 이 가증스러운 함정을 비로소 실감했다. 눈을 뜨자 섬뜩한 발텍스의 모습이 들어왔다.

완전히 무기력하게 당해서 더 이상 움직일 수조차 없게 된 절망적인 상대를 빤히 내려다보며 발텍스는 느닷없이 웃음을 터뜨렸다. 여자가 생전 들어보지 못한 웃음이었는데, 어찌나 잔혹함이 묻어나는지 동정심을 바란다는 것 자체가 정신 나간 짓이라는 생각이 불쑥 들었다.

사내는 여자를 일으켜 앉을 데라곤 큼직한 안락의자와 더불어 유일하게 남아 있는 디방 위에 얌전히 내려놓았다. 그는 인접한 두 개의 방문을 활짝 열어젖히며 말했다.

"방들이 다 비어 있어. 바깥문은 완전히 잠겼고. 결국 아무도 너를 도울 수 없다는 얘기야, 클라라. 너의 그 잘난 남자친구는 더더군다나 불가능하지. 내가 그의 족적을 따라 경찰을 풀어놓았거든. 그러니 이제 너는 망한 거야. 앞으로 네가 취해야 할 태도는 너 자신도 잘 알고 있을 거야."

그는 마지막 말을 무슨 다짐처럼 되뇌었다.

"앞으로 네가 취해야 할 태도를 잘 알고 있을 거라고, 그렇지? 네 앞에 놓인 운명 말이야!"

그는 창문 하나를 가린 커튼을 젖혔다. 자동차가 보였다. 소스텐이 보도에 선 채 주변을 잔뜩 경계하고 있었다. 발텍스는 또다시 빈정대는 투로 뇌까렸다.

"보시다시피 사방이 튼튼하게 지켜지고 있어. 적어도 한 시간 동안은 느긋할 수 있겠는걸. 한 시간이면 수많은 일들이 일어날 수가 있지! 사실 내게 필요한 건 단 한 가지이지만, 어쨌든 숱한 일들이 이루어질 수 있다고. 그 일만 끝나고 나면 우린 합의하에 함께 떠나게 될 거야. 우리가 타고 갈 자동차가 저기 바깥에 대기 중이거든. 하긴 기차를 탈 수도 있겠지. 여행을 곁들인 아주 멋진 인생이 될 거야. 어때, 괜찮지?"

발텍스는 한 발 앞으로 나섰다.

클라라는 머리끝에서 발끝까지 몸서리를 쳤다. 눈을 내리깔아 자신의 두 손을 내려다보았다. 떨지 않기 위해 잔뜩 힘을 줘보았지만 두 손은 나뭇잎 떨듯 부들부들 떨었고, 두 다리, 온몸 전체가 뜨거운 신열과 얼음장 같은 냉기에 한꺼번에 시달리면서 막무가내로 떨렸다.

"두려운가 봐?"

사내의 목소리에 여자는 더듬거렸다.

"주, 죽는 건 두렵지 않아."

"그렇겠지. 하지만 과연 무슨 일이 벌어질지 그게 두려운 거겠지?"

여자는 거칠게 고개를 가로저었다.

"아무 일도 일어나지 않을 거야."

"오, 천만에. 지극히 중대한 무언가가 벌어질 거야. 내가 집착하는 단한 가지 중요한 일이지. 처음 우리가 만났을 때 있었던 일을 떠올려봐. 그 이후 함께 살면서 늘 해왔던 일을 말이야. 너는 날 사랑한 적이 없지. 아니, 날 혐오했다고도 말할 수 있을 거야. 하지만 그런 너는 내 앞에서 한없이 나약하기만 했어. 실랑이를 벌이다 지쳐서 기진맥진한 상태였지. 어때, 기억이 나나?"

사내는 성큼 더 다가왔다. 여자는 디방에서 더욱 몸을 움츠렸고, 상대를 밀어낼 각오가 선 두 팔은 뻣뻣하게 경직되었다. 사내는 실실 농을 던졌다.

"오호라, 준비를 하는 모양이군. 옛날처럼 말이야. 잘됐지 뭐. 어차피 고분고분 받아들이라고는 나도 요구할 생각 없으니까. 오히려 그 반대지. 내가 너를 안을 때, 왠지 강제로 그러는 게 난 더 좋거든. 자존심 같은 거 버린 지 나는 꽤 오래되었으니까."

그야말로 끔찍스럽고 가증스러우며 탐욕스러운, 정말이지 험상궂은 얼굴이었다. 벌써부터 단말마의 숨을 몰아쉬느라 잔뜩 부어오른 가냘 픈 여자의 목을 그러쥐기 위해 사내의 악질적인 손가락들이 바짝 긴장 했다.

클라라는 디방 위에서 벌떡 몸을 일으켜 세우는가 싶더니 냉큼 뛰어 내려 안락의자 뒤로 숨어들었다. 마침 탁자의 반쯤 열려 있는 서랍 속 에는 권총 한 자루가 방치되어 있었다. 여자는 그걸 낚아채려 했지만 미처 그럴 여유가 없었고, 옆방으로 내달렸다가 그만 다리가 엇갈려 넘 어질 뻔했다. 결국 끔찍한 손아귀에 걸려들었고, 목에 감겨오는 완력 때문에 온몸의 저항할 힘이 빠져나가는 걸 느끼지 않을 수 없었다.

여자의 무릎이 힘없이 꺾였고, 마침내 디방 위에 또다시 벌러덩 나자 빠지고 말았다. 허리마저 비참하게 꺾인 상태에서 의식이 빠져나가는 듯한 느낌이 어렴풋이 들었다.

어느 한순간, 악랄하던 압박이 다소 늦춰졌다. 문득 현관 초인종이 울린 것이다. 벨소리는 여린 메아리를 이루며 가늘게 울려왔다. 꺽다리 폴은 그쪽 방향으로 고개를 틀고 귀를 바짝 기울였다. 새로 들려오는 소리는 없었다. 하긴 빗장까지 채워진 마당에 걱정할 일이 뭐겠는가?

그러나 또다시 먹이를 거머쥐려는 찰나, 사내의 입에서 기겁을 한 신 음 소리가 튀어나왔다. 그의 시선은 두 개의 창문 사이에서 흔들리며 뿜어져 나오는 광선 한 줄기에 저도 모르게 이끌렸다. 도저히 설명이 안 되는, 일상적인 현실을 벗어났다고밖에는 볼 수 없는 불가사의한 현 상 앞에서 그는 영문을 모른 채 멍하니 있었다.

"그놈이야! 그놈이라고!"

사내의 입에서 황망한 중얼거림이 비어져 나왔다.

저것이 환영이란 말인가? 아니면 악몽이라도 꾸고 있는 것인가? 영화관의 스크린을 닮은 환한 화면의 광채 속에서 그는 라울의 활짝 핀 얼굴을 똑똑히 분간할 수 있었다. 초상화 속의 얼굴 따위가 아니었고, 분명 눈동자까지 움직이면서 기분 좋은 미소를 드러낸 살아 숨 쉬는 진짜 얼굴이었다. 무척이나 유쾌해 보이는 그 표정은 마치 이렇게 얘기라도 하는 듯했다.

'그래, 날세. 날 기다렸던 것 아닌가? 어때, 날 보니 참 반갑지? 아마 내가 좀 늦었을 거야. 그래도 따라잡았으니 다행이지. 자, 내가 이렇게 와 있네.'

과연 얼마 지나지 않아 열쇠가 꽂혀 돌아가는 소리, 빗장이 벗겨지는 소리 그리고 문짝이 슬그머니 열리는 소리가 연거푸 들려왔다. 발텍스는 벌떡 일어나 혼비백산하여 그쪽을 바라보았고, 클라라는 맥없는 얼굴로 귀를 기울였다.

문이 열리긴 했지만 침입자가 거칠게 난입하듯 열린 게 아니라, 집주인이 익숙한 자기 집에 들어설 때처럼 너무도 여유 있게 열렸다. 마치 모든 것이 평상시대로 정돈되어 있는 집 안에서, 자신에 대해 애정 어린 덕담이라도 늘어놓고 있는 친구들과 한자리 어울리려고 들어오는 것처럼 참으로 느긋한 움직임이었다.

아무 거리낌 없이 조심스럽지 않은 태도로 남자는 발텍스를 그대로 지나쳐 화면부터 닫은 다음 말했다.

"기요틴 앞에 줄선 사람처럼 그러고 있지 말게. 물론 그것이 결국은 자네의 운명이 되겠지만, 당장은 어떤 위험으로부터도 안전한 상태이니까 말이야."

그는 클라라를 향해서도 한마디 던졌다.

"이것 보세요, 아가씨. 라울의 말을 어기면 이렇게 되는 겁니다. 아마

이 양반이 당신한테 편지를 써 보냈겠지? 어디 좀 봅시다, 그 편지."

여자는 너저분한 종이쪽지 한 장을 내밀었고, 남자는 그걸 받아 한눈으로 훑어보았다.

"음, 내 잘못이로군. 이런 함정이 가능할 거라는 정도는 내다봤어야 하는 건데. 지극히 고전적인 수법이야. 적어도 사랑하는 사람이라면 이런 경우 물불 안 가리고 뛰어들기 마련이지. 하지만 아가씨, 이제는 더 이상 두려워할 필요 없습니다. 자자, 어서 웃어봐요. 보다시피 이 작자, 아무런 위해도 끼칠 수 없는 처지라오. 한 마리 순한 양이라고나 할까. 어리벙벙 넋 나간 양 말이야. 일전에 한 번 부닥쳤던 일을 기억하고 있다는 얘기지, 안 그런가, 껑다리 폴? 그래서 또다시 싸움에 뛰어들었다가 봉변당하기 싫다는 뜻 아니겠느냐고, 발텍스? 이제 좀 철이 든 셈이지, 맞지? 그런데 철은 들었는지 몰라도 바보스러운 건 여전하더군. 세상에, 어쩌자고 자네 운전기사를 제방 위에 덩그러니 남겨두었는가? 더구나 그렇게 독특하게 생긴 상판대기를 한 놈을! 그놈을 보자마자 오늘 아침 모로코 가도에 주차한 채 퍼질러 있던 녀석의 얼굴이 금세 떠오르더라니까! 다음에 이런 일이 있을 때는 나한테 조언을 좀 구해보라고."

발텍스는 정신을 차려보려고 안간힘을 썼다. 두 주먹을 불끈 쥐는가 하면 눈썹을 있는 대로 찡그렸다. 반면 화려한 장광설에 상대가 점점 자극받는 모습을 보면서 라울은 오히려 기가 살아 더욱 신랄하게 입을 놀렸다.

"오, 싫어? 저런, 세게 나오시겠다 이건가? 내가 아까 기요틴 얘기를 잠깐 비치긴 했지만 당장 오늘 일어날 일은 아니라네. 먼저 그것에 익숙해질 시간은 충분하다고. 일단 오늘은 말이야, 자네 손발을 아주 부드럽고 점잖게 동여매는 걸로 조출하게나마 형식을 갖춰보자고. 그게 잘되고 나면 파리 경시청에 전화를 넣을 거고, 그럼 고르주레가 득달같이 달려와 배달물을 인수해가겠지. 보다시피 계획은 극히 유치한 수준이야."

발텍스는 상대의 한마디 한마디에 속이 부글부글 끓었다. 특히 라울과 클라라 사이의 눈에 보이는 깊은 유대감이야말로 그의 꼭지를 돌게 만드는 주된 요인이었다. 더 이상 클라라는 두려워하는 눈치가 아니었고, 거의 웃고 있는 표정이었으며, 자기 애인과 함께 이 천하의 껄다리 폴을 조롱하는 듯했다.

이런 어처구니없는 상황과 젊은 여자 앞에서 능욕을 당하고 있다는 생각이 마침내 그의 오기를 치솟게 만들었다. 이제부터는 자기 차례라는 듯이 사내는 공세로 돌변했고, 정확한 효과를 노리면서 상대를 공략하기 시작했다. 속에서 마구 넘쳐대는 분노를 애써 가라앉히는 자세가 마치 위험한 무기를 능란하게 다룰 줄 아는 자가 결정적인 순간에 그것을 사용하려고 벼르는 모습 같았다.

그는 안락의자에 앉은 다음 구둣발로 가볍게 바닥을 두드리면서 또박또박 끊어 말했다.

"결국 자네가 원하는 바가 그거로군. 나를 사법당국에 넘기시겠다? 일전에 몽마르트르의 술집에서도 시도한 적이 있고, 그다음 카지노 블루에서도 또 한 차례 넘보더니, 이제 또 우연찮게 내 앞길을 가로막고 보니 슬그머니 다시 욕심이 생기는 모양이지? 좋아. 하지만 내 생각엔 이번에도 자넨 성공하지 못할 것 같아. 아니, 그보다는 만약 자네가 성공할 경우 어떤 사태에 이르게 되는지부터 정확히 알아두는 게 좋겠어. 특히 저 여자야말로 똑똑히 알아둘 게 있지."

사내는 클라라를 홱 돌아보았다. 여전히 디방 위에 꼼짝 않고 있었는데, 좀 전보다는 안정되었지만 여전히 긴장된 초조감이 엿보이는 얼굴이었다.

상황을 지켜보던 라울이 대차게 내뱉었다.

"자자, 어서 지껄여봐. 그 알량한 사연이나 어디 들어보자."

"자네한테는 알량한 사연일지도 몰라. 하지만 저 여자에게는 분명 대단히 부담스러운 이야기가 될 거야. 저것 봐, 귀를 쫑긋 세우고 듣잖아? 내가 원래 흰소리나 하고 다니는 사람이 아니라는 걸 저 여자가 모를리 없지. 공연히 입이나 나불거리느라 시간 낭비하는 타입이 아니거든. 단 몇 마디면 충분해. 대신 무척 중요한 몇 마디지."

사내는 클라라를 향해 몸을 기울이고 두 눈을 똑바로 쏘아보며 물었다.

"후작이 너와 어떤 관계인지 알고 있나?"

"후작?"

"그래. 언젠가 네 입으로 말했었지, 후작이 네 어미와 아는 사이라고."

"우리 어머니를 알고 지냈죠. 그건 왜?"

"그 얘기를 들었을 당시 나는 네가 진실을 어렴풋이나마 추정하고는 있으리라 생각했어. 이렇다 할 증거는 없어도 말이야."

"증거라뇨?"

"오호, 괜히 둘러대지 마시지. 밤에 네가 직접 데를르몽의 집에 잠입해서까지 찾아 헤맸던 것 말이야. 그게 바로 지금 내가 말하고 있는 증거 아니겠어? 사실 그때 너보다 먼저 내가 뒤졌었지만, 너는 책상 비밀서랍에서 의심의 여지없는 사랑의 헌사까지 곁들인 네 어미의 사진을 발견했어. 요컨대 네 어미는 후작의 숱한 정부들 중 하나였다는 말씀이지. 즉, 너는 장 데를르몽의 친딸이란 얘기야."

여자는 아무런 반론도 제기하지 않고, 다음에 나올 얘기만을 잠자코 기다렸다. 사내의 얘기가 계속 이어졌다.

"솔직히 말해서 그건 지엽적인 문제일지도 몰라. 그런데도 내가 굳이

결정판 아르센 뤼팽 전집

그 얘기부터 꺼내는 건, 일단 장 데를르몽이 네 아비라는 진실부터 바로 세워놓고 얘기를 진행하자는 뜻이야. 그를 향한 네 감정이 어떤 것인지는 모르지만, 어쨌든 그 사실은 알게 모르게 네 행동에 영향을 주게 되어 있지. 장 데를르몽이 네 아비라는 사실 말이야. 그런데……."

순간 발텍스의 어조와 태도가 변하는가 싶더니 아까보다 더 진지하다 못해 거의 엄숙한 지경이 되어 있었다.

"그런데 말이야, 볼니크 성의 사건에서 그대 아버지가 맡은 역할이 정확히 어떤 건지 알고 있는가? 그 처참한 사건에 대해서는 물론 들은 얘기가 있겠지? 아마도 그대의 애인(이 단어를 내뱉으면서 발텍스의 인상이 어찌나 구겨지던지!) 입을 통해서였겠지만, 아무튼 그 사건에서 나의 숙모이기도 한 엘리자베트 오르냉이 살해당하고 보석을 도난당했다는 것쯤은 그대도 알고 있을 거야. 바로 그 사건 속에서 그대의 아버지가 무슨 역할을 맡았었는지도 알고 있느냐는 말이야!"

라울이 어깨를 으쓱하며 끼어들었다.

"참 바보 같은 질문이로군. 데를르몽 후작이야 거기 초대된 손님들 중 하나였을 뿐 아닌가? 사건 당시 현장에 있었던 게 전부이지."

"그건 경찰에서 내세운 얘기이고. 현실과는 엄연한 차이가 있지."

"그래, 그 현실이 어떤 건데?"

"엘리자베트 오르냉은 다름 아닌 데를르몽 후작에 의해 살해되고 보석을 도난당했어!"

발텍스는 주먹으로 의자를 냅다 내리치면서 벌떡 일어나 외쳤다. 라울은 그에 대꾸하듯 난데없는 너털웃음을 터뜨렸다.

"우하하하하. 발텍스 이 친구 정말 괴짜로세! 정말이지 익살꾼이야! 대단한 익살꾼이라고!"

한편 클라라는 펄쩍 뛰면서 더듬거렸다.

"거, 거짓말! 당신 지금 거짓말하는 거야! 감히 어떻게 그런 말을!"

하지만 발텍스는 같은 말을 보다 더 거칠고 도발적으로 뇌까렸다. 잠시 후, 흥분을 가라앉히려고 애쓰면서 그가 얘기를 이어갔다.

"당시 내 나이 스무 살이었지. 엘리자베트 오르냉의 사적인 관계에 대해서는 아는 게 하나도 없었어. 그러다가 10년이 지난 후, 우리 가문에서 돌아다니던 편지 한 장이 우연히 내 손에 들어오면서 숙모의 사생활에 대해 알게 되었지. 그때 나는 후작이, 희생자와 자신의 관계에 대한 얘기를 사법당국에 왜 한마디도 비치지 않았는지 의아스럽더군. 나는 내 나름대로 예심이라 생각하고, 단독으로 재조사를 단행하기로 했지. 그러던 어느 날 아침, 성벽을 훌쩍 넘어 들어가서 성채 관리인과 함께 이런저런 얘기를 나누며 폐허를 수색하다가 내가 맞닥뜨린 게 뭔지 알아? 바로 장 데를르몽이었어! 베일에 가려진 성의 소유주 장 데를르몽 후작 말이야! 그때부터 나는 이것저것 닥치는 대로 조사하고 다녔지. 사건 당시 발행된 신문들은 오베르뉴에서 파리에 이르기까지 죄다 모아 훑었어. 볼니크에도 열 번은 더 드나들었지. 덮어놓고 뒤지고 다녔고, 마을 사람들한테 닥치는 대로 캐묻고 다녔어. 그러면서 후작의 인생 속으로 집요하게 파고든 거지. 실제로 그가 출타 중일 때 거처로 잠입해 들어가서 서랍들을 파헤치고, 편지들을 뜯어본 게 한두 번이 아니야. 검찰로서는 엄두도 내지 못할 행동이었어. 오로지 심각한 진실을 끝내 감추고 있는 한 인간의 행적과 그와 관련한 모든 사실들을 마치 껍질을 벗겨내듯 샅샅이 까뒤집어보겠다는 일념 하나로 가능했던 일이지."

"그래서 뭔가 새로운 사실을 발견했나, 친구? 거참 대단도 하시네!"

라울의 비아냥에 발텍스는 확고부동한 어조로 눌러 말했다.

"새로운 사실들을 발견해냈지. 아니, 그보다는 장 데르를몽의 행동에 진정한 의미를 부여해줄 몇몇 세세한 사항들이 서로 어떤 관계로 맺어지는지를 밝혀냈다고 해야 더 정확한 얘기가 될 거야."

"그러니까 뜸 들이지 말고 어서 재잘거려보라니까!"

"마담 드 주벨로 하여금 엘리자베트 오르냉을 초청하도록 부추긴 게 다름 아닌 장 데를르몽이야! 엘리자베트 오르냉의 입을 통해 성의 폐허 속에서 노래를 부르고 싶다는 얘기를 끌어낸 것도 그 작자이고, 정작 노래를 부르면 그 효과가 대단할 것이라며 폐허의 어느 한 장소를 지목해준 것도 바로 그 작자이며, 결국 정원을 가로질러 엘리자베트 오르냉을 계단 아래까지 모셔간 사람도 바로 그 작자야."

"그야 모든 사람들이 다 보고 있었던 일이고."

"아니! 한순간도 놓치지 않고 보고 있었던 건 아니지. 첫 번째 층계참 모퉁이를 둘이 함께 돌아드는 순간과 잠시 후에 관목들이 열 지어 심어진 오솔길 끄트머리에서 엘리자베트 혼자 모습을 드러낸 순간 사이에 약 1분가량의 공백이 있었는데, 그 정도면 마지막 층계 구간을 걸어 올라가는 데 드는 시간보다 훨씬 길다고 할 수 있지. 자, 과연 그 1분 동안에 어떤 일이 벌어진 걸까? 이에 대한 해답은 당시 충분히 조사를 받지 않았지만, 모든 것을 훤하게 내다보고 있었던 하인들의 증언을 청취함으로써 쉽게 얻을 수 있었어. 요컨대 엘리자베트가 다시 나타나서 폐허 꼭대기에 자리를 잡았을 때, 그녀의 목에는 목걸이가 없었다는 거야."

라울은 또다시 어깨를 으쓱했다.

"그럼 후작이 목걸이를 빼앗는데도 엘리자베트 오르냉은 꿈쩍도 하지 않았다는 얘긴가?"

"그게 아니라 여자가 목걸이를 남자에게 맡겼다는 얘기야. 그 보석 목걸이가 그날 자신이 부를 곡의 분위기와는 사뭇 맞지 않는다고 판단했던 것이지. 하긴 엘리자베트 오르냉의 평소 까다로운 성격을 안다면 충분히 이해할 수 있는 판단이기도 해."

"그런 다음엔? 성채로 돌아온 뒤 목걸이를 돌려주기 싫어서 여자를 살해했다는 건가? 그러니까 멀찌감치 떨어진 곳에서 정령의 도움이라도 빌려 사람을 죽였다는 거야?"

"아니, 가까이 있던 다른 누군가를 시켜서 죽였지."

이쯤 되면 라울도 다소 초조해지지 않을 수 없었다.

"하지만 무대용 모조 루비와 싸구려 가짜 사파이어를 차지하려고 자신이 사랑하는 여자를 죽이는 법은 없어."

"그야 물론이지. 하지만 그 보석들이 진품이면서 가치가 수백만 프랑을 호가한다면 그런 식의 해결책을 모색할 수도 있지."

"이봐, 엘리자베트는 그 보석들이 전부 가짜라고 공언해왔네!"

"그렇게 말할 수밖에 없었거든."

"도대체 왜?"

"그녀는 유부녀였고, 보석들은 그녀와 내연관계에 있던 어느 미국인한테서 받은 것이니까. 남편한테는 물론이고, 은근히 자기를 시기하는 동료들 앞에서도 그녀는 비밀을 고수할 수밖에 없었지. 그에 관해서라면 내게 글로 쓰인 증거도 있어. 특히 그 진귀한 보석들의 비할 데 없는 아름다움을 증명할 증거들도 가지고 있단 말이야."

라울은 당장 아무 말도 하지 못했다. 그저 두 손에 얼굴을 파묻은 클라라를 심히 불편한 심정으로 물끄러미 바라볼 뿐이었다. 잠시 후, 그가 물었다.

"좋아, 그럼 살인은 누구 손에 의해 저질러진 거지?"

"그 누구도 관심을 두지 않았던 사람이 하나 있지. 성에 있었다는 것조차 아무도 알지 못할 만큼 하찮은 존재 말이야. 가시우라는 미천한 목동인데, 정신이 나간 건 아니지만 아주 머리가 단순한 친구였어. 흔히 그런 부류를 두고 세상 물정 모르는 천진한 사람이라고 하지. 지금까지 증명된 바로는 주벨 가에 머무는 동안, 데를르몽이 가시우의 처소에 수시로 방문을 했다는 거야. 갈 때마다 옷가지나 시가, 심지어 돈까지 풍성하게 쥐여주곤 했었지. 왜 그랬을까? 무슨 목적으로? 나중에 나도 가시우의 집에 자주 들러서 이것저것 캐물어보았는데, 그중 몇 번은 노래 부르는 여자에 관해 나한테 뭔가를 털어놓으려고 애쓰는 눈치였어. 노래를 부르다가 쓰러진 여자가 있었다는 거야. 제대로 다 털어놓지도 못했거니와 하도 횡설수설이라 무슨 말인지 여간해선 알아들을 수 없는 고백이었지. 그런데 어느 날, 그 친구가 머리 위를 나는 새 한 마리를 겨냥해서 묵직한 돌팔매를 휘두르는 모습이 내 눈에 포착되지 않았겠나! 돌팔매에서 날아간 돌멩이가 영락없이 새를 맞혀 떨어뜨리더군. 그 광경은 내게 일종의 계시와도 같았어. 드디어 핵심에 도달했다고나 할까."

잠시 침묵이 흐르고, 마침내 라울이 조용히 물었다.

"그래서?"

"그래서라니? 진실이 백일하에 드러난 거지. 후작이 매수하여 치밀하게 훈련시킨 가시우가 폐허 근처 어느 담장 위에 진을 치고 있다가 돌팔매질로 엘리자베트 오르냉을 쓰러뜨린 거야. 그러고는 줄행랑을 친 거지."

"가설일 뿐이네!"

"확실한 얘기야!"

"증거는 있나?"

"있지, 그것도 도저히 부정할 수 없는 증거!"

"그래서 어쩌겠다는 건데?"

라울은 건성으로 던지듯 물었다.

"사법당국이 내게 손끝 하나라도 건드린다면, 나는 엘리자베트 오르냉을 살해한 장본인이 후작이라는 사실을 온 세상에 떠들어댈 생각이야. 내가 가지고 있는 관련 자료들을 몽땅 공개해서 그 당시 데를르몽이 얼마나 곤란을 겪고 있었는지, 심지어 어느 흥신소에 의뢰해 이미 오리무중이 된 유산상속에 집착을 했었다는 점, 그러다가 끝내는 훔친 보석 덕택에 그나마 15년 동안 방만하게 유지해온 집안 하인들마저 더 이상 유지할 수가 없게 되었다는 사실을 명확하게 규명할 거라고. 아울러 엄연한 조카의 자격을 내세워 그 보석들의 소유권을 주장하거나, 정 안 되면 그것들에 상응하는 정도의 손해배상을 청구할 작정이지."

"땡전 한 푼도 얻어내지 못할걸!"

"어디 마음대로 해봐. 하지만 데를르몽은 완전히 개망신당하고 결국 감옥에 가게 될 거야. 그자는 지금까지 내가 무엇을 알고 있는지 제대로 파악도 못한 상태에서, 덮어놓고 겁에 질린 나머지 내가 요구해온 돈을 단 한 번도 거절해본 적이 없었거든!"

결정판 아르센 뤼팽 전집

15
살인

라울은 깊은 생각에 잠겨 방 안을 성큼성큼 서성였다. 클라라는 여전히 얼굴을 파묻은 채 역시 골똘한 생각에 잠긴 듯 꼼짝도 하지 않았다. 반면 발텍스는 팔짱을 낀 자세로 잔뜩 뻗대고 서서 거드름을 피웠다.

라울이 문득 그 앞에서 걸음을 멈추었다.

"따져보니까 자네는 한낱 공갈범에 불과해."

"나는 어디까지나 내 숙모인 엘리자베트 오르냉의 복수가 먼저였어. 오늘에 와서야 그동안 모아온 자료들이 오랜 숙원의 실현을 보장해줄 따름이지. 이제 그 자료들을 십분 이용하려는 것뿐이야. 그러니 날 가만 내버려두시지."

하지만 라울은 시선을 놔주지 않았다.

"그래, 복수를 하고 나면 그다음엔 뭐지?"

"그다음?"

발텍스가 보기에 이제는 자신이 무척 유리한 고지를 선점한 게 분명했다. 협박이 먹혀들고 있으며, 얼마든지 이대로 승리를 밀어붙일 수가 있다는 느낌이었다. 클라라의 태도가 그런 생각을 더욱 부추기게 만들었다.

"그다음에는 내 정부가 다시 나에게로 돌아오는 거지. 지금으로부터 한 시간 뒤, 나는 그녀가 내게서 건네받을 주소로 얌전히 가 있을 것을 요구하는 바이네."

"자네 정부라고?"

"바로 저 여자 말이야."

발텍스는 여자를 가리키며 말했다.

라울은 얼굴이 하얗게 질리면서 또박또박 끊어 말했다.

"그럼 여전히 흑심을 감추지 않겠다? 정녕 그게 희망이라는 거야?"

발텍스는 스스로 열을 돋우며 대꾸했다.

"희망 정도가 아니야. 나는 요구하고 있어. 나에게 속했던 여자를 당당히 요구하는 거라고. 원래는 내가 임자였는데, 자네가 훔쳐간 저 여자를!"

그는 차마 말을 마무리하지 못했다. 그만큼 라울의 표정이 끔찍하게 변해 있었던 것이다. 발텍스의 손이 권총을 든 호주머니 근처를 은근히 스쳤다.

두 남자는 악착같은 연적으로서 상대의 동태를 조심스레 탐색하고 있었다. 그러다가 어느 한순간, 라울의 몸이 그 자리에서 펄쩍 뛰어오르는가 싶더니 상대의 발목 부위에 정확히 두 방의 발차기가 가해졌고, 그와 거의 동시에 완강하기 그지없는 손아귀로 두 팔을 움켜잡았다.

상대는 고통으로 풀썩 거꾸러졌고, 도저히 저항할 기력을 내지 못한 채 벌렁 나자빠졌다.

그때 여자가 느닷없이 라울에게 달려들면서 소리치는 것이었다.

"라울, 라울! 안 돼요! 제발 부탁이에요! 싸우지 말아요!"

사실 라울은 너무도 화가 나서 무턱대고 상대를 두들겨 패고 있었다. 한마디로 혼꾸멍내주겠다는 오기 이외에는 이렇다 할 이유가 없는 폭력이었다. 발텍스가 늘어놓은 설명이나 협박 모두 지금의 그에게는 전혀 중요치 않았다. 그는 그저 클라라를 두고 앙탈을 부리는 녀석, 왕년에 자기가 애인이었다며 감히 허세를 부리고, 심지어 과거로 모든 걸 되돌리려는 어느 허무맹랑한 녀석의 버릇을 고치고 있을 뿐이었다. 녀석이 요구하는 과거는, 라울이 보기에 주먹질과 발길질만으로 얼마든지 지워버릴 수 있는 것처럼 느껴졌다.

"오, 안 돼요! 안 돼, 라울! 제발 부탁이에요!"

클라라는 신음까지 토하며 매달렸다.

"그를 내버려둬요. 그냥 떠나가게 해줘요. 사법당국에는 넘기지 말고요. 제발, 사정할게요! 우리 아버지 문제 때문에 그래요! 오, 안 돼! 그를 떠나게 내버려둬요!"

라울은 계속 두들겨 패면서 대꾸했다.

"걱정 마, 클라라! 놈은 후작에게 불리한 증언은 전혀 하지 않을 거야. 무엇보다 놈이 한 이야기 모두가 과연 사실일까? 설사 그렇다 해도 놈은 입 안 열어. 놈의 관심은 애당초 그게 아니었거든."

"설마요. 아닐 거예요. 그는 반드시 복수를 하려 들 거예요."

여자는 아예 눈물까지 보이며 훌쩍거렸다.

"상관없어! 이놈은 아주 못 돼먹은 짐승 같은 놈이야! 이 기회에 놈을 완전히 떼어내 버려야 해! 그렇지 않으면 언젠가는 이놈이 당신을 가만 놔두지 않을 거야."

하지만 여자의 태도도 완강했다. 라울이 계속 때리는 걸 억지로 뜯어말릴 정도였다. 그러면서 장 데를르몽을 밀고할 권리는 아무에게도 없다며 강변하는 것이었다.

마침내 라울은 상대를 놓아주었다. 이제 겨우 분노가 좀 가신 것 같았다.

그가 말했다.

"좋아, 꺼져버리라지! 내 말 알아듣겠나, 발텍스? 당장 꺼지란 말이야! 만약 앞으로 또다시 클라라를 넘본다거나 후작을 해코지하려고 하면 그땐 끝장인 줄 알아. 자, 어서 사라져!"

발텍스는 잠시 꼼짝 않고 뻗어 있었다. 워낙 험하게 다뤄서 몸을 추스르는 데 좀 시간이 걸린다는 뜻일까? 간신히 팔을 괴고 몸을 일으켰지만 다시 쓰러졌고, 또다시 애를 써서 이번에는 안락의자 곁으로 다가가 악착같이 두 발로 일어섰다가는 역시나 균형을 잃었는지 털썩 무릎을 꿇었다. 하지만 이 모든 것이 실은 속임수에 지나지 않았다. 오로지 그가 노리는 건 외발원탁 가까이 접근하는 것이었으니…… 아니나 다를까, 잽싸게 외발원탁의 서랍 속으로 손을 넣어 아까부터 손잡이가 언뜻언뜻 눈에 걸린 권총을 부리나케 빼 들고는 버럭 소리치는 것이 아닌가! 그는 라울을 향해 거칠게 총구를 들이댔다.

겨누는 데까지는 무척이나 신속하면서 예기치 못한 동작이었지만, 웬일인지 총을 쏠 여유는 없었다. 누군가가 선수를 쳤던 것이다. 다름 아닌 클라라가 후닥닥 두 남자 사이로 끼어들면서 옷 속에 품었던 단도를 꺼내더니, 상대가 미처 피하거나 라울이 개입할 틈도 없이 발텍스의 가슴팍에 일격을 가한 것이다!

처음 발텍스는 아무것도 느끼지 못하고 고통스럽지도 않은 듯했다. 그러다가 평소 누르스름하던 얼굴색이 점점 창백해지더니 하얀 백지장 같이 변해버렸다. 아울러 그 길쭉한 몸뚱어리가 더더욱 길게 뻗치면서 큼직한 통나무처럼 그대로 함몰해버리고 말았다. 디방 위에 엎어진 그의 입에서는 단속적으로 숨 넘어가는 소리와 더불어 깊은 곳에서 우러나는 한숨 섞인 신음이 새어나왔다.

마지막으로 침묵. 몸뚱어리에는 극히 미세한 미동도 없었다.

클라라는 피투성이가 된 칼을 손에 쥔 채 휘둥그레진 두 눈으로 이 급작스러운 참극의 현장을 바라보았다. 발텍스가 결정적으로 쓰러진 순간에는 라울이 그녀를 부축해야만 했다. 여자는 너무 기겁을 해서 멍해진 얼굴로 더듬거렸다.

"내가 살인을 했어! 내가 사람을 죽였다고…… 당신은 이제 날 사랑하지 않을 거야…… 아, 끔찍해라!"

라울은 나지막이 대꾸했다.

"천만에, 나는 당신을 앞으로도 사랑할 거야. 지금도 사랑하고…… 하지만 왜 이런 짓을?"

"당신을 쏘려고 했잖아요? 저 권총……."

"이 아가씨야…… 장전되지도 않은 권총이란 말이야. 거기 그걸 놔둔 것도 나고. 놈을 유혹하기 위해 놔둔 것이지. 자기 권총 대신 사용하도록 말이야."

그는 여자를 안락의자에 앉힌 다음, 나자빠진 발텍스의 몸뚱어리를 보지 않도록 등을 돌려놓았다. 그리고 자신은 그 앞에 다가가 허리를 숙여 이리저리 만져보고 가슴에 귀를 갖다 대보더니 잇새로 중얼거렸다.

"아직 뛰고 있군. 하지만 얼마 안 남았어."

이제는 더더욱 필사적으로 보호하고 끌어안아야 할 여자한테만 신경을 집중해야 했다. 그는 다급하게 말했다.

"내 사랑, 당장 여기를 벗어나요! 여기 이대로 머물러선 안 돼. 사람들이 들이닥칠 거야."

여자는 온몸이 들썩할 정도로 발끈했다.

"나더러 가라고요? 당신만 혼자 놔두고?"

"생각 좀 해봐! 당신이 이곳에 이대로 있다 발각되면?"

"그럼 당신은요?"

"난 이 녀석을 놔두고 갈 수가 없는데."

라울은 망설이고 있었다. 발텍스가 이미 가망이 없다는 걸 알면서도 왠지 선뜻 자리를 박차고 나갈 수가 없었다. 마음은 혼란스럽기만 하고, 이러지도 저러지도 못하는 상태였다.

여자도 완강하게 나왔다.

"나도 안 떠날 거예요. 칼로 찌른 건 나예요. 머물러서 붙잡혀야 될 사람은 나라고요."

하지만 라울에게는 그런 발상 자체가 속을 발칵 뒤집어놓는 것이었다.

"절대로 안 돼! 말도 안 되는 소리라고! 당신이 경찰에 붙잡혀? 절대 동의할 수 없어. 용납할 수 없단 말이야. 이 자식은 원래 나쁜 놈이야. 놈이 이렇게 된 건 어쩔 수 없다고! 우리 함께 도망칩시다. 내가 엄연히 있으면서 당신을 여기 방치해둘 순 없어."

그는 창가로 달려가 커튼을 젖혀보고는 움찔 뒷걸음을 쳤다.

"고르주레다!"

여자도 기겁을 하는 건 당연했다.

"네? 고르주레가요? 지금 올라오고 있나요?"

"아니, 그냥 부하 두 명과 함께 건물만 감시하고 있어. 도망치기가 어렵게 생겼어."

상황은 일순 걷잡을 수 없는 혼란 속으로 곤두박질치는 듯했다. 라울은 우선 테이블보를 펼쳐서 발텍스의 몸뚱어리를 덮었다. 클라라는 무엇을 어찌해야 할지, 무슨 말을 해야 할지 모른 채 우왕좌왕할 따름이었다. 테이블보 아래에서는 단말마의 발작으로 들썩이는 몸뚱어리가 극성을 부렸다.

"아, 우린 망했어요. 이젠 틀렸다고요."

여자가 속삭이자, 극도의 흥분을 겪으면 오히려 남보다 빨리 안정과 자제력에 집중하는 게 장기인 라울이 발끈하며 대꾸했다.

"무슨 엉뚱한 소리!"

그는 잠시 생각을 정리하며 시계를 살피더니 시내 통화용 전화를 집어 들고 날카로운 목소리를 내뱉었다.

"여보세요! 여보세요! 안 들립니까, 마드무아젤? 아, 전화를 대달라는 게 아니고…… 여보세요! 거기 교환원 감독관과 통화 좀 하고 싶소. 여보세요! 감독관이오? 아, 자넨가, 카롤린? 마침 있었군! 안녕, 자기! 다름이 아니고…… 이쪽으로 한 5분간만 끊이지 않게 전화 좀 넣어줘요. 실은 방에 부상당한 사람이 하나 있어. 그런데 관리인이 전화벨 소리를 듣고 이리로 올라와줘야 하거든. 어때, 할 수 있지? 오, 아니야. 카롤린, 걱정 말아요…… 그럼, 잘 지내고말고…… 뭐 별거 아닌 일이 좀 생겨서 그래, 잘 지내요!"

과연 수화기를 내려놓자마자 전화벨 소리가 요란하게 울렸다. 라울은 여자의 손목을 덥석 쥐며 말했다.

"자, 가지. 앞으로 2분 후면 관리인이 이곳으로 와서 필요한 조치를 알아서 취할 거야. 분명 안면이 있는 고르주레를 찾으러 달려가겠지. 자, 우리는 저 위를 통해서 도망치면 돼."

라울의 목소리는 지극히 침착했고, 손에는 뿌리칠 수 없을 만한 힘이 실려 있었다.

그는 우선 단도부터 수거했고, 지문이 남지 않도록 수화기를 닦았으며, 발텍스를 덮고 있던 테이블보를 벗겨낸 다음, 마지막으로 비밀 화면장치를 망가뜨리고는 문을 활짝 열어둔 채 쏜살같이 빠져나갔다.

전화벨은 집요하고도 날카롭게 울려댔고, 그동안 두 남녀는 장 데를 르몽의 거처 바로 위인 4층의 하인 숙소까지 달려 올라갔다.

라울은 문을 손보기 위해 잔뜩 자세를 취했으나, 자물쇠로 잠겨 있지도 않고 빗장이 걸리지도 않았는지 의외로 쉽게 열렸다.

막 방 안에 들어서서 도로 문을 닫으려는데, 저만치 층계 아래서 날카로운 비명 소리가 들려왔다. 다급한 전화벨 소리에 이끌려 달려 올라온 관리인이 중이층의 열린 문을 통해 난장판으로 어질러진 거실과 디방에 널브러진 채 숨을 헐떡이는 발텍스의 몸뚱어리를 목격한 것이다.

다시금 그 특유의 태연자약 빈정대는 말투로 돌아간 라울이 중얼거렸다.

"모든 게 예상대로 착착 진행되고 있어. 이제부터 관리인이 알아서 다 해줄 거야. 책임감이 있는 여자이니까. 아울러 우린 사정권에서 훌쩍 벗어난 거라고."

4층은 지금 이 시간이면 텅 비는 하인 방들과 더불어 여행용 트렁크와 쓰지 않는 낡은 가구들이 점거한 다락방들로 이루어져 있었다. 그중 다락방들은 맹꽁이자물쇠로 채워져 있었고, 라울은 그중 하나를 비틀어 문을 열었다. 다락방은 충분히 손이 닿는 천창을 통해 빛이 새어 들었다.

클라라는 비장한 얼굴로 라울이 지시하는 말에 따랐다. 그러면서 두세 번 이렇게 중얼거렸다.

"내가 사람을 죽였어…… 내가 죽였다고…… 당신은 더 이상 나를 사랑하지 않을 거예요……."

마치 지난 행동과 그것이 라울의 사랑에 미칠 영향 말고는 아무 생각도 할 수 없는 듯 보였다. 고르주레의 위협적인 추격이나 지붕 위로 탈출하려는 위험한 시도에 대해서는 전혀 개의치 않는 기색이었다.

반대로 지금은 오로지 탈출만 생각할 때인 듯 라울이 말했다.

"자, 이젠 됐어. 모든 게 우리한테 유리하게 돌아가! 이웃하는 건물의 6층이 바로 이곳 지붕과 거의 비슷한 높이라고. 어때, 내 말이 맞지?"

여자가 선뜻 호응을 안 해주자, 라울은 상대의 기분을 돋우기 위해 얘기 주제를 슬그머니 바꿨다.

"그 망할 놈의 악당 발텍스 말이야. 우리 쪽으로부터 반격을 당하는 게 어찌 보면 당연할 정도로 어리석은 놈이야. 그런 걸 두고 정당방위라고 하지. 놈이 섣부르게 우리를 공격했으니, 우리 입장에서는 놈의 오판을 톡톡히 깨닫게 해줄 수밖에. 우리는 하나도 걸릴 게 없는 처지라고!"

아무리 '걸릴 게 없는 처지'라 해도 어쨌든 지금은 피하고 볼 때였고, 라울은 혼신의 기를 모아 그 일에 매진했다. 그는 되도록 텅 비어 보이는 방에 면한 작은 발코니를 자신이 먼저 건너갔고, 이어서 여자를 부축해 건너게 했다. 행운이 따르긴 하는 모양이었다. 공교롭게도 착지한 곳은 사람이 살지 않는 아파트 공간이었던 것이다. 미처 이사 마무리가 덜 되는 바람에 뒤처진 듯한 몇 가지 가구만이 아무렇게나 나뒹굴었다. 복도가 하나 나타나 출입구까지 인도했고, 그것마저 아무런 어려움 없이 빠져나갔다. 그리고 층계가 나와 둘은 거침없이 계단을 밟아 내려갔다. 이제 남은 건 한 층. 둘이 중이층의 층계참에 도착했을 때였다. 라울이 나직이 말했다.

"자, 어디 한번 머리를 맞대봅시다. 파리의 모든 건물에는 어딜 가나 관리인이 존재하지. 이곳도 마찬가지일 텐데, 우리가 들키지 않고 빠져나갈 수 있을지 모르겠어. 아무튼 둘이 한꺼번에 나가지는 않는 게 나을 거야. 그러니 당신 먼저 나가도록 해요. 그러면 아마 제방과 나란한 거리로 나가게 될 거야. 일단 나가면 센 강을 등진 채 왼편으로 붙어 걸

두 개의 미소를 가진 여인

으라고. 오른쪽으로 세 번째 나타나는 길목에 번지수가 5번인 건물이 나올 텐데, '포부르 에 자퐁'이라는 이름의 호텔이야. 거기 로비로 들어가 있어. 내가 2분 후에 도착할 테니까."

그는 여자의 목을 감아 안으면서 고개를 살짝 젖혀 진한 입맞춤을 해주었다.

"자, 아가씨, 용기를 갖고. 그렇게 의기소침하지 말아요. 당신이 내 목숨을 구해준 걸 생각해봐. 그렇지, 당신은 내 목숨을 구해준 거야! 실은 그 권총에 총알이 그득했거든."

되는대로 선의의 거짓말을 해주었지만, 클라라는 침울한 심정에서 좀처럼 벗어날 줄 몰랐다. 그녀는 머리를 힘없이 떨군 채 처량한 뒷모습을 보이며 멀어져 갔다.

라울은 고개를 쭉 내밀어 좌측으로 빠져나가는 여자를 지켜보았다.

그때부터 백까지 속으로 세었다. 신중을 극대화하고자 거기서 백을 더 세었다. 그러고 나서야 코안경을 걸치고 모자로 얼굴을 반쯤 가린 뒤 자기도 침착하게 나섰다.

관리인 숙소 앞을 무사히 지나친 라울은 비좁고 붐비는 거리를 거슬러 올라가다가 세 번째 마주치는 길목에 다다랐다. 왼쪽으로 눈길을 돌리자, '포부르 에 자퐁 호텔'이라는 표지판이 보였다. 외관은 그저 평범한 건물이었지만, 높은 곳에 설치된 유리창으로 채광이 이루어지는 로비만큼은 그럴듯한 가구들로 멋지게 장식되어 있었다.

그런데 클라라의 모습이 보이지 않았다. 그뿐만 아니라, 개미 새끼 한 마리 얼씬하지 않았다.

불현듯 걱정이 커지기 시작한 라울은 밖으로 다시 나가서 거리를 살펴보았다가, 방금 둘이 빠져나온 건물을 향해 달려갔고, 잠시 후 다시 호텔로 돌아왔다.

결정판 아르센 뤼팽 전집

역시 아무도 없었다.

그의 입에서 이런 중얼거림이 맴돌았다.

"이럴 수는 없어! 기다릴 거야. 언제까지라도 기다릴 거라고……."

그렇게 30분을 기다렸다. 그리고 한 시간. 이따금 인근 다른 거리들을 빠르게 훑고 오기도 했다.

그러나 사람이라곤 그림자도 보이지 않았다.

마침내 어떤 새로운 생각과 함께 라울은 충동적으로 자리를 박차고 나섰다. 클라라는 아마 오퇴이유의 별장으로 피신해 있을 것이다. 심히 의기소침해진 상태에서 아마 약속 장소를 잘못 파악했거나 아예 잊어먹었을 가능성이 크며, 결국에는 그곳에 틀어박혀 라울이 와주기를 목이 빠져라 기다리고 있을 것이다.

그는 택시를 잡아탔고, 긴급한 일이 있을 때 습관적으로 그렇듯 운전기사를 밀치고 자신이 핸들을 붙잡았다.

정원에서는 하인과 맞닥뜨렸고, 층계에서는 쿠르빌과 맞부딪쳤다.

"클라라는?"

"여기 없는데요."

청천벽력과도 같은 얘기였다. 대체 어디로 가봐야 하나? 무얼 어떻게 해야 하나? 무얼 해도 소용없다는 허탈감이 당혹스러운 마음을 더욱 괴롭혔다. 무엇보다 어떤 끔찍한 생각 하나가 머릿속에서 점점 논리적인 모습을 띠며 자라나고 있었는데, 곰곰이 그 생각을 저울질하면 할수록 가엾은 클라라의 흥분 상태가 결국 우려한 대로 귀착되었을 것 같은 불길한 느낌이 드는 것이었다. 사람을 죽인 여자로서, 자신의 행위가 사랑하는 사람에게 얼마나 끔찍하게 비칠까 괴로워하다가, 끝내는 자살의 유혹까지 이르지 않았을 거라고 그 누가 장담할 수 있겠는가? 때문에 아예 종적을 감춰버린 게 아니겠는가? 지금까지 이런 식인 걸 보면 그녀가 내심 라울을 만나고 싶어 하지 않으며, 만나고 싶어도 감히 그럴 엄두를 내지 못하고 있다는 게 입증되는 셈이 아닌가?

라울은 밤거리를 거닐며 클라라를 머릿속에 그려보았다. 여자는 센 강을 따라 죽 걸어갔을 것이다. 강변의 산재한 조명에 의해 군데군데 번들거리는 그 검은 강물이 여자의 시선을 자꾸만 끌어당겼을 터였다. 여자는 조금씩 조금씩 강물 속으로 걸어 들어가고, 마지막 순간에 온몸을 던져 넣는다!

그날 밤새도록 라울은 끔찍한 시간을 보냈다. 제아무리 자신의 사고를 통제하는 데 익숙하다 해도 어둠의 농간에 의해 점점 확신으로 변모해가는 어떤 가정들로부터는 도무지 빠져나올 수가 없었다. 그는 온갖 후회의 감정에 극도로 시달리며 괴로워해야 했다. 발텍스가 쳐놓은 함정을 미리 간파하지 못한 점, 일을 어렵게 끌고 간 점, 그리고 결정적으로 클라라와 떨어진 점.

그리하여 아침이 되어서야 겨우 눈을 붙일 수 있었다. 아침 8시, 그는 마치 무언가가 행동에 나서라고 그를 불러 깨우기라도 한 듯 침대에서 펄쩍 뛰어 일어났다. 무슨 일일까?

다짜고짜 전화부터 걸었다.

"별일 없는가?"

그의 질문에 하인의 대답이 돌아왔다.

"별일은 없습니다."

"이럴 수가!"

"므슈 쿠르빌이 보고를 드리겠답니다."

이어서 쿠르빌이 문을 열고 들어왔다.

"그래, 안 들어왔다는 거야?"

"네."

"소식도 없고?"

"없습니다."

라울은 비서의 멱살을 부여잡고 고래고래 악을 쓰기 시작했다.

"거짓말! 지금 거짓말하는 거지? 이것 봐, 당황하고 있지 않은가! 대체 무슨 일이야? 이 바보 천치, 어서 털어놓지 못해? 내가 진실을 두려워할 거라 생각하는 건가?"

그제야 쿠르빌은 호주머니 속에서 신문 한 장을 꺼냈다. 그것을 낚아채 읽자마자 라울의 입에서 욕설이 튀어나왔다.

신문 1면 1단 기사가 굵은 활자로 다음과 같이 게재되어 있었다.

껑다리 폴 살해되다! 그의 옛 정부였던 금발의 클라라는 범행 현장에서 형사반장 고르주레의 손에 체포되었다. 경찰은 그녀를 살인용의자로 확신하고 있으며, 아울러 카지노 블루에서 그녀를 납치했던 새로운 애인 라울 씨도 이 범행에 가담한 것으로 추정하고 있다. 현재 이 공범은 종적을 감춘 상태이다.

16
조조트

이번에야말로 우연이 고르주레 형사반장의 손을 들어준 모양이었다. 하필 껑다리 폴이 발송한 기송 우편이 당도했을 때 경시청을 비운 그는 저 유명한 금발의 여인이 가끔 볼테르 제방에 나타나는 시간대에 맞춰 여느 때와 다름없는 감시업무를 진행하고 있었다. 결국 그 바람에 중이층 창문으로 소리를 지르는 관리인의 부름에 즉각 응하는 게 가능했던 것이다.

라울이 사는 중이층에 고르주레는 그야말로 질풍처럼 들이닥쳤다. 하지만 곧장 움찔하지 않을 수 없었다. 단말마의 숨을 몰아쉬는 껑다리 폴의 처참한 몰골 때문은 아니었다. 두 개의 창문 사이에 덩그러니 놓인 채 이쪽을 등지고 있는 빌어먹을 안락의자가 눈에 퍼뜩 들어왔기 때문이었다. 언젠가 라울이 얄미운 속임수로 자신을 된통 골탕 먹인 바 있는 바로 그 안락의자 아니던가.

"정지!"

고르주레는 함께 달려온 두 형사에게 버럭 소리쳤다.

그는 권총을 그러쥔 채 조심조심 안락의자 쪽으로 접근해갔다. 조금이라도 심상치 않은 움직임이 감지되면 곧바로 방아쇠를 당길 태세였다.

고르주레의 부하들은 상관의 이러한 모습을 어리둥절해 바라보았다. 마침내 공연한 착각이었음을 확인한 형사반장은 자신의 처신에 뿌듯한 만족감을 느끼며 말했다.

"바로 이런 식으로 철저한 조심을 해야 매사 무사튼튼한 법이지."

일단 혹독한 근심거리에서 벗어난 그는 죽어가는 희생자에게 다가가 상태를 살폈다.

"아직 심장은 뛰고 있군. 하지만 조금도 나아질 기미가 없어. 당장 의사가 필요해. 바로 옆 건물에 한 명 있더군."

그는 오르페브르 제방(파리 경시청이 있는 곳으로 통상 경시청을 지칭함―옮긴이)에 전화를 걸어 사건과 그로 인한 꺽다리 폴의 위독한 상태를 보고했고, 예심을 청구하면서 부상자를 여간해선 운반해가기 어려울 것 같다는 의견도 덧붙였다. 요컨대 구급차가 절실한 상황이었다. 그는 동네 경찰서장에게도 연락을 취했고, 관리인에게 이런저런 질문을 늘어놓았다. 그때 관리인의 입에서 흘러나온 모든 정황과 일부 인상착의에 관한 내용은 이 살인사건의 진범이 금발의 클라라와 그의 애인, 라울의 소행이라는 확신을 고르주레의 뇌리에 각인시켜놓았다.

일이 그쯤 되니 형사반장은 각별한 흥분을 느끼며 사건에 매달리지 않을 수 없었다. 그는 의사가 도착하자, 두서없는 말들을 늘어놓았다.

"너무 늦었소. 그가 거의 죽었단 말이오. 오, 그래도 한번 노력해보시오. 꺽다리 폴이 살아만 준다면, 사법당국이나 나 자신을 위해서도 그가 버텨만 준다면…… 이건 정말 중요한 사태요. 의사 선생, 당신에게도 정말 중요한 일이지."

그런데 정작 그를 혼비백산하게 만들어갈 사태는 이제 겨우 시작이었다. 그가 가장 아끼는 형사 플라망이 헐레벌떡 달려 들어오면서 이렇게 말한 것이다.

"클라라를 붙잡았습니다!"

"뭐? 지금 뭐라고 했나?"

"금발의 클라라를 잡았다고요."

"하느님 맙소사!"

"제방 위를 서성대는 걸 붙잡았습니다."

"지금 어디 있나?"

"일단 관리인 숙소에 감금시켜서……."

고르주레는 득달같이 계단을 내려가 여자를 잡아채 강제로 다시 계단을 경중경중 끌고 올라오더니, 껑다리 폴이 숨을 거두려고 하는 디방 앞으로 마구 거칠게 흔들어대며 몰아붙였다.

"봐라, 이 갈보년아! 네가 한 추잡한 짓을 좀 보란 말이다!"

젊은 여자는 공포에 질려서 주춤주춤 뒷걸음질을 쳤다. 형사는 우악스럽게 여자를 무릎 꿇린 다음 부하들을 향해 명령했다.

"이 여자 좀 뒤져봐! 분명 단도가 있을 거야. 아하, 이번에는 제대로 걸리셨군! 물론 네년 공범께서도 함께 계셨겠지? 미남자 라울 말씀이야. 아하, 이런 식으로 사람을 죽이고도 무사하리라 생각한 모양이지. 경찰을 완전 허당으로 보다니!"

그러나 찾는 단도가 나타나지 않자, 그는 신경이 한층 곤두섰다. 가엾게도 기겁을 한 여자는 남자의 우악스러운 손아귀를 뿌리치려고 몸부림치더니 급기야 발작을 일으키며 실신해버렸다. 하지만 약이 바짝 올라 잔뜩 화가 난 고르주레는 조금도 물러설 생각이 없었다. 그는 축 늘어진 여자의 몸을 억지로 들어 안고 말했다.

결정판 아르센 뤼팽 전집

"플라망, 자넨 여길 지키고 있게. 지금쯤 구급차가 와 있을 텐데. 한 10분 후에 다시 차를 보내도록 하지."

그러고는 새로 도착한 남자를 돌아보며 인사를 건넸다.

"아, 오셨군요, 경찰서장님. 나는 고르주레 형사반장입니다. 내 부하가 사건 정황에 대한 설명을 드릴 겁니다. 문제는 살인을 교사한 공범 라울을 붙잡는 일입니다. 살인자는 지금 내가 데리고 가겠습니다."

과연 구급차가 당도해 있었다. 아울러 또 다른 세 형사들이 택시에서 내렸다. 고르주레는 그들을 즉시 플라망에게 보냈고, 자신은 클라라를 시트 위에 누이고는 곧장 경시청 수사과로 직행했다. 여전히 정신을 잃은 상태인 클라라는 야전침대 하나와 의자 두 개가 덩그러니 놓인 어느 작은 방에 가두어졌다.

그날 오후가 저물 무렵까지 고르주레는 미리부터 호들갑을 떨며 달 가워하던 클라라에 대한 신문 절차가 시작되기까지 두어 시간을 더 기다려야 했다. 간단한 저녁을 든 뒤 그는 고대하던 취조를 시작하려고 했다. 하지만 여자를 돌보도록 배정된 간호사는 그의 뜻에 동의하지 않았다. 아직은 여자가 대답을 할 수 있는 상태가 아니라는 게 그 이유였다.

하는 수 없이 발길을 돌려 볼테르 제방으로 돌아갔지만 별다른 상황 보고는 없었다. 그저 여전히 행선지가 묘연한 장 데를르몽이 모레 아침에 도착할 것이라는 얘기가 고작이었다.

결국 밤 9시가 되어서야 그는 클라라가 누워 있는 침대 가까이 접근할 수 있었다. 하지만 기대는 여지없이 깨지고 말았다. 여자가 말하기를 완강하게 거부하는 것이었다. 질문을 쏘아대며 다그치고, 추정되는 대로 사건 정황을 늘어놓고, 이런저런 증거들을 들이대면서 라울을 공격하고, 이제 조만간 붙잡힐 거라며 으름장을 놓아보았지만 결코 침묵으로부터 그녀를 끄집어낼 수는 없었다. 여자는 더 이상 눈물을 흘리지도 않았다. 감정이라고는 눈곱만치도 드러내지 않는, 완전히 닫힌 얼굴이었다.

다음 날 아침과 오후 내내 그러한 상태엔 변함이 없었다. 단 한 마디도 하지 않았다. 경시청에서 지정한 수사판사는 공식적인 첫 신문을 다음 날로 미루지 않을 수 없었다. 그런 사실을 통고받은 여자가 고르주레에게 대답하기를—처음으로 입을 여는 것이었다—자신은 어디까지나 결백하며, 꺽다리 폴이라는 사람은 알지도 못하고, 이번 사건은 도무지 영문을 모르겠으니 분명 정식으로 법정에 출두하기 이전에 풀려날 거라는 이야기였다.

그렇다면 결국 전능하신 라울이 구원해줄 것을 예상하고 있다는 뜻이 아닌가? 고르주레는 그 점이 심히 불안해 감시를 더욱 강화했다. 자신이 저녁을 먹으러 집으로 향할 경우엔 두 명의 경찰관더러 방을 지키도록 조치했다. 밤 10시에는 다시 돌아와 이미 지칠 대로 지친 클라라가 도저히 저항할 수 없을 만큼 마지막으로 밀어붙여볼 요량이었다.

고르주레 형사반장은 포부르 생탕투안에 소재한 어느 낡은 건물의 방 세 개짜리 거처에서 살고 있었는데, 아주 깔끔히 정돈된 방 분위기에서 제법 안목 있는 여인네의 손길을 느낄 수 있었다. 실제로 고르주레는 결혼한 지 10년 된 몸이었다.

워낙에 감당하기 어려운 성격의 소유자인 고르주레였기에, 만약 마담 고르주레가 붉은 머리카락이 풍성한 육감적이고 매혹적인 여인이 아니었다면, 그래서 남편에 대해 절대적인 카리스마를 갖지 못했다면, 그만큼 오래가지 못했을 연애결혼이었다. 탁월한 살림꾼이면서도 다소 가벼운 데가 있고, 남자들 앞에서 애교도 심한 편인 아내는 고르주레 씨의 체면에는 별 아랑곳하지 않고 즐겁게 노는 걸 좋아해 동네 댄스홀을 자주 드나드는 편이었다. 그러면서 이 문제에 대한 남편의 잔소리는 일절 용납하지 않았다. 대신 그 나머지 부분에 대해서는 남편이 아무리 목청을 높여도 적절히 받아줄 줄 아는 여자였다.

그날 저녁, 식사를 하러 부랴부랴 귀가했으나 아내는 아직 귀가 전이었다. 이건 무척 드문 일이었고, 간혹 이런 일이 있을 때면 심한 말다툼으로 번지곤 했다. 고르주레는 다른 건 몰라도 정확하지 못한 것만은 질색이었다.

벌써부터 아내와의 실랑이와 더불어 그 얼굴에 대고 싫은 소리를 퍼붓는 장면을 머릿속에 굴리면서 고르주레는 활짝 열어젖힌 문턱에 떡하니 버티고 섰다.

9시가 되었는데도 개미 새끼 한 마리 얼씬하지 않았다. 부글부글 끓는 속을 드러내며 그는 나이 어린 하녀를 다그쳤고, 마님이 늘 입는 무도 복장을 갖춰 입고 외출했다는 보고를 들었다.

"그럼 또 댄스홀에 가신 건가?"

"네. 생탕투안 가로 나가셨어요."

질투심으로 들끓는 심정을 고르주레는 애써 달랬다. 오후가 저문 다음부터는 춤을 추지 않는데도 마담 고르주레가 집에 돌아오지 않고 있다는 게 말이 되는가?

밤 9시 반, 곧 있을 신문에 대한 생각으로 잔뜩 초조해진 고르주레는 갑작스레 생탕투안 가의 무도회장에 가보기로 마음먹었다. 그가 도착했을 때는 아직 춤추는 사람이 하나도 없었다. 대신 탁자에는 제각각 음료를 홀짝이는 사람들로 가득했다. 지배인에게 물어보자, 예쁘장하게 차린 마담 고르주레가 몇 명의 남자와 함께 있는 모습을 본 것 같다는 대답이 돌아왔다. 게다가 그녀가 떠나기 전 마지막으로 칵테일을 마셨던 탁자도 기꺼이 나서서 보여주었다.

"그러니까 저기 저 신사분과 더불어 마셨습니다."

고르주레는 지배인이 가리킨 방향으로 눈길을 돌리자마자 그만 정신이 아찔해지는 걸 느꼈다. 이쪽으로 등을 돌리고 있는 남자의 윤곽이 어딘지 눈에 익은 모습이었던 것이다. 그렇다, 틀림없이 아는 사람의 뒷모습이었다.

하마터면 당장 달려나가 경찰관들을 불러들일 뻔했다. 그것만이 이런 당돌한 도발에 대한 유일한 대응책이자, 직업인으로서의 양식이 그에게 지시하는 지상명령이었다. 하지만 그의 내면 무언가가 그처럼 당연한 행동지침을 누르고 득세했으며, 죄인이나 살인용의자에 대해 고르주레 같은 착실한 경찰관이라면 마땅히 기댔어야 할 공권력의 동원을 보류하게끔 만들었다. 그건 다름 아닌 마담 고르주레가 어찌 된 건지 우선적으로 알아야만 하겠다는 불가피한 욕구 때문이었다. 고르주레는 결국 눈에 익은 그 뒷모습 곁으로 성큼성큼 다가가 자리를 잡았다. 씩씩거리는 결연한 동작이긴 했지만, 얼굴에는 주눅 든 표정이 어쩌면 그리도 빤히 드러나는지!

일단 앉고 나서도 상대의 멱살을 부여잡고 다짜고짜 욕설을 내뱉지 않으려고 안간힘을 다했다. 암만 기다려도 라울이 꿈쩍도 않자, 고르주레가 웅얼거렸다.

"치사한 놈!"

"비열한 자식!"

"치사하고 치사한 놈!"

"비열하고 비열한 자식!"

한 차례 입씨름이 오고 간 뒤 한동안 흐르던 침묵이 음료 주문을 받으러 온 점원에 의해 깨졌다.

"밀크커피 두 잔요."

주문은 라울이 했다.

커피 두 잔이 즉시 나왔다. 라울은 천연덕스럽게도 옆의 남자에게 잔을 살짝 부딪치고는 홀짝홀짝 들이켜기 시작했다. 고르주레는 아무리 애를 써봐도 당장 라울의 목에 달려들든지, 코앞에 보기 좋게 총구를 들이댈 생각밖에는 할 수 없었다. 그런데 직업의 일부이기도 하고, 현재 심정으로도 전혀 거리낄 이유가 없는 그 같은 행동이 왠지 현실적으로는 도저히 감행할 수가 없게 느껴지는 것이었다.

이 끔찍한 라울 앞에서는 대책 없이 모든 게 마비되는 것 같았다. 머릿속으로는 성의 폐허에서 맞부딪쳤던 일과 리옹 역사에서 또다시 마주쳤던 일, 그리고 카지노 블루의 무대 뒤에서 놓쳤던 일들이 새록새록 떠올라, 마치 구속복이라도 입은 것처럼 온 심신을 일종의 무기력 상태로 몰아넣어, 상대에 대한 공격은 감히 엄두도 내지 못하게 만들어버리는 것이었다.

반면 라울은 지극히 친근하게 뭔가를 털어놓는 어조로 말을 건네왔다.

"그녀는 저녁을 아주 잘 들었다네. 특히 과일을 좋아하더군. 정말 좋아해."

고르주레는 언뜻 클라라 얘기일 거라 생각하며 물었다.

"누구 말인가?"

"누구냐고? 그 여자 이름은 모르겠는걸."

"그럼 성은 뭔데?"

"마담 고르주레."

순간 형사반장은 지독한 현기증에 사로잡히면서 숨 가쁜 목소리로 중얼거렸다.

"그, 그럼 바로 네놈이 한 짓이란 말인가? 이 파렴치한 짓을 저지른 게 바로 네놈이야? 조조트를 납치했단 말이냐고('조조트(Zozotte)'라는 단

어는 말할 때 's'와 'z' 발음이 헷갈리는 버릇을 지칭하기도 하는데, 마담 고르주레는 실제로 그런 버릇이 있었던 모리스 르블랑의 아내가 모델이다—옮긴이)!"

"조조트? 그것참 멋진 이름이로군! 자네가 아주 친근하게 굴면서 속삭여주는 이름인가 보지? 조조트라…… 아주 잘 어울리는 이름이야. 이름만 들어도 귀여운 모습이 떠오르네! 고르주레의 조조트라! 그럼 조조트의 고르주레트이겠네('고르주레트(gorgerette)'는 옛 부인복의 깃 장식이며, 고르주레(Gorgeret)의 이름과 발음이 비슷한 데서 착안한 말장난이다. 즉, 남편인 고르주레를 부인의 '깃 장식(고르주레트)' 정도로밖에는 쳐주지 않겠다는 비아냥이 숨어 있다—옮긴이)! 그래서 조조트가 그렇게 깔끔해 보였던 거로군!"

고르주레는 눈알이 튀어나올 것 같은 표정으로 더듬거렸다.

"도, 도대체 여자는 어디 있는 거냐? 어떻게 납치를 한 거냐고, 이 치사한 놈아?"

라울은 차분하게 대답했다.

"나는 납치하지 않았네. 그저 칵테일을 한 잔 대접했을 뿐이야. 그리고 잠시 후, 함께 아주 관능적인 탱고를 한바탕 췄지. 약간 얼떨떨한 기분에 그녀는 내 차를 타고 뱅센 숲을 한 바퀴 돌기로 했다네. 그러고 나서는 다시 내 친구 중 한 명의 독신자용 아파트로 가서 세 번째 칵테일 잔을 들기로 합의를 봤던 거지. 음, 웬만한 비밀은 보장이 되는 믿을 만한 곳이야."

고르주레는 숨이 턱턱 막히는 모양이었다.

"그래서? 대체 그래서 어찌 됐다는 건가?"

"뭐가 어찌 돼? 별거 없었어. 도대체 뭐가 어찌 되길 바라는데? 조조트는 내게 신성한 존재야. 우리 고르주레의 마누라를 건드리다니! 그럼 조조트에게서 '고르주레트'를 걷어낸다는 얘기 아닌가! 그녀에게 탐욕스러운 시선을 던지다니! 말도 안 돼!"

고르주레는 적의 수작에 말려들어 현재 어떤 난감한 상황에 빠지게 된 건지 다시 한번 절감했다. 놈을 거머쥐어 사법당국에 넘긴다는 것은 고르주레 본인이 세간의 웃음거리로 전락하게 된다는 걸 의미했다. 아울러 라울을 잡아 가둔다고 해도 조조트가 있는 곳을 순순히 대리라는 보장도 없지 않은가. 고르주레는 가증스러운 상대의 얼굴에 바짝 자기 얼굴을 들이대고 말했다.

"뭔가 노리는 게 있지? 공연히 그런 짓을 하진 않았을 테니까."

"두말하면 잔소리지!"

"그래, 뭐야?"

"금발의 클라라를 내가 언제쯤 볼 수 있을까?"

"조만간."

"또 그 신문 때문에?"

"그래."

"단념하게."

"무슨 소리야?"

"그놈의 경찰관들의 지긋지긋한 신문이 어떻게 진행되는지 내가 아주 잘 알아. 아주 야만적인 짓거리지. 옛날에 횡행하던 고문의 잔재야. 취조는 어디까지나 수사판사만이 할 수 있는 거야. 그러니 자넨 그녀를 가만 내버려둬."

"그게 원하는 것 전부인가?"

"아니."

"또 뭐야?"

"신문을 보니 꺽다리 폴이 점점 회복되어간다고 하더군. 사실인가?"

"그래."

"그가 완전히 소생하기를 바라는가?"

"응."

"클라라도 그 사실을 알고 있나?

"아니."

"그가 죽은 줄 알고 있지?"

"그래."

"왜 그녀에게는 진실을 숨기는 거지?"

고르주레의 눈빛에 심술기가 돌았다.

"왜냐하면 바로 그 점이 그녀에게는 지극히 민감한 대목이니까. 그가 죽었다고 믿고 있어야 여자가 입을 열 공산이 그만큼 크니까 그렇지."

"나쁜 놈!"

라울이 입가로 나직이 뱉어냈다.

그러더니 곧장 명령조로 말했다.

"지금 당장 돌아가 클라라를 만나. 단, 질문 같은 걸 늘어놓으라는 게 아니야. 오로지 이렇게만 얘기해주는 거야. '껑다리 폴은 죽지 않았소. 그의 목숨을 구해낼 것이오'라고 말이야. 그 이상 입도 뻥끗하면 안 돼."

"그래서 어쩌라고?"

"다시 이리로 와. 내 앞에서 네 마누라의 머리를 두고 맹세하는 거야. 시키는 대로 전달했는지를 말이야. 그러고 나면 한 시간 뒤 조조트는 안락한 가정으로 돌아간다."

"만약 내가 거절하면?"

라울은 한마디 한마디 또박또박 끊어가며 말했다.

"자네가 거절하면 내가 조조트를 다시 좀 봐야겠지."

무슨 뜻인지 고르주레는 단박에 간파했고, 분노로 두 주먹을 움켜쥐

결정판 아르센 뤼팽 전집

었다. 잠시 생각을 정리하던 그는 진지한 목소리로 답했다.

"정말 지나친 요구를 하는군. 진실에 도달하는 데 그 어떤 소홀함도 용납해선 안 되는 게 내 의무야. 내가 만약 클라라를 그런 식으로 봐준다면 난 배임죄를 저지르는 셈이라고."

"아무튼 선택은 자네 몫이네. 클라라냐, 조조트냐……."

"문제는 그런 게 아니라니까!"

"나한테는 문제가 그런 식일세."

"하지만……."

"하든지 말든지 좋을 대로 해."

고르주레는 악착같이 물고 늘어졌다.

"도대체 하필 그런 말을 전하라는 이유가 뭔가?"

여기서 라울은 곧이곧대로 대답하지 말았어야 했다. 더군다나 자신의 흔들리는 감정 상태까지 노출해선 곤란했다.

"그녀가 절망하고 있을까 걱정돼. 누가 알겠나! 사람을 죽였다는 생각에서 자칫……."

"그녀를 진짜 사랑하고 있군?"

"당연하지! 그렇지 않다면……."

말을 내뱉다 말고 라울은 입을 다물었다. 언뜻 고르주레의 눈동자에 심상치 않은 광채가 번득이는 게 느껴졌던 것이다. 형사반장은 느닷없이 잘라 말했다.

"좋아. 여기 이대로 있게. 20분 후에 돌아와서 상황을 설명해주지. 그럼 자네는……."

"나는 조조트를 풀어주는 거고."

"맹세할 수 있는 거지?"

"맹세하네."

고르주레는 자리에서 일어나 소리쳤다.

"종업원, 여기 밀크커피 두 잔 얼마요?"

그는 값을 지불하고 휭하니 자리를 떴다.

17
불안

사실 금발의 클라라가 체포되었다는 소식을 처음 들은 순간부터 생탕투안 가의 댄스홀에서 고르주레와 조우하는 순간까지 흘러간 하루 나절은 라울에게 한없이 고통스러운 시간이었다.

뭐든 지체 없이 행동에 나서야만 하겠는데, 대체 어느 방향으로 돌진해야 할까? 그는 속을 끓이며 노발대발했다. 비록 천성과는 상반되지만, 그렇게라도 하지 않고서는 사태가 일어난 처음부터 머릿속을 떠나지 않고 있던 자살에 대한 우려 때문에 어쩔 수 없는 절망에서 헤어나지 못했을 것이다.

혹시라도 껑다리 폴의 부하들이나, 특히 그 뚱뚱한 운전기사가 오퇴이유의 집 위치를 경찰한테 누설했을까 봐 라울은 아예 생루이 섬(센 강 유역에 있는 작은 섬—옮긴이)에 사는 친구 집으로 작전사령부를 옮긴 상태였다. 친구 집이라지만 절반 정도는 라울이 얼마든지 활용할 수 있는 곳이었다. 거기서 라울은 늘 경시청사를 근접거리에서 예의 주시할 수 있었고, 그러지 않아도 항시 파견해둔 심복과 밀정들로부터 수시로 정황보고를 받을 수 있었다. 클라라가 현재 수사과 사무실에 감금되어 있다는 사실도 그렇게 해서 얻어낸 정보였다.

하지만 무슨 뾰족한 수가 있겠는가? 여자를 강제로 빼내온다? 준비하는 데만도 오랜 시간이 걸리는 거의 불가능한 작전이다. 그런데 정오쯤 돼서 신문을 사들여 샅샅이 조사하는 임무를 맡은 쿠르빌이—비록 경솔한 처신으로 적들에게 오퇴이유의 처소를 노출한 우를 범하기는 했지만, 이 일만큼은 얼마나 열정을 다해 매진하는지!—마감기사로 이런 이야기를 게재한 『라 푀이유 뒤 주르』지를 가져와 척 펼쳐놓는 것이었다.

오늘 아침 예고된 것과는 반대로 꺽다리 폴은 사망하지 않은 걸로 밝혀졌다. 제아무리 중상이라 해도, 워낙에 타고난 강건한 체력을 감안할때, 그가 끔찍한 부상을 견뎌내고 소생할 가능성은 얼마든지 있는 걸로 점쳐진다.

그 기사를 대하자마자 라울은 즉각 외쳤다.

"클라라가 알아야 할 사실이 바로 이거야! 무엇보다 먼저 그녀의 정신 상태를 어지럽히고, 최악의 재앙처럼 여겨지고 있을 이 문제에 대해서만큼은 안심을 시켜야만 한단 말이야. 필요하다면 아주 기분 좋은 소식을 조작해서라도 그렇게 해야만 해."

오후 3시, 라울은 오래전부터 아는 사이인 데다 일정한 배려도 이끌어낼 수 있는 수사과 서기를 비밀리에 만났다. 서기는 수감인한테 가깝게 다가갈 수 있는 여직원 한 명을 통해 쪽지를 전달할 수 있게끔 조치해주기로 했다.

그 밖에도 라울은 고르주레와 그 가정생활에 관해 필요한 정보도 얻어냈다.

저녁 6시, 더 이상 수사과 밀정으로부터 얻어들을 얘기가 없어지자, 그는 생탕투안 가의 댄스홀로 들어섰다. 머릿속에 입력해둔 인상착의 정보를 통해 매력적인 마담 고르주레의 모습이 즉각 포착되었다. 라울은 지체 없이 접근했고, 물론 자신의 정체는 밝히지 않은 채 작업에 착수했다.

그로부터 한 시간 후, 라울은 지나치게 풀어 헤쳐진 조조트를 데려다가 기꺼이 문을 열어준 생루이 섬 친구 집에 유폐시켰다. 그리고 밤 9시 반, 미끼에 걸려든 고르주레가 생탕투안 가 댄스홀로 걸어 들어온 것이다.

요컨대 그때만 해도 모든 것이 라울의 뜻대로 착착 진행되는 분위기였다. 하지만 고르주레와 얘기를 나누는 동안 왠지 힘겨운 느낌을 받게 되었다. 처음에 순조롭던 승리의 기세가 갑자기 덜컹하는가 싶더니 도저히 걷잡을 수 없는 난기류를 보이며 알 수 없는 파국으로 곤두박질치는 느낌이었다. 고르주레를 손아귀로 거머쥐었다가 다시금 놓아주기는 했지만, 그냥 덮어놓고 결과를 믿어볼 뿐 실제로 상대가 어떻게 나올지는 전혀 검증할 도리가 없었다. 솔직히 클라라한테 올바른 정보가 전달될지 무슨 수로 확인한단 말인가? 고르주레가 그러마고 약속했다고? 하지만 고르주레 본인이 그 약속을 강제로 당한 거라 생각하고, 더구나 그걸 지킨다는 건 자신의 직무를 저버리는 거라고 판단한다면?

사실 라울은 아까 고르주레가 자기 곁에 앉아 굴욕적인 흥정을 할 수밖에 없었던 이유와 그 머릿속의 복잡한 계산에 대해 충분히 간파하고 있었다. 다만 밖으로 벗어난 뒤에 형사가 다시 자신을 제대로 추스르고, 전혀 다른 방식으로 사태를 요리하려 들지 않는다는 보장이 어디 있단 말인가? 어디까지나 경찰의 주임무는 범인을 잡아들이는 것이다. 일단 그러기 위한 수단이 부족했던 고르주레가 20분이라는 시간 여유를 활용해 그걸 보충한 다음, 일대 반격을 펼치지 말라는 법도 없지 않겠는가?

'맞아, 확실해! 놈은 다시 전열을 정비하려 들 거야. 아, 빌어먹을 녀석! 어디 오늘 밤 한번 고약한 맛 좀 보아라!'

라울은 속으로 중얼거리고는 큰 소리로 외쳤다.

"이봐요, 종업원! 여기 필기할 것 좀 갖다주시오!"

종이와 펜이 대령하자, 그는 조금도 망설임 없이 써 내려갔다.

생각해봤는데, 암만해도 나는 조조트를 만나야겠다.

이어서 봉투에 휘갈기기를.

고르주레 형사에게

그는 봉투를 가게 사장한테 맡겼다. 그러고 나서 한 100여 미터 거리를 두고 주차해놓은 자동차로 돌아와 자리를 잡은 채 댄스홀의 입구를 유심히 살폈다.

역시 라울의 예감은 틀리지 않았다. 정확한 시각에 맞춰 고르주레가 나타나긴 했는데, 마치 댄스홀을 발칵 뒤집으려는 듯 여러 부하들을 거느리고 플라망의 호위를 받으며 안으로 들어가는 것이었다.

라울은 자동차를 출발시키면서 뇌까렸다.

"이러면 무승부가 되는 셈이지. 하긴 이미 시간이 늦을 대로 늦었으니, 오늘은 저자가 더 이상 클라라를 괴롭힐 수 없다는 면에선 내가 이겼다고도 할 수 있겠어."

그는 일부러 빙 둘러서 생루이 섬으로 돌아갔고, 조조트가 난리를 피우며 한참 동안 괴로워하다가 이제 겨우 다소곳해지면서 방금 잠이 들었다는 얘기를 전해 들었다.

한편 경시청으로부터는 아직 클라라와의 접선 시도에 대해 아무런 소식도 당도해 있지 않았다.

라울은 친구에게 말했다.

"어찌 됐든 간에 고르주레를 들볶기 위해서라도 내일 정오까지는 조조트를 붙잡아두자고. 그때 가서 내가 데리러 올 테니까, 그녀가 어디서 빠져나가는지 눈치채지 못하도록 자동차 창문은 모두 가려놓아야겠지. 오늘 밤, 혹시 무슨 전할 소식이라도 있으면 지체 말고 오퇴이유 내 집으로 전화를 하게나. 나는 그리로 돌아가 있겠네. 생각을 좀 차분하게 정리할 필요가 있거든."

부하들은 모두 지방에 나가 있고, 쿠르빌과 하인들도 차고에 거주하기에 별장에는 인기척 하나 없었다. 그는 침실 안락의자에 앉아 한 시간 정도 눈을 붙였다. 라울에게 그 정도면 휴식을 취하고, 머리를 다시금 명징한 상태로 돌아오게 하는 데 충분한 시간이었다.

어떤 악몽과 더불어 잠이 깼는데, 여전히 클라라가 센 강변을 따라 거닐다가 기분 나쁜 수면 위로 물끄러미 허리를 수그리는 꿈이었다.

라울은 쿵 하고 발을 구르며 자리에서 벌떡 일어나 방 안을 이리저리 서성거렸다.

"그만, 이제 그만! 이건 주춤해 있는 게 아니라 사태를 보다 명확히 보려고 하는 것뿐이야. 자, 어디 좀 보자. 지금 어디쯤 와 있는가. 우선 고르주레하고는 무승부나 다름없게 되었어. 내가 너무 서두는 바람에 충분한 준비가 안 된 상태로 공세에 나선 탓이야. 하여튼 누구를 너무

사랑해서 자기 정열에 휘둘리다 보면 항상 바보짓을 하고 만다니까. 이 모든 것을 일단 생각하지 말자. 마음부터 안정해야 해. 그런 다음 차근차근 행동 계획을 짜보는 거야."

하지만 제아무리 말이 논리적이고 희망적이라 해도 불안한 마음까지는 안정시키지 못했다. 물론 그는 클라라라는 여인이 조만간 자신의 손에 구출될 거라는 사실과, 예전의 경솔한 처신에 대한 대가를 지나치게 치르지 않고도 이 진짜 임자의 곁에 제대로 찾아들 것임을 잘 알고 있었다. 하지만 지금 미래의 일이 무슨 소용이랴! 당장 해결해야 할 현재의 위험이 문제인 것을.

다만 그 위험이라는 것은 수사판사가 사건에 착수하는 순간 끝나게될 이 지긋지긋한 밤의 매 분초가 흐르는 동안, 바로 그만큼씩 연장되고 있는 셈이었다. 클라라에게 밤이 끝나는 그 순간은 곧 구원을 의미했다. 그때가 되면 꺽다리 폴이 무사하다는 사실을 알게 될 테니까. 하지만 그때까지 그녀가 버틸 힘이 있을까?

한 치의 양보도 없이 밀려드는 강박관념 때문에 라울은 갈가리 찢기는 심정이었다. 그동안의 모든 노력은 경시청 여직원의 도움에 의해서든, 고르주레의 입을 통해서든 클라라에게 진실을 알려야 한다는 목표에만 집중되어 왔었다. 그게 좌절됐을 경우, 정신이 다 혼미해지고, 벽에 머리라도 박고 싶을 만큼 참기 어려운 정신적 고통에 휩싸일 수 있다는 걸 어찌 예견하지 못하겠는가. 클라라야말로 감옥이든 사법당국과의 줄다리기든, 심지어 유죄판결이든 모든 걸 감내할 수 있겠지만, 바로 이것, 자신의 손에 한 인간이 죽임을 당했다는 생각만큼은 견뎌낼수 없을 터였다.

라울의 뇌리에는 비틀비틀하다가 이내 쓰러져버리고 만 사내 앞에서 기겁을 한 채 어쩔 줄 몰라 하던 여자의 모습이 고스란히 떠올랐다.

"내가 살인을 했어. 내가 사람을 죽였다고······ 당신은 이제 날 사랑하지 않을 거야······."

그렇게 더듬대던 가엾은 여자가 도망을 쳐봤자 그건 자신의 죽음을 향한 질주에 다름 아니었고, 스스로를 완전히 무(無)로 돌리고 싶어 하는 광기 어린 열망에 지나지 않았을 거라고 라울은 생각했다. 하물며 이제 와 경찰에 붙잡혀 감옥에 갇혀 있다고 해서 과연 그녀가 살인을 저질렀고, 말로만 듣던 극악무도한 범죄자 중 하나가 되었다는 쓰디쓴 자괴감이 조금이나마 덜어질 리 있겠는가?

그러한 생각을 하면서 라울의 괴로움은 점점 심해졌다. 밤이 깊어갈수록 결국 돌이킬 수 없는 사태가 벌어지고 있으며, 아니 이미 벌어졌을지도 모른다는 참을 수 없는 확신 속으로 점점 곤두박질쳤다. 그는 가장 당혹스럽고 가장 혹독한 자살 수단들을 머릿속에 그리면서 매 순간 참극의 현장을 눈앞에 보고, 비명과 신음 소리를 귀로 듣고는, 다시금 또 다른 신음과 비명, 비참한 장면을 떠올리느라 끊임없이 자신을 학대했다.

나중 얘기지만, 그러던 어느 한순간 지극히 단순하고 자연스러운 현실에 맞닥뜨리고, 그때까지의 수수께끼가 깔끔한 해결책을 동반한 채 뒤통수를 때리자, 라울은 그걸 미처 눈치채지 못했던 자신에게 오히려 어리둥절할 수밖에 없었다. 라울 스스로 생각해도, 실재하는 무엇이라면 적어도 삶이 매일같이 제공하는 평범하고 일상적인 현상처럼 눈앞에 고스란히 드러나게 되어 있는 법이다. 만져보고 감지할 수 있는 인간적인 진실의 파악능력만 제대로 활용했더라도, 상황에 휩쓸리다가 마지못해 납득하기 훨씬 이전에 즉시 그 정곡을 꿰뚫을 수 있었을 터였다. 자고로 사방 백일하에 그 전모가 낱낱이 드러날 수밖에 없도록 문제가 떠오르는 순간들이 있기 마련인 것이다.

다만 그 같은 순간에 가깝게 다가가면서도 라울은 스스로 가장 극심한 어둠을 헤맨다고 생각했다. 워낙에 지독한 마음의 고통이 모든 전망으로부터 그의 눈을 가렸고, 눈곱만치의 희망의 빛도 들이치지 않는 현재의 순간에만 그의 의식을 붙잡아두었던 것이다. 심연의 밑바닥을 차고 오른다거나, 어떤 사태에도 스스로 대처하는 데 제아무리 익숙한 라울이었지만, 그날 밤새도록 그의 행태는 끝날 것 같지 않은 고통의 시간들을 차곡차곡 축적해가는 것에서 조금도 벗어나지 못했다.

이제 오전 2시…… 2시 반…….

라울은 활짝 열려진 창문을 통해 저기 저 나무들 위로 희멀건 새벽빛이 내려앉는 광경을 물끄러미 바라보고 있었다. 그러면서 순진하게도 클라라가 아직 죽지 않았다면, 날이 환해질 때는 더더욱 죽을 용기가 나지 않으리라는 생각만 멀뚱하니 했다. 자살이란 어둠과 적막이 낳는 행위라지 않은가.

가까운 성당 시계 종소리가 새벽 3시를 알렸다.

라울은 얼른 시계를 내려다보았고, 시계판 위를 기어가는 시간의 보조(步調)를 눈으로 좇고 있었다.

새벽 3시 5분…… 3시 10분…….

갑자기 라울이 움찔했다.

거리 쪽 철책문에서 초인종 소리가 울렸다. 친구일까? 뭔가 새로운 소식을 가지고 온 사람?

보통 때 같았으면 밤에 자동문을 여는 단추를 누르기 전에 누군지 확인부터 했을 것이다. 하지만 이번에는 방에 그대로 있으면서 덮어놓고 문을 열어주었다.

캄캄한 어둠 속에서 철책문을 들어와 정원을 가로질러 걸어오는 사람을 분간하긴 힘들었다. 미지의 존재는 거의 들릴 듯 말 듯한 느린 발소리를 내며 계속해서 계단을 올라왔다.

불안에 사로잡힌 라울은 감히 문 앞까지 걸어갈 수도 없었고, 아마 불행만 배가시킬 미지의 사태에 맞닥뜨릴 엄두도 나지 않았다.

어느 맥없는 손길이 문을 스르르 밀고 들어왔다.

클라라였다!

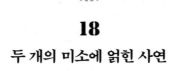

18
두 개의 미소에 얽힌 사연

라울의 삶—즉, 아르센 뤼팽의 인생—은 분명 모든 논리적인 현실과는 상반되는 놀랍고도 예기치 못한 사건들과 희극적이거나 비극적인 사태들, 도무지 불가사의한 현상들과 충격적인 상황들로 북적대는 삶이라 할 수 있다. 그러나—훗날 아르센 뤼팽이 고백한 바에 따르면—그날 금발의 클라라가 전혀 예상치 못하게 눈앞에 나타났던 일이야말로 그의 가장 깊은 내면부터 뒤흔들어버린 최고의 충격적 사건이 아니었나 싶다.

여자의 얼굴은 피로로 초췌하면서 납빛으로 질려 있었고, 비장한 분위기의 눈동자는 신열로 번득였으며, 드레스는 마구 더럽혀지고 구깃구깃한 데다 옷깃까지 너덜너덜했다. 도저히 있을 수 없는 사태가 눈앞에 펼쳐진 것이다. 분명 목숨이 붙어 있긴 하지만, 자유의 몸일 리가 없기 때문이었다. 경찰이 자신의 먹잇감을 이유 없이 풀어주는 일은 없으며, 더군다나 현행범으로서 확실한 용의자를 검거했을 경우엔 말할 것

결정판 아르센 뤼팽 전집

도 없다. 게다가 여태껏 여자의 몸으로, 그것도 고르주레가 특별관리를 하는 처지에서 혼자 힘으로 경시청을 빠져나온 예는 없었다. 자, 그렇다면 이건 도대체 무슨 조화란 말인가?

둘은 서로 아무 말 없이 마주 보았다. 남자는 불가해한 진상을 조금이나마 엿보려고 잔뜩 긴장한 상태였고, 여자는 수치스럽고 비참한 몰골에 힘겨워하며 중얼거리는 분위기였다.

'아직도 나를 원합니까? 사람을 죽인 여자를 곁에 두시겠어요? 내가 당신 품에 안겨도 됩니까? 아니면 이대로 사라져줄까요?'

마침내 여자가 전신을 후들거리면서 속삭였다.

"죽을 용기가 없었답니다. 그러고는 싶었어요. 몇 번이나 물 위를 굽어보았는지 모릅니다. 하지만 용기가 안 나더군요."

남자는 그런 여자를 정신없이 바라만 보고 있었다. 심지어 상대가 무슨 말을 하는지조차 거의 한쪽 귀로 흘려버리면서 뜯어보고, 또 뜯어보기만 할 뿐이었다. 이제야 문제가 적나라한 형태로 대두되는 느낌이었다. 즉, 지금 이 순간 클라라는 라울의 면전에도 있고, 동시에 경시청 감옥에도 있다는 사실! 이 두 개의 서로 엮일 수 없는 사항들 이외에는 아무것도, 결코 아무것도 문제 될 것은 없다. 라울로서는 이 좁은 테두리를 단단히 고수한 채, 그 밖으로 튀어나가지 않으려고 조심할 필요가 있었다.

더욱이 아르센 뤼팽 같은 인물은 이처럼 진실이 날 잡아 잡수 하는 앞에서, 어느 정도 이상까지 맥 놓고 가만있을 리가 없다. 여태껏 요리조리 빠져 달아났었다면 그건 진실이 지극히 단순했기 때문이니, 지금처럼 노골적으로 스스로를 드러내는 마당에 와서는 단호하게 끝장을 봐야 하는 것이다.

어느새 새벽빛이 나무 위로 하늘을 비추면서 방 안의 전등 불빛과 뒤

섞였다. 그와 더불어 클라라의 얼굴도 환하게 밝아지면서 아까와 비슷한 속삭임이 입가로 새어나왔다.

"죽을 용기가 없었어요. 하지만 죽었어야 했겠죠? 그래야 당신이 날 용서할 텐데…… 하지만 죽을 용기가 안 났어요."

남자는 아주 오랫동안 눈앞의 처절하고도 서글픈 광경을 바라보았다. 그러면서 왠지 모르게 좀 더 안정되고 차분한, 나중에는 거의 미소를 띤 듯한 표정으로 옮아가는 것이었다. 그러더니 난데없는 급변을 예견케 할 어떤 징후도 보이지 않은 상태에서 느닷없는 웃음을 대차게 터뜨렸다. 그것도 잠시 웃다 마는 간결한 웃음이나 속에 꿍하니 담아두는 웃음, 혹은 작금의 비장한 분위기에 금세 묻혀버리고 마는 웃음이 아니라, 한마디로 포복절도, 한번 터지면 웬만해선 그치지 않을 것 같은 웃음이었다.

이렇듯 때 아닌 유쾌함과 더불어 즉흥적이고 어린애다운 성향이 물씬 풍기는 앙증맞은 춤동작까지 따라나왔다. 거의 발작적이라 할 수 있는 그 같은 태도 속에는 이런 뜻이 담겨 있는 듯했다.

'내가 지금 웃는 건, 누구라도 운명적으로 이런 상황에 처하면 도저히 웃지 않고는 배길 수가 없기 때문이라오!'

가뜩이나 스스로 죽어야 할 몸이라며 자괴감에 사무친 클라라는 이처럼 갑작스러운 상황에 질겁한 눈치였다. 남자는 그걸 무마하려는 듯 덥석 여자한테 달려들어 두 팔로 번쩍 들어 안고는, 인형 다루듯 빙글빙글 돌리면서 격정적인 포옹과 입맞춤을 해대다가, 급기야는 이렇게 속삭이며 침대 위에 다소곳이 누였다.

"자, 이제 실컷 울어요, 아가씨. 실컷 울고 나서 더 이상 자신이 죽을 필요가 없다는 걸 인정하고 나면, 그때 어디 머리를 맞대고 이야기해봅시다."

그러자 여자는 벌떡 일어서며 남자의 어깨를 부둥켜안았다.

"그럼 날 용서해주는 건가요? 날 봐주는 거예요?"

"당신을 용서하고 말고 할 것도 없어. 당신은 아무것도 변명할 필요 없다고."

"천만에요. 사람을 죽인걸요."

"당신은 사람을 죽이지 않았어."

"그게 무슨 말이에요?"

여자가 고개를 갸우뚱했다.

"죽은 사람이 있어야 살인이 성립되는 거야."

"그래요, 사람이 죽었어요."

"아니."

"오, 라울! 지금 무슨 말을 하려는 거죠? 내가 발텍스를 칼로 찌르지 않았던가요?"

"발텍스를 찔렀지. 하지만 그런 종류의 불한당은 대개 명도 질긴 법이야. 당신, 신문 안 읽은 모양이지?"

"안 읽었어요. 읽고 싶지가 않았죠. 내 이름이 올라 있는 걸 보기가 두려웠거든요."

"당신 이름이야 온통 천지지. 하지만 그렇다고 발텍스가 죽었다는 얘기가 어딘가 있다는 뜻은 아니야."

"어머나, 그럴 리가!"

"바로 지난 저녁, 내 친구 고르주레가 단언하기를 발텍스는 목숨을 건진 상태라는 거야."

그제야 여자는 남자의 어깨에서 팔을 풀었고, 예상대로 엄청난 울음을 터뜨리기 시작했다. 뜨거운 눈물을 철철 흘리면서 속에 쌓여온 절망감 또한 두루두루 해소되는 모양이었다. 여자는 계속해서 침대에 엎드린 채 아이처럼 흐느껴 울었고, 간혹 발작적인 한숨과 신음을 뱉어 냈다.

라울은 여자를 울게 내버려두고 잠시 깊은 생각에 잠겨 들었다. 머릿속으로 갑작스러운 섬광이 들이치면서 수수께끼의 얽히고설킨 실타래도 하나하나 풀어지고 있었다. 하지만 아직은 얼마나 많은 대목들이 어둠 속에 가려져 있는지!

그는 한참을 이리저리 걸어다녔다. 그러면서 처음 시골 처녀가 층을 잘못 알고 자기 처소로 스며 들어왔을 때의 광경을 다시 한번 떠올려보았다. 그 앳된 얼굴 윤곽엔 어찌나 매력이 묻어나던지! 표정에서 우러나는 천진함과 살짝 벌어진 입술 모양! 상큼하면서 풋풋하기가 이루 말할 수 없는 시골 아가씨의 모습은 여태껏 잔혹한 운명의 횡포 아래 몸부림을 쳐대며 괴로워하는 이 여자와 어쩌면 그리도 다른지! 두 개의 서로 다른 이미지는 이제 알 수 없는 혼란 속에서 마치 한 얼굴의 다른 두 표정인 것마냥, 서로 겹치는 대신 완전히 별개의 두 얼굴로 분리가 되는 것이었다. 그렇게 두 개의 미소가 따로따로 나뉘었고, 결국 시골 처녀의 미소 하나와 금발의 클라라가 짓던 미소 하나로 구분되었다. 가엾은 클라라! 보다 매혹적이고 육감적인지는 몰라도, 순수함이라는 개념과는 너무도 별개의 존재가 아닌가!

라울은 침대 모서리로 돌아와 걸터앉은 다음 여자의 이마를 부드럽게 어루만져주었다.

"당신, 너무 피곤한 것 아닌가? 내 질문에 몇 가지 대답해줄 수 있겠어?"

"네."

"우선 다른 모든 질문을 포괄할 만한 질문 하나만 하겠어. 당신은 내가 방금 눈치챈 것을 이전부터 죽 알고 있었던 건가?"

결정판 아르센 뤼팽 전집

"네."

"오, 클라라. 알고 있었으면서 왜 내게 털어놓지 않았지? 그토록 이리저리 빠지고 수작을 부려오면서까지 나를 헤매게 만든 이유가 대체 뭐냐고?"

"왜냐하면 당신을 사랑했기 때문이에요."

"나를 사랑했기 때문이라……."

라울은 마치 그 뜻을 제대로 알아듣지 못한 듯 되풀이해 말했다.

그러면서도 여자의 가슴 깊은 고통을 짐작하고는 그걸 잠재우기 위해 농을 던졌다.

"오, 귀여운 아가씨. 이 모든 게 너무 복잡하군. 누구든 당신 얘기를 곧이곧대로 듣다 보면, 점점 당신이……."

"실성한 사람처럼 보일 거라는 거죠? 하지만 내가 멀쩡하다는 건 당신이 잘 알아요. 내 입에서 나오는 모든 얘기가 전부 진실이라는 것도요. 말해보세요. 내 얘기가 맞죠? 그렇죠?"

남자는 그저 어깨를 으쓱하고, 상냥한 어조로 당부했다.

"자, 어서 얘기를 털어놓아요. 아마 당신 스스로 처음부터 사연을 줄줄이 털어놓다 보면, 나를 믿지 않음으로써 그동안 얼마나 잘못한 건지 깨닫게 될 거야. 현재의 모든 불행과 우리를 발버둥치게 만드는 비극 모두 바로 당신이 그간 입을 열지 않았기 때문이라고."

여자는 일단 수긍하는 눈치였다. 집요하게 흘러내리는 눈물을 침대 시트로 닦아내면서 그녀는 나직한 목소리로 말했다.

"이제부터 거짓말은 하지 않겠어요, 라울. 나의 어린 시절 얘기도 있는 그대로와 다르게 보이려고 애쓰지는 않을 거예요. 결코 행복하지 못했던 한 여자아이의 인생 말이에요. 어머니인 아르망드 모랭은 나를 무척이나 아껴주었답니다. 그러다가 그만 생활이…… 어머니의 생활이 나에게는 그리 큰 신경을 쓰지 못하는 식으로 전개되어 갔지요. 우린 파리의 한 아파트에 살았는데, 항상 사람들 발길이 끊이지 않았답니다. 언제나 뭔가 주문을 하는 신사가 늘 선물을 한 아름 가지고 방문하곤 했지요. 그뿐만 아니라, 먹을 것과 샴페인을 들고 오는 일도 있었어요. 매번 다른 얼굴들이었는데, 그중에는 나한테 잘 대해주는 사람도 있었고 사이가 나쁜 사람도 있었어요. 그래서 때로는 나도 거실에 들어갈 수도 있고, 아니면 하인들과 함께 찬방에 머물러야 할 때도 있었답니다. 결국 몇 차례 연달아 이사를 가게 되었고, 갈수록 작은 집으로 골라 가더니 결국에는 방 한 칸짜리로 내몰리고 말았지요."

여자는 잠시 숨을 고른 뒤 낮은 목소리로 말했다.

"불쌍한 엄마께선 병까지 나셨어요. 그러자 금세 늙어버리시더군요. 나는 열심히 돌봐드렸죠. 가사는 모두 내 몫이었답니다. 더 이상 다니지는 못했지만 학교 교과서도 틈틈이 읽으면서요. 엄마는 공부를 하는 나를 슬픈 눈으로 바라보곤 하셨어요. 하루는 반쯤 실성을 하셔서 뭐라고 내게 말씀을 하셨는데, 그중 아직도 잊지 못하는 얘기가 딱 하나 있답니다. 이런 말씀이셨죠. '네 탄생에 대해 꼭 알아야 할 게 있단다, 클라라. 아버지 이름도 알아야만 하고. 엄마는 아주 젊었을 때 파리에 살았단다. 그때는 참 조신했었지. 어느 가정에 날품으로 삯바느질을 해주며 열심히 살고 있었는데, 거기서 한 남자의 관심을 끌게 되었고, 결국 나한테 홀딱 반한 그의 유혹을 받기에 이르렀단다. 그 사람은 나 말고도 다른 여자가 수두룩했기 때문에 나는 자연히 불행해질 수밖에 없었지. 결국 그 남자는 네가 태어나기 몇 달 전에 내 곁을 떠나버렸고, 그 뒤로는 한 1~2년가량 돈만 부쳐주었단다. 그러다 나중에는 아예 멀리 여행을 가버렸지. 나도 그를 찾으려 하지 않았기 때문에 그 후로 내 얘기가 그의 귀에 들어갔을 리가 없지. 그 사람은 아주 부유한 후작이었

결정판 아르센 뤼팽 전집

는데…… 이제 너에게 그 이름을 말해줄 때가 된 것 같구나.' 같은 날 가엾은 엄마는 비몽사몽간에 아버지에 대한 얘기를 좀 더 늘어놓았어요. 그중에 이런 얘기가 있었죠. '그 사람에게는 나 이전에 또 한 명의 정부가 있었지. 시골에서 공부를 가르치는 여자였는데, 임신을 했다는 걸 남자가 알기 전에 버림을 받은 여자였어. 나도 우연히 들어서 알게 된 사연이지. 그런데 지금으로부터 몇 년 전, 도빌에서 리지외까지 여행을 하던 중에 자칫 혼동을 일으킬 만큼 클라라, 너와 꼭 닮은 열두 살 짜리 여자아이를 보게 되었단다. 그래서 한번 물어보았지. 이름은 앙토닌, 앙토닌 고티에라고 하더구나.' 이상이 엄마한테서 들은 내 과거에 얽힌 얘기 전부예요. 엄만 결국 아버지 이름을 말해주시기 전에 돌아가셨죠. 그때 내 나이가 열일곱이었어요. 엄마가 남긴 서류들 속에서도 단서가 될 만한 정보는 딱 하나, 루이 16세풍의 큼직한 책상 사진밖에는 없었어요. 근데 그 사진에 (엄마 필체였는데) 어떤 비밀서랍에 대한 얘기와 그걸 여는 방법이 적혀 있는 거예요. 그 당시에는 나도 별 신경을 쓰지 않았죠. 이미 얘기한 바 있지만 내겐 그때 공부가 절박했거든요. 그런 다음 본격적으로 춤을 추기 시작했답니다. 그러다가 알게 된 사람이 바로 발텍스예요. 지금으로부터 열여덟 달 전 일이죠."

거기서 클라라는 다시 멈추었다. 지친 기색이었지만 얘기는 계속하고 싶어 했다.

"발텍스는 그리 말이 많은 편이 아닌 사람이라서 자신의 개인적인 일에 관해서는 한마디도 내비친 적이 없답니다. 그런데 하루는 내가 볼테르 제방에서 그를 기다리는데, 갑자기 자기가 지속적인 관계를 맺고 있는 사람이라면서 데를르몽 후작의 얘기를 하는 거예요. 그렇지 않아도 거기서 나오는 길이라며 그 집의 멋진 고가구들에 대해 입이 마르게 칭찬을 하더군요. 특히 루이 16세풍 책상이 너무 멋지다면서요. 후작이라…… 거기다 책상까지…… 난 아무렇지도 않은 듯 그 책상에 대해 이것저것 물어보았죠. 그러다 보니 막연한 의혹이 점점 또렷한 확신으로 변해가는 거였어요. 정말이지 그 책상이야말로 내가 가지고 있는 사진 속의 책상이고, 후작은 내 어머니를 좋아했었던 그 후작일 거라는 확신 말이에요. 그에 관해 얻어들을 수 있는 얘기 모두가 제 생각을 더욱 확고하게 굳혀주는 것이었습니다. 그렇다고 해서 현실적으로 무슨 구체적인 계획 같은 게 있었던 건 아니에요. 그저 단순한 호기심이 발동한 거지, 뭔가를 알아내겠다는 의지가 있었던 건 아니었죠. 그러던 어느 날, 발텍스가 묘한 웃음을 지으며 내게 이러는 거예요. '이 열쇠 봐. 이건 데를르몽 후작의 아파트 열쇠야. 자물쇠 구멍에 꽂아둔 채 깜빡한 모양이더라. 돌려줘야겠지.' 나는 바로 그 열쇠를 나도 모르게 슬그머니 훔쳐버렸답니다. 그로부터 한 달 뒤, 발텍스는 무슨 일인지 경찰에 쫓기게 되었고, 나는 나대로 도망쳐서 파리에 잠적하게 된 거죠."

라울이 불쑥 끼어들며 물었다.

"왜 그 즉시 후작을 만나보지 않았지?"

"만약 그가 내 아버지라는 확신이 있었다면 당장 만나서 원조라도 요청했을 거예요. 하지만 확신을 갖기 위해선 먼저 그의 거처로 잠입해 책상부터 확인하고 비밀서랍을 뒤져야 했어요. 아무튼 나는 뜬금없이 그 부근을 찾아가 제방 위를 서성대기 시작했지요. 가끔 후작이 외출하는 것을 목격했지만 선뜻 다가들 엄두가 나지 않았어요. 그러는 와중에 후작의 평소 습관이 어떤지도 알게 되었고, 쿠르빌도 낯이 익게 되면서 라울 당신이나 그 집의 모든 하인들의 얼굴도 익히게 되었지요. 거기에다 내 호주머니 속에는 언제든 집 안으로 들어갈 수 있는 열쇠가 있었고요. 다만 마음이 아직 서지 않는 거였어요. 워낙에 내 천성과는 정반대의 행동을 해야 했으니까요. 그러다 급기야는 문제의 오후 저물 무렵

이 되었고, 나는 그만 우연한 사태에 이끌리다시피 해서…… 결국 그날 밤 당신과 가까워지는 지경에까지 이르게 된 거랍니다."

여자는 마지막으로 숨을 골랐다. 이제 얘기는 수수께끼의 가장 미묘한 대목을 건드리고 있었다.

"그때가 아마 오후 4시 반이었을 거예요. 남의 시선을 끌지 않을 복장에 머리는 베일로 잔뜩 가린 채, 제방 위 맞은편 보도 위에서 망을 보던 나는 발텍스가 후작의 집에서 나와 멀어져 가는 걸 확인한 뒤 천천히 건물로 접근했지요. 그런데 문득 택시 한 대가 와서 멈추더라고요. 가방을 든 젊은 여자가 내렸는데, 아직 소녀 티를 미처 벗지 못한 그녀는 나처럼 금발인 데다가, 얼굴 형태며 머리 색깔, 표정 등이 나와 무척이나 닮았습니다. 누구라도 처음 보면 놀라지 않을 수 없을 만큼 닮아서 마치 친족관계가 아닐까 생각할 만도 했는데, 그때 어머니가 리지 외에서 마주쳤던 여자아이 생각이 퍼뜩 드는 거예요. 혹시 그때 그 여자아이가 지금 보는 이 처녀가 아닐까 하는 생각과 함께 말입니다. 더구나 내 자매, 그러니까 내 이복자매처럼 느껴질 만큼 나와 닮은 여자가 데를르몽 후작의 집을 찾아왔다는 사실은, 결국 데를르몽 후작이 내 아버지가 아닐까 하는 생각으로까지 연결되었죠. 그날 저녁, 나는 므슈 데를르몽이 출타 중인 데다 귀가하지 않으리라는 것을 알고 있었기에, 별로 망설이지도 않고 그의 거처로 올라가서 루이 16세풍 책상을 확인하고는 비밀서랍을 열었답니다. 과연 엄마의 사진이 거기에 있더군요. 제대로 찾아온 셈이었죠."

얘기를 듣고 있던 라울이 짚고 넘어가자는 식으로 말했다.

"좋아. 하지만 앙토닌이라는 이름에 관해서는 어떻게 안 건가?"

"그건 당신 입을 통해서였어요."

"내가?"

"네. 정확히 5분 후에 당신이 나를 앙토닌이라고 불러주었거든요. 아울러 앙토닌이 당신 집을 찾아들었었다는 사실도 알게 되었죠. 물론 우리 둘을 혼동한 당신은 내가 찾아왔던 걸로 착각했겠지만요."

"그럼 왜 내가 착각한 거라고 즉시 귀띔해주지 않은 거지, 클라라? 모든 게 거기서부터 꼬이기 시작했잖아!"

"맞아요. 모든 게 거기서부터 꼬였지요. 하지만 생각해보세요. 나는 그때 한밤중 남의 집을 무단침입한 입장이었어요. 그러다 당신한테 들켰고요. 그런 마당에 당신의 착각을 역이용하려 드는 게 당연하지 않겠어요? 내 행동을 다른 여자의 짓으로 여기려는 걸 뭐하러 굳이 만류하겠느냐고요! 물론 그때만 해도 다음에 또 당신을 만나리라고는 생각지 않았던 거죠."

"하지만 다시 만난 건 사실이고, 그때라도 모든 걸 밝힐 수 있었을 텐데? 사실은 두 여자가 있다는 얘기를 왜 안 한 거냐고. 하나는 클라라, 다른 하나는 앙토닌 말이야!"

여자의 얼굴이 순식간에 붉게 상기되었다.

"옳은 말씀이에요. 하지만 다시 당신과 맞닥뜨렸을 때는…… 그러니까 카지노 블루에서 저녁 때였죠. 그때 당신은 내 목숨을 구해주었고, 발텍스나 경찰로부터도 구해주었어요. 그래서 그만…… 당신을 사랑하게 되었던 거죠."

"그렇다고 해서 말을 안 했다는 건 납득이 안 가는데."

"하지만 말할 수 없었어요."

"왜? 이유가 뭔데?"

"질투가 났거든요."

"질투?"

"네. 사랑하게 되자 곧바로 질투가 일었죠. 당신의 마음을 사로잡은

결정판 아르센 뤼팽 전집

건 내가 아니라 그 여자애라는 생각이 든 거예요. 내가 무얼 어떻게 하든 당신은 나를 보면서 그 여자를 생각했으니까요. 늘 당신은 시골 아가씨라는 말을 입에 달고 다니다시피 했어요. 언제나 그 이미지에만 집착했고, 내 행동 양식이나 눈빛에서 항상 그 여자만을 찾아 헤맸지요. 다소 거칠면서 열정적이고, 변덕도 심하면서 다혈질인 나라는 여자는 당신이 사랑하는 여자가 아닌 거예요. 그래서 나는 당신이 두 여자를, 즉 욕정 때문에 갈망하는 여자와 처음 봤을 때부터 반해버린 여자를 혼동하도록 내버려둔 거예요. 기억을 한번 더듬어봐요, 라울! 당신이 볼니크 성의 앙토닌 방을 침입해 들어갔던 일 말이에요. 당신은 그녀의 침대 가까이 감히 접근하지도 못했어요. 본능적으로 그 시골 아가씨를 존중해주었던 거죠. 반면 이틀 후, 카지노 블루의 그 저녁 사건 때 당신은 마찬가지로 본능을 앞세워 나를 와락 끌어안았어요. 그러면서도 당신한테는 앙토닌과 클라라가 같은 여자였던 거예요."

라울은 잠자코 있더니 생각에 잠긴 목소리로 말했다.

"그렇다 해도 내가 당신 두 사람을 혼동했다니 정말 이상한 일이야."

"이상하다고요? 천만에요. 그때만 해도 사실상 당신이 앙토닌을 본 건 중이층에서 딱 한 번뿐이었어요. 그러고 나서 같은 날 저녁때, 그와는 전혀 다른 상황에서 나, 클라라를 보게 된 거죠. 그런 다음에는 계속 그 여자와는 마주치지도 못하다가 볼니크 성에서 두 번째로 보게 되었어요. 더구나 제대로 얼굴을 보려 한 것도 아니고요. 그게 다였어요. 그러니 그 여자와 나를 당신이 어떻게 분간이나 제대로 할 수 있었겠어요? 나밖에 제대로 보지도 않았으면서요. 나 역시 그래서 잔뜩 긴장을 하고 당신한테 이것저것 물어보았던 거예요. 당신이 그 여자와 마주쳤던 모든 상황들에 관해서 말이죠. 마치 그때 거기 있었던 게 바로 나였고, 그 여자가 내뱉은 말도 내가 한 것처럼, 내가 다 알고 있는 것처럼 처신하기 위해서요. 심지어 그때부터는 옷도 그 여자가 파리에 처음 도착했을 때 입었던 식으로 입으려고 무척이나 조심을 했답니다."

라울은 천천히 중얼거렸다.

"음, 그래. 따지고 보니 그처럼 단순한 일도 없어."

모든 사건이 주마등처럼 눈앞을 스쳐가는 1분이라는 시간! 깊은 생각에 잠겨 있던 그가 마침내 덧붙였다.

"누구라도 착각을 할 만한 일이야. 그러니 그날 역에서도 고르주레조차 앙토닌을 클라라로 오인한 거였지. 그저께는 아예 당신인 줄 알고 그 여자를 잡아 가둔 것이고."

클라라는 소스라치게 놀랐다.

"지금 뭐라고 했죠? 앙토닌이 붙잡혀 있다고요?"

"그럼 모르고 있었단 말인가? 그러고 보니 그저께 이후로는 무슨 일이 벌어지는지도 전혀 모르고 산 모양이로군. 우리가 도망친 지 반 시간 후에 앙토닌이 제방에 나타난 모양이야. 분명 후작의 아파트로 올라가려는 뜻이었겠지. 그런 걸 플라망이 목격하고는 곧장 고르주레에게 넘겨버렸더군. 당연히 수사과로 압송했고, 그때부터 취조를 한답시고 괴롭히고 있단 말이야. 고르주레, 그 친구한테도 그 여자는 앙토닌이 아닌 클라라일 테니까."

클라라는 침대에서 몸을 일으키더니 다짜고짜 무릎부터 꿇었다. 볼에 겨우 돌아오는 듯하던 생기가 금세 사라지면서, 여자는 하얗게 질린 얼굴로 부들부들 떨며 더듬대기 시작했다.

"부, 붙잡혔다고요? 나 대신? 나 대신 지금 감옥에 있단 말이죠?"

라울은 활짝 웃으며 농담처럼 대꾸했다.

"왜, 어쩌려고? 그녀를 위해 아파해주기라도 하겠다는 건가?"

여자는 벌떡 일어나 옷매무새를 가다듬더니 열에 들뜬 동작으로 모자를 눌러썼다.

"지금 뭐하는 건가? 어딜 가려고?"

"거기요."

"거기라니?"

"그녀가 있는 곳요. 칼로 찌른 건 그녀가 아니고 나예요. 금발의 클라라는 그 여자가 아니고 나라고요. 그런데도 나 대신 그녀를 고통받게 하고, 나 대신 심판받게 놔둘 수는 없는 거잖아요."

"저런! 당신 대신 유죄판결을 받고, 당신 대신 기요틴에 오르게 될 거라서?"

라울은 또다시 예의 그 유쾌한 웃음을 터뜨리면서 여자의 모자를 벗기고 옷매무새도 편하게 해주었다.

"당신 참 재미있는 여자야! 그러니까 결국 그 여자를 영영 거기 가둬둘까 봐 걱정된다는 거로군? 이것 봐요, 헛똑똑이 아가씨. 그 여자는 스스로를 충분히 방어할 수 있을 겁니다. 오해가 있음을 해명할 거고, 알리바이도 댈 거예요. 후작에게 증언도 요청할 테고. 고르주레가 제아무리 먹통이라 해도 눈을 올바로 뜨지 않고는 못 배길걸!"

그러나 여자는 고집을 굽히지 않았다.

"그래도 갈 겁니다."

"좋아. 그럼 함께 갑시다. 내가 동행해주겠소. 아무튼 우아하고 정중하게 나서는 거야. 이렇게 말이지. '므슈 고르주레, 우리가 왔습니다. 젊은 아가씨를 대신하기 위해 짜잔 나타났어요!' 그럼 고르주레의 대답은 이렇겠지? '젊은 아가씨는 이미 풀어줬는데! 뭔가 오해가 있었다오. 그런데도 두 분이 친히 왕림해주셨으니, 자 들어가십시다. 감방 안으로…….'"

그제야 여자는 수긍이 가는 모양이었다. 라울은 여자를 다시 누인 뒤 꼭 보듬어주었다. 이미 기진맥진해 있던 여자는 금세 잠에 빠져들기 시작했다. 하지만 머릿속은 아직도 생각이 많은지 여전히 중얼대고 있었다.

"도대체 그 여자는 왜 자신을 보다 적극적으로 변호하지 않은 걸까요? 즉각 자초지종을 설명하지 않고서. 분명 무슨 이유가……"

마침내 곯아떨어진 클라라 곁에서 라울도 깜박 잠이 들었다. 그러다 문득 잠이 깼을 때, 라울은 바깥의 소음이 서서히 기지개를 켜기 시작하는 가운데 이런 생각을 굴리고 있었다.

"글쎄, 앙토닌은 왜 적극적으로 자기 방어를 하지 않은 걸까? 모든 진실을 밝히는 게 그녀에게 그리 어려운 일은 아닐 텐데 말이야. 분명 자신을 빼다 박은 또 다른 앙토닌이 존재한다는 걸 이제는 깨달았을 테고, 내가 그 여자의 애인이자 공범이라는 사실도 알고 있을 텐데. 그런데도 왠지 적극적으로 저항을 하지 않는 것 같아. 왜일까? 도대체 왜?"

그러자 그토록 아름답고 다정하면서 입을 다물고만 있는 시골 처녀 생각에 가슴이 저미는 것이었다.

아침 8시, 라울은 생루이 섬에 사는 친구에게 전화를 걸었고, 이런 대답을 들었다.

"경찰 여직원이 와 있네. 수감자와는 오늘 아침부터 소통을 할 거라는군."

"좋았어! 내 필체를 사용해서 쪽지를 하나 써주게. '마드무아젤, 침묵을 지켜줘서 고맙소. 아마 고르주레가 당신한테 나도 붙잡혔고, 껑다리 폴도 죽었다고 얘기했을 줄 압니다. 물론 거짓말이죠. 반대로 모든 것이 잘 되어가고 있습니다. 그러니 이제는 모든 걸 시원하게 밝히고, 당신 자유를 획득하시는 게 이로울 겁니다. 아울러 7월 3일로 정한 우리의 약속을 부디 잊지 말기를 부탁드립니다. 그럼 이만 총총.' 자, 어떤가, 잘 받아 적었나?"

"음, 잘 받아 적었네."

상대는 얼떨떨해하면서도 깍듯하게 대답했다.

"그럼 친구들은 이만 해산시키게. 사건은 정리되었어. 나는 클라라와 함께 잠시 여행을 떠날 생각이야. 조조트는 자기 동네로 데려다주게. 그럼, 또 보세."

라울은 전화를 끊고 나서 쿠르빌을 불렀다.

"자동차 덩치 큰 걸로 준비해주게. 여행용 트렁크도 챙겨놓고. 서류들은 몽땅 치워버려. 한바탕 부부싸움이 일 것이네. 아가씨가 잠에서 깨자마자 모두 여길 뜨는 거야."

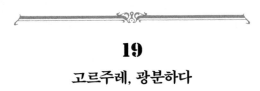

19
고르주레, 광분하다

고르주레 부부 간의 대화는 마치 폭풍우를 연상시켰다. 다분히 허구적인 인물에 대해서 남편이 공연한 질투심에 괴로워하고 있다는 걸 발견한 조조트는 세련되고 예의 바르며 행동거지가 무척이나 섬세한, 그야말로 재치만점의 매혹적인 신사가 가질 수 있는 온갖 장점들을 끌어다가 심술궂게도 그 인물을 잔뜩 치장했다.

"흥, 백마 탄 왕자님이 따로 없었겠어!"

형사반장이 이를 갈자, 조조트는 조롱하듯 내뱉었다.

"그 이상이죠."

"내가 누차 얘기했다시피 당신의 그 백마 탄 왕자님은 다름 아닌 라울일 뿐이야. 꺽다리 폴의 살해범이자 금발의 클라라의 공범이라고! 그래, 당신은 바로 살인마와 더불어 밤을 보낸 거란 말이야!"

"살인마요? 당신이 그런 식으로 얘기하니 더더욱 재미가 있어지는군요. 정말 황홀할 지경이에요."

"에잇, 요망한 여편네 같으니!"

"그게 어디 내 잘못인가요? 그가 날 납치해간 걸 어떡해요?"

"납치당할 만하니 납치하지! 도대체 왜 그놈 자동차를 탄 거야? 그놈 집엔 왜 올라간 거냐고? 칵테일은 왜 넙죽넙죽 받아 마셨어?"

여자가 대답을 내밀었다.

"나도 모르겠어요. 그 사람, 왠지 자신의 뜻을 받아들이게끔 하는 능력이 있더라고요. 도저히 저항할 수가 없었단 말이에요."

"저런! 저것 보게나! 그럼 저항도 하지 않았단 말인가? 이제야 실토를 하네!"

"심지어 나한테 아무것도 요구하지 않은걸요."

"오호라, 그러셨어? 아마 그 자식이 당신 손등에 입 맞추는 걸로 만족한 모양이구먼. 좋아, 내 신께 맹세코 클라라가 그놈 대신 대가를 치르도록 만들고야 말겠어. 아주 가차 없이 혼꾸멍내주고야 말 테야!"

고르주레는 무척 흥분한 상태로 집을 나왔는데, 그 때문에 걸어가면서도 연신 큰 소리를 쳐대는가 하면 요란한 몸짓으로 거리를 휘젓는 것이었다. 웬 악마 같은 녀석 때문에 완전히 꼭지가 돌았다고나 할까. 아예 마누라의 명예가 심각한 훼손을 입었다고 판단했으며, 가만히 있다가는 불륜의 추행이 계속될 것이라 확신했다. 그 가장 확실한 증거라면, 바로 녀석이 사는 동네에 대해 아무것도 모른다고 잡아떼는 조조토의 태도가 아니겠는가! 갈 때와 올 때, 두 차례나 거쳤을 도정에 대한 일말의 단서도 거머쥐지 못했다는 얘기를 과연 믿을 수 있겠는가?

한편 경시청 수사과 앞에서 그를 기다리던 플라망 형사가 이르기를, 검찰 쪽에서는 고르주레가 새로운 정보를 가져오는 대로 그날 안에 첫 신문을 시행할 계획이라는 것이었다.

"좋았어! 그거 확실한 거지? 자, 어서 계집을 던져주자고, 플라망!"

그년이 입을 좀 놀리게 만들어야 해. 그렇지 않으면……."

하지만 고르주레의 저돌적인 열정은 전혀 예기치 못한 기상천외한 광경 앞에서 그만 허망하게 허물어져야 했다. 즉, 이제부터 쉽지 않을 실랑이를 벌여야 할 것으로 예상한 여자가 다정다감하면서도 쾌활하고, 다소곳한 미소까지 곁들인 너무도 다른 모습으로 변모해 있는 것이었다. 심지어 지금까지는 공연한 앙탈과 실신을 번갈아 연출하며 연극을 해오고 있었던 것 아닌가 하는 의문이 들 정도였다. 여자는 의자에 단정히 앉아 깔끔하게 정돈된 옷차림과 잘 다듬은 머리 모양새를 과시하며 더없이 깍듯한 태도로 손님을 맞이했다.

"하시는 업무는 잘 되시는지요, 므슈 고르주레?"

지금까지 고르주레를 이끌어온 노기 띤 에너지는 오로지 여자가 입을 열지 않을 경우를 대비해 온갖 욕설과 위협만을 준비해오고 있었건만, 상대의 이 같은 태도에 직면하자 그만 어리둥절해 정신을 차릴 수가 없었다.

"형사님, 저는 온전히 당신이 하라는 대로 할 생각입니다. 이제 몇 시간 후면 여기서 나갈 텐데, 더 이상 형사님을 괴롭게 해드리고 싶지가 않군요. 무엇보다 우선……."

순간 어떤 끔찍한 생각 하나가 고르주레의 뇌리를 파고들었다. 그는 여자를 뚫어져라 바라보면서 나직하고 준엄한 목소리로 말했다.

"당신, 라울과 내통을 한 거로군! 그가 붙잡히지 않았다는 걸 알아챈 거야! 껑다리 폴이 죽지 않았다는 것도 알고 있어! 라울이 당신을 구해주리라 다짐했겠지!"

그는 완전히 당황해서, 말하자면 상대가 발끈해오기를 구걸하다시피 하는 셈이었다. 하지만 여자는 밝게 웃으며 답했다.

"그럴 수도 있겠죠. 아주 불가능한 일은 아니에요. 워낙에 비범한 남

결정판 아르센 뤼팽 전집

자이니까요!"

고르주레는 악을 쓰며 내뱉었다.

"제아무리 그자가 비범하다 해도 내가 네년을 붙들고 있는 걸 어쩌진 못해! 클라라, 넌 이제 망했어!"

여자는 당장 대꾸를 피하고, 제법 근엄한 눈빛으로 상대를 바라보며 점잖게 말했다.

"형사님, 나한테 함부로 말하지 마세요! 내가 당신 수중에 있다는 사실을 악용하지 마십시오. 우리 사이에는 더 이상 진행될 것 없는 엉뚱한 오해가 도사리고 있습니다. 나는 당신이 클라라라고 부르는 사람이 아니에요. 내 이름은 앙토닌입니다."

"제길, 앙토닌이든 클라라든 그게 그거야!"

"그야 형사님한테나 해당되는 얘기고요, 현실은 전혀 그렇지 않죠."

"그럼 뭐야? 클라라라는 여자는 존재하지도 않는다는 말인가?"

"천만에요. 그 여자는 분명 존재합니다. 다만 그게 내가 아니라는 것뿐이죠."

고르주레가 제대로 알아들을 리 만무했다. 그는 대번에 실소를 터뜨렸다.

"아하, 그러고 보니 새로 개발한 방어술인가 보군! 하지만 딱한 아가씨, 그래봤자 하등 소용이 없을 거요. 어차피 서로 터놓고 얘기를 해야하니까 말이야. 네, 아니요로만 대답하시지. 당신은 내가 생라자르 역에서부터 볼테르 제방에 이르기까지 추적해온 여자 맞죠?"

"네."

"당신은 내가 라울 선생의 중이층 근처에서 마주친 여자 맞죠?"

"네."

"당신은 볼니크 성의 폐허에서 내가 마주친 여자 맞죠?"

"네."

"이런 빌어먹을. 그렇다면 당신은 지금 현재 내 눈앞에 존재하고 있는 여자 맞죠?"

"네, 맞습니다."

"그러니까 결국은?"

"결국은 나는 클라라가 아니니까 당신 눈앞에 있는 여자도 클라라가 아니라는 거죠."

고르주레는 마치 통속희극에나 나오는 배우가 절망을 연기할 때처럼 두 손으로 머리를 쥐어짜면서 외쳤다.

"뭐가 뭔지 모르겠어! 도무지 뭐가 뭔지 모르겠다고!"

앙토닌은 지그시 웃으며 말했다.

"형사님, 당신이 뭐가 뭔지 모르는 건 단지 문제를 있는 그대로 보려 하지 않기 때문이랍니다. 나 역시 이곳에 들어온 이후, 줄곧 생각하고 또 생각한 끝에 마침내 뭐가 뭔지 알게 되었어요. 바로 그렇기 때문에 지금까지 입을 다물고 있었던 겁니다."

"입을 다물다니, 무슨 의도로?"

"당신의 터무니없는 괴롭힘에서 나를 수차례 구해준 사람의 행동에 방해가 되지 않기 위해서요. 첫날만 해도 두 번 구해줬고, 볼니크에서 세 번째로 구해줬던 분 말입니다."

"카지노 블루에서 네 번째로 구해준 건 왜 말 안 하지, 아가씨?"

여자는 함박웃음을 지으며 외쳤다.

"어머나, 그거요! 그건 클라라와 관련된 일이었죠. 껑다리 폴한테 칼침을 놓은 것도 그렇고요."

순간 고르주레의 눈동자에 한 줄기 빛이 슬그머니 지나갔다. 그야말로 덧없이 지나치는 빛이었다. 아직은 진실을 거머쥘 만큼 무르익지 못했다는 증거였다. 물론 여자가 짓궂게도 진실을 속 시원히 공개하지 않고 야금거리는 탓이 컸다.

여자는 좀 더 근엄한 투로 입을 열었다.

"자, 그만 결론을 내리도록 하죠, 형사님. 파리에 온 이후, 나는 클리시 가도 끄트머리에 위치한 되피종 하숙용 호텔에서 거주해왔습니다. 껑다리 폴이 칼에 찔렸던 때, 정확히 말하자면 오후 6시에 나는 지하철을 타러 가기 전에 호텔 여주인과 잡담을 마저 나누고 있었답니다. 따라서 그분의 증언과 함께 데를르몽 후작의 증언도 정식으로 요청하는 바입니다."

"그는 지금 여기 없소."

"오늘 귀가하십니다. 사건이 일어나고 반 시간 뒤 당신이 나를 잡아들였을 때도 실은 그 얘기를 하인들에게 전하러 그곳에 가던 길이었습니다."

고르주레는 약간씩 켕기는 모양이었다. 아무 말 없이 수사과장실로 건너가더니 얼른 상황을 보고했다.

"되피종 호텔로 지금 즉시 전화를 넣어보시오, 고르주레."

지시는 즉시 이행되었다. 과장과 함께 각각 수화기와 송화기를 들고서 고르주레가 물었다.

"되피종 호텔입니까? 여긴 파리 경시청입니다. 혹시 그곳에 하숙하고 있는 아가씨들 중에 앙토닌 고티에라고 있는지 알고 싶은데요, 마담?"

"네, 있습니다."

"언제쯤 그곳에 들어왔죠?"

"잠깐만요. 장부를 조회해봐야겠어요. 6월 4일 금요일에 들어왔군요."

고르주레가 상관을 향해 속삭였다.

"바로 그 날짜입니다."

그러고는 계속 송화기에 대고 물었다.

"그동안 외박은 어느 정도 했는지 좀······."

"닷새 연속으로 하고 나서 6월 10일에 돌아왔습니다."

고르주레는 입안에서 중얼거렸다.

"음, 카지노 블루 사건이 터진 날이로군. 이보세요, 마담. 돌아온 날 저녁때 다시 외출하진 않았나요?"

"아뇨. 저희 집에 온 이후로 마드무아젤 앙토닌은 단 한 번도 저녁때 외출한 적이 없답니다. 가끔 저녁을 먹기 전에 나간 적은 있었지만······ 나머지 시간은 언제나 내 사무실에서 바느질을 하곤 했어요."

"지금도 호텔 안에 있습니까?"

"아뇨. 그저께 오후 6시 15분쯤 돼서 지하철을 탄다며 나갔었지요. 그렇지 않아도 영 돌아오지도 않고, 별다른 기별도 없어서 걱정하고 있는 중이랍니다."

고르주레는 거칠게 송화기를 내려놓았다. 대단히 당혹스러운 모양이었다.

잠시 침묵이 흘렀고, 이내 수사과장의 말이 떨어졌다.

"아무래도 고르주레, 당신이 좀 성급했던 것 같소. 그러니 지금이라도 호텔로 달려가 방을 수색해보시오. 나는 데를르몽 후작을 소환하리다."

하지만 고르주레의 수색작업은 바라던 결실을 전혀 얻지 못했다. 지극히 검소한 여자의 옷가지들에는 하나같이 'A. G.'라는 이니셜이 새겨져 있었고, 출생증명서에는 부친 미상인 앙토닌 고티에(Antonine Gautier)라는 이름의 여자아이가 리지외에서 태어났다는 사실만 기록되어 있을 뿐이었다.

"빌어먹을, 빌어먹을."

결정판 아르센 뤼팽 전집

고르주레는 계속해서 이죽거릴 수밖에 없었다.

그러는 가운데 잔혹하리만치 괴로운 세 시간이 흘러갔다. 플라망과 함께 식사를 하면서도 음식물이 도저히 목구멍을 넘어가지 않았고, 도무지 이 사태에 대해 합리적인 견해를 내놓을 수가 없었다. 플라망은 고르주레의 기분을 토닥이느라 공연히 함께 안타까워해주는 도리밖에 없었다.

"보세요. 계속 이러지만 마시고. 클라라가 일을 저지른 게 아니라면, 그렇게 집착하실 것도 없지 않겠습니까?"

"멍청한 소리! 자넨 정말 그 여자가 일을 저지르지 않았다는 걸 인정한다는 건가?"

"아니죠. 분명 그 여자 짓이죠."

"카지노 블루에서 춤을 춘 것도 그 여자지?"

"그 여자죠."

"그렇다면 우선 첫째, 카지노 블루에서의 사건 이후 어떻게 그녀가 외박을 하지 않을 수가 있었으며, 둘째, 꺽다리 폴이 칼침을 맞을 당시 그녀가 어떻게 되피종 호텔에 처박힐 수 있었느냐 하는 점을 설명해내야만 해. 어때, 자네가 할 수 있겠나?"

"저는 설명보다는 확인 쪽이 나은 것 같습니다만."

"확인이라니, 뭘 확인한단 말이야?"

"결국 아무것도 설명이 되지 않는다는 사실요."

역시나 고르주레와 플라망은 단 한순간도 앙토닌과 클라라를 분리해서 바라볼 생각은 하지 못했다.

오후 2시 반에 데를르몽 후작이 당도했고, 고르주레와 얘기를 나누고 있는 수사과장의 집무실로 안내되었다.

어제저녁, 스위스 티롤에서 돌아오는 길에 장 데를르몽은 자기 집에서 일어난 참극과 자신의 세입자인 라울 씨에 대한 경찰의 추적, 그리고 클라라라는 아가씨가 체포되었다는 사실 등을 프랑스 신문을 통해 알고 있었다.

그는 그 같은 사실들에 더해 이런 이야기를 덧붙였다.

"실은 몇 주 전부터 내 비서로 일하고 있는 앙토닌 고티에라는 아가씨가 역에 마중 나와 있을 걸로 기대했습니다만. 그녀한테는 내 정확한 도착 시간을 미리 통보해둔 상태였거든요. 그런데 우리 집 하인들 얘기로는 사람들이 그녀를 이번 사건과 연관 지으려 한다던데…….."

이에 대답을 한 건 수사과장이었다.

"실제로 그 여자분은 현재 사법당국에 신병이 확보된 상태입니다."

"그럼 구금이라도 되어 있단 말인가요?"

"오, 꼭 그렇다기보다는 그저 우리가 잠시 맡아서 데리고 있다는 뜻이죠."

"하지만 왜?"

"껑다리 폴 사건을 책임지고 있는 고르주레 형사반장에 의할 것 같으면, 앙토닌 고티에가 다름 아닌 금발의 클라라라는 겁니다."

후작은 어이가 없다는 표정이었다. 그는 펄쩍 뛰며 소리쳤다.

"뭐요? 앙토닌이 금발의 클라라라고? 내 참, 별소리를 다 듣겠군요! 무슨 이런 썰렁한 농담이 다 있나? 지금 당장 모든 실수에 대한 정중한 사과와 함께 앙토닌 고티에를 풀어줄 것을 요청하는 바요! 그녀와 같은 성격이라면 지금까지 얼마나 고통스러워했을지 짐작이 가고도 남습니다!"

수사과장은 고르주레를 가만히 바라보았다. 고르주레는 눈썹 하나 끄떡하지 않았다. 자신을 슬슬 탐탁지 않아 하는 상관의 따가운 시선을 외면한 채, 그는 자리에서 벌떡 일어나 후작에게 다가가더니 쓰렁쓰렁한 말투로 뇌까렸다.

"보아하니 사건 자체에 관해서 전혀 아시는 바가 없는 듯하군요."

"그렇소."

"껑다리 폴이 누구인지도 모르시죠?"

장 데를르몽은 고르주레 역시 껑다리 폴의 정체에 대해 확고한 판단이 서지 않았다고 여기며 대답했다.

"모르오."

"금발의 클라라도 모르시죠?"

"내가 아는 건 앙토닌일 뿐, 금발의 클라라라고는 모르오."

"그런데 앙토닌이 클라라가 아니라고요?"

후작은 어깨를 으쓱했을 뿐 아무 대답도 하지 않았다.

"한마디만 더 하겠습니다, 후작님. 앙토닌 고티에와 볼니크로 짧은 여행을 떠나셨을 때, 그녀와 떨어져 있은 적이 있나요?"

"전혀 없소."

"그럼 결국 내가 그 볼니크 성에서 앙토닌 고티에와 마주쳤을 당시에 당신도 그곳에 있었다는 얘기로군요?"

데를르몽은 함정에 빠졌다는 느낌이 퍼뜩 들었다. 도저히 둘러댈 수 있는 상황이 아니었다.

"그렇소."

"거기서 무얼 하고 계셨는지 말해주실 수 있는지요?"

후작은 잠시 정신을 추스른 뒤 대꾸했다.

"나는 성의 소유자로서 그곳에 가 있었던 거요."

고르주레는 놀란 듯 소리쳤다.

"뭐라고요! 성의 소유자?"

"그렇소. 15년 전에 그 성을 사들였지요."

고르주레는 거의 정신을 차릴 수 없을 지경이었다.

"당신이 그 성을 사들여? 그건 아무도 모르고 있었는데. 왜 그걸 사들인 거죠? 그리고 왜 쉬쉬해온 겁니까?"

일단 질문을 던졌지만 고르주레는 먼저 상관한테 잠시 얘기를 나누자고 했고, 그를 창가로 데리고 가서 나지막한 음성으로 속삭였다.

"지금 이자들이 몽땅 서로 짜고 우리를 물먹이려는 것 같습니다. 볼니크 성에 저 금발 처녀만 있었던 게 아닙니다. 라울도 거기 있었어요."

"라울이?"

"그렇습니다. 둘 다 나한테 들킨 거나 다름없지요. 이제 아시겠습니까, 과장님? 데를르몽 후작이랑 금발 아가씨, 그리고 라울! 모조리 한 패거리인 거죠. 그뿐만이 아닙니다."

"또 뭔가?"

"후작은 옛날 볼니크의 비극이 일어났을 때, 엘리자베트 오르냉이 노래를 부르다가 살해당하고 물건을 도난당한 현장을 지켜보았던 사람입니다."

"맙소사! 점입가경이 따로 없군!"

고르주레는 더더욱 몸을 가까이 숙이며 속삭였다.

"더 있습니다. 어제 꺽다리 폴이 마지막으로 묵었던 호텔 방을 알아냈는데, 거기서 가방 속 서류들을 뒤지다가 더없이 중대한 사실 두 가지를 발견했답니다. 실은 과장님께 보고하기 위해 그 실상이 드러나기만을 지금껏 기다려왔지요. 우선 후작은 엘리자베트 오르냉의 애인이었다는 사실입니다. 당시 예심 과정에서도 그가 공개하지 않은 사실이지요. 왜 그랬을까요? 그다음으로 꺽다리 폴의 진짜 이름은 발텍스입니다. 발텍스는 엘리자베트 오르냉의 조카였고, 지금까지 조사한 바로는 그가 데를르몽 후작의 집을 수시로 드나들었다는 겁니다. 자, 어떻게 생각하십니까?"

수사과장은 이 같은 사실들에 엄청 흥미를 느끼는 모양이었다. 잠시 후, 그는 고르주레에게 말했다.

"그렇다면 사건이 전혀 다른 양상으로 변해가는 셈이니 우리도 그에 맞게 전략을 수정해야겠어. 후작한테 정면대응을 해서는 곤란할 것 같아. 일단 저 앙토닌 문제는 옆으로 제쳐두고, 전체 사건과 그 안에서 후작이 수행한 역할에 대해 보다 심도 깊은 조사를 벌여야겠소. 당신 생각은 어떻소, 고르주레?"

"전적으로 동감입니다, 과장님. 일단 상대에게 일정한 여지를 양보해야지만, 라울한테까지 손을 뻗치기를 기대할 수 있겠죠. 게다가……."

"게다가?"

"조만간 또 다른 보고할 사항도 생길 것 같습니다."

여자의 석방은 즉시 이루어졌다. 고르주레는 데를르몽에게 한 대엿새쯤 지나 따로 뵈러 가서 몇 가지 정보를 여쭙겠다고 하면서 앙토닌이 머무는 방까지 데려다주었다. 오랜만에 대부의 모습을 대한 여자는 품 안으로 와락 달려들어 눈물과 웃음을 동시에 보였다.

"꼴값 떨고 있네!"

그 광경을 보던 고르주레가 잇새로 이죽거렸다.

그날 중턱을 넘어서면서 고르주레는 기운을 완전히 회복했다. 진실의 몇 대목이 고스란히 눈앞에 드러났을 뿐만 아니라, 상관한테도 깍듯이 보고를 마친 지금, 그는 평상시의 방법대로 차근차근 따져 들어갈 수 있는 정신 상태를 깨끗하게 복구한 것이다.

하지만 안정은 그리 오래가지 않았다. 또 하나의 새로운 사건이 터지면서 기껏 추스려놓은 자세를 여지없이 허물어뜨린 것이다. 그는 느닷없이 노크도 하지 않고, 상관의 집무실로 들이닥쳤다. 마치 광기에 사로잡힌 사람 같았다. 손에는 어떤 자그마한 녹색 수첩을 쥔 채 흔들어 대고 있었는데, 그중 몇 쪽을 부들부들 떠는 손가락으로 가리키려 애쓰면서 더듬댔다.

"드디어 찾아냈습니다! 이런 엄청난 일이! 설마 이럴 줄 누가 알았겠어요! 이제 모든 게 분명해지는 느낌입니다!"

상관은 흥분한 형사반장을 진정시키려고 애를 썼다. 겨우 그럭저럭 숨을 돌린 고르주레가 더듬더듬 얘기를 늘어놓았다.

"뭔가 새로운 보고거리가 생길 거라고 했지 않습니까. 바로 이겁니다. 이 수첩은 껑다리 폴, 아니 발텍스의 가방 속에 있던 건데요. 여긴 그저 숫자들과 주소 등 별 시시한 것들만 잔뜩 적혀 있는 줄 알았는데…… 여기저기 지우개로 지우다 만 메모들 중에 뭔가 중요한 내용인 듯한 메모가 있는 거예요. 그걸 어제 감식과로 보내 해독을 부탁했거든요. 근데 그중에 글쎄, 도저히 값으로 칠 수가 없을 만큼 엄청난 내용이 있는 겁니다. 바로 이거…… 감식과에서 그대로 옮겨 적었는데, 실제로 조금만 신경 쓰면 훤히 읽을 수가 있죠."

수사과장은 수첩을 받아 들고 다음과 같이 베껴 적은 메모의 내용을 들여다보았다.

라울의 주소, 오퇴이유, 모로코 가도 27번지.
뒤쪽으로 열리는 차고를 조심할 것.
내가 보기에 라울은 다름 아닌 아르센 뤼팽이다.
확인 요망.

고르주레가 악을 썼다.

"의심의 여지가 없습니다, 과장님! 이건 수수께끼를 푸는 암호나 다름없어요! 금고 열쇠나 마찬가지입니다! 이것만 있으면 모든 게 활짝 열린다고요. 모든 게 적나라하게 밝혀져요. 지금과 같은 사건의 전모를 가능케 하는 건 아르센 뤼팽밖에는 없어요. 우리를 이토록 좌절시키고 애먹일 수 있는 존재는 그자 이외엔 없단 말입니다. 라울, 그자는 바로 아르센 뤼팽이에요!"

"그래서 어쩌자는 거요?"

"내가 곧장 달려가겠습니다. 그런 녀석이라면 조금도 지체해선 안 돼요. 계집도 풀려났겠다, 놈이 그 사실을 모를 리 없습니다. 아마도 서둘러 종적을 감추려 들 게 분명해요. 당장 급습해야 합니다!"

"그럼 인원을 보충하도록 하시오."

"열 명만 주십시오."

수사과장도 점점 흥분을 감추지 않고 말했다.

"필요하면 스무 명이라도 좋소. 자, 어서 출발하시오, 고르주레."

"알겠습니다! 일단 급습을 하고 곧이어 지원도 해주시는 거죠? 총비상체제에 돌입해야 합니다!"

형사반장은 자리를 뜨면서 되는대로 토해냈다.

그는 달려가면서 플라망을 우선 낚아챘고, 뒤이어 마주친 네 명의 형사들을 붙잡아 경시청 앞마당에 주차된 자동차에 뛰어들었다.

그 차 뒤에 출발한 또 다른 자동차에는 여섯 명의 경찰들이, 마지막으로 세 번째 자동차도 연이어 출동했다.

실로 걷잡을 수 없이 진행된 동원이었다. 모든 종마다 떠들썩한 경종 소리가 울릴 법한 일이었고, 북이며 나팔이며 할 것 없이 일제히 들고 일어나 진군을 호소하고, 경적과 사이렌이 총동원되어 공격신호를 쏟아내야 할 상황이었다.

복도든 집무실이든, 이쪽 끝에서 저쪽 끝까지, 파리 경시청 전체가 들썩거리면서 저마다 우왕좌왕 소리쳐댔다. 라울, 그자가 아르센 뤼팽이라고…… 아르센 뤼팽이 바로 라울이라고…….

때는 오후 4시가 조금 넘은 시각.

경시청사에서 모로코 가도까지는 교통체증을 감안해 전속력을 다했을 경우, 15분이면 넉넉한 거리였다.

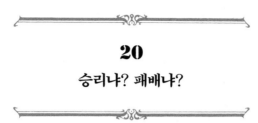

20
승리냐? 패배냐?

오후 4시 정각, 오퇴이유의 침실 침대 위에 곱게 누운 클라라는 아직도 자고 있었다. 정오 무렵이 되자 배고픔 때문에 한 번 잠을 깼지만, 꾸벅꾸벅 졸린 눈으로 대충 배를 채운 뒤 또다시 곯아떨어진 터였다.

반면 라울은 속이 탔다. 어떤 괴로운 일 때문이 아니라 어떤 결정이든 신중함과 현명함이 뒷받침됐다면, 일단 내린 결정사항 앞에서 너무 오래 미적댄다는 걸 도무지 내켜하지 않는 성격이었기 때문이다. 더구나 꺽다리 폴이 생환함으로써 현재의 위기가 가중될 수 있고, 후작의 증언과 앙토닌의 진술이 상황을 보다 복잡하게 만들 것이라 예상하는 중이었다.

떠날 준비는 이미 다 된 상태였다. 만약의 경우 위험에 혼자 직면하는 것이 낫다는 생각에서 하인들은 죄다 내보낸 뒤였다. 가방들도 자동차에 차곡차곡 실었다.

오후 4시 10분, 문득 깜빡했다는 생각이 들었다.

"제기랄! 올가한테 작별인사도 하지 않고 떠날 순 없지. 지금은 무슨 생각으로 있는지 모르지만. 그래, 신문은 읽었겠지? 라울 선생과 나를 은근히 접근시키고 있는 것은 아닐지. 아무튼 이 케케묵은 로맨스는 청산하고 떠나야겠지."

그는 일단 전화를 넣었다.

"트로카데로팔라스 부탁합니다. 여보세요…… 왕비마마 처소 좀 대주십시오."

워낙 마음이 급했던 터라 라울은 전화를 받는 상대가 누구인지 묻지 않는 우를 범하고 말았다. 비서의 목소리도 안마사의 목소리도 아니었지만, 보로스티리의 왕이 아직까지 파리에 체류하리라고는 생각지 않은 그는 덮어놓고 왕비가 전화를 받으리라 믿어버린 것이다. 결국 더없이 다정다감하고 애정 넘치는 목소리로 나불대기 시작했다.

"올가, 당신이오? 내 사랑, 올가. 그래, 어찌 지냈소? 응? 내게 원망도 크고, 날 무슨 야비한 놈으로 치부한다고? 하지만 아니야, 올가. 워낙에 일과 걱정거리에 파묻혀 살다 보니 그랬을 뿐이라고…… 어, 잘 안 들리네. 저런, 공연히 굵직한 남자 목소리까지 흉내 내가며 그럴 건 없잖소? 저기 말이야. 실은 급작스럽게 떠나게 생겨서…… 스웨덴 해안으로 연구차 출장을 가게 생겼어. 내 참, 하필 지금 말이야! 아니, 왜 그래? 당신의 귀염둥이 라울에게 대답 안 할 거야? 화났어?"

'귀염둥이 라울'이 소스라친 건 바로 그 직후였다. 전화에서 들려오는 목소리는 의심할 여지없이 전에도 한 번 들어본 적 있는 굵직한 남자 목소리였던 것이다! 마누라보다 훨씬 더 발음을 굴리는 편인 보로스티리 왕의 노발대발한 목소리가 전화선을 타고 무시무시하게 들려왔다.

"그대는 아주 몹쓸 부—ㄹㄹㄹㄹㄹㄹㄹ한당이오! 그대를 겸며—ㄹㄹㄹㄹ

ㄹㄹ하오!"

등골에 식은땀이 찔끔거렸다. 보로스티리의 왕이 전화를 받다니! 그뿐만이 아니었다. 언뜻 뒤를 돌아보자, 벌써부터 잠이 깬 클라라가 멀뚱하니 이쪽을 바라보고 있는 게 아닌가. 분명 전화통화를 하나도 빠뜨리지 않고 얻어들은 눈치였다.

아니나 다를까, 근심스럽게 물어왔다.

"지금 어디랑 통화하고 있는 거죠? 그 올가라는 여자가 누구예요?"

너무 뜻밖의 상황이라 라울은 금방 대답을 못했다. 하긴 뭐가 그리 큰일이랴! 올가의 남편은 아내의 짓궂은 장난질들에 일일이 기분 상할 위인이 아니라는 사실을 그도 모르는 바가 아닌데 말이다. 그래봤자 거기서 거기일 뿐, 공연히 부풀려 생각할 필요는 없으리라.

"올가가 누구냐고?"

라울은 클라라를 향해 말했다.

"우리 연로하신 사촌인데, 말씨가 여간 상스러운 게 아니거든. 그래서 틈나는 대로 언어교습을 좀 해주고 있지. 방금도 봤잖아! 그건 그렇고, 준비는 됐나?"

"준비요?"

"그래. 여길 떠날 거야. 파리는 공기가 영 안 좋거든."

여자가 멀뚱하니 생각만 하자, 라울은 내처 다그쳤다.

"제발 부탁이오, 클라라. 여기선 우리가 더 이상 할 일이 없어. 더구나 조금 더 지체하다가는 위험이 닥칠 수도 있소!"

여자는 골똘하게 남자를 바라보았다.

"뭔가 불안한 거예요?"

"그러기 시작하고 있어."

"뭐가 불안한데요?"

"아무것도. 전부 다."

그제야 여자는 상황이 자못 심각할지도 모른다고 판단했고, 부랴부랴 옷을 갈아입었다. 바로 그때, 정원 열쇠를 소지한 채 집에 돌아온 쿠르빌이 정오 판 신문들을 가지고 나타났다. 라울은 그것들을 빠르게 훑어보았다.

"모든 게 잘되어가고 있군. 껑다리 폴이 입은 상처는 전혀 치명적이 아니지만, 제대로 신문에 응하려면 앞으로 일주일은 더 있어야 된다는 거야. 아랍인은 여전히 침묵을 고집하고 있다는군."

"앙토닌은요?"

클라라가 불쑥 물었다.

"석방됐지."

짤막한 대답에 여자는 다시 물었다.

"기사가 났어요?"

"응. 후작의 증언이 결정적이었어. 깨끗하게 풀려난 거야."

워낙 든든한 말투라 클라라는 곧 수긍했다.

라울은 방을 나가려는 쿠르빌에게 던지듯 말했다.

"문제 될 만한 서류는 더 이상 없겠지? 뭐 하나 남겨서는 안 돼!"

"완벽하게 치웠습니다, 므슈."

"마지막으로 한 번 더 검사하고 나서 자네도 빠져나가게. 앞으로는 생루이 섬의 새로운 아지트에서 매일 회동한다는 사실 명심하고. 하긴 조금 이따 자네는 차 있는 데서 또 보겠지만 말이야."

라울이 재촉하는 바람에 이제 클라라도 자잘한 채비까지 다 마쳤다. 마지막으로 모자를 쓴 다음 여자는 라울의 손을 덥석 붙들었다.

"왜 그래?"

남자가 돌아보며 물었다.

"아까 그 올가에 대한 말, 정말이죠?"

"세상에! 아직 그 생각이었나?"

라울은 히죽 웃으며 말했다.

"생각해봐요. 안 그러게 생겼나."

"우리 가계에 살아 계신 나이 든 숙모라고 내 말했잖소!"

"아까는 분명 사촌이라고 했어요!"

"사촌이자 숙모라고 할 수 있지. 그쪽 의붓아버지와 내 삼촌들 중 한 분의 자매가 세 번째로 결혼을 했거든."

여자는 손가락을 남자의 입술에 갖다 대면서 빙그레 웃었다.

"거짓말 말아요, 내 사랑. 어차피 난 상관 안 하니까. 내가 질투를 느낄 상대는 딱 하나인걸요."

"쿠르빌 말인가? 저런, 그와 나 사이의 우정은 말이오."

"그만, 장난 좀 그만 쳐요. 내가 누굴 얘기하는지 잘 알면서."

여자가 조르듯 말하자, 남자는 얼른 껴안으며 덧붙였다.

"그러면 당신 자신을 질투하는 것과 같아요. 당신 자신의 얼굴을 질투하는 거라고."

"맞아요, 내 얼굴이라고 할 수도 있겠죠. 하지만 그 안에 담긴 표정은 다르잖아요, 좀 더 부드러운 눈길과……."

라울은 더욱더 끌어안으며 말했다.

"당신은 이 세상 가장 부드러운 눈을 가졌어. 다정다감한 눈동자를……."

"너무 많이 울고불고한 눈이겠죠."

"그보다는 충분히 웃어보지 못한 눈이지. 당신한테 모자란 게 바로 그거야, 웃음! 내가 그걸 가르쳐주겠소."

"한마디만 더 할게요. 당신, 앙토닌이 왜 이틀 동안 자신과 관련한 착

오를 방치하고 아무 말 안 했는지 아세요?"

"몰라."

"당신한테 미칠 악영향이 걱정되어서 그런 거예요."

"뭐하러 그런 걱정을?"

"그야 당신을 좋아하니까 그렇죠."

라울은 좋아 죽겠다는 듯 갑자기 춤을 추기 시작했다.

"아하! 그렇게 말해주다니 정말 황공하군! 정말로 당신, 그 여자가 날 좋아한다고 생각해? 그래서, 어쩔까? 내가 좀 거부할 수 없는 존재여야 말이지! 앙토닌도 날 좋아하고, 올가도 날 좋아하고, 조조트도 날 좋아하고, 쿠르빌도 날 좋아하고, 고르주레도 날 좋아하고."

여자를 번쩍 들어 안은 그는 층계 쪽으로 향하다 말고 문득 걸음을 멈추었다.

"전화!"

실제로 가까이서 전화벨 소리가 요란하게 울리고 있었다.

라울은 얼른 수화기를 들었다. 몹시도 헐떡이는 목소리의 쿠르빌이 두서없이 더듬거렸다.

"고르주레입니다! 두 놈과 함께예요. 밖으로 나서자마자 멀찌감치 오는 걸 봤어요. 철책문은 그냥 부수고 들어갔을 겁니다. 지금 저는 카페에 들어와 있고요……."

라울은 수화기를 내리고 한 3~4초 동안 꼼짝하지 않았다. 그러더니 느닷없이 클라라를 어깨에 들쳐 업었다.

"고르주레야."

그의 입에서 짤막하게 튀어나온 말이었다.

어깨에 짐을 진 상태로 그는 계단을 구르듯 달려 내려갔다.

현관문 앞에 이르러서는 귀를 바짝 갖다 댔다. 저만치 자갈을 밟으며 다가오는 발소리가 들렸다. 창살이 가로막은 데다 지저분하게 때까지 탄 창문을 통해 몇몇 사람의 윤곽이 내다보였다. 그는 클라라를 내려놓고 말했다.

"이 길로 식당까지 물러나 있어."

"차고는요?"

"거긴 안 돼. 분명 사방을 포위하고 있을 거야. 그렇지 않고서야 세 명은 너무 적지. 장정 셋 정도는 한입거리도 안 되거든."

라울은 문의 빗장조차 걸어두지 않은 상태였다. 문짝을 이리저리 흔들어대기 시작한 침입자들을 향한 채 그는 한 발 한 발 뒷걸음질을 쳤다.

클라라가 말했다.

"무서워요."

"자고로 무서움을 느끼기 시작하면 하는 짓도 어리석어지는 법이지. 당신의 그 날카롭던 칼 솜씨를 떠올려봐요. 앙토닌도 감옥에서 끄떡없이 버텼지 않소!"

라울은 좀 더 부드럽게 어조를 바꿔서 타일렀다.

"당신은 두려운지 모르지만 나는 오히려 재미가 있어. 설마 당신을 다시 만난 내가 저런 하찮은 녀석들한테 고스란히 먹이를 넘겨줄 거라 생각하는 건 아니겠지? 그러니 웃어봐요, 클라라. 이제 당신은 신나는 구경을 하게 될 거야. 아주 배꼽을 잡을 거라고."

바로 그때였다. 문 두 짝이 우당탕 열리면서 고르주레가 권총을 치켜들고 껑충껑충 뛰어들었다.

라울은 떡 버티고 서서 몸으로 여자를 가렸다.

"손 들어! 그러지 않으면 쏜다!"

고르주레가 벽력같은 고함을 내지르자, 그로부터 다섯 걸음 정도 떨어진 라울이 빈정댔다.

"저런, 고지식하긴! 여전히 그런 판에 박은 공식을 써먹는가? 그래, 자네가 나한테 총을 쏠 수 있을 것 같아? 나, 이 라울에게 말이야!"

"그렇다! 너한테 쏠 거다, 뤼팽!"

기고만장한 외침이었다.

"오호라, 내 이름을 아시는가?"

"그럼 스스로도 인정하는 건가?"

"자신의 귀족 칭호야 늘 인정하는 편이지."

고르주레가 또다시 다그쳤다.

"좌우간 손 들어, 빌어먹을! 아니면 쏜다!"

"클라라도 쏠 건가?"

"그 여자가 여기 있다면 어쩔 수 없지!"

라울은 재빨리 옆으로 물러서며 내뱉었다.

"보시다시피 여기 있는걸!"

고르주레의 눈이 휘둥그레졌고 팔은 저절로 축 처졌다. 클라라가 어떻게 여기에! 바로 전에 데를르몽 후작에게 넘기고 온 금발 머리 계집이 도대체 어떻게? 이럴 수는 없다, 이럴 리가 없는 것이다! 눈앞의 현실이 도저히 있을 수 없는 그 무언가로 순식간에 탈바꿈하는 분위기였다. 정녕 저것이 클라라라면, ─분명 클라라였다. 의심의 여지가 없었다─다른 또 한 여자는…….

라울은 호쾌한 태도로 농담을 늘어놓았다.

"자자, 거의 다 맞혔어! 이제 조금만 더 애써보자고. 허어, 그것참, 대단해. 암, 그렇고말고, 우리 얼간이. 하여튼 그중에도 둘이 있는데, 하나는 이제 막 고향에서 상경한 몸으로 자네가 굳이 클라라라고 축성해준 여자가 있고, 다른 하나는…….."

"껑다리 폴의 정부가 있지."

"비열한 녀석! 누가 자네더러 사랑스러운 조조트의 낭군 아니랄까 봐 그러나?"

라울은 가차 없이 받아쳤다.

고르주레는 노발대발하면서 부하들을 다그쳤다.

"당장 저 녀석을 붙잡아 내 앞에 대령해! 조금이라도 꼼짝하면 네놈을 아주 박살 내줄 테다, 이 빌어먹을 망나니 같으니!"

즉시 두 장정이 달려들었다. 그 순간, 라울의 몸이 제자리에서 솟구치는가 싶더니 두 놈 다 각각 복부에 발차기를 한 방씩 맞았다. 물론 주춤주춤 뒷걸음질을 치는 건 당연했다.

라울이 버럭 소리쳤다.

"바로 내가 개발해낸 수법이지! 사바트 이중발차기 비법이라고나 할까."

그때 고르주레의 총구가 불을 뿜었지만, 딱히 누구를 겨냥한 건 아니었다.

라울은 그 자리에서 한바탕 웃어젖혔다.

"우하하하하! 이놈이 내 집 다 부수네! 조심성 없이 무턱대고 모험에 뛰어들다니 자네 어리석어도 너무 어리석군! 그만하면 무슨 일이 어떻게 돌아갔는지 알 만하이. 누가 자네한테 내 주소를 알려줬겠지. 그러자 자네는 마치 붉은색을 본 황소마냥 덤벼든 것일 테고. 하지만 또래들 한 스무 명쯤은 제대로 몰고 왔어야지, 이 딱한 친구야!"

"100명은 올 거다! 아니, 1000명이라도 올 거야!"

마침 고르주레의 고함에 맞춰 가도 쪽에서 자동차 멈추는 소리가 났고, 라울은 질세라 대꾸했다.

"그럼 다행이고. 그렇지 않아도 슬슬 지루해지던 참이었거든."

"망할 놈, 어디 두고 보라지! 넌 이제 끝장이야!"

고르주레는 지원군 앞으로 나서기 위해 밖으로 나가려 했다. 그런데 이상하게도 처음부터 열리자마자 금세 저절로 닫힌 문이, 이제는 자물쇠를 마구 흔들어대며 애를 써도 꿈쩍 않는 것이었다.

"공연히 기운만 빼지 말게나. 문은 저 혼자 잠기게 되어 있어. 게다가 문짝도 완전 통나무야. 관 짜는 목재로 만들어졌지."

상대를 그렇게 타이른 라울은 이번에는 클라라 쪽으로 나직이 말했다.

"자기야, 주목해봐. 내가 어떻게 하나 잘 보라고."

그러고는 방을 하나로 만들기 위해 헐어버린 칸막이 나무판자 중 우측으로 약간 남은 부분을 향해 곧장 돌진하는 것이었다.

한편 시간만 낭비하는 꼴이라 판단한 고르주레는 이젠 수단과 방법을 가리지 않고 사태를 끝장내겠다 결심하고는 벽력같은 고함을 내지르며 다시 들이닥쳤다.

"즉각 사살하라! 이러다간 놈을 놓치겠어!"

바로 그때였다. 라울의 기민한 손이 어딘가에 붙어 있는 단추를 누름과 동시에, 허겁지겁 무기를 더듬는 형사들을 뒤로하고 천장으로부터 강철 차단막이 우르릉 곤두박질치는 게 아닌가! 결국 하나로 트여 있던 공간이 그 바람에 둘로 분리되면서 집 안의 덧문들마저 순식간에 폐쇄되었다.

"꿱! 기요틴이 따로 없네! 고르주레는 아마 목이 달아났을 거야. 잘 가게, 고르주레."

그렇게 뇌까리면서 라울은 찬장에서 물병을 집어 들고 두 개의 잔에 물을 가득 따랐다.

"마셔요, 자기."

여자는 눈물을 글썽이며 호들갑을 떨었다.

"그보다는 우리 빨리 여길 떠나요!"

결정판 아르센 뤼팽 전집

"걱정 말아요, 우리 아기 클라라."

라울은 여자가 물을 마시도록 한 뒤 자기 잔도 깨끗이 비웠다. 그 모습 전부가 무척이나 침착했고, 서두는 기색은 전혀 찾아볼 수 없었다.

"저쪽 반대편 소리 들려? 정어리처럼 완전히 통조림 신세가 됐지 뭐야! 차단막이 떨어지면서 창문 쪽 덧문까지 죄다 닫혔거든. 전기선도 끊어지고 말이야. 캄캄한 밤중이나 마찬가지겠지. 바깥에서는 난공불락의 요새이면서, 안쪽 입장에서는 그런 감옥이 따로 없는 셈이야. 어때, 착착 맞아떨어졌지?"

그러나 여자는 열광할 기분이 전혀 아니었다. 라울은 그녀의 기분을 북돋기 위해 입맞춤을 진하게 해주었다.

"이것 봐요, 친구. 바야흐로 열심히 일하고 난 성실한 사람들이 진정한 자유와 휴식을 취할 때가 온 거요."

그는 찬방으로 활용하는 비좁은 방으로 건너갔다. 그곳 찬방과 부엌 사이에는 보잘것없는 벽장이 차지한 공간이 있었는데, 그 벽장을 열자 지하로 통하는 층계가 나타났다. 두 남녀는 느긋하게 계단을 걸어 내려갔다.

라울의 박학다식한 척 변한 목소리가 차분하게 설명을 시작했다.

"참고 삼아 당신이 알아두어야 할 것은 말이야. 제대로 지어진 건물이라면 적어도 세 개의 출구는 가져야 한다는 점이지. 하나는 공식적으로 누구나 드나드는 출구이고, 다른 하나는 겉에 드러나 있지만 비밀리에 드나드는 출구로 경찰을 호리기 위한 것이며, 마지막 남은 하나는 철저히 숨겨져 있으면서 은밀히 드나드는 출구인데, 이거야말로 진정 퇴각용으로 있는 거지. 그래서 고르주레의 패거리가 차고 쪽만 유심히 감시하는 사이, 우리는 땅속 토굴을 이용해 여유 있게 빠져 달아나는 거지. 이 정도면 제법 절묘한 수준 아니야? 실은 이 별장을 내게 판 사람이 어느 은행가였다는 말씀!"

두 사람은 3분가량 쉬지 않고 걸었고, 마침내 또 다른 층계를 만나 걸어 올라서 어느 자그마한 가옥으로 들어섰다. 가구 하나 없고, 번잡한 거리로 면한 창문들은 죄다 닫힌 집이었다.

그 앞에는 쿠르빌이 지키는, 운전석이 내부에 위치한 중형차가 주차되어 있었다. 차 안에는 여행용 가방들과 자루들이 빼곡히 들어찼다. 라울은 쿠르빌에게 마지막 지시를 내렸다.

곧이어 자동차가 횡하니 출발했다.

그로부터 한 시간 후, 고르주레는 수사과장 앞에서 쩔쩔매며 보고를 하고 있었다. 둘은 언론에 보내는 자료에는 뤼팽 얘기를 빼기로 합의했다. 만약 섣부르게 얘기가 새어나갈 경우에는 적극 나서서 부인하기로 정해졌다.

다음 날, 고르주레는 다시금 확신에 가득 찬 태도로 출근해서, 클라라가 아니라 한 번 잡았다 놓아준 금발의 계집이 정말로 후작의 집에서 밤을 보낸 뒤 그와 더불어 방금 자동차를 타고 어디론가 떠났다는 보고를 새롭게 내놨다.

그다음 날, 두 명의 여행객이 볼니크에 도착했다는 얘기가 그의 귀로 흘러들었다. 분명한 소식통에 의할 것 같으면, 이미 15년 전부터 그곳 성의 주인이었던 장 데를르몽이, 어느 외지인의 중개를 거친 두 번째 경매에서 그것을 되사들였다고 하는데, 그 외지인의 인상착의가 영락없는 라울이라는 것이었다.

고르주레와 수사과장 선에서 가능한 모든 조치가 즉각 취해졌다.

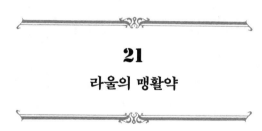

21
라울의 맹활약

"오디가 선생님, 말씀해주신 모든 것에 대해 정말 감사드립니다."

마침내 앙토닌이 말했다.

"저를 오디가 선생이라고 부르지 마십시오, 마드무아젤."

"설마 그냥 이름을 부르라는 말씀은 아니시겠죠?"

여자가 살며시 웃으며 말을 받자, 남자는 유들유들한 말투로 대꾸했다.

"그래주신다면 저야 행복하죠. 제 청을 들어주신다는 의미일 테니까요."

"오, 므슈, 그렇게 빨리 들어드릴 수는 없지요. 그렇다고 무조건 내치는 것도 물론 아니고요. 이곳에 돌아온 지 이제 겨우 나흘 된 몸입니다. 아직은 우리가 서로 잘 안다고 할 수는 없지요."

"그럼 언제쯤 되어야 답변을 주실 수 있을 만큼 저를 안다고 하시겠습니까?"

"4년? 3년? 너무 심한가요?"

남자는 가슴이 아프다는 동작을 취해 보였다. 자신이 봐도 이곳 볼니크에서의 각박한 생활을 많이 완화시킬 이 아리따운 아가씨에게서 최소한의 약속조차 얻어내기 어려울 거라는 점을 그는 잘 알고 있었다.

면담은 그것으로 끝났다. 오디가 선생은 작별인사를 건넨 다음, 위엄을 부리면서도 다소 상심한 태도로 성을 빠져나갔다.

앙토닌은 혼자 남았다. 혼자서 폐허를 둘러보고, 정원이나 숲을 산책했다. 걷는 걸음마다 경쾌했고, 입가는 늘 웃는 그 웃음으로 살짝 치켜올라갔다. 새 옷으로 단장한 데다 머리에는 큼직한 밀짚모자를 얹었다. 이따금 그녀의 입에서 노랫가락이 흘러나왔다. 그럴 때면 늘 데를르몽 후작에게 가져다줄 야생화를 따곤 했다.

후작은 테라스 끄트머리, 둘이 함께 앉아 있기 좋아하는 벤치에서 여자를 기다리고 있었다.

대녀가 다가오는 것을 보며 후작이 말했다.

"참 예쁘구나! 피곤한 기색이나 그 험난한 충격도 다 어디로 사라진거니? 온갖 일을 다 겪더니만."

"그 얘기는 더 이상 하지 말기로 해요. 이젠 기억도 잘 안 나는 옛이야기인걸요."

"그럼 이제는 완전히 행복한 거니?"

"행복하고말고요, 대부! 이렇게 함께 있으니까요. 더구나 제가 사랑하는 이 성에서 말이에요."

"이제는 우리 성이 아니란다. 우린 내일 여길 떠나야 해."

"대부의 성이에요. 우린 떠날 필요 없어요."

후작은 살짝 코웃음을 쳤다.

"허어, 또 그 사람을 믿는 거로구나?"

"그 어느 때보다 더요."

"그런데 난 그렇지가 못하구나."

"대부도 그 사람을 그만큼 염두에 두니까, 벌써 네 번씩이나 믿지 못한다는 말씀을 하시는 거예요."

데를르몽은 팔짱을 끼며 말했다.

"그럼 너는 그 사람이 한 달 전에 한 막연한 약속을 지키러 반드시 올 거라 생각하는 거니? 그토록 험한 일들을 겪고 나서도?"

"그것도 바로 오늘, 7월 3일에요. 경시청으로 제게 넣어준 쪽지에서도 약속을 지키겠다고 확인해줬거든요."

"단순히 말뿐인 약속이다."

"그 사람은 약속이라면 반드시 지켜요."

"4시라고 했던가?"

"네, 4시에 올 거예요. 그러니까 이제 20분 남았네요."

마침내 데를르몽도 고개를 절레절레 흔들며 유쾌한 얼굴로 털어놓았다.

"정말 내 생각을 말해볼까? 실은 나 역시 바라고는 있단다. 믿음이라는 것은 참 무서운 거야! 게다가 누굴 믿겠다고 이러는지. 부탁하지도 않았는데 불쑥 나타나 남의 일에 관여하겠다는 웬 건달을 말이다. 게다가 그 방법이라는 것도, 온 경찰을 들쑤셔가며 그토록 천방지축이니. 아무튼 너도 요즘 신문들을 읽지 않았니? 그래, 다들 뭐라고 하던? 내 세입자인 그 므슈 라울인가 뭔가 하는 작자가 너를 빼닮았다던 그 수상쩍기 그지없는 클라라의 애인이자, 더군다나 아르센 뤼팽이라는 얘기 아니냐! 물론 경찰은 부인하고 있다만. 하지만 오랜 세월 사방 어디서나 뤼팽과 마주쳐서 하나 이득을 못 본 경찰로서야 더 이상 웃음거리가 되는 게 싫을 테니, 뤼팽을 봤다 해도 못 본 걸로 치부하는 것이겠고.

한데 그가 바로 우리를 돕겠다는 사람이라니!"

여자는 잠시 생각에 잠기다가 한층 진지한 어조로 입을 열었다.

"대부, 우리는 무엇보다 이곳에 왔던 그 사람한테 믿음을 두는 거예요. 그런 사람을 믿지 않을 수는 없는 거죠."

"그래, 그건 그렇다. 솔직히 보통 사람은 아니지. 내게 각인된 그 사람에 대한 기억도 만만치는 않아."

"그러니까 그를 다시 만나서 진실을 밝혀보고 싶어 하시는 거예요. 그가 라울인지 아르센 뤼팽인지는 하나도 중요하지 않은 거죠. 우리의 모든 소원을 채워만 준다면 말이에요!"

여자는 그렇게 말하면서 놀랄 만큼 화색이 돌았고, 후작은 그런 대녀의 모습을 휘둥그레 바라보았다. 여자의 양 볼이 분홍빛으로 물들었고 두 눈은 반짝거렸다.

"너 혹시 화 안 낼 거지, 앙토닌?"

"네, 대부."

"실은 말이다, 어쩌다가 라울 선생만 우리 앞에 나타나지 않았어도 오디가 선생이 지금보단 좀 더 환영받지 않았을까 생각한다만……."

그는 미처 말을 맺지도 못했다. 앙토닌의 분홍빛 볼이 이제는 아예 빨갛게 변했고, 시선은 어디에 둬야 할지 몰라 흔들리고 있었던 것이다.

여자는 입가에 억지웃음을 머금으며 말했다.

"오, 대부, 정말 짓궂은 생각도 다 하시네요!"

후작은 자리에서 일어났다. 마을의 종소리가 지금이 오후 4시에서 5분 모자라다는 사실을 은은하게 알려왔다. 그는 앙토닌을 따라 성의 전면을 옆에 끼고 걷다가 어느 한 모퉁이에 멈춰 섰다. 그곳에서 바라보면 입구의 망루 아래에 있는 아치 깊숙이 자리 잡은 쇠못 장식의 묵직한 대문이 훤히 내다보였다.

"이제 저기서 초인종 소리가 나겠구나."

후작은 가벼운 미소와 함께 덧붙였다.

"너 혹시『몬테크리스토』읽어보았니? 그 소설 속에서 주인공이 어떤 식으로 등장하는지 기억나? 세상 곳곳에서 그를 알았던 몇몇 사람들이 함께 점심을 들기 위해 그를 기다리고 있었지. 수개월 전 정확히 그날 정오에 나타날 거라 약속을 한 건데, 여행길이 불확실한데도 불구하고 주인은 반드시 정확한 시각에 그가 나타날 거라고 호언장담을 했어. 그리고 정오의 종소리가 울렸지. 마침내 마지막 종소리가 울리는 순간, 주인이 이렇게 말했단다. '여러분, 몬테크리스토 백작님이십니다!' 그러고 보니 우리도 지금 그와 같은 믿음과 불안감을 함께 간직하면서 기다리는 듯하구나."

그때였다. 아치 대문 아래에서 종소리가 울렸다. 성채 관리인이 계단을 마구 달려 내려갔다.

장 데를르몽이 속삭였다.

"몬테크리스토 백작일까? 약속 시간보다 일찍 오는 건 차라리 늦는 것보다 그리 우아한 태도가 못 되는데……."

이윽고 문이 열렸다.

하지만 기대했던 방문객이 아니라, 그 등장 자체가 모두를 아연실색하게 만드는 또 다른 사람이었다. 다름 아닌 고르주레였다.

앙토닌은 휘청하면서 중얼거렸다.

"아, 대부! 아무튼 나는 저 사람이 걱정이에요. 도대체 여긴 무엇하러 온 걸까요? 참 걱정되네요."

마찬가지로 기분 나쁘고 놀란 듯 보이는 장 데를르몽이 대꾸했다.

"누구 때문에 걱정된다는 거냐? 너 때문에? 아니면 나? 상관없는 일이야. 우리와는 상관없다고."

여자는 아무 대답도 하지 않았다. 형사반장은 성채 관리인과 함께 뭔가를 장황하게 이야기하다가 문득 후작을 알아보더니 이쪽으로 다가오기 시작했다.

그는 손에 동그란 무쇠 손잡이가 달린 곤봉을 지팡이라도 되듯 들고 있었다. 과연 퉁퉁하고 육중하면서 어딘지 상스러워 보이는, 힘깨나 쓸 법한 체격의 소유자였다. 그러면서도 평소의 투박한 인상을 되도록 싹싹하게 보이려 애를 쓰고 있었다.

성당 종소리는 이제 4시를 알려왔다.

고르주레는 짐짓 겸양의 기색을 과장한 태도로 입을 열었다.

"후작님께 감히 면담 요청을 올려도 될지 모르겠습니다."

"무슨 용건으로요?"

데를르몽의 대답은 무척 쌀쌀했다.

"무슨 용건인고 하니 우리 사건에 관한……."

"무슨 사건 말이오? 이미 그 얘기라면 우리 사이에 다 끝났을 텐데! 게다가 내 대녀에게 당신이 저지른 되먹지 못한 행동을 생각하면 더는 관계를 지속하고 싶은 마음이 들지 않소."

"우리 사이에 아직 얘기 다 안 끝났습니다!"

고르주레도 한결 덜 싹싹해진 말투였다.

"우리 사이의 관계도 끝난 게 아니고요. 그 점은 저희 수사과장이 계신 앞에서 이미 당신께 언질을 드린 바도 있습니다. 몇 가지 정보를 여쭐 일이 있을 것 같다고 말입니다."

데를르몽 후작은 30여 보쯤 떨어져 아치문 아래 대기하고 있는 관리인을 향해 버럭 소리쳤다.

"문을 닫아요. 누가 두드려도 절대 열어주지 말고. 알았죠? 그 누구도 안 됩니다! 열쇠도 나한테 넘겨요."

앙토닌은 자기도 같은 생각이라는 뜻으로 후작의 손을 감싸 쥐었다. 곧 문이 닫혔고, 만약의 경우 발생할 수 있을 고르주레와 라울 사이의 충돌도 사전에 차단된 셈이었다.

여자 관리인은 후작에게 다가와 열쇠를 건네고는 숙소로 돌아갔다. 형사반장이 지그시 웃으며 말했다.

"가만히 보니 후작님께서는 나 말고도 다른 방문객을 기다리고 계셨던 모양입니다. 그리고 이제는 그가 오는 걸 막으려 하시고요. 누군진 몰라도 그 올 사람이 많이 늦는 모양이죠?"

장 데를르몽은 퉁명스레 대꾸했다.

"나는 지금 어떤 방문객도 달갑게 느껴지지 않는 상태입니다."

"나부터가 그렇다는 뜻이군요."

"당신부터가 그렇소. 그러니 되도록 빨리 끝냅시다. 내 서재로 가십시다."

그는 앙토닌과 형사반장을 대동하고 안뜰을 가로질러 성채로 돌아왔다.

그런데 건물 모퉁이를 돌아드는 길에, 문득 테라스 벤치 위에 느긋하게 걸터앉아 담배를 뻐끔거리고 있는 어떤 신사와 맞닥뜨리게 되었다.

너무도 놀란 후작과 앙토닌은 그 자리에서 덜컥 걸음을 멈추었다.

고르주레도 걸음을 멈추긴 했으나, 그들보다는 조금 더 차분했다. 이곳 어딘가에 이미 라울이 있을 거라는 걸 형사반장은 알고 있었단 말인가?

일행한테 눈길이 가 닿은 라울은 담배를 획 던진 다음, 자리에서 일어나 쾌활한 태도로 후작에게 말을 걸어왔다.

"어디까지나 약속은 이 벤치 위에서 회동하기로 한 거였다는 사실을 상기시켜드려야겠군요. 물론 나는 약속대로 오후 4시 종소리가 울리는 순간 바로 이 자리에 앉아 있었죠."

밝은 계통의 여행용 양복 한 벌을 위아래 세트로 우아하게 맞춰 입은 맵시 있는 몸매의 그는 여유와 호감이 넘치는 표정을 짓고 있었다. 라울은 앙토닌 앞에서 모자를 벗으며 깍듯하게 허리 숙여 인사했다.

"마드무아젤께는 양해 말씀부터 드려야겠습니다. 몇몇 교양 없는 인간들로 인해 당신이 겪었을 고통의 많은 부분은 실은 이 몸이 책임져야하는 일이니 말입니다. 어쨌든 당신이 나를 너무 박하게 생각지 말아주셨으면 합니다. 나의 행동은 전적으로 데를르몽 후작의 이해관계에 맞춰 진행되어온 것이니 말입니다."

반면 고르주레에겐 단 한 마디도 건네지 않았다. 심지어 라울의 눈에는 형사반장의 육중한 몸집도 전혀 보이지 않는 것처럼 느껴졌다.

고르주레도 잠자코 있었다. 그 역시 진득하니 차분한 태도를 취하고 있었는데, 마치 이 같은 상황이 하나도 이상할 것 없는 사람처럼 무사태평한 분위기였다. 그저 가만히 기다리고 있을 뿐이었는데, 하긴 잠자코 기다리는 건 데를르몽 후작이나 앙토닌도 마찬가지였다.

요컨대 단 한 명의 배우가 나서서 연극을 공연하는 것과도 같은 분위기였다. 즉, 라울이 혼자 행동하고 떠들면, 나머지 사람들은 귀와 눈만 열어둔 채 무대 위의 연기자가 요청을 할 경우에만 얼굴을 내밀기 위해 언제까지라도 참고 기다려야 하는 입장이었다.

그나마 이런 분위기가 라울에게는 그리 거북스럽지 않았다. 사실 라울은 자신이 주인공인 연극의 마지막 장면에 약간의 절제가 요구됨에도 불구하고, 특히 무척 긴박한 순간에는 실컷 일장연설을 늘어놓으며 뽐내기 좋아하는 타입이었다. 아니나 다를까, 우선 뒷짐 진 자세로 이리저리 서성이면서 때론 건방지고, 때론 사려 깊으면서, 때론 자유분방하다가도, 때론 어둡고 음울하게, 때론 밝고 명랑한 분위기를 제멋대로 연출하는 것이었다. 그러더니 결국 뚝 멈춰 서서 후작을 향해 말을 꺼냈다.

"사실 아까부터 입을 열기가 적잖이 망설여졌답니다, 므슈. 솔직히 우리 사이의 약속은 사적인 것이었는데, 낯선 이방인이 끼어든다면 논의하기로 한 문제를 허심탄회하게 다루기가 어려워지기 때문이죠. 그런데 한참 생각해보니 꼭 그렇지만도 않아요. 우리가 할 이야기는 누구 앞에서든 공개할 만하다는 판단이 들더라는 겁니다. 설사 그 '누구' 가 어떤 면에서 바로 당신을 의심하고, 당신한테서 일련의 해명을 요구하는 저 경찰의 하급 공무원이라 해도 말입니다. 따라서 나는 이제부터 진실이 곧 정의라는 기치 아래, 상황을 하나하나 정리해가도록 하겠습니다. 떳떳한 사람들은 누구라도 고개를 빳빳이 쳐들고 내 이야기를 경청할 권리가 있음을 주지시켜드리는 바입니다."

라울은 잠시 말을 멈췄다. 지금 이 순간, 분위기가 아무리 진지하고 아무리 불안, 초조, 막막해도 앙토닌은 웃지 않기 위해 입술이라도 질끈 깨물지 않고는 견딜 수가 없었다. 과장된 말투라든가, 알게 모르게 깜빡거리는 저 눈짓, 거드름 피우듯 실룩거리는 저 입술, 엉덩이부터 상체 전반에 걸쳐 공연히 거들먹거리는 저 몸짓. 전체적으로 어딘지 모르게 익살맞기 짝이 없어 상황을 심각하고 어둡게 해석하려는 모든 시도를 여지없이 흐트러뜨리는 것이었다. 위험에 직면한 상황에서 이 어인 침착함이며, 무사태평함이란 말인가! 그럼에도 불구하고 짐작컨대 단 한 마디도 쓸데없이 내뱉지 않고 있으며, 그 하나하나가 적을 교란하려는 의도에서 튀어나오고 있었다.

이윽고 라울이 말을 이었다.

"최근 일어난 일들에 연연할 필요는 없습니다. 예컨대 금발의 클라라와 앙토닌 고티에의 두 인생이나 그들이 서로 놀랄 만큼 닮았다는 사실, 그들의 행동거지, 그리고 꺽다리 폴의 행태와 라울 선생의 행위, 한때 이 완벽한 신사와 고르주레 형사가 맞붙어 싸운 일, 그중 전자가 후자를 압도적으로 깔아뭉개버렸다는 사실, 결정적으로 해결을 봐서 이세상 그 어떤 권위로도 만죽을 걸 수 없게 된 숱한 문제들 같은 것 말입니다. 이제 우리가 관심을 가져야 할 문제는 저 볼니크 성의 참극이며, 엘리자베트 오르냉의 죽음과 후작님의 재산에 관련된 일을 정상화하는 작업이라 할 수 있습니다. 오, 부디 나의 이 다소 장황한 서론을 언짢게 생각지는 마시기 바랍니다. 이렇게 해두어야 정작 다양한 난제들로 들어갔을 때, 몇 마디 간략한 설명으로 일사천리 해결을 볼 수가 있으니까 말입니다. 아울러 그 누군가에 의한 굴욕적인 취조행위도 모면할 수가 있는 것이지요."

후작은 말과 말 사이의 잠깐 비는 틈을 이용해 불쑥 이의를 제기했다.

"그러지 않아도 나는 그따위 취조행위에 일일이 응할 의무는 없소."

"하지만 내가 확신하기로는 볼니크 사건에 대해 하나도 이해하는 바가 없는 사법당국은 바로 당신을 향해 수사를 집중시키려 하고 있으며, 뭐가 어떻게 돌아가는지도 모르면서 그 사건에서의 당신 역할에 대해 꼬치꼬치 따지고 싶어 하는 게 분명합니다."

"그 사건에서 나의 역할은 아무것도 없소."

"나도 같은 생각입니다. 하지만 사법당국은 당신이 왜 그 당시 엘리자베트 오르냉과의 관계를 털어놓지 않았으며, 왜 남모르게 볼니크 성을 매입했고, 왜 이따금 밤마다 그곳을 들락거렸는지 의아해하고 있습니다. 특히 일부 심상치 않은 증거들 덕분에 당신에 대한 혐의점은……."

후작은 펄쩍 뛰었다.

"내 혐의점이라니! 대체 무슨 소리를 하는 거요? 누가 나더러 혐의 운운하느냐고? 무슨 혐의가 있다는 거야?"

라울을 향해 고래고래 소리를 지르는 자세가, 누가 보면 느닷없이 자신을 공격하려는 적을 상대하는 분위기였다. 그는 고집스럽게 같은 말을 반복했다.

"다시 한번 묻겠소. 누가 내게 혐의가 있다고 하는 거요?"

"발텍스입니다."

"그 도둑놈이?"

"놈은 당신에게 치명적으로 작용할 자료들을 차곡차곡 모아두었는데, 몸만 조금 회복되면 곧장 사법당국에 제출할 것이 분명합니다."

앙토닌의 얼굴이 하얗게 질리면서 수심에 잠기기 시작했다. 고르주레 역시 태연함을 가장하던 표정을 집어던지고 바짝 긴장한 태도로 귀를 세우고 있었다.

데를르몽 후작은 라울에게 다가와 위엄 어린 목소리로 말했다.

"말해보시오. 당장 말해줄 것을 강력히 요청합니다. 그 비겁한 인간이 대체 내게 무슨 혐의점을 두고 있다는 말입니까?"

"엘리자베트 오르냉을 살해한 혐의입니다."

침묵이 이 끔찍한 말의 여운을 한동안 이끌어갔다. 다만 후작의 얼굴에는 오히려 긴장이 풀리면서 조금도 불편한 감정이 섞이지 않은 미소가 은은하게 퍼지는 것이었다.

"어디 설명을 들어봅시다."

라울은 곧장 이야기를 시작했다.

"그 당시 당신은 이 지방 토박이 목동 한 명을 알고 지냈습니다. 가시우 영감이라는 사람인데, 순박하기 그지없지만 다소 정신박약 증세가 있는 자이지요. 당신은 드 주벨 부부의 집에 묵을 때마다 자주 그와 잡담을 나누러 가곤 했습니다. 그런데 그 가시우 영감한테는 아주 기발한 특기가 하나 있었답니다. 사냥감을 돌팔매질 단 한 번으로 요절낼 수 있는 실력 말입니다. 그 때문에 이 반쯤 정신 나간 인간은 당신한테 매수되었고, 역시 당신의 요청으로 폐허에서 노래를 부르던 엘리자베트 오르냉을 돌팔매질로 단박에 죽여버렸다는 얘기입니다."

후작은 당장 소리부터 질렀다.

"말도 안 되는 소리요! 그럴 만한 동기가 없지 않소? 맙소사! 내가 사랑했던 여자를 무엇하러 죽음으로 내몬단 말이오?"

"노래 부르는 동안 당신한테 맡겼던 보석을 고스란히 차지하기 위해서입니다."

"이거 보시오, 그 보석들은 가짜였소."

"아니, 진짜였습니다. 바로 그 점 때문에 당신 행동이 더없이 애매모호하게 다가오는 것이지요. 엘리자베트 오르냉은 그 보석들을 아르헨티나 출신 억만장자에게서 받았답니다."

이번에는 데를르몽 후작도 가만히 앉아만 있을 수 없었다. 그는 벌떡 솟구치듯 일어나 길길이 날뛰었다.

"거짓말! 엘리자베트는 나 이전에 그 누구도 사랑해본 적이 없소! 그런 여자를 내가 죽음으로 내몰았단 말이오? 당시에도 사랑했고, 지금껏 잊지 못하고 있는 그 여자를? 맙소사! 내가 이 성채를 사들인 이유도 바로 그 여자를 위한 것이란 말이오. 그 여자에 대한 추억 때문에, 그 여자가 죽은 장소가 나 말고 다른 사람의 수중에 떨어지는 것이 싫어서 말이오. 이따금 이곳을 들른 이유도 여기 폐허에 와서 그녀의 영혼을 위해 기도를 올릴 목적이었소. 만약에 내가 여자를 죽였다면, 어찌 그 끔찍한 살인의 기억을 내 안에 잠시나마 담아두려 했겠소? 이것 보시오, 그따위 엉뚱한 모함은 정말이지 역겹기 그지없소!"

잠자코 듣고 있던 라울은 손바닥을 슬금슬금 문지르며 말했다.

"브라보! 아, 당신이 25일 전에만 이런 열정을 갖고 내게 대답을 해주었다면, 우리 모두가 고통스러운 사건들을 피해갈 수도 있었을 것을! 다시 한번 더 브라보입니다! 아울러 분명히 말씀드리건대 개인적으로 나는 그 가증스러운 발텍스의 어거지나 놈이 취합했다는 그 터무니없는 자료들을 단 한순간도 진지하게 받아들여본 적이 없습니다. 가시우? 돌팔매? 전부 헛소리일 뿐입니다! 모든 게 기껏해야 공갈협박일 뿐이죠. 하지만 참으로 교묘한 공갈협박이긴 해요. 자칫 당신한테 엄청난 부담이 될 수 있고, 우리 모두가 정신 바짝 차리고 대처할 필요가 있는 공갈협박입니다. 이런 경우에 유일한 치유책이라면 한 치의 의혹도 없는 진실, 절대적인 진실 그 자체입니다. 그래야만 우리가 당장 오늘부터 사법당국의 공세에 대항을 해나갈 수 있어요."

"진실이라…… 바로 그것을 당최 모르겠다는 것 아닙니까!"

"나 역시 마찬가지입니다. 하지만 지금 우리 입장으로 보면, 그 진실은 당신의 명쾌한 대답 여하에 따라 좌우될 수밖에 없다는 겁니다. 자, 이제부터 네, 아니요로 대답해주십시오. 사라진 보석들이 진품입니까?"

후작은 이제 더는 망설이는 기색 없이 잘라 말했다.

"진품입니다."

"그리고 원래는 당신 소유였고요. 그렇죠? 또 당신은 누군가 당신에게서 앗아간 상속재산을 흥신소를 시켜서 추적하도록 한 바 있죠? 그런데 내가 기억하기로는 에를르몽(Erlemont) 가문의 재산은 인도에서 태수의 칭호로 살았던 할아버지로부터 이어져온 것인데, 그가 기존의 모든 재산을 형형색색의 보석들로 바꿔서 상속했던 것으로 추정됩니다. 제 말이 맞습니까?"

"맞습니다."

"또 한 가지 추정할 수 있는 건, 에를르몽 태수의 상속자들이 그 보석에 대해 함구로 일관한 이유가 상속에 따른 세금을 물지 않기 위해서라는 점입니다. 그렇지 않습니까?"

"나도 그렇게 생각하고 있습니다."

"분명한 것은 당신이 그 목걸이를 엘리자베트 오르냉에게 빌려주었다는 겁니다. 그렇죠?"

"그렇소. 그녀는 이혼을 함과 동시에 내 여자가 되기로 한 몸이었소. 나는 신뢰와 사랑의 감정이 있었기에 기꺼이 그 목걸이를 지니도록 허락한 것이오."

"그녀도 목걸이가 진품이라는 사실을 알고 있었죠?"

"네."

"사건 당일 그녀가 지니고 있었던 보석들은 하나도 예외 없이 전부 당신 것이었나요?"

"그건 아닙니다. 아주 값나가는 고급 진주 목걸이 하나는 내가 그녀에게 아주 준 것입니다."

"당신이 직접 건네준 것이죠?"

"그건 아니고 보석상을 통해 보냈습니다."

라울은 고개를 끄덕였다.

"자, 이제 발텍스가 어떤 부분에서 당신을 좌지우지할 수 있었는지가 밝혀졌습니다. 바로 그 진주 목걸이가 자기 숙모의 소유임을 증명할 만한 자료를 쥐고 있다는 점이죠. 그 자료가 얼마나 대단한 영향력을 가지게 될 것인지!"

그리고 또 이렇게 덧붙였다.

"이제 문제인 것은 오로지 그 진주 목걸이와 다른 목걸이들을 찾아내는 것뿐입니다. 몇 가지 추가로 묻겠습니다. 사건이 벌어진 날, 폐허로 이르는 오르막 길목까지 당신이 엘리자베트 오르냉을 데리고 갔나요?"

"길목에서 조금 더 올라간 곳까지였습니다."

"그렇군요. 여기서 보이는 저기 저 식나무 오솔길까지 말이죠?"

"맞습니다."

"그리고 이쪽에서 볼 때, 두 분 모습이 자연스레 나무에 가려질 정도의 시간보다 조금 더 오랫동안 보이지 않았던 것도 사실이죠?"

"그렇습니다. 지난 2주 동안 엘리자베트와 단둘이 있어본 적이 없어서 그 기회를 이용해 오랫동안 포옹을 했거든요."

"그다음에는요?"

"그다음에는 여자가 그날 부를 곡에는 단순한 복장이나 분위기가 어울리니, 목걸이들을 전부 다 내게 맡겨야 되겠다고 하더군요. 하지만 내 생각은 달랐습니다. 엘리자베트는 더 이상 고집하지 않았고, 내가 돌아가는 걸 배웅했습니다. 식나무 오솔길 끄트머리에서 돌아다보았을 때도 그 자리에 꼼짝 않고 서 있었어요."

"그녀가 폐허보다 조금 높이 위치한 공터에 도달했을 때도 목걸이들을 지니고 있었던가요?"

"그건 나도 모르는 일입니다. 아울러 그날 모여 있던 손님들 중 그 누구도 그에 대해서는 정확하게 이렇다 하고 말하지 못했어요. 다만 사건이 벌어지고 나서야 목걸이가 없어진 걸 눈치챈 거죠."

"좋습니다. 그런데 발텍스가 가지고 있는 자료에는 완전히 상반된 진술이 포함되어 있더군요. 사건이 벌어지던 순간, 엘리자베트 오르냉의 목에는 보석 목걸이들이 걸려 있지 않았다는 겁니다."

후작이 결론 삼아 물었다.

"그렇다면 결국 목걸이가 식나무 오솔길에서 폐허 위 공터로 가는 중에 누군가에 의해 도난당했다는 겁니까?"

잠시 침묵이 흘렀고, 이내 라울이 한마디씩 끊어가며 말했다.

"보석은 도난당한 게 아닙니다."

"뭐요? 도난당한 게 아니라니! 하지만 엘리자베트 오르냉이 살해당한 걸 보면……."

"엘리자베트 오르냉은 살해당하지 않았습니다."

이처럼 충격적인 발언으로 사태를 이끌어가는 것에 라울은 일종의 희열을 느꼈다. 그의 눈동자 속에서 반짝반짝 점화하는 작은 불티가 그 희열의 감정을 대변하고 있었다.

후작이 다시금 탄식을 내질렀다.

"도대체가 무슨 말인지! 분명 상처를 보았단 말이오! 살인이 저질러졌다는 걸 의심한 사람은 하나도 없어요. 누가 그런 짓을 저질렀느냐가 문제죠!"

바로 그 순간, 라울은 팔을 치켜들고 검지를 쭉 뻗으며 외쳤다.

"페르세우스!"

"네? 무슨 뜻입니까?"

"누가 그런 짓을 저질렀느냐가 문제라면서요? 그에 대해 아주 진지한 답을 드리는 겁니다. 페르세우스의 짓입니다!"

그러고는 이렇게 마무리했다.

"자, 이제 나와 함께 저기 폐허까지 동행해주시기 바랍니다."

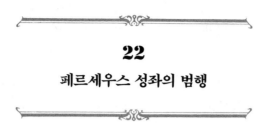

22
페르세우스 성좌의 범행

장 데를르몽은 라울의 주문에 당장은 따르지 않았다. 대신 너무도 혼란스러워하며, 그 자리에 머뭇거리고 있을 뿐이었다.

"그렇게 해서 과연 우리가 목표한 바에 가까워질 수 있겠습니까? 지난 세월 내내 보통 찾아 헤맨 게 아닙니다. 그래서 결국 엘리자베트의 한을 갚아줄 수 없다는 것에 무척이나 괴로워했어요! 그런데 이제 정말 그녀의 죽음에 얽힌 진실을 밝혀낼 수가 있다는 겁니까?"

후작의 말에 라울은 단호한 태도로 대답했다.

"이제는 내가 그 진실을 알고 있어요. 그 나머지, 즉 사라진 보석들에 관해서는 앞으로 확인이 가능하다고 믿습니다."

어느새 앙토닌도 그 점을 확신했다. 그녀의 밝은 얼굴 표정이 어떤 제약으로도 가둘 수 없는 절대적인 신뢰심을 드러내고 있었다. 그녀는 자신의 기꺼운 확신을 전하기 위해 장 데를르몽의 손을 지그시 쥐어주었다.

반면 고르주레의 얼굴은 근육이 긴장하는 바람에 잔뜩 일그러져 있었다. 특히 턱주가리가 꼴불견일 정도였다. 무엇보다 그가 받아들일 수 없는 건, 자신이 그토록 고생을 해가며 추구했던 문제들이 하필 혐오해 마지않는 상대에 의해 차근차근 풀려나가고 있다는 사실이었다. 자신의 입장에선 굴욕적일 수밖에 없는 사건 해결을 그는 한편으론 달갑지 않으면서도 동시에 은근히 기대하는 심정이었다.

장 데를르몽은 15년 전 여가수와 함께 밟았던 바로 그 길을 다시 걸어갔다. 뒤로는 앙토닌이 라울과 고르주레를 이끌고 따랐다.

그들 중 가장 태연한 태도를 보이는 건 단연 라울이었다. 사실 그는 여자의 뒷모습을 바라보면서 어느 점에서 클라라와 다른지 하나하나 짚어가는 즐거움을 음미하고 있었다. 조금 덜 나긋나긋하고 유연하지만 더욱더 담백하고 절도 있는 걸음걸이…… 덜 관능적이지만 더 자신감 넘치는, 교태는 덜해도 자연스러움은 더한 저 자태…… 걸음걸이 속에서 주목한 점들을 여자의 보통 때 얼굴과 태도 속에서도 얼마든지 확인해왔다는 사실을 그는 이제야 깨닫고 있었다. 앞에 잡초가 우거진 바람에 두 번에 걸쳐 보조를 늦춰야만 했는데, 그때마다 여자와 라울은 나란히 걷게 되었다. 그 틈을 이용해 힐끗 본 여자의 얼굴은 발갛게 달아올라 있었다. 둘 사이에는 아무런 말도 오가지 않았다.

후작은 정원에서 뻗어나온 돌계단을 오르기 시작했다. 그 위의 평지에는 균열투성이에 이끼까지 잔뜩 낀 낡은 석조 화분들로 장식된 식나무 대열이 좌우 양쪽으로 늘어섰다. 후작은 그중 왼쪽 오솔길을 택해 폐허를 가로지르는 오르막길과 계단으로 향하기 시작했다.

"엘리자베트 오르냉과 당신이 지체했던 곳이 바로 여기죠?"

"그렇습니다."

"정확히 어느 지점입니까?"

"지금 내가 서 있는 이곳이오."

"성채 쪽에서는 당신이 보였을까요?"

"아니요. 지금은 다 가지치기가 되어 있지만, 당시에는 여기 관목들에 전혀 손을 대지 않았소. 따라서 아주 그럴듯한 장막을 이루고 있었지요."

"결국 당신이 관목 울타리 끄트머리에서 돌아보았을 때, 엘리자베트 오르냉이 서 있던 곳도 바로 이곳이겠군요?"

"그렇죠. 그때 그녀의 모습은 지금도 내 기억 속에 선명합니다. 내게 손으로 키스를 보내주었죠. 저기 보이는 저 낡은 토대와 그를 둘러싼 저 녹음의 장막, 그때 그녀의 열정 어린 몸짓과 자태가 지금도 내 눈에 선해요. 난 하나도 잊지 않았습니다."

"당신이 정원으로 내려간 다음에도 다시 돌아보았나요?"

"그랬습니다. 오솔길을 벗어나는 그녀 모습을 확인하려고요."

"그래서 확인했나요?"

"금방은 아니었지만, 조금 이따 나오더군요."

"정상대로라면 금방 확인이 되어야 했겠죠? 정상대로라면 그녀가 오솔길을 즉시 벗어났어야 하는 것 아닙니까?"

"그렇겠죠."

라울은 조용히 웃기 시작했다.

"왜 웃는 거죠?"

데를르몽이 묻자, 앙토닌도 잔뜩 그쪽으로 몸을 향하는 게 같은 질문을 하는 듯했다.

"왜 웃는가 하니, 자고로 문제가 복잡하게 보이면 보일수록 사람들은 그 해결책도 못지않게 복잡하길 기대한다는 사실이 우습기 때문입니다. 누구나 간단한 생각에는 그다지 목매지 않아요. 다들 배배 꼬이고 기상천외한 해결책만을 추구하죠. 나중에 당신이 조사했을 때는 무얼 찾아 헤맨 건가요? 목걸이인가요?"

"아닙니다. 그건 어차피 도난당한 거니까요. 대신 살인범의 흔적이 될 만한 단서를 찾을까 해서 이곳을 헤맨 겁니다."

"그러니까 결국 단 한 번도 목걸이들이 도난당한 게 아니라는 생각은 해보지 않은 거죠?"

"전혀요."

"고르주레나 그 부하들 역시 그런 생각은 해보지 않았을 겁니다. 다들 진정한 의문을 제기하진 않고, 만날 똑같은 질문만 되풀이해온 것이죠."

"진정한 의문이라는 게 뭔데요?"

"다소 초보적인 의문점이지만 당신 덕분에 검증해보지 않을 수 없는 문제입니다. 즉, 엘리자베트 오르냉이 목걸이 없이 노래 부르고 싶어했다면, 과연 그것을 어딘가에 풀어놓지는 않았을까 하는 점이죠."

"말도 안 됩니다! 그런 고가품을 아무나 집어갈 수 있도록 방치하다니. 있을 수 없는 일이에요!"

"아무나 누구 말입니까? 그 당시 모든 사람들이 성채 부근에만 모여 있다는 사실은 당신도, 여자도 잘 알고 있었습니다."

"그럼 당신 말은 여자가 목걸이를 이곳 어딘가에 놓아두었다는 겁니까?"

"물론 늦어도 10분 후에는 내려오면서 다시 목걸이를 취하면 된다는 생각이었겠죠."

"하지만 사건이 나자마자 모두들 달려갔으니, 누군가의 눈에라도 띄었을 것 아닙니까?"

"꼭 그래야 할 이유는 없죠. 놓아둔 장소가 사람들 눈에 잘 띄지 않을 만한 곳이면 말입니다."

"그게 어디입니까?"

"예를 들자면, 여기 이 낡은 화분 정도 되지 않을까요? 손에 닿을 거리인 데다, 그때는 다른 화분들과 마찬가지로 제법 그늘을 거느릴 만큼 꽃나무들로 우거졌을 테니까요. 여자가 발뒤꿈치만 살짝 들고 팔을 쭉 펴면, 화분 안 흙 위에다 보석을 놓아둘 수가 얼마든지 있었을 겁니다. 결국 너무도 자연스러운 행동이었고 그저 임시방편에 불과했던 것을, 우연과 인간의 어리석음이 겹치는 바람에 영영 돌이킬 수 없는 짓이 되어버린 거죠."

"영영 돌이킬 수 없다니, 무슨 뜻이죠?"

"맙소사! 생각해보세요, 꽃나무는 언젠가는 시들어서 잎이 져버립니다. 그러면 결국 썩어서 일종의 부식토처럼 물건 위를 덮게 되죠. 아주 기막힌 은닉처가 저절로 이루어지는 셈입니다."

데를르몽과 앙토닌은 너무도 확고부동한 상대의 확신에 깊은 인상을 받았는지 아무 말도 못 했다.

"대단히 자신 있게 말씀하시는군요."

마침내 데를르몽이 입을 열자, 라울이 툭 던지듯 대꾸했다.

"왜냐하면 그게 진실이니까요. 당신 눈으로 직접 확인하는 것도 어렵지 않을 겁니다."

후작은 얼굴이 창백해지면서 망설였다. 그러다가 엘리자베트 오르냉이 취했을 법한 동작을 재현하기 시작했다. 즉, 발뒤꿈치를 들고 팔을 쭉 뻗어 세월과 더불어 화분 속에 쌓여 있는 축축한 부식토를 이리저리 뒤집어보는 것이었다. 그러다가 어느 한순간 후작은 부르르 떨면서 중얼거렸다.

"어라, 정말 있네! 목걸이가 느껴져요! 보석들이 만져집니다! 줄도 그대로고…… 세상에! 그녀가 몸에 지니고 있던 그대로야!"

어찌나 감정이 복받쳤는지 그는 자신의 행동을 끝까지 마무리하는 것도 어려워 보였다. 그는 안간힘을 다하면서 목걸이를 하나하나 빼내기 시작했다. 모두 다섯 줄의 목걸이였다. 다소 더럽혀졌지만 루비의 붉은빛과 에메랄드의 초록빛, 사파이어의 푸른빛이 황금빛 조각들과 더불어 영롱한 광채를 발하고 있었다. 그때 문득 후작이 중얼거렸다.

"하나가 부족해. 전부 여섯 개였는데."

그는 잠시 생각해보더니 곧바로 덧붙였다.

"그래, 하나 모자라는 게 확실해. 내가 준 진주 목걸이가 없어. 이상하지 않소? 다른 것들을 여기 놓아두기 전에 그것만 도난당했단 말인가?"

그렇게 말하면서도 질문 자체에 그다지 비중을 두지 않는 눈치였다. 마지막 수수께끼야말로 그에게는 아예 풀 수 없는 장벽처럼 치부되는 모양이었다. 그러나 그 순간, 라울과 고르주레의 시선은 맹렬히 격돌했다. 형사반장은 이런 생각을 굴리고 있었다.

'진주 목걸이를 슬쩍한 건 바로 저놈이야. 오늘 아침이나 어제쯤 자기가 먼저 다 뒤지고, 전리품을 낚아채고 나서 우리 앞에서는 요술쟁이 흉내를 내고 있는 거라고.'

라울은 마치 이런 얘기를 하듯 슬그머니 웃는 낯으로 고개를 끄덕였다.

'바로 그거야, 친구. 드디어 비밀을 눈치채셨어. 하지만 어쩌겠나? 나도 먹고살아야지!'

다만 순진한 앙토닌만은 아무런 생각도 하지 않는 표정이었다. 그저 후작을 도와 보석 목걸이들을 가지런히 추리고 소중하게 챙기는 일을 도울 뿐이었다. 그 일이 끝나자, 데를르몽 후작은 라울을 따로 데리고 폐허 쪽으로 발길을 옮겼다.

"자, 우린 계속합시다. 그녀에 대한 얘기를 해주시오. 무슨 일이 벌어진 건지 말이오. 대체 어떻게 죽은 겁니까? 누가 그 가엾은 여자를 죽였느냔 말입니다. 그 끔찍스러운 죽음을 단 한시도 잊은 적이 없습니다. 그때 입었던 마음의 상처에서 아직도 헤어나지 못하고 있어요. 반드시 알아내야만 하겠습니다!"

그는 마치 베일 아래 감춰둔 물건을 마음만 먹으면 언제든 꺼낼 수 있듯, 모든 진실이 라울의 손에서 놀아나는 것처럼 이것저것 질문을 쏟아냈다. 이제 캄캄한 어둠이 빛으로 가득 차고, 더없이 놀랄 만한 사실이 입 밖으로 튀어나오기 위해서는 라울이 원하기만 하면 되는 분위기였다.

그들은 엘리자베트가 죽은 언덕 가까이, 좀 더 높다란 공터까지 다다랐다. 그곳에서는 저만치 성채와 정원, 입구의 망루가 한눈에 내려다보였다.

라울의 곁에 와 있던 앙토닌이 문득 속삭였다.

"대부를 도와주셔서 정말 감사드려요. 하지만 왠지 좀 걱정이군요."

"걱정이라뇨?"

"고르주레 말이에요. 당신, 이만 떠나야 하지 않겠어요?"

남자는 부드럽게 대답했다.

"그렇게 말해주다니 정말 기쁘군요! 하지만 고르주레가 그토록 알고 싶어 하지만, 나는 죄다 꿰뚫고 있는 얘기를 몽땅 털어놓지 않는 한 전혀 위험은 없습니다! 그런데 내가 왜 미리부터 떠난단 말입니까?"

일단 여자를 그런 식으로 안심시킨 데다, 후작도 자꾸 다그치는 통에 라울은 이어서 설명을 해나갔다.

"아하, 그 참극이 어떻게 벌어진 거냐는 거죠? 사실 나는 목표에 도달하기 위해서 지금까지 당신을 유도해온 길을 거꾸로 되밟아갔습니다. 네, 그래요. 완전히 반대지점을 출발점으로 해서 내 사고는 전개되어온 겁니다. 요컨대 물건을 도적질한 자가 없으리라는 결론은, 아예 처음부터 살인을 저지른 자가 없을 거라 추정했기 때문에 가능했습니다. 또한 그런 추정은 살인자가 있었다면 도저히 사람들 눈에 띄지 않을 수 없는 상황이었기에 가능했던 것이고요. 벌건 대낮, 40여 명의 사람들이 지켜보는 가운데, 그중 단 한 사람도 살인이 일어나는 광경을 목격하지 못했다면, 그건 그 자리에 살인을 저지른 사람이 존재하지 않았기 때문입니다. 총을 쐈을까요? 그럼 소리라도 들었겠죠. 몽둥이찜질요? 몽둥이가 보였겠죠. 돌팔매질요? 그런 동작은 눈에 띄기 쉽죠. 하지만 아무것도 보이지 않았고, 아무 소리도 들리지 않았습니다. 따라서 순전히 인간의 차원을 뛰어넘는 곳에서, 즉 사람의 의도에 기인하지 않은 죽음의 원인을 찾아야만 했습니다."

후작이 갸우뚱하며 물었다.

"그렇다면 사고사란 말씀입니까?"

"일종의 사고사이며, 결국 우연에 의한 죽음인 것이죠. 당최 우연이라는 것은 언제 어떤 식으로 그 모습을 드러낼지 종잡을 수가 없는 법입니다. 그 양상이 거의 무한대라서 종종 기상천외하고 황당무계하게 불쑥불쑥 나타날 수가 있지요. 언젠가 한 남자의 재산과 명예가 계단도 없는 어느 높다란 망루 꼭대기에 숨겨진 문서 하나에 좌지우지되는 사건을 맡은 적이 있답니다(『바네트 탐정사무소』의 6장 「우연이 기적을 만들다」 참조—옮긴이). 어느 날 아침, 그 남자는 아주 기다란 밧줄이 망루에 걸쳐져서 그 양 끄트머리가 늘어져 있는 걸 발견했지요. 그때 나는 그 밧줄이 전날 밤 그곳 상공을 지나가던 기구(氣球)에서 무게를 줄이기 위해 짐을 내던질 때 딸려서 떨어져 나온 거라고 추리했습니다. 결국 우연히 망루에 밧줄이 걸쳐지는 바람에 남자가 손쉽게 그곳을 오르내릴 수 있게 된 셈이죠. 분명 그 자체로는 기적이나 다름없었지만, 원래 자연 속에서는 수많은 요인들이 서로 복잡하게 결합하기 때문에 매 순간 그와 같은 기적은 얼마든지 일어날 수가 있는 것이었습니다."

"그렇다면 이번에도⋯⋯."

"엘리자베트 오르냉의 죽음은, 그 자체는 흔하면서도 이번처럼 치명적인 결과가 나오기는 무척이나 드문 어떤 물리적 현상에 기인한 것입니다. 실은 발텍스가 돌팔매질을 했다며 가시우 목동을 지목했을 때부터 내 머릿속에 그런 가설이 세워지기 시작했지요. 가시우가 거기 있었을 리는 없지만, 돌멩이가 엘리자베트 오르냉의 머리를 쳤을 수는 있다고 보았고, 그것만이 여자의 죽음을 설명할 수 있는 유일한 방법이라 생각한 겁니다."

"그것참, 그럼 돌멩이가 하늘에서라도 날아왔단 말이오?"

후작의 말투에는 약간의 빈정거림이 녹아 있었다.

"안 될 것도 없죠."

"어허, 왜 이러시오! 대체 누가 돌멩이를 던졌냐니까?"

"이미 말씀 드렸습니다. 페르세우스가 던졌다고요!"

후작의 표정은 거의 울상이 되었다.

"오, 제발 장난은 그만하시고."

"지극히 진지하게 말하고 있는 겁니다. 아주 명료한 정신 상태로 단순한 가설에 의하지 않고, 엄연한 사실을 내세워 이야기하고 있는 거예요! 우리가 사는 이 세상에는 매일같이 수백만 개의 돌덩이, 유성, 운석, 해체된 행성 파편들이 현기증 나는 속도로 날아다니다가, 대기권을 만나면 화염에 휩싸인 채 추락하곤 한답니다. 그렇게 떨어지는 돌멩이가 하루에도 어마어마한 양이 된다는 얘기죠. 지금까지 온갖 크기와 형태의 돌들을 수거해놓은 양도 엄청나답니다. 정말 끔찍하지만 가능한 일이고, 아니 이미 확인된 우연에 의해 그런 돌들 중 단 한 개라도 어떤 생명체에 부닥친다면, 그걸로 그 생명체는 너무도 불가해하고 어이없는 개죽음을 맞게 되는 겁니다."

라울은 잠시 숨을 고른 뒤 보다 구체적으로 얘기를 이어갔다.

"1년 중 하늘을 수놓는 유성의 기세는 어떤 시기를 중심으로 보다 빈번하고 조밀해지기 마련입니다. 그중에서도 가장 널리 알려진 것이 바로 8월, 보다 정확히는 8월 9일에서 14일 사이에 저 페르세우스 성좌에서 기인하는 것으로 알려진 유성우 현상이랍니다. 소위 페르세우스 유성군이라는 것도, 바로 그처럼 하늘을 날아다니는 성진(星塵) 덩어리를 지칭하는 이름이죠. 그래서 아까 농담 삼아 페르세우스를 범인으로 지목한 겁니다!"

반론이나 의혹을 표명할 여유를 후작에게 주지 않고, 라울은 계속 얘기를 이어갔다.

"벌써 나흘 전부터 아주 헌신적이고 유능한 내 부하 한 명이 밤에 틈새가 벌어진 성벽을 넘어 들어와, 날이 밝는 대로 이곳 언덕을 중심으로 폐허 일대를 샅샅이 뒤져왔습니다. 그리고 어제와 오늘 새벽부터는 내가 직접 모든 걸 챙겼지요."

"그래서 뭔가 발견했습니까?"

"네."

대답과 함께 라울은 호두만 한 크기의 자그마한 돌멩이 하나를 쑥 꺼내 보였다. 전체적으로는 동그스름했지만, 군데군데 각이 지고 우툴두툴한 부분이 검은 에나멜처럼 반짝거리는 표면에 미세하게 남아 있었다.

숨 돌리는 것도 잠시, 라울은 또다시 일사천리로 얘기를 이어갔다.

"이 돌멩이는 분명 사건수사 과정에서 경찰의 눈에도 띄었을 것입니다만, 아무도 특별하게 주목하지는 않았습니다. 왜냐하면 다들 총알이라든가 인간의 손에 의해 만들어진 뭔가를 찾고 있었으니까요. 하지만 내 눈에는 이 돌이 여기 있다는 것이야말로 그 무엇보다 강력한 현실적 증거로 보였답니다. 물론 이것 말고 다른 증거들도 있지요. 우선 사건이 일어난 시기 말입니다. 8월 13일, 지구가 문제의 유성군 아래를 지나가는 시기죠. 솔직히 말해서 이 8월 13일이라는 날짜가 내 정신의 도화선에 불을 붙였습니다! 그다음 또 한 가지 부인할 수 없는 증거가 있는데, 이건 그저 논리적인 추론을 돕는 증거일 뿐만 아니라 그 자체로 과학적인 증거라고 말씀드릴 수 있습니다. 어제 나는 이 돌멩이를 비시에 있는 한 화학 및 생물학 실험실로 가져갔습니다. 거기서 새카맣게 탄 인간의 신체조직 일부가 옻칠로 표면 처리된 상태에 있는 걸 보게 되었죠. 네, 불붙은 유성 파편에 맞아 새카맣게 타버린 생체로부터 피부와 모발이 포함된 상태 그대로 떨어져 나간 조직 덩어리였습니다. 그런데 그 조직 덩어리는 돌조각에 찰싹 달라붙어서 세월이 지나도 분리가 불가능하다는 겁니다. 하여튼 그 적출물은 어느 화학자에 의해 잘 보관되어서 공식적인 연구논문의 소재가 될 예정이라고 하더군요. 므슈 데를르몽이나 고르주레 선생이 원하기만 하면 아마 언제든 제출받아 검토하실 수 있을 겁니다."

그러고는 고르주레를 돌아보며 덧붙였다.

"그나저나 사건은 사법당국에 의해 이미 15년 전에 정리된 상태이고, 이제 다시 조사를 재개할 수는 없는 상황이죠. 까짓, 고르주레 선생께서 뭔가 일련의 사건들이 맞물려 있음에 주목하고는 그 안에서 당신이 일정 역할을 했다는 걸 발견했을 수도 있겠죠. 하지만 그에게는 발텍스가 들이밀 거짓증거 외에 이렇다 할 증거가 없을 것이며, 그렇다고 전에도 한 번 시도하려다가 처참하게 당한 적이 있는 거친 수법을 계속 고집할 수도 없을 겁니다. 그렇지 않은가요, 므슈 고르주레?"

라울은 고르주레의 정면에 떡 버티고 서서 마치 이제야 그의 존재를 깨달았다는 듯 내처 말을 토해냈다.

"어떻게 생각하냐고, 이 친구야! 지금까지 내 설명이 충분히 납득할 만하다고 생각지 않아? 그야말로 진리 그 자체가 표출된 것처럼 느껴지지 않느냔 말이야! 도난도 없었고, 살인도 없었어. 그럼 자넨 더 이상 아무 쓸모도 없는 거야? 사법당국이든 경찰이든, 이젠 모조리 쭉정이 신세겠네? 나처럼 단순무식하고 체구도 보잘것없는 사람 좋은 한량이 난데없이 나타나, 너희들이 죽을 쑤고 있는 모험의 한복판에 뛰어들어 얽힌 실타래를 풀어내고, 아무도 발견하지 못한 운석을 수거한 데다, 엄청난 보석 목걸이들을 마치 줄줄이 꿰어 만든 조약돌 목걸이라도 되듯 가뿐하게 찾아냈는데 말이야! 그러고는 고개를 바짝 치켜들고 입가에는 은은한 미소를 띄운 채, 당연히 할 일을 다 한 뿌듯한 기분으로 바람처럼 사라져가는 거지! 잘 있게, 이 친구야! 마담 고르주레에게도 안부 좀 전해주고. 아참, 이번 일도 꼭 이야기해주게. 아마 재미있어할 거야. 그녀 마음속에 담긴 나의 이미지도 한결 근사해질 테고 말이야. 그 정도쯤이야 나한테 배려를 해주는 게 자네 도리지."

가만히 얘기를 듣고 있던 형사반장은 아주 천천히 팔을 들어 그 묵직한 손을 라울의 어깨 위에 턱 얹었다. 라울은 어리둥절한 표정으로 외쳤다.

"어라? 지금 뭐하시는 건지? 나를 체포하실 작정인가? 정말 뻔뻔하셔! 기껏 자네 일을 도맡아 열심히 해주고 나니, 감사의 표시로 수갑을 채우시겠다? 이러다 눈앞에 신사가 아닌 도둑놈이라도 두었다면 무슨 짓을 할지 모르겠네?"

고르주레는 여전히 악다문 입을 떼지 않았다. 마치 사태를 자기 혼자 완전히 장악한 사람처럼 무심하고도 경멸 어린 태도를 내세우며, 사람들이 뭐라 하건 어떻게 생각하건 전혀 개의치 않는다는 투였다. 라울이야 실컷 떠들라지. 그런다고 나쁠 이유도 없지 않겠는가! 고르주레는 그 이야기 속에서 이것저것 쓸모 있는 대목을 챙기고 가타부타를 판단한 뒤, 결국 내키는 대로 처리해버리면 그뿐이니까!

급기야 그는 큼직한 호각을 꺼내 들고 입에 단단히 문 뒤, 그 반향만 해도 주변 암벽과 계곡 사이사이를 들썩이게 할 만큼 요란하고 날카로운 굉음을 불어댔다.

라울은 놀란 표정을 감추지 않았다.

"정말 한번 해보자는 거야?"

형사반장은 거만함이 뚝뚝 떨어지는 목소리로 빈정댔다.

"그래주길 바라?"

"제대로 한번 붙어보자?"

"그러지 뭐. 하지만 이번에는 나도 충분한 여유와 준비를 갖춘 상태야. 어저께부터 이 지역을 샅샅이 감시하다가 결국 오늘 아침에는 자네가 숨어들었다는 걸 이미 간파했지. 성곽의 주변 지역은 물론, 폐허의 좌우 양측을 아우르면서 이 깎아지른 벼랑에 이르는 성벽 일대가 전부 사정권 안에 들어가 있다네. 지역 헌병대와 파리에서 파견된 형사대, 현지 경찰서 인원 모두가 만반의 준비를 갖추고 대기 상태라니까!"

성곽 대문 쪽에서 초인종 소리가 울린 건 바로 그때였다.

고르주레가 기다렸다는 듯 말했다.

"1차 공격조로군. 일단 이들 공격조가 안으로 들어서고 나면 두 번째 호각으로 실제 공격이 감행될 것이네. 만약 자네가 도망칠 생각이라면 가차 없는 총격이 가해질 예정이야. 이건 절대적인 지상명령이지."

후작이 불쑥 끼어들었다.

"이것 보시오, 형사반장. 분명 내 허락 없이는 아무도 들이지 못하도록 지시해놓은 상태요. 이 양반은 나와 약속이 있어서 온 손님이오. 나를 도와줬고 말이오. 그러니 문은 절대로 열어줄 수 없소. 열쇠도 어차피 이 손안에 있고."

"문은 부술 겁니다, 후작님."

"파성추로 칠 건가? 아니면 도끼로? 저런, 날 어두워지기 전에 해치우긴 글렀는걸! 그때가 되면 난 과연 어디에 있을까?"

라울이 슬슬 비아냥대기 시작하자, 고르주레가 으르렁거렸다

"우리에겐 다이너마이트가 있어!"

"호주머니 속에라도 가지고 온 거야?"

그러면서 라울은 따로 고르주레를 붙들고 말했다.

"내 긴히 한마디만 해두지, 고르주레. 지난 한 시간 동안 내가 해낸 일들을 봐서, 실은 우리 둘이 이곳을 나갈 때 마치 친구처럼 어깨동무를 할 수도 있을 걸로 기대했었네. 하지만 자네가 그걸 거부하는 것 같으니, 제발 그 공격 계획만이라도 포기하기를 간청하네. 유구한 역사적 유물인 성문도 두들겨 부수지 말고, 또 내가 한없이 중요하게 여기는 한 여인 앞에서 이 몸을 개망신시키는 일도 없었으면 좋겠어."

"또 날 바보 취급하려는 거지?"

곁눈질로 힐끗 상대를 바라본 고르주레가 내뱉자, 라울은 정색을 하며 대꾸했다.

"고르주레, 자넬 바보 취급하다니! 다만 자네가 이 싸움의 모든 결과에 대해 심사숙고해주기를 바랄 뿐이네."

"결과는 이미 검토 끝난 상태야!"

"딱 하나는 빼먹었을걸!"

"뭐 말인가?"

"자네가 계속 고집을 부린다면, 앞으로 두 달 후에……."

"두 달 후에?"

"조조토를 데리고 한 보름 동안 유람여행이나 다녀올까 해."

그러자 얼굴이 붉으락푸르락 질겁하면서 고르주레가 탁한 목소리로 말했다.

"먼저 네놈을 요절낼 테다!"

"좋으실 대로!"

마침내 라울은 본색을 드러내며 호쾌하게 외쳤다.

그리고 즉각 장 데를르몽 쪽을 돌아보며 말했다.

"므슈, 청하옵건대 고르주레 선생과 함께 가서 성의 모든 문들을 활짝 열어젖혀주십시오. 내 약속드리리다. 이곳에 피 한 방울 떨어지는 일은 없을 것이며, 모든 게 신사 대 신사로서 더없이 조용하고 품위 있게 처리될 것입니다."

이제 장 데를르몽에게 라울의 권위는 너무도 막강해서 그가 권하는 어떤 해결책도 감히 마다할 수가 없었다.

"앙토닌도 함께 갈래?"

걸음을 떼며 후작이 던지듯 말하는 걸 받아 엉뚱하게 고르주레가 윽박질렀다.

"라울, 자네도 같이 가는 거야!"

"오, 난 그냥 여기 있겠네."

"흥, 내가 저만치 가 있는 사이 빠져나가려고?"

"고르주레, 자네도 운 한 번 실험해봐야지."

"그럼 나도 여기 있을 테다. 한시도 자넬 내버려둘 순 없어."

"정 그렇다면 내가 옛날처럼 자넬 또 꽁꽁 묶어 재갈을 물려놓을 텐데, 그래도 좋겠어?"

"젠장! 혼자 두면 뭘 하고 있을 텐가?"

"붙잡혀가기 전에 마지막 담배라도 한 대 피우려고 그러네."

고르주레는 망설이는 기색이 역력했다. 하긴 걱정할 게 뭐란 말인가? 이미 모든 가능성에 대비해둔 상태 아닌가! 도주는 불가능하다. 결국 그는 데를르몽 후작의 뒤를 따르기로 했다.

앙토닌도 같이 가려 했지만 그럴 기력이 없었다. 이미 하얗게 질려버린 얼굴에서 얼마나 지금 상황을 불안해하는지가 엿보였다. 심지어 미소의 흔적조차 입가에서 지워진 상태였다.

"왜 그러십니까, 마드무아젤?"

라울이 부드럽게 물어왔다.

여자는 절망적인 표정으로 매달렸다.

"제발 어디로든 숨으세요. 분명 어딘가 안전히 숨을 만한 곳이 있을 거예요."

"뭐하러 숨는데요?"

"네? 그야 저들이 당신을 붙잡으려고 하니……."

"절대 그런 일은 없습니다! 나는 그냥 떠날 거예요."

"출구가 없잖아요!"

"그건 내가 떠나지 못할 이유가 못 됩니다."

"저들이 당신을 죽일지도 몰라요."

"그래서 두려운 겁니까? 그럼 언젠가 성안에서 당신에게 무례를 범한 남자한테 불상사가 일어나는 걸 꺼려 하신다는 말씀이군요? 아니지, 아무 대답도 하지 마십시오. 둘이서 함께할 시간이 별로 남아 있지 않습니다! 기껏해야 몇 분이겠죠. 반면 당신께 들려주고 싶은 이야기는 너무도 많네요!"

라울은 그렇게 속삭이면서도 여자의 몸에는 손도 대지 않으면서 알게 모르게 멀리, 좀 더 멀리, 저 아래 정원 어디에서도 두 사람 모습이 보이지 않을 곳으로 걸음을 옮기고 있었다. 널찍한 벽체와 옛날 누대의 잔해, 그리고 허물어진 석재 더미를 헤치고 들어간 곳에는 약 10여 미터 너비의 텅 빈 공간이 나직한 돌담을 두른 채 저만치 낭떠러지를 굽어보고 있었다. 까마득히 흐르는 개천과 저만치 멀리로는 굽이굽이 펼쳐진 초원의 경이로운 지평선을 내다보는 맛이, 마치 시원스러운 창문이 활짝 열어젖혀진 어느 아담한 방 안에 들어온 기분이었다.

앙토닌이 먼저 조금은 안정된 목소리로 말을 꺼냈다.

"무슨 일이 일어날지 정말 모르겠어요. 하지만 두려운 건 아까보다 좀 덜하네요. 그리고 므슈 데를르몽에 대해서는 정말 당신께 감사드립니다. 일전에 제시하신 대로 그가 성을 유지하는 거죠?"

"그렇습니다."

"또 한 가지 알고 싶은 게 있어요. 당신만이 내게 대답해줄 수 있는 문제예요. 데를르몽 후작이 내 아버지인가요?"

"그렇습니다. 후작에게 전달된 당신 모친의 편지를 읽어보니 아주 명확하게 사실이 드러나더군요."

"사실 나도 의심한 적은 없지만 확실한 증거가 없었어요. 그 문제가 우리 두 사람 사이를 다소 불편하게 만들어왔고요. 이제는 내 마음속에 담은 애정을 실컷 풀어놓을 수가 있어서 정말 다행이에요. 물론 그가 클라라의 아버지이기도 하겠죠?"

"네, 클라라는 당신의 배다른 자매랍니다."

"내가 아버지께 직접 얘기해줘야겠어요."

"아마 그도 짐작은 하고 있을 겁니다."

"그건 생각 못한 일인데. 아무튼 아버지가 나를 위해 해주시는 건 모두 그녀를 위해서도 해주시길 바라요. 언젠가는 그녀를 만날 수 있겠죠? 내게 먼저 편지라도 써주면 좋으련만."

별다른 감정 없이 가볍게 이야기를 하면서 여자의 입가에는 예의 그 사랑스러운 미소가 다시금 살포시 솟아올랐다. 라울은 그 어여쁜 입술로부터 눈길을 떼지 못한 채 속으로 가볍게 떨지 않을 수 없었다. 여자가 중얼거렸다.

"당신, 그녀를 사랑하죠?"

라울은 여자를 깊숙이 바라보면서 나직한 목소리로 말했다.

"당신에 대한 기억을 통해서 그 여자를 사랑합니다. 아울러 일말의 씁쓸함도 가시지 않고 있어요. 내가 그녀에게서 사랑하는 부분은, 파리에 도착한 날 내 집에 불쑥 들이닥친 한 아가씨의 첫인상이랍니다. 그 아가씨는 도저히 잊지 못할 미소의 소유자인데, 그 안의 뭔가 특별한 것이 처음부터 내 마음을 뒤흔들어놓았지요. 그날 이후 나는 이름이야 앙토닌이든 클라라든, 오직 한 여인만 있다 생각하면서 바로 그 여인을 찾아 헤맸답니다. 그런데 이제 하나가 아니라 둘이 존재한다는 것을 알았으니, 나는 내 사랑의 이미지를 거두어가렵니다. 내 사랑 자체이자, 당신도 내게서 절대 빼앗아갈 수 없는 그 이미지를 말입니다."

여자는 온통 홍조로 물든 얼굴로 말했다.

"어머나! 내게 그렇게 말할 권리가 있나요?"

"있지요. 우린 서로 다시 보지 못할 것이기 때문입니다. 우연한 닮음이 우리 사이를 현실적인 끈으로 서로 맺어주고 있어요. 내가 클라라를 사랑하는 한, 내가 사랑하는 건 바로 당신일 겁니다. 그녀에 대한 사랑도 당신에 대한 호감, 더 나아가 애정과 뒤섞이지 않을 수 없을 거예요."

여자는 내심 느끼는 혼란을 감추지 않고 속삭였다.

"어서 도망치세요, 제발요."

남자가 벼랑 쪽 흙벽을 향해 한 발을 내디디자, 여자가 기겁을 하며 말렸다.

"아니에요! 거기가 아니에요!"

"하지만 다른 출구는 없습니다."

"오, 너무해요! 제발! 그러지 말아요! 안 돼요, 안 돼! 제발 부탁이에요!"

절박한 위험에 대한 생각이 여자를 순식간에 변화시키고 있었다. 그 짧은 순간, 여자는 이미 예전과 달라졌고, 얼굴에는 자기 자신을 잃고 온통 혼비백산해 있는 내면의 공포심, 불안, 처절한 바람이 혼란스레 담겨 있었다.

그 와중에도 저 아래 성채, 아니 어쩌면 바로 아래 호젓한 정원으로부터 사람들의 목소리가 웅성웅성 올라오고 있었다. 고르주레와 그 부하들이 폐허 쪽으로 점점 다가들고 있는 게 아닐까?

"가만있어요. 여기 그대로 있으라고요. 내가 당신을 구하겠어요. 아, 무서워라!"

여자가 계속 말리는데도 라울은 이미 다리 하나를 낮은 담장 너머로 걸친 상태였다. 그는 여자를 향해 말을 던졌다.

"두려워 말아요, 앙토닌. 벼랑의 암벽에 대해서는 이미 연구를 해두었소. 게다가 내가 그곳을 처음 섭렵하는 사람도 아닐 것이고. 장담하건대 나한테 이 정도는 일도 아니라니까!"

또다시 여자는 남자의 위세에 눌려 수긍하지 않을 수 없었다.

"웃어요, 앙토닌."

여자가 힘겹게 애를 써가며 웃으려고 했다.

"아! 그 눈동자에 그 웃음을 담고서 어찌 나한테 무슨 일이 일어날 거라 하는 거요? 좀 더 잘해봅시다, 앙토닌. 나를 구하겠다면 당신 손부터 좀 줘봐요."

여자가 남자 앞에 서서 손을 내밀었다. 하지만 남자 입술이 가 닿기 직전, 얼른 손을 뺐다. 여자는 잠시 고개를 숙인 채 눈을 반쯤 내리뜨고 머뭇거리더니 급기야 선뜻 몸을 기울여 남자를 향해 입술을 내밀었다.

그 동작이 워낙에 순박하고 청순한 매력으로 넘쳐서 라울은 그녀가 자신의 행동에 그저 순수한 우애의 의미만을 싣고 있다는 걸 금세 느꼈다. 물론 그 너머에는 자신도 어디서 비롯된 건지 모를 강렬한 내면의 이끌림이 작용했을 테지만 말이다. 그는 미소가 깃든 달콤한 입술을 부드럽게 스치면서 처녀의 순수한 호흡을 살짝 들이마셨다.

여자는 자신의 내면을 가르고 지나간 어떤 감정 변화에 흠칫 놀란 듯 비틀거리며 일어나 더듬거렸다.

"이제…… 이제 가세요. 더 이상은 두렵지 않아요. 가세요. 잊지 않을 거예요."

그녀는 폐허 쪽으로 몸을 돌렸다. 차마 심연을 향해 고개를 내밀어, 깎아지른 벼랑 틈새에 매달린 라울을 바라볼 용기가 나지 않았던 것이다. 점점 다가드는 거친 아우성을 들으며 그녀는 무사히 탈출에 성공한다면 분명 라울이 보내올 신호를 간절히 고대하고 있었다. 고대하는 그녀의 심정에는 이제 걱정 따윈 없었다. 그만큼 라울이 반드시 해내리라는 확신이 있었다.

공터 저 아래에서는 사람들의 윤곽이 이리저리 움직이면서 허리를 숙인 채 덤불숲을 파헤치는 기미가 보였다.

그 속에서 후작이 부르는 소리가 들려왔다.

"앙토닌! 앙토닌!"

몇 분이 그런 가운데 흘러갔다. 슬슬 가슴이 조여오기 시작했다. 문득 저 아래 계곡 속에서 부릉거리는 자동차 소리와 함께 메아리를 달며

결정판 아르센 뤼팽 전집

흥겹게 울어대는 경적 소리가 연이어 들려왔다.

그제야 여자는 쓸쓸함으로 다소 엷어진 미소와 함께 눈물이 그렁그렁 맺힌 눈동자를 반짝이며 중얼거렸다.

"잘 가요. 잘 가요……."

그곳에서 20킬로미터 떨어진 곳. 클라라는 어느 여인숙 방 안에서 목이 빠지게 기다리고 있었다. 남자가 나타나자, 그녀는 열에 들뜬 듯 온몸을 던지다시피 하며 품에 안겼다.

"그 여자 봤어요?"

남자는 싱긋 웃으며 대답했다.

"그보다 먼저 고르주레는 만나봤는지, 그 지독한 압박을 어떻게 뚫고 빠져나왔는지부터 물어보면 안 될까? 아주 힘들었다고. 하지만 결국 멋지게 해냈지."

"그 여자는요? 그 여자 얘기 좀 해주세요."

"목걸이는 찾아냈어. 운석도 찾았고."

"어머, 그 여자는요? 그 여자를 만났어요? 솔직히 털어놔봐요!"

"누구 말인가? 아, 앙토닌 고티에 말이야? 맙소사, 그야 당연하지! 거기 있던걸, 그저 우연히……."

"그 여자한테 말은 붙여봤어요?"

"아, 아니. 전혀! 얘긴 그 여자가 다 했지."

"무슨 얘기요?"

"오, 당신 얘기. 오로지 당신 얘기만 하더군. 당신이 자기 자매라는 걸 짐작하고 있더라니까. 조만간 꼭 만나고 싶대."

"나를 그렇게 닮았나요?"

"응. 아니, 뭐 꼭 그런 것도 아니더군. 그저 어렴풋하게는 닮았지. 하여튼 모든 걸 내 자세하게 얘기해주겠소."

하지만 여자는 왠지 그날만큼은 아무 얘기도 들으려 하지 않았다. 대신 스페인으로 향하는 자동차 안에서 뜬금없는 질문을 던지곤 하는 것이었다.

"여자는 예뻤어요? 나보다 나아요? 아님 좀 못해요? 그냥 시골 분위기가 나게 예쁘겠죠?"

라울은 이따금 쓰렁쓰렁 넘어가면서도 되도록 성심껏 대답을 해주었다. 그러면서 마음속으로는 고르주레를 따돌렸던 방식을 짜릿한 쾌감과 더불어 회상했다. 솔직히 이번만큼은 운명이 그의 손을 들어준 덕분에 거머쥘 수 있었던 성공이었다. 고르주레의 음모를 전혀 모르고 있었기에 정말 아무런 준비도 되어 있지 않았고, 그만큼 까마득한 허공을 가르며 무모하게 감행한 탈출은 그 자체로 로맨틱한 장관이었다! 더구나 상큼한 미소를 가진 풋처녀로부터 달콤한 키스를 보상으로 받기까지 했으니!

'앙토닌…… 앙토닌…….'

라울은 속으로 끊임없이 되뇌었다.

발텍스는 계속해서 충격적인 폭로가 있을 것을 예고했다. 하지만 마지막에 가서 생각이 바뀌었는지 실행에 옮기지는 않았다. 게다가 고르주레가 최근 꺽다리 폴의 진짜 정체인 발텍스의 유죄가 낱낱이 입증될 만한 범죄 두 건을 들고 나와 직격탄을 날림으로써, 이 처량한 불한당은 그만 반미치광이가 되다시피 한 끝에 어느 날 아침 목을 맨 시체로 발견되기에 이르렀다.

한편 그의 최측근이었던 아랍인은 배신과 밀고의 대가로 먼지 한 톨 만져보지 못했다. 그러기는커녕 두 건의 범죄와 관련한 공범혐의로 강

제노동형에 처해졌고, 급기야는 도망을 치려다가 도중에 목숨을 잃고
말았다.

그런가 하면 석 달 후, 조조트 고르주레가 보름 동안 갑작스레 종적
을 감췄다가, 남편 고르주레에게는 한마디 해명도 없이 태연스레 가정
으로 돌아와 언제 그랬느냐는 듯 잘 살고 있다는 사실은 굳이 언급할
필요가 없을 것이다.

집으로 들어서며 그녀가 던진 말이라는 건 고작 이런 정도였다.

"에휴! 살든지 말든지 마음대로 해요. 날 받아들일 건가요?"

묘한 건 며칠 바깥을 싸돌아다니다가 돌아온 마누라가 그 어느 때보
다 매혹적으로 변해 있다는 점이었다. 눈동자는 전에 없이 반짝거렸고,
행복한 기운으로 얼굴이 다 환했다. 고르주레는 넋을 잃은 표정으로 두
팔을 벌려 오히려 용서를 구했다고 한다.

또 하나, 관심을 가질 만한 사실을 마지막으로 언급해야겠다. 그러니
까 몇 달이 지나서, 정확히 말하자면 올가 왕비가 왕을 따라 파리를 떠
난 때로부터 셈해 여섯 번째 달의 막바지쯤, 보로스티리라는 이 다뉴브
강가의 작은 왕국에서는 엄청난 사건을 알리는 교회 종소리가 미친 듯
이 울려 퍼지고 있었다. 어언 10년이라는 세월을 아무런 희망 없이 기
다린 끝에 드디어 올가 왕비가 왕통을 이을 후계자를 출산한 것이다.

왕은 궁궐 발코니에 나타나 열렬히 환호하는 군중을 향해 어린 아기
를 번쩍 들어 올렸다. 확실히 폐하의 얼굴에는 당연한 자부심과 기쁨의
환한 빛이 차고 넘쳤다. 이제야 혈통의 미래가 확고해졌으니!

아르센 뤼팽과 함께한 15분

Un quart d'heure avec Arsène Lupin

1932년

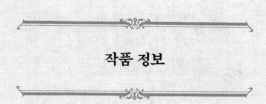

작품 정보

「아르센 뤼팽과 함께한 15분(Un quart d'heure avec Arsène Lupin)」은 '결정판'을 통해 국내 처음 소개하는 작품이다. 이 작품의 1932년 작성된 타자 원고 한쪽 귀퉁이에는 "1932년 (8월) 에트르타에서 공연한 「더도 말고 딱 5분(Cinq minutes montre en main)」을 개작한, 그 두 번째 버전"이라는 르블랑의 자필 메모가 휘갈겨져 있다. 이미 무대에 올려 공연한 「더도 말고 딱 5분」을 새로 다듬고 보완하여 다시 쓴 작품이 바로 「아르센 뤼팽과 함께한 15분」이란 얘기다. 원작은 어떤 작품이었을까? 무엇 때문에 한 번 공연까지 한 작품을 다시 쓴 것일까? 르블랑이 아들 클로드에게 보낸 편지 속에 그 해답이 있는데, 자못 흥미롭다. 1932년 8월 14일 일요일 아침, 르블랑의 에트르타 별장인 '뤼팽 별장(Le Clos Lupin)'에 현지 시장(市長) 레몽 랭동(Raymond Lindon)이 직접 찾아와 주말에 있을 지역 자선무도회를 위한 연극작품을 하나 의뢰한다. 그것도 "아주 짧은, 대략 6~7분 분량의 연극으로……". 르블랑은 "그렇게 짧

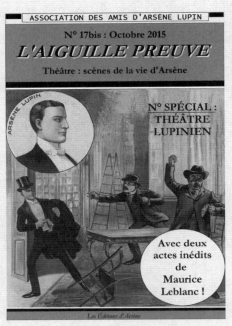

『에귀유 프뢰브』 2015년도 17-2호

은 시간 공연할 괜찮은 작품을 쓰기는 어렵다"며 완곡히 거절했다. 그
런데 정오가 되자 "극히 짧은 소품이 완성"되었고 "제법 괜찮았는지 시
장 얼굴에 화색이 돌더라"면서, 작품 제목은 「더도 말고 딱 5분」임을 아
들에게 알린다. 그러면서 덧붙이기를, "프로그램에 내 이름은 싹 빼라
고 했지. 남자 배우는 정했고, 지금 여배우를 물색 중이란다. 바닷가에
서 일광욕을 하는 숙녀 역할인데, 아주 예쁘고 몸매도 좋아야 하거든."
문득 장난기가 발동했는지, 편지를 읽을 아들과 며느리를 생각해 이런
농담도 곁들인다. "하긴 너희들이 딱 적격이겠지, 배우들처럼 뻔뻔하
지 못한 것만 빼고 말이다. 사람이 모든 걸 다 가질 순 없지 않겠니. 이

아비야 애당초 그런 자질과는 무관한 사람이고." 어쨌든 지역 언론이 전하는 반응만큼은 꽤 호의적이라는 '2인극'에 대해서, 웬일인지 여배우 연기도 "수준 이하(en dessous de tout)"고 전체적으로 "아주 나빴다 (très mal)"는 것이 르블랑 본인의 감상평으로 전해진다. 그래서였나, 르블랑은 제목에서부터 '15분'으로 내용을 늘려 잡고, 모든 것을 다시 매만져 새로운 작품을 만들기로 한다. 물론 아르센 뤼팽을 주인공으로 해서……

「아르센 뤼팽과 함께한 15분」은 「이 여자는 내꺼야」와 함께 현재까지 확인된 뤼팽의 미발표작 중 가장 최근에 발굴, 공개된 두 작품이다. '아르센 뤼팽의 친구들 협회'에서 발간하는 반연간지 『에귀유 프뢰브 (Aiguille Preuve)』는 비매품으로, 회원들만 공유할 수 있는 매체다. 이 잡지 2015년도 17-2호가 타자 원고를 추적해 게재함으로써, 80년 넘게 그 누구도 육안으로 확인한 적 없는 두 작품의 전모가 처음 세상에 공개된 것이다. 하지만 대중 전체를 대상으로 하지 않고 회원 일부만 볼 수 있게끔 공개가 이루어졌다는 점에서, '보물'의 희소적 가치는 여전하다. 지금 이 자리에 두 작품을 감상하는 느낌이 각별할 수밖에 없는 이유다.

이 작품에도 역시 르샤 씨가 제공한 매혹적인 그림이 두 점 삽입된다. 이탈리아 피렌체 출신 화가 파비우스 로렌치(Fabius Lorenzi)의 「무례한 시선(L'OEil indiscret)」(1924)(313쪽)과 프랑스 르아브르 출신 화가 모리스 밀리에르(Maurice Millière)의 「행복한 사진사(L'Heureux Photographe)」(1924)(318쪽)다. 두 작품 모두 당대의 풍속에서 오는 독특한 매력을 담아내면서, 이 작품의 장면들과 기막히게 조화를 이루어, 놀라움을 금치 못하게 한다.

| 등장인물 |

신사
숙녀
해수욕장 안전요원
소녀, 16세
호텔 종업원, 메신저 보이

망슈 해변. 무대 배경, 약간 우측으로 치우친 부분에 바다가 자리한다. 해수욕객이 몇몇 보인다. 무대 양쪽으로 방갈로들이 몇 채 위치한다. 덱체어와 접이식 간이의자가 몇 개 있다. 그중 한 덱체어 위에 적갈색 가운과 샌들이 놓여 있고, 그 뒤에는 천으로 된 차양을 갖춘 커다란 비치파라솔이 꽂혀 있다.

막이 오르면, 해수욕장 안전요원(붉은색 플란넬 수영복 차림)이 무대 배경 쪽을 향해 서서 해변을 두루 살피고 있다. 모닝코트 복장을 매우 세련되게 갖춰 입은 한 신사가 저고리 칼라 단춧구멍에 꽃까지 달고 바다를 바라본다. 그는 작은 사진기를 꺼내 들고 셔터를 누른다. 적갈색 가운에 눈길이 간 신사는 그것을 집어 들고 흠모의 눈길로 이리저리 펼쳐보더니, 안전요원에게 말을 건다.

신사   우아한 취향이군! 이 가운 주인이 지금 저기 물에서 나오고
        있는 어여쁜 숙녀죠?

(안전요원은 신사에게서 가운을 건네받아, 수영을 마치고 물에서 걸어나오는 여자 앞으로 다가간다. 신사는 서둘러 여자를 사진기에 담는다.)

숙녀   (가슴이 깊이 파인 수영복 차림의 여자는 물에서 나오자마자 안전요원이 건네준 가운을 어깨에 걸친다. 문득 신사에게 눈길이 닿자, 짜증을 낸다.) 정말 견딜 수가 없군! (여자는 신사 옆을 지나가는 척하다가 별안간 사진기를 낚아채고는, 다시 물가로 나가 바다에 던져버린다.)

신사   (웃으면서) 나이스 숏! (여자는 덱체어로 돌아와 가운을 고쳐 입고 앉아 샌들을 신는다. 신사는 또 다른 사진기를 꺼내 들고 그런 여자를 향해 다시 셔터를 눌러댄다. 찰칵거리는 셔터 소리가 들리자, 여자는 남자를 돌아보며 씩 웃는다.)

숙녀   나이스 샷! (여자가 자세를 바로 한다.)

신사   (접이식 간이의자 앞으로 다가간다.) 앉아도 되겠습니까……? 오, 잠깐이면 됩니다…… 딱 15분?

숙녀   (쌀쌀맞게) 안 돼요.

신사   설마, 화나셨나요?

숙녀   므슈, 저는 당신을 모릅니다.

신사   보긴 봤을 텐데요…… 지난 이틀 내내 당신 주변을 맴돌았으니까요.

숙녀   (냉담하게) 그런 줄은 꿈에도 몰랐는걸요.

신사   그럼 정식으로 제 소개를 해드려야겠군요. (지갑에서 명함을 꺼내 건넨다.)

숙녀   (주저하면서도 명함을 받아, 고고한 표정으로 읽는다.) "사법경찰 형사."

신사   (또박또박한 말투로) 그렇습니다. 카지노 전담 풍기단속반에서

일하지요. 바카라 도박장 감시와 여성 호텔털이범에 대한 단속을 진행 중입니다.

숙녀 그런 분이 여기서 대체 뭐하시나요……? 여긴 해수욕장입니다!

신사 (의자에 앉아 낮은 목소리로 말한다.) 간밤에 절도사건이 발생했어요.

숙녀 어머나!

신사 네. 바로 로슈 그리즈 호텔에서요.

숙녀 그럴 리가!

신사 미국인이 묵고 있는 객실을 털었답니다.

숙녀 (미소를 지으며) 저런, 미국인 손님들이 죄다 파산 지경이라던데!

신사 역시 절도 규모도 형편없었죠. 1000프랑짜리 지폐 달랑 열 장!

숙녀　아이고, 가여워라!

신사　그러게 말이죠, 사는 게 뭔지…….

숙녀　용의자는 있나요?

신사　아직은요. 그런데 사건에 대해 전혀 듣지 못했다니 조금 뜻밖입니다. 바로 같은 호텔, 같은 층인 3층에 묵고 계신 줄 아는데 말이죠.

숙녀　네. 145호요. 제가 워낙 남의 일에 관심이 없는 편이라서요.

신사　(일어서며) 저는 취향으로나 직업으로나 남의 일에 관심이 대단한 편입니다. (이리저리 서성거린다.) 이미 호텔의 모든 객실을 수색해보았죠.

숙녀　어머나! 제 방도요?

신사　(명함을 가리키며) 사법경찰 형사입니다.

숙녀　그런데 아무것도 못 찾으신 거죠?

신사　찾았습니다.

숙녀　무얼요?

신사　편지, 사랑을 고백하는 편지요.

숙녀　사실 어제 어느 바보가 저에게 편지를 쓰긴 했어요. 어떻게 보면 매혹적이긴 한데…… 다소 노골적인 게 흠이더군요.

신사　아리스티드?

숙녀　어떻게 알았어요?

신사　그 '아리스티드'가 바로 접니다. 당신이 아름답다고 생각했고, 그래서 당신의 관심을 끌고 싶었죠. 어때요, 제 편지…… 매혹적이지 않습니까? 시와 재치, 욕망과 열정이 풍부하죠…….

숙녀　한마디로 예쁘장한 걸작이라 할 수 있어요. 다만 넘겨짚기가 좀 심한 것 같더군요…….

신사   예를 들자면?

숙녀   제 몸매가 훌륭하다고 쓰셨죠…… 당신이 그걸 어떻게 안다
는 거죠?

신사   그런 상상이 시를 만듭니다! 어쨌든, 이제 더 이상 넘겨지지
않고 확실히 알겠군요. 정말 훌륭해요! (몸을 숙여 여자를 유심히
들여다본다.)

숙녀   흠, 형사 맞군요! 무례한 태도하며…….

신사   (자세를 바로 세우며) 열아홉 곳……! 직접 세어보니 열아홉 곳
이에요!

숙녀   뭐가요?

신사   예쁘고 앙증맞은 점(點)들.

숙녀   더 있네요…….

신사   차차 확인하기로 하죠.

숙녀   절도사건 이야기로 돌아가요, 우리. 돈은 찾아봤나요?

신사   소용없었습니다.

숙녀   범인은요?

신사   알려진 바가 없습니다.

숙녀   (살짝 웃으며) 잘됐네요!

신사   잘돼요?

숙녀   네. 저는 왠지 도둑이란 존재가 매력적으로 느껴지더라고
요…… 신출귀몰하고 미스터리한…….

신사   지금 범죄자에게 동조하는 건가요?

숙녀   오, 그건 아니고요! 다만 그 행적이 종잡을 수 없다는 점, 기
발한 트릭들, 그림자 같은 정체성 등등…….

신사   분명히 말씀드리지만, 대부분의 경우 도둑은 순전히 불한당

일 뿐입니다.

숙녀 어쩌겠어요, 저는 늘 신사다운 도둑의 연인이 되는 달콤한 꿈을 꾸어온걸……

신사 신사다운 형사는 왜 안 됩니까? 이 일을 하는 사람들은 대개 신중하고, 섬세한 자질과 더불어 들끓는 가슴과 불꽃같은 영혼을 내장하고 있는데 말입니다……

숙녀 진정하세요, 형사님…… 다시 사건 얘기나 하죠. 그래 증거는 있나요? 어떤 단서라도?

신사 전혀요.

숙녀 보통은 담배꽁초라든지, 신발자국, 성냥개비, 옷 단추 같은 게 남는다던데……

신사 없어요. 기껏해야……

숙녀 기껏해야?

신사 지갑이 떨어진 곳 주변에서 여자 머리카락 한 올을 주웠을 뿐입니다. 완전한 황금빛. 금발…… 눈부시게 반짝이면서, 하늘하늘 고운……

숙녀 그럼 여자란 얘기네요?

신사 그럴 가능성이 크다는 얘기죠. 금발 여자가 용의선상에 올라 있습니다.

숙녀 제 머리가 갈색이라 다행이네요!

(순간, 비치파라솔 앞의 차양 아래로 예쁘장한 금발 소녀가 후닥닥 들이닥치면서 숙녀의 품으로 뛰어든다.)

소녀 이모, 안아줘! 더 꼭! 더 꼭! 밀어내면 나 화낼 거야…… 바다에서 방금 나온 이모 몸에서 얼마나 싱그러운 향기가 나는 줄 알아? 음…… 이 바다냄새……! 짭짤한 이 맛……! 이모 나 사랑하지? 나 잊어버리지 않을 거지?

숙녀 그럼! 우리 '천둥벌거숭이'…… 근데 너무 갑작스럽게 이러면 이모가 놀라지 않니! 당최 정신을 못 차리겠구나……!

소녀 내가 이런 이모를 혼자 놔두고 귀찮은 멍청이들과 어울려 쓸데없이 이리저리 쏘다니고 있었다니, 어휴…….

신사 '천둥벌거숭이'라니, 제가 보기엔 아주 얌전할걸요.

소녀 (그제야 신사를 돌아보며) 어머, 우리 이모 주변에서 맴돌던 그 아저씨? (스스럼없이 손을 쑥 내민다.) 방금 말한 귀찮은 멍청이들 속에 아저씨는 포함되지 않는 것 알고 계시죠? 아저씨는 예외예요!

신사 예외이긴 한데, 그래도 멍청이인 건 마찬가지란다. 조금 특별한 멍청이랄까…….

소녀 기뻐하시와요, 소녀의 여자친구들은 모두 아저씨 멋지다고 야단이옵니다!

신사 '천둥벌거숭이'께선 어떤 생각이실까?

소녀 오, 저야 광팬 그 자체죠! 어떻게 증명해드릴까요? (소녀는 신사를 찬찬히 살펴보다가 별안간 넥타이 매듭을 재빨리 풀어낸다.) 무슨 넥타이를 이리 삐딱하게 맸어요! (넥타이를 고쳐 매주고는 다시 꼼꼼히 살펴본다.) 그리고 여기 이 제멋대로 꽂혀 있는 꽃들은 또 뭐고요! 창피하지도 않나 봐! (저고리 칼라 단춧구멍에서 꽃을 빼, 가지런히 정리한 뒤) 이모, 혹시 핀 하나 있어요?

숙녀 여기.

소녀 (핀을 받아 꽃을 단춧구멍에 고정시킨다.) 이제야 제대로 됐네! 아, 멋져!

신사 '천둥벌거숭이' 아가씨, 정말 친절하시네요!

소녀	당연히 할 일을 한 거죠.
신사	당연히 할 일이라니?
소녀	아까 아이스크림 가게서 저를 위해 지갑 여셨잖아요!
숙녀	애 좀 봐, 뭐라고?
소녀	그럼 어떡해! 돈은 없고 아이스크림은 당기는걸⋯⋯.
숙녀	나한테 얘기해야지!
소녀	이모가 돈이 어디 있어! 그나마 가진 것도, 남아메리카로 떠난 불한당 남편한테 죄다 보내고 있으면서⋯⋯ 그 사람은 거기 가 잘산다면서, 아직도 이모한테 의존하고 있잖아!
숙녀	그만해라.
소녀	전에도 이모 심부름으로 내가 프랑스령 기아나 34지구 아무개 씨 앞으로 편지 한 장에 1000프랑 우편환까지 동봉해서 보내줬잖아! 하긴 그런 게 우리 아이스크림 아저씨랑 무슨 상관

이라고…… 아, 이분이 얼마나 멋진 남자인지 이모가 알아야 하는데! 엊그제 저녁에는 무슨 일이 있었는 줄 알아? 절벽 위를 혼자 걷는데, 그 뚱보 마시냑과 딱 마주쳤지 뭐야. 왜 있잖아, 나한테 만날 집적대는 덩치 큰 남자. 잠깐 이야기하면서 걸었는데, 작은 덤불숲을 지나다 말고 그 사람이 갑자기 나를 풀숲으로 밀어붙이는 거 있지. 그러고는 억지로 입맞춤을 하려는 거야. 나는 막 발버둥 치고 비명 지르고…… 그때 별안간 뭐가 후닥닥하면서, 어디선가 이 아이스크림 아저씨가 짠 하고 나타나는 거 있지! 아저씨가 그 덩치를 휘어잡더니 주먹으로 파파팍…… 발길질까지 파팍…… 마지막으로 그놈 턱에 회심의 일격을 날리는데…… 어후, 속이 다 후련하더라! 그날 이후 천하의 마시냑 씨께서 다시는 내 앞에 얼씬하지 못하더라니까!

신사   교훈! 열여섯 살 소녀가 저녁시간에 혼자서 절벽 위를 거닐면 안 된다!

소녀   어머나, 그럼 어쩌죠? 제가 아는 열여섯 살 먹은 어느 소녀가 오늘 저녁 그곳을 혼자 거닐 거라던데…… 교회 뒤 숲길로요…… 11시쯤 거기서 아저씨와 만날 거라던데…….

숙녀   (어이없다는 표정으로) 아이고, 누가 널 말리겠니……!

소녀   이모, 아저씨랑 있으면 난 아무것도 무섭지 않을 것 같아. 그곳 어딘가 호젓한 장소에서 아저씨랑 데이트할 거야……. 어때요 아이스크림 아저씨, 오늘 저녁이에요!

신사   안 돼.

소녀   왜요? 싫으세요?

신사   응. 싫어.

소녀   왜요?

신사   그래선 안 되니까.

소녀   에휴…… 또 교훈이네……. (금세 풀죽은 얼굴이다.)

숙녀   이리 와. 이모가 그 머리 좀 예쁘게 빗어줄게. '천둥벌거숭이'
        처럼 그 꼴이 뭐니…….

소녀   필요 없어…… 이딴 머리털 빗으면 뭐해…… 다 뽑아서 던져
        버릴 거야! (새침하게 일어나 머리카락을 뽑아 던지는 시늉과 함께 신
        사를 향해 외치고는, 자리를 뜬다.) 안녕, 꼰대 아재님!

(잠시 침묵이 흐른다.)

신사   (소녀가 있던 자리에 떨어진 금발 머리카락 몇 올을 주우면서) 이런 아
        름다운 머리카락을 뽑아 던지다니……! 이것 보세요, 예쁘
        죠? 아주 반짝거리는 금발입니다……. (그러면서 슬그머니 미국
        인의 객실에서 발견한 머리카락과 비교한다.) 정확히 일치하네!

숙녀   그럼…… 어떻게 되는 거죠?

신사   어떻게 되긴요…… 그냥 그렇다는 거죠…….

숙녀   아뇨, 뭔가 그 말투 너머 다른 생각이 있는 것 같은데요! 설
        마, 우리 '천둥벌거숭이' 조카를 범인으로 보는 건 아니죠? 그
        순수하고 여린 아이를……! 걔가 좀 엉뚱해도 결코 그런 짓
        을 할 애는 아네요!

신사   그 점은 저도 확신합니다. 다만, 초동수사 때 증거물을 목격
        한 사람들이 있고, 또 수사판사가 곧 도착할 예정이라…….

숙녀   (화들짝 놀라며) 수사판사가요? 그럼…….

신사   네. 이미 아침에 검찰에서 연락이 왔습니다. 조만간 수사판사
        가 도착할 거예요. 그러면 보다 꼼꼼한 조사와 신문이 새로
        진행될 겁니다. 아마도 금발의 젊은 여자를 찾는 작업에 착수

하겠죠.

숙녀   어머나, 어떡해…….

신사   너무 걱정 안 하셔도 됩니다. 머리카락이 곧 범행 증거라고 할 순 없으니까요. 실은 다른 증거가 있거든요. (단춧구멍에 꽂힌 꽃을 가다듬으면서 핀을 내려다본다.) 음, 아주 재미있어요…….

숙녀   뭐가요?

신사   이 독특하게 생긴 핀! 미국인의 객실에서 이와 똑같은 핀들이 담긴 상자를 발견했거든요. 빨간색의 동그란 머리에 전체적으로 파란 빛깔을 띤 이 핀…… (잠시 뜸을 들이고는 이어서 중얼거린다.) 다름 아닌 그 미국인의 객실에서 말이지…….

숙녀   그렇다면 우리 '천둥벌거숭이' 조카의 짓은 아니겠군요! 그 아이가 그 방에 들어갔을 리는 없으니까요.

신사   제 생각도 그렇습니다.

숙녀   그렇죠? 그 아이의 순수한 눈망울만 봐도 알아요. 그 솔직한 미소…… 열여섯 나이에 도둑질을 할 계집아이가 어디 있겠어요! 게다가 무엇 때문에 그런 짓을…… 아이스크림 사 먹으려고? 호텔털이범은, 아시겠지만, 전혀 다른 얼굴, 다른 표정을 가진 사람이겠죠. 다른 손…… 이를테면 제 손처럼 생긴…… 바로 이런 손요! (두 손을 불쑥 내민다.)

신사   (숙녀에게서 눈을 떼지 않고) 지금 뭐하시는 겁니까? 안색이 창백해졌어요!

숙녀   그 아이한테 누구든 손끝 하나 대는 꼴을 나는 못 봅니다! 의심을 받는 것도 못 참아요! 그 아이가 자신과는 아무 상관 없는 이런 사건에 결부되어 인생을 어렵게 시작하는 건 도저히 용납할 수 없는 일입니다! (억양을 강조해서 다시 반복해 말한다.)

아무 상관 없는 이런 사건 말이에요! (벌떡 일어선다.)

신사 진정하시죠!

숙녀 가슴이 답답해서 그래요…… 수영이나 해야겠어요.

신사 방금 물에서 나왔는데…….

숙녀 한 번 더 하죠 뭐.

신사 (여자의 손목을 덥석 붙잡는다. 잠시 서로 뚫어져라 바라본다. 신사가 다소 누그러진 동작으로 고개를 숙여 숙녀의 손등에 입을 맞추더니, 이 번에는 다른 손목도 덥석 붙잡는다.) 안 됩니다. 그냥 계세요.

숙녀 왜요? 제가 헤엄쳐서 저 바다라도 건널까 봐 걱정되시나 보죠?

신사 그래봤자일 겁니다. 그동안 찍은 사진들만으로도 당신의 인 상착의는 충분히 확보된 셈이니까.

숙녀 제 인상착의 말씀하셨는데, 그런 것에 제가 조금이라도 구애 받는 여자인 줄 아시나 보죠? 제 방은 벌써 수색해보셨을 텐 데, 거기 어디 돈뭉치가 있던가요? 제 몸 수색해보실래요? 아, 이미 꼼꼼하게 관찰하셨죠! (바짝 다가서서 마주 보다가, 돌아 서서 등을 보였다가, 두 팔을 펴서 들어 보인다.) 자, 수영복을 입고 있 으니 어디 감출 데도 없을 겁니다. 원하신다면 이마저 벗어드 릴까요? 그럼, 일단 비치파라솔 아래로 들어오시고요.

신사 이러지 마십시오…….

숙녀 (신경질적으로) 어서 수색하세요! 여기저기 만져보고, 두드려 보라고요! (신사는 미동도 없다.) 자, 그럼 저를 믿는 것으로 알 고…… (숙녀가 물가로 나아간다.)

신사 (결심이 선 듯) 좋습니다! 딱 하나만 부탁할까요……?

숙녀 딱 하나라뇨?

신사 그 샌들만 좀 벗어주시겠습니까? 벗어서, 아까 있던 그 자리에 놓아두시죠.

숙녀 (살짝 움찔하면서) 그…… 그건…… 왜요?

신사 아까는 신고 있지 않았으니까요.

숙녀 그게 이유가 되나요……?

신사 충분히 되죠…… 지금 그걸 신고 물로 들어가면, 곧 벗어버릴 겁니다…… 돈을 흘려버리기 위해서…….

숙녀 돈을?

신사 바닷물 속에서 돈다발이 흩어지는 거죠…… 감쪽같이 사라지는 겁니다…….

숙녀 (점점 당황하는 기색이 짙어지며) 그러니까 당신 생각은…… 정말로 제가…….

호텔 종업원 (가쁜 숨을 몰아쉬며 달려와) 므슈, 사방을 찾아 돌아다녔습니다! 수사판사 포보 씨가 도착했습니다.

신사 곧 가겠네. 잠시만 기다려달라고 전하게.

숙녀 (완전히 냉정을 잃은 표정) 수사판사…… 아, 어떡해…… (덱체어에 앉아 훌쩍인다.) 아, 이제 난 끝났어! 다 끝났다고…… (다시 결연한 목소리로) 그래, 난 아무래도 괜찮아! 하지만 그 아이는 못 건드려……! 나야 할 수 없고…… 그 아이는 이 일과 아무런 상관없다고……!

신사 어서 샌들 벗어주시죠!

숙녀 (고개를 들어 신사를 쳐다본다.) 그런 다음은요?

신사 미국인에게 돈을 돌려주는 거죠…… 쥐도 새도 모르게…… 그리고 사건종료!

숙녀 네? 정말 그렇게 해주실 건가요?

신사 당신이 하도 예뻐서…… (잠시 머뭇거리던 숙녀가 마침내 조붓한 샌들을 벗어 신사에게 건넨다. 신사는 그걸 받아 2중으로 된 밑창을 열고 지폐 다발을 빼낸 다음, 자기 호주머니에 넣는다. 이어서 샌들을 자세히 살피다가 감탄하며 말한다.) 정말이지 참으로 앙증맞은 발이군……! 신데렐라의 구두도 이 정도는 아니겠어……! 이제 이 샌들은 사건과 아무 관련 없습니다…… 당신도 나도 마찬가지고…… 모든 게 정리되었어요! (신사는 한쪽 무릎을 꿇고 앉아 숙녀에게 다시 샌들을 신겨준다. 다시 일어선 그는 잠깐 물러나 담배 끄트머리를 손등에 톡톡 두드리더니, 씩 웃으며 경쾌한 어조로 말한다.) 그럼 좋은 하루!

숙녀　(어리둥절한 표정으로) 좋은 하루?

신사　좋은 하루이고말고! 앞서 양해를 구한 시간 딱 15분 만에 도난당한 돈 1만 프랑을 챙겼으니…… 별로 힘 안 들이고서 말이지…… 이 정도면 나쁘지 않아.

숙녀　(넋 나간 표정으로 일어선다.) 어머? 그게 무슨 소리죠? 정식수사는? 수사판사는요?

신사　(놀라는 척하며) 수사판사? 금시초문인걸.

숙녀　므슈 포보 말이에요!

신사　포보라…… 그건 내 발 관리사 이름인데…….

숙녀　(황당하다는 표정으로) 세상에! 설명해보세요! 이게 다 어떻게 된 겁니까?

신사　(자못 자상한 어조로) 아하, 사람이 어찌 그리 경솔할까…… 어수룩하긴…… 처음 보는 사람이 불쑥 다가와 '나 형사요!' 하자, 모든 걸 곧이곧대로 믿고 따르다니…… 어쩜 그렇게 순진할 수가 있죠?

숙녀　(씩씩거리며 신사에게로 다가가면서) 이 나쁜 사람 같으니! 사기꾼!

신사   (숙녀의 두 손을 부드럽게 잡는다.) 오, 험한 말로 그 아름다운 입술 일그러뜨리지 말아요…… 이 모든 스토리 속엔 허세나 연극과는 본질적으로 다른 무엇이 담겨 있거든…… 가령 어제 전달된 내 편지…… 나의 고백…… 그건 매우 진실한 무엇이랍니다…… (여자의 등 뒤에 바짝 붙어 서서, 거의 귓가에 속삭이듯 부드럽게 말을 이어간다.) 응답을 해주어도 괜찮지 않을까요?

숙녀   (차츰차츰 안정을 되찾으면서 입가에 살며시 미소가 스친다. 표정이 밝아지면서 그윽하게 중얼거린다.) 글쎄요…… 생각해볼게요…….

신사   (흥분을 감추지 못하며) 브라보! 당신 정말 아름답고도 지적인 여성이야! 상황을 파악하는 센스가 놀라워! (점점 음성에 유혹적인 뉘앙스가 실린다.) 어때요, 답장은 직접 갖다주시겠습니까……?

숙녀   (마찬가지로 감정의 미묘한 흔들림이 느껴진다.) 그러죠…….

신사   45호실입니다……

숙녀   (웃으며) 투숙객 성함은 므슈 아리스티드?

신사   (손사래를 치며) 오, 므슈 아리스티드라니!

숙녀   조금 높여볼까요……? 백작?

신사   더 높여봐요.

숙녀   공작?

신사   더, 더 높이……! 위베르 알레스(Über alles),[1] 아르센 뤼팽!
    (……)

---

1) '모두를 굽어보는 최고의 존재'라는 의미. 요제프 하이든 작곡 독일국가의 가사 '도이칠란트여, 세계 최고 도이칠란트여(Deutschland, Deutschland über alles in der Welt)'에서 따온 말. 모리스 르블랑과 뤼팽 시리즈의 관련 자료를 추적해온 연구가들은 이 대사 직후, 타이프 용지 한 장 분량의 내용이 분실된 것으로 보고 있다.

ARSÈNE LUPIN

강력반 형사 빅토르

Victor de la Brigade Mondaine

1933년

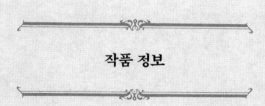

작품 정보

『강력반 형사 빅토르(Victor de la Brigade Mondaine)』는 뤼팽 시리즈 장편 중에서는 드물게, 역사나 전설에서 기상천외한 아이디어를 구하지 않고도 현재의 사건과 기발한 플롯만으로 긴장 넘치는 재미를 느끼게 해준다. 각 장(章)이 그보다 하위 장들로 세분되면서 숨 가쁘게 장면 전환을 이루는 것은 『813』에서 이미 한 차례 선보인 기법으로, 좌충우돌 재기발랄한 작품의 스토리라인에 적절하게 부합한다. 무엇보다 이 작품의 압권은 엄청난 반전에 있으며, 작품을 처음 대하는 독자는 물론, 그 결말을 알고 있는 뤼퍼니앵이라도 빈틈없이 맞물리는 추리적 구조와 곳곳에 숨은 복선을 짚어가는 재미가 만만치 않을 것이다. 1932년에 집필이 끝나고 『르 주르날』에 넘겨졌다가, 시간이 지체되자 저자의 요청으로 다시 『파리수아르』로 옮겨가 1933년 여름(6. 17~7. 15)이 되어서야 세상에 선보이는 우여곡절을 겪었다.

이 작품의 연재를 결정한 『파리수아르』지는 "파리 발간 신문 중 최대

『파리수아르』 1933년 6월 17일 자 『강력반 형사 빅토르』 첫 연재 타이틀

판매 부수 달성"을 노골적인 모토로 내세우며 창간되어, 당대 유력 일
간지 『르 주르날』이나 『르 마탱』과 치열한 경쟁을 벌이던 회사였다. 마
침 당대 최고주가를 올리고 있던 조르주 심농(Georges Simenon)의 「제
1호 수문(水門)(L'Écluse n°1)」 연재가 끝나고 같은 지면에 르블랑의 신작
『강력반 형사 빅토르』를 올리면서, "아르센 뤼팽의 모험담 중 최고가
될 것"임을 자신 있게 예고하기도 했다.

강력반의 빅토르 형사는 국방공채(國防公債) 도난사건과 레스코 영감과 엘리즈 마송의 죽음, 그리고 아르센 뤼팽과의 끈질긴 혈투로 명성을 얻기 전까지는 그저 괴팍하고 교활하며, 성미 더럽고 약아빠지기만 한 늙은 경찰관에 불과했다. 그는 자신의 직무조차 일개 아마추어로서 '마음이 동해야' 손을 대는 타입이었으며, 언론으로부터도 그 황당무계하고 엉뚱한 일처리 방식이 늘 구설수에 오르곤 해왔다. 그러던 중 가뜩이나 거듭되는 일부 항의에 마음이 싱숭생숭하던 파리 경시청장 앞으로, 자신의 부하를 두둔하는 데 결코 인색한 적이 없는 경시청 수사국장 고티에 씨는 다음과 같은 기밀문서를 제출하기에 이른다.

본명이 빅토르 오탱인 빅토르 형사는 40년 전 툴루즈에서 세상을 하직한 검사의 아들입니다. 빅토르 오탱은 인생의 일부분을 식민지에서 보냈습니다. 무척 섬세하고 위험한 임무를 맡아온 탁월한 공무원인 그는 자신이 유혹한 여인들의 남편들이나 건드린 딸내미들의 아버지들이 탄원해올 때마다 어김없이 좌천을 당해왔습니다. 그와 같은 추문이야말로 그가 행정 고위직으로 발돋움하는 것을 끝내 방해해온 셈입니다.

  결국 세월이 감에 따라 다소 차분해지고, 얼마간 재산도 상속받은 그는 그래도 여가를 일로 때우고 싶다는 일념하에, 마다가스카르에 거주하는 내 사촌 중 한 명을 통해 내 밑에 들어와 일하고 싶다는 뜻을 전해왔습니다. 제 사촌은 그를 무척 높이 평가하고 있었습니다. 실제로 일을 함께 해보니 나이나 극단적인 독립심, 과민한 성격 등에도 불구하고 그는 매우 진중하고 소중한 조력자로서, 욕심 없고 그만큼 자신을 별로 드러내지도 않는 무척이나 쓸 만한 일꾼이라는 사실을 알게 되었습니다.

솔직히 말해 이 문서가 작성될 당시만 해도 빅토르의 명성은 그의 상관들과 동료들만으로 이루어진 극히 제한된 그룹의 범위를 넘어서지 못했다. 그의 명성이 보다 확고해지기 위해서는 저 아르센 뤼팽이라는 비범하고 막강한 인물이 느닷없이 나타나 당최 오리무중인 국방공채 사건의 진정한 의미와 그에 대한 특별한 관심을 수면 위로 부상시켜야만 했다. 요컨대 어쩌다가 저 가공할 적수를 상대한 것이, 이미 알 만한 사람은 다 아는 늙은 형사의 자질을 갑작스럽게 극대화하는 계기가 되고 만 셈이다.

  처음엔 은밀하게, 나중에는 백일하에 드러나도록, 그야말로 엉큼하면서 강렬하고, 냉혹하면서 증오에 사무친 싸움이 벌어졌던 것인데, 급기야 사건이 전혀 예기치 못한 파국으로 치닫자 뤼팽의 위신이 한층 높아졌음은 물론, 강력반의 빅토르라는 이름 역시 전 세계적으로 유명해지는 결과를 초래하게 되었다.

1
꼬리에 꼬리를 물고……

1

강력반 소속 빅토르가 일요일 오후 시네 발타자르에 들어선 것은 순전한 우연이었다. 기껏 마음먹은 미행이 그만 실패로 돌아가는 바람에 오후 4시경, 이 북적대는 클리시 대로에 내동댕이쳐진 꼴이 되고 말았던 것이다. 장터축제의 혼잡을 피해 그는 어느 카페테라스에 자리를 잡고 앉아 석간신문을 눈으로 훑다가 이런 짤막한 기사에 시선이 멈췄다.

한동안 침묵을 지키던 아르센 뤼팽이 요즘 들어 부쩍 사람들 입에 오르내리고 있으며, 심지어 지난 수요일엔 동부에 위치한 어느 도시에 모습을 드러낼 것이라는 얘기가 심심지 않게 거론되고 있다. 그에 따라 파리에서도 일군의 형사대가 급파되었음은 물론이다. 결국 또 한 차례 그가 경찰의 손아귀를 따돌리는 일이 발생할 듯싶다.

강력반 형사 빅토르

"빌어먹을!"

빅토르는 모든 악당을 개인적인 원수처럼 여기고, 그들에 대해서는 인정사정없는 거친 말투를 얼마든지 사용하는 엄한 경찰관의 태도로 중얼거렸다.

그렇게 일단 기분이 잡친 상태에서 그는 오후 프로그램으로 아주 흥행 중인 탐정모험영화가 상영되고 있는 한 영화관으로 피신하듯 들어섰다. 좌석은 2층의 측면 쪽 발코니석으로 정해졌다. 마침 막간 휴식 시간이 거의 다 끝나가고 있었다. 그제야 빅토르는 자신의 결정에 짜증을 내며 투덜거렸다. 대체 여긴 또 뭐하러 들어온 걸까? 다시 나가야겠다며 자리에서 일어서려는 순간, 바로 앞 칸막이 좌석, 그러니까 불과 몇 미터밖에 떨어지지 않은 곳에 엷은 황갈색이 감도는 붉은 머리를 앞가르마 탄 창백한 얼굴의 한 여인이 상당한 미모를 드러낸 채 앉아 있는 게 눈에 들어왔다. 여인은 남의 주의를 끌 만한 자세나 행동을 전혀 하지 않음에도 불구하고, 모두의 시선을 끌어당기는 경탄할 만한 미모의 소유자였다.

빅토르는 다시 자리에 눌러앉았다. 갑작스러운 어둠이 실내를 점거하기 전까지 그는 황갈색 머리카락과 금속성이 느껴질 만큼 청명한 눈빛을 재빨리 머릿속에 입력시켰다. 그리고 터무니없는 줄거리로 사람을 지겹게 만드는 영화에는 전혀 개의치 않은 채 그저 어서 끝나주기만을 기다렸다.

사실 그는 스스로 보기에도 여자를 즐겁게 해줄 수 있을 만한 나이는 이미 아니었다. 아무렴! 그는 험악한 얼굴과 그리 살갑지 않은 태도, 까칠한 피부와 희끗희끗한 관자놀이 등의 소유자였다. 한마디로 왕년 기병대 소속 고집불통 특무상사였고, 지금은 오십 줄을 훌쩍 넘긴 한 위인이 억지로 몸에 꼭 맞춘 복장을 한 채 짐짓 태깔을 부리려 하고 있다

결정판 아르센 뤼팽 전집

는 것을 너무도 잘 알고 있었다. 하지만 눈앞에 보이는 여성의 아름다움은 그 자체로 도저히 그냥 지나칠 수 없을 만큼 강렬한 광경이었으며, 지난 인생의 더없이 좋았던 감정을 새록새록 생각나게 했다. 게다가 워낙 자신의 일을 좋아하는 그인지라, 어떤 광경들은 어쩔 수 없이 그 속에 감춰진 비밀스럽고 때론 비극적인, 아니면 가끔은 너무도 단순한 내막을 자꾸 확인하고 싶어지게 만드는 것이었다.

다시 장내가 밝아지자 여인이 빛 속에서 일어섰는데, 제법 훤칠한 키와 그럴듯한 기품, 잘 차려입은 복장 모두 보는 이의 가슴을 두근거리게 했다. 그는 보고 싶고, 알고 싶었다. 결국 그는 단순한 호기심뿐만 아니라 직업적인 관심을 가지고 여자를 따라나섰다. 그런데 두 사람 사이가 조금 좁혀졌다 싶을 무렵, 2층 발코니 좌석 바로 아래쪽에서 제멋대로 휩쓸려가는 구경꾼들 사이에서 느닷없는 소란이 일기 시작했다. 한 남자 목소리가 외치고 있었다.

"도둑이야! 여자를 잡아라! 여자가 훔쳤어!"

우아한 여인은 오케스트라석 쪽으로 상체를 숙여 넘겨다보았다. 빅토르도 마찬가지로 상체를 숙였다. 저 아래의 중앙 통로에서 땅딸막하고 통통한 젊은 남자가 인상을 있는 대로 찌푸리며 몰려든 사람 틈을 비집고 나아가기 위해 난리를 피우고 있었다. 그가 손가락을 뻗치면서 붙잡으려는 여자는 아마 생각보다 훨씬 멀리 도망친 모양이었다. 빅토르도, 구경꾼들 중 어느 누구도 도망치는 듯한 여자를 보지 못했던 것이다. 하지만 남자는 여전히 고래고래 악을 써대면서 까치발까지 들고 인파를 헤쳐나가느라 안간힘을 다했다.

"저기, 저기란 말이야! 지금 문을 벗어나잖소! 검은 머리에 검은 옷을 입고, 챙 없는 모자를 썼어요."

남자는 여자를 식별할 만한 정보를 주다 말고 숨이 막히는지 켁켁거렸다. 온갖 몸부림을 쳐낸 끝에 앞길을 튼 남자는 겨우 입구 로비까지 빠져나가 활짝 열려 있는 정문 쪽으로 내달았다.

더 이상 서서 보고만 있지 못해 2층 발코니석에서 내려온 빅토르도 그쯤에서 남자와 합류했고, 이렇게 떠드는 소리를 바로 가까이서 들었다.

"도둑이야! 여자를 붙잡아요!"

바깥에는 장터축제의 악대가 한창 시끄러웠고, 이제 막 지기 시작한 저녁 어스름이 먼지로 들끓는 조명 속에서 훤히 밝혀지고 있었다. 도망자를 시야에서 놓친 듯 젊은 남자는 잠시 보도에 멈춰 선 채 황망하게 두리번거렸다. 그러다 문득 여자를 발견했는지 자동차와 전차 사이를 헤집으며 클리시 광장 쪽으로 달음박질쳤다.

이제는 더 이상 소리치지도 않았다. 다만 수많은 행인 가운데 도둑질한 여자를 운 좋게 다시 포착하길 바라듯 펄쩍펄쩍 뛰며 열심히 내달리기만 했다. 그런데 영화관을 빠져나올 때부터 누군가 보조를 맞춰 함께 뛰고 있는 기분이 들었고, 아마도 그로 인해 더욱 힘이 솟는지 점점 달리는 속도가 빨라지는 것이었다.

실제로 바로 옆에서 목소리 하나가 말을 걸어왔다.

"아직도 그 여자가 보입니까? 와, 어떻게 여자가 보인다는 거지?"

남자는 숨이 턱까지 찬 상태로 대답했다.

"아니요! 더 이상 보이지는 않아요. 하지만 분명 이 길로 접어들었을 거라서……."

그러면서 보다 덜 붐빈 길목으로 들어섰는데, 거긴 보통 걸음으로 걷는 사람들보다 조금이라도 빠른 속도를 내는 듯한 여자란 전혀 찾아볼수가 없었다.

이윽고 당도한 교차로에서 그가 내뱉었다.

"당신은 오른쪽 길로 가보시오. 나는 이쪽 길을 맡으리다. 그럼 끄트

　　　　결정판 아르센 뤼팽 전집

머리에서 다시 만나게 될 것이오. 자그마한 체구의 갈색 머리에다 검은 옷을 입은 여자요."

그런데 선택한 길목으로 들어서서 한 스무 발짝도 못 뗀 상황에서 남자는 벽에 의지해 턱까지 차오른 숨을 헐떡이며 몸을 비틀거렸다. 그리고 그제야 아까 그 사내가 자신의 말을 듣지 않고 같은 길을 따라와 바로 곁에서 부축해오는 걸 느꼈다.

남자는 발끈하며 외쳤다.

"아니, 이런! 아직도 내 옆에 붙어 있는 거요? 내가 저쪽 길로 가라고 했을 텐데."

상대가 대답했다.

"그랬죠. 하지만 클리시 광장에서부터 당신 정말 제멋대로 아무렇게나 돌아다니는 태도였소. 우선은 생각을 집중할 필요가 있어요. 난 원래 이런 일이라면 이력이 난 몸이오. 때론 제자리에 꼼짝 않고서도 훨씬 빨리 달리는 효과를 얻는 법이라오."

젊은 남자는 난데없이 싹싹하게 나오는 사내를 가만히 바라보았다. 묘하게도 꽤 나이 들어 보이면서도 전혀 숨차 하지 않는 기색이었다.

남자는 뚱한 목소리로 되물었다.

"오호, 그래요? 이력이 난 몸이시라?"

"그렇소. 경찰이거든요. 빅토르 형사라고……."

"경찰이라고요?"

젊은 남자는 멀뚱하니 쳐다보며 건성으로 대꾸했다.

"나로 말할 것 같으면 세상 나고 경찰이라는 사람은 처음 만나봅니다."

기분 좋다는 뜻일까, 달갑지 않다는 뜻일까? 어쨌든 남자는 빅토르에게 악수를 청했고, 감사를 표했다.

"자, 이만 잘 가시오. 아무튼 고마웠소."

남자는 서둘러 발길을 떼었고, 빅토르는 얼른 제지했다.

"아까 그 여자는 어떡하고요? 그 도둑 말입니다!"

"아, 뭐 별로 중요한 일은 아니오. 언젠가 또 마주치겠죠."

"내가 도울 수 있을 텐데요. 어디, 쓸 만한 정보라도 좀 제공하시지요."

"정보요? 무슨 정보 말입니까? 그게 아니라 내가 착각한 것 같아요."

남자는 외면하며 좀 더 빨리 걸었다. 하지만 형사는 똑같이 보조를 빨리하며 따라붙었고, 젊은 남자가 얘기를 피하려 들면 할수록 점점 더 악착같이 달라붙었다. 둘 사이에는 이제 아무런 말도 오가지 않는 상태가 되었다. 젊은 남자는 이제 도둑을 따라잡는 게 아닌 다른 목표가 다급한 모양이었다. 분명 되는대로 정처 없이 걸음을 떼고 있었다.

"여기로 들어갑시다."

마침내 형사가 팔을 붙들고 앞장선 어느 건물 1층은 바깥쪽에 붉은 등이 켜져 있었고, 이런 간판이 내걸려 있었다.

경찰서

"여기요? 아니, 무엇하려요?"

"좀 나눌 얘기가 있는데, 길 한복판에서 하기에는 조금 불편할 겁니다."

"당신 미쳤소! 날 내버려두시오!"

젊은 남자는 앙탈을 부렸다.

"난 미치지도 않았고, 당신을 내버려둘 마음도 없소."

쏘아붙이는 빅토르의 심정도 아까 영화관에서 여자한테 수작 걸 일

결정판 아르센 뤼팽 전집

을 포기한 때문인지 여간 오기가 나 있는 게 아니었다.

남자는 주먹까지 휘두르며 난리를 부렸지만, 그에 못지않은 주먹 두 방을 맞고서야 한풀 꺾였다. 그는 제복을 갖춰 입은 스무 명가량의 경찰들이 버티고 있는 실내로 얌전히 떠밀려 들어갔다.

형사는 들어서자마자 큰 소리로 알렸다.

"강력반의 빅토르라고 하오. 이분과 몇 마디 나눌 얘기가 있소. 반장께 방해가 안 되었으면 합니다만."

경찰사회에서 너무도 유명한 빅토르라는 이름이 귀에 들어오자, 호기심 가득한 웅성거림이 일었다. 반장은 즉시 마중을 나왔고, 빅토르는 상황 설명을 간략히 늘어놓았다. 반면 젊은 남자는 벤치 위에 쓰러지듯 주저앉았다.

빅토르가 냅다 일갈했다.

"이제 지치셨나? 그래, 왜 그리 미친개처럼 내달린 거요? 도둑이라는 여자는 분명 당신 시야에서 금세 벗어났었을 텐데 말이야. 자, 그렇다면 결국 당신 자신이 도망을 치고 있었다는 얘기 아닌가?"

상대가 발끈했다.

"그나저나 그게 당신과 무슨 상관이란 말이오? 남이야 누구 뒤를 따라 달리건 걷건 무슨 상관이냐고?"

"그렇다고 공공장소에서 쓸데없이 소란을 피울 권리는 없지. 마치 열차 안에서 별다른 이유 없이 비상벨을 울릴 권리가 없는 것처럼 말이오."

"난 아무한테도 해 끼친 것 없소."

"아니, 있지. 나한테 해를 끼쳤으니까. 아주 흥미로운 흔적을 밟고 있던 중이었단 말이오. 그런데, 젠장! 좌우간 신분증이나 봅시다."

"그런 거 없소."

뭐 오래 걸릴 것도 없었다. 거의 강탈에 가까운 민첩한 동작 한 번으로 빅토르는 상대의 재킷을 까뒤집었고, 거기서 지갑을 냉큼 꺼내 면밀히 살펴본 뒤 중얼거렸다.

"이름이 알퐁스 오디그랑이시군. 알퐁스 오디그랑이라······ 반장은 이 이름 아시오?"

반장은 조언처럼 대꾸했다.

"전화로 한번 조회해보심이······."

빅토르는 곧장 전화기를 집어 들고 파리 경시청을 요청했고, 잠시 기다린 다음 얘기를 시작했다.

"여보세요? 수사과 좀 부탁합니다. 여보세요, 아 당신이오, 르페뷔르? 나 강력반 빅토르요. 르페뷔르, 다름이 아니라 지금 내가 오디그랑이라는 양반을 붙잡아두고 있는데, 어딘지 석연치 않은 구석이 있어서 말이야. 뭐 이 이름 듣고 생각나는 것 없소? 응, 뭐라고? 그렇지, 알퐁스 오디그랑······ 여보세요? 스트라스부르 발신 전보? 그래, 어디 한번 읽어보시오. 좋아요······ 좋아······ 그래요, 땅딸막하고 통통한 데다 콧수염이 덥수룩해. 맞아요······ 지금 사무실에 누가 근무하시나? 에두앵? 형사반장 말이오? 그럼 당장 그에게 알리고, 데쥐르생 가의 경찰서까지 이자를 데리러 오라고 해주시오. 고마워요."

전화기를 내린 그는 오디그랑 쪽을 돌아보며 말했다.

"꽤 골치 아픈 일인걸! 동부 중앙은행 직원이면서, 지난 목요일 아홉 개의 국방공채와 함께 잠적한 분이로군! 모두 합해 90만 프랑짜리 건수야! 방금 전에 영화관에서 날치기당했다는 것도 바로 그 공돈이렷다! 자, 누구 짓이지? 날치기한 여자 도둑이 대체 누구야?"

오디그랑은 더 이상 버틸 힘을 잃고 다짜고짜 눈물부터 쏟았다. 그는 울먹이는 중간중간 털어놓았다.

"지하철에서 그저께 우연히 마주친 여자였습니다. 어제 다시 만나 점심과 저녁을 함께했죠. 그러는 동안 두 번이나 내 호주머니 속 누런 봉투를 들켰어요. 그러다 오늘 영화관에서 나한테 잔뜩 몸을 기대면서 때론 부둥켜안고……."

"그 봉투에 채권이 들어 있었나?"

"그렇습니다."

"여자 성은?"

"에르네스틴이오."

"에르네스틴하고, 또 뭐지?"

"그건 모릅니다."

"가족사항은?"

"그것도 몰라요."

"일은 하나?"

"타이피스트랬어요."

"어디서 일하는데?"

"어느 화학제품 창고랍니다."

"위치는?"

"몰라요. 만나는 장소는 마들렌 광장 근처였어요."

어찌나 흐느껴 우는지 도저히 진정이 안 될 정도였다. 더는 캐낼 만한 것이 없다고 판단한 빅토르는 자리에서 일어나 반장에게 필요한 조치를 당부한 뒤, 저녁을 들기 위해 집으로 향했다.

그에게는 오디그랑 씨가 더 이상 중요치 않았던 것이다. 심지어 이런 일에 관여하느라 영화관의 그 여인을 놓쳐버린 걸 못내 아쉬워했다. 그토록 신비스럽고 아름다운 여자를 놔두다니! 미지의 여성에 대해 얼마나 열을 올리고, 그 존재의 비밀을 캐는 데 얼마나 목을 매는 빅토르인

데! 그놈의 멍청한 오디그랑이라는 작자는 왜 하필 그때 돼먹지 않게 끼어들었단 말인가?

2

빅토르는 테른 구역에 위치한 자그맣고 안락한 가옥에서 늙은 하인의 시중을 받으며 살았다. 얼마간 재산도 있겠다, 무척이나 독립심이 강한 데다 열정적인 여행가이기도 한 그는 경시청 내에서도 제멋대로 구는 걸로 이름 높았고, 빅토르에 대한 경시청의 입장도 인물의 능력만큼은 무척 높이 평가했지만 워낙 튀는 성격임을 감안해 굳이 딱딱한 규율 속에 가두기보다는 그저 필요할 때만 조력을 구하는 요원으로 치부했다. 따라서 어떤 사건이든 그가 일단 따분하다고 느끼면, 상관의 명령이든 협박이든 세상 그 무엇으로도 그를 일에 매달리게 만들 수 없었다. 대신 흥미를 느끼는 일만큼은 악착같이 물고 늘어져 결국에는 시원한 해결책을 자신의 후원자인 경시청 수사국장 앞으로 깍듯하게 대령했다. 그런 다음 소리 소문 없이 자취를 감췄다.

한편 월요일인 다음 날, 빅토르는 신문에서 범인 체포에 관한 소식을 읽었는데, 에두앵 형사반장이 어찌나 장황하게 떠벌리는지 질겁을 하지 않을 수 없었다. 원래 탁월한 경찰작전일수록 부지불식간에 조용히 이루어져야 한다는 게 그의 지론이었다. 그는 아마 아르센 뤼팽이 동부의 어느 도시에 들를 거라는 보도가 실린 바로 그 신문에서, 문제의 도시가 다름 아닌 스트라스부르라고 명시한 대목에 눈길이 가 닿지만 않았어도 다 집어치우고 다른 일로 넘어갔을 터였다. 그런데 국방공채들이 도난당한 곳도 스트라스부르가 아니던가! 하긴 저 덜떨어진 오디그랑과 아르센 뤼팽 사이에 그 어떤 관계도 상정할 수 없으니 단순한 우연의 일치일지도 모른다. 하지만 그래도 왠지…….

그는 즉시 지역 연감들을 샅샅이 훑었고, 오후부터는 화학제품 상사들에 대한 치밀한 조사에 들어갔으며, 마들렌 광장을 이 잡듯 뒤졌다. 마침내 에르네스틴이라 불리는 타이피스트가 몽타보르 가에 위치한 어느 화학제품 유통조합에 근무하고 있다는 사실을 알아낸 건 오후 5시가 다 되어서였다.

그는 즉시 그곳 책임자에게 전화를 걸었고, 그로부터 받아낸 답변은 당장 조합을 방문하지 않으면 안 될 정도로 흥미로운 내용이었다.

사무실들은 대체로 비좁은 공간 안에서 그나마 부실한 칸막이들로 나뉘어 다닥다닥 붙어 있었다. 조합 책임자의 집무실로 안내된 빅토르는 다짜고짜 격렬한 항의에 맞부딪쳐야만 했다.

"에르네스틴 페이예가 도둑이라뇨! 오늘 아침에 내가 신문에서 읽은 도주극의 장본인이 정말 그녀란 말입니까? 오, 그럴 리가 없습니다, 형사 양반! 에르네스틴의 부모님이 얼마나 점잖은 분들이신데요! 게다가 부모님과 함께 사는데……."

"그녀에게 몇 가지 질문을 직접 해도 되겠는지요?"

"굳이 그러셔야 한다면."

조합장은 곧장 호출벨을 눌러 사환을 불렀다.

"마드무아젤 에르네스틴을 불러주게."

잠시 후, 조심스러운 몸가짐에 다소곳해 보이는 가냘픈 여자가 모습을 나타냈다. 바짝 긴장한 표정이 무언가 나쁜 일을 예감해서 일부러 잔뜩 경직된 태도를 들이대는 티가 역력했다.

그러나 그 안쓰러운 표면도, 빅토르가 전날 영화관에서 친구한테 훔쳐낸 노란 봉투를 어찌했느냐고 무뚝뚝하게 다그치자 맥없이 허물어졌다. 오디그랑만큼도 버텨내지 못하고 그대로 의자 위로 비틀거리며 주저앉더니 여자는 눈물을 쏟으며 더듬거렸다.

"그가 거짓말을 한 거예요. 난 그저 바닥에 떨어진 봉투를 봤을 뿐이에요. 그래서 집어 들었을 뿐인데, 오늘 아침 신문을 보고서야 그가 나를 도둑으로 몰고 있다는 걸 알게 되었다고요."

빅토르는 손을 내밀며 물었다.

"하여튼 봉투는요? 지금 가지고 있나요?"

"아뇨. 그 사람을 어딜 가면 만날 수 있을지 당최 몰랐어요. 봉투는 사무실에 있습니다. 타자기 바로 옆에요."

"어서 가봅시다."

빅토르가 내뱉듯 말했다.

여자가 앞장서 안내한 곳은 건물 한 귀퉁이, 병풍과 격자 칸막이로 나뉜 공간이었다. 그녀는 한동안 책상 끄트머리에서 편지 더미를 이리저리 들춰보더니 기겁을 했다. 그리고 갑자기 열에 들떠 종이 더미들을 격렬하게 흐트러뜨리는 것이었다.

"없어요! 봉투가 없다고요!"

여자는 아연실색한 얼굴로 소리쳤다.

빅토르는 어느새 주변으로 몰려든 10여 명의 직원들을 향해 즉시 지시를 내렸다.

"아무도 움직이지 마시오! 조합장님, 내가 아까 전화했을 때 집무실에 혼자 있었습니까?"

"그런 것 같긴 한데…… 오, 아니에요! 회계원과 같이 있었던 걸로 기억합니다. 마담 샤생이라고……."

"그렇다면 일부 대화 내용이 그분의 귀에 들어갈 수도 있었겠군요. 예컨대 두 번씩이나 당신은 나를 형사라고 부르면서 마드무아젤 에르네스틴 이름을 입 밖에 냈습니다. 마담 샤생은 누구나 그렇듯 신문을 통해서 사람들이 마드무아젤 에르네스틴을 의심하고 있다는 사실을 알고 있었겠죠. 마담 샤생, 지금 이곳에 있습니까?"

직원들 중 한 명이 대답했다.

"마담 샤생은 오후 6시 기차를 타야 하기 때문에 항상 그보다 20분 전에는 퇴근합니다. 집이 생클루거든요."

"그럼 10분 전쯤 내가 타이피스트를 조합장 집무실로 불러들이게 했을 당시에는 아직 퇴근 전이었겠군요?"

"그렇죠."

빅토르는 타이피스트를 돌아보며 물었다.

"당신은 그녀가 떠나는 걸 봤습니까, 마드무아젤?"

에르네스틴 양은 조심조심 대답했다.

"네. 모자를 쓰고 있었으니까요. 그때 잠시 나와 수다를 떨었죠."

"바로 그때 조합장실에서 부름을 받고, 노란 봉투를 서류 더미 위에 던져놓은 거로군요?"

"그랬어요. 그 전까지는 내 블라우스 속에 간직하고 다녔고요."

"그 순간, 마담 샤생이 당신 동작을 볼 수 있었을까요?"

"그랬을 것 같아요."

빅토르는 일단 시계를 힐끔 본 뒤 샤생 부인에 관한 세세한 정보를 취합했다. 40대 나이에 붉은 머리를 한 여성이었는데, 초록빛 사과색의 스웨터를 껴입은 다부지고 통통한 체구의 여성이라고 했다. 마침내 빅토르는 건물 밖으로 나섰다.

그리고 때마침 밑에서 올라오는 에두앵 형사반장과 마주쳤다. 전날 알퐁스 오디그랑을 낚은 그는 어리둥절한 표정으로 외쳤다.

"아니, 빅토르 당신 벌써 와 있는 거요? 그래, 오디그랑의 정부는 만나보았소? 에르네스틴이라는 아가씨 말이오?"

"네, 모든 게 잘 되어가고 있습니다."

그 이상 지체하지 않고 빅토르는 택시를 잡아타 6시발 기차 시간에 맞춰 정확히 목적지에 도착했다. 한눈에 쓱 훑어보아도 그가 자리한 기다란 객차 안 어디에도 초록빛 사과색 스웨터를 입은 여자는 없었다.

열차는 그대로 출발했다.

주위의 승객들은 하나같이 석간신문을 들여다보고 있었다. 가까운 곳의 두 사람 사이에선 노란 봉투와 국방공채 사건 얘기가 한창이었다. 과연 이번 일이 얼마나 구석구석 세상에 알려져 있는지 실감나는 광경이었다. 약 15분 만에 기차는 생클루에 도착했다. 빅토르는 제일 먼저 역장과 면담을 했고, 즉각적으로 승객용 출구에 대한 면밀한 감시조치가 뒤따랐다.

승객들이 꽤 많았다. 잠시 후, 붉은 머리를 한 어떤 부인 한 명의 망토 자락이 언뜻 펄럭이는 틈새로 초록빛 사과색 스웨터가 눈에 띄었다. 정기승차권 수첩을 손에 쥔 채 승강구를 막 지나치려 하는 그 부인 옆으로 빅토르가 곧장 따라붙으며 나지막이 말을 건넸다.

"잠시 따라오시지요, 마담. 수사과에서 나왔습니다."

여자는 퍼뜩 소스라치는 듯하더니 몇 마디 알아들을 수 없게 중얼거리다가 형사와 역장을 따라나섰고, 이내 역장실로 들어섰다.

"당신은 화학제품 유통조합의 직원이며, 함께 일하는 타이피스트 에르네스틴이 타자기 옆에 놓아둔 노란 봉투를 무심코 집어 들었습니다."

일사천리로 풀어내는 빅토르의 말에 여자는 이제 많이 안정된 얼굴로 답했다.

"내가요? 뭔가 착각을 하고 계시군요."

"정 그렇게 나오신다면 우리로서도 하는 수 없이……."

"몸수색이라도 하겠다고요? 뭐, 못할 것도 없죠! 자, 마음대로 하세요."

워낙에 자신감 있는 태도였기에 남자는 순간 당황하지 않을 수 없었다. 하지만 달리 보자면, 결백한 입장일수록 우선은 스스로를 방어하려 들지 않았을까?

어쨌든 여자는 여자 역무원의 인솔하에 옆방으로 건너갔다.

몸수색 결과 노란 봉투는 발견되지 않았고, 채권도 전혀 나오지 않았다.

하지만 빅토르는 조금도 물러서지 않았다.

"당신 주소를 대시오."

목소리에는 엄한 기운이 물씬 배어 있었다.

그사이 또 다른 파리발 기차가 도착했다. 거기서 남보다 먼저 부랴부랴 내리는 사람은 형사반장 에두앵이었는데, 곧장 그와 맞닥뜨린 빅토르는 침착하게 입을 열었다.

"이 샤생이라는 여인은 봉투를 안전한 데 빼돌릴 시간적 여유가 충분했습니다. 만약 어제저녁에 경시청에서 기자들을 모아놓고 입방정만 안 떨었어도 노란 봉투의 존재는 대중에게 알려지지 않았을 것이며, 마담 샤생이 그걸 가로채는 일도 일어나지 않았을 겁니다. 그럼 결국 에르네스틴의 블라우스 속에서 그 봉투가 고스란히 내 손으로 넘어왔겠죠. 좌우간 경찰이 공개적인 자리에서 하는 짓이란 늘 그렇죠!"

에두앵은 발끈하는 눈치였지만 빅토르는 아랑곳하지 않고 말을 맺었다.

"자, 정리합니다. 오디그랑, 에르네스틴, 샤생! 요컨대 공돈에 맛을 들인 인물들 셋이 불과 24시간 안에 연속으로 떨어져 나간 셈입니다. 이제 네 번째 주인공한테 초점을 들이댈 차례이지요."

때마침 파리로 출발하는 기차가 있었다. 빅토르는 상관인 형사반장 에두앵을 어안이 벙벙한 채로 플랫폼 위에 덩그러니 남겨두고 기차에 올라 자리를 잡았다.

3

화요일 아침부터 빅토르는 늘 그렇듯, 가슴에 늑골 무늬가 있는 군복 같은 분위기의 재킷을 입고서 자동차에 올라—그는 평범한 스타일의 4인승 카브리올레형 자가용을 소유하고 있었다—생클루 지역을 샅샅이 조사하고 다녔다.

그가 의지하고 있는 추리는 이런 것이었다. 노란 봉투를 소지한 샤생 부인은 어제 월요일 오후 5시 40분에서 6시 15분 사이에 아무리 급했다 한들 그만큼 중요한 물건을 아무 데다 숨길 수는 없었을 것이다. 논리적으로 따져보면 여자는 물건을 다른 누군가에게 맡겼을 가능성이 크다. 파리에서 생클루에 이르는 도정이 아니라면 그 누군가를 어디에서 만날 수가 있겠는가? 따라서 앞으로의 조사는 그녀와 같은 객실을 이용해 동일한 도정을 밟은 사람들에 집중되어야 할 것이며, 그중에서도 특히 샤생 부인과 믿을 만한 인간관계에 있는 사람들을 주목해야 할 것이다.

비록 만나보지는 못했지만, 샤생 부인은 퐁투아즈에서 철물점을 운영하고 있는 남편을 상대로 이혼소송을 제기한 1년 전부터 모친의 집에 들어가 살고 있는 실정이었다. 주위로부터의 평판이 나무랄 데 없이 깨끗한 두 모녀는 오래된 여자친구 세 명 이외에는 그 누구와도 절대 가깝게 지내는 일이 없었는데, 그 세 명 모두 전날 파리에는 있지 않았다는 게 확인되었다. 한편 워낙 무뚝뚝하기만 한 샤생 부인의 외모로 볼 때 딱히 수상쩍은 행실로 물의가 될 여자라고는 전혀 생각할 수가 없었다.

수요일로 넘어간 빅토르의 조사활동은 전혀 나아진 바가 없었다. 그럴수록 점점 초조해지는 건 당연했다. 이전 세 명이 본보기가 되었는지, 네 번째 도둑용의자는 글자 그대로 꽁꽁 숨어들었는지도 모를 일이었다.

목요일, 빅토르는 생클루에 인접한 가르슈 마을의 '카페 데 스포르'라는 어느 아담한 찻집에 진을 친 뒤, 빌다브레와 마른라코케트, 그리고 세브르 등지까지 하루 종일 주변 지역을 훑고 다녔다.

그런 다음 저녁을 들기 위해 다시 생클루와 보크레송 사이의 도로변, 가르슈 역을 정면에 바라보며 자리 잡은 '카페 데 스포르'로 돌아왔다.

밤 9시 무렵, 뜻하지 않게 형사반장 에두앵이 도착하는 것을 보고 빅토르는 적잖이 놀랐다.

"오늘 아침부터 당신을 찾아 이 지역을 얼마나 헤매 다녔는지 아시오? 수사국장이 지금 당신을 찾아내라며 노발대발하고 있어요. 도무지 살았는지 죽었는지 알 수가 없다면서 말이야. 전화는 또 얼마나 해댔는지! 그래, 어디쯤 진행되어가고 있는 거요? 뭐 알아낸 거라도 있소?"

호들갑을 떠는 형사반장에게 빅토르는 태연히 중얼거렸다.

"그쪽은 어떻습니까?"

"전혀."

빅토르는 음료 두 잔을 주문한 뒤, 퀴라소(오렌지 껍질로 만든 술—옮긴이) 한 잔을 천천히 들이켠 다음 말했다.

"마담 샤생에게 정부가 있습니다."

강력반 형사 빅토르

349

에두앵은 깜짝 놀랐다.

"당신 돌았소? 그런 얼굴에 정부는 무슨 정부!"

"두 모녀는 매주 일요일만 되면 제법 오랜 시간 걸리는 산책을 하는데, 지난 4월 끝에서 두 번째 일요일에는 포스르포즈 숲을 산책하면서 어떤 남자 한 명과 동행하는 모습이 목격되었다고 합니다. 그로부터 일주일 뒤, 그러니까 지금으로부터 2주 전에는 그들 셋이 보크레송 쪽으로 가는 어느 길가 나무 밑에 오순도순 모여 앉아 간식을 들고 있는 모습을 보았다는 목격자도 여럿 있습니다. 조사해본 결과 문제의 남자는 레스코 선생이라 불리며, 가르슈 조금 위쪽, 생퀴퀴파 숲에서 그리 떨어지지 않은 장소에 '라비코크'('누추한 집'이라는 뜻―옮긴이)라는 이름의 별장을 소유하고 있는 작자라 합니다. 그곳 정원 생울타리 너머로 그자의 얼굴을 직접 보았는데, 나이는 한 쉰다섯쯤 되고 회색빛 염소수염에 어딘지 허약해 뵈는 몰골이더군요."

"정보치고는 좀 부실하군."

"보다 정확한 정보를 줄 만한 사람은 역무원으로 일하면서 그와는 이웃해 살고 있는 바이양인데, 오늘 저녁 차를 몰고 친척 병문안차 아내를 베르사유까지 데려다주러 간 상태입니다. 지금 바로 그자를 기다리고 있는 중이죠."

이후 두 사람은 아무 말 없이 장시간을 죽치고 기다렸다. 무엇보다 빅토르가 대화를 나눌 기분이 아니었던 것이다. 심지어 그는 대놓고 꾸벅꾸벅 졸아떨어지기까지 했다. 에두앵은 그 모습을 바라보며 신경질적으로 줄담배를 피워댔다.

급기야 자정을 30분 넘은 시각, 예의 그 역무원이 모습을 드러내면서 외쳤다.

"레스코 영감이야 내가 잘 알죠! 사는 집이 100미터도 떨어져 있지 않은걸요. 그저 자기 집 정원 돌보는 일 외에는 관심이 없는 일개 야인이랍니다. 가끔은 밤늦은 시각에 어떤 아낙네가 그의 집으로 스며들었다가 기껏해야 한두 시간 있다 빠져나오곤 하더군요. 그 사람으로 말하자면 일요일에 산책하는 것 말고는 외출하는 일이 전혀 없지요. 단, 일주일에 딱 한 번씩 파리에 갔다 오는 것 빼고는 말입니다."

"그게 무슨 요일입니까?"

"보통은 월요일에 그래요."

"그럼 지난 월요일에도 역시?"

"내 기억으로는 갔다 온 것 같아요. 돌아오는 기차에서 차표를 받은 사람이 바로 나거든요."

"그게 몇 시였죠?"

"매번 같은 기차입니다. 오후 6시 19분 가르슈에 도착하는 차편이죠."

잠시 침묵이 흐르는 동안 두 경찰관은 서로를 멀뚱하니 마주 보았다. 마침내 에두앵이 물었다.

"그날 이후로 그를 본 적이 있나요?"

"나는 본 적 없고, 빵 배달일을 하는 내 마누라가 보긴 했다더군요. 심지어 아내 얘기로는 내가 근무 중이던 지난 화요일과 수요일 연이틀 밤에⋯⋯."

"그래, 뭐라고 하던가요?"

"누가 '라비코크' 주변을 어슬렁거리더랍니다. 원래 레스코 영감한테는 늙은 발바리 녀석이 한 마리 있는데, 글쎄 그놈이 그날따라 제 집에서 한도 끝도 없이 짖어댔다지 뭡니까! 마누라 얘기가 그때 챙 모자를 쓴 사람 그림자가 틀림없이 있었다는 거예요. 회색 챙 모자 말입니다."

"누군지 얼굴을 알아본 건 아니고요?"

"웬걸요. 알아본 것 같다고 하던데요."

"당신 부인께선 지금 베르사유에 있지요?"

"네. 내일까지 거기 있을 예정입니다."

진술을 마친 바이양이 자리를 물러났다. 한 1~2분의 시간이 흐른 뒤 형사반장이 결론을 내렸다.

"날이 밝는 대로 레스코 영감 집을 방문해봐야겠소. 그렇지 않고서는 기껏 네 번째 도둑 용의자마저도 감쪽같이 도둑맞게 생겼다고."

"그럼 그때까지만이라도……."

"별장 주변이나마 한 번 둘러봐야겠지!"

두 사람은 고지대로 향해 거슬러 오르는 한산한 길을 걸어갔고, 이내 앙증맞은 별장들이 양쪽으로 도열한 길목으로 접어들었다.

한동안 말이 없던 빅토르가 입을 열었다.

"여기입니다."

맨 먼저 생울타리가 앞을 가로막았고, 나지막한 담장 위로는 철책이 올려져 있었다. 그 철책 틈새를 통해 잔디정원 저편에 세 개의 창문이 가지런히 배열된 2층짜리 별장이 보였다.

"안에 불이 켜져 있는 것 같군요."

빅토르가 속삭였다.

"그러게. 2층 가운데 창문! 커튼이 제대로 쳐져 있지 않은 모양이오."

이때 문득 보다 강렬한 또 다른 불빛이 오른쪽 창문에서 켜졌다가 꺼졌고, 또다시 켜지는 것이었다.

"이상한데. 우리가 있는데 어찌 개가 짖지 않는 걸까? 개집도 가까이 있는 편인데 말입니다."

빅토르의 말에 형사반장이 대꾸했다.

"아예 죽쳐서 입을 다물게 했는지도 모르지."

"누가 말입니까?"

결정판 아르센 뤼팽 전집

"어제와 그제 여길 배회했다는 그자."

"그럼 결정타는 오늘 밤으로 예정되어 있다는 얘기인데. 정원이나 한 바퀴 돌아봅시다. 저 뒤쪽으로 샛길이 뻗어 있어요."

"쉿!"

순간 빅토르는 귀를 기울였다.

"음, 분명 안에서 나는 비명 소리야."

또다시 한껏 소리를 죽인 듯한 비명이 들렸는데, 그 후로도 불이 밝혀진 층에서 튀어나오는 듯한 총성이 들려왔고 비명 소리도 계속되었다.

빅토르는 입구의 철책문을 어깨로 들이받아 단번에 무너뜨렸다. 두 남자는 득달같이 잔디밭을 가로질러 아래층 발코니 난간을 뛰어넘었고, 잠겨 있지 않은 창문을 후딱 밀어젖혔다. 빅토르는 계속해서 2층으로 뛰어 올라가 손전등 불빛을 거칠게 휘둘러댔다.

층계참을 향한 문이 두 개 있었다. 닥치는 대로 정면의 문을 열어젖히고 손전등 불빛을 내쏘자, 저만치 널브러져 부들부들 떨고 있는 몸뚱어리 하나가 눈에 들어왔다.

그와 동시에 바로 옆방으로 도망치는 사내가 눈앞을 스쳤다. 빅토르가 쏜살같이 사내 뒤를 쫓을 때, 에두앵은 층계참을 향한 또 다른 문을 감시하고 있었다. 충돌은 바로 그쪽, 형사반장과 정체불명의 사내 사이에서 일어났다. 한편 옆방으로 파고든 빅토르의 시야에, 건물 뒤쪽 창틀을 막 넘어 사다리 같은 걸 통해 밖으로 내려가는 여자가 걸려들었다. 부리나케 불빛을 쏘자, 놀랍게도 시네 발타자르의 그 붉은 머리 여인의 모습이 번쩍하며 드러나는 게 아닌가! 생각할 것도 없이 당장 뒤를 따라 창문 밖으로 뛰쳐나가려던 찰나, 다급히 부르는 형사반장의 목소리가 빅토르의 발목을 붙들었다. 다시금 총성이 울리고, 이어서 신음 소리가 비어져 나왔다.

강력반 형사 빅토르

빅토르는 당장 충계참으로 달려나와 쓰러지려는 에두앵을 부축했다. 총을 쏜 사내는 이미 아래층으로 줄행랑을 친 뒤였다.

"놈을 뒤쫓으시오. 난 괜찮아요. 그냥 어깨에 한 방……."

형사반장이 신음 속에서 중얼대자, 빅토르는 화를 버럭 내며 일갈했다.

"괜찮다면 이것 좀 놓으시오!"

알고 보니 정작 형사반장은 자꾸 떨어지려는 빅토르의 팔을 붙들고 놔주지 않았던 것이다.

쓰러지지 않으려고 악착같이 매달려 있는 에두앵을 빅토르는 질질 끌다시피 첫 번째 방으로 데리고 가서 소파 위에 누인 다음, 이미 사정권을 벗어난 두 명의 도주자는 포기한 채 바닥에 널브러진 남자 앞에 무릎을 꿇고 가만히 살펴보았다. 레스코 영감이었다. 그는 죽은 듯 꼼짝 않고 있었다.

신속한 관찰이 끝나자 빅토르가 내뱉었다.

"죽었소. 깨끗하게 죽었어요."

"일 한번 고약하게 됐네! 노란 봉투는? 몸을 뒤져봐요!"

하지만 에두앵이 중얼거리기 전부터 이미 빅토르는 남자를 뒤지고 있었다.

"노란 봉투가 있긴 하지만 텅 빈 데다 마구 구겨져 있군요. 레스코 영감이 국방공채를 꺼내 따로 보관했던 것 같습니다. 어차피 몽땅 넘겨줘야 할 상황에 처할 테니까요."

"봉투에 별다른 서명 같은 건 없소?"

"전혀요. 단지 제조 마크만 투명하게 비쳐 보이는군요. **구소 제지공장, 스트라스부르.**"

그는 형사반장의 부상 정도를 살피면서 이렇게 결론지었다.

"스트라스부르라, 옳거니! 처음 은행을 상대로 도난사건이 발생한 곳이 바로 거기였소. 그리고 이제 그 다섯 번째 도둑놈까지 연달아 내려온 셈이죠. 이번에야말로 대담하기 그지없는 놈과 맞붙은 것 같습니다. 제기랄! 첫 번째, 두 번째, 세 번째, 네 번째까지가 모두 어리숙한 도둑놈들이라면, 이제 상대할 다섯 번째 녀석은 애를 꽤 많이 먹일 놈 같단 말씀이야."

빅토르는 범죄에 연루된 것이 분명한 아까 그 아름다운 여인에 대해 골똘한 생각에 잠겼다. 도대체 여기서 무얼 하고 있었던 것인가? 과연 이 사건에서 어떤 역할을 맡고 있는 것인가?

2
회색 챙 모자

1

요란한 소리에 놀라 잠에서 깬 역무원과 이웃 주민 두 명이 허겁지겁 달려왔다. 주민 둘 중 한 명은 집에 전화기를 가지고 있었다. 빅토르는 생클루 경찰서에 대신 연락을 넣어달라고 부탁했다. 나머지 한 사람이 의사를 부르러 달려갔고, 이내 도착한 의사는 레스코 영감의 죽음이 심장 부위에 정통으로 맞은 총알 때문임을 확인해주었을 뿐이다. 부상이 그리 심하지 않은 에두앵은 즉시 파리로 돌아갔다.

마침내 생클루의 경찰서장이 부하들과 함께 도착하자, 줄곧 현장을 엄격하게 지키고 있던 빅토르는 사건에 대해 상세한 정보부터 건네주었다. 두 사람 다 용의자의 흔적을 면밀히 조사하기 위해 날이 밝기를 기다리는 게 현명하다는 판단이었고, 그 길로 빅토르는 파리의 자기 집으로 돌아갔다.

아침 9시가 되자마자 그는 새롭게 밝혀진 사실이 있나 알아보려고 다시 현장으로 돌아왔고, 호기심에 가득 찬 인파가 '라비코크'를 겹겹이 에워싼 가운데 경찰들이 가까스로 막아서고 있는 걸 발견했다. 걸어 들어간 정원이든, 별장 건물 안이든 모두 형사들과 헌병들로 여간 북적대는 게 아니었다. 베르사유 검찰지청으로부터 인원이 파견되었지만, 이미 파리로부터 상치(相馳)되는 지시가 내려와 예심만큼은 센 강변에 위치한 파리 검찰청에서 맡아 할 것임이 기정사실화된 상태였다.

빅토르는 생클루 경찰서장과의 면담과 자기 나름의 조사를 통해서 몇 가지 새로운 확신을 얻었는데, 오히려 지금까지의 추론 결과보다 부정적인 내용이었고 결국 사건은 훨씬 더 미궁으로 빠져드는 느낌이었다.

우선 1층을 통해 도망간 남자와 창문을 통해 빠져나간 여자에 대해 그 어떤 단서도 발견되지 않았다는 점이다.

도로와 나란히 위치한 샛길로 접어들기 위해 여자가 생울타리를 건너뛴 지점이 어디쯤인지는 고스란히 발견되었고, 2층 바로 아래 사다리를 기대 세웠던 자국도 백일하에 드러나긴 했다. 하지만 분명 접어서 운반할 수 있었을 뿐만 아니라 철제로 되어 있을 게 분명한 사다리의 소재가 당최 오리무중이었다. 아울러 그 두 남녀 공범이 어떻게 서로 다시 합류해서 이 지역을 벗어났는지도 도저히 알 수가 없었다. 기껏 그럴듯한 가설이라고 세워볼 수 있는 내용은, 현장에서 약 300여 미터 떨어진 라 셀생클루의 종마사육장 근처에 당일 자정부터 주차되어 있던 자동차 한 대가 새벽 1시 15분쯤 시동을 걸고 센 강변을 따라 출발해, 부지발을 경유해서 파리로 돌아갔을 거라는 점이었다(이상 등장하는 지명들은 모두 파리 서쪽 외곽의 작은 마을들임—옮긴이).

레스코 영감의 개는 개집 속에 독살된 채 발견되었다.

정원의 자갈밭에도 아무 흔적 없기는 마찬가지였다.

사체에서 빼낸 총알이나 에두앵 형사반장의 어깨에서 뽑아낸 총알 모두 7.65밀리미터 브라우닝 권총에서 나온 것임이 확인되었다. 문제는 그 브라우닝 권총의 소재도 묘연하다는 사실이었다.

이와 같은 자잘한 사항들 말고는 그나마 건질 게 아무것도 없었다. 빅토르는 기자들과 사진사들이 몰려오기 전에 서둘러 자리를 피해버렸다.

그는 여러 사람과 더불어 일하는 것을 끔찍하게 싫어했고, 자신의 표현대로 '끼리끼리 주고받는 가설들' 때문에 시간 낭비하는 걸 질색으로 여겼다. 오로지 관심 있는 거라곤 어떤 사건의 심리학적 차원이며, 그것이 사고력과 지성을 자극하는 대목이었다. 그 나머지 문제들, 즉 여러 잡다한 절차와 확인, 추적과 미행 등은 마지못해 억지로 관여할 뿐이며, 굳이 말한다면 자기 마음대로 혼자서 행할 따름이었다.

그는 역무원 바이양의 집을 찾아갔고, 베르사유에서 돌아온 그의 부인을 만나보았다. 그 여자가 한다는 얘기가, 자신은 아무것도 아는 게 없으며, 지난 며칠 밤 동안 '라비코크' 주변을 어슬렁대던 사람이 누군지는 전혀 알아보지 못했다는 것이었다. 그나마 바이양이 근무를 하러 나오다 말고 역 앞에서 빅토르를 붙잡더니 함께 '카페 데 스포르'로 들어가자는 것이었다.

아페리티프(주로 식전주로 마시는 가벼운 술—옮긴이)로 일단 분위기가 무르익자, 그가 말을 꺼냈다.

"아시다시피 제르트뤼드(우리 집사람이죠)는 빵 배달일을 하느라 근방 안 다니는 집이 없기 때문에 함부로 입을 놀리고 다니면 고스란히 자기 욕으로 되돌아온답니다. 하지만 나한테는 문제가 다르죠. 적어도 철도 종사원인 데다 공무원으로서 당연히 정의가 집행되는 데 도움을 드려

결정판 아르센 뤼팽 전집

야 할 것입니다."

"그래서요?"

바이양은 목소리를 낮추며 말했다.

"다름이 아니라, 우선 마누라가 얘기했다는 그 회색 챙 모자 말인데요. 내가 이걸 오늘 아침, 우리 집 담벼락 구석의 쓰레기를 치우다가 쐐기풀 덤불 밑에 처박혀 있는 걸 발견했거든요. 아마도 그날 밤 어슬렁거렸다던 그놈이 빠져나가면서 무심코 벗어 던진다는 게 그만 우리 집 생울타리를 넘어든 모양이에요."

"계속해보시오."

"제르트뤼드 생각에는, 화요일 밤에 회색 챙 모자를 쓰고 알짱대던 그 작자가 다름 아닌 자기가 매일 빵을 배달해주는 집 남자라는 겁니다. 상류사회 인사라더군요."

"이름은요?"

"막심 도트리 남작입니다. 저기, 왼쪽으로 좀 숙여보세요. 집이 보이죠? 생클루로 가는 길목에서 유일한 전세용 아파트랍니다. 여기서 거리가 한 500여 미터 될 거예요. 저 건물 5층에 마누라와 늙은 하녀를 동반한 채 살고 있지요. 꽤 좋은 사람들이고 제법 자부심도 갖고 사는 모양인데…… 그래서 내가 보기엔 우리 제르트뤼드가 뭘 착각한 게 아닐까 하는 겁니다."

"금리로 생활하는 사람입니까?"

"웬걸요! 샹파뉴 포도농장에서 일을 하며 먹고산답니다. 그러면서 매일 뻔질나게 파리를 드나들곤 하지요."

"거기서 돌아오는 시각은 몇 시입니까?"

"6시 기차이니까, 도착 시간은 저녁 7시가 되네요."

"그럼 지난 월요일에도 그 기차로 돌아온 겁니까?"

"틀림없이 그럴 겁니다. 내가 뭐라 말할 수 없는 건 어제뿐이거든요. 아시다시피 마누라를 차로 데려다주느라."

빅토르는 침묵 속에 빠져들었다. 얘기가 결국 이렇게 돌아가는 듯했다.

'월요일, 파리에서 출발한 6시 기차의 객실 안에서 마담 샤생은 레스코 영감 가까이 앉아 있다. 이혼소송 중에 있는 기혼녀로서 보통은 어머니와 함께 있지 않는 한 애인과 함부로 속삭이는 일은 되도록 삼가는 편이다. 월요일, 그녀는 무의식중에 노란 봉투를 슬쩍한 상태였다. 그래서 그날만큼은 나지막한 목소리로 뭔가 맡길 물건이 있다는 얘기를 애인한테 귀띔해주었고, 아마 짬을 내서 돌돌 말아 끈으로 묶은 문제의 봉투를 은근슬쩍 애인의 품속에 밀어 넣었을 것이다. 바로 그 동작을 같은 칸에 타고 있던 도트리 남작이 간파했을 터. 신문은 빠뜨리지 않고 읽는 타입일 테고, 노란 봉투가 눈에 띌 수밖에 없었으니…… 과연 우연이라고만 넘길 일이었겠는가? 이윽고 기차는 생클루에 도착했고, 마담 샤생은 자리를 뜬다. 레스코 영감은 그대로 앉아 가르슈까지 간다. 막심 도트리도 같은 역에서 내려 영감을 미행한다. 결국 그 숙소까지 알아두고, 화요일과 수요일, '라비코크' 주변을 어슬렁대다가 마침내 목요일에 결단을 내린다.'

빅토르는 카페에서 나와 문제의 아파트 건물을 향해 걸어가면서 계속 생각을 전개해갔다.

'이상 그려진 그림에 대한 딱 한 가지 반론 가능성이란? 그 모든 일들이 너무도 손쉽게 척척 맞아떨어지고, 너무도 신속하게 이루어졌다는 점! 진실이란 그렇게 즉흥적이지 않고, 그토록 단순하고 자연스럽게 주어지지도 않는 법이거든.'

2

빅토르는 5층으로 올라가 벨을 울렸다. 나이 든 백발 하녀가 안경을 낀 얼굴로 문을 열더니 이름도 묻지 않고 거실로 안내했다.

빅토르가 먼저 툭 내뱉었다.

"내 명함을 건네주십시오."

식당 겸용의 거실공간은 탁자 하나와 의자 몇 개, 찬장과 외발원탁 각각 하나씩이 가구의 전부였는데, 그 모두가 외양은 검소하면서 반들 반들 윤이 날 정도로 청결했다. 벽에는 몇몇 종교화들이 걸려 있고, 벽 난로 위에 역시 종교적 내용이 담긴 책자와 팜플렛들이 갖춰져 있었다. 창문 밖으로는 생클루 공원의 매혹적인 경관이 펼쳐져 있었다.

이윽고 어떤 부인이 놀란 듯한 모습으로 나타났는데, 화장기 없는 얼굴은 발그스레하게 농진이 피었고, 풍만한 가슴에 복잡한 머리 스타일, 색이 바랜 실내복 차림이 자못 구식 분위기가 풍기는, 아직은 젊은 여자였다. 그 모든 점에도 불구하고 전체적인 여자의 모습은 일부러 고고한 것 같지는 않았고, 그리 못 봐줄 정도도 아니었으며, 그저 자기 생각에 이만하면 남작부인의 풍모가 되지 않겠느냐는 식이었다.

태도는 간결했다. 그녀는 뻣뻣하게 서서 약간 냉랭함이 느껴지는 목소리로 물었다.

"무얼 도와드릴까요, 므슈?"

"지난 월요일 저녁 기차 안에서 벌어진 일련의 일들에 관해 도트리 남작과 얘기를 나누고 싶습니다."

"우리도 신문에서 읽었습니다만, 역시 노란 봉투 도난사건에 관해서 인가요?"

"그렇습니다. 그 도난사건의 결과로 간밤에는 가르슈에서 살인사건까지 일어났답니다. 희생자는 므슈 레스코라는 사람이고요."

여자는 조금도 동요하는 기색 없이 대꾸했다.

"므슈 레스코라는 사람요? 전혀 모르는 사람이네요. 그래, 뭔가 짚이는 바라도 있는 건가요?"

"지금까지는 없습니다. 그래서 나는 지금 월요일에 똑같이 6시 기차를 타고 파리에서 출발해 가르슈까지 당도한 사람들을 대상으로 조사를 벌이고 있습니다. 그런데 도트리 남작께서……."

"그럼 남편이 직접 대답을 드려야 하겠군요. 한데 그이는 지금 파리에 있습니다."

그렇게 내뱉으면서 여자는 빅토르가 이만 물러나줄 것을 기대하는 눈치였다. 하지만 그는 계속했다.

"므슈 도트리는 저녁식사 후에 가끔 외출을 하시나요?"

"그런 일은 거의 드물죠."

"하지만 화요일과 수요일에는?"

"맞아요, 그 이틀간은 왠지 머리가 아프다며 한 바퀴 돌러 나가긴 했죠."

"목요일인 어제저녁에는요?"

"어제저녁에는 일 때문에 파리에 붙잡혀 있었어요."

"잠은 어디에서 잤습니까?"

"어디에서 자다뇨? 집에 돌아온걸요!"

"몇 시쯤에요?"

"글쎄요, 나는 자고 있어서. 아무튼 그이가 돌아오고 나서 조금 있다가 밤 11시 종소리를 들은 것 같아요."

"11시라고요? 그럼 사건이 발생하기 두 시간 전인데. 확실한 얘기입니까?"

그때까지만 해도 고집스러운 예법을 지켜가며 거의 기계적으로 대답을 하던 남작부인은 불현듯 상황이 돌아가는 것을 눈치챘는지, '강력반 형사 빅토르'라고 박힌 명함을 한 번 힐끔 보고는 여전히 영문 모르겠다는 표정으로 쌀쌀맞게 대답했다.

"나는 원래 있는 그대로만 확실하게 얘기하는 편이랍니다."

"그날 부군과는 몇 마디라도 나누어보셨나요?"

"물론이죠."

"그럼 완전히 잠에서 깨셨던 모양이군요?"

여자는 창피한지 얼굴이 붉어지면서 아무 대답도 못했다. 빅토르는 내처 몰아붙였다.

"도트리 남작께서는 오늘 아침 몇 시쯤 나가셨습니까?"

"현관문이 닫히자마자 눈을 떠보니 추시계가 6시 10분을 가리키고 있더군요."

"그럼 나가시면서 인사도 하지 않았단 말입니까?"

이번에는 자못 짜증스러운 모양이었다.

"지금 신문하시는 건가요?"

"사실 우리 일이 종종 수사를 하다 보면 무례를 범하기도 하지요. 마지막으로 한 가지만 더……."

빅토르는 호주머니에서 회색 챙 모자를 꺼내며 물었다.

"혹시 이게 므슈 도트리의 것이라고 생각하지는 않는지요?"

여자는 물건을 자세히 들여다보며 대답했다.

"맞아요. 벌써 안 쓴 지 몇 년은 되는 낡은 모자죠. 내가 서랍 깊숙이 치워두었던 건데……."

자기 남편에게 치명적일 수도 있는 이 같은 답변을 여자는 너무도 소탈하게 털어놓았다. 이 정도 솔직한 여자라면 정작 중요한 점들에 대해서도 결코 거짓말을 늘어놓지는 않았을 거라 생각해도 좋지 않을까?

마침내 빅토르는 귀찮게 해드려서 미안하다는 말과 함께, 낮이 저물 무렵 다시 방문하겠다면서 물러났다.

나오는 길에 관리인을 만나 물어보았지만, 마담 도트리의 답변만 더욱 확인될 뿐이었다. 남작은 분명 문을 열어달라며 밤 11시쯤에 초인종을 울렸으며, 아침 6시쯤 다시 나가겠다면서 문을 두드렸다는 것이다. 아울러 밤새도록 더는 들어온 사람도, 나간 사람도 없었다고 했다. 전부 다 해봐야 세 가구만 세 들어 사는 데다, 나머지 다른 세입자들은 결코 저녁 이후에 외출하는 법이 없으니 전체 관리하기가 보통 쉬운 게 아니라는 것이었다.

"당신 말고 다른 사람이 안에서 문을 열어줄 수도 있나요?"

"그런 일은 불가능합니다. 일단은 내 숙소를 거쳐서 들어가야 해요. 그러고 나서는 항상 열쇠와 빗장으로 문을 잠그죠."

"마담 도트리는 이따금 아침 시간에 외출을 하나요?"

"전혀요. 시장도 그 집 늙은 하녀인 안나가 알아서 봐오는걸요. 저기 하인용 계단으로 내려오네요."

"건물 안에 전화기는 있습니까?"

"없습니다."

건물을 벗어난 빅토르는 서로 상충하는 생각들로 어리둥절한 상태였다. 문제는 남작을 상대로 제기된 숱한 혐의점들에도 불구하고, 상황이 그에게 이롭게 전개되면서 저절로 형성된 알리바이를 좀처럼 의심하기가 어렵다는 점이었다. 즉, 범행이 일어난 바로 그 시각에 그가 아내 곁에 얌전히 있었다는 사실 말이다.

일단 역으로 돌아와 점심식사를 마친 빅토르의 뇌리에 문득 이런 의문점이 떠올랐다.

'별로 혼잡하지도 않은 시각이라 오다가다 남의 눈에도 잘 띌 만한데, 과연 도트리 남작이 오늘 아침 이른 시간대에 기차를 탔을까?'

그러자 일말의 주저함도 없이 답이 즉각 내려졌다.

'절대 그럴 리가 없다!'

자, 그렇다면 과연 어떻게 이곳 가르슈를 벗어났을까?

오후 내내 그는 단골가게들과 약국, 관청과 우체국 등지를 돌며 남작 부부의 행적에 대한 정보를 캐고 다녔다. 한바탕 순례를 도는 동안 그는 사람들 가운데 팽배해 있는 남작에 대한 거부감을 확인했고, 그 결과 필연적으로 이제는 부부의 집주인인 귀스타브 제롬 씨를 직접 만나 봐야겠다는 생각을 하게 되었다. 그는 시의회의원이면서 목재와 석탄 도매업을 하고 있는데, 특히 남작 부부와의 불화가 그 지역에서 심심풀이 화젯거리가 되고 있었다.

제롬 부부는 같은 고지대에 멋진 별장을 따로 하나 가지고 있었다. 그 집을 들어서는 순간 빅토르가 느낀 건 편안하면서도 부티 나는 분위기였고, 곧이어 확인한 건 어떤 소란과 반목의 기미였다. 아무리 초인종을 울렸지만 대답이 없기에 그냥 현관에 들어섰는데, 난데없이 2층으로부터 다투는 소리가 들려오면서 쿵쾅거리며 문 여닫는 소리와 남자의 맥없고 답답한 음성, 여자의 날카롭고 신경질적인 목소리가 한꺼번에 밀려오는 것이었다.

"당신은 한낱 주정뱅이일 뿐이야! 정말 당신이라는 사람 못 말리겠어! 시의회의원이신 므슈 귀스타브 제롬은 주정뱅이래요! 대체 어젯밤 파리에서 무얼 하다 왔냐고요?"

"그야 당신도 잘 알잖아. 드발과 사업상 저녁을 먹었지 뭐."

"흥, 계집년들도 물론 함께 있었겠지! 당신의 그 드발인가 뭔가 하는 치, 얼마나 놀기 좋아하는지 나도 다 알아! 그래, 저녁은 먹었다고 쳐.

그다음엔 폴리베르제르(파리에 있는 유명한 뮤직홀―옮긴이)로 납셨나? 발가벗은 여자들 실컷 감상하셨어? 춤추고 샴페인 터뜨리고 말이야?"

"이것 봐, 앙리에트. 당신 미쳤군! 다시 말하지만 드발을 데리고 자동차로 쉬렌(파리 근교의 마을―옮긴이)을 다녀왔단 말이야."

"그때가 몇 시였죠?"

"그건 잘 모르겠고."

"당연하죠, 이미 고주망태가 되었을 테니. 모르긴 몰라도 새벽 3~4시는 족히 됐을 거예요. 그저 어떻게든 내가 자는 틈을 타서……."

보아하니 말다툼이 점점 난투극으로 번질 모양이었다. 제롬 씨가 허겁지겁 계단으로 뛰쳐나와 구르듯이 달려 내려왔고, 그 뒤로 배우자가 악착같이 따라붙었다. 그러다 부부는 현관 어귀에서 웬 낯선 손님을 덜컥 맞닥뜨렸다.

"초인종을 울렸습니다만 아무 반응이 없으셔서, 외람되지만 이렇게……."

40대는 되어 보이는, 꽤 미남자인 귀스타브 제롬은 갑자기 화색이 돌면서 환하게 웃음을 터뜨렸다.

"허허허. 이거야, 나 원. 소리가 다 들렸겠네요? 그냥 하찮은 집안싸움이랍니다. 별 사소한 걸 가지고! 이래 봬도 앙리에트만 한 여자도 없다오. 좌우간 내 서재로 일단 들어가십시다. 그나저나 누구시더라?"

"강력반 빅토르 형사라고 합니다."

"아, 그 가엾은 레스코 영감 일 때문에 오셨소?"

빅토르는 얼른 말을 막았다.

"그보다는 당신의 세입자인 도트리 남작에 관해 물어볼 말이 있어서 왔습니다. 두 분은 어떤 사이입니까?"

"아주 나쁜 사이죠. 지금은 그들 부부에게 임대를 해준 상태입니다만, 실은 지난 10년 동안 그 아파트는 우리가 직접 살았던 곳입니다. 그런데 그 뒤부터는 노상 트집이다, 소송이다, 집달관 영장이다, 이거야원 하루도 편할 날이 없는 겁니다. 그것도 별 같잖은 문제들 가지고 말이죠. 예컨대 분명 아파트 보조열쇠를 그들한테 건넸는데, 글쎄 전혀받은 바 없다며 딱 잡아떼는 거예요! 한마디로 참 한심한 작태죠!"

"그래서 결국 주먹다짐까지 하셨고요?"

빅토르의 말에 제롬 씨는 히죽 웃으며 받아넘겼다.

"알고 계셨나요? 내 참, 누가 아니랍니까. 호되게 대판 싸웠죠. 그때남작 여편네가 내 이 콧등에 매서운 주먹 한 방을 날렸지 뭡니까. 분명지금은 뉘우치고 있을 겁니다만."

"그 여자가 뭘 뉘우치겠어요!"

바로 그때 제롬 부인이 불쑥 나타나 소리쳤다.

"그 성깔 더럽고, 게으름뱅인 데다, 하루 종일 성당에나 죽치고 있는여자가! 그리고 이봐요, 형사 나리. 그 남자는 말이죠, 결함이 많은 작자예요. 무일푼이면서 집세 한 번 제대로 낸 적이 없어요. 무슨 짓이든저지를 수 있는 자랍니다."

외모는 귀염성 있고, 호감 어린 데다 사랑스럽기까지 했으나, 거칠기 그지없는 목소리만은 화를 내고 욕이나 퍼붓는 게 제격이라 할 만한여자였다. 남편은 남편대로 아내의 말에 동조를 해야 했고, 설상가상인정보들을 토해내며 맞장구를 치기 시작했다. 즉, 그르노블에서 파산한전력과 리옹에서 있었던 지저분한 사연들, 사기와 협잡으로 엉망진창얼룩진 지난 과거의 온갖 무거운 이야기들.

빅토르는 더 이상 캐묻지 않았다. 돌아서 나오는 그의 등 뒤로 다시불붙기 시작하는 싸움 소리와 질리도록 악을 써대는 부인의 날카로운고함 소리가 극성스레 휘몰아쳤다.

"그래, 당신이 어디 있었다고? 대체 무슨 짓거리를 하다 온 거냐고! 시끄러워요, 이 더러운 거짓말쟁이 같으니!"

오후가 저물 무렵 빅토르는 다시 '카페 데 스포르'에 자리를 차지하고 앉아 별다른 기사 하나 찾아볼 수 없는 석간신문을 눈으로 훑었다. 그런데 잠시 있자니, 가르슈에 사는 어느 남녀가 방금 파리에서 오는 길이라며 자신들을 소개한 후, 파리 북부 역 근처에서 도리 남작이 어느 젊은 여자와 함께 택시 안에 있는 걸 목격했다는 것이었다. 운전석 옆에는 여행용 가방 두 개가 놓여 있었다고 했다. 과연 확실한 사실일까? 빅토르는 이런 종류의 증언일수록 신뢰하기 어렵다는 것을 그 누구보다 잘 알고 있었다.

그는 속으로 중얼거렸다.

'어쨌든 비교적 간단한 딜레마라고 볼 수 있어. 일단 남작이 국방공채를 가지고 벨기에로 튀는 것일 수 있겠지. 함께 있었다는 여자는 레스코 영감 집 창문에서 내가 봤던 그 미녀일 테고. 그게 아니라면 이 사람들이 뭔가 착각을 했다는 얘긴데, 그러면 이제 곧 평상시 시각에 맞춰 그자가 기차에서 내릴 테지. 물론 그 경우엔 표면에 보이는 모든 것과는 상관없이 지금까지의 추적이 잘못됐다고 볼 수밖에.'

빅토르는 역의 승객 전용 출구 근처에서 또다시 바이양과 맞닥뜨렸다.

기차 도착신호가 울렸고, 곧이어 모퉁이를 돌아드는 기차가 저만치 보였다. 30여 명 정도 되는 승객들이 우르르 내리기 시작했다.

순간 바이양이 팔꿈치로 빅토르의 옆구리를 찌르며 중얼거렸다.

"그자가 오는군요. 짙은 회색 외투에 중절모를 썼습니다. 남작이에요."

3

빅토르가 느낀 첫인상은 그리 부정적이지는 않았다. 남작의 태도 그 어느 곳에서도 초조함 같은 것은 찾아볼 수 없었다. 얼굴은 편안했고, 안정되어 보였다. 결코 열여덟 시간 전에 사람을 죽인 자의 얼굴이 아니었으며, 끔찍한 기억에 시달린다든가, 앞으로 행할 일들로 불안하거나 자신에게 닥칠 사태에 겁을 집어먹은 사람이라고는 볼 수 없었다. 한마디로 일상의 리듬을 따라 매일매일의 잡무를 깔끔하게 마무리하고 귀가하는 사내의 얼굴이었다. 그는 역무원에게 살짝 고갯짓으로 인사한 뒤 우측 집 방향으로 걸음을 옮겼다. 손에는 석간신문이 대충 접힌 상태로 쥐어져 있었고, 사내는 그걸로 길가의 철책들을 무심코 두드리며 걷고 있었다.

상당한 거리를 두고 뒤를 따르던 빅토르는 아파트가 저만치 보이자 걸음을 빨리해서 사내와 거의 동시에 건물 앞에 도착했다. 5층 층계참에 선 사내가 호주머니에서 열쇠를 빼내는 순간 빅토르가 말을 건넸다.

"도트리 남작이시죠?"

"무슨 일입니까?"

"잠시 얘기를 좀 나눴으면 해서요. 강력반 빅토르 형사라고 합니다."

놀랍게도 충격과 당혹, 이어서 애써 평정을 잃지 않으려는 의지가 한꺼번에 엿보였다. 특히 턱 근육이 사정없이 긴장하고 있었다.

정말이지 순식간에 일어난 변화였다. 하긴 선량한 사람들도 갑작스레 뜻하지 않은 경찰의 방문을 받으면 그 정도 긴장이야 얼마든지 할 수 있었다.

도트리 부인은 식당 창가에서 자수를 놓고 있었다. 그녀는 빅토르를 보자마자 자리에서 벌떡 일어섰다.

"가브리엘, 자리를 좀 피해줘야겠어."

남편은 아내를 포옹하며 속삭였다.

"사실 오늘 아침에 부인을 잠깐 뵐 기회가 있었습니다. 그냥 있으셔도 우리 대화에 방해될 일은 전혀 없어요."

빅토르가 끼어들자, 남작은 역시 전혀 놀라는 기색이 아니었다.

"아, 그렇습니까?"

그는 신문을 보여주며 말을 이었다.

"그렇지 않아도 좀 전에 당신 이름을 신문에서 봤었죠. 형사님이 전개하고 있는 조사에 관한 내용이었는데, 열차 정기권 소지자인 데다 하필 6시 기차의 주요 단골 승객인 나한테 뭔가 물어보실 말이 있을 것 같다는 생각이 들더군요. 일단 말씀드릴 수 있는 건, 지난 월요일 내가 누구와 함께 기차에 앉아 있었는지 전혀 기억나지 않는다는 것과 아무튼 무슨 수상쩍은 행동이나 노란 봉투 따위는 본 적이 없다는 사실입니다."

도트리 부인이 깐깐한 목소리로 끼어들었다.

"이봐요, 막심. 저 형사분은 훨씬 더 집요하답니다. 저기 가르슈 고지대에서 살인사건이 벌어진 밤중에 당신이 무엇을 하고 있었는지를 알고 싶어 해요."

대번에 남작은 펄쩍 뛰는 분위기였다.

"아니, 그게 다 무슨 얘기요?"

"바로 이게 살인용의자가 썼던 모자인데, 이웃집 담장 너머로 던져버렸더군요. 오늘 아침 마담 도트리께서 당신의 모자라고 확인해주셨습니다."

빅토르가 모자를 꺼내 보이며 말하자, 도트리는 얼른 말을 바로잡았다.

"보다 정확히는 내 모자였다고 해야 합니다. 이거 건넌방 벽장 속에 처박아두었던 모자 아닌가, 가브리엘?"

아내를 바라보며 던지듯 묻자, 즉각 대답이 따라나왔다.

"그래요. 내가 거기에 정리해둔 지 거의 2주는 되었죠."

"그걸 또 한 일주일 전쯤에 벌레 먹은 목도리하고 같이 내가 직접 쓰레기통에 처넣었단 말이거든. 아마 떠돌이 거지라도 지나가다가 꺼내간 모양이야. 자, 또 뭐가 문제죠, 형사님?"

"화요일과 수요일 밤에, 그것도 당신이 외출한 바로 그 시각에 '라비코크' 주변으로 이 챙 모자를 착용한 누군가가 배회하는 것이 목격된 바 있습니다."

"나야 머리가 좀 아파서 산책을 한 거지만, 그쪽으로는 가지 않았습니다."

"그럼 어느 쪽으로 갔나요?"

"생클루 대로 쪽으로 갔었지요."

"마주친 사람은 없었나요?"

"글쎄요, 누구 없었겠어요? 하지만 워낙에 내가 주의를 기울이지 않아서."

"그럼 목요일인 어제저녁에는 몇 시쯤 귀가하셨습니까?"

"밤 11시쯤이었죠. 저녁을 파리에서 먹었거든요. 아내는 자고 있었습니다."

"부인 말씀으로는 몇 마디 대화를 나누었다고 하던데요?"

"어, 그랬나, 가브리엘? 난 기억이 안 나는데."

여자는 얼른 다가들면서 말했다.

"웬걸요, 생각날 거예요. 잘 기억해봐요. 당신이 나를 안았다는 말을 하게 될까 봐 그러는 모양인데, 그게 무슨 흉이라고. 단지 내가 당신께

하고 싶은 얘기는 더 이상 이분 질문에 대답할 필요 없다는 거예요. 이 모든 게 정말 말도 안 되고, 너무나 엉뚱할 뿐이에요!"

가만 보니 여자의 얼굴이 단단히 굳었고, 양 볼은 묵직하니 늘어져 농진으로 좀 더 붉게 변해 있었다.

마침내 남작이 나섰다.

"가브리엘, 이분은 자신의 직무를 다하는 것뿐이야. 굳이 돕지 않을 이유가 없지. 형사 양반, 내가 오늘 아침 몇 시에 출발했는지도 정확히 해야만 하겠죠? 한 6시쯤 되었을 겁니다."

"기차를 타셨나요?"

"네."

"하지만 그 어느 역무원도 당신을 본 적이 없다고 합니다."

"역에 도착하고 보니 때마침 기차가 막 출발하고 난 뒤였지요. 그럴 경우, 나는 대개 여기서 25분 거리에 있는 세브르 역까지 가서 타곤 한답니다. 내 정기승차권만 있으면 얼마든지 가능하거든요."

"그곳에서도 당신을 아는 사람이 있나요?"

"여기보단 덜하다고 할 수 있죠. 워낙에 거긴 여행객들이 많은 곳이거든요. 객실에는 나 혼자 있었습니다."

대꾸하는 투가 전혀 흔들림 없고 단호했다. 어찌나 틀이 잘 짜여 논리적인 방어체계가 완벽한 답변들인지, 임시로나마 진실을 얘기하는 것으로 받아들이지 않을 수가 없었다.

빅토르는 결국 이렇게 얘기했다.

"므슈, 내일 나와 함께 파리로 가주실 수 있겠는지요? 거기서 당신이 어제 저녁식사를 함께했던 사람들도 만나보고, 오늘 오기 전에 봤던 사람들도 확인을 해보는 게 좋겠습니다만."

말을 마치기가 무섭게 가브리엘 도트리가 발칵 뒤집힌 표정으로 벌떡 일어나 다가서는 것이 아닌가! 순간 제롬 씨를 향한 여자의 주먹 한 방 생각이 났고, 그러다 보니 다소 우스꽝스럽게 느껴진 여자의 태도에 빅토르는 마냥 웃고 싶은 마음이었다. 여자는 간신히 진정한 듯 성화가 걸린 벽을 향해 한쪽 팔을 뻗으며 뇌까리기 시작했다.

"내 영혼의 구원을 걸고 맹세합니다!"

하지만 이처럼 저열한 공격에 신을 향한 맹세까지 운운한다는 건 좀 엉뚱하다 느꼈는지, 성호를 그으며 몇 마디 우물거리는 걸로 흐지부지 덮어버렸다. 그녀는 다정하게 남편을 포옹한 뒤 훌쩍 자리를 떴다.

두 남자는 서로 마주 보며 가만히 서 있었다. 남작은 고집스레 침묵을 지켰는데, 빅토르는 상대의 곱살한 외모가 어딘지 부자연스럽다는 것을 뒤늦게 깨닫고 내심 놀랐다. 자세히 들여다보니 많은 여성들이 그렇듯 보랏빛 감도는 연지를 양 볼에 찍어 바른 모습이었다. 그뿐만 아니라, 눈 주위가 거무스름하고 눈빛도 맥이 없으며 입술 양 끄트머리가 축 처진 인상이 영 심상치 않게 다가왔다. 너무도 뜻밖의 변모인 데다 시간이 흐를수록 상태가 점점 심해지고 있었다.

남작은 심각한 어조로 조용히 입을 열었다.

"형사 양반, 당신은 길을 잘못 들었습니다. 부적절한 돌발 상황 탓에 당신의 조사가 나의 비밀스러운 생활 속까지 파고든 것 같아요. 결국 내가 힘든 고백까지 해야 할 지경이에요. 실은 아내를 지극히 존경하고 애정으로 대하면서도, 그녀 몰래 지난 몇 달간 파리에서 은밀한 처신을 해오고 있답니다. 한마디로 내연관계에 빠진 여자가 한 명 있는데, 어제저녁도 그녀와 함께 보냈어요. 그 여자가 생라자르 역까지 배웅을 해주었고, 오늘 아침에도 7시부터 그녀와 죽 함께 있었습니다."

"그럼 내일 나와 함께 그 여자분한테 가는 겁니다. 내가 직접 자동차로 모시러 오죠."

명령을 내리는 듯한 빅토르의 태도에 남작은 잠시 머뭇대더니 결국 대답했다.

"그럽시다."

　빅토르는 면담을 끝내고 나오면서 확고한 현실과는 어딘가 맞아떨어지지 않는 이성과 감정에 번갈아가며 휘둘리는 기분이었다.

　바로 그날 금요일 저녁부터 그는 생클루의 경찰관 한 명을 교섭해, 한밤중에 이르기까지 남작이 사는 건물을 철저히 감시하도록 조치했다.

　하지만 수상쩍은 움직임은 전혀 없었다.

결정판 아르센 뤼팽 전집

3
남작의 정부

1

　가르슈에서 파리에 이르는 20분간의 여정은 글자 그대로 침묵이었
다. 아마 이러한 침묵, 상대의 이처럼 얌전한 태도가 빅토르에게는 의
혹을 점점 무겁게 만드는 요인이 되어주는 듯했다. 하긴 전날 화장기
어린 남작의 얼굴을 확인한 이상, 유달리 얌전한 그의 태도가 특별할
것도 없었다. 빅토르는 계속해서 상대의 얼굴을 관찰했다. 붉은 연지
흔적은 온데간데없었다. 다만 핼쑥해진 얼굴의 푹 꺼진 양 볼과 누렇게
뜬 안색이 불면과 신열로 뒤척인 간밤의 고통을 말해주고 있었다.
　"어느 동네입니까?"
　빅토르가 툭 던지듯 물었다.
　"뤽상부르 근처, 보지라르 가입니다."
　"여자 이름은요?"

"엘리즈 마송입니다. 폴리베르제르 단역 무용수였는데, 내가 빼내주었죠. 내가 자신을 위해 해준 일 때문에 무척 고마워하는 여자입니다. 폐병을 앓고 있거든요."

"그럼 당신 돈이 많이 들어가겠군요?"

"별로 그렇지도 않습니다. 여자 취향이 무척 담백하거든요. 다만 여자 때문에 일을 좀 덜 한다는 게 문제지요."

"그래서 집세 기한도 더 이상 지켜낼 수가 없는 거군요."

둘은 또 입을 다물었다. 빅토르는 남작의 정부가 어떤 여자일까 곰곰이 생각했고, 점차 강렬해지는 호기심을 느꼈다. 혹시 영화관의 그 여자가 아닐까? '라비코크'의 그 살인용의자 말이다!

비좁은 보지라르 가를 따라 낡고 큼직한 건물이 자그마한 셋방들을 다닥다닥 거느리고 들어서 있었다. 그 건물 4층, 남작은 왼쪽 문을 노크하고 초인종을 울렸다.

젊은 여자 한 명이 득달같이 문을 열며 양팔을 벌려왔고, 바로 그 순간 빅토르는 머릿속에 간직하고 있는 그 여자가 아니라는 것을 깨달았다.

"당신이군요! 근데 혼자가 아니네요? 친구인가요?"

여자의 말에 남작이 대답했다.

"아니야. 이분은 경찰이셔. 지금 둘이 함께 국방공채 사건에 대한 정보를 찾아다니고 있지. 실은 나도 어쩌다 보니 얽혀들었거든."

여자의 안내로 자그마한 방 안에 들어서고 나서야 빅토르는 그녀 얼굴을 자세히 살필 수 있었다. 척 봐도 건강이 나쁘다는 걸 알 만했다. 퀭하게 푸른 눈동자와 헝클어진 갈색 머릿결, 전날 남작의 볼에서 확인했던 보랏빛 감도는 붉은 연지가 광대뼈를 두드러지게 만들고 있었다. 평범한 실내복 차림에, 목에는 녹색 줄무늬가 그려진 오렌지빛 넉넉한 머플러를 아무렇게나 둘렀다.

마침내 빅토르가 입을 열었다.

"간단한 절차만 따라주시면 됩니다. 몇 가지 질문을 하겠는데요. 그 저께 목요일, 므슈 도트리를 만나셨나요?"

"그저께요? 가만, 생각 좀 하고요. 아, 맞아요! 점심을 하러 와서 저 녁까지 드셨지요. 밤에 역까지 배웅해드렸고요."

"어제 금요일엔 어땠습니까?"

"어제는 아침 7시가 되자마자 오셨어요. 오후 4시가 되도록 이 방에 서 둘이 꼼짝도 하지 않았고요. 그러고 나서 언제나처럼 편안한 마음으 로 이이를 데리고 밖으로 산책을 나갔습니다."

빅토르는 여자가 말하는 투로 봐서 사전에 미리 정해진 대로 얘기한 다는 것을 직감했다. 그러나 진실이란 때론 거짓말과 똑같은 어조로 말 해질 수도 있는 것 아닐까?

빅토르는 안을 한번 둘러보기로 했다. 엉성하게 짜여진 구획에 따라 화장실이 하나 있었고, 부엌공간과 비좁은 옷방이 자리 잡고 있었는데, 거기 옷가지들을 헤쳐보니 난데없는 여행용 자루 하나와 천으로 만든 가방이 마치 공기로 부푼 듯 불룩한 상태로 방치되어 있었다.

문득 고개를 돌리자 젊은 여자와 정부 사이에 심상치 않은 시선이 잽 싸게 오고 가는 게 느껴졌다. 빅토르는 가방을 열어보았다.

한쪽에는 여자 속옷과 반장화 한 켤레, 그리고 옷 두 벌이 쟁여 있었 고, 다른 한쪽에는 남자 셔츠들과 재킷이 한 벌 들어 있었다. 여행용 자 루에는 피자마 한 벌과 실내화 몇 켤레, 화장품상자가 있었다.

"언제 여행이라도 떠날 작정이셨던 모양이죠?"

빅토르는 일어서면서 슬쩍 말을 건넸다.

남작은 한 걸음 바짝 다가들더니 강렬한 눈빛으로 그를 노려보면서 속삭였다.

"이것 보시오, 도대체 당신이 무슨 권리로 남의 짐을 이따위로 뒤지는 거요? 이 모든 게 정식 가택수색이라도 되는 거요? 무슨 명목으로? 어디 영장이나 가져오셨소?"

빅토르는 문득 싸늘한 위협을 느꼈다. 지금 눈앞의 사내는 있는 대로 흥분한 상태이며, 그 눈동자 속에는 실제로 혹독한 살의가 엿보이는 것이었다.

그는 호주머니 속으로 손을 넣어 권총을 덥석 움켜쥐고는 상대 앞에 떡 버티고 서서 말했다.

"어제 북부 역 근처에서 당신이 가방 두 개를 들고 있는 걸 목격한 사람들이 있소. 당신 정부도 함께 있었다고 했어요."

남작은 대번에 소리쳤다.

"헛소리! 기차는 타지도 않은 데다, 줄곧 여기 있었는데 무슨 헛소리를 하는 거요? 좌우간 이젠 탁 터놓고 얘기해야 할 것 같소. 대체 나한테 뭘 뒤집어씌우려는 거요? 내가 노란 봉투를 날치기했다는 거요? 아니면 설마……."

남작의 음성이 한층 나지막하게 깔렸다.

"설마 레스코 영감을 살해했다는 거요? 그런 거요, 정말?"

순간 탁한 비명 소리가 터져나오면서 엘리즈 마송이 허옇게 질린 얼굴로 가쁜 숨을 몰아쉬며 더듬거리기 시작했다.

"세상에, 지금 뭐라고 하시는 거예요? 이 사람이 당신더러 사람을 죽였다는 거예요? 가르슈의 누군가를 죽였다고 이러는 거냐고요!"

남작은 대답 대신 갑자기 너털웃음을 터뜨렸다.

"허허허. 내 참, 자칫 까딱하다가는 진짜 그런 줄 알겠다니까! 이거 보세요, 형사 나리. 뭐 심각한 얘기라고는 생각지 않습니다. 맙소사, 내 마누라한테도 그렇게 질문공세를 펴놓고선."

가까스로 홍분을 가라앉히면서 험악한 인상도 차츰 푸는 기색이었다. 빅토르도 권총 손잡이를 슬그머니 풀고는, 도트리의 계속되는 푸념을 한쪽 귀로 흘리며 건넌방처럼 사용하는 정방형의 공간으로 건너 갔다.

"허허, 그것참. 경찰이 이토록 뭘 열심인 건 난생처음 봅니다! 그래서 그렇게 허구한 날 죽만 쑨 건지 몰라도. 제기랄! 이것 보시오, 형사 나리. 그 가방들 말이오. 그거 벌써 몇 주 전부터 준비해둔 것들이오. 우리 둘은 항상 저 남프랑스 지방으로 여행하는 게 꿈이었소. 하지만 늘 뭐가 잘 맞아 돌아가지가 않았지."

젊은 여자는 커다란 눈동자로 낯선 불청객을 바라보며 가만히 듣고 있다가 중얼거렸다.

"어떻게 감히 당신한테 뒤집어씌우는 거지! 당신이 살인자라니!"

빅토르의 머릿속에 하나의 깔끔한 계획이 떠오른 건 바로 그때였다. 일단 이 두 연인 사이를 떼어놓은 뒤, 남작을 따로 경시청으로 데리고 가서 일단 상부와 논의를 거쳐 이곳에 대한 즉각적인 가택수색을 단행할 필요가 있을 것 같았다. 비록 그 자신의 취향에는 맞지 않는 작전이지만, 이 상황에서는 어쩔 수 없다는 판단이었다. 만에 하나 국방공채가 이곳에 있는 거라면, 무슨 수를 써서라도 또다시 새어나가게 방치해서는 곤란했던 것이다.

그는 곧장 여자를 향해 말했다.

"당신은 여기서 좀 기다려주십시오. 그리고 므슈, 당신은……."

워낙 강력한 카리스마를 내세우며 활짝 열린 문을 가리키는 바람에, 남작은 찍소리도 못하고 조용히 빅토르 앞을 지나쳐 계단을 내려가 카브리올레형 자동차의 뒷좌석에 얌전히 착석했다.

저만치 길모퉁이에서는 경찰관 한 명이 교통을 감시하고 있었다. 빅토르는 신분을 밝힌 뒤, 자동차와 그 안에 탄 사람한테서 시선을 떼지 말 것을 당부했다. 그러고는 건물 1층 포도주 상점으로 들어가 뒷방에 설치된 전화기를 찾았다. 경시청과의 통화를 시도했으나, 수사과와 연결이 되기까지는 한참을 기다려야 했다.

"아, 르페뷔르, 당신이오? 나 강력반 빅토르요. 다름이 아니라, 지금 즉시 보지라르 가와 뤽상부르 모퉁이로 경찰관 두 명을 보내주실 수 있는지? 아, 크게 좀 말해요…… 뭐라고? 생클루로 나한테 전화를 했었다고? 지금 생클루에 있는 게 아닌데…… 뭐요? 나와 얘기를 좀 했으면 한다고? 누가요? 수사국장이? 마침 나도 막 가려던 참인데…… 하지만 먼저 두 명만 좀 보내줘야겠소. 지금 당장, 알겠죠? 아차, 한 가지만 더, 르페뷔르! 감식과에 혹시 엘리즈 마송에 관한 색인카드가 있나 좀 봐줘요. 전직 폴리베르제르 무용수인데…… 그렇지, 엘리즈 마송……."

그로부터 15분 후, 두 명의 형사가 자전거를 타고 당도했다. 그들에게 우선 엘리즈 마송의 인상착의부터 상세히 설명하면서 4층에서 절대로 빠져나가지 못하도록 해야 한다고 지시한 뒤, 빅토르는 도트리 남작을 경시청으로 데리고 가서 동료 형사들에게 인계했다.

2

고티에 씨는 매우 명민하고 능수능란한 경찰로서, 사람 좋은 호인 같은 인상 너머로 섬세한 이성과 날카로운 판단력을 감춘 인물이었다. 그는 제법 단단한 체구와 인상을 갖춘, 땅딸막하고 나이 지긋해 뵈는 남

결정판 아르센 뤼팽 전집

자 한 명과 함께 집무실에서 빅토르가 오기만을 기다리고 있었다. 남자는 빅토르의 직속 상관 중 한 명인 몰레옹 과장이었다.

수사국장은 빅토르를 보자마자 외쳤다.

"이봐요, 빅토르. 대체 어찌 된 영문이오? 우리와 긴밀한 연락을 취하라고 스무 번도 더 일렀거늘. 도대체 이틀이나 감감무소식이니! 생클루 경찰서는 그쪽대로 일처리를 하고 있고, 우리 형사들은 또 따로 행동하는가 하면, 당신은 또 당신 멋대로 돌아다니고 있지 않소! 전혀 연계가 안 돼요. 무슨 계획이 맞물려 돌아가는 것도 아니고 말이야."

빅토르는 전혀 동요 없이 대꾸했다.

"그러니까 다시 찬찬히 말하자면, 국방공채 도난사건과 '라비코크' 살인사건 모두가 국장님 뜻대로 전혀 진전이 되고 있지 않다는 말씀이죠?"

"빅토르, 당신도 마찬가지 생각 아니오?"

"저는 그리 불만족스럽다고는 생각지 않습니다. 솔직히 말해서 저도 그다지 열의를 쏟은 게 아닌 건 분명합니다. 사건 자체가 흥미로운 건 사실이나 뭔가 사로잡는 맛이 부족해요. 뭐랄까, 지나치게 지리멸렬하다고나 할까. 고만고만한 인물들만 중구난방으로 날뛰고, 제각각 허둥대기만 할 뿐 심각하게 고려할 만한 적수도 보이지 않고 말이죠."

수사국장은 은근한 말투로 말했다.

"정 그렇다면 이쯤에서 손을 떼게. 몰레옹이 아르센 뤼팽을 완전히 안다고는 할 수 없지만, 전에도 몇 차례 싸운 적이 있고, 비교적 오랜 기간 그자한테 길이 들어서 현재로선 그 누구보다 자격이……"

빅토르는 무척 당혹한 표정으로 수사국장 앞에 바짝 다가서며 말했다.

"지금 뭐라고 하셨나요, 국장님! 아르센 뤼팽이라고요? 정말 확실한 겁니까? 그가 이번 사건에 연루되었다는 증거가 있어요?"

"완벽한 증거가 있지. 아르센 뤼팽은 스트라스부르에 한 번 나타난 적이 있고, 거의 체포당할 뻔했다는 사실은 당신도 잘 알고 있을 거요. 그런데 은행에 맡겨진 뒤 은행장의 부주의로 서랍 속에 아무렇게나 방치된 노란 봉투는 원래 아홉 장의 국방공채 실소유자인 스트라스부르 출신 어느 실업가의 금고 속에 얌전히 있던 거였소. 그 실업가가 마침 봉투를 은행에 위탁한 바로 다음 날, 문제의 금고 문이 뜯겨나갔다는 사실이 이제야 밝혀졌단 말이오. 과연 누구 짓이었겠소? 최근 우리 수중에 들어온 편지 조각을 보면 그게 누구인지 대번에 답이 나오지. 다름 아닌 아르센 뤼팽!"

"그 편지가 정말 아르센 뤼팽이 쓴 거란 말입니까?"

"그렇다니까."

"수신자는요?"

"아마도 정부한테 보낸 듯하오. 다른 것보다 이런 내용이 주목할 만하더군."

내가 놓친 채권들은 아무래도 알퐁스 오디그랑이라는 은행원의 손에 의해 후무려진 듯하오. 당신이 괜찮다면, 파리에서 그의 종적이 어찌 되는지 한번 추적해봐주면 좋겠소. 이번 일요일 저녁에 내가 그리 당도하리다. 실은 나한테 그 문제는 더 이상 큰 흥밋거리는 못 된다오. 그것 말고 다른 건수에 몰두하고 있거든…… 1000만 프랑짜리 건수지. 그만하면 내가 움직일 만도 하지 않겠소? 지금까지는 비교적 순조로이 진행되어가고 있다오.

"물론 서명은 없겠죠?"

"웬걸! 여길 보시오!"

Ars. L.

"일요일이라면 당신이 시네 발타자르에 갔었던 날이고, 알퐁스 오디
그랑과 그의 정부도 함께 거기 있었던 날 아니오?"

고티에 씨가 결론 삼아 묻자, 빅토르는 큰 소리로 덧붙였다.

"또 다른 여자도 한 명 더 있었지요! 무척 미인이었는데, 틀림없이 오
디그랑을 감시하는 듯했답니다. 바로 그 여자가 간밤에 레스코 영감 살
해사건이 벌어진 직후, 현장에서 줄행랑치는 게 제 눈에 걸린 거예요."

그는 방 안을 이리저리 서성대며 안절부절못하는 기색이었는데, 원
체 자기를 잘 다스리는 평소 모습으로 볼 때 뜻밖의 광경이었다.

급기야 그가 말했다.

"국장님, 그 빌어먹을 놈이 걸려 있는 사건이라면 아무래도 이 몸이
본격적으로 뛰어들어야 할 것 같습니다."

"당신, 그자를 상당히 증오하는 모양이오?"

"제가요? 한 번 본 적도 없는걸요. 이브와 아담보다도 제게는 더 낯
선 인물입니다. 그도 나를 알 턱이 없고요."

"그런데도 뛰어들겠단 말이오?"

빅토르는 어금니를 악물며 대답했다.

"어차피 그자와 나 사이에는 해결을 봐야 할 문제가 있습니다. 아주
중요한 문제죠. 하지만 일단 눈앞에 닥친 일부터 얘기하겠습니다."

그는 전날 했던 일들과 오전 중에 거쳤던 일들을 상세하게 늘어놓았
다. 즉, 가르슈를 발로 누비며 조사한 일과 도트리 부부와의 면담, 제롬
부부와의 면담, 그리고 엘리즈 마송과의 면담 등등. 특히 그 여자에 관
해서는 오다가 감식과에 들러 뽑아온 색인카드를 따로 내밀었다.

"알코올중독자인 아버지와 결핵 환자인 어머니 사이에서 태어났고,

곧바로 고아로 자랐습니다. 폴리베르제르에서 일하던 중 동료들 숙소를 몇 차례 도둑질하다 들켜서 방출되었죠. 몇 가지 단서에 의할 것 같으면, 현재 그녀는 국제 절도조직에 정보통으로 일을 해주고 있는 걸로 파악됩니다. 그녀 역시 중증 결핵 환자이고요."

잠시 침묵이 흘렀다. 고티에 씨의 태도로 미루어 지금 빅토르의 업무 보고는 대단히 만족할 만한 수준인 모양이었다.

"당신 의견은 어떻소, 몰레옹?"

수사과장은 자연스레 유보적인 태도를 내비치며 대답했다.

"잘한 일이긴 합니다만, 좀 더 면밀히 검토할 필요가 있겠군요. 괜찮다면 제가 직접 나서서 남작에 대한 신문을 진행해보면 어떨까 합니다."

빅토르는 늘 그렇듯 건방진 태도로 웅얼거렸다.

"그럼 혼자 맡아서 잘 해보시죠. 난 내 차에서 기다리고 있을 테니."

마침내 수사국장이 정리했다.

"자, 그럼 오늘 저녁 이곳에 다들 다시 모이는 걸로 하겠소. 그러고 나서 진지한 사항들을 제대로 추려 방금 파리 검찰청에서 시작한 예심에 제출하기로 합시다."

그로부터 한 시간이 지난 뒤, 몰레옹은 남작을 차 있는 곳까지 데리고 나오더니 빅토르를 향해 툭 내뱉듯 말했다.

"이 작자와는 더 이상 볼 일이 없겠어."

"그래도 엘리즈 마송 집에는 가봐야 하지 않겠습니까?"

빅토르가 제안하자, 수사과장은 즉각 퉁명스레 나왔다.

"쳇, 그 여자는 이미 감시당하고 있는걸! 우리가 당도하기도 전에 이미 가택수색까지 죄다 치러져 있을 거요. 내 생각에는 그보다 더 급히 규명할 일이 있소."

"뭡니까?"

"가르슈 시의회의원이자, 도트리 부부의 집주인인 귀스타브 제롬이 과연 살인사건이 벌어졌을 때 무얼 하고 있었나 하는 점이지. 그의 아내조차 같은 의문을 제기하고 있는 만큼, 방금 주소를 확보한 그의 친구 펠릭스 드발에게 우선 그 문제를 직접 물어봐야겠어. 생클루의 부동산업자 말일세."

빅토르는 그저 어깨를 한 번 으쓱하고는 운전석에 자리를 잡았다. 옆에는 몰레옹이 탔고, 도트리와 형사 한 명이 뒷좌석에 앉았다.

생클루에 도착해 두 명의 경찰관이 펠릭스 드발의 사무실로 들이닥쳤지만, 턱수염을 잘 가다듬은 이 갈색 머리의 훤칠한 사내는 말이 나오자마자 다짜고짜 실소부터 터뜨렸다.

"허허, 나 원 참! 내 친구 제롬을 놓고 대체 무슨 안 좋은 작태가 벌어지고 있기에 죄다 이러는 거지? 오늘 아침부터 그 집 안주인에게 전화가 오질 않나, 그 뒤로 벌써 신문기자라며 두 명이 들이닥치질 않나."

"무엇 때문에 왔답니까?"

"그저께 목요일 밤, 그 친구 귀가 시각을 자꾸만 묻는 거예요."

"그래서 뭐라고 대답했죠?"

"당연히 있는 그대로 답해줄 수밖에요! 그 친구가 나를 집까지 배웅해준 게 10시 반이니까."

"그래서 그 사람 부인이 한밤중이 되어서야 남편이 귀가했다고 강변하는 거로군요."

"그랬을 겁니다. 그 여자, 마치 질투의 화신이라도 되는 듯 지붕 꼭대기에 올라가 동네방네 떠들어대는 것만 봐도 알 만하죠. '밤 10시 반 이후로 뭐하고 돌아다닌 거야? 대체 어디 있었던 거냐고?' 결국 그러다

보니 사법당국까지 나섰고, 신문기자들이 내 집을 다 찾아오시는 것 아닙니까. 문제의 그 시간대에 범죄사건이 일어나는 통에 내 가엾은 귀스타브가 의심을 받는 것 아니겠냐고요!"

그는 정말이지 대차게 웃어젖혔다. 귀스타브가 도둑에다 살인자라니! 파리 한 마리 죽이지 못하는 귀스타브가!

"당신 친구, 그 당시 좀 취한 상태였죠?"

"오, 별로 그렇지 않았어요! 다만 워낙 쉽게 달아오르는 타입이죠. 심지어 여기서 500여 미터 떨어진 교차로의 술집으로 나를 끌고 가다시피 하려 했을 정도이니까요. 거긴 자정이나 되어야 문을 닫는다는 겁니다. 오, 못 말리는 귀스타브!"

두 경찰관은 곧장 문제의 술집으로 가보았다. 조사 결과, 실제로 그저께 밤 10시 반 조금 지나서 그곳 단골인 귀스타브 제롬 씨가 찾아와 퀴멜주 한 잔을 비우고 갔다는 것이었다. 그러고 보니 의문점은 점점 더 뚜렷하게 부각되는 셈이었다.

'과연 귀스타브 제롬은 밤 10시 반에서 한밤중까지 무얼 하며 지낸 것일까?'

도트리 남작과 그에 대한 감시 임무를 맡은 경찰 한 명을 남작의 집 문 앞에 내려놓은 다음, 나머지 일행은 몰레옹의 뜻에 따라 제롬의 별장까지 밀어붙이기로 했다.

하지만 부부는 어디 나가고 둘 다 없었다.

"점심이나 듭시다. 시간이 너무 지났군."

몰레옹이 말했다.

'카페 데 스포르'에 자리 잡은 빅토르와 몰레옹은 몇 마디 말조차 나누지 않고 각자 끼니만 때웠다. 빅토르는 특히 입을 꼭 다물고 거친 태도를 보여, 수사과장의 호들갑을 얼마나 같잖게 여기고 있는지 노골적으로 드러냈다.

마침내 몰레옹이 외쳤다.

"좋소! 그러니까 결국 당신은 그 작자의 행적에 이상한 점이 있다는 판단이 아니라는 거요?"

"그 작자라니, 어떤 작자 말입니까?"

"귀스타브 제롬 말이오."

"귀스타브 제롬? 내가 보기에 그자는 부차적인 문제일 뿐입니다."

"이런 제기랄! 그럼 대체 당신은 뭘 생각하고 있는 건지 어디 들어나 봅시다!"

"지금 즉시 엘리즈 마송 집에 들이닥쳐야 한다는 거죠."

걸핏하면 흥분해 고집 부리기 일쑤인 몰레옹은 그 말에 더더욱 악을 썼다.

"내 생각은 달라! 내 생각은 마담 도트리를 보러 가는 거라고! 자, 어서 갑시다!"

"뭐 그럽시다."

받아넘기는 빅토르의 어깨가 다시 한번 노골적으로 들썩했다.

남작 부부를 지키도록 되어 있는 경찰관은 집 앞 보도 위에 붙박여 있었다. 일행은 계단을 올라갔고, 초인종은 몰레옹이 울렸다. 곧이어 문이 열렸다.

막 안으로 들어서려는데, 저 아래로부터 급하게 부르는 소리가 모두의 발목을 잡았다. 경찰 한 명이 헐레벌떡 계단을 달려 올라왔다. 엘리즈 마송이 사는 보지라르 가의 건물을 지키라고 박아놓았던 두 명의 자전거경찰관 중 한 명이었다.

"무슨 일이오?"

"여자가 살해당했습니다! 목이 졸린 것 같아요!"

"엘리즈 마송 말인가?"

"네!"

3

몰레옹은 무척이나 충동적인 사람이었다. 동행인이 원했던 대로 보지라르 가부터 손보지 않은 자신의 잘못을 깨닫고 나서 그가 보인 반응은, 다짜고짜 골을 내면서 누굴 붙들고 늘어져야 할지 몰라 무조건 도트리 부부가 있는 집 안으로 치닫고는 고래고래 악을 써대는 것이었다. 마치 그럼으로써 상대의 무리수를 유발해 어떻게 면피라도 해보려는 속셈임이 분명했다.

"여자가 살해당했다잖아! 결국 이렇게 되고 만 거야! 그 가엾은 여자가 위험에 처해 있다는 말을 왜 우리한테 안 해준 거냐고? 누군가 그 여자를 죽였다면, 그건 도트리 당신이 문제의 채권 다발을 그 여자한테 맡겨서 그런 거야! 그 사실을 누군가 눈치챘고! 도대체 누구지? 어때, 이젠 좀 우릴 도울 준비가 되셨나?"

빅토르가 당장 뜯어말리려 했지만, 몰레옹의 고집은 만만치 않았다.

"뭘 어쩌자고? 신중히 처신하자 이건가? 내가 원래 그런 타입이 아니오! 도트리의 정부가 살해당했다잖소! 지금 당장 이 작자한테 우릴 도울지 말지를 묻고 있는 거요. 지금 당장 말이오! 더 이상 지체하지 말고!"

이런 상황에서 누군가 반응을 보인다면, 일단 도트리 씨는 아니었다. 그는 난데없이 다그쳐대는 몰레옹의 거친 말들의 진의를 가늠하려고 두 눈을 휘둥그레 뜬 채 쩔쩔매고 있을 뿐이었다. 문제는 가브리엘 도트리였다. 슬그머니 자리에서 일어난 그녀는 꼿꼿한 자세로 남편을 뚫어져라 바라보고 있었다. 남편이 '꿈틀'이라도 해주기를, 뭐라고 반론이라도 뱉어주기를 기대하는 눈치였다. 이윽고 그녀는 비틀비틀 넘어질 듯 어딘가에 기대야 할 지경이 되었다. 급기야 몰레옹의 입이 다물어지자, 그녀가 더듬거렸다.

"당신한테 정부가 있었다고? 당신! 당신한테! 막심! 당신이 정부를…… 그래서 매일 파리에 가기만 하면……."

농진으로 불그스레한 볼이 잿빛으로 변해가는 동안 계속해서 나지막이 뇌까렸다.

"정부라니! 정부라니! 어떻게 이럴 수가! 당신이 정부와 놀아나다니!"

마침내 남편의 입에서도 나직한 음성이 신음처럼 새어나왔다.

"용서해줘요, 가브리엘. 나도 모르게 그만 일이 그렇게 되었어. 그런데 이제 그 여자가 죽었다는군."

가브리엘은 부랴부랴 성호를 그으며 중얼거렸다.

"여자가 죽었어."

"당신이 들은 대로야. 지난 이틀 동안 일어난 일 모두가 너무도 끔찍하다오. 나도 도무지 영문을 모르겠어. 그냥 악몽이야. 대체 왜 나를 가지고 들볶는 거지? 왜 이 사람들은 나를 잡아 가두지 못해 안달이냐고."

여자는 부르르 몸서리를 쳤다.

"당신을 잡아 가두다니. 당신 미쳤군요. 당신을 잡아 가두다니요?"

여자는 갑작스레 절망감이 복받치는지 느닷없이 바닥에 엎어지고는 무릎을 꿇은 자세로 수사과장을 향해 두 손을 깍지 껴 모은 뒤 애원했다.

"안 됩니다, 안 돼요. 당신한테 그럴 권리는 없습니다. 맹세컨대 이이는 결백해요. 뭐라고 했죠? 레스코 영감의 살해범이라고요? 하지만 그때 내 곁에 있었던걸요. 아, 제발 내 영혼을 걸고 맹세합니다. 나를 껴

안고 있었단 말이에요. 그러고, 그러고 나서…… 이이 품에 안긴 채 나는 잠이 들었어요. 네, 분명히 이이 품에 안긴 채 말이에요. 그런데 당신이 뭘 어쩌겠다는 거죠? 이러면 안 되는 거 아닙니까? 이러면 너무한 거 아니에요?"

그러고도 몇 마디 더 더듬거렸는데, 목소리가 빠르게 잦아드는 바람에 무슨 소리인지 더는 분간할 수조차 없었다. 결국 여자는 실신해버렸다.

하긴 배신당한 여자의 고통과 갑작스러운 두려움, 난데없이 튀어나오는 애원과 그에 뒤이은 실신 모두 지극히 당연하면서 진솔한 반응이라 할 수 있었다. 여자가 거짓 연기를 하고 있다고는 도저히 생각할 수 없었다.

막심 도트리는 아내를 돌볼 겨를도 없이 눈물만 흘렸다. 잠시 후, 반쯤 정신이 돌아온 여자는 그보다 더 서글프게 흐느껴 울기 시작했다.

몰레옹은 빅토르의 팔을 한쪽 구석으로 잡아끌었다. 언뜻 보니 현관에서 늙은 하녀 안나가 문에 바짝 붙어 귀를 기울이고 있었다. 수사과장은 그냥 툭 내뱉고 말았다.

"당신이 이들한테 오늘 저녁까지 꼼짝 말라고 이르시오. 아니, 내일까지로 하지. 그러지 않으면 저 아래 지키고 있는 경찰의 제지를 당할 거라고 말이오."

차에 돌아온 그는 비로소 지친 어조로 말했다.

"저 여자, 거짓말하는 걸까? 하긴 누가 알겠어! 연극 곧잘 하는 여자들을 어디 한두 명 봤어야지! 당신 생각은 어떻소?"

빅토르는 굳게 입을 다물고만 있었다. 그뿐만 아니라, 차를 무섭게 몰아댔다. 너무 속도가 빨라 몰레옹은 어떻게든 말리고 싶었지만, 감히 그럴 엄두가 안 났다. 공연히 자극해서 빅토르가 더욱 속도를 배가시킬까 봐 두려웠던 것이다. 두 사람은 서로 상대에게 잔뜩 화가 나 있었다. 경시청 수사국장이 억지로 끼워 맞추다시피 한 바람에 붙어 있게 된 두 사람은 서로 협력하기는커녕 도무지 아귀가 맞는 부분이 없었다.

몰레옹의 부글대는 심정은 보지라르 가 모퉁이에 꾸역꾸역 모여든 군중을 지나 건물 안으로 들어설 때까지 그 기세가 여전했다. 반면 빅토르는 완전히 평정을 되찾아 침착한 모습이었다.

다음은 그에게 보고된 정보들 중에서 그 자신이 특별히 주목해둔 내용이다.

오후 1시, 가택수색 임무를 띤 형사들이 4층 층계참에 서서 수차례나 헛되이 초인종을 눌러댔다. 그들은 밖에서 지키고 있던 자전거경찰관들로부터 엘리즈 마송이 건물 밖으로 벗어나지 않았다는 사실을 전해 듣고 나서야 가장 가까운 곳의 자물쇠공을 불러들였다. 이윽고 문이 열렸고, 들어서자마자 형사들 눈에 부닥친 것은 침대 겸용 디방에 벌렁 드러누운 엘리즈 마송의 처참한 몰골이었다. 얼굴은 납빛으로 변했고, 두 팔은 뻣뻣해진 채 양 손목은 격렬한 몸부림의 여파로 잔뜩 뒤틀려 있었다.

핏자국은 어디에도 없었다. 흉기도 보이지 않았다. 실내의 가구들 어디에도 누군가와의 몸싸움 흔적은 찾아볼 수 없었다. 다만 얼굴이 무섭게 부풀어 있었고, 거무튀튀한 반점들로 뒤덮였을 따름이었다.

법의학자는 다음과 같이 선언했다.

"매우 의미심장한 반점들입니다. 노끈이나 수건 같은 걸로 교살당했습니다. 아니면 머플러가 사용됐을 수도 있겠죠."

빅토르는 희생자가 목에 두르고 있던 초록 줄무늬의 오렌지색 머플러가 사라지고 없는 걸 즉각 눈치챘다. 그 부분을 물었으나 머플러를 본 사람은 아무도 없었다.

묘한 사실은 어떤 서랍도 손댄 흔적이 없고, 거울장도 깨끗하다는 점이었다. 빅토르는 여행용 자루와 가방이 당일 아침 놓아둔 상태 그대로임을 확인했다. 이 모든 정황들로 미루어보건대 살인자는 결코 국방공채를 노린 것이 아니며, 그것들이 아파트 안에 없다는 걸 사전에 알고 있었다는 얘기였다.

질문을 받은 관리인은 자신이 머무는 숙소 위치에 결함이 있다는 점을 지적하면서, 들고나는 사람들을 항상 분간하기도 어렵거니와, 세대수만 고려해보더라도 그 인원이 얼마나 많겠느냐며 난감해했다. 요컨대 자신은 이상한 점을 전혀 발견하지 못했으며, 그 어떤 단서도 줄 만한 게 없다는 것이었다.

갑자기 몰레옹이 빅토르를 한쪽으로 잡아끌었다. 6층 세입자 중 한명이 정오가 되기 조금 전, 3층과 4층 중간쯤에서 급하게 계단을 뛰어내려오는 여성과 마주쳤다는 것이다. 아울러 4층 문들 중 하나가 반짝열렸다가 닫힌 것 같더라고 했다. 그는 문제의 여성이 여직공 같은 단출한 복장이었다고 기억했다. 얼굴은 일부러 가리는 듯해서 제대로 보지 못했다고 했다.

몰레옹이 덧붙였다.

"법의학자 말로는 사망 시각이 거의 아침 시간 막바지쯤에 해당된다는 거요. 다만 원래 건강이 좋지 않았다는 점을 감안하면 두세 시간 정도 오차는 있을 수 있다는 거지. 또 하나, 1차감식 결과 살인범이 분명 건드렸을 물건들에 그 어떤 지문도 나타나지 않는 이유는, 흔히 그렇듯 범인이 장갑을 끼는 조심성을 발휘했기 때문으로 볼 수도 있다는 거요."

빅토르는 구석에 자리를 잡고 앉아 두 눈을 부릅떴다. 그는 골동품을 하나하나 들었다 놓으며 벽을 검사하고 커튼을 젖혀보는 등, 꼼꼼하게 방 전체를 파헤치는 형사들 중 한 명을 유심히 바라보았다. 밀짚을 꼬아 엮어 만든, 이미 낡을 대로 낡은 담배상자 하나가 살짝 열리고 내용물이 비워졌다. 내용물이라고 해봐야 허옇게 색이 바래 상태가 무척 안 좋은 사진 열다섯 장 정도가 고작이었다.

이번에는 빅토르가 직접 그 사진들을 살펴보았다. 친구들과 놀면서 제멋대로 찍은 아마추어 수준의 사진들이었다. 단역 무용수에서부터, 파리 양장점 재봉사, 상점 점원에 이르기까지 엘리즈 마송의 친구들이 줄줄이 얼굴을 내밀었다. 그런데 담배상자 바닥에 깔려 있던 얄팍한 종이 뭉치마저 살짝 벗겨보자, 다른 사진들과 비슷했지만 그보다는 훨씬 잘 찍은 사진 한 장이 네 번 고이 접힌 상태로 놓여 있는 게 아닌가! 사진 속에 희미하게 떠오르는 주인공이 시녀 발타자르와 '라비코크'의 바로 그 수수께끼 같은 여인이라는 데는 이론의 여지가 없어 보였다.

그는 슬그머니 상자째로 호주머니 속에 넣은 뒤, 아무에게도 얘기하지 않았다.

4
체포

1

수사국장이 예고한 회동은 지정 수사판사인 발리두 씨의 집무실에서 이루어졌다. 그는 '라비코크'에서 취조를 본격적으로 시작하고, 여러 증언 내용을 취합해 돌아온 뒤였다.

회동은 어수선한 분위기 속에서 진행되었다. 국방공채 도난사건은 벌써 두 차례에 걸친 살인사건을 초래하여 일반 대중의 상상력에 크나큰 충격을 가했다. 언론이 극성스럽게 들고일어났고, 급기야는 온갖 소동과 지리멸렬한 사태들, 터무니없는 가설들과 근거 없는 모함들, 그리고 무책임한 객설들이 난무하는 가운데 기어코 아르센 뤼팽이라는 이름까지 떠올리는 지경이었다. 더군다나 그 모든 일들이 일주일이라는 짧은 기간 안에 매일 엄청난 충격파를 동반해가며 쓸어 담듯 일어났으니!

결정판 아르센 뤼팽 전집

"아무래도 신속하게 대처해야 되겠소. 지금 당장 뭔가 성과를 보이세요."

자신이 직접 나서서 몰레옹 수사과장의 보고를 경청한 뒤 경시청장은 강한 어조로 훈시하고는 물러났다.

원래 온유한 성품인 데다, 약간은 우유부단하고 사태가 흘러가는 대로 만사 순리에 따르는 게 능사라는 이론적 입장에 투철한 발리두 씨는 입안에서 웅얼웅얼 푸념을 늘어놓았다.

"신속히 대처하라…… 신속히 대처하는 거야 누가 몰라서 이러나. 하지만 어느 방향으로 대처하란 얘기야? 어떻게 해야 성과를 보이느냐고. 눈에 드러난 사실들을 붙잡고 늘어지는 바로 그 순간부터 현실이 제멋대로 흩어지고 마는데. 모든 확신이 일거에 허물어지고, 온갖 추론들이 제각각 논리성을 갖추면서도 하나같이 부실한 상태로 뒤죽박죽 얽혀들지 않느냔 말이야."

무엇보다 국방공채 도난사건과 레스코 영감 살해사건 사이에 반박의 여지가 없을 만큼 분명한 상관관계가 있다는 걸 증명할 방도가 없었다. 한편 알퐁스 오디그랑과 타이피스트 에르네스틴은 자신들이 이 사건 전체에 일시적인 역할을 수행했음을 깨끗이 인정하고 있다. 반면 마담 샤생은 레스코 영감과의 내밀한 관계가 확실시되어 보이는데도 불구하고, 끝내 저항하고 있어 노란 봉투의 행방을 추적하는 일은 그쯤에서 완전 차단된 상태이다. 그 결과, 도트리 남작에 대한 불리한 추측이 꽤 강력해 보임에도 정작 범행동기를 입증할 만한 그럴듯한 설명을 찾을 수가 없는 것이었다.

요컨대 레스코 영감의 살해사건과 엘리즈 마송의 살해사건 사이에 어떤 연결 고리가 있을 것인가?

몰레옹 수사과장은 입을 열었다.

"간단히 말해서 이 모든 사건들은 빅토르 형사가 지난 일요일 시네 발타자르를 박차고 나와 바로 오늘 엘리즈 마송의 사체에 도달하기까지, 거침없이 내달려왔다는 사실 속에서만 서로 무슨 관련이 있는 것처럼 여겨질 뿐입니다. 따라서 이제는 그가 어떻게 해석을 내리고 있느냐가 가장 절실하고 중요한 문제가 되는 셈이죠."

빅토르 형사는 이번에도 어깨를 으쓱하는 걸 잊지 않았다. 사실 이 회동 자체가 그에게는 견딜 수 없이 따분한 것이었다. 결국 그가 고집스레 입을 다물고만 있자, 더 이상의 토론도 무의미하게 되어버렸다.

일요일, 그는 전직 치안국 소속 형사들 중 한 명을 자기 집으로 불러들였다. 그들은 본인들이 은퇴한 이후에도 경시청을 완전히 떠나지 못할 뿐만 아니라, 경시청에서도 그들의 남다른 성실함과 일 처리능력 때문에 틈틈이 사건에 투입하곤 하는 베테랑들이었다. 그중 이번에 빅토르의 부름을 받은 역전의 용사 라르모나는 항상 경탄의 마음으로 이 현직 경찰을 돕는 입장이었으며, 빅토르가 의뢰하는 민감한 임무들을 헌신의 정으로 떠맡을 자세가 되어 있는 자였다.

빅토르는 그에게 말했다.

"엘리즈 마송이 어떤 삶을 살아왔는지에 대해 가능한 한 자세하게 조사를 해주게나. 예컨대 보다 친밀한 관계의 남자친구나 막심 도트리 몰래 보다 그럴듯한 만남을 이어온 일이 있는지 등을 말이야."

월요일, 빅토르는 가르슈로 직행했다. 거기서는 검찰이 이미 아침에 엘리즈 마송의 아파트를 조사한 바 있고, 오후부터는 그의 진술에 의거해 '라비코크'에서의 살인사건을 재구성하기로 되어 있었다.

소환된 도트리 남작은 무척 침착한 모습이었고, 매우 인상적인 열의를 갖고 자신을 방어했다. 하지만 이미 범행이 일어난 다음 날, 북부 역 근처에서 택시를 탄 그를 실제로 목격한 사람이 있다는 것만큼은 거의

결정판 아르센 뤼팽 전집

기정사실화된 상황이었다. 그에 더해 완전히 꾸려진 상태로 숙소에서 발견된 두 개의 여행용 가방, 그리고 회색 챙 모자가 무엇보다 심각한 혐의점을 뒷받침해주었다.

사법관들은 남편과 부인을 대질시킨 상태에서 신문할 것을 요구했고, 그 즉시 남작부인이 소환되었다. 마침내 여자가 '라비코크'의 자그마한 실내로 들어섰는데, 모두들 화들짝 놀라지 않을 수 없었다. 한쪽 눈이 퉁퉁 불어터졌고, 한쪽 볼은 피가 나도록 할퀸 흔적이 역력했으며, 턱은 비스듬히 뒤틀린 상태로 허리까지 구부정한 것이었다. 그녀를 부축하며 함께 들어선 늙은 하녀 안나는 다짜고짜 남작을 향해 주먹을 흔들어대며 외쳤다.

"수사판사님, 바로 저 인간 짓입니다! 오늘 아침 글쎄, 마님을 이 지경으로 만들었지 뭐예요! 내가 뜯어말리지 않았다면 아마 때려 죽이기라도 했을 겁니다. 미친 사람이에요, 판사님! 정말 미친 사람이라고요! 아주 막무가내로 한마디 말도 없이 두들겨 패는 겁니다!"

이에 대해 막심 도트리는 어떠한 해명도 거부했다. 남작부인은 기진맥진한 목소리로 자신은 어찌 된 일인지 영문을 모르겠다며 더듬더듬 털어놓았다. 남편은 그 즉시 여자의 발 앞에 엎드렸고, 그때부터 둘이 무척이나 다정하게 얘기를 주고받기 시작했다.

"이이는 너무도 불행한 사람입니다! 워낙에 엄청난 일들을 한꺼번에 겪는 바람에 정신이 돌아버린 거예요. 그는 날 결코 때린 게 아니에요. 그 점에 대해서는 함부로 심판해선 안 돼요."

사람들을 향해 덧붙인 부인은 남편을 향해 다정한 시선과 손길을 내주었고, 남편은 붉게 충혈된 두 눈을 끔벅이며 폭삭 늙어버린 멍한 몰골로 눈물만 뚝뚝 흘렸다.

빅토르가 마침내 남작부인에게 질문을 던졌다.

"아직도 부군께서 목요일 밤 11시쯤 귀가했다고 주장하시렵니까?"

"네, 그래요."

"자리에 누운 후, 당신을 껴안았고요?"

"네."

"좋습니다. 그럼 혹시 그로부터 반 시간 내지 한 시간이 지난 다음, 다시 자리에서 일어났다고는 생각지 않나요?"

"전혀 그러지는 않았어요."

"무엇을 근거로 그렇게 확신하는 거죠?"

"이이가 자리에 없었다면 내가 분명 느꼈을 겁니다. 그의 품에 안긴 상태로 자고 있었으니까요. 게다가……."

여자는 종종 그러했듯 얼굴이 붉어지면서 중얼거렸다.

"한 시간 후에는 졸음이 잔뜩 밀려오는 와중에 내가 이런 얘기까지 한걸요. '여보, 오늘이 내 생일인 거 알죠?'"

"그랬더니요?"

"그랬더니, 다시 입을 맞추며 꼭 껴안아주었어요."

여자의 순박하면서 조심스러운 태도엔 어딘지 사람의 마음을 누그러 뜨리는 힘이 있었다. 그러면서도 항상 같은 의문점은 계속해서 고개를 내미는 것이었다. 다름이 아니라, 이 여자가 혹시 연극을 하고 있는 게 아닐까 하는 의문. 제법 진솔한 인상을 풍기고는 있지만, 남편을 구하 겠다는 일념으로 얼마든지 적절한 어조를 골라 말할 수 있다고 추정할 만하지 않겠는가?

사법관들은 바로 그 점에서 이렇다 할 결정을 내리지 못했다. 그러다 지금껏 경시청사에 머물러 있던 몰레옹 수사과장이 느닷없이 들이닥치 면서 사태가 급변으로 치달았다. 그는 다짜고짜 사법관들을 '라비코크' 의 보잘것없는 정원으로 데리고 나가더니 격한 어조로 말했다.

"새로운 소식입니다. 두 가지 중대한 사실이 새로 밝혀졌어요. 아니, 세 가지라고 해야겠네. 우선 빅토르 형사가 2층 범행 현장인 창가에서 목격한 공범이 사용한 걸로 보이는 철제 사다리 말입니다. 그게 오늘 아침 라 셀생클루의 종마사육장에서 시작되어 부지발까지 이르는 내리막길을 따라 죽 위치한 어느 한적한 사유지에서 발견되었답니다. 즉시 그 사다리를 만든 제작소에 사람을 보내 알아봤지요. 그 결과, 보지라르 가의 살인사건이 터진 순간 엘리즈 마송의 숙소 근처에서 마주친 여자와 사다리를 사간 장본인의 인상착의가 서로 딱 들어맞더라는 겁니다!"

몰레옹은 거기서 일단 숨을 고른 뒤 다시 말을 이었다.

"두 번째는 한 택시 운전기사가 경시청사에 출두해서 직접 진술한 내용입니다. 레스코 영감이 살해당한 바로 다음 날인 금요일 오후, 자기가 뢰상부르에 주차하고 있는데 천으로 된 가방을 든 남자가 여행용 자루를 든 어떤 여자와 함께 택시에 오르더니 이러더라는 겁니다. '북부역으로 갑시다.' 그래서 자기가 '발차 플랫폼 쪽입니까?' 하고 묻자, '그렇소' 하더랍니다. 그런데 출발 시각을 한참 앞당겨서 나섰는지 역에 도착해서도 내릴 생각은 않고, 약 한 시간가량을 그냥 차 안에 있었다고 하더군요. 그뿐만 아니라, 조금 있다가는 근처 카페테라스에 자리를 아예 차지하고 앉았는데, 지나가던 신문팔이한테 석간신문을 사서 한참을 들여다보더라는 거예요. 마침내 남자가 여자를 되돌려 보냈고, 여자는 홀로 차에 올라 뢰상부르까지 돌아가 거기서부터는 가방 두 개를 혼자 들고서 보지라르 가 쪽으로 걸어갔다고 합니다."

"그들 인상착의는요?"

"남작과 그의 정부와 동일합니다."

"시각은?"

"그때가 오후 5시 반이었답니다. 그러니 므슈 도트리가 왜 갑자기 생각을 바꿔 외국으로 도망치는 걸 포기한 건지, 왜 정부를 다시 집으로 돌려보내고는 자기 혼자 택시를 잡아타 가르슈행 6시발 기차에 올랐는지 그 이유가 당최 오리무중인 겁니다. 일단 집에 돌아오기로 한 이상, 감쪽같이 정직한 사람 행세를 하면서 사태를 정면 돌파해나가려고 한 것 아니겠습니까?"

"세 번째 소식은 뭡니까?"

수사판사가 내처 묻자, 마지막으로 이런 얘기가 튀어나왔다.

"시의회의원인 귀스타브 제롬을 겨냥한 익명의 제보전화가 걸려왔답니다. 빅토르 형사는 등한시했지만 내가 얼마나 신속하게 그쪽 추적에 열성을 보였는지는 다들 아실 겁니다. 전화 제보를 해준 익명의 인물은 끈질기게 조사를 단행하다 보면, 시의회의원 귀스타브 제롬이 교차로의 술집에서 포착된 이후 무슨 짓을 했는지 알게 될 것이며, 특히 그의 서재 책상을 뒤져보면 무척 흥미로운 결과를 얻게 될 거라고 장담했습니다."

몰레옹의 얘기는 거기서 끝났다. 즉시 그와 빅토르 형사가 시의회의원의 별장으로 급파되었다. 물론 빅토르 형사는 잔뜩 인상을 찌푸리며 마지못해 끌려가는 식이었지만.

2

두 사람은 별장으로 들이닥쳤다. 아내와 함께 서재에 있던 귀스타브 제롬은 빅토르를 알아봄과 동시에 몰레옹도 신분을 밝히자, 대번에 팔짱을 척 끼며 화가 난 건지 농담을 하는 건지 모를 태도로 버럭 고함을

결정판 아르센 뤼팽 전집

내질렀다.

"아, 정말 미치겠네! 장난이 아직도 안 끝난 거요? 지난 사흘을 죽자고 쫓아다녀놓고도 당신들은 아직 버틸 만한가 봅니다, 다들? 내 이름이 신문에 대문짝만 하게 나왔소! 사람들은 이제 나를 보고 제대로 인사도 안 건네요! 이봐, 앙리에트, 이런 게 다 당신이 우리 부부 사이 일을 주책맞게 떠들어댄 탓이라고! 요즘은 세상 모든 사람들이 우리한테 등을 돌리고 있단 말이야!"

빅토르의 기억에는 보통 괄괄한 타입이 아닌 앙리에트가 왠지 고개부터 숙이면서 기어들듯 속삭였다.

"다시 말하지만 당신 말이 다 맞아요. 드발이 당신을 여자들 치마 속으로 끌고 들어갔다는 생각 때문에 내 머리가 어떻게 되었던 모양이에요. 참 어리석기도 하지! 어쨌든 내가 오해를 한 거고, 당신은 자정 훨씬 이전에 귀가했으니 더 이상 무슨 할 말이 있겠어요."

몰레옹은 그러거나 말거나 저만치 마호가니 가구 한 점을 가리키며 물었다.

"저기 저 반닫이식 사물함 열쇠 지금 가지고 계십니까?"

"물론이죠."

"좀 열어주시겠습니까?"

"안 될 것 없죠."

그는 호주머니에서 묵직한 열쇠 꾸러미를 빼 들고는 반닫이의 문을 내렸다. 곧장 대여섯 개에 달하는 자그마한 서랍들이 나타났다. 몰레옹은 그 하나하나를 세심하게 살피기 시작했다. 그중 하나에 끈으로 묶은 검은 헝겊 주머니가 들어 있는 게 눈에 띄었다. 안을 열어보니 하얀색의 엷은 조각들이 가지런히 들어 있었다.

"스트리키니네군. 도대체 이런 걸 어디서 다 구한 겁니까?"

몰레옹이 툭 던진 질문에 귀스타브 제롬은 아무렇지도 않게 대답했다.

"어렵진 않습니다. 솔로뉴(프랑스 중앙지대에 조성된 조림지역—옮긴이)에 수렵지를 하나 가지고 있는데, 거기 벌레 퇴치용으로……."

"므슈 레스코의 개도 바로 스트리키니네로 독살당한 건 알고 계시죠?"

귀스타브 제롬은 대놓고 웃어젖혔다.

"하하하, 그래서요? 그걸 이 세상 나 혼자만 가지고 있답니까? 나만 특별한 사람이오?"

반면 앙리에트는 전혀 웃는 얼굴이 아니었다. 그뿐만 아니라, 표정 어딘가에 놀라는 기색까지 어른거렸다.

몰레옹은 이제 아주 명령조의 말투로 내뱉었다.

"당신의 개폐식 사무용 책상도 열어주시오."

신경이 예민해진 듯한 제롬은 잠시 머뭇대다가 결국 순순히 응했다.

몰레옹은 잡다한 서류들을 이리저리 헤치면서 장부들과 문서들을 힐끔힐끔 훑었다. 그러다 문득 브라우닝 권총 한 자루가 눈에 들어왔다. 그는 즉시 이리저리 살펴보더니 20센티미터 자로 구경을 재보았다.

"7연발 브라우닝 권총이군요. 구경은 한 7.65밀리미터 정도 될 것 같고요."

"바로 맞췄습니다. 7.65밀리미터죠."

"그렇다면 두 발을 쏴서 하나는 레스코 영감을 죽게 하고, 다른 하나는 에두앵 형사를 부상시킨 권총과 같은 구경이로군요."

"그래서 뭐가 어쨌다는 거요? 그건 구입한 뒤로 한 번도 사용한 적이 없소! 한 5~6년 됐지, 아마."

제롬이 언성 높이는 것을 전혀 아랑곳하지 않고, 몰레옹은 탄창을 뽑아보았다. 정확히 총알 두 개가 모자랐다.

결정판 아르센 뤼팽 전집

수사과장은 강한 어조로 선언하듯 말했다.

"두 발이 비어 있습니다."

그리고 다시 유심히 살펴보더니 덧붙였다.

"당신이 뭐라고 말씀하시든, 내가 보기에는 총구 내부에 최근 발포한 듯 화약가루가 조금 남아 있는 게 눈에 띄는군요. 물론 전문가의 감정을 통해 확인을 해봐야겠지만 말입니다."

귀스타브 제롬은 한참 동안 멍하니 있었다. 그러다 잠시 생각을 가다듬고는 어깨를 한 번 으쓱하며 말했다.

"모든 게 중구난방 제멋대로군요. 이런 식의 엉터리 증거를 나한테 무수히 들이댄다 한들 진실은 전혀 변하지 않을 겁니다. 오히려 내가 범인이라면 저 반닫이 사물함 속에 스트리키니네 따위는 없을 것이며, 이 개폐식 책상 속에 총알이 두 개 모자라는 권총이 들어 있을 리도 만무하겠죠."

"하여간, 어떻게 해명하시겠소?"

"아무 해명할 것도 없습니다. 보아하니 범행은 새벽 1시쯤에 일어난 것 같더군요. 그나저나 차고에서 숙소가 한 30보 정도밖에 떨어져 있지 않은 정원사 알프레드가 아까도 장담했지만, 내 귀가 시간이 밤 11시쯤이었다는 겁니다."

그는 자리에서 벌떡 일어나 창가로 다가가 밖을 향해 외쳤다.

"알프레드!"

정원사 알프레드는 무척 소심한 성격이라 질문 한 번에 자신의 챙 모자를 손가락 사이로 한참을 만지작만지작 돌리고 나서야 대답이 나올 정도의 위인이었다.

그 모습에 몰레옹이 슬슬 짜증 나는 것은 당연했다.

"도대체 당신 주인이 자동차를 들여놓을 때 그 소리가 당신 귀에 들리는 거요, 안 들리는 거요?"

"맙소사! 그게 경우에 따라서, 때로는…….

"나는 지금 바로 그날 일을 묻는 거요!"

"확실하진 않습니다만, 제 생각에는…….

귀스타브 제롬이 버럭 소리를 질렀다.

"무슨 소리야! 확실하지가 않다니!"

몰레옹은 얼른 나서서 정원사한테 바짝 다가가 진지한 어조로 말했다.

"이건 어영부영 둘러댈 얘기가 아니오. 위증을 하면 당신한테 아주 안 좋은 결과가 초래될 수 있어. 그러니 정확히 진실만을 얘기하시오. 간단하게 말이지. 그날 밤 자동차 소리를 들은 게 몇 시쯤이었소?"

알프레드는 또다시 챙 모자를 꼼지락댔고, 침을 꼴깍 삼키는가 하면, 코를 훌쩍이다가 마침내 벌벌 떠는 목소리로 답했다.

"새벽 1시 15분쯤 되었을까. 그래, 1시 30분쯤 되었을 겁니다."

하지만 정원사가 말을 다 마칠 여유는 주어지지 않았다. 여전히 편안하면서 장난기 섞인 표정의 제롬이 느닷없이 정원사를 문 쪽으로 떠밀고는 그대로 걸어차 밖으로 나뒹굴게 만든 것이다.

"꺼져버려! 다시는 꼴도 보기 싫어! 얘기는 이따 저녁때 할 테니까."

그러고는 금세 또 가라앉은 기색으로 몰레옹에게 돌아와 말했다.

"좀 낫군. 자, 이제 마음대로 하시오. 단, 분명히 해두겠는데 나에게선 아무 말도 이끌어낼 수 없을 것이오. 단 한 마디도. 그러니 당신이 알아서 헤쳐나가보시오!"

부인이 갑자기 흐느껴 울면서 남편의 품 안으로 달려들었다. 제롬은 몰레옹과 빅토르를 따라 '라비코크'까지 동행했다.

같은 날 저녁, 도트리 남작과 귀스타브 제롬은 경시청 수사과의 각 방에 들어가 수사판사의 소관하에 놓였다.

한편 수사국장 고티에 씨는 빅토르와 마주치자 대뜸 물었다.

"좀 진전은 있는 거요, 빅토르?"

"너무 빨리 나아가서 걱정입니다, 국장님."

"어디 얘기 좀 들어봅시다."

"쳇, 그럴 필요 뭐 있겠어요? 그저 여론만 흡족하게 해주면 그만인 걸. 어쨌든 그 목표 하나는 이룬 겁니다. 몰레옹은 만세고, 빅토르는 망한 거죠!"

빅토르는 상관을 바짝 부여잡으며 낮은 목소리로 속삭였다.

"그나저나 범행이 일어난 다음 날, 남작을 북부 역에서 생라자르 역까지 데려다준 운전기사 말입니다. 그 친구 신병이 확인되는 대로 저한테 미리 귀띔해주겠노라 약속해주십시오, 국장님."

"그건 뭐하게?"

"국방공채를 되찾아야죠."

"어련하시겠어! 그래, 그 전까진 뭘 할 작정이오?"

"그 전까진 아르센 뤼팽을 물고 늘어질 생각입니다. 이번 사건은 온통 배배 꼬인 데다 뒤죽박죽, 온갖 잡동사니로 지리멸렬할 따름이에요. 결국 그 진정한 전모를 가늠하기 위해서는 무엇보다 이 사건에서 아르센 뤼팽의 역할이 무엇인지를 명확히 규명해야만 합니다. 그때까지는 당최 뭐가 뭔지 알쏭달쏭, 오리무중이죠."

3

실제로 여론은 매우 만족스러워했다. 비록 돌아가는 사태만으로는 '라비코크'의 살인사건과 보지라르 가에서의 살인사건, 그리고 국방공채 도난사건 등 어느 하나 시원스레 해결을 본 것이 없었다. 하지만 아무런 대답도 얻지 못한 신문 절차였다 해도, 그게 끝난 다음 날에는 어쨌든 도트리와 제롬이 상태 감옥에서 잠을 청해야만 했던 것이다. 신문이든 일반 대중이든, 그 두 사람 모두를 당연히 아르센 뤼팽에 의해 계획된 어떤 광범위한 작전의 공범들이라 믿어 의심치 않았다. 그 두 사람과 아르센 뤼팽 사이의 연결은 한 여자, 즉 뤼팽의 정부가 담당해온 게 틀림없고 말이다. 이제 예심이 착착 진행됨에 따라 그 각자의 맡은 바 역할이 차근차근 규명되기만을 기다리면 된다.

빅토르는 속으로 중얼거렸다.

'하긴 이 모든 게 그리 잘못 추론된 결과라고만은 할 수 없겠어. 중요한 건 어디까지나 뤼팽을 잡는 일인데, 그러려면 그의 정부라도 붙잡고 늘어지지 않을 수가 없지. 즉, 시네 발타자르의 숙녀와 '라비코크'의 여자, 사다리를 구입한 여자, 그리고 엘리즈 마송과 같은 층에서 마주쳤다는 여직공을 모두 동일인물로 밀어붙이고서 말이야.'

그는 몰래 간직하고 있던 사진을 사다리를 판매한 상점 직원에게 보여주었고, 여직공과 마주쳤다는 건물 세입자한테도 제시했다. 그들로부터의 대답은 서로 비슷했다. 즉, 같은 사람인지 확실치는 않으나 놀랄 만큼 닮긴 했다는 것이다.

그러던 어느 날 아침, 성실한 라르모나에게서 다음과 같은 기송 우편이 도달했다.

지금 종적을 밟는 중.
엘리즈 마송의 장례식 참석차 샤르트르로 갈 예정임.
오늘 밤 돌아갈 것임.

그날 저녁, 라르모나는 한 보잘것없는 고아 처녀의 남루한 장례행렬을 따라 기꺼이 걸음을 내디뎌준 엘리즈의 유일한 친구를 빅토르 앞으로 데리고 왔다. 이름은 아르망드 뒤트렉. 갈색 머리의 소탈해 보이는 예쁘장한 처녀였는데, 뮤직홀에서부터 엘리즈와 친구로 지내면서 종종 함께 지내온 사이였다. 그녀는 자기 친구가 항상 어딘지 '수상쩍은 관계'를 일삼는, 도무지 알 수 없는 성격의 소유자처럼 보였다고 했다.

빅토르는 그녀에게 사진 모두를 자세히 살펴봐줄 것을 부탁했다. 여자는 마지막 사진을 보자마자 곧장 반응을 보였다.

"아, 이 여자, 본 적이 있어요. 키가 늘씬하고 아주 창백한 안색에 눈동자만큼은 결코 잊을 수 없는 여자였죠. 한번은 오페라극장 근처에서 엘리즈와 만나기로 약속한 일이 있었는데, 글쎄 어느 숙녀가 운전하는 자동차에서 걔가 내리는 거예요. 맞아요, 바로 이 여자가 그 숙녀였어요!"

"엘리즈가 혹시 그 여자에 관해 얘기한 적은 없고?"

"전혀요. 다만 딱 한 번, 걔가 우체국에서 편지를 부치다가 봉투에 '○○ 공주'라 적어 넣는 걸 우연히 보긴 했어요. 러시아 이름 같긴 했는데 잘 읽히지는 않더군요. 주소는 콩코르드 광장에 있는 어느 호텔로 되어 있었고요. 난 직감적으로 그때 자동차를 태워준 여자일 거라 생각했죠."

"오래된 얘기입니까?"

"한 3주 전 일이에요. 그 이후로 엘리즈는 더 이상 못 보고 지내왔어요. 무엇보다 도트리 남작과의 관계에 홀딱 빠져 있었으니까요. 그런 다음 언제부터인가 몸이 아프다고 하더니 산중에서 요양할 생각만 하는 거예요."

그날 밤, 빅토르는 알렉산드라 바실레예프라는 공주가 콩코르드 광장의 어느 대형 호텔에 묵은 적이 있다는 사실과 함께, 현재 그녀에게 오는 모든 우편물이 샹젤리제 대로변 캉브리주 호텔로 전달되고 있음을 알아냈다.

바실레예프 공주라? 빅토르와 라르모나가 그와 관련해 다음과 같은 정보들을 일사천리로 조사해내는 데는 단 하루면 족했다. 즉, 그런 성을 가진 러시아 귀족혈통으로 현재 파리에 거주하는 가문은 단 하나이며, 부모형제 모두 체카(1917년 볼셰비키 혁명 후 창설된 비밀경찰 조직—옮긴이)의 사주로 학살당한 뒤, 알렉산드라 바실레예프 혼자만 구사일생으로 목숨을 건져 국경을 넘어왔다. 그녀의 가문은 아직도 유럽 내에 많은 재산을 가지고 있기 때문에 편안하고 부유하게 살아가고 있다. 개성 강하고 길들여지지 않은 성격의 그녀는 러시아 망명인 사회의 몇몇 귀부인들과 친목관계를 유지하고 있는데, 그들로부터 여전히 알렉산드라 공주로 불리고 있었다. 나이는 이제 서른.

라르모나는 곧장 캉브리주 호텔을 조사해보았다. 그 결과 바실레예프 공주는 평소 거의 외출을 하지 않으며, 호텔 내 댄스홀에서 종종 차를 들거나 구내 레스토랑에서 식사를 한다는 사실이 확인되었다. 또 하나, 그녀는 누구와도 말을 잘 하지 않는다는 것이었다.

어느 오후, 빅토르는 시침을 떼고 오케스트라의 은은한 연주 속에 빙글빙글 원무를 즐기며 잡담을 나누는 우아한 무리 속에 섞여 들었다.

잠시 후, 훤칠하고 창백한 여인이 눈부신 금발을 번쩍이며 저만치 지나쳐 자리를 잡았다. 바로 그 여자였다.

그렇다, 바로 그 여자! 시네 발타자르에서 본 그 여자였다. 아울러 '라비코크'의 창가에서 언뜻 알아본 그 모습이 아닌가! 분명 그 여자였다.

첫눈에 봐도 전혀 의심의 여지가 없었다. 이 세상에 저와 같은 특별

　　　　　결정판 아르센 뤼팽 전집

한 아름다움과 청명한 눈빛, 저 창백함과 걸음걸이를 두 명의 여자가 똑같이 지니기는 불가능한 법이다. 단, 저 볏짚과도 같이 밝고 웨이브 진 금발 머리만큼은 빅토르의 기억 속에 남아 있는 그 황갈색 금발의 비장한 느낌을 많이 희석하고 있었다.

바로 그 점에서 처음보다는 확신이 좀 덜해지는 건 어쩔 수 없었다. 이후 두 번에 걸쳐 같은 장소를 파고들었지만, 빅토르는 첫눈에 팍 와 닿았던 확신은 결코 맛볼 수가 없었다. 하지만 달리 생각해보면, 한밤 중 가르슈에서 기억 속에 각인된 그 비장한 이미지도 살인이 벌어진 다급한 상황에서 덮어놓고 놀란 가슴에 기인한 느낌이 아니겠는가?

그는 엘리즈 마송의 친구를 그곳으로 오게 했다.

그녀는 문제의 여인을 척 보자마자 말했다.

"맞아요. 엘리즈와 함께 차 안에 있던 바로 그 여자예요. 맞아요, 틀림없어요."

그로부터 이틀 후, 한 여행객이 캉브리주에 도착했다. 프런트에서 내미는 숙박부에 그가 적었다.

마르코스 아비스토
나이 예순둘
페루에서 오는 길

절제된 멋이 밴 복장에 품위 넘치고 지극히 우아한 기품이 물씬 우러나는 이 신사의 모습에서, 퇴역한 특무상사의 복장에 그다지 매력 없고 뻣뻣하기만 했던 빅토르 형사를 알아보는 사람은 아마 없을 터였다. 일단 10년은 더 중후해 보였고, 머리도 눈부신 백발이었다. 더군다나 인생이 온통 특권과 호사로 가득 찬 사람에게서나 느낄 수 있는 서글서글한 분위기가 충만했다.

숙소는 4층 객실로 정해졌다.

공주의 숙소가 바로 같은 층, 약 10여 객실 건너에 위치해 있었다.

빅토르는 속으로 중얼거렸다.

'음, 모든 게 잘 되어가고 있어. 아무튼 더 이상 시간만 허비하고 있을 순 없지. 지금 당장 공세에 들어가야만 해.'

5
바실레예프 공주

1

방만 해도 500여 개에 달하고, 오후 시간부터 저녁 내내 세계 각국의 인사들로 분주하기 이를 데 없는 하나의 거대한 거상 숙박소에서, 별로 튀는 점도 없는 마르코스 아비스토 같은 인물이 알렉산드라 바실레예프처럼 자신 안에만 몰두한 듯 보이고, 바깥세상엔 별 관심을 기울이지 않는 여성의 주목을 끌지 않기는 너무도 쉬운 일이었다.

덕분에 그는 줄기차게 상대에 대한 염탐을 전개할 수가 있었다. 처음 나흘 동안 여자는 호텔 바깥으로 전혀 나서지 않았다. 그렇다고 찾아드는 사람이 있는 것도 아니고, 외부와의 교신 또한 없었다. 바깥과 연결을 도모했다면 빅토르가 라르모나와 그랬듯이 오로지 전화로만 가능했을 터였다.

빅토르가 손꼽아 기다렸던 건 바로 저녁식사 시간이었다. 서로 시선이 마주치는 것을 철저히 피하면서 그는 여자의 눈동자를 한시도 놓치지 않고 관찰했는데, 그 자체만으로도 사람의 마음을 호리기에 충분했다. 이렇듯 사교계 인사처럼 꾸미고 있자니 강력반 형사에겐 금기시되어 있는 상대에 대한 흠모의 정과 찬탄의 욕망이 스멀스멀 마음속으로 비집고 들어오는 듯도 했다. 그러면서 저런 여성이 일개 건달 녀석의 먹이나 다름없는 존재일 수 있다는 생각에 저도 모르게 발끈하며 속으로 중얼거리는 것이었다.

'아니야. 그럴 리가 없어. 저런 혈통에 저런 품격을 갖춘 여인이 그놈의 뤼팽 같은 저질의 정부라니 말도 안 되는 일이야.'

하물며 과연 저 여자가 '라비코크'를 불법침입한 도둑이자 보지라르가의 살인범이라는 사실을 순순히 받아들여야만 할까? 스스로가 이미 갑부로서 세습 귀족 특유의 가느다랗고 새하얀 손가락마다 다이아몬드 반지가 번쩍거리는 처지인데, 그깟 수십만 프랑을 훔치기 위해 사람의 목숨을 빼앗는다는 게 말이 되는가?

나흘째 되는 저녁, 홀 한쪽에서 담배를 몇 개 피우던 빅토르는 여자가 숙소로 올라갈 즈음 승강기 속에 미리 들어가 자리를 잡고 앉았다. 여자가 승강기 안으로 들어섰고, 남자는 눈은 마주치지 않은 채 슬쩍 일어나 간단한 고갯짓으로 자리를 양보했다.

닷새째 저녁에도 우연인 것처럼 똑같은 상황을 연출했다. 그와 같은 일들이 너무도 자연스럽게 이루어지는 바람에 스무 번도 더 같은 상황에서 마주치면서도 둘 사이에는 매번 의례적인 예의와 상호 무관심만이 느껴질 따름이었다. 여자는 한결같이 승강기 출입문을 바라보면서 호텔 직원 곁에 얌전히 서 있었다. 그때마다 빅토르 역시 그녀 뒤로 전혀 내색 없이 서 있는 건 물론이었다.

엿새째 되는 저녁, 우연은 여전히 이어졌다.

결정판 아르센 뤼팽 전집

이레째 되는 저녁, 빅토르는 승강기의 철문이 닫히기 직전 안으로 허겁지겁 들어섰다. 그는 아무 일 없다는 듯 늘 앉던 자리로 깊숙이 들어가 자리를 잡았다.

4층에 이르자 바실레예프 공주는 승강기에서 내려 곧장 우측 자신의 숙소로 향했다. 그와 같은 방향 좀 더 먼 곳이 숙소인 빅토르는 자연스레 여자의 뒤를 따라 걸었다.

인적 뜸한 호텔 복도로 열 발짝 정도 걸었을까, 여자가 문득 목덜미 쪽으로 손을 가져가면서 멈춰 섰다.

그러더니 뒤이어 지나치려는 빅토르의 팔을 덥석 붙들며 다급한 음성으로 말했다.

"므슈, 누가 내 에메랄드 머리핀을 훔쳐갔나 봅니다. 여기 머리에 꽂아두었던 건데…… 아까 승강기 안에서 그런 것 같아요. 틀림없습니다."

남자는 흠칫 놀라는 기색을 해 보이며 정색을 하는 투로 내뱉었다.

"저런, 그것참 유감이로군요."

한 3초 정도 둘의 시선이 처음으로 교차했다. 여자는 낯선 남자를 놀라게 한 걸 뒤늦게 의식하고는 얼른 태도를 고쳤다.

"왔던 길을 되밟아가며 찾아보도록 할게요. 아마 바닥 어딘가에 떨어졌겠죠."

이번에는 빅토르가 상대의 팔을 덥석 붙들었다.

"실례지만 무턱대고 찾기 전에 일단 문제를 명확히 해두는 게 좋을 것 같습니다. 누가 당신 머리카락에 손을 댄 걸 느꼈나요?"

"네. 그 순간에는 별 신경을 안 썼지만, 나중에……."

"그렇다면 손댈 만한 사람은 나밖에 없다는 얘긴데. 아니면 승강기 담당 직원이든지."

"오, 그 직원은 그럴 수 없었죠."

"그러면 나뿐이지 않소?"

잠시 침묵이 흘렀다. 두 사람은 다시금 시선을 교차해 서로를 골똘히 마주 보았다.

마침내 여자가 중얼거렸다.

"아무래도 착각이 있었던 것 같습니다. 그 머리핀을 애당초 하고 나오지 않았던 모양이에요. 화장대에나 가서 찾아봐야겠어요."

하지만 남자는 계속 붙잡았다.

"이대로 헤어지면 나중에 가서 뒤늦은 후회를 하게 될 겁니다. 당신은 나에 대해서 의혹을 떨치지 못할 텐데, 그건 나로서 정말 견디기 힘든 일이죠. 그러니 지금 당장 저 아래 프런트로 함께 내려가 정식으로 도난신고를 하심이 옳을 듯합니다. 설사 나를 대상으로 하더라도 말입니다."

여자는 잠시 생각하더니 깍듯한 말투로 내뱉었다.

"아닙니다, 므슈. 그럴 필요 없겠어요. 이 호텔에 체류하시나요?"

"345호, 므슈 마르코스 아비스토라고 합니다."

여자는 입속에서 이름을 굴리며 멀어져 갔다.

빅토르가 숙소로 돌아오자, 미리 와 기다리고 있던 친구 라르모나가 대뜸 물었다.

"어떻게 됐나?"

"잘됐지 뭐. 여자가 워낙에 금세 알아차려서 즉시 상견례를 치를 수 있었다네."

"그랬더니?"

"주춤하더군."

"주춤하다니?"

"자신의 의혹을 끝까지 가서라도 확인할 엄두를 못 내더라고."

빅토르는 호주머니 속에서 머리핀을 꺼내 서랍에 넣었다.

"내가 원했던 게 바로 이거야."

"자네가 원하다니?"

빅토르는 답답하다는 듯 버럭 소리쳤다.

"아니, 자네 아직까지 내 계획을 이해하지 못했단 말인가?"

"글쎄."

"따지고 보면 더없이 간단한 계획이란 말일세! 우선 공주의 주의를 끌어들이고, 여자 특유의 호기심을 잔뜩 부추겨서 친한 사이가 된 다음, 그녀를 통해 뤼팽에게 도달한다는 것!"

"꽤 오래 걸리겠는걸."

"바로 그렇기 때문에 이처럼 갑작스러운 충격요법을 쓰는 거라네. 하지만 그러면서도 충분히 신중해야 하고, 또 얼마간 기지도 발휘해야 하지. 그래도 이 얼마나 엄청난 작전이란 말인가! 일단 뤼팽한테 실컷 재량권을 부여한 뒤, 그의 곁을 슬그머니 파고들어서 부하가 되는 거지. 아예 그의 오른팔이 되어주는 거야. 그런 다음 놈이 노리고 있는 수천만 프랑짜리 건수에 손을 대는 순간, 바로 나, 강력반 빅토르 형사가 짠 하고 나타나는 거야! 그 생각만 하면 당장이라도 속이 다 들썩들썩한다니까! 저 막강한 공주마마의 기막힌 미모는 일단 제쳐두고서라도 말일세!"

"아니, 빅토르! 자네 아직도 그런 시시껄렁한 데에 신경을 쓰는가?"

"천만에, 다 옛날 일이지. 하지만 이 두 눈은 보라고 달려 있는 거야."

빅토르는 마지막으로 덧붙였다.

"아무튼 내가 예상한 반응이 나오는 즉시 물건은 얌전히 돌려줄 생각이네. 그리 오래 걸리진 않을 거야."

그때 전화벨 소리가 요란하게 울렸고, 빅토르는 얼른 수화기를 들었다.

"여보세요…… 네, 접니다. 마담. 머리핀요? 찾았다고요? 아, 잘됐군요, 정말 다행입니다. 축하드립니다. 마담."

그는 수화기를 내려놓자마자 대차게 웃음을 터뜨렸다.

"와하하하하! 이 서랍 속에 있는 보석을 방금 자기 화장대 위에서 찾았다는군, 라르모나! 이는 곧 문제 제기를 해서 소란을 일으킬 엄두가 기어이 나지 않는다는 의미가 아니고 무어란 말인가!"

"하지만 보석을 잃어버린 건 그녀 자신도 알고 있을 텐데?"

"그야 당연하지."

"그럼 결국 도둑질을 당했다는 걸 의식한다는 얘기 아닌가?"

"그런 셈이지."

"도둑은 자네라고 생각할 테고?"

"그렇지."

"빅토르, 자네 너무 위험한 장난을 하는 거 같아."

"오히려 그 반대일세! 그 여자가 아름다워 보일수록 그놈의 사기꾼 뤼팽한테 울화가 치밀어! 비열한 깡패 같으니, 놈은 이제 임자 만난 거야!"

2

이틀 동안 빅토르는 알렉산드라 바실레예프를 보지 못했다. 한번 알아보았더니 자신의 숙소에만 틀어박혀 코빼기도 내비치지 않고 있었다.

결정판 아르센 뤼팽 전집

다음 날 저녁이 되자, 레스토랑에 모습을 드러냈다. 빅토르는 그때까지 여자가 늘 차지하던 테이블에 보다 가까운 테이블로 자리를 잡았다.

그러면서도 정작 그쪽으로는 눈길 한 번 보내지 않았다. 하지만 여자 쪽에선 남자를 보지 않을 수 없었고, 부르고뉴산 포도주 맛에만 신경을 쓰는 남자의 점잖은 옆모습을 유심히 바라보았다.

두 남녀는 널찍한 홀로 나와서도 서로 전혀 알은척하지 않고 담배만 뻐끔거렸다. 특히 빅토르는 지나다니는 남자들을 하나하나 뜯어 살피면서, 그들 중 우아한 차림새나 얼굴 윤곽, 데면데면한 태도나 풍기는 카리스마 등에서 아르센 뤼팽다운 면모를 지닌 사내가 혹시 없나 열중했다. 하지만 아무도 그가 애타게 찾는 자태는 지니지 않은 것 같았고, 알렉산드라는 그 모든 남자들한테 완전히 무관심한 눈치였다.

다음 날도 똑같은 계획, 똑같은 작전이 차근차근 진행되었다.

그리고 그다음 날, 저녁을 들러 내려가기 위해 탄 승강기 안에서 두 사람은 다시 마주치게 되었다.

둘 중 누구도 어떤 동작 하나 취하지 않았다. 마치 둘 다 상대를 미처 보지도 못한 듯 굴었다.

빅토르는 속으로 중얼거렸다.

'이봐요, 공주님. 아무리 그래봐야 당신한테 내가 도둑임은 어쩌지 못할 거요. 자신이 도둑맞은 걸 뻔히 알면서도 당신은 도둑놈 앞에서 한마디도 못하는 처지임을 스스로 인정한 채 아무렇지도 않은 척 지나다니는 거라고. 귀하신 마나님이 통이 큰 거라고 해야 할까? 흥, 아무려면 어때! 일단 첫 단계는 넘은 셈이니까. 자, 두 번째 단계는 어떨까?'

이틀이 더 지나갔다. 그러다 빅토르가 전혀 손대지 않았으면서 결국 그의 계획에 무척 유리하게 작용한 사건이 하나 터지고 말았다. 아침에 호텔 2층에서 잠시 머물다 갈 예정인 어느 미국 여자의 보석함이 도둑맞은 것이다.

그 일을 즉각 보도한 『라 푀이유 뒤 수아르』지는 사건 정황을 보건대, 도둑이 무척이나 냉철하고 기막힌 솜씨의 소유자임이 분명하다며 호들갑을 떨었다.

『라 푀이유 뒤 수아르』지는 공주가 매일 저녁 테이블에서 펼쳐 들고 건성이나마 눈으로 훑는 신문이었다. 그녀는 신문 1면을 힐끗 보고는 자기도 모르게 빅토르 쪽으로 시선을 던졌는데, 마치 이런 생각을 하는 표정이었다.

'바로 저 사람 짓이군.'

그러지 않아도 공주의 동태를 몰래 관찰하던 빅토르는 가벼운 고갯짓으로 인사를 보냈다. 설마 그쪽에서도 사소한 몸짓에 마찬가지 고갯짓으로 답례를 보내리라고는 전혀 생각할 수 없었다. 여자는 다시 신문으로 시선을 돌리고, 이번에는 좀 더 꼼꼼히 읽기 시작했다.

빅토르는 생각을 굴렸다.

'흐음, 지금쯤 내가 고급 호텔만을 전문으로 휘젓고 다니는 대도쯤으로 아예 분류가 끝났을 테지. 저 여자가 정녕 내가 찾는 여자라면(뭐 틀림없이 그럴 테지만), 슬슬 나에 대한 존중심이 일어나고 있을 게 분명해. 이만하면 보통 대담하고 침착한 게 아니잖아? 웬만한 다른 도둑이라면 일을 저지르기가 무섭게 어딘가로 숨어버릴 텐데 말이야. 하지만 날 보라고, 전혀 미동도 않지.'

이제 직접적인 접근이 불가피한 상황이었다. 빅토르는 여자가 늘 가서 앉는 홀의 안락의자 바로 맞은편의 호젓한 디방에 미리 둥지를 틀어 분위기를 수월하게 만들었다.

아니나 다를까, 여자가 천천히 다가와 잠시 머뭇거리는가 싶더니 이내 디방을 선택해 앉았다.

잠시 담배에 불을 붙이고 나서 몇 모금의 연기를 뱉어낼 시간이 지나자, 여자는 그날 저녁처럼 머리에 손을 가져가 핀을 풀고는 쓱 내밀며 말했다.

"보세요. 다시 찾아냈답니다."

바로 그 순간, 빅토르는 기다렸다는 듯 호주머니에서 원래의 머리핀을 꺼냈다.

"그것참 묘한 일이군요! 나도 방금 그걸 찾아냈는데 말입니다."

여자는 할 말을 잃은 표정이었다. 설마 이렇게 노골적인 반격을 가해오리라고는 예상치 못한 모양이었다. 상대를 압도하는 데만 익숙한 사람으로서, 당차게 치고 나오는 호적수와 맞닥뜨렸을 때나 느낄 법한 섬뜩한 당혹감이 일거에 그녀를 휘어잡았다.

"그러고 보니 똑같은 걸 두 개 가지고 계셨던 모양입니다. 그 두 개가 몽땅 당신 수중에 있지 않다는 게 유감일 따름이죠."

남자의 너스레에 여자는 담뱃불을 재떨이에 신경질적으로 비벼 끄면서 내뱉었다.

"그러게요, 정말 유감이네요!"

대화는 그걸로 끝이었다.

하지만 다음 날, 여자는 같은 자리로 빅토르를 찾아왔다. 어깨도 팔도 맨살을 드러낸 의상이 지금까지와는 사뭇 다른 대담한 분위기였다. 여자는 외국인 티가 거의 드러나지 않는 지극히 정상적인 억양으로 불쑥 얘기를 꺼냈다.

"내가 당신 눈에는 아주 이상하고 복잡한 사람처럼 보이겠죠?"

빅토르는 지그시 미소 지으며 대답했다.

"전혀 이상하지도 복잡하지도 않아 보입니다. 당신은 러시아 태생으로 공주 신분이라는 얘기를 들었습니다. 우리 시대의 러시아 공주는 무척이나 불안정한 사회적 존재일 수밖에 없죠."

"나와 내 가족 모두에게 인생은 참으로 힘겹고 혹독한 것이었습니다. 그 이전에 행복하게 살았던 만큼 혹독했어요. 나는 모든 사람들을 사랑했고, 모두로부터 사랑을 받았답니다. 걱정근심 없이 사랑스럽기만 하고, 솔직하면서 사람을 잘 믿는 소녀였어요. 모든 것이 즐겁기만 하고 아무것도 두려울 게 없는, 언제라도 까르르 웃음을 터뜨리고 툭하면 노래가 절로 나오는 소녀 말이에요. 그런데 좀 더 지나 내가 열다섯 살의 약혼녀가 되었을 때 느닷없는 광풍처럼 불행이 닥쳤습니다. 내가 보는 앞에서 사람들이 아버지와 어머니의 목을 매달았어요. 내 약혼자와 오빠들은 잔인하게 고문했고요. 그리고 나는……."

여자는 자기도 모르게 손으로 이마를 짚었다.

"그 얘기는 하지 않기로 하죠. 기억하고 싶지도 않은 일이니까요. 아니, 기억나지도 않아요. 하지만 그로부터 도무지 회복이 되지 않는 겁니다. 겉만 봐서는 멀쩡할지 몰라도 내 깊은 속에서 평화로움은 결코 찾을 수가 없답니다. 내가 과연 달리 어떻게 그 상태를 견뎌낼 수 있었겠어요? 불가능하죠. 차라리 나는 불안과 고통에 맛을 들여갔답니다."

남자는 조용히 대꾸했다.

"그러니까 결국 고통스러운 과거의 기억에서 벗어나지 못하는 당신에겐 그걸 상쇄할 뭔가 강렬한 감흥이 필요했던 거로군요. 그러던 중 우연히 당신 앞에 어떤 남자가, 결코 일반적이지 않고 왠지 규범을 벗어난 듯 보이는 남자가 나타난 거고. 그의 그런 점이 당신 호기심에 불을 붙인 거겠죠. 너무도 당연한 일입니다."

"당연하다고요?"

"오, 두말하면 잔소리죠! 워낙에 지금까지 온갖 위험을 겪었고 갖은 사건을 거쳐왔던 터라, 당신은 주위에 항상 특별한 사건이 터질 듯한

결정판 아르센 뤼팽 전집

분위기를 둘러야 사는 흥분을 느끼게 되는 겁니다. 언제 위험에 처할지 모르는 사람과 얘기를 나누는 것도 당신을 흥분시키는 한 방법일 거예요. 바로 그 남자의 얼굴에서 불안의 징후나 두려운 기색을 염탐해봤지만, 그자가 여느 보통 사람과 하나도 다르지 않게 버젓이 앉아 담배를 태우고, 목소리에서도 전혀 초조함이 느껴지지 않으면 적잖이 놀랄 수밖에 없는 것이죠."

여자는 상대를 뚫어져라 바라보며 귀를 기울였다. 남자는 농담조로 말하기까지 했다.

"이보세요, 마담. 부디 그런 유의 사람들한테 너무 후하게 대하지는 마십시오. 그들을 무슨 뛰어난 존재들인 것처럼 바라보지는 마세요. 그들이래봐야 남들보다 약간 더 담대할 뿐이며, 좀 더 팽팽하면서도 단련이 잘된 신경을 가지고 있을 따름이랍니다. 그 모든 게 실은 습관들이기 나름이고, 얼마나 자기 통제훈련이 잘 되어 있느냐의 문제이지요. 따라서 지금은……."

"지금은요?"

"아니, 아무것도 아닙니다."

"왜요? 무슨 일이 있나요?"

갑자기 남자가 목소리를 잔뜩 낮추며 말했다.

"나한테서 좀 떨어지는 게 낫겠습니다."

"왜 그러죠?"

여자는 시키는 대로 물러서면서 중얼거렸다.

"저기 담배를 물고 어슬렁대는, 약간 우습게 생긴 뚱뚱보 보이죠? 저기 왼쪽에 말입니다."

"누군데요?"

"경찰입니다."

"어머나!"

여자가 몸서리를 쳤다.

"몰레옹 수사과장이에요. 보석함 도난사건에 대한 조사를 맡은 사람이죠. 지금도 여기 사람들을 하나하나 관찰하고 있어요."

여자는 테이블 위에 팔꿈치를 괴고 티를 내지 않으면서 은근슬쩍 이마를 가렸다. 그리고 빅토르의 얼굴에 위험의 징후가 번지는지 유심히 관찰하며 속삭였다.

"어서 여기를 벗어나세요!"

"내가 왜 그래야 합니까? 저런 친구들이 얼마나 시야가 좁은지 당신도 알기만 한다면! 저 정도 거리에서 나와 조우할 때, 내 등골을 오싹하게 만들 수 있는 사람은 이 세상에 오직 단 한 사람뿐이랍니다."

"그게 누구죠?"

"바로 저 친구 부하인데, 이름은 빅토르라고 하고 강력반 소속이죠."

"빅토르…… 강력반이라…… 어디선가 읽은 이름이네요."

"현재 몰레옹과 함께 국방공채 도난사건과 '라비코크' 살인사건을 담당하고 있죠. 아울러 저 가엾은 엘리즈 마송 살인사건까지도요."

여자는 눈썹 하나 까딱하지 않고 물었다.

"그 빅토르라는 사람, 어떤 남자인가요?"

"나보다 키는 좀 작은 편인데, 마치 서커스 곡마사처럼 가슴에 늑골무늬가 가로지른 옷을 걸쳤고, 눈빛은 한번 본 사람을 머리끝에서 발끝까지 발가벗길 것처럼 강렬하죠. 정말 두려워해야 할 사람이랍니다. 반면 저 몰레옹은…… 잠깐, 놈이 우리 쪽을 보는군요."

실제로 몰레옹은 두 남녀를 번갈아 바라보고 있었다. 잠시 후, 그렇게 머물던 눈길이 더 먼 데로 훌쩍 건너갔다.

그게 끝이었다. 감시를 마쳤는지 그는 훌훌 자리를 털고 멀어져 갔다.

그제야 공주는 한숨을 내쉬었다. 그만 기력이 죄다 빠져나간 얼굴이었다.

빅토르가 입을 열었다.

"글쎄, 저렇다니까! 자기 할 일을 완벽히 수행했다고 생각한 모양입니다. 자신의 독수리 같은 시선에서 아무도 벗어나지 못했다고 믿는 거예요. 아하, 설사 호텔에서 도둑질을 했다고 해도 저라면 꿈쩍하지 않을 겁니다. 일을 벌인 곳에 범인이 고스란히 머물러 있을 거라고 경찰이 어찌 생각할 수 있겠어요?"

"하지만 아까 몰레옹은?"

"아마도 오늘 저자가 찾는 건 보석함 도둑이 아닐 겁니다."

"그럼 누구죠?"

"'라비코크'와 보지라르 가 관련자들이겠죠. 요즘 저자는 오로지 그 생각밖에 없거든요. 그뿐만 아니라, 경찰 전체가 거기에 매달려 있죠. 이제 아주 그 사건들이 강박관념처럼 되어 있답니다."

여자는 술을 한 잔 들이켜더니 담배를 빨아댔다. 그에 따라 창백하면서도 화려한 그 얼굴에 다시금 안정감이 깃들어갔다. 다만 빅토르의 예리한 시선에는 여자의 깊은 속에서 온갖 상념이 소용돌이치고, 현재의 초조한 처지를 병적인 희열로 탐닉하는 태도가 고스란히 잡혔다.

마침내 여자가 자리에서 일어났을 때였다. 빅토르는 그녀가 다른 몇몇 사람들과 은밀한 시선을 나누는 걸 처음으로 눈치챘다. 조금 멀찌감치 두 명의 신사가 앉아 있었다. 한 명은 얼굴이 불그스름하고 투박해 보이는 게 영락없는 영국인이었는데, 전에도 홀에서 본 적이 있는 자였다. 반면 나머지 한 명은 처음 보는 얼굴이었다. 바로 그자에게서 빅토르는 뤼팽한테서나 느낄 법한 우아하면서도 태연자약한 풍채를 읽을 수 있었다. 그는 함께 앉은 남자와 더불어 히죽히죽 웃고 있었다. 쾌활하면서 호감 가는 얼굴이었는데, 이따금 강인한 기운이 표정에서 우러나기도 했다.

알렉산드라 공주는 한 번 더 그 남자를 바라보고는 고개를 돌려 총총히 멀어져 갔다.

그로부터 5분이 지나자, 두 남자도 슬그머니 자리에서 일어났다. 현관에서 좀 더 젊은 남자가 담배에 불을 붙이고는 모자와 외투를 돌려받은 후 즉각 호텔 밖으로 나섰다.

반면 영국인은 승강기 쪽으로 발길을 향했다.

승강기가 다시 내려오자마자 빅토르는 얼른 안으로 들어가 직원에게 말했다.

"방금 승강기를 탔던 신사 이름이 어떻게 되오? 영국인인 것 같던데?"

"337호 분 말씀이세요?"

"그렇지."

"므슈 비미슈 말이군요."

"여기 묵은 지도 꽤 되어 보이던데?"

"네, 한 보름쯤 됐을 겁니다."

결국 그자는 바실레예프 공주와 같은 때에 같은 층을 택해 이 호텔에 묵은 셈이었다. 그렇다면 혹시 337호로 가기 위해 복도 왼쪽으로 방향을 잡지 않고, 알렉산드라와 합류하기 위해 오른쪽으로 꺾어 든 것은 아닐까?

빅토르는 여자의 방을 지나치면서 가능한 한 발소리를 죽였다. 그리고 숙소에 다다라서는 문을 살짝 열어둔 채로 줄기차게 귀를 기울였다.

그런 식의 긴장된 대기 상태가 계속되는 가운데 몹시 불편하게 자는 둥 마는 둥 했다. 바로 저 영국인 비미슈의 친구가 아르센 뤼팽이며, 그가 곧 알렉산드라 공주의 애인일 거라는 데엔 의심의 여지가 없었다.

결정판 아르센 뤼팽 전집

지금까지 추진해온 힘겨운 수사가 드디어 진일보한 셈이었다. 한편 그 남자의 젊고 근사한 풍모를 빅토르는 솔직히 인정하지 않을 수 없었다. 그 점이 자꾸 신경을 건드렸다.

3

이튿날 오후, 빅토르는 라르모나를 불러들였다.

"몰레옹과는 계속 연결되어 있겠지?"

"물론이지."

"그 친구, 내가 어디 있는지 알고 있던가?"

"아니."

"어제저녁에 여기 나타난 건 보석함 사건 때문이겠지?"

"그렇다네. 이 호텔 수하물 운반인의 짓이었어. 현재로선 놈에게 공범이 따로 있는 것 같은데, 그자는 도망을 쳤지. 사실 몰레옹은 이번 보석함 건 말고 다른 일에 온통 정신이 빼앗긴 눈치야. 오늘 오후에도 아르센 뤼팽 일당이 집결할 어느 술집을 포위하기로 되어 있는 것 같았어. 필시 편지 조각에서 드러난 그놈의 1000만 프랑어치 작전이 바로 거기서 논의될 거라더군."

"허허, 그래? 술집 주소는?"

"그건 몰레옹한테 추후보고로 들어올 예정이라나 봐. 조만간 알게 되겠지."

빅토르도 호텔에서 그간 알렉산드라와 무슨 일이 있었는지, 또 영국인 비미슈에 대한 얘기 등을 자세히 늘어놓았다.

"그자는 매일 아침 나갔다가 보통은 저녁이 되어야 호텔로 돌아오는

것 같았어. 자네가 놈을 미행하는 것 좀 고려해봐야겠어. 일단은 그자
방부터 한 번 돌아보고 말이야."

"그건 안 될 말일세! 경시청에서 정식으로 지시가 떨어져야 할 일이
야. 수색영장 말일세."

"그렇게 겁잔 떨 것 없어! 경시청 사람들이 간섭하고 나서면 몽땅 망
쳐버린다고! 뤼팽은 도트리 남작이나 귀스타브 제롬과는 종부터가 다
른 작자야. 나만이 놈을 다룰 수 있지. 놈이 붙잡히든 풀려나든 오로지
내 손에서 결정될 거야. 이건 엄연히 내 소관이고, 나만 할 수 있는 일
이라니까!"

"그래서 어쩌려고?"

"어쩌긴, 오늘이 일요일 아닌가! 여기 직원들 움직임도 극히 제한적
일 수밖에 없지. 조금만 주의하면 자네가 들킬 염려는 없어. 만에 하나
들키더라도 신분증을 보이면 그뿐이야. 단 하나의 문제는 열쇠가 있느
냐지."

라르모나는 빙그레 웃으며 완벽하게 갖춰진 열쇠 꾸러미를 꺼내 보
였다.

"그거라면 내게 맡기게. 훌륭한 경찰은 이런 일에 대해 도둑만큼, 아
니 그 이상으로 통달해야 하는 법이지! 337호라고 했지?"

"그래. 절대 물건을 어질러선 안 되네. 영국인이 조금이라도 의심을
해선 안 돼."

빅토르는 친구가 멀어져 가는 모습을 열린 문틈으로 가만히 지켜보
았다. 마침내 라르모나는 한적한 복도 끄트머리까지 당도해 걸음을 멈
췄고 거침없이 문을 따서 안으로 사라졌다.

그로부터 30분이 흘렀다.

"그래, 어땠던가?"

돌아오자마자 다그쳐 묻는 빅토르에게. 라르모나는 살짝 윙크를 하며 대답했다.

"확실히 자네의 직감은 알아줘야 해."

"뭘 발견했는데?"

"셔츠 더미 속에 오렌지색 머플러가 있더라고. 짙은 초록빛 물방울 무늬가 찍힌 것 말이야. 아주 걸레가 되어 있더라니까."

빅토르는 자못 흥분되는 모양이었다.

"엘리즈 마송의 머플러 맞아. 역시 내 생각이 틀리지 않았어."

라르모나는 얘기를 계속했다.

"그 영국인이 러시아 여자와 공모관계에 있다고 본다면, 사건 당일 보지라르 가에 나타난 건 분명 그 여자임이 틀림없어. 혼자든, 아니면 비미슈라는 영국인과 함께든 말이야."

증거는 확실했다. 과연 달리 어떻게 해석할 수 있단 말인가? 그래도 의혹이 파고들 여지가 남아 있을까?

저녁식사를 하기 전에 빅토르는 거리로 나와 『라 푀이유 뒤 수아르』지를 샀다.

신문 2면에 굵은 활자로 다음과 같은 기사가 실려 있었다.

방금 들어온 소식에 의하면, 몰레옹 수사과장과 세 명의 수하 형사들이 오늘 오후, 마르뵈프 가에 위치한 어느 술집을 포위했다. 그곳은 국제적 규모의 절도조직에 소속된 영국인들이 주가 되는 일부 협잡꾼들이 매번 모이는 장소였다고 한다. 현장을 덮치는 순간, 그들 일당은 테이블 하나를 차지하고 있었다. 두 명이 가게 뒷방을 통해 도망쳤는데, 그 중 한 명은 중상을 입었을 가능성이 크다. 반면 나머지 세 명은 모두 체포되었다. 몇 가지 단서로 봐서 그들 가운데에 아르센 뤼팽이 끼어 있는 걸로 관측된다. 현재 상황은 최근 스트라스부르에서 새롭게 변장하고 나타난 그의 종적을 잡아낸 바 있는 기동반 소속 형사들이 도착해서 확인해주기를 기다리는 중이다. 이미 알려진 바대로 감식과에 비치되어 있던 아르센 뤼팽의 색인카드는 교묘하게 위조된 상태이기 때문이다 (『괴도신사 아르센 뤼팽』185쪽 참조—옮긴이).

빅토르는 옷을 갈아입고 레스토랑으로 향했다. 역시 알렉산드라 바실레예프의 테이블에는 신문이 덩그러니 놓여 있었다.

그녀는 좀 늦게 나타났다. 보아하니 아직 아무것도 모르는 듯했고, 그래서인지 전혀 초조한 기색이 아니었다.

『라 푀이유 뒤 수아르』지는 식사가 끝날 무렵에서야 들춰보았는데, 1면을 획 한 번 훑고는 다음 면으로 넘어갔다. 예상대로 한참 들여다보더니 질겁하는 눈치였다. 여자는 신문에서 눈을 떼지 못했는데, 기사를 거의 다 읽었을 즈음에는 빅토르가 보기에 당장이라도 혼절할 것 같은 기색이었다. 잠깐 동안 완벽한 무기력 상태가 이어졌다. 얼마나 지났을까, 여자는 아무렇지도 않은 듯 신문을 한쪽으로 팽개쳤다. 그러는 사이 단 한 번도 눈을 들어 빅토르를 바라보지 않았다. 아마 아무것도 눈치채지 못했다고 생각하는 모양이었다.

이번에는 홀에서도 남자와 합석하지 않았다.

영국인 비미슈도 그곳에 얼굴을 내밀고 있었다. 그러고 보니 호텔로부터 지근거리에 있는 마르뵈프 가의 술집에서 몰레옹의 봉쇄를 용케 피해 달아난 두 명 중 한 명이 그일지도 몰랐다. 그렇다면 혹시 바실레예프 공주에게 아르센 뤼팽의 소식을 알리기 위해 나타난 것이 아닐까?

어찌 됐든 빅토르는 먼저 숙소로 올라가 살짝 열어둔 문 뒤로 자리를 잡았다.

러시아 여인이 먼저 나타났다. 그녀는 자기 숙소 문 앞에서 초조한 기색으로 누군가를 기다렸다.

오래지 않아 영국인도 승강기에서 내렸다. 그는 일단 복도를 이리저리 살핀 뒤 곧장 여자를 향해 달려왔다.

둘 사이에 몇 마디 말이 오고 갔다. 러시아 여자가 난데없는 웃음을 터뜨렸고, 잠시 후 영국인이 자리를 떴다.

빅토르는 조용히 생각했다.

'오호라, 저 여자가 진정 그 빌어먹을 뤼팽의 정부라면 틀림없이 이번 급습작전 때 뤼팽은 현장에 없었던 거야. 그래서 영국인이 안심시키러 온 거지. 그러니 저렇게 웃어젖힐 수밖에.'

추후 공개된 경찰의 발표 내용은 그 같은 가설을 여지없이 확인시켜 주었다. 아르센 뤼팽은 체포된 세 명 가운데 없었던 것이다.

그들 모두가 러시아인들이었다. 그들은 외국에서 발생한 일련의 도난사건에 자신들이 참여했다고는 자백했지만, 자신들을 고용한 국제조직의 우두머리가 누구인지는 모른다고 주장했다.

아울러 도망친 두 명의 동료들 중 한 명은 영국인이라고 확인해주었다. 반면 나머지 한 명은 자신들도 그때 처음 본 자였는데, 회합 내내 한마디도 하지 않았고, 아마 부상당한 사람이 그일 거라고 증언했다. 그자의 인상착의를 들어보니, 호텔에서 비미슈와 함께 있는 게 빅토르의 눈에 걸린 바 있는 바로 그 젊은 남자의 인상착의와 정확히 일치했다.

세 명의 러시아인은 그에 대해 더 이상 진술할 게 없는 듯했다. 모두 단역으로 행동하는 자들임이 뻔해 보였다.

그로부터 정확히 48시간 후, 단 하나 백일하에 밝혀진 사실이 있었다. 붙잡힌 러시아인 세 명 중 한 명이 전직 단역 무용수였던 엘리즈 마송의 애인이었으며, 여자로부터 돈을 받아왔다는 것이었다.

죽기 이틀 전, 엘리즈 마송이 그자에게 보낸 편지가 공개되었다.

'도트리 영감탱이'가 지금 엄청난 일을 하나 꾸미고 있어. 만약 그게 성공하면 내일이라도 당장 나를 브뤼셀로 데리고 갈 거야. 자기, 거기서 나를 만나줄 수 있겠지? 기회만 닿으면 막대한 금액을 손에 쥐고 둘이서 영영 도망쳐버리자. 아, 정말이지 당신을 사랑해!

6
국방공채

1

마르뵈프 가의 사건은 빅토르의 심기를 여간 뒤흔든 게 아니었다. 다들 '라비코크' 살인사건과 보지라르 가 살인사건에나 전념할 것이지! 그는 사실 그 두 사건은 조금 우습게 여기고 있었는데, 그것들이 아르센 뤼팽의 행태와 관련을 맺는다는 점에서만 관심을 두었던 것이다. 하지만 이번 사건은 그 누구도 함부로 집적대선 안 된다! 어디까지나 여기 이 강력반 소속 빅토르 형사만이 넘볼 수 있는 전리품이 따로 있는 법! 때문에 아르센 뤼팽을 위시해 영국인 비미슈, 그리고 바실레예프 공주와 특별히 관련되어 추진하는 모든 작전은 전부 다 이 빅토르 형사가 독점하다시피 하고 있는 것 아니겠는가!

이러한 생각에서 그는 오르페브르 제방에서 벌어지는 상황에 한층 촉각을 곤두세웠고, 몰레옹이 또 무슨 수작을 부리고 있는지 간파해내려고 갖은 애를 썼다. 일단 알렉산드라도, 그의 앞잡이 비미슈도 지금 같은 위험한 시기에 경솔하게 바깥으로 나설 리 없다고 판단한 빅토르는 자동차를 주차시켜둔 인근 주차장으로 걸어가 차에 시동을 걸어 불로뉴 숲 한 귀퉁이로 향했다. 거기서 누구도 미행한 자가 없음을 확인한 뒤, 필요한 의복과 소품이 든 궤짝을 꺼내 가슴에 늑골 무늬가 있고 몸에 꼭 끼는 특유의 복장으로 다시금 강력반 형사 빅토르로 거듭나는 작업에 들어갔다.

경시청에 들어가 몰레옹 과장의 따뜻한 환대와 보호자를 자처하는 듯한 미소를 접하자, 빅토르는 모욕적인 기분마저 들었다.

"그래, 빅토르, 우리에게 무얼 가지고 오셨나? 뭐 별것은 아니겠지? 하긴 당신한테 큰 걸 요구하는 것도 아니니까. 당신이란 사람, 항상 과묵하고 고독한 사람 아닌가? 각자 나름의 방식이 있는 거지 뭐. 나야 모든 걸 활짝 드러내놓고 행동하고, 그래서인지 성과도 봐줄 만하거든. 그래, 이번에 마르뵈프 가에서 내가 한탕 거둔 성과에 대해 어떻게 생각하시나? 떼강도 세 명을 잡아들였지. 물론 그 우두머리도 조만간 굴러 들어올 태세이고. 오, 맹세코 그렇게 되고 말걸! 이번에는 용케 벗어났지만, 그 대신 놈들 중 한 놈이 엘리즈 마송과 관련을 맺고 있어서, 그 여자 무덤 속에서까지 도트리 남작을 걸고넘어지게 생겼단 말이거든. 므슈 고티에도 아주 황홀해하더라고!"

"수사판사는 뭐라던가요?"

"므슈 발리두 말이오? 그도 다시금 의욕을 되찾고 있다오. 같이 가서 보십시다. 그렇지 않아도 엘리즈 마송의 편지에 관해서 그가 도트리 남작한테 언질을 주려던 참이었어요. 당신도 이제 알겠지만, 편지에 "도트리 영감탱이'가 지금 엄청난 일을 하나 꾸미고 있어'라고 엄연히 적혀 있지 않소? 정말이지 내가 생각해도 대단한 증거를 이 손으로 서류

철에 첨부한 셈이지! 이젠 그야말로 팽팽하던 저울이 한쪽으로 기울기 시작한 것 아니겠냐고! 자자, 갑시다, 빅토르."

수사판사의 집무실로 들어가보니, 과연 도트리 씨와 시의회의원인 제롬이 대기하고 있었다. 놀랍게도 체포될 당시부터 상하기 시작한 도트리 씨의 몰골이 한층 더 초췌해져 있었다. 심지어 똑바로 몸을 세울 기력조차 없는지 의자에 푹 수그린 자세였다.

한편 발리두 씨의 공세는 인정사정없었다. 엘리즈 마송의 편지를 일사천리로 읽어나가더니 기겁을 하고 있는 상대를 더더욱 강하게 몰아세우는 것이었다.

"자, 이것이 무얼 의미하는지는 물론 잘 아시겠죠, 도트리? 같이 한번 요약해서 다시 따져볼까? 월요일 저녁, 당신은 도난당한 국방공채가 레스코 영감 수중에 있다는 사실을 우연히 접하게 됩니다. 수요일 저녁, 즉 범행이 일어나기 바로 전날, 당신이 낮 시간 동안 늘 함께 지내면서 미주알고주알 고해바치느라 비밀이 전혀 없었던 엘리즈 마송, 당신의 정부이자 또한 어느 러시아 불량배의 애인이기도 한 엘리즈 마송이 그 진짜 애인 앞으로 편지를 끄적입니다. ''도트리 영감탱이'가 지금 엄청난 일을 하나 꾸미고 있어. 만약 그게 성공하면 내일이라도 당장 나를 브뤼셀로 데리고 갈 거야'라면서 말이죠. 드디어 목요일, 범행이 발생하고 채권은 모조리 도둑맞기에 이르죠. 그리고 금요일에는 북부 역 근처에서 당신과 당신 애인이 함께 있는 게 목격됩니다. 당시 가지고 있던 잘 꾸려진 여행용 가방들은 이틀 후 당신의 여자친구네 집에서 발견되었고요! 이 정도면 지극히 명쾌한 스토리 아닙니까? 그에 대한 증거도 확고하고 말이죠. 자, 도트리, 이젠 어디 털어놔보시죠. 명백한 사실을 부정으로 일관하는 이유가 뭐요?"

남작은 그만 기절이라도 할 것 같은 분위기였다. 얼굴은 온통 일그러진 채 한번 터져나오기만 하면 적나라한 자백이 될 법한 말들을 머뭇머 뭇 더듬대기 시작했다. 그는 편지를 보여달라고 말했다.

"어디, 좀 보여주시오. 도저히 믿을 수가 없소. 내가 직접 읽어봐야겠 어요."

마침내 편지를 눈으로 훑은 그는 더더욱 더듬거렸다.

"이 갈보년! 애인이 있다니. 그 여자가! 그 여자가 말이야! 진창에서 기껏 끄집어내주었더니! 어떤 자식이랑 도망을 쳐!"

그의 눈에는 지금 여자의 배신, 즉 다른 남자랑 도망치려 한 계획밖 에는 보이지 않는 모양이었다. 그 밖의 나머지, 즉 절도와 살인 등과 관 련해 자신에게 보다 강력한 혐의가 부여되고 있다는 점에 대해서는 전 혀 무관심한 듯했다.

"어때요, 자백을 하시겠소, 도트리? 레스코 영감을 죽인 자가 당신 이죠?"

그는 아무런 대답도 하지 않았다. 그저 여자에게 바친 병적인 열정과 함께 한순간 깡그리 무너지고 만 것처럼 또다시 침묵 속으로 곤두박질 칠 따름이었다.

발리두 씨는 이번에는 귀스타브 제롬을 향해 돌아서며 말했다.

"당신도 아직은 미처 밝혀내지 못했지만, 일정 부분 이 일에 가담한 이상……."

하지만 이번 구금으로 전혀 영향을 받지 않은 듯 평소의 활기찬 인상 을 고스란히 간직한 귀스타브 제롬은 대번에 발끈했다.

"나는 아무것에도 가담한 일이 없소! 자정에는 집에서 얌전히 자고 있었소."

"그러나 명백히 내 눈앞에서 당신 정원사 알프레드의 새로운 진술이 있었소. 그가 단언하기를 당신은 새벽 3시가 되어서야 귀가했을 뿐 아니라, 체포되던 날 아침에 당신이 자정 이전에 귀가한 걸로 말해주기만 하면 5000프랑을 주겠노라고 약속했다는 말까지 했소."

귀스타브 제롬은 혼란에 휩싸이는가 싶더니 대뜸 웃어젖히면서 소리쳤다.

"좋소, 모두 다 사실이오. 제기랄! 당신들이 온갖 어리석은 작태로 날 귀찮게 구는 바람에 어찌나 사람이 지치는지 단번에 끝장내버리고 싶었어요!"

"그럼 당신에 대한 지금까지의 모든 혐의사항들에다가 증인을 매수하려 한 사실을 추가해도 좋다는 말씀이죠?"

제롬은 발리두 씨 앞에 버티고 선 채 대꾸했다.

"정녕 내가 저 잘난 도트리 선생처럼 살인범의 낯짝을 가진 걸로 보이시오? 저 작자처럼 내가 회한의 심정으로 몸도 못 가누고 있는 걸로 보이느냐는 말이오!"

그러면서 해맑게 활짝 핀 표정을 바짝 들이대는 것이었다.

그때였다. 빅토르가 끼어들며 말했다.

"수사판사님, 내가 질문 하나만 해도 되겠는지요?"

"해보시오."

"피의자가 방금 한 말을 듣자니, 그가 진정으로 도트리 남작을 레스코 영감 살해범으로 생각하는지부터 알고 싶어지는군요."

제롬은 당장이라도 소신을 털어놓을 것 같은 제스처를 취했다. 하지만 금세 생각을 고쳐먹은 듯 단순히 내뱉고 말았다.

"아무튼 나와는 상관없는 일이오. 사법당국이 알아서 해결하면 그뿐."

빅토르도 그냥 물러서지 않았다.

"분명히 말하지만 만약 지금 당신이 답변을 거부한다면, 이미 그 점에 있어 당신 의견이 결정되었다는 걸 뜻하는 것이고, 그럼 결국 진실을 공개하지 않는 당신 나름의 또 다른 이유가 있다는 얘기밖에 안 됩니다."

그래도 제롬은 같은 말만 되풀이했다.

"사법당국이 알아서 할 일이에요!"

그날 저녁, 막심 도트리는 감방의 벽에다가 자신의 머리를 짓찧으려고 했다. 하는 수 없이 구속복을 입혀야 할 정도였다. 그는 미친 듯이 울부짖었다.

"화냥년 같으니라고! 더러운 년! 그런 년을 위해 내가 여기까지 와 있어야 하다니! 아, 지저분한 갈보년."

2

그런 도트리를 보고 몰레옹이 빅토르에게 말했다.

"저자는 이제 갈 데까지 간 거요. 앞으로 48시간 이내에 모든 걸 자백할 겁니다. 내가 찾아낸 엘리즈 마송의 편지가 사태를 급박하게 몰아가고 있어요."

빅토르는 곧바로 맞장구쳐주었다.

"여부가 있겠습니까. 아울러 세 명의 러시아인 일당을 통해 뤼팽에게까지 기필코 도달하시겠죠."

아무렇지도 않은 듯 툭 흘린 말이었다. 역시 상대가 별 반응을 안 보이자, 그는 다시 말했다.

"어디, 그쪽 방면으로는 새로운 소식 없습니까?"

몰레옹은 모든 걸 활짝 드러내놓고 움직인다는 좀 전의 장담이 무색할 정도로 자신의 계획에 대해 입조심을 했다.

결정판 아르센 뤼팽 전집

'빌어먹을 친구, 보통 조심하는 게 아니로군.'

빅토르는 속으로 중얼거리고 말았다.

그때부터 두 사람은 서로를 철저히 감시했다. 마치 운명이 뒤얽혀서 자칫 상대에 의해 모든 노고의 결실이 빼앗길지 모르는 두 경쟁자처럼 서로 불안해하면서도 앙심 어린 눈빛을 교환했다.

두 사람은 함께 가르슈에서 하루를 보냈고, 시간을 나눠 두 용의자의 아내들을 돌아보았다.

빅토르는 작금의 고통스러운 상황에 보다 담대하고 올곧게 버티는 가브리엘 도트리의 모습에 적잖이 놀랐다. 과연 신앙이 그녀를 지탱해 주는 것일까? 하긴 성당 일을 제 일처럼 여기고 종교적 의무에 집착하는 그녀에겐 최근 당한 혹독한 경찰조사가 오히려 신심 어린 생활 습관을 더욱 부추겼을 법도 했다. 심지어 처음처럼 낯을 가리지도 않았다. 하녀마저 내보낸 뒤 그녀는 장도 혼자 보았고, 남편의 이해하지 못할 폭력으로 생긴 푸르고 누런 멍 자국도 아랑곳하지 않은 채 고개를 뻣뻣이 들고 활보했다.

그러면서 끊임없이 강변했다.

"수사과장님, 그이는 결백합니다. 그이가 저 사악한 계집한테 홀딱 빠져 있었다는 건 인정합니다. 하지만 정작 가슴 깊이 사랑한 건 나였어요. 그럼요, 그렇고말고요. 가슴 깊이 사랑했죠. 어쩜 옛날보다 더 사랑하는지도 모르겠어요."

빅토르는 예리한 눈초리로 여자를 관찰했다. 농진이 벌겋게 피어오른 그녀의 얼굴은 전혀 예기치 못한 감정 상태, 즉 일종의 긍지와 떳떳함, 사소한 잘못들은 범했을지언정 여전히 인생의 더없는 동반자인 남편에 대한 변함 없는 애정과 자신감을 고스란히 내비쳤다.

한편 앙리에트 제롬의 경우도 수수께끼 같은 태도가 당혹스럽기는 매한가지였다. 앙리에트 역시 현실을 받아들이지 않으려 했고, 분노로 가득 찬 비명과 절망 어린 욕설을 섞어가며 정신없이 열변을 토하는 것이었다.

"귀스타브요? 형사 나리, 그 양반이야말로 솔직함과 선의 그 자체인 사람입니다! 정말이지 보기 드문 천성의 소유자란 말이에요! 그이가 한밤중에 마누라를 내팽개치고 나다니지 않는 사람이라는 건 내가 잘 알아요! 그래요, 처음에는 그냥 질투심에 사로잡힌 이 조동아리로 허튼소리를 지껄였을 뿐이랍니다."

도대체 두 여자 중 누가 거짓말을 하고 있는 것일까? 혹시 둘 다 진실을 말하고 있는 건 아닐까? 아니면 둘 다 거짓말을? 빅토르는 자신의 장기나 다름없는 사람 속 꿰뚫기 작업에 한동안 매진했고, 마침내 서서히 진실의 일단이 모습을 드러내는 걸 감지했다. 일련의 사실들은 그 진실을 둘러싸고 저절로 정돈되어가는 느낌이었다. 최종적으로 빅토르는 혼자서 보지라르 가의 사건 현장을 가보기로 결정했다. 그곳에서의 조사만큼은 자칫 몰레옹을 알렉산드라와 뤼팽에게까지 인도할 가능성이 있기 때문이었다. 아울러 수수께끼가 가장 종잡을 수 없는 경지를 드러내는 지점도 바로 그곳이었다.

두 명의 경찰관이 문 앞을 지키고 서 있었다. 그런데 문을 열어젖히자, 벽장을 신나게 뒤지고 있는 몰레옹이 덜컥 눈앞에 닥치는 게 아닌가!

수사과장은 몹시 건방진 말투로 외쳤다.

"저런, 여긴 또 웬일이오? 당신도 이쪽에서 뭔가 건질 것 같다는 생각을 한 거요? 아차, 그나저나 우리 형사들 중 한 명이 말하기를, 범행이 발생한 당일 우리 둘이서 함께 이곳에 들이닥쳤을 때, 그냥 재미로 찍은 듯한 사진들이 10여 장 있었다는군. 그 친구가 기억하기론 당신이 그 사진들을 꽤나 유심히 살펴보더라는데."

빅토르는 태연자약하게 툭 내뱉었다.

"착각이겠죠."

"또 다른 얘기도 있소. 엘리즈 마송은 언제나 초록빛 무늬가 새겨진 오렌지색 머플러를 착용했다는데, 그걸로 그만 목이 졸렸다고 하더군. 당신 혹시 어쩌다가라도 그거 본 적 있소?"

과장은 빅토르를 뚫어져라 노려보며 말했지만, 역시 무사태평한 대답이 돌아올 뿐이었다.

"못 봤습니다."

"사건 몇 시간 전, 당신이 남작을 데리고 찾아갔을 때 여자가 머플러를 착용하고 있지 않았던가요?"

"보지 못했습니다. 그는 뭐랍디까?"

"아무 말도 안 해요."

수사과장은 이내 입안으로 푸념을 굴렸다.

"거참, 괴이한 일이야."

"뭐가 그리 괴이하단 말입니까?"

"간계가 한둘이 얽힌 게 아니야. 아참!"

"뭡니까?"

"혹시 당신, 엘리즈 마송의 여자친구 누구 접촉한 사람 없소?"

"여자친구요?"

"누가 나더러 아르망드 뒤트렉이라는 아가씨 얘길 하던데. 혹시 모르는 여자요?"

"모르는데요."

"내 부하 중 하나가 찾아낸 여자인데, 벌써 어떤 경찰관한테서 신문을 받았다고 하더군. 난 또 당신이 그런 줄 알고 있었지."

"난 아닙니다."

이쯤 되자 빅토르의 존재가 눈앞에 있다는 것 자체가 몰레옹에게는 고역인 모양이었다. 계속해서 빅토르가 자리를 지키고 있자, 몰레옹은 급기야 까놓고 말했다.

"이제 곧 나한테로 그 여자를 데려올 예정이오."

"누구 말입니까?"

"그 아가씨. 가만, 발소리가 들리는군."

빅토르는 눈썹 하나 까딱하지 않았다. 사건의 이 대목부터는 다른 경찰들이 얼씬하지 못하도록 지금까지 주도면밀하게 전개해왔던 모든 술수가 백일하에 드러날 것인가? 그래서 몰레옹이 결국에는 시네 발타자르 여인의 진짜 정체를 알아차리고야 말 것인가?

만약 문이 열리는 순간, 몰레옹이 여자 쪽에 주의를 기울이는 대신 빅토르의 눈치를 힐끗이나마 넘겨보았다면 모든 것은 수포로 돌아갈 뻔했다. 왜냐하면 빅토르가 재빠른 눈짓을 여자한테 미리 보내 함구할 것을 지시했던 것이다. 처음 여자는 깜짝 놀라는 듯했다가 잠시 어리둥절한 다음 이내 메시지를 이해했다.

일단 그런 연후에는 게임은 기운 것이나 다름없고, 그 어떤 대답들도 공허하게 울릴 따름이었다.

"물론이에요. 그 가엾은 엘리즈와는 아는 사이였죠. 하지만 걔는 나한테 속내를 드러낸 적이 없답니다. 그 애에 대해서는 아는 게 하나도 없어요. 누굴 어떻게 만나는지도 깜깜하고요. 초록 무늬가 있는 오렌지색 머플러요? 사진요? 금시초문인데요."

그 후 두 사내는 함께 경시청으로 돌아갔다. 도중 몰레옹은 내내 고집스럽게 입을 다물었다. 마침내 다다랐을 무렵 빅토르가 가벼운 어조로 한마디 날렸다.

"이만 작별인사를 해야겠군요. 난 내일 떠날 겁니다."

"아?"

"네, 그래요. 지방으로 내려갈 거예요. 아주 흥미로운 냄새를 하나 맡은 게 있거든요. 이번에는 아무래도 한 건 올릴 것 같습니다."

"아, 그런데 이제 보니 깜빡 잊고 말 안 한 게 있소. 국장님이 얘기 좀 하자고 그러던데."

"무슨 얘기죠?"

"그 운전기사에 관해서 말이오. 북부 역에서 생라자르 역까지 도트리를 데려다준 운전기사, 그자를 찾아냈답니다."

순간 빅토르는 거칠게 으르렁댔다.

"이런, 젠장! 진작 좀 얘기하지."

3

그는 계단을 후닥닥 달려 올라가 다급하게 노크를 한 뒤, 뒤따르는 몰레옹과 함께 수사국장의 집무실로 들이닥쳤다.

"운전기사를 찾으셨다면서요?"

"아니, 그럼 이제야 몰레옹이 얘기해준 거요? 알고 보니 오늘에서야 그 운전기사가 신문에서 도트리의 사진을 본 모양입니다. 사건 다음 날인 금요일, 이 역에서 저 역까지 남작을 데려다준 운전기사를 경찰에서 수소문 중이라는 걸 그제야 알게 되었대요. 어찌 됐든 이곳에 자진출두하긴 했답니다. 이미 도트리와는 대질도 했고 말이죠. 아주 대번에 알아보더군요."

"그나저나 므슈 발리두가 신문은 했을 테고. 그래, 도트리가 직통으로 차를 몰라고 했답니까?"

"아니었소."

"그럼 도중에 내리기라도 했나요?"

"그런 게 아니고……."

"그런 게 아니라뇨?"

"일단 북부 역에서 에투알 광장까지 갔다가, 에투알 광장에서 다시 생라자르 역으로 가자고 했다는군요. 그러니까 결국 불필요하게 빙 돌아서 갔던 거죠."

"불필요했던 건 아니죠."

빅토르는 의미심장하게 중얼거리더니 불쑥 물었다.

"그 운전기사, 지금 어디 있습니까?"

"이곳 청사 안에 그대로 있소. 당신이 꼭 그를 만나봐야겠다고 했었고, 이제 조만간 당신이 우리 손에 채권 다발을 돌려줄 테니 단단히 잡아둘 수밖에."

"그가 이곳에 당도한 이후 누구누구와 이야기했습니까?"

"므슈 발리두 이외엔 아무도 없었소."

"이번 경시청 행차에 관해선 누구한테 얘기 안 했답니까?"

"아무한테도 얘기 안 했답니다."

"이름이 뭐죠?"

"니콜라라고 했소. 자동차 영세 임대업자이더군. 차라고는 그거 딱 한 대밖에 없대요. 여기 올 때도 몰고 온 모양인데, 아마 마당에 있을 거요."

빅토르는 잠시 생각에 잠겼다. 수사국장과 몰레옹은 둘 다 호기심으로 잔뜩 부풀어 올라 가만히 지켜보았다. 마침내 참다 못한 고티에 씨가 외쳤다.

"자자, 빅토르, 그게 그렇게 중요한 얘기요?"

"중요하다마다요!"

"우리한테도 귀띔 좀 해주시오. 뭔가 확실히 짚이는 게 있는 거요?"

"철저한 추리에 의존하는 만큼 확실히 짚이는 거야 당연합니다."

"아, 그럼 결국 추리밖엔 없다는 거요?"

"국장님, 자고로 경찰로서 우리의 모든 행위는 추리에 근거하든지, 그게 아니면 우연에 기대기 마련이죠."

"아아, 잡담은 그쯤 해두고, 빅토르, 어서 설명 좀 해보시오!"

"얘기는 간단합니다."

빅토르는 차분한 어조로 얘기를 시작했다.

"우리는 현재 스트라스부르에서 '라비코크'까지, 즉 도트리가 자기 호주머니 속에 물건을 꿀꺽한 그날 밤에 이르기까지는 나무랄 데 없이 국방공채를 추적해오고 있습니다. 그날 밤 도트리가 시간을 어떻게 보냈는가의 문제는 일단 넘어가도록 하고요. 물론 그에 관해서도 제 나름의 견해가 있고, 머지않아 국장님 앞에 속 시원히 공개할 것입니다. 아무튼 금요일 아침, 도트리는 자신의 전리품을 안고 정부의 집에 안착합니다. 그때 여행용 가방들은 이미 준비가 된 상태였죠. 두 명의 도망자는 즉시 북부 역에 당도했고, 거기서 기차 시간을 기다렸습니다. 그러다 문득 알 수 없는 이유로 인해 생각이 바뀌었고, 출발을 단념하게 되었죠. 그때가 오후 5시 25분입니다. 도트리는 일단 가방을 들려 정부를 집으로 돌려보낸 뒤, 차를 잡아타고 오후 6시 생라자르 역에 도착합니다. 그즈음에는 그도 석간신문을 사서 본 상황이었고, 자신에게 혐의가 모아져 어쩌면 경찰이 가르슈 역사에서 진을 치고 있을지도 모른다는 생각을 하게 되었죠. 과연 그런 상태에서 국방공채를 고스란히 몸에 지니고 나타나야 할 것인가? 그건 아니겠죠. 이 점에는 결코 반박의 여지가 없을 것입니다. 따라서 오후 5시 25분에서 6시 사이에 그는 전리품을 안전한 곳에 묻어두었다는 결론이 나옵니다."

"하지만 자동차가 중간 어디에 정차한 일도 없다는데?"

"그러니까 그가 취할 수 있는 방법에는 딱 두 가지가 있을 뿐이죠. 우선 운전기사와 타협을 해서 그에게 꾸러미를 맡긴다."

"말도 안 되는 소리!"

"그게 아니라면 그냥 몰래 자동차 안에 꾸러미를 놔둔다."

"그것도 있을 수 없는 일이오!"

"왜요?"

"그러다 아무나 차를 탄 사람이 가져가면 어쩌려고! 세상에 그런 엄청난 거금을 자동차 좌석에 방치해두는 사람은 없지요!"

"그야 그렇죠. 단, 차 안 어디에든 숨겨둘 수는 있겠지요."

몰레옹 수사과장이 난데없는 웃음을 터뜨렸다.

"커허허허허. 빅토르, 당신 말 한번 시원하게 하는군!"

반면 고티에 씨는 잠시 생각을 굴리더니 말했다.

"물건을 어떻게 숨긴다는 거요?"

"좌석 밑으로 쿠션 가장자리를 한 10센티미터만 뜯어내는 겁니다. 꾸러미를 밀어 넣은 다음 다시 봉합하면 되니까요. 그럼 만사 오케이인 겁니다."

"하지만 시간이 꽤 걸릴 텐데."

"물론입니다, 국장님. 바로 그 때문에 아까 말씀하셨던 '불필요한' 도정을 도트리가 군이 고집했던 겁니다. 그런 다음 그는 자신이 발견해낸 기발한 은닉처를 느긋하게 깔고 앉은 채 가르슈로 돌아왔고, 위험한 기간이 지나고 만사가 잠잠해지면 그때 가서 채권을 회수하기로 한 것입니다."

"하지만 자신이 의심받고 있다는 건 알고 있었을 텐데."

"그렇죠. 다만 그 혐의사항들이 얼마나 과중한지는 까마득히 모르고 있었습니다. 아울러 상황이 지금처럼 급박하게 전개될 거라고도 전혀 내다보지 못한 거죠."

"그럼 이제?"

"운전기사 니콜라가 타고 온 차가 경시청사 마당에 있다니, 이제 남은 건 우리가 국방공채를 되찾는 일뿐입니다."

몰레옹은 어깨를 으쓱하며 들릴 듯 말 듯 이죽거렸다. 반면 수사국장은 빅토르의 설명에 완전히 매료되어 즉시 운전기사 니콜라를 불러들였다.

"당신 차 있는 곳으로 우릴 안내하시오."

그야말로 너덜너덜 울퉁불퉁, 마치 마른의 승전에 일조라도 했던 것처럼 처참한 몰골의 고물 쿠페형 자동차였다(쿠페형 자동차는 운전석이 외부로 나와 있는 2인승 상자형 자동차. 제1차 세계대전의 유명한 격전지 마른 강변의 전투를 앞두고 갈리에니 장군은 당시 파리 시내에서 징집한 수백여 대의 택시로 1914년 9월 6일에서 7일 사이 밤새도록 군인들을 수송해 결국 전쟁을 승리로 이끈 바 있다. 자동차의 만신창이 외관을 빗댄 재미난 표현—옮긴이).

"시동을 걸까요?"

니콜라 기사의 말에 빅토르는 짤막하게 대답했다.

"아니요, 친구."

빅토르는 차의 문짝 하나를 열고, 왼쪽 좌석 쿠션을 붙잡아 뒤집고는 면밀하게 살폈다.

그다음은 오른쪽 쿠션이었다.

바로 그 밑 가장자리를 따라 약 10센티미터 길이로 이상한 부분이 눈에 띄었다. 약간 불규칙하게 접힌 곳이었는데, 자세히 들여다보니 쿠션의 짙은 회색보다 더 검은 실로 매우 촘촘하고 견고하게 박음질이 되어 있었다.

고티에 씨가 단박에 웅얼거렸다.

"맙소사, 정말이네!"

빅토르는 주머니칼을 빼 들고 실을 끊어낸 다음 과감하게 틈새를 벌렸다.

그러고는 내처 손가락을 들이밀어 속을 이리저리 헤집었다.

4~5초쯤 흘렀을까, 그의 입에서 중얼거림에 새어나왔다.

"찾았다."

그러고 나서 손쉽게 그의 손끝에 걸려 빠져나온 것은 한 장의 딱딱한 종이였다.

순간 빅토르의 입에서 거친 비명이 터져나왔다.

손에 매달린 종이는 다름 아닌 아르센 뤼팽의 명함 한 장으로 이런 글귀가 적혀 있었다!

심심한 사의를 표하며, 늘 편안하시길…….

몰레옹은 느닷없이 포복절도하면서 심술궂은 목소리로 뱉어냈다.

"크하하하하! 세상에, 이런 배꼽 잡을 일이 있나! 우리의 뤼팽 선생께서 옛날 장난기가 고스란히 도지셨나 봐! 안 그렇소, 빅토르? 10만 프랑짜리 채권 아홉 장 대신에 달랑 명함 한 장이라니! 아주 호되게 당하셨어! 웃겨 자빠지시겠네! 강력반 형사 빅토르, 당신 꼴 정말 우습게 됐다고!"

그러자 옆에 있던 고티에 씨가 발끈했다.

"나는 당신과는 생각이 다르오, 몰레옹. 이로써 오히려 빅토르의 비범한 직관력과 혜안이 증명된 것과 다름없게 되었소. 아마 일반 대중도 나와 같은 생각을 하게 될 거요."

빅토르도 무척이나 침착한 태도로 말했다.

"그뿐만 아니라, 이 일로 인해 뤼팽이 보통내기가 아니라는 게 다시
한번 증명된 셈입니다, 국장님. 이 몸이 '직관력과 혜안'을 논할 정도라
면, 경찰력의 도움도 받지 않고 저보다 앞서서 일을 처리한 그자의 능
력과 경지야 오죽하겠습니까."

"그렇다고 설마 여기서 단념하는 건 아니겠지?"

그 말에 빅토르는 빙그레 웃었다.

"그래봤자 2주면 해결을 볼 일입니다, 국장님. 그리고 몰레옹 과장,
나한테 따돌림당하지 않으려면 어서 서두르기나 하시죠!"

그는 구두 뒤축을 척 소리가 나도록 마주치면서 두 명의 상관에게 군
대식 거수경례를 깍듯하게 올려붙이고는, 빙그르르 돌아 뻣뻣하고 과
장된 걸음걸이로 뚜벅뚜벅 멀어져 갔다.

집에 도착하자마자 저녁 끼니부터 해결한 빅토르 형사는 다음 날 아
침까지 세상 더없이 평안한 잠에 빠져들었다.

역시나 신문들은 이번 사건을 두고 몰레옹의 증언을 바탕으로 꼬치
꼬치 떠들어대기 시작했으며, 강력반 형사 빅토르의 탁월한 활약상에
관해서는 대부분 수사국장의 견해에 동조하는 쪽으로 논조를 전개해나
갔다.

한편 빅토르가 예견했다시피 아르센 뤼팽을 향한 찬탄의 소리도 폭
발하듯 터져나왔다. 숱한 신문기사들이 이 지력과 관찰력의 경이로운
개가에 대해, 저 유명한 협객의 도무지 예측 불가능한 기지에 대해, 위
대한 기만자가 다시금 선보인 신선한 활약상에 대해 그 얼마나 극성스
러운 찬양의 변을 토해내는지!

빅토르는 그 모든 수다스러운 기사들을 눈으로 훑으면서 중얼거렸다.

"쳇, 아무래도 그대들의 뤼팽에게서 바람 좀 빼버려야겠는걸!"

그날 오후 저물 무렵, 도트리 남작의 자살 소식이 알려졌다. 물론 국방공채가 사라져버린 게 원인이었다. 현재 겪는 고통을 상쇄할 만큼의 즐거운 미래를 기대하게끔 만든 재산이 허망하게 사라져버리자, 남작의 존재 자체도 일거에 허물어진 셈이었다. 침대 위에서 벽을 향해 반듯하게 돌아누운 자세로 그는 유리 조각을 이용해 참을성 있게 자신의 동맥을 절단했고, 아무런 움직임도, 신음 소리도 하나 없이 세상을 하직했다.

사람들이 바란 건 그의 자백이었다. 하지만 설사 자백을 이끌어냈다 해도 과연 '라비코크'와 보지라르 가의 살인사건에 얼마만큼의 서광이 비쳐 들지는 미지수였다.

이젠 사람들이 그것을 문제 삼는 일도 거의 없었다. 모든 대중의 관심이 다시금 아르센 뤼팽 한 사람한테 집중되고 있었다. 특히 강력반 형사 빅토르의 작전을 이번에는 어떻게 따돌리고 빠져나가느냐가 모두의 관심사였다.

빅토르는 자신의 차에 올라 불로뉴 숲으로 돌아갔다. 거기서 그는 몸에 딱 달라붙는 경기병 제복 스타일의 늑골 무늬 겉옷을 벗어 던지고, 페루인 마르코스 아비스토의 우아하면서도 절제된 의상으로 갈아입은 뒤 캉브리주 호텔의 숙소로 향했다.

깔끔하게 재단된 턱시도의 단춧구멍에 활짝 핀 꽃을 꽂은 그는 레스토랑에서 근사한 저녁을 들었다.

알렉산드라 공주는 보이지 않았다. 식사가 끝난 뒤 나와본 홀에도 공주는 없었다.

하지만 객실로 올라와 밤 10시쯤이 되자, 전화벨이 요란하게 울렸다.

결정판 아르센 뤼팽 전집

"므슈 마르코스 아비스토이십니까? 알렉산드라 바실레예프 공주입니다. 혹시 지금 별로 할 일이 없으시거나, 그리 부담이 되지 않으신다면 이리로 건너와 얘기나 좀 나누는 게 어떨까 해서요. 당신을 볼 수 있다면 매우 기쁠 텐데요."

"지금 당장 말입니까?"

"지금 당장요."

7
공범 만들기

1

빅토르는 슬슬 손바닥을 문질렀다.

'됐어! 나한테 뭘 원하는 걸까? 기어이 불안과 두려움에 찌들어서 어떻게든 도움을 바라고 속내를 털어놓을 여자와 마주치게 될 것인가? 아냐, 그럴 리는 거의 없지. 이제 겨우 두 번째 단계인걸. 목표에 도달하려면 세 번째, 심지어 네 번째 단계까지 있을 수도 있어. 하긴 아무려면 어때! 중요한 건 그녀가 나를 봤으면 한다는 거지. 나머지는 그저 묵묵히 참고 기다릴 뿐!'

이런 생각을 굴리며 그는 거울 앞에 서서 넥타이를 고쳐 맸다. 느닷없이 그의 입에서 탄식이 새어나왔다.

"젠장! 나이 예순의 노신사라니. 물론 아직도 눈동자는 팔팔하고 풀먹인 가슴받이 속에 가슴팍이 당당하지만. 그래도 나이 예순이야."

그는 조심스레 고개부터 밖으로 내민 뒤 천천히 승강기 쪽으로 걷기 시작했다. 공주의 숙소 문 앞에 이를 때까지 시침 뚝 뗀 걸음걸이를 옮기던 그는 갑자기 방향을 틀어 살짝 열린 문 안으로 훌쩍 새어 들었다.

자그마한 대기실이 있었고, 다음으로 규방이 나타났다.

바로 그 문턱에서 알렉산드라가 선 채로 기다리고 있었다.

그녀는 마치 살롱에서 나무랄 데 없는 신사에게 하듯 화사한 웃음과 함께 손을 내밀었다.

"와주셔서 감사합니다."

남자에게 자리를 권하며 여자가 말했다.

팔과 아름다운 어깨가 환히 드러날 정도로 헐렁한 하얀 비단 가운을 걸친 모습이었다. 얼굴도 사람들 앞에 나설 때의 그 비장하고 심각해 보이는 인상이 아니었다. 그녀에게서 더 이상 위엄이나 고고함 따위는 보이지 않았고, 대신 사근사근하고 나긋나긋해서 누구라도 친근하게 다가갈 수 있을 것 같은 분위기가 느껴졌다.

규방은 여느 대형 호텔의 그것과 같은 스타일이었다. 다만 좀 더 은근한 조명과 일부 값비싼 골동품들, 근사하게 장정된 고서들, 그리고 이국적인 담배 향기 등이 한데 어우러져 묘하게 우아한 분위기를 가미하고 있다는 점이 약간 달랐다. 저만치 외발원탁 위에는 신문들이 여러 장 놓여 있었다.

마침내 여자가 소탈한 어조로 말을 꺼냈다.

"좀 당황스럽군요."

"당황스럽다뇨?"

"오시라고는 했지만, 그 이유를 나도 모르겠어요."

"나는 알고 있습니다."

"아, 왜라고 생각하세요?"

"권태로워서 부른 것이죠."

"그럴 수도 있겠군요. 하지만 지금 말씀하신 권태가 내 삶의 질병과 다름없긴 해도, 그저 대화로 해소될 수 있을 만한 건 아니랍니다."

"물론이죠. 대신 어떤 격렬한 행동이나 일정한 정도의 위험을 몸소 체험해야만 수그러드는 권태죠."

"그럼, 그런 나를 위해 당신이 뭔가 해줄 수는 없을까요?"

"있습니다."

"어떻게요?"

남자가 농담처럼 말을 던졌다.

"당신의 삶 속에 이 세상 가장 끔찍한 위험을 쏟아붓고, 온갖 재앙과 폭풍까지도 불러일으킬 수 있답니다!"

이어서 바짝 다가들어 좀 더 진지한 음성으로 속삭였다.

"하지만 굳이 그럴 필요가 있을까요? 당신을 생각할 때마다―실은 자주 생각합니다만―이 여인의 인생 자체란 끊임없는 위험의 연속이 아닐까 하는 의문을 떠올리게 되는데 말씀입니다."

순간 여자의 얼굴이 가볍게 상기되는 것 같았다.

"무엇이 당신에게 그런 생각을 불어넣은 걸까요?"

"그건 당신 손을 내밀어 보면 압니다."

여자는 조용히 손을 내밀었다. 남자는 잔뜩 상체를 기울여 한참 동안 여자의 손바닥을 들여다보더니 설명을 시작했다.

"음, 내가 생각한 그대로이군요. 겉으로는 복잡다단한 여인처럼 보여도 천성만은 한결 이해하기 쉬운 사람입니다. 눈빛과 태도를 통해 이미 간파했지만, 단순명료한 손금을 보면 더더욱 확실해요. 이상한 건 대담함과 연약함이 한데 뒤섞이고, 끊임없이 위험을 찾는 취향과 보호받고자 하는 욕구가 한 여인 안에 버젓이 공존한다는 사실이지요. 당신은

결정판 아르센 뤼팽 전집

고독을 좋아합니다. 그러면서도 고독이 때로는 당신을 질겁하게 해서, 결국 고독 속 망상에서 빚어진 악몽으로부터 자신을 지켜줄 사람을 찾게 되는 거죠. 당신은 무언가를 지배함과 동시에 당신을 다스리는 주인이 필요합니다. 당신은 복종과 오만, 모두를 위한 존재예요. 기상천외한 시련 앞에서는 강인하면서도 인생의 따분함과 우수, 일상의 틀이나 타성에 젖은 습관에 대해서는 턱없이 무기력한 존재란 말입니다. 한마디로 당신 내부의 모든 것이 서로 상충하고 있어요. 침착함과 열정, 건강한 이성과 격렬한 본능, 냉철함과 관능, 사랑의 욕망과 독립 의지가 말입니다."

그는 여자의 손을 놔주며 말을 이었다.

"어때요, 내 말이 틀리진 않죠? 당신은 내가 훤히 꿰뚫어 본 바로 그대로일 겁니다."

실제로 여자는 자기를 그처럼 깊숙이 들여다보는 눈빛에 부담을 느꼈는지 슬그머니 시선을 돌렸다. 그리고 담뱃불을 붙인 다음 자리에서 일어나 은근슬쩍 대화 주제를 옮겨갔다. 마침내 신문들을 내밀면서 얘기를 꺼냈는데, 그 침착한 어조를 통해 남자는 드디어 본론이 나오고 있음을 직감했다.

"채권과 관련한 이 모든 이야기들에 대해 당신은 어떻게 생각하시나요?"

두 사람에게 제일 중요한 관심사임에 틀림없는 사건이 비로소 대화의 주제로 떠오르고 있었다. 바로 이 순간에 이르기까지 얼마나 몸과 마음을 졸이며 여자의 동태를 좇아왔던가!

하지만 일단 여자 못지않게 태연한 태도로 그가 대답했다.

"아주 답답하고 애매모호한 이야기죠."

"정말 그래요. 하지만 그렇지 않은 새로운 사실들도 있답니다."

"새로운 사실이라뇨?"

"예컨대 도트리 남작의 자살은 일종의 자백으로 읽힐 수 있어요."

"확신할 수 있습니까? 그저 정부가 배신하고, 이제는 돈을 찾을 길이 없어져서 자살했을 뿐, 과연 그가 레스코 영감을 살해한 장본인이라고 할 수 있을까요?"

"그럼 누가 죽였게요?"

"그야 공범이 따로 있겠죠."

"어떤 공범요?"

"사건 현장에서 문으로 도망친 남자 말입니다. 아마 귀스타브 제롬일 수도 있겠지만, 같은 장소에서 창문으로 도망친 여자의 애인일 수도 있겠죠."

"그 여자의 애인이라면?"

"네, 바로 아르센 뤼팽 말입니다."

여자는 당장 손사래를 쳤다.

"아르센 뤼팽은 살인범은 아닙니다. 사람을 죽이지는 않아요."

"어쩔 수 없는 상황도 있겠죠. 자신이 살기 위해서라면."

너 나 할 것 없이 침착성을 유지하려고 애를 쓰면서도 얘기가 진행될수록 덤덤하던 어조가 점점 비장한 색채를 띠기 시작했고, 그 같은 상황 변화를 빅토르는 은밀하게 즐기고 있었다. 그는 여자를 쳐다보지 않았지만, 그녀의 부들부들 떠는 기운을 고스란히 느꼈다. 아울러 여자가 이런 질문을 내밀면서 얼마나 긴장된 호기심을 새김질하고 있는지 또렷이 실감했다.

"그 여자에 대해서는 어떻게 생각하시죠?"

"영화관에 있었던 여자 말입니까?"

"어머나! 그럼 영화관에 있던 여자와 '라비코크'에서 본 여자가 동일인물일 거라는 얘긴가요?"

"당연하죠!"

"그럼 보지라르 가의 건물 계단에서 마주쳤다는 여자는요?"

"그 역시 두말하면 잔소리죠!"

"설마 당신이 생각하기엔?"

여자는 거기서 더 나아가지 못했다. 하려는 말을 입 밖에 내놓기가 못내 괴로운 모양이었다. 대신 빅토르가 마무리를 해주었다.

"그 여자가 바로 엘리즈 마송을 살해한 여인일 수 있다는 거죠."

그는 하나의 가설을 내미는 사람처럼 이 말을 했는데, 침묵 가운데 떨구어진 말의 여운 속으로 여자의 가냘픈 한숨 소리가 희미하게 들려왔다. 그는 내친김에 여전히 초연한 억양으로 얘기를 이어나갔다.

"물론 나도 그 여자를 똑똑히 본 건 아닙니다. 솔직히 솜씨가 서툰 것에 적잖이 놀랐어요. 심지어 이런 범죄에는 초보자인 것 같았습니다. 게다가 공연히 사람의 목숨을 앗아갔으니 참으로 어리석기 그지없지요. 왜냐하면 그 여자가 사람을 죽였다면 분명 국방공채를 빼앗기 위함일 텐데, 그건 엘리즈 마송의 수중에 없었거든요. 그러니 결국 엉뚱한 범행이 된 꼴이고, 모든 게 아무 쓸모없는 한심한 짓거리가 되고 만 겁니다. 한마디로 말해서 그다지 흥미로울 것도 없는 만행인 셈이죠."

"그럼 당신은 이번 사건의 어떤 점에 관심이 있는 겁니까?"

"두 남자한테 관심이 있습니다. 두 명의 진짜 남자 말입니다! 도트리나 제롬, 혹은 경찰관인 몰레옹 같은 치들이 아니고요. 진정으로 심지가 있는 두 남자, 전혀 흐트러짐이나 허세 없이 제 길을 가다가 결국은 그 길 끝에서 맞부딪치게 될 두 명의 남자, 즉 뤼팽과 빅토르 말입니다!"

"뤼팽요?"

"그러면 대가라는 이름이 부끄럽지 않죠. 보지라르 가에서 한 차례 허탕을 친 연후에 기어이 국방공채를 빼돌려 판을 돌려놓는 그 신출귀몰한 솜씨는 가히 경탄할 만합니다. 그런가 하면 빅토르 역시 자동차 속 은닉처까지 도달한 건 사실이니 만만치 않은 대가의 반열이라 할 만하지요."

그러자 여자가 덥석 물었다.

"당신, 설마 그 남자가 뤼팽을 손봐줄 거라 믿나요?"

"그렇게 생각하고 있습니다. 진정 그렇게 믿고 있어요. 사실 그동안 여러 다른 경로로, 신문 지상이나 혹은 직접적으로 연루된 사람들의 이야기를 통해 나는 그 남자가 해온 일을 치밀하게 추적해온 사람입니다. 천하의 뤼팽도 그자가 휘두르는 것처럼 악착같고, 예기치 못할 기습적인 공세를 막아내본 경험은 아마 없을 거예요. 빅토르는 그를 결코 놓치지 않을 겁니다."

"아, 그렇게 생각하신다?"

여자는 중얼중얼 말꼬리를 흐렸다.

"그럼요. 빅토르 형사는 생각보다 훨씬 앞서가 있을 겁니다. 이미 상대를 추적 중일지도 모르겠어요."

"몰레옹 수사과장도 마찬가지인가요?"

"그렇습니다. 아무튼 이번에는 상황이 뤼팽한테 그리 좋지만은 않아요. 조만간 그를 꼼짝 못하게 만들고야 말 겁니다."

여자는 팔꿈치를 무릎에 괸 채 한동안 묵묵히 앉아 있었다. 그러더니 억지 웃음을 지어 보이며 속삭였다.

"만약 그렇다면 유감인걸요."

남자는 예상했다는 듯 얼른 대꾸했다.

"그렇겠죠. 모든 여자들과 마찬가지로 당신도 그 남자한테 폭 빠져 있을 테니까요."

여자는 한층 나지막한 목소리로 대꾸했다.

"예외적인 삶을 사는 사람들은 누구든 나를 매혹시킨답니다. 그 남자
는 물론이고, 꼭 그가 아니라도…… 예외적인 삶을 사는 사람들은 뭔가
강렬한 감정을 느끼며 살아가고 있을 거예요."

남자는 환하게 웃으며 말했다.

"천만에요! 천만의 말씀입니다! 그런 식으로 생각하지는 마십시오.
어차피 그런 감정도 이내 익숙해지기 마련입니다. 결국에는 카드 게임
에서 자기 패에나 신경 곤두세우는 선량한 부르주아처럼 원만하게 살
아가기 마련이에요. 물론 힘겨운 순간들도 있긴 하겠지만 그 자체가
점점 드물어집니다. 거의 언제나 조금이라도 유리한 처지만 된다면,
웬만한 것은 그냥 무난하게 넘겨버리기 일쑤죠. 그래서 얘긴데, 누가
나한테……."

그는 덜컥 말을 멈추고는 자리에서 일어나며 주춤주춤 떠날 채비를
했다.

"그나저나 실례했습니다. 시간을 너무 빼앗은 것 같군요."

여자는 불쑥 고개를 드는 호기심에 활발히 고무되어 얼른 상대를 붙
들었다.

"당신한테 뭐요?"

"오! 아무것도 아닙니다."

"아니긴요! 어서 마저 얘기해주세요!"

"오, 정말 아닙니다. 그냥 보잘것없는 팔찌 얘긴데…… 좋아요. 누가
나한테 얘기해준 건데, 그냥 거두기만 하면 된다는 거예요. 그야말로
아무런 흥분도 없이 그저 산책이나 하는 셈 치고……."

남자가 당장이라도 문을 열 참이라서 여자는 남자의 팔을 잡아챘다.

남자가 돌아다보자, 여자는 도저히 거부할 수 없는 특유의 도발적인 기운을 눈빛에 가득 담아 상대를 쏘아보고 있었다.

"그 산책, 언제 할 거죠?"

"왜요? 당신도 함께하시렵니까?"

"네, 하고 싶네요. 정말이지 지루해 죽겠거든요!"

"그래, 산책이라도 하면 좀 기분 전환이 되겠습니까?"

"어쨌든 두고 보죠. 한번 해보겠어요."

그제야 남자가 말했다.

"모레, 오후 2시, 리볼리 가, 생자크 광장입니다."

남자는 대답도 기다리지 않고 그냥 나와버렸다.

2

여자는 정확히 약속 시간에 나타났다. 다가오는 여자의 모습을 가만히 지켜보면서 남자가 잇새로 중얼거렸다.

"오, 나의 사랑스러운 아가씨. 그대는 이제 내 밥일세. 바늘에 실 가듯 난 당신 애인한테까지 다가가고야 말 거야."

경쾌한 발걸음과 어서 빨리 행동에 뛰어들고 싶어 안달인 저 태도를 보라. 마치 재미난 놀이라도 하러 오는 것처럼 온통 즐겁기만 한 아가씨의 행색은 따로 변장한 것도 아니면서 완전히 다른 사람이 되어 있었다. 회색의 모직으로 된 짧고 단출한 의상에 무늬 없이 단색인 빵모자 안으로 머리카락을 죄다 욱여넣은 모습. 이제 그녀의 어디도 남다른 시선을 끌지 않았다. 더 이상 귀부인의 그럴듯한 자태나 눈부신 아름다움이 겉으로 드러나지 않았으며, 모든 게 갑작스레 감춰지고 소탈하게 퇴색된 느낌이었다.

빅토르가 불쑥 물었다.

"결심은 한 거죠?"

"나 자신으로부터 벗어날 결심은 항상 되어 있는걸요!"

"먼저 몇 가지 설명할 게 있습니다."

"꼭 필요한 설명인가요?"

"당신이 조금이라도 켕기는 부분이 있을까 봐 그럽니다."

여자는 마냥 명랑한 어조로 말했다.

"그런 거 없어요. 우린 그저 기분 좋게 산책을 하면 되는 것 아닌가요? 그러면서 거둬들이고 말이죠. 그 이상은 난 몰라요."

"바로 그겁니다. 아무튼 산책을 하는 도중에 우린 어떤 사람 집을 방문할 겁니다. 실은 장물아비 짓을 하는 사람이죠. 그저께 누가 그에게 도둑맞은 팔찌를 맡겼다는데, 그걸 팔아야 한답니다."

"설마 그걸 당신이 돈 주고 사겠다는 건 아니죠?"

"물론 아니죠. 더구나 그는 자고 있을 겁니다. 아주 규칙적인 생활을 하는 친구거든요. 레스토랑에서 점심을 먹은 뒤, 바로 집으로 돌아가 오후 2시에서 3시까지 꼬박꼬박 낮잠을 잔답니다. 아주 곤한 잠이죠. 그동안은 아무도 그 친구를 깨울 수 없어요. 이만하면 우리가 방문한다 해서 무슨 돌발 사태가 일어날 걱정은 없다는 것쯤 이해하겠죠?"

"상관없어요. 그래, 당신의 잠꾸러기 친구는 어디 살죠?"

"일단 가십시다."

둘은 아담한 공원을 벗어났다. 한 100여 보쯤 걸었을까, 남자는 상대에게 번호판이 보이지 않도록 도로변에 주차시킨 자동차에 여자를 태웠다.

자동차는 리볼리 가를 따라가다가 좌회전을 했고, 미로처럼 얽히고

설킨 거리를 거침없이 파고들었다. 차체가 비교적 나직한 차였는데, 특히 답답한 지붕 때문에 안에 탄 사람이 거리 이름을 일일이 판별하기가 쉽지 않았다.

잠시 후, 여자가 말했다.

"당신은 나를 믿지 않는군요. 어디로 나를 데리고 다니는지 내가 모르기를 원하고 있어요. 어차피 이런 지저분한 도심의 거리들은 내게 온통 낯설 뿐인데 말이죠."

"도심의 거리가 아니라 탁 트인 들판과 근사한 숲 속으로 뻗어나간 멋진 길을 가는 겁니다. 지금 당신을 휘황찬란한 성채로 데려가는 거예요!"

여자는 빙그레 웃으며 말했다.

"당신, 페루인 아니죠?"

"두말하면 잔소리죠!"

"프랑스 사람인가요?"

"그것도 몽마르트르 출신입니다!"

"당신, 누구죠?"

"바실레예프 공주님의 운전기사이지요!"

어느덧 자동차는 아치형의 마차 전용 대문 앞에 멈춰 섰고, 둘은 차에서 내렸다.

전체적으로 넉넉한 장방형을 이룬 마당에는 포석이 깔려 있었고, 한복판에는 관목숲이 조성되어 있었다. 정원을 빙 둘러가며 낡은 건물들이 열 지어 있었는데, 그 각각에는 A층계, B층계 하는 식으로 별도의 계단들이 제각각 자리 잡았다.

두 사람은 그중에서도 F층계를 택해 올라갔다. 걸어가면서 포석에 부딪치는 발소리가 또렷하게 들렸다. 누구 하나 마주치는 사람이 없었고,

각 층에는 문이 하나씩밖에 없었다.

전체적으로 무척 황폐했고, 관리 상태도 엉망이었다.

어쨌든 마지막 6층까지 올라갔는데, 거긴 천장이 매우 낮았다. 빅토르는 호주머니에서 위조열쇠 꾸러미와 건물 설계도면을 꺼내 그중 네 개의 방이 표시된 도면을 여자에게 보여주었다.

자물쇠를 여는 것은 별로 힘들지 않았다. 아무 소음 없이 그는 문을 열었다.

"두렵지는 않죠?"

남자의 중얼대는 듯한 질문에 여자는 그저 어깨를 한 번 으쓱하는 걸로 대답을 대신했다. 하지만 얼굴에서 미소는 더 이상 보이지 않았다. 그러고 보니 평상시의 창백한 기운이 다시 감돌고 있었다.

정면으로 두 개의 문이 자리한 대기실이 나타났다.

남자는 오른쪽 문을 가리키며 속삭였다.

"그는 저 안에서 잡니다."

그러고는 왼쪽 문을 빠끔히 열어 자그마한 방으로 들어섰다. 의자 네 개와 책상 하나가 누추한 가구의 전부였고, 커튼으로 가려진 좁다란 창구가 옆방과 통했다.

남자는 커튼을 살짝 걷은 다음 안을 한 번 쓱 살펴보더니 여자에게도 와서 보라고 신호했다.

맞은편 벽에 걸린 거울 안에는 침대 겸용 디방에 얼굴을 알아볼 수 없는 어떤 사내가 누워 있었다. 빅토르는 여자한테 몸을 기울여 귓가에다 속삭였다.

"여길 지키고 있으세요. 저 사람이 조금이라도 움직이면 나한테 알리고요."

남자는 얼음장처럼 차가워진 여자 손을 지그시 만졌다. 여자의 두 눈이 잠자는 사람한테 꽂힌 채 이글거렸다.

빅토르는 책상 쪽으로 물러나 약간의 시간을 들여 잠긴 서랍들을 빼냈다. 이리저리 뒤적이자, 얇은 종이로 정성스레 포장한 팔찌가 나타났다.

바로 그때였다. 옆쪽에서 가벼운 소음이 들렸는데, 뭔가가 바닥에 부딪치는 소리 같았다.

알렉산드라는 커튼을 다급히 내리고는 비틀거렸다.

허겁지겁 다가가자, 여자가 더듬거렸다.

"움직였어요, 잠이 깼다고요!"

남자의 손이 다짜고짜 권총 주머니께로 갔고, 여자는 여자대로 후닥닥 남자 품에 달려들면서 팔을 붙들고 신음 소리를 내뱉었다.

"아, 당신 미쳤어요? 그건 절대로 안 돼요!"

남자는 여자의 입을 막았다.

"닥쳐요, 조용……."

둘은 가만히 귀를 기울였다. 더 이상 아무 소리도 들리지 않았다. 잠자는 사람의 숨소리만 적막을 간간이 건드릴 뿐이었다.

남자는 여자를 출입구 쪽으로 끌어냈다. 둘 다 한 발 한 발 극도의 조심을 다하며 방에서 물러났다. 마지막으로 방문을 다시 닫은 건 안에 들어간 지 미처 5분도 채 지나지 않았을 때였다.

급기야 층계참까지 나와서야 여자는 크게 숨을 내쉬면서 구부정하던 상체를 곧게 폈고, 비교적 침착하게 계단을 내려가기 시작했다.

마침내 차에 오르자 그간 참았던 긴장된 반응이 한꺼번에 터져나왔는데, 두 팔이 뻣뻣하게 경직되고, 얼굴은 잔뜩 일그러졌으며, 금방이라도 울음을 터뜨릴 기세였다. 하지만 가까스로 진정하면서 신경질적인 미소로 모든 긴장을 무마했다. 남자가 훔쳐낸 팔찌를 내밀자, 여자가 말했다.

"참 아름답군요. 멋진 다이아몬드예요. 아주 잘하셨습니다. 정말 축하드려요!"

분명 빈정대는 투였다. 갑자기 빅토르는 여자가 마치 낯선 이방인처럼 멀게 여겨졌고, 심지어 적대적인 느낌까지 받았다. 여자는 손짓으로 차를 세워달라고 하더니 훌쩍 내려 한마디 말도 없이 총총걸음으로 멀어져 갔다. 마침 가까운 곳에 택시 정류장이 있었고, 여자는 택시를 잡아탔다.

남자는 방금 벗어났던 곳으로 다시 기수를 돌렸다. 널찍한 마당을 가로질러 다시금 F층계를 걸어 올라갔다. 6층에 도착해 그는 초인종을 울렸다.

친구 라르모나 형사가 문을 열어주었다.

빅토르는 유쾌한 어조로 말했다.

"잘했네, 라르모나! 자네 정말이지 일급 잠꾸러기 역할을 멋지게 소화해냈어. 자네 아파트도 이런 장면을 연출하기엔 제격인 무대이고 말이야. 그나저나 아까는 뭐가 떨어진 건가?"

"응, 내 코안경."

"조금만 더한 거였으면 자네 머리통에 총알을 박아 넣을 뻔했네, 이 사람아! 아까 그런 장면이 벌어질까 봐 미녀께서 아주 기겁을 하더라고. 자네가 깰지도 모르는데, 무작정 내 품에 달려들더라니까."

"그럼 살인을 원치 않는다는 얘기 아닌가?"

"보지라르 가의 끔찍한 기억에 아직은 시달리는 모양이지. 그때 그 경험만으로도 충분하다고 보는 모양이야."

"그럼 자네 생각엔 정말?"

"난 아무 생각 없어. 그녀에게서 뭘 간파해냈다 해도 아직은 모든 게 오리무중이라고. 어쨌든 이제 내가 바라던 대로 그녀와 나는 서로 공범이 된 거야. 여자를 이리로 데려오는 순간 이미 내 목표는 상당 수준 접근한 셈이지. 그나저나 그녀에게도 전리품 몫을 넘겼어야 하는 건데, 최소한 약속이라도 했어야 하는데 말이야. 원래 그렇게 하려고는 했지만 어쩔 수가 없었지. 설사 그 여자가 사람을 죽인 건 인정한다 해도 도둑이라고는 도저히…… 상상이 안 가거든. 자자, 이 팔찌나 도로 받게! 자네를 믿고 이걸 빌려준 보석상한테 고마웠다고 전해주게나!"

라르모나는 장난스레 친구를 놀려댔다.

"아무튼 자네 속임수는 알아줘야 한다니까!"

"나도 어쩔 수 없는 일이야. 그놈의 뤼팽 같은 녀석을 상대하려면 좀 특별한 수단에 기댈 수밖에 없으니까."

잠시 후, 캉브리주로 돌아온 빅토르가 저녁식사를 하러 가기 직전, 라르모나에게서 한 통의 전화가 날아왔다.

"자네, 정신 바짝 차려야겠네. 아무래도 몰레옹 수사과장이 영국인의 은신처에 관한 몇몇 단서들을 손에 넣은 모양이야. 모종의 조치를 준비 중이라네. 또 연락하지."

3

빅토르는 한동안 수심에 휩싸였다. 그가 선택한 길을 이제는 생각보다 훨씬 더 조심스럽게, 신중을 기하며 걸어가야 하게 생긴 것이다. 만약 그렇지 않으면 붙잡으려는 일당이 몽땅 겁을 집어먹고 뿔뿔이 도망

결정판 아르센 뤼팽 전집

쳐버리고 말 것이다. 반면 몰레옹은 전혀 조심할 일이 없었다. 적의 흔적이 발견된 셈이니 물불 안 가리고 밀어붙이기만 하면 된다. 만약 영국인이 붙잡히면 뤼팽도 위험하고, 알렉산드라도 안전하지만은 못할 터. 사건 전체가 빅토르의 손아귀를 영영 벗어나고야 마는 것이다!

48시간이 불쾌함 속에서 흘러갔다. 아직은 신문 지상에서 라르모나가 경고한 것 같은 급박한 상황 전개에 관한 언급은 찾아볼 수 없었다. 하지만 그에게 또다시 걸려온 전화는, 더 밝혀진 내용이 없는 대신 몇 가지 세세한 징후들로 처음 우려했던 상황이 점점 확실시되어간다는 것이었다.

영국인 비미슈는 여전히 눈에 띄지 않았다. 그는 소위 염좌로 인한 통증 때문에 방에서 두문불출 중이라고 했다.

바실레예프 공주는 저녁식사를 하고 나서 딱 한 번 홀에 나타난 적이 있었다. 하지만 그나마 화보잡지에 홀딱 빠져 담배만 끔벅이는 게 고작이었다. 물론 자리도 옮겼고, 빅토르에게 눈인사조차 하지 않았다. 물론 빅토르 쪽에서는 힐끔힐끔 곁눈질로 여자를 관찰했지만 말이다.

그렇게 살펴본 여자는 별달리 불안해하는 것 같지 않았다. 하지만 왜 일부러 모습을 드러낸 것일까? 혹시 인사도, 알은체도 하지 않고는 있지만, 자기가 아직 이 호텔에 묵고 있으며, 언제라도 접촉의 길은 열려 있음을 빅토르에게 알리려는 뜻은 아닐까? 분명 여자는 사태가 그토록 빨리 위협적인 방향으로 치닫고 있다는 사실은 알 리 없었지만, 여성 특유의 직관에 힘입어 자신의 주변과 자기가 사랑하는 사내에 대해 심상치 않은 기운이 감돌고 있다는 것만은 느끼고 있을 법했다. 그럼에도 불구하고 대체 어떤 힘이 그녀를 이 호텔에 묶어놓고 있는 것일까? 그리고 무슨 이유로 영국인 비미슈는 이곳에 칩거해 있는 것일까? 왜 둘 다 보다 확실하고 안전한 피난처를 찾으려 하지 않는 걸까? 도대체 무슨 연유로 두 사람은 서로 떨어질 생각을 하지 않는 것일까?

혹시 언젠가 저녁에 영국인과 함께 있다가 빅토르에게 목격된 그 미지의 인물을 여자는 기다리는 것일까? 솔직히 아르센 뤼팽이라고밖에는 달리 생각할 수가 없는, 바로 그 젊은 남자를 말이다!

빅토르는 당장이라도 여자한테 접근해 귀띔해주고만 싶었다.

'떠나십시오. 상황이 심각합니다.'

그러나 만약 여자가 이렇게 반문한다면 뭐라 대답해야 하나?

'누구한테 심각하단 말이죠? 내가 뭘 두려워해야 하는데요? 바실레예프 공주가 어떤 점에서 시달릴 수 있다는 얘기죠? 영국인 비미슈라고요? 난 그런 사람 모릅니다.'

빅토르는 그냥 기다리기로 했다. 정녕 이쪽이 물러서기로 작정하지 않은 상태에서 몰레옹 수사과장이 파고들 경우, 결국에는 엄청난 격돌의 현장으로 화할 게 뻔한 바로 이 호텔에서 그 역시 한 발짝도 벗어나지 않았다. 그는 생각에 생각을 거듭했다. 매 순간 사건을 통째로 재검토했고, 지금까지 마음에 담았던 해결책들을 하나하나 검증하려고 애쓰는 가운데, 그것들을 알렉산드라의 행동거지와 성격, 그녀에 관해 알고 있는 모든 정보들과 일일이 대조해보는 것이었다.

그는 침실에서 점심을 때우고 오랜 시간 부질없는 상념에 잠겨 들었다. 그러고 나서 발코니로 나가 거리를 내려다보았는데, 저 아래 경시청 동료 형사 중 아주 낯익은 실루엣이 퍼뜩 눈에 들어왔다. 또 다른 형사도 정반대 방향에서 다가오고 있었다. 그들은 서로 마주치자 함께 캉브리주 호텔 맞은편 벤치에 앉았다. 둘 사이에 아무 말도 오고 가지 않는 듯했다. 그뿐만 아니라 아예 서로 등을 돌리고 있었는데, 다만 둘 다호텔 건물 전면의 회랑에서 시선을 떼지 않았다. 가만히 보니 또 다른형사 두 명이 차도 건너 포진해 있었고, 또 다른 두 명은 그보다 좀 더 멀리 진을 치고 있었다. 모두 합해 여섯 명. 바야흐로 공세가 시작된 것이다.

빅토르는 즉각 딜레마를 인식했다. 다시 강력반 형사 빅토르로 돌아가 영국인을 고발함으로써 노골적으로 아르센 뤼팽한테 도달하는 방법을 택할 것인가? 하지만 이 방법은 부득이 알렉산드라의 정체를 까발리는 결과로 치달을 게 분명했다. 그게 아니면……

"그게 아니면, 뭐지?"

그는 나지막한 목소리로 중얼거렸다.

"몰레옹의 편에 가담하지 않는다는 것은 곧 알렉산드라의 편에 서서 몰레옹에게 대적한다는 뜻일 텐데. 무슨 명목으로 그런 행동을 취한단 말인가? 나 혼자 독단으로 사건을 해결해서 직접 아르센 뤼팽한테 도달하려고?"

때로는 곰곰이 생각하는 것보다 차라리 어디로 가는지 모른 채 본능의 움직임에 모든 걸 맡기는 게 훨씬 나을 때가 있는 법이다. 중요한 것은 일단 행동이 개시되면 무조건 그 한복판에 뛰어들고 본다는 것. 그리하여 싸움이 요동치는 향방에 따라 최대한의 재량권을 확보한다는 것이 아니겠는가! 다시 발코니 너머로 넘겨다보니, 저 아래 인접한 길모퉁이에서 라르모나 형사가 불쑥 튀어나와 호텔 쪽 방향으로 어슬렁대며 접근해오고 있었다.

저 친구는 또 무엇하러 나타난 걸까?

동료 형사 둘이 앉은 벤치 앞을 지나치면서 라르모나는 그들을 빤히 바라보았다. 언뜻 눈에 띌 듯 말 듯한 고갯짓이 순간적으로 세 명 사이에 오고 갔다.

라르모나는 여전히 어슬렁대는 걸음걸이로 보도를 가로질러 호텔 안으로 들어섰다.

그쯤부터는 빅토르도 머뭇거리지 않았다. 라르모나가 무엇 때문에 나타난 건지는 제쳐두고, 일단 얘기부터 나눠야겠다는 생각이었다. 논리적으로 생각해봐도 라르모나 역시 빅토르를 만날 걸 예상하고 있을 게 분명했다.

그는 허겁지겁 계단을 내려갔다.

마침 티타임이 가까워오고 있었다. 이미 수많은 테이블이 자리가 찼고, 홀이든 그를 에두른 너른 통로든 오가는 사람들로 북적대고 있어, 빅토르와 라르모나가 남의 눈에 띄지 않게 만난다는 것은 불가능해 보였다.

"그래, 무슨 일인가?"

"호텔이 겹겹이 포위되었네."

"저들이 어디까지 알고 있는 거지?"

"술집 습격작전 이후로 영국인이 줄곧 이곳에 숨어 있었다고 확신하는 정도이네."

"공주에 대해선?"

"전혀."

"뤼팽은?"

"전혀."

"일단은 그만하면 괜찮군. 그나저나 자넨 내게 경고해주러 온 건가?"

"나도 지금은 정식 근무 중일세."

"저런!"

"인원이 한 명 모자랐나 봐. 몰레옹 주변을 서성대다가 그만 걸려서 이리로 차출된 거라네."

"그자도 와 있나?"

"지금 도어맨과 얘길 나누고 있어."

"빌어먹을! 꼴좋게 됐군!"

"우리는 모두 합해 열둘일세. 이번에는 빅토르 자네가 빠지는 게 나을 것 같아. 아직은 시간이 있네."

"쓸데없는 소리!"

"자네도 조사를 받을 거야. 그러다가 빅토르인 걸 알아보기라도 하면 어쩌려고?"

"뭐가 어때? 빅토르가 페루인으로 변장해서 그렇지 않아도 경찰이 조사하려는 호텔에 먼저 잠입해 형사 노릇을 하고 있는 게 뭐가 잘못인데? 자네야말로 내 걱정은 말게. 어서 가서 자네 할 일이나 하라고."

라르모나는 서둘러 현관 쪽으로 달려갔고, 밖에서 방금 들어온 형사 반장 한 사람과 함께 몰레옹을 호텔 사장실로 수행했다.

그로부터 3분 뒤, 다시 모습을 나타낸 라르모나는 빅토르가 있는 쪽으로 슬그머니 다가들었다. 둘 사이에 몇 마디가 몰래 오고 갔다.

"지금 숙박부를 조회 중이네. 혼자 머물고 있는 영국인 이름을 골라내고 있어. 덩달아 다른 모든 외국인도 조사 대상이야."

"그건 또 왜 그런가?"

"어차피 뤼팽의 부하 이름을 모르니까, 그게 영국인일지도 확신할 수 없다는 거지."

"그래서 어쩌겠다는 거지?"

"그들을 하나하나 모조리 아래로 불러 내리든지, 아니면 일일이 객실로 찾아다니며 신분증을 조사한다는 거야. 자네도 틀림없이 조사 대상에 들어갈 걸세."

"내 신분증은 문제없어. 너무 완벽해서 탈이지. 만약 누가 나가려고 하면 어떻게 할 거지?"

"감시만 여섯 명이 하고 있네. 조금이라도 수상한 자는 즉각 사장실로 데리고 갈 거야. 또 형사 한 명이 전체 통화 내용을 별도로 감시하고 있지. 모든 게 질서정연하게 이루어지고 있어. 눈곱만치의 소란도 허용되지 않지."

"그럼 자네는 뭐하지?"

"호텔 뒤편으로 퐁티외 가가 인접해 있는데, 그리로 호텔 직원들과 물품 공급업자들만 전용으로 사용하는 출구가 하나 있다네. 물론 손님들도 경우에 따라 드나들지. 난 거길 지키도록 되어 있어."

"수칙은 따로 정해져 있겠지?"

"오후 6시까지 호텔 메모지 위에 몰레옹이 서명을 해준 허가증이 없이는 아무도 지나다니지 못하게 하라는 걸세."

"자네가 보기에 내가 움직일 여유 시간이 어느 정도인 것 같은가?"

"움직이려고?"

"응."

"어느 방향으로?"

"걱정도 팔자로군!"

둘은 그렇게 헤어졌다.

빅토르는 승강기를 탔다. 전혀 망설임이 없었고, 망설일 이유도 없었다. 지금 마음속에 자리 잡은 결정 이외에 또 다른 가능성이 있을지 모른다는 생각 자체를 아예 닫아건 상태였다.

그는 속으로 연신 중얼거렸다.

'그래, 이거야. 다른 가능성이란 없어. 앞으로 상황이 어느 정도까지 내 계획에 유리하게 돌아가는지 지켜보는 것도 제법 재미있겠어. 다만 좀 서둘러야겠지. 앞으로 15분밖에 없으니까. 기껏해야 20분밖에 없어.'

복도로 접어들자 알렉산드라의 객실문이 열리면서 여자가 나타났다. 외출복 차림인 걸로 봐서 차를 마시러 내려가려는 모양이었다.

빅토르는 곧장 여자한테 걸어가 어깨를 부여잡고 객실 안으로 도로 밀어 넣었다.

여자는 거칠게 반항했다. 이게 대체 무슨 일이란 말인가?

"호텔이 경찰에 의해 전면 포위되었소. 곧 수색이 단행될 거예요."

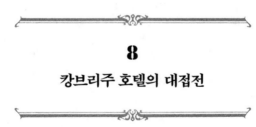

8
캉브리주 호텔의 대접전

1

　계속 뒷걸음질을 치면서도 알렉산드라는 엄청난 힘으로 움켜쥔 남자의 손을 뿌리치려고 몸부림쳤다. 대기실을 건너 빅토르는 등 뒤로 규방의 문을 닫았다. 그 즉시 여자는 앙칼스러운 고함을 질러댔다.

　"정말 못 봐주겠네요! 대체 무슨 권리로 이러는 거죠?"

　남자는 천천히 아까 한 말을 되풀이했다.

　"호텔이 경찰에 의해 전면 포위되었습니다."

　하지만 여자는 예상했던 반응과는 사뭇 다르게 나왔다.

　"그래서요? 나와는 상관없는 일이에요."

　"지금 영국인 명단을 추리고 있는 중입니다. 조만간 직접 조사가 이루어질 거예요."

　"그건 바실레예프 공주와는 하등 무관한 문제라니까요."

"영국인들 중에는 므슈 비미슈도 포함되어 있습니다."

여자는 눈꺼풀 하나 까딱하지 않고 강변했다.

"나는 므슈 비미슈를 모릅니다."

"천만의 말씀! 모르긴 뭘 몰라요. 같은 층에 사는 영국인입니다. 337호에 말이죠."

"글쎄, 모르는 사람이에요."

"당신은 그를 알고 있습니다."

"나를 염탐하기라도 한 건가요?"

"지금도 그렇지만, 당신을 돕기 위해 필요하다면 가능한 일이죠."

"나는 누구한테 도움받을 필요 없습니다. 더군다나……."

"나한테서는 말이겠죠. 그렇게 얘기하고 싶은 거죠?"

"그 누구한테서도요!"

"제발 부탁입니다. 내게서 쓸데없는 설명이 나오도록 하지 말아주십시오. 우리 둘 다 시간이 부족해요! 기껏 10분도 채 남지 않았단 말입니다. 10분이에요, 알겠습니까? 내가 보기에 앞으로 10분 후면 형사 두 명이 므슈 비미슈의 방으로 들이닥쳐, 몰레옹 수사과장이 버티고 있는 호텔 사장실로 끌고 갈 거란 말입니다."

여자는 억지웃음을 지어 보였다.

"그 므슈 비미슈인가 뭔가 하는 가엾은 사람한테는 유감이로군요. 그가 뭘 잘못한 거죠?"

"마르뵈프 가 술집 습격작전 때 도망친 두 명 중 한 명입니다. 나머지 한 명은 바로 아르센 뤼팽이고요."

여자는 여전히 태연하게 말을 받았다.

"그것참 안됐군요. 당신이 그 사람한테 딱한 심정을 갖는 모양인데, 그럼 방으로 직접 전화를 해서 경고를 해주면 될 겁니다. 그럼 그 사람도 어떻게 해야 할지 판단이 서겠죠."

"전화통화는 모두 감청되고 있어요."

"아이, 참! 하여튼 그 사람과 둘이 알아서 하란 말이에요!"

여자의 더더욱 안하무인격인 신경질로 인해 슬슬 짜증이 나는지 빅 토르도 다분히 퉁명스럽게 내뱉었다.

"아무래도 상황을 잘 이해 못하는 모양이군요. 앞으로 9분에서 10분 사이에 형사 두 명이 비미슈의 객실 문을 두드려 열어 그를 데리고 사 장실로 향하고, 한 명은 남아 방을 수색할 거란 말이오."

"그에겐 안된 일이네요!"

"당신에게도 마찬가지죠!"

"나요?"

여자는 펄쩍 뛰었다. 화가 나서일까, 불안해서일까?

하지만 이내 냉정을 되찾은 여자가 말했다.

"나에게도 좋지 않은 일이라고요? 그 남자하고 나 사이에 무슨 관계 가 있다고 이러는 건가요? 그가 내 친구라도 되나요?"

"그 정도야 아닐지 몰라도, 최소한 당신과 어떤 교감하에 그가 행동 해온 건 사실이죠. 부탁인데 무조건 그를 부정하진 마십시오. 내가 아 는 게 있습니다. 당신이 생각하는 것 이상으로 알고 있어요. 당신이 머 리핀을 잃어버리고도 태연한 척하고, 나를 도와 도둑질까지 감행했던 그때부터 나는 당신이 어떻게 그런 일들을 아무렇지도 않게 넘길 수 있 는지 나름대로 곰곰이 파악해왔습니다."

"그래, 그 모든 게 나 자신이 그런 일들을 저질러왔기 때문이라는 건 가요?"

"어찌 됐든 그런 행위를 저지르는 사람들한테 당신이 흥미를 느끼는 건 사실이죠. 그러던 어느 날 저녁, 당신과 그 영국인이 담소를 나누는

결정판 아르센 뤼팽 전집

게 눈에 띄었답니다."

"흥, 그게 다인가요?"

"그 이후, 그자의 방에 침입해보았죠. 거기서 내가 발견한 건……."

"뭔가요?"

"당신에 관한 정보가 될 만한 것이었습니다."

"그게 뭐냐고요?"

여자의 목소리에서 약간의 동요가 느껴졌다.

"이제 곧 경찰에 의해서도 발견될 물건이죠."

"어서 말을 해보라니까요!"

"비미슈 선생의 옷장 속에서, 보다 정확히 말하면 셔츠를 쌓아둔 틈새에서 녹색 무늬가 박힌 오렌지색 비단 머플러를 발견했습니다."

여자는 또다시 펄쩍 뛰듯 소리쳤다.

"뭐라고요? 지금 무슨 말을 하는 거예요?"

"녹색 무늬가 박힌 오렌지색 머플러 말입니다. 엘리즈 마송의 목을 조를 때 사용됐던 바로 그 머플러…… 내 이 두 눈으로 똑똑히 봤습니다. 분명 바로 이곳, 영국인의 옷장 속에 있단 말입니다."

순간 바실레예프 공주의 저항이 한풀 꺾인 듯했다. 그대로 서 있긴 했으나 조금씩 휘청거렸고, 기겁을 한 입술은 파르르 떨렸다.

"사, 사실이 아니에요. 그럴 리가 없어요."

남자는 틈을 주지 않고 사정없이 다그쳤다.

"내 두 눈으로 분명 봤다니까요! 경찰에서 찾고 있는 바로 그 머플러입니다. 당신도 아마 신문에서 읽었을 거예요. 엘리즈 마송이 아침마다 항상 집에서조차 목에 두르고 있던 머플러였지요. 그게 만약 영국인의 손안에서 발견된다면, 그걸로 자신은 물론 아르센 뤼팽까지 보지라르 가 살인사건에 연루되어 있음이 입증되는 건 기정사실입니다. 아울

강력반 형사 빅토르

475

러 머플러가 발견된 이상, 그 외의 인물, 즉 문제의 여성 역시 그 정체
를 폭로할 만한 또 다른 증거가 과연 없겠느냐 하는 점이죠."

"문제의 여성이라뇨?"

여자는 이를 악다문 새로 중얼거렸다.

"글쎄요, 그들의 여자 공범 아니겠습니까? 범행 시각에 계단에서 마
주쳤다는 여자 말입니다. 살인을 저지른……."

순간 여자가 느닷없이 빅토르에게 달려들며 외쳤는데, 그 자체가 자
백이자 저항의 몸부림처럼 느껴졌다.

"그 여자가 죽인 게 아닙니다! 분명히 말하지만 그 여자가 죽인 게
아니에요! 그 여자는 살인을 싫어합니다! 피를 싫어하고 죽음을 싫어해
요! 그 여자가 죽이지 않았다고요!"

"그렇다면 대체 누가 죽인 거죠?"

여자는 아무 대답도 못했다. 내부에서는 온갖 감정이 믿을 수 없을
만큼 빠르게 지나쳐가고 있었다. 그 와중에 과격한 흥분이 순식간에 빠
져나가더니 난데없는 의기소침 상태가 둥지를 틀었다. 겨우 들릴 듯 말
듯한 목소리로 여자가 속삭였다.

"그 모든 건 별로 중요한 게 아닙니다. 당신이 나에 관해 제멋대로 생
각해도 난 상관 안 해요. 어차피 나는 끝난 인생입니다. 모두가 내게 등
을 돌렸어요. 비미슈가 무엇하러 그 머플러를 가지고 있었겠어요? 어
떤 식으로든 처분하는 게 나았을 걸 말입니다. 아니에요. 나는 끝났습
니다."

"왜 그런 생각을 하는 겁니까? 지금 당장 여길 떠나세요! 당신이 떠
나는 걸 막을 일은 아무것도 없어요."

여자는 여전히 맥없는 목소리였다.

"아니에요. 그럴 수가 없어요. 그럴 힘이 없습니다."

결정판 아르센 뤼팽 전집

"정 그렇다면 나라도 도와주시오."

"무얼 말인가요?"

"그자에게 귀띔해주는 일 말입니다."

"어떻게요?"

"일단 나만 믿으십시오."

"잘 안 될 거예요."

"천만의 말씀입니다!"

"머플러를 빼낼 건가요?"

"그렇소."

"그럼 비미슈는 어떻게 되는 거죠?"

"탈출할 수 있는 방법을 일러줄 겁니다."

여자는 빅토르에게 바짝 다가들었고, 빅토르는 잠시 여자를 가만히 살펴보았다. 어느새 다시금 용기를 되찾아가는 얼굴이었다. 부드러워진 눈빛과 비록 상대가 나이는 들었지만, 그 앞에서 여성 특유의 위력을 발휘할 수 있다고 믿는 건지 묘한 웃음까지 입가에 담았다. 하긴 이렇듯 조건 없이 헌신해오는 남자의 태도를 달리 어떻게 해석할 수 있겠는가? 자신의 처지도 편치 않을 텐데, 만사 제쳐두고 여자를 구하려 하는 이유가 과연 무엇이겠는가?

그러고 보니 여자도 남자의 강인한 표정과 침착한 눈빛에 어느 정도 경도되고 있는 게 사실이었다.

마침내 여자는 남자에게 손을 내밀었다.

"어서 서두르세요! 두렵습니다."

"그자 때문에요?"

"그의 충성심은 의심치 않아요. 하지만 사람 일이야 다 알 수는 없으니까요."

"그가 내 말에 따를까요?"

"그럴 겁니다. 그 역시 두려워하고 있을 거예요."

"하지만 나를 경계하고 의심할 텐데요?"

"아뇨. 그렇진 않을 거예요."

"문이나 제대로 열어줄지?"

"세 번에 걸쳐 문을 두 번씩 두드리세요."

"두 사람 사이에 그 밖의 다른 암호 같은 건 없습니까?"

"없어요. 그런 식의 노크 방법이 다예요."

마침내 남자가 자리를 박차고 나가려 하자, 여자가 덥석 붙들며 말했다.

"잠깐만요! 나는 이제 어떡하죠? 여길 떠나요?"

"꼼짝 말고 있으세요. 지금으로부터 약 한 시간 후에 경계가 풀리고 나면 내가 돌아오겠습니다. 그때 차근차근 생각하기로 하죠."

"만약 당신이 돌아오지 못하게 되면요?"

"금요일, 생자크 광장으로 오세요."

남자는 잠시 생각하더니 다시 덧붙였다.

"자, 이만하면 다 정리된 거죠? 내가 뭐 하나 빠뜨리고 소홀히 한 점은 없는 거겠죠? 그럼 됐습니다! 다시 말하지만 여기서 한 발짝도 움직이지 말아야 합니다."

빅토르는 문을 반만 열고 밖을 살폈다. 복도에는 평상시와 다르게 사람들이 어수선하게 오고 갔다. 그것만 봐도 호텔 전체에 소란스러운 움직임이 이는 것을 알 수 있었다.

잠시 기다리던 그가 후닥닥 밖으로 나섰다.

우선 1단계는 승강기 철책문까지 당도하는 것이었다. 아무도 없었다. 그다음으로는 337호까지 달려가 정해진 규칙대로 잽싸게 문을 두드렸다.

안에서 다급한 발소리가 새어나오는가 싶더니 곧장 자물쇠 소리가 들렸다.

다짜고짜 문을 밀어 연 빅토르는 비미슈가 눈에 들어오자, 아까 여자한테 한 얘기를 그대로 뱉어냈다.

"호텔이 경찰에 의해 전면 포위되었소. 곧 수색이 단행될 겁니다."

2

영국인의 반응은 알렉산드라와는 딴판이었다. 저항도 없었지만, 의지를 관철시키기 위한 다그침 또한 필요 없었다. 두 남자 사이에서 즉각적인 '공감대'가 이루어졌다. 영국인한테 상황은 있는 그대로의 모습으로 다가왔고, 빅토르가 무슨 이유로 이런 사실을 알려주는지 가늠해 볼 틈도 없이 두려움이 그의 기를 꺾어놓았다. 더군다나 그는 프랑스어를 잘 듣고 이해하지만, 말은 별로 없는 타입이었다.

빅토르가 말했다.

"내 말을 지금 당장 따라야 합니다. 경찰이 방마다 쑤시고 있어요. 마르뵈프 가 술집의 도망자 중 영국인이 이 호텔에 숨어들었다고 생각하고 있습니다. 당신은 아마 그 염좌 평계 때문에 제일 첫 번째 용의자로 조사받게 될 거예요. 우리끼리 얘기지만, 그런 평계는 영리한 게 아니거든요. 아예 이곳으로 돌아오지 말든가, 최소한 방에 처박히진 말았어야 했어요. 혹시 위험한 서류나 편지 같은 건 없습니까?"

"없어요."

"공주를 위험에 빠뜨릴 만한 물건은요?"

"없습니다."

"웃기지 마! 어서 저 옷장 열쇠부터 내놔!"

난데없는 일갈에 상대는 순순히 말을 들었다. 빅토르는 셔츠 더미를 파헤쳐서 비단 머플러를 빼내 호주머니 속에 욱여넣었다.

"이게 다인가?"

"네."

"아직은 시간이 있다. 정말로 이게 다야?"

"그렇습니다."

"내 분명 경고하겠는데, 만에 하나 바실레예프 공주를 배신할 생각이라면 대갈통을 빠개버리고 말겠어! 자, 어서 신발하고 모자하고 외투부터 챙겨 입어. 당장 도망쳐야 하니까!"

"하지만 경찰은?"

비미슈가 미적거렸다.

"닥쳐! 퐁티외 가 쪽으로 난 호텔 출입구 알고 있지?"

"그렇소."

"거긴 경찰 한 명만 지키고 있다."

영국인은 대번에 권투선수 같은 포즈를 취하며 강제로 활로를 뚫어야 하느냐는 시늉을 해 보였다.

"천만에! 공연히 바보 같은 짓은 금물이야. 그러다 자네가 먼저 요절날 거라고."

그렇게 내뱉은 빅토르는 탁자 위에서 호텔 로고가 새겨진 메모지를 한 장 집어 들고 휘갈겼다.

통과시킬 것

×월 ×일

결정판 아르센 뤼팽 전집

"거길 지키는 친구한테 이 종이를 보여주면 돼. 서명은 확실하네. 내가 보증하지. 그다음엔 결코 버둥대거나 뒤돌아보지 말고 무조건 튀는 거야! 거리 모퉁이를 돌 때까지는 구보 수준을 유지하도록!"

영국인은 속옷과 다른 소지품들, 화장용품 등으로 가득한 옷장을 가리키며 아쉽다는 동작을 취했다.

그 꼴에다 대고 빅토르의 일갈이 다시 한번 튀어나왔다.

"오냐, 그래. 또 뭐가 필요한데? 배상금이라도 쥐여줘? 자자, 어서! 채비나 하라니까."

비미슈는 구두부터 챙기기 시작했다. 바로 그때, 문 두드리는 소리가 들렸다. 빅토르의 입에서 짜증스러운 욕설이 튀어나왔다.

"우라질! 벌써 온 건가? 하는 수 없지, 어떻게든 개개는 수밖에."

또다시 노크 소리가 들렸다.

"들어오시오!"

빅토르가 냅다 외쳤고, 영국인은 구두를 방구석에 내팽개침과 동시에 소파 위에 널브러졌다. 문을 따러 빅토르가 움직였지만, 그보다 먼저 열쇠 돌아가는 소리가 들렸다. 각 층을 책임진 급사가 만능열쇠를 조작하는 소리였다. 그 뒤로는 빅토르의 동료이기도 한 형사 두 명이 대동했다.

빅토르는 다짜고짜 남아메리카 억양을 강조하면서 영국인을 향해 외쳤다.

"그럼 또 봅시다. 다리가 나아져서 정말 다행이오."

그는 나가면서 들이닥치는 형사들과 자연스럽게 맞부딪쳤다. 한 명이 예의 바른 어투로 말했다.

"경시청 수사과 루보 형사라고 합니다. 현재 호텔을 수색하는 중입니다. 실례지만 저 신사분과는 언제부터 아는 사이인지 여쭤봐도 되겠습니까?"

"므슈 비미슈 말이오? 오, 제법 됐죠. 여기 홀에서 알게 됐는데, 나한테 시가를 한 대 권하더군요. 다리를 접질렀다기에 문안차 와본 겁니다만."

그러고는 얼른 이름부터 댔다.

"나는 마르코스 아비스토라고 하오."

"페루인이시죠? 당신은 과장님이 조사 대상으로 선정한 손님 명단에 올라 계십니다. 사무실까지 같이 가주시겠습니까? 신분증은 소지하고 계시겠죠?"

"아뇨. 내 방에 있는데요. 같은 층입니다."

루보 형사는 방 안 소파 위를 재빨리 훑어보았다. 영국인이 붕대를 감은 발목을 그럴듯하게 올려놓았고, 옆 탁자에는 습포들이 잔뜩 준비되어 있었다. 형사가 아까보다 많이 까칠한 어조로 내뱉었다.

"당신, 걸을 수 있습니까?"

"아뇨."

"그럼 과장님이 직접 올라오실 겁니다."

이어서 동료 형사에게 말했다.

"자네가 가서 알려드리게. 그동안 내가 영국인의 신분증을 살펴보겠네."

빅토르는 그 형사를 따라나오면서 속으로 코웃음을 쳤다. 그도 그럴 것이 루보 형사는 영국인과 관련해 특별히 부여된 임무에만 사로잡힌 나머지, 정작 빅토르는 보다 치밀하게 조사할 생각조차 하지 않은 것이다. 아울러 자신이 어쩌면 무장을 하고 있을지도 모를 용의자와 단둘이

방 안에 남는 것에 대해 단 한순간도 별다른 생각을 하지 않았다.

빅토르는 바로 그 점을 유의하고 있었다. 그는 자기 방 옷장 속에서 마르코스 아비스토를 합법적으로 증명해줄 제반서류들을 추림과 동시에, 함께 따라온 형사를 곁눈질로 살피면서 속으로 중얼거렸다.

'어떻게 할까? 딴죽을 걸어 넘어뜨린 다음, 방 안에 처박아 가두고 나서 퐁티외 가로 빠져나가버려?'

하지만 굳이 그럴 필요가 있을까? 일단 주요 과녁이 되고 있는 비미슈가 같은 식으로 루보 형사를 처치한 다음, 몰레옹 과장의 서명이 담긴 가짜 허가증을 내밀어 무사히 이곳을 벗어나만 준다면 빅토르가 걱정할 일이 무어란 말인가?

결국 그는 순순히 경찰을 따르기로 했다.

호텔은 이제 거의 아수라장을 방불케 했다. 특히 아래층에는 홀이며 현관이며 할 것 없이 여행객들과 손님들로 떠들썩했고, 갑작스러운 출입 통제조치에 모두 난리들이었다. 무엇보다 통제가 제대로 먹혀들지 않는 분위기였다. 몰레옹 과장도 슬슬 사무실 안까지 번잡해지자 짜증을 부리기 시작했다.

그는 빅토르를 한눈으로 휘딱 흘기고는 부하들에게 넘겨버렸다. 역시 추정 기대치가 큰 비미슈 선생한테 온 정신이 쏠려 있는 모양이었다.

그는 빅토르를 데리고 온 형사에게 대뜸 물었다.

"그래, 영국인은? 안 데리고 온 건가?"

"걷지를 못해서요, 다리가 삐어서."

"허튼소리! 그놈 어쩐지 구린 데가 있단 말이야! 얼굴이 벌겋고 뚱뚱한 체격 아니던가?"

"맞습니다. 짧은 콧수염이 빽빽하고요."

"짧은 콧수염이라고? 확실하군. 루보가 함께 있는 건가?"

"네."

"내가 당장 가봐야겠어. 따라오게."

하필 바로 그 순간, 조사 명단에 올라 있는 어떤 여행객 하나가 기차 시간이 임박했다고 노발대발하며 들이닥쳤다. 그 바람에 소중한 2분이 그냥 흘러갔고, 적절한 조치를 지시하느라 2분이 더 지나갔다. 그러고 나서야 과장은 마침내 자리에서 일어설 수 있었다.

한편 신분 증명서류만 검토하는 것으로 모든 절차가 마무리된 빅토르는 별도의 출입허가증조차 요구하지 않고 다시 승강기에 올랐다. 마침 거기엔 방금 전에 나온 몰레옹과 형사 그리고 또 다른 경찰관이 있었다. 빅토르의 존재엔 전혀 신경 쓰지 않는 것 같았다. 그리고 4층이 되자, 누가 먼저랄 것 없이 우르르 몰려 내렸다.

몰레옹이 337호 문을 다급하게 두드렸다.

"문 열게, 루보!"

그는 다시 문을 두드렸고, 곧장 신경질을 부렸다.

"이런 제기랄! 어서 문 열라니까! 루보, 루보!"

그는 해당 층 담당 급사와 관리자를 불렀다. 급사는 열쇠 꾸러미를 손에 들고 득달같이 달려왔고, 점점 안달이 난 몰레옹은 무턱대고 거칠게 다그쳤다. 마침내 문이 열리자마자 수사과장의 입에서는 외마디 탄식이 터져나왔다.

"빌어먹을! 내 이럴 줄 알았다니까."

루보 형사는 수건과 화장 가운 등으로 꽁꽁 묶이고 재갈마저 물린 채 바닥에 널브러져 발버둥을 치고 있었다.

"어디 다친 데는 없나, 루보? 아, 이 독한 놈! 자넬 이 지경으로 묶어놓을 수가! 내 참 기가 막혀서. 아니, 어떻게 당한 건가? 자네 같은 단단한 친구가 말이야!"

결박을 풀어주자, 루보가 대뜸 이를 갈며 길길이 날뛰었다.

"둘이었어요! 둘이었다고요! 대체 또 한 놈은 어디서 튀어나왔는지. 아마 어딘가에 숨어 있었던 게 분명합니다. 뒤에서 난데없이 목덜미를 가격하는 거예요!"

몰레옹은 얼른 전화기를 붙잡고 지시를 내렸다.

"아무도 호텔 밖으로 나가지 못하게 해! 예외란 절대 없어! 알아듣겠나? 누구든 도망치려는 자가 있으면 가차 없이 잡아들이도록! 다시 말하지만 어떤 예외도 없어!"

그리고 루보를 돌아보며 말했다.

"그러니까 두 명이었단 말이지? 그럼 한 놈은 대체 어디서 튀어나온 거야? 그래, 아무것도 낌새를 못 챘었단 말인가? 좌우간 찾아보게, 멍청한 친구 같으니. 욕실은 둘러보셨나? 아마 거기 숨어 있었을 것 같은데."

루보도 맞장구를 쳤다.

"그럴 것 같네요. 하긴 감이 좀 안 좋더라니. 그쪽을 등지고 있었거든요."

모두 욕실로 가보았다. 아무런 단서도 없었다. 필요에 따라 옆 객실로 통하는 문의 빗장도 정상적으로 맞춰져 있었다.

수사과장의 지시가 떨어졌다.

"뒤져봐! 샅샅이 뒤져보라고! 루보, 자네는 나를 따라오게. 아래층에서 할 일이 있어."

어느새 구름같이 복도로 몰려든 사람들을 거칠게 헤치며 그가 왼편 승강기 쪽으로 걷기 시작할 때였다. 난데없이 오른쪽에서 요란한 소리가 터져나왔다. 복도는 널찍한 사각형 구조를 이룬 호텔에 속속들이 퍼져 있었는데, 분명 비미슈는 퐁티외 가로 면한 건물 뒤편으로 가기 위해 오른쪽 방향으로 향했을 거라는 게 루보 형사의 의견이었다.

몰레옹이 답했다.

"옳거니. 하지만 거긴 라르모나가 지키고 있지. 수칙은 엄격하게 지켜질 것이네."

그러는 동안에도 요란한 소리는 점점 커져만 가고 있었다. 첫 번째 모퉁이를 돌아들자, 저만치 끝에 사람들이 모여 있었다. 그들은 하나같이 이쪽으로 손짓을 하며 불러댔다. 일종의 휴게실처럼 종려나무와 안락의자들이 배치된, 아담하게 외진 공간에 사람들이 잔뜩 모여들어 바닥에 널브러진 한 몸뚱어리를 굽어보고 있었다. 종려나무 화분들 사이에서 방금 발견해낸 모양이었다.

루보가 대뜸 소리쳤다.

"바로 그 영국인이네! 알아보겠어요. 온통 피투성이잖아."

"뭐라고? 그럼 비미슈란 말인가? 설마 죽은 건 아니겠지?"

"죽진 않았어요. 하지만 상처가 꽤 깊습니다. 어깨가 칼에 찔렸어요."

누가 무릎을 꿇고 귀를 갖다 대며 대답하자, 몰레옹이 버럭 외쳤다.

"이보게, 루보. 그럼 그 또 다른 놈의 소행이란 말인가? 아까 숨어 있다가 자네 목덜미를 후려친 놈 말일세!"

"맙소사! 그렇다면 놈이 자기 동료를 제거하려 했다는 얘기네요! 다행히 놈도 독 안에 든 쥐 꼴입니다. 아무튼 모든 출구가 봉쇄된 상태이니까요."

아까부터 줄곧 상황을 지켜보던 빅토르는 조금도 머뭇대지 않았다. 그는 어수선한 틈을 타 살그머니 빠져나와 계단을 달려 내려갔다.

1층에 다다르자, 퐁티외 가 쪽 출구가 가깝게 보였다. 주위는 호텔 직원들로 북적였고, 라르모나와 두 명의 형사가 눈에 불을 켜고 있었다. 빅토르의 신호에 라르모나는 말을 나눌 수 있는 위치로 슬그머니 비켜

나왔다.

"지나갈 수 없다네, 빅토르. 별도 지시가 떨어졌어."

"걱정 말게. 자네 도움 없이 내가 알아서 해결할 테니까. 누가 자네한테 메모지 내민 적 있나?"

"있지."

"가짜였을 텐데."

"이런, 제기랄!"

"빠져나갔나?"

"맙소사, 이를 어째!"

"인상착의는?"

"별로 유심히 보지는 않았네만. 젊고 팔팔한 걸음걸이였어."

"그럼 아직도 누군지 모르겠단 말인가?"

"모르겠는데."

"아르센 뤼팽이라네!"

3

빅토르의 확신은 실제 뤼팽이 등장하는 상황이 언제나 그렇듯, 일종의 희극처럼 코믹하면서도 기상천외한 일련의 순간들을 겪은 사람들 모두의 머릿속에 여과 없이 각인되고 말았다.

한편 몰레옹은 창백하게 질린 안색 때문에 아무리 침착한 척해도 이미 스타일이 구겨진 상태였다. 그럼에도 일단 본부에 자리 잡은 사령관 같은 자세로 사장실 책상 앞에 버티고 앉아 있었다. 그는 경시청에 전화를 넣어 지원병력을 요청했고, 호텔 여기저기에 전령을 보냈으며, 때론 상호 모순되는 명령들을 남발하여 모두를 어리둥절하게 만들었다. 그 와중에 틈만 나면 소리친다는 게 이런 식이었다.

"뤼팽이야! 그놈이 바로 뤼팽이라고! 다들 알다시피 좀 전까지만 해도 갇혀 있었는데."

영국인 비미슈는 들것에 누워 방금 출입구를 빠져나갔다. 보종 병원으로 실려 가는 중이었는데, 담당 의사가 말했다.

"치명상은 아닙니다. 내일이면 조사를 받을 수 있을 거예요."

잠시 후, 퐁티외 가를 둘러보고 온 루보가 무척 흥분된 상태로 보고했다.

"역시 뒤쪽으로 도망쳤습니다! 라르모나에게 과장님 서명이 적힌 허가증을 내밀었다는군요!"

몰레옹은 당장 길길이 날뛰었다.

"그건 가짜야! 난 단 한 장도 서명해준 적 없어! 라르모나를 오라고 하게! 내 서명은 단 한 차례도 위조된 적이 없단 말이야! 그처럼 대담한 짓을 벌일 놈은 뤼팽밖에 없어. 영국인의 방으로 올라가보게. 가서 잉크병하고 펜, 호텔 로고가 새겨진 메모장이 있는지 살펴보도록!"

루보는 쏜살같이 튀어나갔다.

그로부터 5분 후, 다시 나타난 그가 말했다.

"잉크병은 열린 상태고요. 깃털 펜도 제자리에 없습니다. 호텔 로고가 새겨진 메모지는 물론 있고요."

"위조허가증은 바로 그곳에서 만들어진 거다. 아마 자네가 묶여 있을 때 조작했겠지."

"아닐 겁니다. 그랬으면 제 눈에 띄었을 거예요. 영국인은 구두를 신자마자 부리나케 사라졌어요."

"그나저나 두 놈 다 조사가 준비 중이라는 사실은 모르고 있었을 게 아닌가?"

"글쎄요."

"만약 알았다면 누가 귀띔해준 거지?"

"제가 방에 처음 들이닥쳤을 때 누군가 영국인과 함께 있었습니다. 페루인이었는데……."

"마르코스 아비스토라는 작자일세. 그자는 어떻게 됐지?"

또다시 루보가 특파되었다.

잠시 후, 다시 돌아온 그가 말했다.

"없습니다. 방이 비어 있어요. 셔츠 세 벌하고 양복 한 벌, 화장물품들이 남아 있는데, 그중에서 분첩 한 통은 방금 사용했는지 뚜껑도 열린 상태입니다. 빠져나가기 전에 아마 분장을 좀 한 듯합니다."

몰레옹이 으르렁거렸다.

"음, 틀림없이 공범이야. 그럼 모두 세 명이란 얘긴데. 사장님, 므슈 비미슈가 묵고 있던 객실의 욕실 바로 옆방에는 누가 있었습니까?"

사장은 호텔 구조 도면을 잠시 살펴보더니 무척 의외라는 듯 말했다.

"그곳도 므슈 비미슈가 예약해둔 걸로 되어 있는데요?"

"아니, 어떻게?"

"처음 여기 묵었을 때부터 그랬던 것 같습니다. 객실을 두 개 잡아놓은 거예요."

과연 아연실색할 만했다. 몰레옹이 사태를 정리했다.

"결국 모든 정황을 종합해볼 때, 세 일당이 같은 층에 오순도순 묵고 있었다는 얘기가 되는군. 마르코스 아비스토는 345호에, 비미슈는 337호에, 그리고 아르센 뤼팽은 그 바로 옆방에 말이야. 놈은 마르뵈프가 술집에서 도망쳐 나온 이후, 그곳에 숨어서 비미슈의 극진한 치료와 보살핌을 받으며 몸을 회복해왔던 거야. 어찌나 교묘하고 조심스레 지내왔는지 그 층을 담당하는 호텔 직원 그 누구도 놈이 있다는 걸 전혀 모르고 있었던 거지."

이제 막 사장실로 들어온 경시청 수사국장 고티에 씨에게 몰레옹 과장이 이러한 상황을 직접 보고했다. 고티에 씨는 몇 가지 추가 설명을 요구한 뒤 결론을 내렸다.

"어쨌든 비미슈는 잡혔소. 그리고 만에 하나 가짜 허가증을 사용한 게 뤼팽이 아니라면, 그도 지금 호텔 안에 있는 셈이에요. 최소한 그 페루인은 이 안에 있는 것 아니겠소? 그러니 이제 수사가 좀 더 수월해진 셈입니다. 출입구마다 통제하라는 지시는 그만 해제해도 무방할 겁니다. 대신 각 출입구마다 형사 한 명씩을 배치해서 오고 가는 사람들을 감시하게 하시오. 몰레옹, 당신이 직접 각 객실들을 둘러보시오. 일단 수색도 신문도 아니고, 그냥 정중한 태도로 둘러보는 겁니다. 빅토르가 일일이 대동할 것이오."

몰레옹은 발끈했다.

"빅토르는 여기 있지도 않습니다, 국장님!"

"아니, 있습니다."

"빅토르가요?"

"물론이오, 강력반 형사 빅토르 말이오! 여기 도착하고 벌써 그와 몇 마디 나누었는걸! 그는 동료 형사들뿐만 아니라 호텔 벨보이와도 잡담을 나누고 있었어요. 이봐요, 루보 형사. 그를 불러오시오."

빅토르는 너무 꼭 끼는 복장이 약간 어색한 모습에 언제나처럼 인상을 찌푸리며 나타났다.

"아니, 당신도 여기 있었단 말이오, 빅토르?"

몰레옹이 눈을 둥그렇게 뜬 채 묻자, 그는 아무렇지도 않게 대답했다.

"방금 오는 길입니다. 어떻게 돌아가고 있는지 이제 막 전해 들었어

결정판 아르센 뤼팽 전집

요. 아무튼 잘하셨습니다. 영국인을 붙잡은 것만 해도 대단한 성과입니다."

"그건 그렇지만, 뤼팽은……."

"아, 뤼팽 그자는 내 소임이지요. 일을 이렇게 다그치지만 않았어도 이 몸이 당신의 그 뤼팽을 아주 먹음직스럽게 요리해 내놓았을 텐데 말입니다."

"당신다운 말이오! 그나저나 브라질 사람이라던가? 그놈 공범인 마르코스 아비스토는?"

"그 역시 깔끔하게 요리해드리겠습니다. 실은 그 마르코스라고 하는 자 역시 나와 인연이 보통 아니죠. 아주 괜찮은 친구입니다! 보통내기가 아니에요. 모르긴 몰라도 당신 코앞에서 보란 듯이 빠져나갔을 겁니다."

몰레옹은 어깨를 으쓱하며 대꾸했다.

"하여튼 하는 소리라곤……."

"이거 왜 이러세요? 정말입니다! 아참, 그리고 한 가지 발견한 사실이 있는데, 오, 뭐 대단한 건 아니고…… 작금의 사태와 별 상관없는 건지도 모릅니다만……."

"또 뭔데 그러시오?"

"당신이 작성한 명단에는 또 다른 영국인이 올라 있지 않더군요. 머딩이라는 성인데……."

"그렇소. 에르베 머딩이라고, 그는 외출한 상태였소."

"들어오는 걸 내가 봤습니다. 그래서 벨보이한테 물어봤지요. 그는 아예 월세로 방을 하나 빌려 묵고 있는데, 잠은 거의 자지 않으면서 일주일에 한 번 내지 두 번 정도, 그것도 오후만 지내다 간다더군요. 그때마다 우아한 차림에 얼굴을 정성스레 베일로 가린 어떤 귀부인 한 명이 나타나 둘이서 차를 마신다는 겁니다. 여자가 가끔은 홀에서 그를 기다리는데, 이번에도 머딩이 도착하기 전에 미리 와 있다가 소란이 이는 걸 보고 그냥 일어났다고 하네요. 아무튼 그 머딩이라는 영국인을 소환해보는 게 좋을 겁니다."

"루보, 어서 가보게나. 머딩이라는 영국인을 즉시 이리로 대령시키게."

루보는 곧장 내달려 어떤 신사를 데려왔는데, 얼핏 봐도 전혀 에르베 머딩이라고 불릴 이유도 없을 뿐 아니라 영국인도 아닌 사람이었다.

대번에 그를 알아본 몰레옹이 깜짝 놀라 외쳤다.

"아니! 당신은 귀스타브 제롬의 친구인 펠릭스 드발이 아니오? 생클루에서 부동산업을 한다는…… 당신 여기서 영국인 행세를 하고 다닌 거요?"

귀스타브 제롬의 친구이자, 생클루에서 부동산업을 하는 펠릭스 드발은 몹시 난감한 모양이었다. 어줍잖게 히히덕거리려 했으나 웃는 얼굴이 여간 가식적이지 않았다.

"허허, 참. 그게 그렇습니다. 이곳 파리에 잠시 머물 데라도 만들어놓는 게 편해서요. 뭐 극장을 간다든가……."

"하지만 왜 다른 이름을 사용한 거요?"

"단순한 장난기죠. 솔직히 남한테 피해가 가는 건 아니잖소?"

"당신과 함께 차를 마신다는 여인은?"

"그냥 여자친구입니다."

"그냥 여자친구가 항상 베일로 얼굴을 가려요? 아마 유부녀인 모양이죠?"

"오, 아니요! 아닙니다. 단지 그럴 만한 이유가 좀 있어서."

조금은 우스꽝스러운 일 같았다. 그런데 왜 저렇게 당황해하고 쩔쩔매는 걸까?

잠시 침묵이 흐르는 동안, 도면을 살펴보던 몰레옹이 불쑥 말했다.

"펠릭스 드발의 방은 똑같이 4층, 영국인 비미슈가 칼침을 맞고 쓰러진 휴게공간에서 아주 가까운 곳입니다."

그 말에 고티에 씨는 몰레옹을 똑바로 마주 보았다. 이 같은 우연의 일치가 둘 모두에게 의외로 다가오는 모양이었다. 과연 저 펠릭스 드발이라는 자에게서 네 번째 공범의 존재를 봐야 하는 걸까? 아울러 베일을 쓴 채 그와 동행했다는 여자를, 정녕 시네 발타자르의 여인이자 엘리즈 마송의 살인범으로 간주해야 할까?

두 남자는 동시에 빅토르 쪽을 돌아보았다. 그는 어깨를 으쓱하며 빈정대는 투로 대꾸했다.

"글쎄, 너무 빨리들 가신다니까. 전에도 말했지만 이번 사건 자체는 부차적인 중요성만 가질 따름입니다. 기껏해야 전채 요리라고나 할까? 물론 그래도 내막은 밝혀야겠죠."

고티에 씨는 일단 펠릭스 드발에게 양해를 구하면서 사법당국의 통제하에 머물 것을 요청했다.

마침내 빅토르가 말했다.

"잘하셨습니다! 아차, 수사국장님, 근일 아침 시간에 한 번 찾아뵈었으면 하는데요?"

"무슨 좋은 소식이라도 가져오는 거요, 빅토르?"

"실은 설명드릴 일이 좀 있습니다."

몰레옹 수사과장을 동행해 호텔을 뒤지고 다니기를 기어이 고사한 빅토르는, 이번에도 바실레예프 공주에게 귀띔을 해주는 게 신중하다고 판단했다. 영국인 비미슈가 체포됐다는 사실은 자칫 공주에게 위험한 폭로를 가져올지 모르는 사태였던 것이다.

모든 감청 지시 역시 해제된 터라 그는 전화 교환실로 들어가서 교환원에게 345호로 연락을 넣어달라고 청했다.

345호에선 아무런 반응이 없었다.

"계속 해보시오!"

다시 신호를 넣어봐도 결과는 마찬가지였다.

빅토르는 하는 수 없이 다시 벨보이에게 달려가 물었다.

"345호 여자 손님 나갔던가?"

"바실레예프 공주 말씀이시죠? 지금으로부터 한 시간 전쯤 떠나셨는데요."

그 순간, 매우 기분 나쁜 느낌이 충격처럼 빅토르의 가슴에 와 닿았다.

"떠났다고? 갑자기 떠났단 말인가?"

"오, 그건 아니고요. 이미 모든 짐들은 어제 다 내갔고요, 계산은 오늘 아침이 밝자마자 다 마쳤습니다. 가방 하나만 아직 달랑 남아 있는 상태고요."

빅토르는 더 이상 묻지 않았다. 하긴 알렉산드라 바실레예프가 이곳을 뜬다거나, 그걸 아무도 막지 않았다는 건 당연한 일이었다. 게다가 빅토르의 허가가 떨어질 때까지 그 여자가 굳이 죽치고 앉아 기다릴 이유가 무엇이겠는가?

그럼에도 불구하고 은근히 부아가 나는 건 사실이었다. 알렉산드라, 기어코 사라지다니. 대체 어디서 어떻게 다시 찾아낸단 말인가?

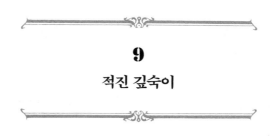

9
적진 깊숙이

1

"모든 재앙을 복구하는 데엔 단 하룻밤이면 충분하지!"

빅토르가 주장하고 나섰다. 다음 날 저녁, 친구 라르모나가 보러 왔을 때 그는 평상시보다 더 유난하게 밝은 얼굴도 아니었지만, 비교적 안정되고 자신감 넘치는 표정을 회복한 상태였다.

"다만 승부가 잠시 미뤄졌을 뿐이지. 내 작전은 워낙 튼튼해서 그저 표면상으로만 약간 헷갈리게 됐을 따름이라네."

친구의 호언장담에 라르모나가 슬쩍 떠보았다.

"그럼 어디 내 의견도 한번 말해볼까?"

"말 안 해도 아네. 두 손 두 발 다 들었다는 거지?"

"바로 그거야! 너무 복잡해. 적어도 경찰로서는 행할 수 없는 속임수들에 너무 많이 기대는 것도 그렇고. 가만히 보면 자네가 바리케이드 반대편에 위치한 세력 같아 보일 때도 더러 있다니까."

"자고로 목표에 도달하기를 원할 때는 굳이 어느 한 길만을 고집해선 안 되는 법이라네."

"그럴지도 모르지. 하지만 난 아냐."

"자네라는 사람은 지나치게 까다로운 게 탈이야. 그럼 이제 우리 공조는 깨진 걸로 하지."

라르모나는 단호한 말투로 외쳤다.

"어허, 이 친구 보게. 자네가 정 그러길 원하면 나로서야 하는 수 없지. 하지만 완전히 깨지는 건 아니야. 그러기엔 자네한테 신세진 게 너무 많아. 그저 일시적인 중단으로 치세나."

빅토르는 농을 던지듯 대꾸했다.

"이제 보니 자네도 순 깍쟁이 다 됐군! 아무튼 자네의 그 조심성을 탓할 생각은 전혀 없네. 나야 수사과에서 다른 협력자를 구하면 그만이니까."

"누구 점찍어둔 후보라도 있나?"

"모르겠어. 수사국장이라면 어떨까 몰라."

"뭐? 므슈 고티에?"

"어쩌면…… 혹시 모르지. 그나저나 경찰에서는 뭐라고 떠드는가?"

"신문에 나온 그대로라네. 몰레옹만 신이 나 있지! 뤼팽은 놓쳤지만, 영국인을 잡았으니까 말이야. 거기다 러시아인 세 명까지 가세하면 그런대로 그림이 괜찮은 편 아니겠어?"

"영국인이 입은 열던가?"

"뭐 러시아인들이 진술한 내용과 대동소이하네. 아무튼 그들 모두가 뤼팽이 자신들을 구해주기만을 바라는 눈치더라고."

"귀스타브 제롬의 친구인 펠릭스 드발은 어떤가?"

"그렇지 않아도 몰레옹이 그 문제로 동분서주하고 있어. 오늘만 해도 그는 생클루에 갔다, 가르슈에 갔다 아주 정신이 없다네. 지금 한창 정보 수집 중이지. 그곳에 드러난 흔적이 제법 심각한 모양이네. 대중들도 어느 정도 따라오는 인상이고. 펠릭스 드발이 이번 사건에 일정 수준 연루되어 있음으로 해서 많은 부분이 해명되는 모양이야. 아무튼 잔뜩 열을 올리고 있는 중이지."

"마지막으로 부탁 한 가지만 하세, 친구. 드발과 관련해서 새로운 소식이 있는 대로 내게 전화 한 통화만 넣어주게. 특히 생활 방식이나 사업 형편 같은 문제 말이야. 문제는 바로 거기에 있거든!"

그러고 나서 빅토르는 자기 집에서 한 발짝도 움직이지 않았다. 그는 원래 그러한 기간을 무척 즐기는 편이었다. 즉, 행동 속에서 간간이 맛보는 이 같은 휴식, 그 시간을 이용해 그는 모든 에피소드들을 눈앞에 펼쳐놓고 한눈에 조망하면서 차츰차츰 구체화되어가는 사고를 사실들 하나하나에 대입해보는 것이었다.

목요일 저녁이 되자, 라르모나로부터 전화가 걸려왔다. 펠릭스 드발의 재정 상태가 별로 좋지 않다는 정보였다. 여기저기 부채와 그를 무마하는 허장성세, 위험한 주식투기나 절망적인 투자 등으로 이미 만신창이가 된 상태이며, 하루가 멀다 하고 채권자들의 극성에 시달리는 상황이라는 것이었다.

"그도 경시청으로 소환되었겠지?"

"수사판사로부터 내일 아침 11시까지 나오라는 통보를 받았다고 하네."

"그 밖에 또 누구누구한테 소환장이 발송됐지?"

"도트리 남작부인하고 마담 제롬도 부른 상황이네. 이번에는 뭔가 확실히 해둘 참인가 봐. 수사국장과 몰레옹도 입회할 예정이고."

"나도 참석할 것이네."

"자네도?"

"그래. 므슈 고티에한테 기별해두라고."

다음 날 아침, 빅토르는 우선 캉브리주 호텔에 들러 펠릭스 드발이 묵었다는 방으로 가보았다. 객실은 완전히 폐쇄된 상태였다. 그는 이어서 고티에 씨가 기다리고 있을 경시청사로 직행했다. 둘은 몰레옹 수사과장과 함께 수사판사의 집무실로 들어갔다.

1분도 안 돼 빅토르는 하품을 한다거나 별로 적절치 못한 태도를 취해 지루한 심정을 노골적으로 표출했다. 그를 잘 아는 고티에 씨가 보다 못해 말을 꺼냈다.

"이봐요, 빅토르. 뭐든 할 말이 있으면 한번 해보시오."

그러자 역시 퉁명스러운 대답이 튀어나왔다.

"할 말이야 있죠. 하지만 나는 마담 도트리와 귀스타브 제롬이 있는 데서 말하고 싶습니다."

모두들 놀란 눈으로 빅토르를 바라보았다. 다들 그가 괴팍한 인간이면서도 무척 진지하고, 특히 자기 시간뿐 아니라 남의 시간도 대단히 아껴줄 줄 아는 인물이라는 점을 인정하고 있었다. 따라서 결정적인 이유 없이 이 같은 대질 요구를 할 리가 없다는 게 공통된 판단이었다.

맨 먼저 남작부인부터 입장했는데, 아직 상중이라 검은 베일을 쓰고 있었다. 잠시 후, 여전히 웃기 잘하고 쾌활한 태도를 보이는 귀스타브 제롬이 안내를 받아 들어왔다.

몰레옹은 마뜩지 않은 기분을 굳이 숨기지 않으며 웅얼거렸다.

"그래, 어디 한번 해보시오, 빅토르. 당연히 중대한 발표가 있으리라 기대하겠소."

빅토르는 전혀 동요하지 않고 대답했다.

"뭐 굳이 발표랄 것도 없습니다. 다만 우리 발목을 붙들고 있는 몇몇 장애물들을 제거하고, 길을 막고 있는 일부 실수와 잘못된 생각들을 바로잡고자 할 따름입니다. 모든 일에 있어서 보다 나은 새 출발을 위해 현재의 위치를 바로 설정해야 할 때가 있는 법입니다. 나로 말하자면, 작전의 처음 단계에서 국방공채를 둘러싸고 맴돌기만 하는 모든 요소를 과감히 떨치고 나옴으로써 한 차례 그런 공정을 밟은 바 있죠. 그리고 이제는 뤼팽을 겨냥한 결정타를 먹이기에 앞서, '라비코크' 살인사건에 관한 모든 문제에서 과감히 떨치고 나올 필요가 있게 되었습니다. 일단 그러고 나서 우리 앞에 남는 사람들이 바로 마담 도트리와 귀스타브 제롬 부부, 그리고 펠릭스 드발인 것이죠. 그들 문제를 이 자리에서 확실히 정리하자는 겁니다. 간단히 끝낼 생각입니다. 몇 가지 질문만 하면 되니까요."

이어서 그는 가브리엘 도트리 쪽을 돌아보며 말했다.

"마담, 부탁입니다만 지극히 솔직하게 질문에 응해주시기 바랍니다. 당신은 부군의 자살을 범행에 대한 자백으로 보십니까?"

여자는 대뜸 검은 베일부터 걷어치웠다. 창백해진 양 볼과 하도 울어 벌겋게 충혈된 두 눈을 드러내며 여자는 단호한 음성으로 대답했다.

"내 남편은 범행이 일어난 밤에 내 곁을 떠난 적이 없습니다."

빅토르도 지지 않고 다그쳤다.

"당신의 바로 그 진술을 신빙성 있게 듣다 보면 진실에 이르는 길이 자꾸 막히는 겁니다."

"내가 단언하는 이야기 말고 진실은 없습니다. 다른 진실이란 있을 수 없어요!"

"하지만 또 다른 진실이 존재합니다."

빅토르가 선언하듯 내뱉었다.

그리고 귀스타브 제롬을 향해 말했다.

"그 또 다른 진실을 귀스타브 제롬, 당신은 알고 있습니다. 우리가 마지막으로 만나 얘기를 나누었을 때 내가 암시를 준 것처럼, 당신이라면 단번에 이 답답한 어둠을 걷히게 할 수 있습니다. 어때요, 말씀하시겠습니까?"

"내가 뭘 거부하고 말고 하는 게 아니오. 그저 난 아무것도 몰라요."

"아뇨. 당신은 알고 있습니다."

"천만에! 맹세하오."

"끝내 거부하는 건가요?"

"거부하는 게 아니라잖소! 아는 게 없다는 거지."

마침내 빅토르가 잘라 말했다.

"정 그렇다면 나도 결심을 해야겠군요. 비록 마담 도트리한테 정말로 잔인한 상처가 되겠지만, 그걸 감수하고서라도 결심하겠다는 겁니다. 하지만 그녀도 조만간 이해하게 되겠죠. 아무튼 이젠 차라리 생살을 도려내는 게 낫겠어요."

그러자 귀스타브 제롬이 방금 전까지만 해도 어떠한 대답이든 회피하겠다는 사람으로서는 너무도 당혹스러운 태도로 발끈했다.

"이봐요, 형사 나리! 지금 당신이 하려는 짓은 정말로 심각한 겁니다."

"그게 심각하다는 걸 보면 내가 하려는 말을 이미 알고 있는 모양이군요. 그렇다면 당신이 직접 말씀해보시는 게 낫겠군."

빅토르는 가만히 기다렸다. 하지만 여전히 상대가 잠잠하자, 마침내 단호한 목소리로 얘기를 시작했다.

"범행이 일어난 날 저녁, 귀스타브 제롬은 친구인 펠릭스 드발과 파리에서 저녁식사를 했습니다. 미식가인 데다 좋은 포도주 맛을 아는 두 사람에게 이는 종종 기분 전환에 더없이 좋은 여흥거리였습니다. 다만 하필 그날 저녁에는 술이 좀 과했고, 결국 10시 반에 집으로 향한 귀스타브 제롬은 정신이 그리 맑은 편이 못 되었습니다. 그는 교차로 부근 술집에서 마지막으로 퀴멜 한 잔을 더 걸쳤고, 급기야는 만취 상태 속에서 그럭저럭 차를 몰고 가르슈행 도로를 타기 시작합니다. 대체 그가 도착한 곳은 어디였을까요? 본인의 집 앞일까요? 적어도 그는 그렇게 생각했습니다. 하지만 실제로는 자기 집, 그러니까 현재 살고 있는 별장 앞이 아니었습니다. 그 대신 지난 10여 년간, 수도 없이 푸짐한 저녁식사 후에 파리에서 돌아오면 늘 자기를 반겨주던 예전의 건물 앞이었지요. 적어도 당시 그에게는 그저 한 번 더 저녁식사를 즐겼고, 한 번 더 자기 집에 들어가는 것에 불과했습니다. 열쇠가 없었을 거라고요? 세입자인 도트리가 요구했다가 그것 때문에 둘이 법정공방까지 갔었던 바로 그 열쇠 말입니다. 웬걸요, 그는 내내 그 열쇠를 자기 호주머니 속에 고집스레 넣어가지고 다녔답니다. 다른 어디에서도 찾을 수 없도록 말이죠. 당시 귀스타브 제롬으로선 그 열쇠를 사용하는 게 당연한 일 아니겠습니까? 그는 일단 건물 정문의 초인종을 눌렀습니다. 관리인이 문을 열어주었죠. 그는 지나치면서 자기 이름을 중얼거렸습니다. 그는 계단을 올라갔고, 열쇠를 사용해 문을 따고 들어갔습니다. 어디까지나 자기 집, 결단코 자기 집으로 들어간 겁니다. 다른 어디도 아닌 자기 집 말이죠. 비록 시선은 마구 흔들리고, 머리도 지끈거렸지만 어떻게 자기 아파트, 자기 집 현관을 못 알아볼 수 있겠습니까?"

순간 가브리엘 도트리가 자리에서 벌떡 일어섰다. 얼굴이 창백하게 질린 그녀는 뭐라고 항변을 하려는 듯 더듬거렸다. 하지만 그럴 수가 없었다. 빅토르는 문장 하나하나를 끊어가며 침착한 태도로 얘기를 계속했다.

"자기 침실의 문을 어찌 못 알아볼 수가 있겠느냐는 겁니다! 모든 게 그의 눈에는 똑같았으니까요. 어디까지나 그는 똑같은 손잡이를 돌렸고, 똑같은 문짝을 밀어 열었습니다. 방은 캄캄했죠. 그가 자기 마누라라고 생각한 여자는 쿨쿨 자고 있었습니다. 그러다 인기척 때문인지 눈을 반쯤 떴고, 이내 몇 마디 나직이 속삭였습니다. 착각은 반수면 상태의 여자한테도 똑같이 진행되고 있었습니다. 그걸 깨우쳐줄 아무것도, 아무 요인도 당시에는 존재하지 않았죠."

빅토르는 잠시 말을 멈추었다. 도트리 부인의 불안한 기색이 끔찍하리만치 두드러지고 있었던 것이다. 그녀 내부에서 발버둥 치는 힘든 생각들, 지금도 충격이 가시지 않은 어떤 기억들, 그러면서도 끊임없이 뇌리에 떠오르는 이미지들, 요컨대 끔찍한 논리로 그녀 또한 받아들이지 않을 수 없는 무서운 내막이 고스란히 느껴지는 분위기였다. 여자는 귀스타브 제롬을 뚫어져라 쳐다보다가 이내 질린 듯 몸서리를 친 뒤, 그 자리에서 홱 돌아 안락의자 앞에 무릎을 꿇고는 두 손으로 얼굴을 감쌌다.

이 모두가 완벽한 침묵 속에서 벌어진 상황이었다. 남작부인의 묵인 하에 빅토르가 진행하던 이 이상야릇한 진술을 중간에 나서서 가로막는 이는 아무도 없었다. 가브리엘 도트리는 이제 아예 베일로 머리를 푹 뒤집어쓴 상태였다.

귀스타브 제롬은 다소 불편했지만 얼굴만은 반쯤 웃고 있었다. 그래서인지 더욱 우스꽝스러운 표정이었다. 빅토르가 그를 향해 말했다.

"그렇게 된 것 맞죠? 내 말이 틀리지 않았죠?"

상대는 이제 진실을 순순히 고백할 것인지, 아니면 여자를 욕되게 하기보단 차라리 자신이 감옥에 가기를 주저 않을 바람둥이 신사의 역할에만 충실할 것인지 더 이상 모르겠다는 눈치였다. 한참 만에 그는 또박또박 말했다.

"그래요. 다 맞습니다. 그때 나는 얼큰하게 취했었죠. 뭐가 뭔지 정신이 없었어요. 그때가 아마 새벽 6시쯤 됐을 겁니다. 깨어나고서야 어떻게 된 건지 알 수 있었습니다. 마담 도트리도 나를 용서해주리라 믿고 있어요."

더 이상의 말은 하지 않았다. 그 대신 처음에는 쿡쿡거리면서 억지로 소리를 죽였지만, 점점 참기 어려워지는 웃음이 발리두 씨로부터 시작해 고티에 씨로, 그리고 비서관에서 시작해 몰레옹에게 이르기까지 걷잡을 수 없는 폭소로 터져나왔다. 급기야는 귀스타브 제롬의 입도 한껏 벌어지면서 소리 없는 웃음을 토해냈는데, 감방 안에서조차 유쾌한 기분을 잃지 않게 해주었고, 이제는 문득 그 우스꽝스러운 작태가 새삼 뒤통수를 때리는 그때 그 사건이 자기 생각에도 너무 재미있다는 얼굴이었다.

그는 잔뜩 풀 죽은 어조로 무릎을 꿇고 있는 검은 여인의 형체를 향해 주절거렸다.

"용서해주셔야 합니다. 내 잘못이 아닙니다. 그냥 우연히 벌어진 일 아닙니까? 그날 이후, 정말이지 누구도 눈치채지 못하도록 난 최선을 다했단 말입니다."

남작부인은 천천히 일어났다. 빅토르가 얼른 말을 건넸다.

"다시 한번 죄송하다는 말씀을 드립니다, 마담. 하지만 정의를 위해서, 또 당신 자신을 위해서도 이럴 수밖에 없었습니다. 그래요, 당신을 위해서 말입니다. 언젠가는 당신도 그 점에 대해 오히려 감사히 생각하게 될 거예요. 언젠가는 알게 될 겁니다."

검은 베일로 얼굴을 가린 여자는 수치심으로 구부정하게 몸을 숙이고, 아무 말 없이 밖으로 나갔다.

이어서 귀스타브 제롬도 밖으로 끌려나갔다.

2

한편 빅토르는 애초의 진지한 태도에서 조금도 벗어나지 않았다. 다만 안됐다는 듯한 어조 속에, 그래도 얼마간 빈정대는 투가 끼어들고 있다는 게 은연중에 느껴졌다.

"가엾은 여인이야! 나한테 길을 열어준 건 다름 아닌 그녀가 그날 밤 남편의 귀가에 대해 얘기하는 방식이었습니다. 제법 흥분된 추억을 간직하고 있더군요. '이이 품에 안긴 채 나는 잠이 들었어요. 네, 분명히 이이 품에 안긴 채 말이에요.' 마치 무척이나 드문 사건에 관해 얘기하는 투였습니다. 그런데 바로 같은 날 저녁, 도트리가 내게 말하기를 자신은 여태껏 아내를 향해 애정 이외의 감정은 가져본 적이 없다는 겁니다. 그야말로 즉각적인 모순이 느껴지는 상황 아니겠습니까? 그러자 도트리 부부와 제롬 부부 사이에서 지독한 반목의 씨앗이 된 열쇠에 얽힌 사연이 퍼뜩 뇌리를 스치는 겁니다. 그 두 가지 생각이 서로 부딪치는 것만으로도 내 정신 속에서 불티가 파지직 하고 일어나기에 충분했지요. 즉, 예전에 그 아파트에서 실제로 살았고, 지금은 집주인으로 행세하는 제롬이 그 열쇠를 가지고 있었다는 겁니다! 그때부터 모든 사태가 저절로 유추되어 차근차근 눈앞에 펼쳐졌습니다. 방금 전까지 내 입으로 들려드린 것처럼 말입니다."

"그렇다면 범행은?"

발리두 씨가 불쑥 물었다.

"범행은 도트리 혼자서 저지른 것입니다."

"하지만 영화관에 있던 그 여자는? 엘리즈 마송의 숙소 계단에서 마주쳤다던 그 여자 말이오?"

"그 여자와 엘리즈 마송은 서로 아는 사이였습니다. 그 여자가 도트리 남작이 국방공채를 추적 중이라는 사실을 알게 된 것도 엘리즈 마송을 통해서이고, 채권 다발이 레스코 영감에게 가 있다는 사실, 남작이 분명 그걸 빼앗으려 한다는 사실도 그런 식으로 알게 된 겁니다. 결국 그 여자도 현장으로 출동하기에 이르렀죠."

"채권을 가로채려고 말이오?"

"아닙니다. 내게 들어온 정보에 의하면 그녀는 도둑은 아닙니다. 다만 약간의 강박증세가 있어서 예외적인 흥분 상태를 늘 목말라하는 경향이 있지요. 그녀는 그저 호기심이 발동했고, 사건 현장을 두 눈으로 목격하기 위해 그곳으로 간 것뿐입니다. 한데 하필 범행이 일어나는 순간 그곳에 떨어졌고, 자기가 몰고 온 자동차에 다가갈 시간적 여유도 없이 줄행랑을 치고 만 것이죠."

"결국 뤼팽한테로 도망쳤단 얘기이겠군요?"

"그렇지는 않습니다. 만약 뤼팽이 스트라스부르에서 한 번 실패한 이후, 여전히 국방공채에 매달렸다면 사건은 보다 원만하게 진행되었을 거예요. 그건 아닙니다. 그의 관심은 이미 수천만 프랑어치의 또 다른 건수로 이동해간 상태였고, 여자는 뤼팽의 통제를 벗어나 단독으로 행동해야 할 상황이었습니다. 한편 아마도 여자의 존재를 눈치채지 못했을 도트리는 현장을 벗어난 뒤 감히 그대로 집을 향할 엄두가 나지 않았고, 밤새도록 국도상을 헤매 다니다가 새벽이 되어서야 엘리즈 마송의 집에 도착하게 되었습니다. 그러고 나서 어느 정도 시간이 경과한 시점에 내가 처음으로 남작부인을 방문한 것이고, 그때 이미 엄청난 착각의 희생자가 되어버린 남작부인은 남편을 위한 적극적인 변호에 나설 수밖에 없었던 거죠. 즉, 남편은 밤새 단 한 번도 자기 곁을 떠난 적이 없다며 엄청난 확신을 내세워 강변했던 겁니다."

"당시만 해도 도트리는 부인의 착각 사실을 모르고 있었을 텐데."

"물론입니다. 그런데 그날 오후, 아내가 모든 신빙성 있는 혐의 사실들에 대해 완강한 태도로 자신을 변호하고 나서는 걸 알게 되었죠."

"그걸 어떻게 알았을까요?"

"사정은 이렇습니다. 내가 남작부인과 나눈 얘기를 늙은 하녀가 문 뒤에서 죄다 엿들었어요. 그 뒤 시장에 나가는 하녀를 잠복 중인 기자가 붙잡았고, 결국에는 집 안의 상황이 하녀의 입을 통해 몽땅 까발려진 겁니다. 그 기자는 곧바로 기사를 하나 작성해 별 볼 일 없는 석간신문에 올렸죠. 일단 기사 자체는 별다른 주목을 받지 않고 묻히는가 싶었습니다. 그런데 오후 4시쯤 북부 역 근처를 배회하던 도트리가 우연히 그 신문을 사서 읽게 됩니다. 그 즉시 아내가 자신에게 난공불락의 알리바이를 제공해주고 있다는 사실을 알고는 깜짝 놀라죠. 결국 그는 떠날 생각을 접고 차라리 전리품을 안전하게 숨긴 뒤 정면으로 사태를 헤쳐나가기로 합니다. 다만……."

"다만?"

"알리바이의 가치와는 별개로, 아내가 적극적으로 나오는 진짜 이유에 대해 차츰 눈을 떠가면서 다짜고짜 손찌검을 한 것이 문제죠."

그러고 나서 빅토르는 이렇게 마무리했다.

"이제 우리는 그간 도트리 남작이 재미를 보았던 문제의 알리바이가 지금은 귀스타브 제롬에게 유리한 방향으로 작용하는 걸 알고 있습니다. 여기에 더해 제롬이 실제로 관여하지도 않은 범행에 어떤 점에서 연루되어 있는지만 알아내면, '라비코크'의 문제는 완전히 해결되는 셈입니다. 자, 이제 그 문제를 파헤쳐보도록 하죠."

"어떻게 파헤친단 말입니까?"

"그 사람 부인인 앙리에트 제롬을 통해서입니다."

"마침 그 여자도 소환되어 있소."

발리두 씨는 얼른 말했다.

"펠릭스 드발도 함께 들어오도록 해주시겠습니까, 수사판사님?"

먼저 앙리에트 제롬이, 뒤이어 펠릭스 드발이 입장했다. 여자는 무척 피곤해 보였다. 수사판사는 우선 여자를 앉게 했고, 여자는 고맙다는 인사를 더듬더듬 뱉어냈다.

빅토르는 여자한테 천천히 다가가더니 문득 허리를 숙여 뭔가를 줍는 듯했다. 가느다란 머리핀이었는데, 구불구불한 모양에 구릿빛을 하고 있었다. 그걸 이리저리 살펴보자, 앙리에트가 냅다 낚아채더니 얼른 머릿속에 꽂아 넣는 것이었다.

"당신 겁니까?"

"네."

"지금 한 그 말, 사실이죠?"

"사실이고말고요!"

그러자 빅토르는 단정적인 말투로 내뱉었다.

"사실 그 머리핀은 내가 방금 이곳에서 발견한 게 아니라, 펠릭스 드발이 캉브리주 호텔에 잡아놓은 방의 자그마한 크리스털 그릇에서 다른 잡다한 액세서리들과 머리핀들 가운데 슬쩍 하나 가지고 온 거랍니다. 당신이 이따금 드나들었던 바로 그 방 말입니다. 요컨대 당신은 펠릭스 드발의 정부라는 얘기죠!"

이것이야말로 빅토르가 즐겨 애용하는 방식이었다. 언뜻 적절한 방어가 있을 것 같지 않은 상황에서 전혀 예기치 못한 공격을 불시에 가하는 방법.

여자는 갑자기 숨이 턱 막히는 모양이었다. 그래도 저항해보려 했지만 남자가 또 다른 타격을 가하자 완전히 아연실색한 기색이었다.

"부정할 생각은 마십시오. 이런 유의 증거들은 앞으로도 무수히 제시할 수 있습니다."

사실은 머리핀이 전부였지만, 일부러 강하게 힘주어 말한 것이다.

여자는 완전히 전의를 상실해서 어떻게 대꾸를 해야 할지, 어디를 붙들고 늘어져야 할지 전혀 모른 채 펠릭스 드발만을 뚫어져라 쳐다봤다. 그는 창백하게 질린 얼굴로 입을 다물었다. 그 역시 거침없는 빅토르의 공세에 혼비백산할 수밖에 없었던 것이다.

빅토르가 다시 말을 이었다.

"모든 사건에는 논리적인 면 못지않은 우연의 작용이 있는 법입니다. 펠릭스 드발과 마담 제롬이 자신들의 밀회 장소를, 하필 아르센 뤼팽의 작전본부나 다름없는 캉브리주 호텔로 잡은 것도 순전히 우연의 장난인 셈이지요. 순수한 우연의 일치라고나 할까."

펠릭스 드발은 열에 받친 동작을 취하며 바짝 다가와 말했다.

"이보시오, 형사 양반. 내가 존중하는 한 여성이 이런 일로 인해 모함을 당하도록 그냥 좌시할 순 없소."

빅토르는 대뜸 앞을 가로막았다.

"어허, 허튼소리 마시지! 지금부터 마음만 먹으면 얼마든지 증명 가능한 일련의 사실들을 당신 눈앞에 주르륵 펼쳐 보여줄 수 있어! 정 반론을 제기하고 싶으면 실컷 제기해보라고! 만약 수사판사께서 당신이 진짜 마담 제롬의 정부라는 확신을 받아들이기만 하면, 당신이 혹시 정부의 남편을 곤경에 빠뜨리려고 사태를 악용하지는 않았는지, 그래서 결국 남편의 체포를 적극 조장하지는 않았는지 의심하게 될지도 모르는 일이지. 더구나 몰레옹 수사과장에게 전화를 걸어 귀스타브 제롬의 반달이식 사물함을 열어보라고 한 일이며, 정부를 부추겨 권총에서 총알 두 발을 미리 빼놓으라고 지시하고, 그것도 모자라 들리는 말로는 당신의 주선으로 그 집 정원사 일을 하게 된 알프레드를 돈으로 매수해 진술을 번복하게 한 뒤, 주인에게 불리한 거짓증언을 하도록 꼬드긴 것도 모두 당신 짓이 아닌지 의문을 품게 될 거란 말이오!"

펠릭스 드발은 얼굴이 발개져 노발대발 난리를 피웠다.

"당신 미쳤군! 내가 도대체 무슨 이유로 그따위 짓을 저지른단 말이오?"

"왜냐하면 당신은 파산한 상태이니까. 반면 당신의 정부는 부유하지. 범죄혐의가 드러난 남편과 이혼하는 건 기정사실일 테고. 그렇다고 당신이 무사히 게임에서 승승장구했으리라 생각지는 않지만, 어쨌든 당신은 파산한 사람으로서 무작정 사건에 뛰어들어 한판 승부에 명운을 걸어본 거겠지! 이상의 사실들에 관한 증거들은……."

거기서부터는 발리두 씨를 홱 돌아보며 말했다.

"수사판사님, 원래 경시청 수사과의 역할이라는 게 엄정한 정보들을 취합해 사법당국에 제공하는 일입니다. 따라서 증거들은 쉽게 손에 넣을 수 있을 겁니다. 결국에는 내가 방금 내린 결론에 자연스레 부합하는 내용들이 될 거라 자신합니다. 도트리의 유죄와 귀스타브 제롬의 결백, 그리고 사법당국을 오류의 늪으로 끌어들이려 한 펠릭스 드발의 왜곡된 행위들 말입니다. 자, 이로써 나는 더 이상 할 얘기가 없습니다. 엘리즈 마송의 살인에 관해서는 추후에 좀 더 얘기가 있어야 할 것이고요."

빅토르가 말을 맺었다. 사람들은 보통 강렬한 인상을 받은 기색들이 아니었다. 일단 펠릭스 드발은 아직도 반항적인 태도였고, 몰레옹도 고개를 설레설레 가로젓는 데 반해, 수사판사와 고티에 씨는 현실적 요건에 너무나도 적절히 맞아떨어지는 추론의 위력에 모골이 다 송연한 분위기였다.

빅토르는 즐겨 피우는 하사관용 담뱃갑을 수사판사와 고티에 씨를 향해 쑥 내밀었고, 얼떨결에 받아 든 그들에게 일일이 라이터로 불을 붙여준 뒤 자신은 홀연히 방을 나가버렸다.

복도까지 부리나케 뒤따라나온 고티에 씨가 팔을 덥석 붙들며 말했다.

"빅토르, 정말 대단했소!"

"국장님, 저 잘난 몰레옹이 쓸데없는 선수만 치지 않았더라도 이보다 훨씬 나은 성과를 거둘 수 있었을 겁니다."

"그건 또 무슨 소리요?"

"맙소사! 제가 막 놈들을 일망타진하려던 참에 캉브리주 호텔로 난입해 들어와 엉망을 만들어버렸지 뭡니까!"

"그럼 당신도 그때 호텔에 있었단 말이오?"

"여부가 있습니까, 문제의 그 객실에 있었는걸요."

"영국인 비미슈와 함께 말이오?"

"그렇다니까요!"

"하지만 그때는 마르코스 아비스토라는 페루인밖에 없었던 걸로 아는데?"

"페루인이 바로 저였습니다."

"지금 무슨 소릴 하는 거요?"

"진실 그 자체를 말하고 있는 겁니다, 국장님."

"그럴 리가!"

"엄연한 사실입니다. 마르코스 아비스토나 빅토르나 그 사람이 그 사람이라니까요!"

빅토르는 고티에 씨의 손을 덥석 부여잡고 덧붙였다.

"조금만 더 기다려보십시오, 국장님. 앞으로 닷새에서 엿새 후에는 몰레옹이 망쳐놓은 일을 제가 다 수습해놓겠습니다. 그땐 뤼팽이 얌전히 덫에 걸려 있을 거예요. 다만 어디에도 이 일을 발설해선 안 됩니다. 그렇지 않으면 또다시 모든 게 수포로 돌아갑니다."

"하지만 당신은 너무나……."

"저도 가끔은 제 행동이 좀 과도하다는 점 인정합니다. 하지만 그 또한 국장님께는 이득으로 돌아가는 것 아니겠습니까? 제발, 제멋대로 활동하게 내버려두십시오!"

빅토르는 어떤 주막 겸 음식점에서 점심을 들었다. 기분은 몹시 좋았다. '라비코크' 살인사건이나 도트리 부부와 제롬 부부, 그리고 펠릭스 드발과 관련된 모든 고민들과 애매한 문제들로부터 홀가분해진 데다, 오디그랑이나 타이피스트 에르네스틴, 또 샤생 부인 등의 잡다한 모두를 경찰의 소임하에 일임한 뒤라 마음이 한결 가벼워져 있었다. 이제야말로 고유의 업무에 매달릴 수가 있게 된 것이다. 더 이상 애매모호한 문제도 없고, 더는 제삼자에 의해 어쩔 수 없이 촉발된 위장행위도 필요 없었다. 몰레옹도, 라르모나도, 다른 누구의 눈치도 살필 필요가 없어졌다. 오로지 뤼팽과 알렉산드라, 알렉산드라와 뤼팽만이 중요할 뿐이었다.

그는 생자크 광장 주변을 두세 바퀴 산책한 뒤, 오후 3시 5분 전에 또다시 페루인 마르코스 아비스토가 되어 광장 안 약속 장소로 걸어 들어갔다.

3

캉브리주 호텔에서의 폭거가 있은 다음 날부터 빅토르는 단 한순간도 의혹을 가져본 적이 없었다. 혹시 서로 만나지 못할 것을 대비해 마지막 순간에 던지듯 정한 약속 장소로 바실레예프 공주는 반드시 나와 줄 것이다. 그 같은 상황에서 빅토르가 담당한 역할로 보거나, 서로를 똑같은 위험 상황 속에 휘몰아 넣었던 긴박한 순간들을 돌이켜보건대, 결코 여자가 다시는 이쪽을 만나지 않겠다고 다짐할 가능성은 없었다. 워낙에 첫인상을 특별하게 선보인 데다, 수완 좋고 박력 넘치며, 헌신적이고 쓸모 많은 남자로서 기억 속에 각인되었을 터였다. 언젠가는 다시 한번 이쪽으로 끌려오리라는 건 기정사실이나 다름없었다.

그는 침착하게 기다렸다.

몇몇 아이들이 모래를 가지고 놀고 있었다. 나이 든 부인네들은 나무나 탑(생자크 탑으로 16세기 지어진 생자크 성당에서 유일하게 남아 있는 고딕식 탑. 높이가 52미터에 달하며 파스칼이 공기압을 실험한 장소로도 유명하다―옮긴이)의 그늘 속에 앉아서 뜨개질을 하거나 꾸벅꾸벅 졸고 있었다. 저만치 벤치 위에는 어떤 신사가 앉아 신문을 펼쳐 들고 있었다.

10분이 흘렀고, 15분, 20분이 더 흘러갔다.

마침내 3시 반. 빅토르는 슬슬 마음이 무거워졌다. 정녕 여자는 오지 않을 것인가? 남자와 연결되어 있던 가느다란 실을 끝내는 끊어버리기로 결정했단 말인가? 혹시 파리를, 아니 프랑스를 떠나버린 건 아닌가? 만약 그런 거라면 어떻게 다시 찾아서, 어떻게 뤼팽에게까지 도달할 수가 있단 말인가?

하지만 그것은 일시적인 초조감이 만들어낸 기우에 불과했다. 어느새 그는 입가에 번지는 뿌듯한 미소를 감추려고 슬그머니 다른 쪽으로

결정판 아르센 뤼팽 전집

고개를 돌려야 했다. 저만치 맞은편 벤치 위, 활짝 펼쳐 든 신문지 아래로 고스란히 드러난 저 다리의 임자는?

그는 다시 5분을 기다렸고, 이내 자리에서 일어나 천천히 광장 출입구로 향했다.

순간 어떤 손 하나가 지그시 어깨를 짚었다. 신문을 펼쳐 읽던 사내였는데 제법 싹싹하게 접근하더니 말을 건넸다.

"므슈 마르코스 아비스토이시죠?"

"바로 맞혔소. 당신은 분명 아르센 뤼팽?"

"그렇소, 아르센 뤼팽이오. 지금은 앙투안 브레삭이라는 이름을 쓰고 있소. 가급적이면 바실레예프 공주의 남자친구라고도 소개하고 싶소만."

빅토르는 상대의 얼굴을 금세 알아보았다. 일전에 어느 저녁 캉브리주 호텔에서 영국인 비미슈와 함께 있는 걸 본 바로 그 사내였다. 우선 눈에 확 와 닿은 건, 짙은 청회색빛 눈동자에서 뿜어져 나오는 솔직하면서도 냉혹한 기운이었다. 또한 사근사근한 미소와 함께 쾌락을 지향하는 욕망이 표정 속에 언뜻 드러나, 그 냉혹한 기운을 흩뜨리는 느낌도 없지 않았다. 싱싱해 보이는 자태에 당당하고 널찍한 가슴팍에서는 운동선수 같은 유연함과 강인한 완력이 느껴졌고, 특히 단단한 하악골을 비롯한 얼굴 골격에서 힘찬 에너지가 감지되었다. 나이는 한 마흔 정도 되었을까? 입고 있는 복장은 한눈에도 최고급 재단 솜씨를 드러냈다.

"캉브리주 호텔에서 뵌 적이 있군요."

빅토르의 말에 브레삭은 싱긋 웃으며 대꾸했다.

"아하! 한 번 마주친 사람은 절대 잊지 않는 능력이라도 갖고 계시는 모양이군요? 하긴 그곳 홀에는 이전부터 여러 차례 내려가 있곤 했지요. 전쟁 중 부상당한 군인처럼 비미슈의 두 번째 객실로 숨어들기 전까지만 해도 말이죠."

"그래, 상처는?"

"뭐 거의 다 나았소. 아직 조금은 불편하고 통증도 간혹 있지만. 당신이 비미슈에게 경고를 보내주러 왔을 때—그 일은 정말 고맙게 생각하고 있습니다—이미 컨디션은 회복되어 있었죠."

"물론 그에게 치명타를 입힐 만큼 회복되었다는 얘기이겠죠?"

"맙소사! 당신이 서명해준 통행증 내놓기를 거부하는 거예요! 다만 생각보다 좀 심하게 가격을 한 건 사실이죠."

"그가 섣불리 입을 놀리진 않겠습니까?"

"전혀요! 그러기엔 장래 일과 관련해 내게 너무 많은 의지를 하는 친구랍니다."

두 남자는 리볼리 가를 따라 걷기 시작했다.

브레삭이 주차시킨 자동차가 보였다.

그가 불쑥 말했다.

"우리 사이에 긴 말은 필요 없을 거요. 서로 통했다고 봐도 되겠죠?"

"무엇에 관해서 말입니까?"

"의기투합했을 경우 서로가 얻을 이득에 관해서 말이오."

브레삭의 화통한 대답이었다.

"물론이오."

"당신 주소는?"

"캉브리주 호텔에서 나온 뒤로는 일정치 않습니다."

"그럼 갑시다. 당신 가방부터 챙겨요. 내가 기꺼이 재워드리리다."

"급하게 서두를 이유라도 있습니까?"

"급한 이유가 있다마다요! 아주 큼직한 건수가 진행 중이오. 무려

1000만 프랑짜리 건수요."

"공주는 어디 있죠?"

"지금 당신을 기다리고 있소."

둘은 차에 올라탔다.

되몽드 호텔에서 빅토르는 사태가 흐르는 방향을 미리 내다보고 추려두었던 여행용 가방들을 챙겼다.

그들은 파리를 벗어나 뇌일리로 접어들었다.

룰 가도를 달리다 보니 길이 꺾어지는 끄트머리쯤에 안뜰과 정원을 갖춘 3층짜리 개인주택이 한 채 들어서 있는 게 눈에 들어왔다.

그 앞에서 차를 멈추며 브레삭이 말했다.

"그저 잠시 머무는 곳일 뿐이오. 저런 곳을 파리에만 10여 군데 가지고 있지요. 단순히 잠만 좀 청하기 위한 곳으로 사람도 극히 제한된 수만 부린답니다. 당신은 3층 내 방 바로 옆의 널찍한 작업실에서 자면 될 것이오. 공주는 2층에 머물고 있답니다."

그가 말한 작업실은 거리로 창문이 나 있는 무척 안락한 공간이었다. 훌륭한 안락의자들과 침대 겸용 디방, 그리고 최고급 서가가 갖춰져 있었다.

"철학 책들이 좀 있고, 역사책도 몇 권 있죠. 잠을 청하려거든 아르센 뤼팽의 모험담도 괜찮을 것이오."

"오, 그건 이미 머릿속에서 줄줄 꿰차고 있는걸요."

브레삭은 빙그레 웃으며 대꾸했다.

"나 역시 그렇소. 그건 그렇고, 이 집 열쇠도 혹시 필요하겠소?"

"그건 뭐하러요?"

"혹시 나갈 일이 있을 경우엔……."

두 남자의 시선이 다시금 예리하게 마주쳤다.

빅토르가 말했다.

"난 나갈 일 따로 없습니다. 큰일을 앞둔 상태에서는 자신을 조용히 가다듬는 게 최고죠. 더군다나 그 일이 어떤 건지 잘 모를 때는."

"괜찮다면 오늘 저녁 설명해드리리다. 조심하자는 뜻 반, 편의상 반으로 저녁식사는 공주의 규방에서 들 예정인데, 식사 후에 말이오. 내가 머무는 건물 1층은 항상 경찰의 불시 기습과 그로 인한 전투 가능성에 대비해 워낙 속임수장치들이 즐비해놔서."

빅토르는 우선 가방부터 풀었고, 잠시 담배를 피운 다음 소형 전기다리미를 이용해 턱시도 바지를 정성스레 다리고 나서 옷을 갈아입었다. 저녁 8시, 앙투안 브레삭이 데리러 왔다.

바실레예프 공주는 언뜻 보기에도 반가워하는 태도로 새로 온 손님을 맞아주었다. 지난날 캉브리주 호텔에서 자신과 친구들을 위해 해준 행동에 대해 장황한 말로 감사를 표했는데, 그나마 어느 한순간 갑작스레 입을 다물었다. 웬일인지 그 뒤부터는 거의 대화에 끼지도 않았다. 그저 무심한 표정으로 귀만 열어두는 기색이었다.

빅토르 역시 말은 많이 하지 않았고, 그저 그동안 쌓아온 공적들 중 당연히 자신의 능력이 특히 돋보이는 두세 가지를 골라 차분하게 늘어놓았다. 반면 앙투안 브레삭은 훨씬 더 열성적이었다. 워낙에 쾌활한 데다 재치도 있었고, 기분 좋은 배짱에 빈정대는 투도 은근히 섞어가면서 자신의 가치를 부각시키는 재주가 여간 아니었다.

저녁식사가 끝나자 알렉산드라는 커피와 브랜디를 내왔고, 시가를 권한 뒤 자신은 디방에 느긋하게 자리를 잡고 꼼짝도 하지 않았다.

빅토르도 풍성하게 속을 넣어 누빈 넉넉한 안락의자에 몸을 묻었다.

그만하면 아주 만족스러운 편이었다. 모든 것이 예견한 대로 굴러가고 있었고, 미리 내다보고 준비해둔 순서에 따라 사태가 진행되었다.

우선은 알렉산드라와 공범관계가 되었고, 이를 발판으로 조금씩 조직에 침투해 자질과 재주, 헌신성을 확실하게 보여줌으로써, 결국에는 아르센 뤼팽의 동지이자 친구가 되어 있지 않은가! 바야흐로 적진 깊숙이 들어와 있는 셈이었다. 이제 다들 그를 필요로 하고 있다. 그의 협조를 바라고 있다. 작전은 그가 의도한 바에 맞춰 원만히 수행될 수밖에 없는 상황이다.

빅토르는 계속해서 속으로 중얼거렸다.

'잡았어. 이제 놈을 잡았다고. 단, 앞으로는 절대 실수를 하면 안 돼. 너무 웃는 것도 곤란하고. 말투가 부자연스러워도 안 되지. 조금만 생각이 옆으로 새도, 저런 상대 앞에서라면 모조리 망치고 말 거야.'

그때였다. 브레삭이 경쾌하게 외쳤다.

"자, 준비되셨나?"

"준비됐습니다."

"아차, 먼저 질문 하나만 합시다. 내가 앞으로 하려는 얘기를 당신, 대충은 짐작하고 있소?"

"대충 정도는요."

"이를테면?"

"이를테면 우리는 이제 과거와는 완전히 결별하는 겁니다. 국방공채든, '라비코크' 살인사건이든, 신문에서 뭐라고 떠들든, 사법당국이나 일반 대중이 무슨 난리를 떨든 그 모든 건 다 끝난 일이라고 보는 거죠. 거기에 대해서 더는 왈가왈부하지 않는다는 겁니다."

"잠깐! 보지라르 가 살인사건은 어떻소?"

"그 역시 끝난 일이죠."

"하지만 사법당국의 생각은 그게 아닌데."

"내 생각이 그렇다는 겁니다. 그 사건에 대해 내 나름대로 견해가 그래요. 좀 더 나중에 따로 말씀을 드리지요. 다만 지금은 오로지 하나만 신경 씁니다. 하나의 목표만 있을 뿐이죠."

"글쎄, 그게 뭘까?"

"바실레예프 공주에게 당신이 써서 보낸 편지에도 암시되어 있다시피 1000만 프랑짜리 건수입니다!"

그제야 앙투안 브레삭은 마음 놓고 쾌재를 불렀다.

"바로 그거요! 보아하니 만반의 준비가 갖춰진 듯합니다! 이만하면 말이 통하는 인물이야!"

그러고는 빅토르 바로 맞은편의 의자를 돌려세워 말 타듯 걸터앉은 다음 차근차근 설명하기 시작했다.

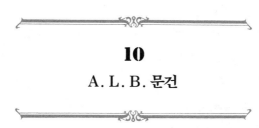

10
A. L. B. 문건

1
_

  "먼저 당신에게 말해둘 것은, 외견상으로나마 그럴듯해 보이는 가설조차 머릿속에 들어 있지 않은 신문들이 무턱대고 물고 뜯은 바 있는 문제의 1000만 프랑짜리 건수는 제일 처음에 비미슈가 나한테 가지고 온 거라는 사실이오. 그래요, 바로 비미슈 말이오. 그는 전쟁이 끝난 뒤 어느 그리스인 갑부 곁에서 일을 하던 아테네 출신 타이피스트와 결혼을 했었죠. 나중에 그 타이피스트는 열차사고로 사망하게 되는데, 그 전에 남편에게 옛 주인과 관련한 어떤 사실들을 자세하게 일러주었답니다. 바로 그 내용이 비미슈의 정신을 번쩍 들게 할 만한 것이었죠. 이런 내용이었답니다. 그리스인 갑부는 고국의 화폐가치가 폭락할 것을 걱정해, 전 재산을 들여 한편으로는 아테네 소재 부동산과 유가증권, 다른 한편으로는 에피로스와 특히 알바니아에 위치한 대규모 영지를 하루빨리 현금화하는 작업에 들어갔답니다. 그리하여 두 건의 서류가 만들어졌는데, 하나는 영국 은행에 증권 다발 형태로 예치된 재산의 처음 절반에 관한 것이고(그래서 런던 문건이라 불립니다), 다른 하나는 모든 영지와 사유지의 매각에 관련한 것으로, 이름하여 A. L. B. 문건, 다시 말해 알바니아(Albanie에서 맨 처음 세 글자 A. L. B.—옮긴이) 관련 문건이라 불린다고 합니다. 그런데 타이피스트가 강조한 바에 의하면, 그 두 가지 서류가 각각 1000만 프랑어치의 엇비슷한 가치를 지니고 있음에도 불구하고, 유독 런던 문건은 부피가 두둑한 반면, A. L. B. 문건은 봉투에 넣어 끈으로 묶고 밀봉한 꾸러미 크기가 고작 20~25센티미터 길이에 불과해서 그리스인이 항상 서랍 속이나 소형 여행가방 안에 갈무리해 다녔다는 거예요. 과연 A. L. B. 문건은 에피로스에서 거둬들인 1000만 프랑이라는 금액을 어떤 형태로 담아내고 있었던 걸까요? 수수께끼입니다. 아울러 결혼을 앞두고 타이피스트를 떠나보낸 그리스인은 어떻게 되었을까요? 그 또한 미스터리였죠. 지금으로부터 3년 전, 내가 처음 비미슈를 만나 알게 되었을 때도 그는 전혀 그 수수께끼를 밝혀내지 못한 상황이었습니다. 반면 나의 국제조직을 통해서는 이 점에 대해 보다 능동적이고, 비록 시간은 오래 걸리더라도 보다 효과 있는 조사활동을 전개할 수가 있었답니다. 나는 그리스 갑부가 재산의 절반을 위탁해놓은 런던의 은행을 알아냈고, 그 은행에서 파리에 사는 모 씨에게 줄곧 증권 배당금을 지불해오고 있다는 사실을 확인할 수 있었습니다. 아울러 천신만고 끝에 그 모 씨라는 작자가 독일인이라는 사실을 알아냈고, 그 독일인의 주소를 겨우 확보했으며, 급기야는 그 독일인이 그리스인 갑부와 동일인물이라는 사실을 밝혀내기에 이르렀죠."

앙투안 브레삭은 잠시 말을 멈추었다. 빅토르는 단 하나의 질문도 없이 묵묵히 귀만 기울였다. 한편 알렉산드라는 두 눈을 지그시 감은 게 마치 잠을 자는 것 같았다. 이내 브레삭이 말을 이었다.

"내가 지극히 신뢰하는 흥신소를 통해 이루어진 조사활동은 매우 치밀했습니다. 나는 그리스인이 거의 수족을 못 쓸 정도로 병환이 깊어 저택에서 두문불출하고 있다는 사실을 알아냈죠. 그 자신은 1층에 누워서 지내고, 그에게 고용된 전직 형사 두 명이 철통같이 지키고 있으며, 수발을 드는 하녀 세 명은 따로 지하실 거처에서 지낸다는 사실까지도 말입니다. 그만해도 아주 소중한 정보였지만, 그 건물 내부의 설비와 관련된 기록 사본 몇 부가 수중에 들어옴으로써 보다 중요한 또 하나의 정보를 갖추게 되었답니다. 그중 하나에는 소위 보안장치라고 부르는 집 안의 전기시설에 관한 내용이 포함되어 있었는데, 건물 모든 창문의 덧문들에 보이지 않게 경보장치가 설치되어 있어서 조금만 외부 자극이 가해져도 집 안 전체에 연속적인 경보가 울리도록 되어 있다는 겁니다. 정말이지 이거다 싶었죠! 자고로 무언가 감추거나 경계해야 할 것이 없다면 그런 복잡한 경비시설들을 갖출 리가 없는 겁니다. 그럼 뭐겠습니까? 결국엔 A. L. B. 문건이 집 안 어딘가에 있다는 얘기죠."

"의심의 여지가 없는 얘기로군요."

빅토르가 맞장구를 쳤다.

"문제는 과연 그 서류가 구체적으로 어디 있느냐입니다. 1층일까요? 나는 아니라고 생각합니다. 그곳은 우리의 부자께서 뭇사람들과 한데 어울려 일상생활을 해나가는 곳이니까요. 2층으로 말하자면 텅 비어 있는 데다 거의 폐쇄된 곳입니다. 근데 거기서 해고된 가정부 얘기로는, 매일 그리스인이 3층으로 올라가 서재로 꾸며진 넓은 방에 틀어박혀 오후 시간을 홀로 보낸다는 것이었습니다. 또한 거기에는 온갖 문서들과 책들, 그리고 그가 가장 사랑했던 죽은 딸과 손녀에 관한 유품들이 자리하고 있다 들었습니다. 예컨대 태피스트리 작품 몇 점과 초상화, 아이들 장난감과 골동품 등 말입니다. 그 가정부의 증언을 바탕으로 나는 정말 참을성 있게 공을 들여 그 방의 도면을 한번 만들어보았답니다(그러면서 브레삭은 종이 한 장을 펼쳐 보였다). 여기 책상이 있고, 여기 전화가, 그리고 이쪽에 서가가 있습니다. 여긴 기념품들을 넣어두는 선반이고, 이쪽에는 맨틀피스가 위치하면서 그 위로 박을 입히지 않은 거울이 마치 창문처럼 자리 잡고 있죠. 바로 거기서부터 내 계획이 구체적인 틀을 이루기 시작했습니다. 자, 내 설명을 좀 들어보시죠."

그는 종이 위에 연필로 선들을 그려가기 시작했다.

"저택은 널찍한 길을 바라보면서 약간 움푹하게 들어간 지점에 위치하고 있습니다. 건물과 길 사이는, 가장자리를 따라 관목이 테를 두르듯 심어진 기다란 형태의 정원과 키 큰 철책담장이 가로막고 있지요. 정원 좌우측은 벽으로 막혀 있고 말입니다. 그 너머 우측으로는 관목들로 우거진 공터가 매물로 나와 있는데, 내가 한번 들어가보았죠. 그곳에서 살짝 올려다보고 3층 방 맨틀피스 위의 판유리에 덧문이 설치되지 않았다는 사실을 알아냈어요. 그 즉시 나는 준비에 들어갔고, 이제 거의 끝나가고 있습니다."

"그럼 이제 어떡하죠?"

"당신만 믿어야죠."

"나만 믿겠다뇨?"

"비미슈가 감옥에 가 있으니, 지금으로선 당신이 작업에 제격이라 생각하는 겁니다."

"조건은요?"

"이득의 4분의 1을 넘기겠습니다."

"A. L. B. 문건을 내가 발견할 경우 절반으로 합시다."

빅토르가 요구하자, 재차 제안이 돌아왔다.

"3분의 1은 어떻소?"

"좋습니다!"

두 남자는 굳게 악수를 나누었다.

브레삭은 모처럼 크게 웃음을 터뜨리며 말했다.

"하하하! 보통 사업가끼리 중요한 합의에 이르면 공증인 앞에서 서명을 나누거나 하기 마련인데, 우리처럼 의젓한 사나이 둘이 마주치니 뜨거운 악수 한 번으로 모든 게 충족되는군요! 이로써 나는 당신의 협조가 보장됨을 믿을 수 있고, 당신은 또 내가 약속을 확실하게 지킬 것을 믿을 수 있는 겁니다!"

빅토르는 방만하게 감정을 내비치지 않았다. 상대처럼 크게 너털웃음을 짓기보다는 그저 약간의 미소만 지었을 뿐이다. 상대가 이유를 묻자, 그가 대답했다.

"당신이 예를 든 그 사업가끼리는 대신 눈앞의 사안에 대해 서로 훤히 꿰뚫고 나서야 서명을 하죠."

"그런데요?"

"그런데 나는 아직까지 상대의 이름도 모르고, 사는 장소며, 당신이 동원할 방법과 작전 날짜도 모르고 있습니다."

"무슨 뜻이죠?"

"놀랍게도 당신 안에 아직 나를 믿지 못하는 구석이 남아 있다는 얘기죠."

브레삭은 순간적으로 움찔했다.

"뭐든 원하는 조건이 있으면 말해보시오."

"천만에요. 내 쪽에서 특별히 내걸 조건은 없습니다."

"난 있어요!"

나른한 몽상을 갑작스레 떨치고 자리에서 일어난 알렉산드라가 두 남자에게 다가오더니 한마디 했다.

"나는 조건이 하나 있다고요."

"뭐지?"

"절대로 피는 보지 않았으면 해요."

2

그녀는 빅토르를 향해 강한 표정과 위엄 어린 말투로 말했다.

"당신은 아까 '라비코크'하고 보지라르 가와 관련된 사안은 모두 정리된 거나 다름없다고 말했습니다. 하지만 그렇지가 않아요. 왜냐하면 당신 눈에 나는 여전히 살인자로 보일 수가 있고, 그러다 보면 막상 뛰어들어야 할 때 나뿐 아니라 여기 앙투안 브레삭에 대해서까지 나와 비슷한 행태를 얼마든지 저지를 수 있기 때문입니다."

빅토르는 침착하게 다짐했다.

"나는 부인도, 앙투안 브레삭도 그런 눈으로 바라보지 않습니다."

"아닐걸요."

"그게 무슨 말입니까?"

"우리가 엘리즈 마송을 살해했든, 우리 동료들 중 누군가가 그녀를 죽였든, 우린 그녀의 죽음에 책임이 있는 겁니다."

"그렇지 않습니다."

"하지만 적어도 그것이 사법당국의 확신이자, 일반적인 견해예요."

"난 다릅니다."

"그럼 누굴까요? 한번 생각해보세요! 사건 당시 엘리즈 마송의 집에서 웬 여자 한 명이 나오는 것을 본 사람이 있습니다. 그 여자가 바로 나일 거라는 얘기가 있고, 또 실제로 나섰어요. 사정이 그런데, 살인을 저지른 자가 나 말고 또 누구라고 생각하겠습니까? 결국 지금까지도 내 이름 말고는 따로 언급된 이름이 없잖아요?"

"그건 당신 이름 말고 다른 이름을 거론할 만한 유일한 사람이 아직 입을 열 용기를 내지 않고 있기 때문입니다."

"도대체 그게 누군데요?"

빅토르는 지금은 간명한 대답을 제시할 때라고 직감했다. 즉각적인 정보들을 요구함으로써 앙투안 브레삭의 일방적인 움직임에 일종의 제동을 걸었던 그는, 이제 어쩔 수 없이 상대보다 우위에 있음을 유감없이 보여주어야 했고, 자신의 참다운 실력이 어느 정도인지를 다시 한번 똑똑히 제시해야만 했다.

"누구냐고요? 다름 아닌 강력반 소속 빅토르 형사랍니다!"

"그게 대체 무슨 말이죠?"

"내가 하려는 말은 어쩌면 단순한 가설에 불과한 걸로 보일지도 모릅니다. 하지만 엄밀한 진실이에요. 지금까지 여러 사실들과 신문에서 읽은 내용들을 토대로 차근차근 추론을 해온 결과 도출된 엄연한 진실이라는 겁니다. 당신도 내가 빅토르 형사에 대해 어떤 생각을 가지고 있는지 잘 알 겁니다. 뭐 특별하게 걸출한 인물까지는 못 된다 해도 그만하면 수준급 경찰이라 할 수 있지요. 다만 흔히들 경찰이라면 으레 그렇듯 보통 사람들이 가지고 있는 나약함과 허술함을 완전히 떨쳐내지는 못하는 인물이기도 합니다. 그는 살인이 일어난 날 아침, 도트리 남작을 대동하고 최초로 조사를 하기 위해 엘리즈 마송의 거처에 찾아갔었습니다. 바로 그때 아무도 눈치채지는 못했지만, 분명 나중에 수수께끼의 열쇠가 되어줄 만한 일대 실수를 범하게 되지요. 일단 엘리즈 마송과의 면담을 마치고 내려와서 자동차에 남작을 태운 다음, 그는 근처에서 교통을 관리하던 경찰관에게 남작을 감시하도록 부탁하고는, 즉각 1층 카페로 들어가 인원 두 명을 지원해달라는 요청을 하기 위해 경시청에 전화했지요. 보다 세밀한 가택수색이 이루어지기 전까지 엘리즈 마송을 집 안에 붙들어둘 경찰력이 필요했던 겁니다."

"부탁입니다. 계속해주세요."

공주는 잔뜩 흥분해 자기도 모르게 중얼거렸다.

"하필 그때 전화 연결이 더뎌서 시간이 한참 걸렸습니다. 결국 15분이나 걸렸으니, 그사이 도트리 남작의 머릿속에 맹랑한 생각이 떠오른다 해도 하나 이상할 게 없었죠. 이를테면 정부한테로 다시 올라가보는 것 말입니다(하긴 당장 도망친다고 해서 뭐 하나 이득 될 것도 없었으니까요). 일단 그러기로 마음을 먹는다면 누가 막을 수 있었겠습니까? 빅토르 형사는 전화통화로 바빴죠, 교통정리에 여념이 없는 경찰관은 어차피 지붕까지 있는 카브리올레형 자동차 안에 탄 사람을 제대로 살필 여유가 있을 리 만무하죠."

"하지만 왜 여자를 다시 보려고 했겠습니까?"

이번에는 역시 바짝 귀를 기울이고 있던 앙투안 브레삭이 다그쳐 물었다.

"왜냐고요? 당시 엘리즈 마송의 방에서 벌어진 광경에 관해 빅토르 형사가 진술한 내용을 떠올려보세요. 여자는 막심 도트리가 도둑질뿐만 아니라 살인혐의로도 몰리고 있다는 사실에 여간 당황해하는 게 아니었죠. 빅토르 형사가 그때 길길이 화를 내는 걸로 인식했던 여자의 반응은, 실은 공포에 질린 나머지 호들갑을 떠는 것에 불과했습니다. 자기 애인이 채권 다발을 훔쳐낸 것은 그녀도 알고 있었으나, 레스코 영감을 죽였으리라고는 단 한순간도 상상조차 못 했거든요. 여자는 남자에 대한 지독한 혐오감과 더불어 사법당국에 대해서는 본격적인 두려움을 느끼기 시작했습니다. 여자의 그 같은 내심을 도트리는 여지없이 간파해버린 것이죠. 결국 그는 여자가 언젠가는 자신을 고발해버릴 거라고 확신했습니다. 그 때문에 여자를 다시 만나 얘기를 해보려고 한 거죠. 물론 그에겐 아파트 열쇠가 따로 있었습니다. 그는 여자의 의중을 떠보았고, 여자는 위협 섞인 반응을 보였습니다. 도트리도 덜컥 겁이 나지 않을 수 없었죠. 그냥 저대로 내버려두어야 하는 건가? 국방공채를 손에 넣어 이제 목표를 거의 거머쥐었는데. 더군다나 그를 위해 이미 사람까지 죽인 마당에 말입니다. 과연 마지막 순간에 그 모든 걸 포기해야 할 것인지. 마침내 도트리 남작은 또다시 살인을 하기로 했습니다. 그가 그토록 아껴온 여인이지만, 배신할 것이 너무도 뻔하다 보니 갑작스러운 증오심이 휘몰아쳤다고나 할까요? 결국 여자를 죽이고 맙니다. 1분 후, 그는 다시 아래로 내려와 얌전히 차에 올라타 있습니다. 교통경찰은 아무것도 눈치채지 못했지요. 빅토르 형사 역시 전혀 의심할 수 없었습니다."

"그렇다면 나는 어떻게 되는 거죠?"

공주가 조심스레 속삭였다.

"당신은 현장에 한두 시간 후에나 도착했습니다. 그저 엘리즈 마송에게 개인적인 용건이 있어서 온 것이죠. 그러다 문에 꽂아둔 채 살인범이 깜박 잊은 열쇠를 발견하게 됩니다. 당신은 일단 안으로 들어갔죠. 거기서 바로 당신이 선사한 녹색 무늬의 오렌지빛 머플러로 목이 졸려 나자빠진 엘리즈 마송과 맞닥뜨리게 됩니다."

알렉산드라는 눈이 휘둥그레져서 더듬거렸다.

"맞아요, 정말 그랬어요. 전부 다 사실이에요. 그때 머플러는 바닥 양탄자 위, 시체 옆에 떨어져 있었어요. 나는 얼른 그걸 주워 들었죠. 너무도 무서웠어요. 네, 그랬어요. 바로 그랬다고요."

앙투안 브레삭도 조심스레 거들었다.

"그렇소. 의문의 여지가 없는 얘기로군요. 일이 그렇게 된 거였어요. 도트리가 범인이었습니다. 경찰도 그런 실수를 범했으니 떵떵거릴 이유가 하나도 없었겠지."

그는 빅토르의 어깨를 툭 치며 말했다.

"정말이지 당신 대단한 사람이오! 난생처음으로 내가 믿고 의지할 만한 협력자를 만난 듯하오. 마르코스 아비스토, 우리 어디 한번 잘해 나가 봅시다!"

그는 이제야 긴요한 얘기를 덥석 털어놓았다.

"그리스인 이름은 세리포스라고 하오. 그가 사는 곳은 여기서 그리 멀지 않아요. 불로뉴 숲을 따라 마이요 대로 98-2번지가 그의 거처랍니다. 작전은 오는 화요일, 12미터까지 늘일 수 있는 특수 사다리가 배달되어 오는 그날 저녁에 치러질 것입니다. 그걸 타고 목표지점으로 오를 거예요. 일단 거기까지 성공하면, 아래층 현관으로 내려가 밖에서 대기 중인 우리 편 세 명에게 문을 열어주어야 합니다."

"열쇠가 문 안쪽에 꽂혀 있습니까?"

"지금으로선 그렇게 보입니다."

"하지만 거기에도 경보장치가 설치되어 있어서 문을 열려고 하는 즉시 작동할 텐데요?"

"물론 경보장치야 있죠. 하지만 모든 장치는 외부로부터의 침입에 반응하도록 되어 있지, 우리처럼 내부에서 작업을 하는 경우에는 반응하지 않습니다. 더군다나 장치 자체가 바깥으로 드러나 있어요. 따라서 정 뭐하면 작동하지 못하게 조작하면 그뿐입니다. 일단 내 부하 세 명이 들이닥치고 나면, 난데없이 잠자리에서 급습을 당할 두 전직 형사는 꼼짝없이 결박당하게 되겠죠. 그때부터는 충분한 여유를 갖고 우선 1층부터 한 번 휘 훑어본 뒤, 물건이 감춰져 있을 게 분명한 3층 서재를 살살이 뒤지는 겁니다. 어떻습니까, 괜찮죠?"

"괜찮군요."

두 남자 사이에 아까보다 더욱 뜨거운 악수가 오갔다.

작전에 나서기 전 며칠은 빅토르에게 무척이나 뿌듯한 기간이었다. 이제 곧 거머쥘 승리의 순간을 속으로 실컷 음미했는데, 그렇다고 신중함이 흐트러진 건 아니었다. 예컨대 단 한 번도 그는 바깥으로 외출하지 않았다. 전화 한 통화 시도하지 않았다. 바로 그런 점들이야말로 브레삭의 마음속에 전적인 신뢰감을 불어넣을 가장 확실한 안전책이나 다름없었다. 한편 탁월한 혜안을 통한 주도권 행사로 일순 지나치게 위상이 확대된 듯한 빅토르는 다시금 알아서 제 위치로 찾아 들어갔다. 즉, 서로 협력관계이긴 하나 어디까지나 뤼팽의 부하라는 위치 말이다. 모든 사전계획과 결정은 전적으로 앙투안 브레삭의 몫이었다. 빅토르는 그에 순순히 따르기만 하면 될 일이었다.

하지만 이 무서운 상대를 이렇게 가까이서 관찰하고 그 수법을 속속들이 들여다보면서 은밀하게 맛보는 즐거움이란 얼마나 큰지! 실제로는 정체가 모호하지만 그토록 수많은 사람의 입에 오르내리는 유명인사 아니던가! 하물며 온갖 고생을 다해 이 자리까지 파고든 만큼, 일말의 의심 없이 자기에게 모든 계획들을 털어놓는 브레삭을 가만히 지켜보면서 어찌 뿌듯하지 않겠는가!

그럼에도 이따금 초조감이 없진 않았다.

'혹시 이자야말로 나를 갖고 노는 게 아닐까? 내가 파놓았다고 믿은 함정에 나 자신이 빠지는 거 아니야? 과연 이만한 인물이 이처럼 손쉽게 속아 넘어갈 수 있다는 걸 믿어야 할까?'

공연한 우려였다. 브레삭은 완전히 마음을 열어놓고 있었다. 그 점에 관해서는 하루에도 숱한 증거를 찾을 수 있었는데, 그중 가장 확실한 것 하나가 오후 대부분의 시간을 함께 보내는 알렉산드라의 태도였다.

그녀는 진범을 색출해준 데 대해 무척이나 고마워하면서 언제나 명랑하고 다정하며 한껏 이완된 모습만을 보였다.

"나 자신이야 범인이 나일 수 없다는 건 벌써부터 아는 사실이었지만, 만에 하나 경찰에 끌려간다 해도 이제는 당당히 내가 죽이지 않았다고 말할 수 있다 생각하니 훨훨 날아갈 것 같아요!"

"당신이 무엇 때문에 경찰에 끌려간단 말이오?"

"누가 알겠어요?"

"천만의 말씀이오. 당신은 결코 누구도 당신한테 손대는 걸 용납지 않을 브레삭 같은 남자친구를 가지고 있으니까 말이오."

이 말에 여자는 아무 대꾸도 하지 않았다. 그러고 보니 자신의 애인임이 분명한 사람에 대한 감정이 어쩐지 애매모호해 보였다. 심지어 빅토르는 여자가 이따금 무심하고 무관심한 모습을 보일 때마다 브레삭이 실제로 그녀의 애인인지, 혹시 그토록 찾아 헤매온 강렬한 감정을 느끼게 해줄 모험친구에 불과한 것은 아닌지 의문이 들었다. 하긴 굳이 애인이 아니더라도 뤼팽이라는 이름의 후광만으로 여자를 곁에 붙잡아두는 건 일도 아니지 않겠는가?

그러나 마지막 날 저녁, 알렉산드라와 브레삭이 서로 부둥켜안고 입을 맞추는 현장에 빅토르가 그만 불쑥 들어서고 말았다.

순간 안에서 들끓어 오르는 부아를 참아내기가 무척이나 어려웠는데, 그걸 아는지 모르는지 알렉산드라는 조금도 거북함 없이 대차게 웃음을 터뜨리는 것이었다.

"내가 왜 이 신사분께 이 모든 은덕을 베풀고 있는지 아시겠어요? 내일 저녁에 내가 당신을 동행해도 좋다는 허락을 받아내기 위해서랍니다. 마치 그렇게 하는 게 별로 자연스럽지 못한 일인 것처럼 말이에요! 역시 안 된다고 하더군요. 여자란 방해만 된다는 거예요. 그저 옆에 있기만 해도 모든 걸 망칠 수 있다나요? 더구나 여자로선 감당 못할 위험한 상황이 닥칠 수도 있다. 뭐 그런 말도 안 되는 이유들이 한두 가지가 아닌 거예요!"

여자의 아리따운 맨어깨가 그렇지 않아도 하늘하늘한 몸매를 그대로 드러내는 튜닉 의상 밖으로 화사하게 드러나 있었다. 여자는 열정 어린 얼굴로 빅토르에게 간청했다.

"이 남자를 좀 설득해주세요! 나도 가고 싶단 말이에요. 다른 이유가 아니라 단지 위험을 좋아하기 때문이에요. 아니, 위험을 넘어 공포를 사랑해요. 세상에 그렇게 사람의 존재를 온통 휘어잡아버리는 현기증나는 감정보다 더 가치 있는 건 없다고요. 나는 두려워하는 남자는 영 질색이랍니다. 그건 비겁한 데 지나지 않거든요. 하지만 내게 두려움이란 이 세상에서 가장 나를 도취하게 만드는 그 무엇이라고요!"

빅토르는 여자를 향해 짓궂게도 혀를 차는 시늉을 한 다음 앙투안 브레삭에게 말했다.

"내 생각에 이와 같은 공포의 탐닉을 치료해줄 최선의 방법이란, 그 어떤 상황에서든 공포심을 느끼는 것만큼 무시무시한 일이 없다는 걸 실제로 보여주는 겁니다. 당신과 내가 둘 다 이처럼 감싸고 도는 한, 이 여자분은 결코 그런 깨달음에 도달할 리가 없어요."

그제야 브레삭도 유쾌한 표정으로 말했다.

"쳇! 정 그렇다면 여자 하자는 대로 해봅시다! 혼 한번 나보라죠 뭐!"

3

다음 날 자정이 조금 지난 시각, 빅토르는 1층에서 대기하고 있었다.

잠시 후, 알렉산드라가 몸에 잘 맞는 회색빛 의상을 걸친 쾌활한 모습으로 다가왔다. 한결 어려 보이는 그 모습은, 위험천만한 모험을 감행하기 위해 나선 여자라기보단 놀이터로 나들이 가는 어린 소녀를 연상시켰다. 단, 창백해진 안색과 번뜩이는 눈동자만은 그 유쾌한 분위기너머 금방이라도 질겁할 것처럼 두근대는 감정 상태를 노출시키고 있었다.

여자는 대뜸 자그마한 물병을 내밀더니 화사하게 웃으며 말했다.

"비상약이에요."

"뭐에 쓰는 건데요?"

"감옥행에 대비하는 약이죠. 죽는 건 참겠는데, 감옥에 갇히는 것만은 못 견딜 것 같거든요."

남자는 약병을 냉큼 낚아채 뚜껑을 열고는 안의 내용물을 바닥에 쏟아버리며 내뱉었다.

"죽음도 없고, 감옥행도 없습니다."

"무슨 근거로 그런 장담을 하는 거죠?"

"바로 이 사실 때문에⋯⋯ 뤼팽만 있다면 죽음도 감옥행도 두려워할 필요가 없다!"

여자는 어깨를 으쓱하며 말을 받았다.

"그 역시 패배할 수도 있어요."

"그에게는 절대적인 믿음을 가져야만 합니다."

"그래요. 하지만 며칠 전부터 왠지 불길한 예감이⋯⋯ 기분 나쁜 꿈도 꾸고⋯⋯."

여자가 중얼거리는 도중 자물쇠에서 열쇠 돌아가는 소리가 들렸다. 거리 쪽 문이 바깥으로 활짝 열린 건 바로 다음 순간이었다. 마지막 준비를 방금 마친 앙투안 브레삭이 불쑥 들어왔다.

"다 됐소. 그나저나 알렉산드라, 당신 계속 고집할 거요? 알고 있겠지만 사다리가 매우 높아요. 올라가면 속이 다 뒤집어질걸!"

여자가 묵묵부답이자, 브레삭은 남자 쪽을 돌아보며 툭 던지듯 물었다.

"당신은 어떻소, 친구? 자신 있는 거요?"

빅토르 역시 아무 대답 없기는 마찬가지였다.

셋은 인적이 거의 없는 뇌일리의 가도를 따라 출발했다. 세 사람 다 말이 없었다. 알렉산드라는 두 남자 사이에서 유연하고도 경쾌한 발걸음을 내디뎠다.

구름 한 점 없는 별빛 가득한 하늘이 전등 불빛에 아스라이 드러난 가로수들과 건물들의 머리 위로 조용히 드리워졌다.

일행은 마이요 대로와 나란히 뻗은 샤를라피트 가로 접어들었다. 바로 그 거리와 대로 사이로 정원과 마당들이 다닥다닥 이어져 있었고, 몇몇 불 켜진 창문들이 구멍처럼 뚫린 호화저택들이 즐비했다.

낡아빠진 판자를 잇댄 방책이 그중 한 사유지를 에워싸고 있었고, 그 너머로 관목들과 나무들이 우거진 공터가 들여다보였다.

일행은 혹시라도 지나치는 행인이 없나 두루두루 살피면서 약 반 시간가량 근방을 어슬렁거렸다. 완벽한 정적만이 주변을 에워싸고 있다는 확신이 들자, 알렉산드라와 빅토르가 망을 보는 사이에 앙투안 브레삭은 위조열쇠로 맹꽁이자물쇠를 따서 문짝을 슬그머니 열었다.

일행은 그림자처럼 안으로 미끄러져 들어갔다.

나뭇가지들이 앞을 가렸고, 가시덤불이 옷을 할퀴었다. 땅바닥에는 부서진 건물에서 나온 굵직굵직한 돌덩어리들이 발길에 차였다.

"사다리는 건물 좌측면을 따라 뉘여놓았소."

브레삭이 속삭였다.

일행은 곧 목표지점에 도달했다.

두 부분으로 이루어진 사다리는 홈을 따라 하나로 합체시키게 되어 있었다. 일련의 조작 끝에 결국 가볍고도 견고한, 하나의 길게 이어진 사다리가 완성되었다.

모두 힘을 합쳐 모래와 석재 사이에 사다리를 단단히 고정시켰다. 일단 안전하게 자리 잡았다고 판단되자, 공터와 이웃 마당을 가로막은 담벼락에 사다리를 기대면서 조심스럽게 그 끄트머리를 그리스인 세리포스가 살고 있는 저택 3층에 가져다 댔다.

건물의 그쪽 면에는 꼼꼼하게 닫아놓은 덧문 때문에 어떤 빛도 창문 밖으로 새어나올 수가 없었다. 브레삭은 어렴풋하게 감지되는 사각형의 윤곽을 찾아 사다리 끝을 판유리 가까이에 더듬더듬 근접시켰다.

그는 알렉산드라에게 속삭였다.

"내가 제일 먼저 올라가겠소. 내 모습이 사라지면 그다음 차례는 당신이오."

그는 날랜 동작으로 사다리를 기어 올라갔다.

사다리가 어찌나 무섭게 흔들리는지, 자칫 그 아슬아슬한 골격 밖으로 언제라도 사람이 튕겨나갈 것만 같았다.

빅토르가 중얼거렸다.

"다 올라갔군요. 이제 곧 유리 조각을 떼어내고 판유리를 통째로 들어낼 겁니다."

실제로 약 1분 정도가 지나자 브레삭의 몸뚱어리는 안으로 완전히 들어갔고, 잠시 후 다시 밖으로 상체를 내밀면서 사다리를 두 손으로 단단히 그러쥐는 모습이 보였다.

"두렵습니까?"

빅토르가 여자를 돌아보며 물었다.

"이제 시작인걸요. 슬슬 재미있어지고 있어요. 부디 내 이 두 다리에 맥이 풀리지 않고, 현기증이 일어나지 않기를 바랄 뿐이죠!"

여자는 사다리를 부여잡고 처음엔 빠르게 오르기 시작하다가 어느 순간 덜컥 멈추었다.

'다리가 후들거려. 현기증이 일고 있는 거야.'

빅토르는 생각했다.

1분 이상 멈춘 상태가 지속되었다. 브레삭이 위에서 소리를 죽여가 며 보챘다. 마침내 여자는 남은 구간을 마저 올라 건물 안으로 넘어들 었다.

실은 지난 며칠 브레삭의 거처에 머물면서 빅토르는 이런 생각을 곱 씹곤 했다.

'둘 다 내 수중에 들어온 거야. 고티에 수사국장의 개인 전화번호도 알고 있겠다. 당장이라도 전화 한 통화면 집 안에 얌전히 있는 이들을 일거에 잡아들일 수도 있어. 몰레옹은 코빼기도 내비치지 못하게 해야 지. 모든 성공은 오로지 강력반 형사 빅토르의 몫이 되어야 하니까!'

그가 이런 생각을 포기한 이유는 뤼팽을 되도록 범행 현장에서 경찰 에 넘기고 싶었기 때문이었다. 뤼팽 선생은 물건에 손을 얹은 상태에서 발각되어 비루한 좀도둑과 똑같은 꼴로 감옥에 들어가야 마땅했다.

자, 그렇다면 지금이 그 적기 아닐까? 지금이야말로 바로 저 두 공범 이 함정에 제대로 걸려든 꼴 아니겠는가?

하지만 빅토르는 아직 결정을 내리지 않았다. 브레삭은 여전히 저 위 에서 그를 부르고 있었다. 빅토르는 손짓으로 잠시 기다리라고 한 뒤 중얼거렸다.

"그것참 급하시기는! 자네도 자네 여자친구처럼 감옥은 별로 두렵지 않은 모양이지? 자자, 얼마 남지 않은 자유를 실컷 만끽하시게나. 슬슬 작전에 들어가 1000만 프랑을 알뜰히 챙기시라고. 이번이 자네의 최후 모험담이 될 테니까 말이야. 그다음에는 수갑 찬 뤼팽만이 있을 뿐이지."

마침내 빅토르는 사다리를 타고 오르기 시작했다.

11
불안

1

"뭐 때문에 그리 꾸물거린 거요?"

빅토르가 다 올라오자, 브레삭이 불쑥 물었다.

"아무것도 아닙니다. 그냥 귀를 기울이다 보니."

"뭐요?"

"항상 귀를 열어놓는 타입이라…… 그래야 만사 불여튼튼이거든요."

"맙소사, 작작 좀 하십시다!"

브레삭의 말투에는 그처럼 주제넘은 조심성에 대해 비웃는 티가 노골적으로 드러났다.

그러면서도 자신 역시 방 구석구석 손전등 불빛을 내쏘면서 신중에 신중을 기했다. 그러다 어느 낡은 태피스트리 한 장을 발견하자, 곧장 의자 위로 뛰어올라 얼른 떼어내고는 유리판이 제거된 창틀을 그걸로 가렸다. 그렇게 해서 바깥으로의 구멍이 몽땅 차단되자, 비로소 전기 스위치를 올려 방을 밝혔다.

그러자 브레삭은 난데없이 알렉산드라를 포옹하더니 발소리를 죽이면서도 방정맞을 만큼 날랜 동작으로 한바탕 원무를 선보이는가 하면, 경쾌한 앙트르샤와 캉캉과 지그의 현란한 동작을 거침없이 시도하는 것이었다.

여자의 얼굴에 넉넉한 웃음꽃이 활짝 피었다. 항상 결정적인 행동에 몰입할 때면 으레 등장하는 이 같은 뤼팽 특유의 동작은 그녀의 마음을 들뜨게 하기에 충분했다.

반대로 빅토르는 인상을 찌푸리며 의자에 털썩 주저앉았다.

"저런, 주저앉다니! 일은 언제 하고?"

앙투안이 장난스레 내뱉었다.

"지금 하는 중이오."

"그것참 요상한 방법으로 일을 하시는군."

"당신의 옛 모험들 중 하나를 떠올려보시지요. 정확히 언제인지는 잘 모르겠고, 어느 후작의 서재에서 밤에 작전을 폈던 적이 있지요. 당신은 그때 가만히 앉아 관찰을 하는 것만으로 책상 속에 비밀서랍이 있다는 것을 간파했습니다(『두 개의 미소를 가진 여인』 참조—옮긴이). 그래서 나도 당신이 춤을 추는 동안 관찰을 하는 것이죠. 나 역시 뤼팽, 당신의 학설을 따르는 일개 추종자 아니겠소! 아무리 살펴봐도 그 이상이 없더군요!"

"내 학설은 뭐니 뭐니 해도 민첩하게 움직이자는 거요. 길어야 한 시간 여유밖에 없어요."

"그나저나 전직 형사라던 두 명의 경비원이 순찰을 돌지 않을 거라 자신합니까?"

빅토르의 질문에 브레삭이 장담했다.

"전혀 그럴 걱정은 없소. 만약 그리스인이 이 방까지 순찰을 돌도록 조치했다면, 그것만으로도 두 명에게 여기 무언가를 숨겨두었다고 가르쳐주는 것과 같아요. 아무튼 내 부하들에게 문을 열어줘서 그 두 놈이 무슨 시도든 하기 이전에 선수를 칠 것이오."

그는 여자를 의자에 앉힌 뒤 찬찬히 들여다보며 유들유들 속삭였다.

"혼자 있어도 두렵진 않겠죠, 알렉산드라?"

"괜찮아요."

"오, 길어야 10분, 15분밖에 걸리지 않을 거요. 모든 작업은 신속, 간명하게 진행되어야 합니다. 혹시 이 새로운 친구가 당신 곁에 머물러 있기를 원하나요?"

"아니, 아니에요. 어서 가보세요. 난 좀 쉴래요."

그는 우선 건물의 세부 도면을 유심히 살핀 뒤 슬그머니 문을 열었다. 복도 겸 대기실을 지나자, 그리스인 세리포스가 서재 안에서 일을 할 때 항상 잠가두는 두 번째의 보다 묵직한 문이 나타났다. 열쇠는 자물쇠 안에 꽂혀 있었다. 마침내 브레삭과 빅토르는 무사히 층계까지 다다랐다. 저 아래로부터 올라오는 어슴푸레한 빛이 계단을 비추고 있었다.

두 남자는 극도의 조심성을 다해 한 칸 한 칸 계단을 내디뎠다.

현관에 다다르자 브레삭은 둥그런 불빛에 도면을 바짝 들이대고는, 빅토르에게 두 명의 경비원이 잠자는 방 위치를 지목했다. 그 방을 거쳐야 그리스인 세리포스의 침실로 건너갈 수 있었다.

둘은 현관문 앞에 다가섰다.

브레삭은 먼저 눈에 들어오는 두 개의 육중한 빗장을 빼냈다. 오른쪽으로 경보장치를 가동시키는 손잡이가 눈에 띄었다. 그것을 냉큼 내리고 나니 바로 옆에 조그만 버튼이 또 눈에 들어왔다. 그것을 누르자, 이번에는 마이요 대로에 인접한 작은 정원의 철책문이 자동으로 열렸다.

브레삭은 현관문을 살짝 밀어 열고 고개를 내밀어 가볍게 휘파람을 불었다.

즉시 거친 행색의 사내 세 명이 어둠 속에서 튀어나와 합류했다.

사전에 충분히 조율된 듯 브레삭은 그들에게 한마디도 건네지 않았다. 조용히 문을 닫고, 다시 경보장치 손잡이를 올리고는 빅토르에게 나지막이 지시했다.

"나는 경비원들이 있는 방으로 이들과 함께 갈 것이오. 일단 그 일까지 당신 손이 필요한 건 아니니까, 여기서 망이나 보시오."

그러고는 부하들과 함께 훌쩍 사라졌다.

혼자가 되어 마음대로 행동할 수 있게 되자, 빅토르는 즉시 경보장치 손잡이를 다시 내렸고, 문을 살짝 열어둔 상태에서 마이요 대로변 철책문을 작동시키는 자동 버튼까지 눌렀다. 언제든, 누구나 건물 진입이 가능한 상태로 만드는 게 그가 의도한 바였다.

그러고 나서 그는 방들 쪽으로 귀를 기울였다. 브레삭의 표현대로 신속, 간명하게 습격이 이루어지는 분위기였다. 침대 위에서 난데없는 공격을 당한 두 명의 경비원은 신음 한 번 내지르지 못한 채 재갈이 물리고 온몸이 결박당했다.

그리스인 세리포스 역시 졸지에 그 꼴이 되었고, 브레삭은 그 곁에서 잠시 뜸을 들였다.

빅토르에게 돌아온 브레삭이 대뜸 말했다.

"역시 놈한테서는 아무것도 못 끌어내겠더군. 아주 겁에 질려 다 죽어갈 지경이오! 한데 내가 3층 서재 얘기를 슬쩍 비치자 그대로 혼절하더군! 틀림없이 그곳이 문제예요. 자, 어서 올라갑시다."

결정판 아르센 뤼팽 전집

"부하들도 같이 갑니까?"

"천만에! 수색은 어디까지나 우리 둘만의 몫이오."

그는 부하들에게 방에 남아 세 명의 포로들을 감시하라고 일렀다. 아울러 바로 아래층에 잠자고 있는 하녀들이 깨지 않도록 쥐 죽은 듯 있으라는 말까지 덧붙였다.

두 남자는 마침내 알렉산드라에게 돌아왔다. 브레삭은 혹시나 하는 심정인지 묵직한 바깥쪽 문을 열쇠로 단단히 잠갔다. 부하들이 방해하는 걸 무조건 차단하겠다는 뜻이었다. 아울러 비상사태가 터질 경우 문을 두드리는 걸로도 충분하다는 의미였다.

안락의자에 앉아 꼼짝도 하지 않는 알렉산드라의 얼굴은 어느새 창백하게 질려 잔뜩 긴장되어 있었다.

"여전히 편안하죠? 두렵지는 않소?"

빅토르가 짓궂게 떠보자, 여자의 떨리는 목소리가 튀어나왔다.

"웬걸요! 두렵고말고요! 두려움이 온몸의 모공을 통해 스며드는 기분이에요."

그러자 빅토르도 거들듯 농담을 던졌다.

"그렇다면 아주 행복한 시간이겠군요! 부디 계속해서 그 기분 유지하시길!"

브레삭이 말했다.

"하지만 좀 엉뚱한걸! 이봐요, 알렉산드라. 지금 우린 지극히 안전한 상태라오. 경비원들은 몽땅 결박당했고, 우리 편이 철저히 지키고 있어요. 물론 그럴 일은 없지만, 만에 하나 불상사가 터지면 저기 사다리로 안전하게 빠져나갈 수 있고. 하지만 그럴 일은 없을 테니 안심하구려. 내가 누구요, 결코 허술하게 일을 벌이지는 않아."

그리고는 즉시 방 안의 물품 목록들을 훑기 시작했다.

빅토르도 속삭였다.

"문제는 길이가 20~25센티미터 되고, 어떤 식인지는 모르나 좌우간 1000만 프랑을 담고 있을 만한 꾸러미를 찾아내야 한다는 겁니다."

브레삭은 목소리를 나직이 깔아 도면에 표시된 단서들을 하나하나 검증해가면서 물건 목록을 읊어나갔다.

"책상 위에 전화기가 있고…… 책이 몇 권 있고…… 결재, 미결재 포함해서 송장서류가 쌓여 있고…… 그리스에서 온 편지들이 있고…… 런던에서 온 편지들도 있고…… 장부가 몇 권 있고…… 뭐 별것들 아니로군. 서랍 속에도 그저 서류하고 편지들만 수북해…… 비밀 서랍 같은 건 없나?"

"없습니다."

빅토르의 말에 브레삭도 가구와 서랍 내부를 더듬으며 맞장구를 쳤다.

"진짜 없군."

그러고도 계속해서 물건들을 읊어나갔다.

"그리스에서 가져온 기념품들이 선반 위에 즐비하고…… 딸내미 초상화도 있네. 손녀 것도 있고(그는 여전히 손으로는 물건들을 더듬어 나갔다). 재봉 바구니가 있고, 보석상자랑(이중구조가 아닌 그냥 텅 빈 상자였다), 그리스와 터키 경치가 그려진 우편엽서들이 있고, 아동용 우표앨범이 있고, 역시 아동용 지도책하고, 또 사전들하고(책들은 이리저리 들춰보기까지 했다), 그림책들, 미사경본, 장난감상자, 저금통, 인형놀이용 거울장……."

그런 식으로 방 안의 모든 물건들을 하나하나 짚어나갔다. 모든 것을 열어보거나 집어 들어 무게를 가늠해보았다. 벽의 모든 부분들도 두드려보고, 가구들은 두 번, 세 번 실험 대상이 되었다.

브레삭이 물건 하나하나를 읊어대며 조사하는 동안, 꼼짝도 하지 않은 채 눈과 귀만 열어두고 있던 빅토르가 마침내 말했다.

"새벽 2시입니다. 앞으로 한 시간만 지나면 하늘이 밝아올 거예요. 제기랄, 이러다간 슬슬 퇴각을 고려해야 하는 것 아닙니까?"

2

"정신 나간 소리!"

앙투안 브레삭이 매몰차게 대꾸했다.

그는 성공을 전혀 의심치 않는 기색이었다. 갑자기 여자 쪽으로 몸을 기울이더니 그윽한 눈길로 속삭였다.

"편안한 거죠?"

"아뇨, 그렇지 않아요."

여자가 중얼거렸다.

"뭐가 마음에 걸리는 거요?"

"아무것도, 아무것도 아니에요. 그냥, 이만 나가요."

사내는 발끈하는 몸짓과 함께 내뱉었다.

"아, 이런! 그래서 내가 분명히 말했잖아. 여자들이란 집에 얌전히 있어야 하는 법이라고. 특히 당신처럼 신경이 예민하고 불안정한 여자일수록 말이오."

"아무튼 내가 너무 괴로워하면 그땐 나갈 거죠?"

"약속하겠소. 정 당신이 그러자고 하면 여기서 다 같이 나갈 것이오. 단, 제발 부탁인데 변덕만은 부리지 말아주시오. 세상에, 1000만 프랑이 이곳에 있다는 걸 버젓이 알고서 몽땅 손에 넣기 위해 왔다가 빈손으로 도망치는 것처럼 어리석은 일은 없을 것이오. 그건 내 평소 습관과 전혀 맞지가 않아."

브레삭이 다시금 조사에 착수하는 모습을 바라보며 빅토르는 비아냥 거렸다.

"우리가 쩔쩔매며 일하는 꼴이 한 아낙네가 보기에는 너무도 안쓰러운 광경인가 봅니다. 어차피 그녀 안중에 이런 식의 도둑질은 있지도 않았을 테니까요."

"그럼 뭐하러 여기까지 온 거지?"

"그야 경찰들에 둘러싸인 채 긴박한 강탈작전을 수행하는 모습을 보러 온 거겠죠! 그 와중에 자기가 어떻게 처신할지 궁금했을 겁니다. 그런데 지금 우리가 하는 도둑질은 더없이 졸렬하고 소시민적이란 말이오. 꼭 가게 뒷방에서 궁상맞게 물건 목록이나 챙기는 구멍가게 주인처럼……."

빅토르는 거기까지 말하다 말고 벌떡 일어섰다.

"들어봐요!"

모두 바짝 긴장하면서 귀를 기울였다.

"아무 소리도 안 들리는데."

브레삭의 말에 빅토르가 중얼거렸다.

"글쎄, 그러게요. 아까는 분명히……."

"만약 공터 쪽에서 난 소리라면 정말 의외인데! 방책문 쇠사슬은 고스란히 다시 채워놓았는데."

"그게 아니라 집 안쪽에서 나는 소리였소."

"저런, 그럴 리가!"

브레삭이 퉁명스레 대꾸했다.

기나긴 적막이 다시금 자리 잡았고, 그사이 브레삭이 이 물건, 저 물건 집적대는 소음만 귓가를 간질였다.

문득 어떤 물건 하나가 잘못해서 떨어졌다.

여자는 기겁을 하며 솟구치듯 일어섰다.

"무슨 일이에요?"

마찬가지로 자리에서 일어난 빅토르도 맞장구치듯 말했다.

"쉿! 들어봅시다. 잘 들어봐요."

"아니, 도대체 또 뭐요?"

브레삭의 짜증 섞인 반응에도 불구하고, 잠시 세 명 모두 또다시 귀를 기울였다.

급기야 브레삭이 말했다.

"아무 소리 안 나네!"

"아니요! 아닙니다! 이번엔 확실했어요. 바깥에서 나는 소리예요."

"아, 거참, 까다로운 사람이로군! 그러지 말고 나처럼 손수 나서서 좀 찾아나 보지 그러쇼!"

브레삭은 언제나 지나친 경계태세이면서, 그와 동시에 태연하기 그지없는 이 묘한 협력자가 슬슬 짜증이 나는지 버럭 소리를 쳤다.

빅토르는 귀만 잔뜩 기울인 채 꼼짝도 하지 않았다. 대로로 자동차가 한 대 지나가자, 이웃 마당 안에서 개가 한 마리 날카롭게 짖어댔다.

"나도 들려요."

알렉산드라가 슬며시 중얼거렸고, 빅토르가 덧붙였다.

"그리고 당신이 미처 주목하지 못한 점이 있습니다. 아까 오다가 느낀 건데, 달이 이제 막 떠오르려던 참이었어요. 지금쯤은 사다리를 기대 세운 벽 전체가 환한 달빛에 고스란히 드러날 거란 말입니다."

"이거야 원."

그렇게 내뱉었지만 브레삭도 상황을 확인하기 위해 얼른 불부터 끈 뒤, 창문을 가려두었던 태피스트리 한쪽 귀퉁이를 걷어 고개를 내밀어 보았다.

바로 그때였다. 브레삭이 소리를 죽여 내뱉은 욕설이 알렉산드라와 빅토르의 귓가에 여지없이 부딪쳐왔다. 무슨 일이 벌어진 걸까? 저 바깥 공터에서 브레삭은 대체 무엇을 본 것일까?

사내는 창가에서 후닥닥 물러나 잠시 숨을 고르더니 캄캄한 어둠 속에서 내뱉었다.

"사다리가 치워졌어."

빅토르 역시 거친 탄식을 토하며 창가로 달려갔다. 그의 입에서도 욕설이 튀어나오는 건 마찬가지였다. 아울러 얼른 태피스트리부터 내려닫은 다음, 마치 확인이라도 하듯 역시 같은 말을 내뱉었다.

"사다리가 치워졌군요."

정말이지 알 수 없는 일이었다. 빅토르는 전등을 켜고 나서야 끔찍한 상황의 전모가 차츰 파악되는 기분이 들었다.

"사다리가 저 혼자 치워졌을 리는 없으니, 누군가의 손에…… 대체 누가 그랬지? 경찰일까요? 만약 그렇다면 사다리가 걸쳐진 위치 때문에 우리는 꼼짝없이 노출된 셈입니다. 건물 3층, 바로 이곳 서재에 있다는 사실 말입니다."

"그렇다면?"

"결국 건물로 치고 들어와 조만간 이곳까지 들이닥칠 거란 뜻이죠. 공격에 대비해야 합니다. 저 밖의 두 번째 문은 분명히 잠근 거죠?"

"당연히 잠그고말고!"

"그래도 아마 부수고 말 겁니다. 그까짓 문짝이 뭐가 대수겠소? 분명히 말하지만, 이건 본격적인 공격이란 말입니다! 우리 셋은 이제 땅굴속에 갇힌 토끼들처럼 지금 이 자리에서 꼼짝없이 붙잡히고 말 거란 말이오!"

곧장 브레삭의 매서운 질타가 뒤따랐다.

"거 말이면 다 하는 줄 아시오! 내가 이대로 당하고 앉아 있을 거라 생각하는 거요?"

"하지만 사다리가 치워졌으니……."

"다른 창문들도 있질 않소?"

"여기는 3층입니다. 너무 높아요. 모르겠습니다, 당신이라면 가능할지도. 하지만 우린 안 돼요! 게다가……."

"게다가 또 뭐요?"

브레삭은 험악하게 으르렁댔다.

"당신도 아시다시피 바깥쪽 덧문들은 경보장치들과 전선으로 연결이 되어 있습니다. 이 밤중에 경보벨들이 일제히 울어댄다고 한번 상상해 보시오."

브레삭은 문득 상대를 심상치 않은 시선으로 흘겨보았다. 도대체 이 망할 놈의 인간은 무슨 짓이든 행동하려고는 하지 않고, 왜 굳이 부정적인 이유들만 애써 나열하고 있단 말인가?

알렉산드라는 안락의자에 거의 납작 엎드려 두 주먹으로 얼굴을 괴고 있었다. 안에서 부글거리는 공포심을 어떻게든 달래려는 생각밖에 없는 듯했다. 그 때문에 꼼짝도 못하고, 아무 말도 못하고 있는 것이다.

앙투안 브레삭은 조심스럽게 창문 하나를 열어보았다. 어떤 경보신호도 울리지 않았다. 역시 문제는 덧문에 있는 게 분명했다. 그는 덧문을 위에서부터 아래까지, 특히 가느다란 틈새를 따라 세심하게 살펴보았다.

"그래, 바로 이거야! 정확하게 장치가 어디 설치되어 있는지는 모르지만, 여기 이 철선이 밖으로 이어져 1층에 있는 벨을 울리는 게 틀림없어!"

그는 소형 집게로 문제의 철선을 과감하게 잘랐다. 그러고 나서 덧문의 네 개 문짝들을 서로 가로질러 고정시킨 단단한 철봉을 잡아 빼고 걸쇠를 제거했다.

이제 손으로 슬쩍 밀기만 하면 덧문이 열릴 참이었다.

브레삭은 아주 천천히 손을 움직였다.

정말이지 눈 깜짝할 사이였다. 천장으로부터 방 안 가득, 마치 완강하게 감겨 있던 태엽이 한순간 휘리릭 풀리듯 요란한 경보 벨소리가 터져나온 것은!

3

브레삭은 잽싸게 덧문을 원상복귀시키고, 창문을 닫은 다음 커튼까지 덮어버렸다. 어떻게든 이 요란한 소리가 바깥으로 퍼져나가는 걸 막아보려는 심산이었다. 하지만 방 안에서 격렬하게 울리는 벨소리는 정신을 몽롱하게 만들 만큼 요란했고, 저 혼자서 점점 더 극성스레 변해가는 느낌이었다.

빅토르는 침착한 목소리로 말했다.

"선이 두 개 있었어요. 하나는 당신이 자른 바깥쪽 선이고, 남은 하나가 안쪽 선이죠. 그랬으니 집 안 사람들이 안전하다고 생각할 수밖에요."

"이런, 멍청한 짓을 했군!"

브레삭은 이를 악물었다.

그는 벌써 탁자 하나를 끌어다가 벨소리의 진원지라고 생각되는 방의 천장 구석 쪽으로 갖다 놓고 있었다. 그리고 의자까지 탁자 위에 올려놓고는 그 아슬아슬한 구조물을 딛고 올라섰다.

과연 천장과 벽 사이 쇠시리 장식을 따라 두 번째 도선(導線)이 드러났다. 그는 냉큼 그것을 끊었고, 그와 동시에 요란하던 벨소리도 뚝 끊겼다.

앙투안은 바닥으로 내려와 의자와 탁자를 제자리로 돌려놓았다.

그 모습을 가만히 바라보던 빅토르가 한마디 했다.

"이제는 아무런 위험도 없겠군요. 경보벨이 울리지 않으니 당신은 저 창문으로 얼마든지 도망칠 수 있을 겁니다."

브레삭은 상대를 향해 뚜벅뚜벅 걸어와 팔을 덥석 붙들고는 일갈했다.

"도망이야 내 마음이 내키면 언제든 가능할 것이오! 1000만 프랑만 찾으면 도망칠 마음이야 얼마든지 들 거라고!"

"하지만 그걸 찾기는 불가능합니다! 절대로 찾을 수 없을 거예요."

"그건 또 왜?"

"시간이 없기 때문입니다."

브레삭은 아예 상대를 마구 뒤흔들어대며 윽박질렀다.

"대체 무슨 헛소리를 하는 거요? 당신 하는 소리는 전부 다 헛소리야! 사다리도 아마 저절로 미끄러졌을 거야. 아니면 누가 장난 삼아 치웠거나 자기가 써먹으려고 가져갔을 테지. 당신이 우려하는 모든 것엔 전혀 현실성이 없어. 경비원은 꽁꽁 묶여 있고, 내 부하들이 지키고 있다고. 우린 우리 할 일만 열심히 하면 되는 거야!"

"일은 이미 끝났습니다."

이제 브레삭은 상대의 코앞에 주먹을 들이대며 길길이 날뛰었다.

"으이그, 당신을 창문 밖으로 당장! 이 노친네야, 당신 몫으로 돌아갈 건 이제부터 하나도 없어! 한 일이라곤 쥐뿔도 없잖아!"

그나마 문득 말을 멈출 수밖에 없었다. 바깥에서 누군가 휘파람을 불었던 것이다. 경쾌하고 단속적인 그 소리는 공터 쪽에서 들려왔다.

"이번에는 들었죠?"

빅토르가 물었다.

"그렇소, 거리에서. 누군가 늦은 길을 가는 행인인 모양이지."

"그게 아니면 사다리를 치운 작자들이 공터에 남아서 내는 소리일지도 모르고요. 경찰을 부르러 갔을 수도 있습니다."

이거야 정말 견딜 수가 없었다. 현실적인 위험이 저만치 다가와 있는 것이다. 그러면서도 정확히 어디로부터 닥칠 위험인지, 또 어떤 성격의 위험인지는 전혀 알 수가 없었다. 아니, 진정 위험이 닥쳐오기는 한 걸까? 브레삭의 머릿속은 어지러운 의문점들로 졸지에 북새통이 되었다. 알렉산드라의 점점 커져만 가는 공포심과 더불어 이 고약한 인간의 아리송한 행태는 그의 마음을 화나게도, 불안하게도 만들었다.

15분 정도의 시간이 속절없이 흘러가는 동안, 불가사의한 적막과 숨막힐 듯 조여오는 위협적이고 무거운 분위기 속에서 모두들 도무지 영문 모를 불안감에 시달렸다. 알렉산드라는 의자 등받이에 몸을 찰싹 밀착시킨 채 언제 적이 뛰어들지 모를 문에다 시선을 고정시키고 있었다. 브레삭은 다시금 작업으로 돌아가는가 싶더니 도저히 머리가 혼란스러운지 느닷없이 모든 걸 내팽개쳤다.

"애당초 작전을 잘못 짠 겁니다."

빅토르가 툭 던진 말이 급기야 브레삭의 울화통을 폭발시키고 말았다.

그는 스스로 '노친네'라고 불렀던 사람의 멱살을 우악스럽게 움켜잡았다. 그런데도 빅토르는 똑같은 말을 좀 더 신랄한 어조에 담아 다시 한번 뇌까렸다.

"작전을 잘못 짠 거란 말이오. 이젠 아예 우리가 어디로 가는 건지도 모르게 되었소. 이건 완전히 뒤죽박죽 엉망진창 회사라고요. 아주 뒤범

벽이 되어버렸어!"

거칠게 욕을 토해내는 브레삭의 기세로 볼 때, 만약 알렉산드라가 달려들어 뜯어말리지만 않았다면 둘은 주먹질이라도 했을 판이었다.

"이제 그만 떠나요!"

여자가 펄쩍 뛰며 소리치자, 브레삭도 이미 포기할 마음인지 덩달아 외쳤다.

"좋아, 그러자고! 떠나는 거야 문제도 아니지!"

둘은 누가 먼저랄 것도 없이 문 쪽으로 달려갔다. 빅토르의 도발적인 목소리가 튀어나온 건 바로 그때였다.

"나는 남겠소."

"말도 안 돼! 당신도 떠나야 해!"

"나는 남을 거요. 나는 한번 뛰어든 일은 끝까지 물고 늘어지는 타입이오. 당신이 한 말 생각 안 납니까? '1000만 프랑이 이곳에 있고, 우린 그 사실을 알고 있다. 그런데도 빈손으로 도망을 쳐? 그건 내 습관에 어긋나는 일이지.' 뭐 이런 말이었죠. 한데 그건 내 습관에도 역시 어긋나는 일이랍니다. 나는 계속해서 매달려볼 참이오."

브레삭은 발길을 돌려 다가와 말했다.

"당신 정말이지 배짱 한번 대단하군! 도대체 이 모든 일에서 당신의 정확한 역할이 무엇인지 모르겠소."

"그야 이 모든 사태에 진저리를 치는 사람 역할이라고나 할까요?"

"그래, 당신이 원하는 건 뭐요?"

"이번 일을 완전히 새로운 토대 위에서 다시 시작하는 겁니다. 다시 말하지만 처음부터 이건 잘못된 작전이었어요. 준비도 소홀했고, 일의 수행도 엉망이었습니다. 난 다시 시작할 겁니다."

"완전 미친놈이군! 다시 시작을 해도 나중에 할 일이오."

"나중이면 너무 늦습니다. 나는 지금 당장 다시 시작할 겁니다."

"이런 우라질! 대체 어떻게 다시 시작한단 말이오?"

"당신은 도무지 보물을 찾을 줄 몰라요. 하지만 난 다르답니다. 게다가 이런 일에는 전문가가 따로 있는 법이죠."

"전문가라고?"

"우리 시대에는 모든 게 전문화되어 있지요. 사실 가택수색 분야에서 1인자로 통하는 사람들을 좀 알고 있는데, 지금 그중 한 명에게 전화를 걸어보겠소."

그는 당장 전화기로 다가가 수화기를 집어 들었다.

"여보세요⋯⋯."

"아니, 이런 빌어먹을 인간이 있나! 지금 당신 뭐하는 짓이야?"

"이 상황에서 유일하게 합리적이면서 가능한 일을 하는 거요. 우린 지금 적의 심장부에 와 있습니다. 그 기회를 충분히 활용해 전리품을 손에 넣지 않고서는 그냥 물러날 수 없어요. 여보세요, 마드무아젤? 샤틀레 24-00번 좀 대주시겠습니까?"

"그나저나 누구한테 거는 거요?"

"내 친구입니다. 보아하니 당신 친구들은 모두 바보인 데다, 당신 스스로도 잘 믿지 못하는 것 같던데⋯⋯ 내 친구는 글자 그대로 일류죠. 그가 한번 제대로 움직이면 눈 깜짝할 사이에 상황 끝입니다. 당신은 아마 그 앞에서 눈만 멀뚱멀뚱 뜨고 있을 거예요. 여보세요⋯⋯ 샤틀레 24-00번입니까? 아, 당신이오? 마르코스 아비스토입니다. 여긴 마이요 대로 98-2번지, 어느 호화 저택 3층이오. 당신이 와서 나를 만나줬으면 하는데⋯⋯ 마당 철책문하고, 저택 현관문 모두 열려 있소. 차량 두 대에 한 네댓 명쯤 태우고 오시오, 라르모나도 포함해서⋯⋯ 아래층에는 아르센 뤼팽의 부하 세 명이 아마도 버둥대려 할 것이오. 그리고

3층에는 뤼팽 자신이 완전히 뻗은 채 미라처럼 꽁꽁 묶여 있을 겁니다."

빅토르는 잠시 말을 멈추었다. 어느새 그는 왼손으로 수화기를 들고, 오른손으로는 두 주먹을 움켜쥔 채 막 달려드려는 브레삭을 향해 브라우닝 권총을 들이대고 있었다.

"소동 부리지 마, 뤼팽! 여차하면 개죽음당하는 수가 있어!"

버럭 소리친 뒤 그는 여전히 수화기에 대고 말했다.

"알겠습니다, 국장님! 늦어도 45분 안에 이리로 오겠다고요? 물론 내 목소리는 알아보시겠죠? 틀림없겠죠? 그렇죠, 마르코스 아비스토. 그러니까…… 결국, 그게…… ."

그는 잠시 뜸을 들이면서 우선 브레삭을 향해 싱긋 미소를, 다음은 여자를 향해 꾸벅 인사를 보낸 뒤, 저만치 방구석을 향해 권총을 냅다 던지며 외쳤다.

"다름 아닌 강력반 형사 빅토르라 이겁니다!"

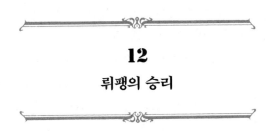

12
뤼팽의 승리

1

 강력반 형사 빅토르라니! 자신의 탁월한 통찰력을 십분 발휘하여 얽히고설켜 있던 사건의 실타래를 차츰차츰 풀어 헤쳤다던 그 유명한 빅토르란 말인가! 노란 봉투의 최초 소지자 세 명의 신원을 불과 24시간 만에 백일하에 밝혀냈다던 그 사람! 레스코 영감의 존재를 세상에 드러내고, 도트리 남작을 추적해냈으며, 결국에는 그를 자살로 몰아간 장본인! 펠릭스 드발의 음모를 무력화시킨 실력자! 지금까지 페루인 마르코스 아비스토의 탈을 쓰고 버젓이 행세해온 이자가 바로 그였다니!

 브레삭은 엄청난 충격을 미동도 없이 버텨내고 있었다. 그는 빅토르가 수화기를 내려놓기를 기다리며 잠시 생각에 잠기더니 이번에는 자기 쪽에서 슬그머니 권총을 빼 들었다.

 사내의 동작을 눈치챈 알렉산드라가 기겁을 하며 몸을 날렸다.

"안 돼, 안 돼요! 그것만은 제발!"

사내는 여자한테 처음으로 말을 놓으며 속삭였다.

"당신 말이 맞아. 어차피 결과는 마찬가지일 테니까."

빅토르가 신랄하게 비웃는 투로 물었다.

"어떤 결과 말인가, 브레삭?"

"우리의 싸움 결과 말이지."

"그건 이미 정해진 거나 다름없어."

빅토르는 시계를 힐끗 보았다.

"지금 시각이 2시 반. 내가 보기에 앞으로 40분만 지나면 현재 내 직속 상관으로 있는 경시청 수사국장 므슈 고티에께서 단단한 부하들의 호위를 받으며 나타나 뤼팽 선생의 신병을 접수하게 될 거라 이거지."

"그야 그렇겠지. 하지만 그때까지는 어떨까, 짭새 선생?"

"그때까지라니?"

"그때까진 시간이 꽤 걸릴 텐데?"

"오, 그리 자신하는가?"

"거의 자네만큼은 자신하지. 그때까지는 말이야, 빅토르 선생⋯⋯."

브레삭은 떡 벌어진 가슴팍 위로 팔짱을 척 끼더니 튼튼한 두 다리를 어깨너비로 벌리며 버티고 섰다. 하긴 그 당당하고 근력 넘치는 체격이야 이미 얼굴에 잔주름이 가득하고, 어깨도 둥그스름하게 굽은 노형사의 체구와 어찌 비하겠는가!

하지만 빅토르도 질세라 대꾸했다.

"그때까진 자네가 얌전히 있어줘야겠지, 뤼팽. 그래, 그렇겠지. 자네가 웃을 만도 해. 빅토르와 뤼팽의 결투라니 말이야. 아마도 자넨 나 하나 상대하면 그뿐이라 생각하고 안심을 하는 모양이지. 그저 손가락 하나만 까딱해도 게임은 끝난 거나 다름없으시다는 거야. 좋아, 허풍쟁이, 어서 덤벼보시지! 오늘은 근육이 문제가 아닐걸! 이두박근이 아닌 두뇌로 승패가 갈라질 거란 말이야. 그 점에서 보자면 지난 3주 동안 뤼팽 자넨 더없는 약골이었어! 정말 형편없이 전락했더군! 세상에, 그동안 내가 꼭두각시 노릇을 해주던 그 유명한 뤼팽이라는 인물이 고작 저 정도인가 싶더라니까! 무적의 뤼팽! 거물 뤼팽! 아, 뤼팽 이 친구야, 심지어 지금까지 한낱 운이 좋아서 자네가 있어온 게 아닌가 하는 생각까지 들더군! 자네의 명성과 빛나는 승리들, 그 모든 것이 결국 그럴듯한 호적수를 만나지 못해서 가능했던 게 아닌가 의문이 들더라는 말이야! 나 정도 되는 적수 말이지! 나만 한 적수!"

빅토르는 마지막 말을 되뇌면서 자기 가슴팍을 쿵쿵 두드렸다.

"나 말이야, 나!"

앙투안 브레삭은 고개를 천천히 가로저었다.

"이보게, 경찰관. 물론 자네가 지금까지는 제법 그럴싸한 재주를 부려온 건 사실이네. 알렉산드라와 함께 그야말로 멋진 연극을 꾸려왔어. 아주 일품이었다고! 머리핀을 슬쩍한다거나 장물아비 집까지 터는 척하고 말이야. 그 모든 게 아주 훌륭해! 캉브리주 호텔의 난동을 거쳐 우릴 구해주는 수법하며! 맙소사, 내 어찌 그런 맹랑한 배우의 연기에 몰입하지 않을 수 있었겠어?"

브레삭은 시계를 아예 손에 쥐고서 끊임없이 들여다보곤 했다.

빅토르는 잔뜩 야유 섞인 어조로 내뱉었다.

"겁나시는가, 뤼팽?"

"내가?"

"그래, 자네 말이야! 지금은 가까스로 허세를 유지하고는 있지만, 과연 자네 목덜미가 남아나지 않게 되면 그땐 어떨까?"

빅토르는 참고 있기나 한 것처럼 푸하 하고 웃음을 터뜨렸다.

"그래, 맞아! 좀 전까지만 해도 자네 어찌나 벌벌 떨던지! 바로 내가 원했던 게 그거지. 자네가 연약한 아낙네보다 못한 배짱의 소유자라는 사실을 스스로 깨우치게 해주고 싶었어! 아니나 다를까, 알렉산드라 앞에서 잘도 보여주더군. 자네가 그토록 무시하던 한 연약한 아녀자가 보는 앞에서 말이야! 사다리가 감쪽같이 사라졌다고? 하지만 그건 불과 1미터 정도 살짝 옆으로 비껴 서 있을 뿐이야. 내가 창틀을 넘어오면서 슬그머니 밀어놓은 거지. 아, 그때 자네는 이미 기가 한풀 꺾였던 거라고! 내가 막상 전화를 걸 때도 즉각 대응을 하지 못한 게 바로 그 증거지. 지금도 그건 마찬가지고 말이야. 이러다 결국 1000만 프랑은커녕 제 몸뚱어리 하나 문밖으로 내빼는 데 급급하게 될걸!"

거기까지 쉴새없이 뇌까리던 빅토르는 느닷없이 바닥을 쿵 하고 발로 구르며 외쳤다.

"뭐하는 거야? 어서 덤벼보라니까, 이 약골아! 자, 자네의 정부가 자네를 지켜보고 있어! 혹시 어디가 아픈 거야? 힘이 죄다 빠져나간 모양이지? 자자, 어디 한번 입이라도 뻥끗해봐! 움직여보라고!"

하지만 브레삭은 꼼짝도 하지 않았다. 빅토르가 무차별 내뱉는 독설에 전혀 개의치 않는 기색이었고, 심지어 그의 귀에 하나도 들리지 않는 듯했다. 브레삭이 알렉산드라 쪽을 흘낏 돌아보자, 똑바로 서서 열에 들뜬 눈길로 빅토르 형사를 집요하게 쏘아보는 모습이 눈에 들어왔다.

마지막으로 그는 시계를 한 번 더 훔쳐보고는 잇새로 중얼거렸다.

"25분 남았군. 내게 필요한 시간보다 넉넉해."

"한참 남아돌지. 세 개 층을 다 내려가는 데 1분, 부하들을 데리고 저택을 나서는 데 또 1분이면 될 테니까."

빅토르가 알아서 대꾸하자, 브레삭이 덧붙였다.

"다른 1분이 더 필요하겠는데."

"뭐하러?"

"네놈 버릇을 고쳐주는 데 말이야."

"맙소사! 볼기라도 때리실 참인가?"

"아니. 네놈 말마따나 내 정부가 보는 앞에서 흠씬 두들겨 패주려고. 경찰이 도착했을 땐, 피범벅에 만신창이가 된 몸뚱어리로 꽁꽁 묶여 있는 네 모습을 구경할 수 있도록."

"내 목구멍에다가는 자네의 명함을 한 장 멋지게 처박아놓고?"

"물론이지, 아르센 뤼팽의 명함 말이야. 우리 함께 전통을 존중하자고. 알렉산드라, 미안하지만 저 문 좀 열어주겠어?"

그러나 알렉산드라는 꼼짝하지 않았다. 또 감정이 격해져서 몸이 마비된 것일까? 브레삭은 후닥닥 문가로 달려갔고, 그 즉시 거친 욕을 뱉어냈다.

"염병할! 열쇠로 잠겨 있잖아!"

"저런, 그럼 내가 문을 닫아거는 걸 정녕 몰랐단 말인가?"

빅토르가 기다렸다는 듯이 농을 던졌다.

"열쇠 내놔!"

"열쇠라면 두 개가 있는데, 지금 그 문하고 복도를 지나 바깥쪽 문."

"둘 다 내놓으란 말이야!"

"그럼 너무 쉬워지는걸. 그냥 계단을 내려가 제 집을 나서는 선량한 소시민처럼 이 건물 밖으로 나설 게 아닌가! 그렇게는 안 되지. 그 전에 자네와 저 출입구 사이에 여기 이 강력반 빅토르 형사의 의지가 있다는 걸 아셔야지. 종국에 가서는 바로 그 점에 이번 모험의 요체가 달려 있는 셈이거든! 애당초 내가 고안해서 실현시킨 대로 말이야. 바로 자네와 나! 뤼팽 대 빅토르의 대결이라 이거지! 세 명의 불한당 같은 사내들과 권총 한 자루, 단도들을 겸비한 젊디젊은 뤼팽이 한쪽에 있고, 다른 한쪽엔 늙은 빅토르가 혼자서 무기도 없이 버티고 섰다고! 이 싸움의 증인이랄까, 결투의 심판으로는 여기 이 아름다운 알렉산드라가 수고를 해주면 되겠군!"

브레삭은 혹독한 표정에 완강한 기세로 불쑥 다가들었다.

빅토르는 한 발짝도 물러서지 않았다. 더 이상 말이 필요 없는 순간이었다. 무엇보다 시간이 촉박하다. 경찰이 끼어들기 전에 저놈의 늙은 빅토르를 혼꾸멍내서 내팽개쳐버리고, 열쇠들을 되찾아야만 한다.

두 걸음을 더 다가들었다.

갑자기 빅토르가 난데없는 웃음을 터뜨렸다.

"어허허허허! 어서 덤비라니까! 이 허연 백발을 측은히 여기지는 말게나! 어서, 용기를 내보라고!"

브레삭이 한 발짝 더 다가들었다. 그는 냅다 달려드는가 싶더니 온몸을 날려 상대를 덮쳤다. 둘은 한데 뒤엉켜 바닥을 데굴데굴 굴렀고, 금세 둘 사이의 결투는 인정사정 볼 것 없는 악랄한 몸싸움의 양상을 띠었다. 빅토르는 일단 상대의 몸에서 떨어지려고 애썼지만, 브레삭의 부둥켜안는 완력은 좀처럼 깨뜨리기가 쉽지 않았다.

알렉산드라는 눈앞의 광경에 질겁한 기색이면서도 결과에는 개입하고 싶진 않은지 꼼짝하지 않았다. 둘 중 누가 승리를 한다 해도 자기한테는 매한가지라는 뜻일까? 심지어 남모르는 욕망을 품은 채 결과가 어찌 날지를 호기심 어린 눈동자로 지켜보는 눈치였다.

이리 뒤척, 저리 뒤척 하는 소강 상태는 그리 오래가지 않았다. 브레삭의 신체적인 우위와 빅토르의 나이에도 불구하고 다시 일어선 건 빅토르였다. 그는 심지어 숨조차 가빠하지 않는 기색이었다. 아니, 평소 이미지와는 다르게 생글생글 웃기까지 했다. 그는 마치 원형경기장에서 상대를 '쓰러뜨린' 격투사라도 되듯, 그럴듯하게 기품 있는 척 으스대고 있었다.

반면 상대는 의식을 잃었는지 꼼짝 못하고 널브러져 있었다.

2

이와 같은 결말 앞에 선 여자의 얼굴은 어리둥절한 표정뿐이었다. 단 한순간도 앙투안 브레삭의 패배를 예상치 못한 눈치였고, 지금 눈앞에 널브러진 그의 몸뚱어리 자체가 도저히 있을 수 없는 환영처럼 느껴지는 모양이었다.

빅토르는 부지런히 브레삭의 호주머니를 뒤져 권총과 단도를 꺼내면서 말했다.

"너무 걱정은 마십시오. 효과만점의 타격술을 한 번 선보였을 뿐이오. 굳이 붙잡고 드잡이할 필요 없이 가슴 한복판에 주먹 한 방이면 끝나는 기술이죠. 뭐 그다지 심각하진 않아요. 단지 무지 고통스럽고, 약한 시간가량 넋을 잃게 한다뿐이지. 가엾은 뤼팽!"

그런데 왠지 여자가 걱정하는 것 같지는 않았다. 그보다는 이미 사태를 어느 정도 파악하고 나서, 이제는 다음 일이 어찌 될지, 또다시 사람을 황당하게 만든 이 놀라운 존재의 의도가 무엇인지를 어서 빨리 알고 싶어 하는 기색이었다.

"저 사람을 어떻게 할 거죠?"

"네? 그야 당연히 경찰에 넘겨야죠. 앞으로 15분만 있으면 놈의 손목에 수갑이 채워질 겁니다."

"그러진 마세요. 그를 그냥 놔주세요."

"안 됩니다."

"제발 부탁이에요."

"당신은 지금 이 남자를 위해 간청하고 있는데, 당신 스스로를 위해서는 부탁할 일이 없다는 뜻입니까?"

"나는 아무것도 원치 않아요. 나 하나는 당신 좋을 대로 처리하세요."

정말이지 위험을 코앞에 둔 처지로서, 방금 전까지만 해도 두려움에 몸 둘 바를 몰라 하던 여자로서는 기이할 정도의 태연함이었다. 심지어 조용한 눈빛 속에서는 일종의 경멸과 도도함까지 엿보였다.

남자는 조용히 여자에게 다가가 나지막한 목소리로 말했다.

"나 좋을 대로 하란 말이죠? 그렇다면 조금도 지체하지 말고 당장 여기를 벗어나십시오."

"싫어요."

"내 윗선에서 이곳 현장을 접수하는 그 순간부터 나는 당신을 책임질 수 없습니다. 그러니 어서 떠나요!"

"싫습니다. 지금까지 당신 행동거지를 보건대, 당신은 언제든 자신이 원하는 대로 행동할 수 있어요. 경찰의 힘이 닿지 않는 범위에서, 아니 심지어 당신한테 그게 편하다 싶으면 얼마든지 경찰의 뜻에 반하면서까지 행동할 수가 있는 사람이에요. 지금도 나더러 도망치라 권하고 있어요. 그렇다면 앙투안 브레삭도 구해주세요. 그렇지 않으면 난 이대로 있을 겁니다."

빅토르는 뭔가 속에서 울컥하는 게 느껴졌다.

"당신, 이 사람을 사랑하는 겁니까?"

"문제는 그게 아니에요. 좌우간 구해주세요."

"안 됩니다. 안 돼요."

"그럼 난 남을 겁니다."

"떠나라니까!"

"남아요!"

마침내 남자는 골난 목소리로 버럭 외쳤다.

"쳇, 그럼 당신만 손해지! 아무리 당신이 그래도, 나로 하여금 저자를 구하도록 강요할 만한 힘은 이 세상에 없어요. 내 말 알아듣겠소? 지난 한 달 동안 난 오로지 이 일에만 매달려왔소! 오로지 이 목표만을 달성하기 위해서 살아왔단 말이오. 놈을 붙잡아서 그 정체를 까발리는 것! 놈을 증오하느냐고? 그럴지도 모르지. 하지만 그보다는 지독하게 경멸한다는 편이 옳을 것이오."

"경멸한다고요? 이유가 뭐죠?"

"이유? 보아하니 여태껏 진실하곤 아예 담을 쌓고 지내온 것 같으니 내가 속 시원히 말해드리지. 하지만 너무도 뻔한 건데!"

그때쯤 브레삭이 창백한 얼굴에 숨을 헐떡이면서 간신히 몸을 일으키는가 싶더니 또다시 풀썩 고꾸라졌다. 그저 도망치는 것밖에는 생각이 없는 것 같았고, 자신의 완벽한 패배를 고스란히 인정하는 눈치였다.

빅토르는 여자의 얼굴을 두 손으로 감싸고는 또박또박 끊어 말했다.

"나를 쳐다보지 말아요. 당신의 그 골똘한 눈빛으로 내게 묻지 말란 말이오. 쳐다봐야 할 사람은 내가 아니고 바로 저 사람이오. 당신이 사랑하는 저 사람! 아니, 차라리 저 사람의 전설을 사랑한다고 해야 되겠지. 난공불락의 용기와 끊임없이 샘솟는 수완을 갖춘 모습 말이오. 오, 안 돼! 저자에게서 눈을 돌리지 말고 똑바로 바라보라니까! 자, 똑바로 바라보고 고백해봐요. 저자가 당신을 실망시켰다고. 이런 것 이상을 기대하지 않았소? 적어도 뤼팽이라면 이와는 뭔가 다른 행동, 다른 활약을 보여주어야 마땅하다고 생각한 것 아니냐고!"

갑자기 그는 심술 사나운 웃음을 터뜨리면서 형편없이 뻗은 몸뚱어리를 손가락으로 가리켰다.

"크허허허허! 적어도 뤼팽이라면 저렇게 젖비린내 나는 애송이처럼 당하고만 있었을까? 뭐 이번 사건 초기부터 세간에 떠돌던 저자의 한심스러운 실수담이나, 당신을 통해 내가 저자를 구워삶아 결국에는 뇌일리의 아지트까지 손쉽게 들어앉았던 일 같은 건 얘기도 하지 맙시다. 단지 오늘 밤, 이곳에서의 그의 행태만 두고 보자는 거요! 대체 뭘 한 겁니까? 무려 두 시간 전부터 내가 멋대로 우롱해 먹은 꼭두각시, 한낱 어릿광대에 지나지 않았습니다! 그런데 뤼팽이라고요? 글쎄요, 장부의 물품 목록이나 챙기는 잡화점 주인이라면 또 몰라. 뭔가 번득이는 맛이랄지, 톡톡 튀는 아이디어는 온데간데없고 말이야! 내가 자신을 이리저리 휘두르면서 안으로부터 두려움을 불러일으키는 내내, 그는 꼭 바보처럼 횡설수설대기만 했지. 그리고 이제 저 모습을 보란 말이오. 형편무인지경으로 널브러진 당신의 뤼팽을! 마치 내가 자기 뱃가죽이라도 간질인 것처럼 얼굴은 허옇게 질려가지고 금방이라도 토할 기색 아니오? 패배라고? 하지만 뤼팽은, 진정한 뤼팽은 결코 패배를 용납하지 않는다오. 오히려 볼 장 다 본 상황일수록 무섭게 일어서는 사람이 바로 뤼팽이란 말이오!"

빅토르는 상체를 곧추세웠는데, 어쩐지 평소보다 훨씬 건장해진 느낌이었다.

알렉산드라는 부들부들 떠는 기운이 느껴질 정도로 바짝 다가들면서 속삭였다.

"지금 무슨 말을 하려는 거죠? 무엇 때문에 저 사람을 그렇게까지 비난하는 거죠?"

"저자를 비난하는 건 바로 당신입니다."

"내가요? 내가? 도저히 모를 얘기로군요."

"아니지. 진실은 이제 서서히 당신을 조여오고 있어요. 당신은 진정 저 남자가, 당신이 믿는 것처럼 대단한 인물이라고 보십니까? 저 남자를 사랑하고 있는 거요, 아니면 보다 위대한…… 저따위 속물 건달과는 비교할 수 없는 진짜 대장부를 좋아하는 겁니까?"

그는 자기 가슴팍을 쿵 두드리며 덧붙였다.

"진짜 사내대장부라면 뭔가 특별한 징표만으로도 금세 알아볼 수 있는 법이오! 어떤 상황 속에서도 대장부는 대장부로 남아야 하는 것이지! 당신은 어떻게 그토록 눈이 어두울 수가 있었습니까?"

여자는 여전히 어리둥절한 표정으로 더듬거릴 뿐이었다.

"도, 도대체 무슨 말을 하고 싶은 거예요? 내가 뭘 잘못 생각하는 게 있다면 속 시원히 말해보세요. 뭡니까? 저 사람이 누군데 그래요?"

"그야 앙투안 브레삭이죠."

"그 앙투안 브레삭이 누구냔 말입니다!"

"그냥 앙투안 브레삭입니다. 그게 전부예요."

"천만에요! 그 안에 또 다른 누군가가 있잖아요? 그게 누구냐는 겁니다!"

빅토르는 거칠게 내뱉었다.

"도둑이죠! 이름도둑에 개성도둑이라고나 할까! 자고로 별 볼 일 없는 수완과 빈약한 두뇌밖에 가진 게 없는 자로서는 공연히 힘들게 세상을 헤쳐나가기보다, 이미 완성된 남의 명예를 슬그머니 가로채는 것이 행세하기가 수월한 법입니다. 그렇게만 되면 조만간 화려하게 뜨는 거야 따놓은 당상이죠! 사람들 눈에 후딱후딱 재를 뿌려가면서 슬그머니 아무 여자한테나 접근해 속삭이는 거지. '내가 뤼팽이오…….' 그래서 여자가 무슨 각별한 감정을 추구하든, 불가능하고 기상천외한 경험을 좇든, 일단 대책 없이 그 앞에서 허물어질 기색만 보이면 덮어놓고 본격적인 뤼팽 역할로 들어가는 거라오. 그럭저럭 아쉬운 대로 뤼팽 스타일을 꾸려나가다가, 어쩌다 사태가 지금처럼 흘러와 헛바람이 모조리 빠져나가면 남루한 허수아비처럼 내팽개쳐지고 마는 것이고."

여자는 부끄러움으로 얼굴이 발개진 채 중얼거렸다.

"오, 설마 그럴 리가요? 정말 그런 건가요?"

"애당초 내가 지시한 대로 고개를 돌려 저 인간을 좀 바라봐요. 그럼 당신 스스로 깨달을 수 있을 겁니다."

여자는 차마 고개를 돌리지 못했다. 그 전에 이미 현실은 압도적으로 그녀의 마음을 짓누르고 있었다. 대신 열에 들뜬 시선이 벌써부터 빅토르한테 꽂혀 있었다. 마치 지금까지와는 전혀 다른 생각들이 자기도 모르게 어지러이 머릿속을 파고드는 듯했다.

"자, 이만 나가십시오. 브레삭의 부하들은 당신을 알아볼 테니 그냥 지나가게 해줄 겁니다. 그렇지 않다 해도 사다리를 사용하면 됩니다."

남자의 말에 여자가 대꾸했다.

"그래서 뭐하겠어요! 난 차라리 여기서 기다릴래요."

"뭘 기다려요? 경찰을 기다릴 겁니까?"

여자는 잔뜩 의기소침해지면서 대답했다.

"상관없어요. 단지 한 가지 청이 있어요……."

"뭡니까?"

"아래층에 있는 세 명 말이에요, 아주 거친 사내들이죠. 경찰이 이대로 들이닥치면 격한 싸움이 일어날 거예요. 그럼 희생자가 나올 테고, 그래선 안 되는데……."

빅토르는 브레삭을 쓱 한 번 살펴보았다. 아직도 이렇다 할 힘을 못 쓰면서 여전히 괴로워했다. 그는 후닥닥 문을 열고 뛰쳐나가 복도 끝까지 달려가더니 밖을 향해 휘파람을 불었다. 그러자 셋 중 한 명이 부리나케 달려 올라왔다.

"빨리 도망치시오! 경찰이 올 겁니다! 나가면서 정원 철책문은 그대로 열어두시오."

그러고는 다시 서재로 돌아왔다.

브레삭은 꼼짝도 하지 않았고, 알렉산드라 역시 한 발짝도 사내에게 다가가지 않았다.

그러고 보니 이제는 두 사람이 마치 서로 낯선 이방인처럼 눈길 한 번 오가지 않는 분위기였다.

2~3분이 흘러가는 동안에도 빅토르는 열심히 귀를 기울이고 있었다.

잠시 후, 엔진 소리가 그르렁거리면서 자동차가 한 대 대로변 저택 앞에 멈춰 섰고, 곧이어 두 번째 자동차도 정차했다.

알렉산드라는 안락의자 등받이를 초조하게 움켜잡고 있었는데, 그 바람에 쿠션에 손톱자국이 선명히 새겨질 정도였다. 얼굴은 납빛으로 질렸으나, 전체적으로는 그래도 심신을 추스르는 편이었다.

1층에서 사람들 목소리가 한꺼번에 울리기 시작하는가 싶더니, 잠시 후 뚝 그쳤다.

빅토르가 속삭였다.

"므슈 고티에와 경찰들이 방마다 들이닥쳤을 겁니다. 경비원과 그리스인은 풀려났을 테고."

바로 그때쯤 겨우 기력을 되찾은 앙투안 브레삭이 슬그머니 일어나 빅토르에게 다가갔다. 그의 얼굴은 고통 자체보다도 두려움 때문에 심하게 경직되어 있었다. 그는 알렉산드라를 가리키며 더듬거렸다.

"저 여자는 어찌 되는 겁니까?"

"전직 뤼팽 선생, 신경 끄시지. 이제 더 이상 자네가 상관할 바가 아니니까. 자네 자신이나 챙기라고. 브레삭도 가짜 성이지?"

결정판 아르센 뤼팽 전집

"그렇소."

"진짜 성을 찾을 수는 있을까?"

"불가능할 겁니다."

"전과는 있나?"

"없습니다. 비미슈한테 칼침 놓은 것밖엔 이렇다 할 범죄도 없어요. 게다가 그것도 내가 한 짓이라고 어디 써 있는 것도 아닙니다."

"도둑질은?"

"확고한 증거는 하나도 없어요."

"한 몇 년 정도 감옥살이만 하면 되겠군."

"그게 고작이겠죠."

"그 정도야 달갑게 견뎌내야지. 이후에는 뭘 하며 먹고살 작정인가?"

"국방공채가 있습니다."

"숨겨둔 은닉처는 쓸 만한가?"

브레삭은 씩 웃으며 말했다.

"적어도 택시 안 같은 도트리의 은닉처보다야 낫죠. 쉽게 발견되지 않을 겁니다."

빅토르는 상대의 어깨를 툭툭 쳐주며 말했다.

"자자, 자네도 어서 채비를 해야지. 훨씬 낫군. 난 이래 봬도 그다지 각박한 사람이 아니야. 비록 뤼팽이라는 멋진 성을 훔치고, 그만한 인물을 자네 같은 비루한 수준으로 떨어뜨린 점은 미워할 만하지만 말이야. 그것만큼은 나도 용서할 수가 없어. 자네를 기어이 잡아 가두려는 것도 바로 그것 때문이지. 어쨌든 그 택시 건에 대한 자네의 눈맵시는 마음에 들었어. 그러니 앞으로 수사판사 앞에서 입조심만 해준다면 난 자넬 따로 고소하지 않을 생각이네."

그러는 동안 층계 쪽에서는 사람 목소리가 웅성대며 올라오고 있었다.

"그들이 와 있네. 현관부터 뒤지고 올라와서 조만간 여기까지 들이닥칠 거야."

그때 갑자기 신이 난 빅토르, 이번에는 자진해서 놀랄 만큼 날랜 춤동작을 선보이기 시작했다. 그토록 근엄 떨던 노신사가 느닷없이 희끗한 머리카락을 흩날리며 앙트르샤를 날리는 모습은 어쩜 그리도 익살맞은지! 그는 계속해서 떠들어댔다.

"이것 봐, 앙투안! 이런 게 바로 뤼팽 특유의 스텝이라는 거야! 자네가 아까 깡충거린 것과는 본질적으로 다르지! 신성한 불꽃이랄까, 진정한 뤼팽의 열정을 가져야만 가능한 법이라고! 그래야 적진 한복판으로 혈혈단신 뛰어든 경찰의 심정도 십분 이해할 수가 있어! 그 정도쯤은 돼야만 형사들이 줄줄이 늘어선 가운데 이런 소리를 들을 자격이 있다는 말씀이야. '저자가 바로 뤼팽이오! 강력반 형사 빅토르는 존재하지 않소! 뤼팽밖에는 없어요! 뤼팽과 빅토르는 동일인물이라고요! 그러니 뤼팽을 붙잡으려거든, 빅토르를 체포하세요!'"

그러고 나서 브레삭의 코앞에 척 멈춰 서더니 말했다.

"좋아, 내 자네를 용서함세. 방금 1분의 즐거운 시간을 내게 허락해준 것 하나만으로도 난 자네의 형량을 2년, 아니 1년으로 감해줄 작정이야. 그 1년이 지날 때쯤 이 몸이 자네를 탈옥시켜줄 것이네. 어때, 괜찮지?"

브레삭은 완전히 넋 나간 표정으로 더듬거렸다.

"도, 도대체, 당신은 누구십니까?"

"자네가 생각하는 바로 그 사람일세, 풋내기!"

"네? 뭐라고요? 그럼 빅토르가 아니란 말씀입니까?"

"저 식민지 공무원 출신에다, 치안국 형사직 지원자였던 빅토르 오탱이라는 사람은 분명 존재했었다네. 그런데 그렇지 않아도 이따금 재미 삼아 경찰에서 한 역할 맡아 해오던 내가 무슨 일거리 없을까 슬슬 좀이 쑤시던 차에, 공교롭게도 그가 죽으면서 그 신분 증명서류들이 고스란히 내 손에 들어오게 됐지 뭔가. 아무튼 그에 관해서는 함구하기로 하세. 차라리 자네를 뤼팽으로 취급하도록 내버려두는 게 낫겠어. 그리고 자네의 뇌일리 주택과 알렉산드라에 관해서 역시 한마디도 하지 말게. 내 말, 알겠는가?"

바깥의 사람 목소리들은 점점 가까워졌다. 그리고 그 너머로 보다 희미한 다른 목소리들도 몰려들었다.

빅토르는 고티에 씨를 맞으러 나서면서 여자에게 던지듯 말했다.

"손수건으로 얼굴을 가리시오. 그리고 아무것도 두려워 마십시오."

"난 아무것도 두렵지 않습니다."

마침내 라르모나와 또 다른 경찰관을 대동하고 고티에 씨가 달려들었다. 그러다 문턱에서 덜컥 멈춰 서더니 눈앞의 광경을 만족스러운 눈길로 휘 둘러보는 것이었다.

"이보시오, 빅토르. 결국 해낸 거요?"

그는 흥겨운 듯 들썩이며 외쳤다.

"해냈습니다, 국장님."

"저자가 바로 뤼팽이지?"

"앙투안 브레삭이라는 이름으로 분한 뤼팽 본인입니다."

고티에 씨는 포로를 한동안 바라보더니 반갑다는 듯 웃어 보이고는, 강철 수갑을 어서 채우라고 경찰관에게 지시했다.

그는 연신 중얼거렸다.

"히야, 이거 기분 꽤 좋구려! 아르센 뤼팽의 체포라! 동에 번쩍, 서에 번쩍, 천하무적이라는 저 유명인사 아르센 뤼팽께서 함정에 빠져 꼼짝없이 붙잡히셨다는 거지! 경찰이 승리를 거머쥐었고 말이야! 이건 뤼팽과 관련해선 정말 의외의 사태인걸! 하지만 상대가 강력반 형사 빅토르이기에 아르센 뤼팽도 기어코는 붙잡히게 된 것 아니겠어! 허어, 그것참! 그리고 보니 오늘이 보통 날은 아니로군! 이봐요, 빅토르? 저 양반, 말은 고분고분 잘 듣던가요?"

"순한 양이 따로 없었습니다. 국장님."

"어딘지 맥이 풀린 듯한데."

"약간의 몸싸움이 있었거든요. 하지만 별것 아닙니다."

고티에 씨는 손수건으로 눈을 가린 채 잔뜩 쪼그린 알렉산드라를 홱 돌아보더니 물었다.

"이 여자는 또 뭐요, 빅토르?"

"뤼팽의 공범이자 정부입니다."

"아, 그 영화관에서 봤다는 여자? '라비코크'와 보지라르 가의 여인 말이오?"

"그렇습니다, 국장님."

"정말 축하하오, 빅토르! 아주 대박을 터뜨리셨군! 세세한 과정은 물론 나중에 얘기해주리라 믿겠소. 국방공채는 오리무중이겠죠? 뤼팽이 어딘가 안전하게 모셔두었을 테지?"

"그건 지금 내 호주머니 속에 있습니다."

빅토르는 정말 아홉 장의 국방공채가 든 봉투를 호주머니에서 쓱 꺼내며 말했다.

제일 먼저 브레삭이 정신 나간 듯 펄쩍 뛰었다.

"치사한 자식!"

다짜고짜 으르렁거리는 브레삭에게 빅토르가 대꾸했다.

"옳거니, 말씀도 잘하시네! 고작 반응이 그런 거야? 결코 쉽게 발견되지 않을 은닉처라고 했지? 알고 보니 자네 별장에서 지금은 쓰지 않는 옛날 배수관이더군. 세상에 그걸 두고 '쉽게 발견되지 않을' 은닉처라고 한 거야? 애송이 같으니라고! 나는 첫날밤에 금방 찾아내겠던데."

그러더니 앙투안 브레삭에게 은근슬쩍 다가가 둘 사이만 오고 갈 정도의 낮은 목소리로 중얼거렸다.

"닥치고 있어. 저건 도로 갚아줄 테니까. 감옥에서 더도 말고 7~8개월만 썩으라고. 일단 나온 다음엔 재향군인 기준 100퍼센트 연금을 보증해주지. 게다가 담뱃가게도 열어주고. 됐지?"

이때 나머지 경찰관들이 우르르 밀고 들어왔다. 그들은 방금 그리스인을 풀어준 뒤였는데, 그는 경비원 두 명의 부축을 받으며 호들갑스럽게 고함을 질러대고 있었다.

그러다 언뜻 브레삭과 눈이 마주치자, 버럭 소리쳤다.

"오, 바로 저놈이야! 나를 치고 재갈을 물린 놈이 바로 저놈이오! 알아보겠어요!"

그런데 문득 기겁을 한 표정으로 말을 멈추는 것이었다. 심지어 쓰러질 듯한 걸 옆에서 얼른 붙잡아주어야 했을 정도였다. 그는 기념품 선반을 향해 손을 뻗으며 더듬거렸다.

"1000만 프랑을 훔쳐갔어! 우표앨범 말이야! 도저히 값을 매길 수 없는 우표들이라고! 모두 1000만 프랑은 받고 되팔 수 있는 것들이란 말이야! 수십 번도 더 그런 제의가 들어왔었다고. 그런데 바로 저놈, 저놈이! 저놈을 뒤져보시오! 죽일 놈 같으니라고! 내 1000만 프랑!"

3

우르르 경찰들이 달라붙어 어리둥절해 반항 한 번 해보지 못하는 브레삭의 온몸을 구석구석 뒤지기 시작했다.

한편 빅토르는 자신에게 꽂힌 두 사람의 따가운 시선을 느꼈다. 하나는 손수건을 치우고 고개를 들어 이쪽을 노려보는 알렉산드라의 시선, 또 하나는 혼비백산해 멍하니 바라보는 브레삭의 시선이었다. 사라진 1000만 프랑은 과연? 순간 브레삭의 생각이 무섭게 응집되면서 입가로 무슨 말이 웅얼웅얼 맴돌아 올라왔다. 금방이라도 큰 소리로 토해낼 것 같은 그 말은 분명 자신은 물론 알렉산드라도 변호하지만, 대신 그 누군가에게는 매서운 일침을 가할 참이었다.

하지만 빅토르의 강렬한 눈빛 또한 브레삭을 똑바로 향한 채 어찌나 위압적인 영향력을 불어넣는지, 그는 일단 입을 다무는 쪽으로 기운 듯했다. 적어도 뭐라 떠들기 전에 생각부터 해보자는 심산인지도 몰랐다. 그러나 보물을 찾으러 헤집고 다닌 건 자신뿐이고, 빅토르는 손가락 하나 까딱하지 않은 상태에서 결국 아무것도 찾아내지 못한 게 분명한 사실인데, 어떻게 1000만 프랑이 사라질 수 있는 것인지 아무리 머리를 굴려도 이해가 되지 않았다.

마침내 빅토르가 고개를 절레절레 가로저으며 잘라 말했다.

"므슈 세리포스의 방금 말씀은 대단히 의외입니다. 아까 나는 앙투안 브레삭의 동료로서 그의 수색작업을 하나도 놓치지 않고 지켜보았습니다. 그리고 그 무엇도 발견한 게 없다는 것을 확인했고요."

"하지만……."

"다만 브레삭에게는 세 명의 부하들이 있었는데, 모두 도망쳤습니다. 인상착의는 내 머릿속에 다 입력되어 있고요. 이제 와 생각인데, 아마 그들이 사전에 돈이든 므슈 세리포스 말대로 우표앨범이든 훔쳐냈을 가능성은 있겠습니다."

그제야 브레삭도 어깨를 으쓱했다. 물론 세 명이 이 방에는 얼씬도

하지 않았다는 것을 그는 잘 알고 있었다. 그러면서도 당연히 아무 말하지 않았다. 한쪽에는 사법당국의 막강한 권력이 있고, 다른 한쪽에는 빅토르가 있는 상황. 그는 빅토르를 선택하기로 한 것이다!

새벽 3시 반, 모든 상황이 종결되었다. 경찰의 본격적인 조사는 조금 뒤로 미루기로 했다. 그 대신 고티에 씨는 앙투안 브레삭과 그의 정부를 한시라도 빨리 경시청 수사과로 데려가 지체 없이 신문하길 원했다.

그는 즉시 뇌일리 경찰서로 전화를 걸었다. 문제의 서재는 완전 폐쇄되었고, 두 명의 경찰관이 경비원 두 명 및 그리스인 세리포스와 함께 저택에 남기로 했다.

고티에 씨와 형사 두 명이 브레삭을 데리고 경시청 소속 차량에 동승했다. 빅토르는 라르모나와 또 다른 경찰관과 더불어 여자를 책임지기로 했다.

모두들 마이요 대로를 따라 출발할 때쯤 새벽빛이 지평선을 따라 허옇게 번져오기 시작했다. 대기는 매섭고 시렸다.

일행은 불로뉴 숲을 지났고 앙리마르탱 가도를 거쳐 제방 둑길을 탔다. 그쯤에서 앞에 가는 차량이 다른 길로 접어들었다.

차 한쪽 구석에 처박혀 손수건으로 얼굴을 가린 알렉산드라는 거기 있는지도 모를 정도였다. 다만 열린 창문 바로 옆자리라 추위로 바들바들 떨었다. 빅토르가 얼른 창문을 올려주었다. 잠시 후 경시청이 가까워오자, 그는 운전기사에게 멈추라고 지시한 뒤 라르모나에게 말했다.

"이러다간 얼어 죽겠네. 몸 좀 녹였으면 하는데, 어떻게 생각하나?"

"그거 괜찮지!"

"그럼 우리한테 커피 두 사발 좀 갖다주게나. 난 꼼짝달싹 못하겠어."

언뜻 보니 파리 중앙시장에 들른 채소장수 차량들이 문을 반쯤 열어둔 어느 포도주 상점 앞에 주차되어 있었다. 라르모나는 부리나케 차에서 내렸다. 빅토르는 그 즉시 이번에는 나머지 형사에게 심부름을 시켰다.

"라르모나에게 크루아상 가져오라는 말을 깜빡했네. 자네가 좀 전해 주겠나? 어서 서두르게!"

이어서 그는 운전석을 차단하고 있는 유리창을 밀어 열고 팔을 쭉 내 뻗고는, 운전기사가 뒤를 돌아보는 순간 그대로 턱에다 주먹 한 방을 날렸다. 그다음으로 보도 반대편 쪽 문을 열고 내렸다가, 앞문을 통해 이미 기절한 운전기사를 끌어내 포석 위에 내려놓고는 냉큼 운전석에 올라타는 것이었다.

제방 위는 한산했다. 사람이라곤 한 명도 눈에 띄지 않았다.

그는 서둘러 시동을 걸었다.

자동차는 그 길로 내달려 리볼리 가와 샹젤리제 대로를 내처 달리 더니 뇌일리 가로 재진입해 브레삭의 저택이 위치한 룰 가도까지 직 행했다.

"열쇠는 가지고 있겠죠?"

알렉산드라는 매우 침착한 음성으로 대답했다.

"네."

"당신은 이곳에서 이틀 동안만큼은 아무 걱정 없이 지낼 수 있을 겁 니다. 그런 다음에는 친구 집 어디든 피해 있으세요. 그리고 나서 나중 에 외국으로 떠나면 됩니다. 잘 가요."

여자를 내려주고 나자마자 그는 경시청 소속 차를 그대로 타고 사라 졌다.

그즈음 수사국장은 빅토르의 믿을 수 없는 행동과 더불어 용의자와 함께 도주한 사실을 전해 들었다.

결정판 아르센 뤼팽 전집

당장 그의 집부터 쳐들어가보았다. 그 집의 늙은 하인마저 당일 아침 주인과 함께 몇 가지 짐을 챙겨서 경시청 소속 차량으로 떠난 상태였다.

문제의 차량은 뱅센 숲 한복판에 버려진 채 발견되었다.

대체 이 모든 게 무슨 뜻이란 말인가?

석간신문들은 일제히 이 사태에 대해 그럴듯한 가설은 하나도 제시하지 못한 채 떠들어대기만 했다.

수수께끼가 해결된 건 그다음 날 아바스 통신사(AFP의 전신으로 근대적 의미의 세계 최초 통신사. 1835년 설립—옮긴이)가 전 세계로 타전한 아르센 뤼팽의 저 유명한 메시지를 통해서였다. 문제의 전언 내용이 사람들을 온통 환희와 흥분의 도가니로 몰아넣은 건 물론이었다.

그 내용을 한 줄도 빠뜨리지 않고 여기 게재한다.

바로잡음

이제는 대중에게 강력반 소속 빅토르 형사의 역할이 끝났음을 알려야 할 것 같다. 지난 얼마 동안 국방공채 도난사건과 관련해서 그의 역할은 무엇보다도 아르센 뤼팽을 추적하는 것이었다. 아울러 이제는 더 이상 사법당국과 일반 대중을 무지 속에 방치해선 안 되겠기에 하는 말인데, 그것은 또한 아르센 뤼팽의 빛나는 성품과 존경할 만한 이름을 가로채고 행세해온 앙투안 브레삭 선생의 뻔뻔스러운 가면을 벗겨내는 역할이기도 했다. 강력반 형사 빅토르는 더없이 열정적으로 자신의 역할에 뛰어듦으로써 그 같은 작태에 대해 얼마나 거부감을 갖고 증오하는지를 여실히 증명해 보여준 셈이다.

빅토르의 활약에 힘입어 이제 가짜 뤼팽은 철창신세를 지고 있으며, 강력반 형사 빅토르라는 인물은 개운하게 임무를 완수한 뒤 그 종적을 감춘 상태이다.

다만 경찰로서의 깨끗한 명예에 단 한 점 오명의 씨앗도 허용치 않겠다는 투철한 생각과 더불어 한 개인으로서의 양심마저 경탄할 만한 수준까지 정화시키기를 바라는 심성에서, 그는 마침내 아홉 장의 국방공채를 이대로 자신이 맡아 가지고 있기보다는 나에게 의뢰해 파리 경시청에 전달해주기를 정식으로 요청해온 바이다.

한편 1000만 프랑을 어떻게 찾아냈느냐의 문제는, 의자에 얌전히 앉아 손가락 하나 까딱하지 않은 채 이상하리만치 어려운 난제를 척척 풀어대는 한 사나이의 기발한 천재성에 대해 조금이나마 관심 있는 분들을 위해서라도 이 자리에서 그 세세한 전모를 공개해야 마땅하리라 생각한다. 므슈 세리포스가 소지하고 있던 서류들 중 하나에는 앙투안 브레삭의 추적에 단서가 되는 'A. L. B. 문건'이라는 딱지가 붙어 있었다. 이것을 브레삭은 '알바니아 문건'으로 해석했다. 그런데 마침 약간의 단서들을 이미 소지하고 있던 브레삭은 그날 밤 내내 마이요 대로 호화 주택의 3층 서재에 들어찬 물건 목록들을 큰 소리로 읊어대고 있었고, 그 중에는 소중하게 보관된 기념품인 '우표앨범'이 포함되어 있었다. 정말이지 신기한 일은, 그 몇 안 되는 사소한 단어들이야말로 강력반 형사 빅토르의 총명하기 그지없는 정신을 일거에 환하게 밝혀주는 열쇠가 되었던 것이니!

그 즉시 빅토르는 앙투안 브레삭의 해석이 잘못된 것이었으며, 'A. L. B.'라는 세 글자는 다름 아닌 앨범(album)의 처음 세 글자에 지나지 않는다는 사실을 간파해버린 것이다. 므슈 세리포스의 전재산 중 절반에 해당하는 1000만 프랑은 알바니아 문건에 들어 있는 게 전혀 아니고, 단순히 아동용 우표앨범 안에 그만한 가격을 호가하는 희귀 우표 컬렉션 형태로 둔갑해 있었던 것이다. 수수께끼의 저 깊은 심연을 그처럼 순간적인 직관력과 예지로 꿰뚫어버리는 비범한 능력은 나조차도 아직 경험해본 적이 없다 해도 과언은 아니리라! 어쨌든 한바탕 싸움이 일고 사람들이 들락날락하는 와중을 틈타 빅토르는 그야말로 손 하나 까딱함으로써, 아무도 눈치 못 채게 문제의 우표앨범을 호주머니 속에 집어넣을 수가 있었다고 한다.

그 정도 수완이라면 강력반 형사 빅토르에게 1000만 프랑에 대한 권리를 부여하는 데 전혀 모자람이 없지 않을까? 만약 내게 묻는다면 당연히 오케이다. 하지만 빅토르는 아니라고 했다. 그만큼 그의 양심은 섬세하고 고결한 수준을 간직하고 있다는 얘기다. 결국 그는 국방공채와 더불어 우표앨범도 모두 내 손에 맡기고, 자신은 직업상의 온갖 오점으로부터 깨끗하게 손을 씻은 셈이 되었다.

이에 나는 우편으로—신성한 빚을 갚는다는 심정으로—국방공채를 경시청 수사국장이신 므슈 고티에 앞으로 전달하는 바이다. 물론 빅토르 형사의 각별한 안부인사도 아울러 전하면서 말이다. 한편 1000만 프랑에 대해서는, 이미 므슈 세리포스가 엄청난 갑부인 데다가, 하나 쓸데없는 우표 컬렉션 따위로 재산을 은닉하는 그의 부적절한 행태를 감안할 때, 내가 직접 나서서 그 금액의 마지막 한 푼에 이르기까지 깔끔하게 현금화하여 자유롭게 유통시키는 것이 마땅하다고 판단하는 바이다. 물론 이것은 나 자신의 엄정한 성실함을 제1조건으로 내걸면서 수행하는 신성한 의무라는 점을 다시 한번 강조한다. 마지막 한 푼에 이르기까지 말이다.

한마디만 더. 내가 보기에, 강력반 형사 빅토르가 그토록 열정적으로 이번 싸움에 매달린 진짜 이유는 어디까지나 최초에 영화관에서 우연히 마주쳤던 한 여인, 저 파렴치한 사기꾼 앙투안 브레삭이 아르센 뤼팽이라는 이름을 달고 실컷 우롱했던 그 가련한 여인을 향한 기사도적인 흠모의 정에서 찾아야 할 것이라 생각한다. 따라서 그 여인에게도 귀한 혈통의 마나님에 어울리는 생활과 고귀하고 정숙한 여인으로서의 완벽한 위상을 되돌려주는 게 당연하다고 본다. 내가 그 여인을 자유롭게 놔주는 건 바로 그 때문이다. 부디 그녀가 현재 은둔해 있는 안전한 피난처에서나마 강력반 형사 빅토르와 페루인 마르코스 아비스토의 이 작별인사와 더불어, 나 아르센 뤼팽의 심심한 인사 또한 받아주기를 바라는 바이다…….

아르센 뤼팽

편지가 쓰인 다음 날, 수사국장에게 아홉 장의 국방공채가 등기우편으로 배달되었다. 그 안에는 한 장의 편지가 동봉되어 있었는데, 도트리 남작에 의해 살해당한 엘리즈 마송의 죽음에 관한 정황 설명이 간략하게 기술되어 있었다.

아르센 뤼팽이 직접 나서서 유통시키기로 했다는 1000만 프랑에 관한 이야기는 그 이후, 어디로부터도 더 이상 들리지 않았다.

이어지는 목요일 오후 2시, 알렉산드라 바실레예프 공주는 은신해 있던 여자친구의 아파트를 벗어나 튈르리 공원을 한참 동안 산책했고, 그대로 리볼리 가로 접어들었다.

복장은 무척 단순한 편이었으나, 항상 그렇듯 이국적이면서도 경이로운 미모는 사람들의 시선을 끌어당겼다. 그녀는 시선들을 별로 개의치 않는 기색이었고, 얼굴을 가리는 일도 없었다. 하긴 이제 두려워할 게 뭐가 있겠는가? 그녀를 알아보는 사람 중에 뭔가 의심의 눈초리로 볼 만한 사람은 하나도 없는 걸 말이다. 그도 그럴 것이 영국인 비미슈도, 앙투안 브레삭도 그녀의 이름은 입에 올리지도 않았다.

오후 3시, 여자는 생자크 소광장으로 들어섰다.

결정판 아르센 뤼팽 전집

낡은 탑의 그늘 속 벤치 위에 한 남자가 앉아 있었다.

처음에 여자는 약간 주저했다. 저 남자가 그 사람이라고? 페루인 마르코스 아비스토와도, 강력반 형사 빅토르와도 거의 닮은 점이 눈에 띄지 않았던 것이다. 마르코스 아비스토보다 얼마나 젊고 우아하며, 빅토르 형사보다는 또 얼마나 섬세하고 유연하면서 품위가 넘치는가! 저 젊은 모습, 저 다정다감하고 유혹적인 분위기는 이전 그 어느 때보다도 사람의 마음을 끌어당겼다.

어쨌든 여자는 다가가보기로 했다. 서로의 시선이 마주쳤다. 역시 짐작은 틀리지 않았다. 바로 그 사람이었던 것이다! 분명 다른 사람이었지만, 틀림없이 동일인물이었다. 여자는 아무 말 없이 남자 곁에 앉았다.

둘은 한동안 침묵 속에서 가만히 앉아 있었다. 종잡을 수 없는 감정이 두 남녀를 때로는 하나로 묶었다가 때로는 흩어놓는 가운데, 두 사람 누구도 그 감미로운 느낌을 끊고 싶지가 않았던 것이다.

결국에는 남자 쪽에서 먼저 입을 열었다.

"그렇습니다. 나의 모든 행동을 이끌어온 건 바로 영화관에서 처음 본 당신의 모습이었답니다. 내가 이 모든 모험 속을 헤쳐나온 건, 전적으로 그때 그 사랑스러운 이미지를 좇는다는 생각이었기에 가능했습니다. 그러면서도 당신에게 접근하기 위해 하는 수 없이 이중의 역할을 해내느라 정말 고생도 많았지요! 얼마나 고약한 연극이었는지! 게다가 그 사내가 몹시도 내 화를 돋우었고 말입니다. 무척 혐오스러운 친구였는데, 그러다 보니 그자가 내 이름을 달고 꼬드긴 여인을 향한 호기심과 애틋한 감정 또한 내 안에서 점점 커져만 가는 것이었습니다. 어찌 보면 그건 여자에 대한 일종의 초조한 감정이기도 했는데, 결국에는 진지하고 열정적인 사랑의 감정이 되었노라고 말씀드릴 수 있을 것입니다. 당시에는 당신한테 보여줄 수 없었던 그 감정을 이제야 마음 놓고 보여드리게 되는군요."

남자는 잠시 말을 멈추었다. 대답을 기다리는 건 아니었다. 아니, 대답은 원하지도 않았다. 그저 자신을 위해 자기 생각을 있는 그대로 정리하는 기분이었고, 그다음에야 여자를 위해 입을 놀리는 것이었다. 여자는 마음속으로 스미는 그 감미로운 말 한마디 한마디를 한순간도 내치고 싶은 마음이 없었다.

"당신의 깊은 무엇이 나를 감동시켰지요. 결국 영혼의 모습까지 내게 고스란히 드러내준 것은 다름 아닌 당신의 본능적인 신뢰였습니다. 나는 바로 그 신뢰를 이용했고, 그래서 내내 부끄러웠습니다. 하지만 그 신뢰는 당신 뜻과는 상관없이, 당신이 도저히 이해할 수 없을 비밀스러운 이유를 통해 내게로 다가왔죠. 무엇보다도 당신 존재 깊숙이 자리 잡은 보호받고자 하는 욕망이라고나 할까요. 당신은 그때 그자로부터는 보호받지 못하고 있었던 겁니다. 이따금 당신에게 없어선 안 될 위험의 감각은, 그자 곁에서는 도저히 견디기 힘든 불안과 고통으로 비화해버렸습니다. 하지만 나와 함께 있을 때 그런 감각은 처음부터 당신 안에서 차분하게 가라앉는 느낌이었을 거예요. 그날 밤에도 당신은 극도로 겁에 질린 상태였지만, 빅토르 형사가 자신의 의지를 거침없이 드러내며 하나하나 관철시켜가자 더 이상 괴로워하지 않고 긴장을 풀 수 있는 상태가 되어갔습니다. 아울러 빅토르 형사가 진정 누구인지 어렴풋이 가늠하면서부터는 감옥에 가지 않아도 된다는 사실까지 확신할 수 있었죠. 그래서 아무 거리낌 없이 경찰을 기다릴 수 있었던 겁니다. 경찰 차량에 미소를 띠면서 오를 수도 있었고요. 그때 당신의 두려움 속에는 순수한 쾌감만이 존재했습니다. 당신의 그 쾌감은 분명 나의 그것과 다르지 않은 근원에서 샘솟고 있었을 거예요. 갑자기 당신 안에서

결정판 아르센 뤼팽 전집

깨어나는 듯 싶다가 어느새 거부할 수 없는 위력으로 당신을 사로잡는 감정 말입니다. 그렇지 않습니까? 내 생각이 틀리지 않지요? 당신 마음 깊은 곳에 숨어 있는 진실이 내가 이야기한 그대로죠?"

여자는 부인하지 않았다. 물론 그렇다고 고백을 하지도 않았다. 하지만 저 고운 얼굴 가득 번지는 평온함이란!

날이 어둑어둑해질 때까지 두 사람은 나란히 앉아 있었다. 이내 주변이 캄캄해지자, 여자는 자동차에 올라탔다. 어디로 가는지는 여자 자신도 몰랐다.

두 사람은 행복했다.

알렉산드라가 균형 있는 생활을 되찾았다고는 하지만, 인생의 지극히 정상적인 개념에 도달한 건 아직 아니었으며, 하물며 새로운 남자친구의 불규칙적인 삶에 어떤 영향력을 행사할 입장도 못 되었다. 다만 그 남자친구는 자신의 불규칙한 삶 속에서 어찌나 사랑스럽고, 그 일탈로 인해 또 어찌나 흥미진진하며, 온갖 물의가 될 만한 사업들과 괴상망측한 일들에 어찌나 진지하고도 성심을 다해 뛰어드는지!

여덟 달 만에 '탈옥'시켜주기로 한 브레삭과의 약속에 집착하는 것 또한 그와 같은 맥락이었다. 실제로 브레삭이 노동을 하러 레 섬의 감옥을 벗어나는 걸 틈타 그는 장담한 대로 그자에게 자유를 선사했다. 아울러 브레삭과의 약속에 따라 영국인 비미슈도 풀어주고자 했다.

그런가 하면 하루는 그가 가르슈를 방문했을 때였다. 마침 두 명의 신혼부부가 서로 다정하게 팔짱을 낀 채 관청에서 걸어나오는 모습이 보였다. 신랑은 부정한 아내와 얼마 전 이혼해 자유의 몸이 된 귀스타브 제롬이었고, 신부는 미망인이었던 도트리 남작부인이었다. 여자는 이제 사랑받는 새색시가 되어 떨리는 마음으로 사랑하는 귀스타브의 팔에 꼭 매달려 있었다.

두 사람이 '운전석 내장형' 고급 승용차에 막 오르려는데, 무척 우아한 차림새의 한 신사가 다가오더니 신부에게 꾸벅 인사를 한 뒤 새하얀 꽃다발을 건넸다.

"나를 몰라보시겠습니까? 빅토르입니다. 설마 잊지는 않으셨겠죠? 강력반 형사 빅토르. 일명 아르센 뤼팽이라고도 하죠! 귀스타브 제롬이 당신에게 각인시켰을 매력남의 이미지를 정확히 간파한 뒤부터 이 몸은 아예 당신 행복의 장인(匠人)이 되어드리기로 작정했었지요. 역시나 좋은 소식이 들리기에 축하의 뜻을 전하려고 온 겁니다."

같은 날 저녁, 그 우아한 차림새의 신사가 알렉산드라 공주에게 해준 얘기는 이런 것이었다.

"정말 내가 일은 잘한 것 같아요. 사람은 어쩔 수 없이 이따금 저지르는 악행을 보상하는 뜻에서라도 기회 있을 때마다 선행을 베풀어야 하는 법이오. 이봐요, 알렉산드라. 확신하건대 가엾은 가브리엘은 기도 중에라도 저 선량한 강력반 형사 빅토르를 꼬박꼬박 기억해줄 거요. 사실 그 친구 덕분에 가증스러운 도트리가 좀 더 나은 세상으로 떠나줘서, 대신 거부할 수 없는 매력남 귀스타브가 빈자리를 차지할 수 있었던 것 아니겠소? 당신은 내가 그 일로 얼마나 마음이 즐거운지 아마 상상도 못 할 거야!"

결정판
아르센 뤼팽
전집
9

1판 1쇄 발행 2018년 7월 2일
1판 3쇄 발행 2021년 4월 20일

지은이 모리스 르블랑 **옮긴이** 성귀수
펴낸이 김영곤   **펴낸곳** (주)북이십일 아르테
키즈융합부문 이사 신정숙
융합사업2본부 본부장 이득재
문학팀 김유진 김연수 원보람 **디자인** 김형균
영업마케팅 본부장 김창훈
영업팀 허소윤 윤송 이광호
마케팅팀 정유진 김현아 진승빈
제작팀 이영민 권경민

출판등록 2000년 5월 6일 제406-2003-061호
주소 (우 10881) 경기도 파주시 회동길 201(문발동)
대표전화 031-955-2100 **팩스** 031-955-2151

ISBN 978-89-509-7569-2 04860
     978-89-509-7560-9 (세트)

아르테는 (주)북이십일의 문학 브랜드입니다.

(주)북이십일 경계를 허무는 콘텐츠 리더

아르테 채널에서 도서 정보와 다양한 영상자료, 이벤트를 만나세요!
인스타그램 instagram.com/21_arte   **페이스북** facebook.com/21arte
포스트 post.naver.com/staubin   **홈페이지** arte.book21.com